기사단장 죽이기

2

KISHIDANCHO-GOROSHI VOL. 2 UTSUROU METAFUA-HEN
by Haruki Murakami

이 도서의 국립중앙도서관 출판예정도서목록(CIP)은
서지정보유통지원시스템 홈페이지(http://seoji.nl.go.kr)와
국가자료공동목록시스템(http://www.nl.go.kr/kolisnet)에서 이용하실 수 있습니다.
(CIP제어번호: CIP2017013923)

기사단장 죽이기

騎 士 團 長 殺 し

②

전이하는 메타포

무라카미 하루키 장편소설

홍은주 옮김

문학동네

騎　士　団　長　殺　し　　**차례**

❷

33

눈에 보이지 않는 것과 같은 정도로,
눈에 보이는 것이 좋다

일요일도 맑고 상쾌한 하루였다. 바람다운 바람도 없고, 가을 햇살이 색색깔로 물든 산간 수목의 잎사귀들을 아름답게 비추었다. 가슴털이 하얀 작은 새들이 가지에서 가지로 날아다니며 요령 좋게 붉은 과실을 쪼아먹었다. 나는 테라스에 앉아 그런 광경을 물리지도 않고 바라보았다. 자연의 아름다움은 부자에게나 빈자에게나 차별 없이 공평하게 제공된다. 시간과 마찬가지다…… 아니, 시간은 그렇지 않을지 모른다. 유복한 사람들은 돈으로 여분의 시간을 사고 있는지도 모른다.

정확히 열시에 밝은 파란색 도요타 프리우스가 비탈길을 올라왔다. 아키가와 쇼코는 얇은 베이지색 터틀넥 스웨터에 폭이 좁은 연두색 면바지 차림이었다. 목에서 금목걸이가 은은하게 빛났다. 머리는 지난번처럼 거의 이상적인 형태로 다듬어져 있다. 머리카락이 찰랑거리면 아름다운 목덜미가 살짝 엿보였다. 오늘은 핸드백이 아니라 벅스킨 숄더백을 맸다. 신발은 갈색 보트슈즈였다. 자연스럽지만 세세한 곳까지 신경쓴 차림새다. 그리고 그녀의 가슴 모양은 확실히 아름다웠다. 조카가 준 내부 정보에 따르면 '속옷에 뭘 넣지는 않은' 모양이다. 나는 그 가슴에—어디까지나 미적인 의미로—약간 마음이 끌렸다.

아키가와 마리에는 물 빠진 스트레이트 블루진에 흰색 컨버스 운동화를 신은, 지난번과 전혀 다르게 캐주얼한 차림이었다. 청바지는 군데군데 찢어져 있었다(물론 의도적으로 주의깊게 찢은 것이다). 얇은 회색 요트파카 위에 벌목꾼이 입을 법한 두꺼운 체크무늬 셔츠를 걸쳤다. 가슴은 변함없이 납작했다. 그리고 변함없이 심기가 불편한 얼굴이었다. 먹이를 먹다 말고 접시를 빼앗긴 고양이 같은 표정이다.

나는 지난번처럼 부엌에서 홍차를 타서 거실로 가져갔다. 그리고 지난주에 그린 석 장의 데생을 두 사람에게 보여주었다. 아키가와 쇼코는 그 그림들이 마음에 든 모양이었다. "셋 다 무척 생생하네요. 웬만한 사진보다 훨씬 실물처럼 보여요."

"이거, 가져도 돼요?" 아키가와 마리에가 내게 물었다.

"물론이지." 나는 말했다. "그림이 완성되면 가져가렴. 그때까지는 나한테 필요할 수도 있으니까."

"얘는 참…… 정말 가져가도 괜찮은가요?" 고모가 걱정스러운 투로 내게 물었다.

"상관없습니다." 나는 말했다. "일단 그림이 완성되면 특별히 쓸데가 없으니까요."

"이 석 장 중 하나를 밑그림으로 써요?" 마리에가 물었다.

나는 고개를 저었다. "아니, 그렇진 않아. 이 데생들은 말하자면 내가 너를 입체적으로 이해하기 위해 그런 거야. 캔버스에는 또다른 네 모습을 그리게 될 테고."

"선생님 머릿속에 그런 이미지가 벌써 구체적으로 떠올랐어요?"

나는 다시 고개를 저었다. "아니, 아직 떠오르지 않았어. 앞으로 너와 함께 생각할 거야."

"입체적으로 나를 이해한다고요?" 마리에가 말했다.

"그래." 나는 말했다. "물리적으로 볼 때 캔버스는 그저 평면이지만, 그림은 반드시 입체적으로 그려져야 해. 이해되니?"

마리에는 심각한 표정을 지었다. '입체적'이라는 단어에서 아마 자신의 납작한 가슴을 떠올렸으리라고 나는 상상했다. 실제로 그녀는 얇은 스웨터 아래로 아름다운 곡선을 그리는 고모의 가슴을 흘금 쳐다본 뒤에 내 얼굴을 보았다.

"어떻게 하면 그렇게 잘 그릴 수 있어요?"

"데생 말이니?"

33 눈에 보이지 않는 것과 같은 정도로, 눈에 보이는 것이 좋다 11

아키가와 마리에가 고개를 끄덕였다. "데생이나 크로키 같은 거."

"연습이지. 연습하다보면 갈수록 실력이 늘어."

"하지만 아무리 연습해도 잘 못 그리는 사람도 많잖아요."

맞는 말이다. 나는 미대 시절, 아무리 연습해도 실력이 전혀 늘지 않는 동기를 수도 없이 봤다. 아무리 몸부림쳐도 사람은 처음부터 타고난 것에 크게 좌우된다. 그러나 그런 말을 꺼내면 이야기를 수습하기 어려워진다.

"그렇다고 연습할 필요가 없다는 소리는 아니야. 어떤 재능이나 자질은 연습하지 않으면 밖으로 잘 드러나지 않거든."

아키가와 쇼코가 내 말에 고개를 크게 끄덕였다. 아키가와 마리에는 입술을 살짝 삐죽일 뿐이었다. 과연 그럴까, 하는 투로.

"그림을 잘 그리고 싶구나?" 내가 마리에에게 물었다.

마리에는 고개를 끄덕였다. "눈에 보이는 것이 좋아요. 눈에 보이지 않는 것과 같은 정도로."

나는 마리에의 눈을 바라보았다. 그 눈에는 어딘가 특별한 종류의 빛이 떠올라 있었다. 그녀가 구체적으로 무슨 말을 하려는 건지는 좀처럼 알 수 없었다. 하지만 나는 그녀가 내뱉은 말보다 오히려 그 눈동자에 깃든 빛에 흥미를 느꼈다.

"참 희한한 의견이구나." 아키가와 쇼코가 말했다. "꼭 무슨 수수께끼 같아."

마리에는 그 말에 대꾸하지 않고 잠자코 제 손을 내려다보았다. 잠시 후 고개를 들었을 때 특별한 빛은 이미 그녀의 눈에서 지워지고 없었다. 그것은 한순간에 불과했다.

나와 아키가와 마리에는 작업실로 들어갔다. 아키가와 쇼코는 가방에서 지난번과 같은—겉모양으로 보아 아마 그러리라고 추측했다—두툼한 문고판을 꺼내 소파에 등을 기대고 읽기 시작했다. 그 책에 푹 빠져 있는 것 같았다. 무슨 책인지 한층 궁금해졌지만 역시 제목을 묻는 것은 삼갔다.

마리에와 나는 지난번처럼 2미터쯤 떨어져 마주보고 앉았다. 지난번과 다른 점은 내 앞에 캔버스를 올린 이젤이 놓여 있다는 것이다. 그러나 아직 붓과 물감은 집어들지 않았다. 나는 마리에와 텅 빈 캔버스를 번갈아 바라보았다. 그리고 그녀의 모습을 어떤 식으로 캔버스에 '입체적으로' 옮기면 좋을지 생각했다. 여기에는 일종의 '이야기'가 필요했다. 그저 상대의 모습을 보이는 대로 그린다고 되는 것이 아니다. 그것만으로는 작품이 되지 못한다. 그저 잘 그린 캐리커처에 머물 뿐이다. 그곳에 그려져야 할 이야기를 찾아내는 것, 그것이 중요한 출발점이다.

나는 스툴에 앉은 채 식탁 의자에 앉은 아키가와 마리에의 얼굴을 오랫동안 바라보았다. 그녀는 시선을 피하지 않았다. 눈도 거의 깜박이지 않고 내 시선을 되받았다. 도전적이라고까진 할 수 없지만, 그 눈빛에서는 '여기서 더는 물러나지 않겠다'는 결의 같은 것이 엿보였다. 인형처럼 예쁘장한 외모 때문에 대부분의 사람들이 오해하지만 실제로는 심지가 굳은 아이다. 자신만의 방식이 확고하다. 일단 선 한 줄을 확실히 긋고 나면 쉽사리 굽히지 않는다.

잘 보니 아키가와 마리에의 눈에 어딘가 멘시키의 눈을 연상시키는 구석이 있었다. 전에도 느꼈지만, 그 공통점이 새삼 놀라웠다. 그곳에는 '순간 동결된 불꽃'이라는 표현을 붙이고 싶은 신비로운 광채가 있었다. 열기를 품은 동시에 철저히 냉정한 광채. 내부에 자체 광원을 지닌 특수한 보석 같다고 할까. 바깥을 향하는 순수한 요구의 힘과 완결을 향하는 내향적인 힘이 그 안에서 날카롭게 대립하고 있다.

하지만 그런 느낌은 아키가와 마리에가 어쩌면 자신의 친딸일지 모른다는 멘시키의 고백을 사전에 들었기 때문인지도 모른다. 그 복선을 의식하는 바람에, 나는 무의식적으로 두 사람 사이에 뭔가 호응하는 부분을 찾아내려고 애쓰는지도 모른다.

어쨌거나 저 눈의 특수한 반짝임을 화폭에 담아야 했다. 그것은 아키가와 마리에의 표정에서 핵심을 이루는 요소이자, 겉모습의 아름다움을 꿰뚫고 뒤흔드는 요소였다. 그러나 그것을 화폭에 담아낼 실마리를 아직 찾아내지 못했다. 어설프게 그렸다가는 한낱 싸늘한 보석으로밖에 보이지 않으리라. 그 안쪽에 도사린 열원이 어디서 생겨났고 어디로 가려 하는지, 나는 그것을 알아내야 했다.

십오 분쯤 그녀의 얼굴과 캔버스를 번갈아 노려본 끝에 나는 단념했다. 이젤을 옆으로 밀어놓고 몇 번 천천히 심호흡을 했다.

"이야기를 해볼까." 내가 말했다.

"좋아요." 마리에가 말했다. "무슨 이야기요?"

"너에 대해 좀더 알고 싶어. 괜찮다면."

"예를 들면?"

"글쎄. 네 아버지는 어떤 분이지?"

마리에가 입술을 살짝 삐죽였다. "아빠는 잘 몰라요."

"대화를 잘 안 하니?"

"얼굴도 자주 못 보니까요."

"일 때문에 바빠서?"

"잘 몰라요." 마리에가 말했다. "아무튼 나한테 별로 관심 없을걸요."

"관심이 없다고?"

"맨날 고모한테만 맡겨놓잖아요."

나는 그 말에 딱히 의견을 밝히지 않았다.

"그럼 엄마는 기억나니? 네가 여섯 살 때 돌아가셨댔지?"

"엄마 기억은, 띄엄띄엄밖에 안 나요."

"어떤 식으로?"

"엄마는 너무 순식간에 내 앞에서 사라져버렸어요. 그때 나는 사람이 죽는다는 게 어떤 건지 잘 몰랐고요. 그래서 엄마가 그냥 없어졌다고 생각하는 수밖에 없었어요. 어느 빈틈으로 빨려들어가는 연기처럼."

마리에는 잠시 입을 다물었다가 말을 이었다.

"너무 갑자기 없어지는 바람에, 왜 그렇게 됐는지 잘 이해가 안 돼서, 엄마가 죽은 전후는 기억이 잘 안 나요."

"그때는 몹시 혼란스러웠겠구나."

"엄마가 있던 시간이랑 없어진 뒤의 시간은 높은 담 같은 걸로 나뉘어 있어요. 그 둘이 연결이 잘 안 돼요." 그녀는 잠시 말을 멈추고 입술을 깨물었다. "그런 기분 아세요?"

"대략 알 것 같아." 내가 말했다. "내 동생이 열두 살에 죽었다는 이야기 했었지?"

마리에가 고개를 끄덕였다.

"동생은 선천적으로 심장판막에 결함이 있었어. 큰 수술을 했고, 결과도 성공적이라고 했는데, 어째서인지 문제가 남았어. 말하자면 몸속에 폭탄을 안고 있는 셈이었지. 그래서 우리 가족 모두 평소부터 최악의 경우를 어느 정도 각오하고 살았어. 그러니 네 어머니가 말벌에 쏘여 돌아가신 것처럼 완전히 청천벽력은 아니었던 셈이야."

"청천……?"

"청천벽력." 내가 말했다. "맑은 날 갑자기 천둥이 친다는 거야. 예상하지 못한 일이 느닷없이 일어난다는 뜻이지."

"청천벽력." 그녀가 말했다. "어떤 한자를 써요?"

"'청천'은 푸를 청靑 자에 하늘 천天 자. '벽력'은 어려워서 나도 못 써. 써본 적도 없고. 궁금하면 집에 가서 사전을 찾아봐."

"청천벽력" 하고 그녀는 다시금 되뇌었다. 그럼으로써 그 단어가 머릿속 서랍에 들어간 것 같았다.

"어쨌든 그애의 죽음은 어느 정도 예상했던 일이었어. 그런데도 막상 그애가 갑작스러운 발작을 일으켜 하루도 못 넘기고 죽어버리자 평소의 각오 따위는 아무 쓸모도 없었어. 나는 말 그대로 꼼짝할 수 없었어. 나뿐만 아니라 다른 가족도 마찬가지였지."

"그뒤에 선생님 안에서도 여러 가지가 바뀌었어요?"

"그래, 그뒤로 내 안에서나 내 밖에서나 여러 가지가 완전히 바뀌어버렸어. 시간이 흐르는 방식이 달라졌지. 그리고 네 말처럼, 그 두 가지가 잘 연결되지 않아."

마리에는 십 초 정도 가만히 내 얼굴을 바라보았다. 그러고는 말했다. "동생은 선생님한테 무척 소중한 사람이었군요."

나는 고개를 끄덕였다. "그래, 무척 소중한 사람이었어."

아키가와 마리에는 고개를 숙이고 뭔가를 깊이 생각했다. 그러고는 고개를 들고 말했다.

"그렇게 기억이 나뉘어버리는 바람에 엄마 기억이 잘 안 나요. 어떤 사람이었는지, 어떤 얼굴이었는지, 나한테 어떤 말을 했는지. 아빠도 엄마 이야기를 잘 해주지 않고."

내가 아키가와 마리에의 어머니에 대해 아는 것은 멘시키가 이잡듯이 세세하게 설명해준, 멘시키와 그녀의 마지막 성행위 정도였다. 그의 사무실 소파에서 이뤄진—즉 아키가와 마리에가 수태되었을지도 모르는—격렬한 섹스 말이다. 물론 그런 이야기를 해줄 수는 없다.

"그래도 엄마에 대해 사소하게라도 기억하는 건 없니? 여섯 살까지 같이 살았잖아."

"냄새는 기억나요." 마리에가 말했다.

"엄마의 체취?"

"그게 아니라. 비냄새."

"비냄새?"

"그때 비가 내렸어요. 빗방울이 땅을 때리는 소리가 들릴 정도로 세차게. 그런데도 엄마는 우산을 쓰지 않았어요. 내 손을 잡고 같이 빗속을 걸었어요. 계절은 여름이었던 것 같아요."

"여름철 소나기였나?"

"아마도요. 햇볕에 달궈진 아스팔트가 비를 맞을 때 나는 냄새였으니까. 그 냄새가 기억나요. 산 위의 전망대 같은 곳이었어요. 그리고 엄마는 노래를 불렀어요."

"어떤 노래?"

"멜로디는 잊어버렸어요. 그렇지만 가사는 기억해요. 강 건너편에 넓고 푸른 풀밭이 펼쳐져 있고 온통 아름다운 햇살이 비치는데, 이쪽은 내내 오랜 비가 내리네…… 뭐 그런 노래였어요. 혹시, 선생님은 들어본 적 없어요?"

그런 노래를 들어본 기억은 없었다. "없는 것 같은데."

아키가와 마리에는 어깨를 으쓱하듯 살짝 움직였다. "지금까지 여러 사람한테 물어봤는데 아무도 그런 노래는 들어본 적 없대요. 왜 그럴까? 나 혼자 머릿속에서 지어낸 노래일까요?"

"아니면 어머니가 즉석에서 만들어냈는지도 모르지. 너를 위해서."

마리에가 내 얼굴을 올려다보고 미소지었다. "그렇게 생각해본 적은 없지만, 만약 정말이라면 좀 멋지네요."

그녀의 미소를 본 것은 내 기억으로 이때가 처음이었다. 마치 두꺼운 구름이 갈라지고 한줄기 빛이 흘러나와, 특별히 선택받은 땅의 일부를 환히 비추는 듯한 미소였다.

나는 마리에에게 물었다. "다시 가보면 아, 여기다, 하고 알아볼 수 있을 것 같니? 산 위의 전망대 같다는 그곳에 가면."

"아마도요." 마리에가 말했다. "그렇게 자신은 없지만, 아마도."

"자기 안에 그런 풍경을 하나 가지고 있다는 건 멋진 일이야."

내가 말했다.

마리에는 그저 고개를 끄덕였다.

그뒤로 한동안 나와 아키가와 마리에는 바깥에서 지저귀는 새소리에 귀를 기울였다. 창밖에는 근사한 가을하늘이 펼쳐져 있었다. 구름 한 점 보이지 않았다. 우리는 각자 말없이 이런저런 생각에 빠져 있었다.

"저기 뒤집어놓은 그림은 뭐예요?" 잠시 후 마리에가 물었다.

그녀가 가리키는 것은 흰색 스바루 포레스터를 탄 남자를 그린(그리려고 했던) 유화였다. 앞면이 보이지 않도록 캔버스를 뒤집어 벽에 세워두었던 것이다.

"미완성 그림이야. 어떤 남자를 그리려고 했어. 하지만 중간에 그만뒀지."

"봐도 돼요?"

"그래. 아직 밑그림 단계지만."

나는 캔버스를 뒤집어 이젤에 얹었다. 마리에는 의자에서 일어나 이젤 앞으로 다가와서 팔짱을 낀 채 그림을 똑바로 바라보았다. 그림 앞에 서자 그녀의 눈에 예리한 광채가 돌아왔다. 입술은 일자로 굳게 다물었다.

그림에는 빨강과 초록, 검정 물감뿐이고, 그곳에 그려져야 하는 남자는 아직 명확한 윤곽을 얻지 못한 상태였다. 목탄으로 그린 모습은 이미 물감 아래 감춰졌다. 그는 그 이상 살을 붙이는 것을 거절하고, 색을 입히는 것도 거부했다. 그러나 나는 그 남자가 거기 존재한다는 사실을 안다. 나는 그 존재의 근간을 그곳에 붙들어두고 있다. 바닷속 그물이 눈에 보이지 않는 물고기를 가두고 있는 것처럼. 나는 그것을 밖으로 끌어낼 방법을 찾아내려 했고, 상대는 그 시도를 저지하려 했다. 그렇게 밀고 당기는 가운데 그림은 중단되었다.

"여기서 그만둔 거예요?" 마리에가 물었다.

"그래. 밑그림 단계에서 영 앞으로 나아갈 수가 없어서."

마리에가 나지막이 말했다. "하지만 이미 완성된 것처럼 보이는데요."

나는 그녀 옆에 서서 같은 시점에서 새삼 그 그림을 바라보았다. 어둠 속에 도사린 남자의 모습이 그녀의 눈에 보이는 걸까?

"그림에 더는 손댈 필요가 없단 뜻이니?" 내가 물었다.

"네. 이대로 충분하다고 생각해요."

나는 짧게 숨을 삼켰다. 그 말이 흰색 스바루 포레스터의 남자가 내게 했던 말과 거의 똑같았기 때문이다. 그림은 그냥 놔둬라. 더이상 이 그림에 손대지 마.

"왜 그렇게 생각하지?" 나는 마리에에게 다시 물었다.

마리에는 대답하지 않았다. 다시 한차례 집중해서 그림을 들여다보더니 팔짱을 풀고 양손을 뺨에 갖다댔다. 달아오른 얼굴을 식히려는 듯이. 그러고는 말했다.

"이대로도 충분한 힘을 갖고 있으니까요."

"충분한 힘?"

"그렇게 느껴져요."

"혹시 별로 좋지 않은 종류의 힘일까?"

마리에는 그 질문에 대답하지 않았다. 양손은 여전히 뺨에 댄
채다.

"선생님은 이 남자를 잘 알아요?"

나는 고개를 가로저었다. "아니. 사실 아무것도 몰라. 예전에
혼자 긴 여행을 하던 중에 먼 지방에서 우연히 마주친 사람이야.
대화도 해보지 않았어. 이름도 몰라."

"여기 있는 게 좋은 힘인지, 좋지 않은 힘인지는 몰라요. 그때
그때 좋은 힘이 되었다가 나쁜 힘이 되었다가 할지도 모르죠. 왜
있잖아요, 보는 각도에 따라 여러모로 달라지는 거."

"하지만 그걸 그림으로 그리지는 않는 편이 좋겠다는 거니?"

그녀가 내 눈을 보았다. "만약 그렸다가 그게 좋지 않은 것이
면 어떻게 할 거예요? 만약 그게 이쪽으로 손을 뻗어오면요?"

그 말이 맞다 싶었다. 만약 그게 좋지 않은 것이라면, 만약 그
게 악惡 자체라면, 그리고 만약 그게 이쪽으로 손을 뻗어온다면
어쩔 셈인가?

나는 캔버스를 이젤에서 내리고 원래 자리에 뒤집어서 세워놓

22

왔다. 그 그림이 시야에서 사라진 것만으로 직전까지 작업실 안에 가득하던 긴장감이 확 풀리는 느낌이었다.

이 그림을 단단히 포장해서 천장 위에 처박아둬야 하는지도 모른다, 나는 생각했다. 아마다 도모히코가 〈기사단장 죽이기〉를 사람들 눈에 띄지 않도록 그곳에 감춘 것처럼.

"그럼 저 그림은 어떻게 생각하니?" 나는 벽에 걸린 아마다 도모히코의 〈기사단장 죽이기〉를 가리켰다.

"마음에 들어요." 아키가와 마리에는 망설임 없이 대답했다. "누가 그린 그림이에요?"

"아마다 도모히코. 이 집 주인이야."

"이 그림은 뭔가 호소하고 있어요. 좁은 새장에 갇힌 새가 바깥세상으로 나가고 싶어하는 것처럼."

나는 그녀의 얼굴을 보았다. "새? 그게 어떤 새일까?"

"어떤 새인지, 어떤 새장인지는 몰라요. 어떻게 생겼는지도 잘 안 보여요. 다만 그렇다고 느낄 뿐이죠. 나한테 이 그림은 너무 어려운지도 모르겠어요."

"너에게만 그런 게 아니야. 내게도 너무 어려운 것 같아. 그렇지만 네 말대로 이 작가는 사람들에게 호소하고 싶은 무언가가 있었고, 그 절실한 마음을 이 그림에 담아냈어. 나도 그렇게 느껴. 하지만 과연 뭘 호소하려는 건지는 도무지 모르겠어."

"한 사람이 한 사람을 죽이고 있어요. 굳은 의지를 갖고."

"맞아. 젊은 남자는 결의를 품고 상대방 가슴에 칼을 깊숙이 찔러넣고 있어. 반면 당하는 쪽은 자신이 살해당한다는 사실에 놀랄 뿐이야. 주위 사람들은 그 상황에 숨죽이고 있고."

"정당한 살인이란 것도 있어요?"

나는 그 말을 생각해보았다. "잘 모르겠는데. 정당함의 기준을 어떻게 보느냐에 따라 달라지니까. 이를테면 사형을 사회적으로 정당한 살인이라고 생각하는 사람도 세상에는 많아."

혹은 암살을, 나는 생각했다.

마리에는 조금 뜸을 들였다가 말했다. "그래도 이 그림은, 사람이 죽어가고 많은 피가 흐르는데도 기분을 어둡게 하지 않아요. 이 그림은 나를 어딘가 다른 장소로 데려가려 해요. 정당하다 정당하지 않다, 그런 기준과는 다른 장소로."

그날 나는 결국 한 번도 붓을 들지 않았다. 밝은 작업실에서 아키가와 마리에와 두서없는 이야기를 나누었을 뿐이다. 나는 대화를 하면서 그녀의 표정 변화와 크고 작은 동작을 하나하나 뇌리에 새겨넣었다. 그렇게 저장해둔 기억이 내가 그릴 그림의 이른바 피와 살이 된다.

"오늘은 아무것도 그리지 않았네요." 마리에가 말했다.

"그런 날도 있어." 내가 말했다. "시간이 빼앗아가는 게 있는

가 하면 시간이 가져다주는 것도 있어. 중요한 건 시간을 자기편으로 만드는 일이야."

그녀는 아무 말도 하지 않고 그저 내 눈을 바라보았다. 유리창에 얼굴을 갖다대고 안쪽을 살펴보는 사람처럼. 시간의 의미를 생각하는 것이다.

열두시가 되어 여느 때처럼 차임이 울리자 나와 마리에는 작업실을 나와 거실로 갔다. 소파에서는 검은 테 안경을 쓴 아키가와 쇼코가 두툼한 문고판을 들고 독서에 빠져 있었다. 숨소리도 나지 않을 만큼 집중해서.

"무슨 책을 읽으세요?" 나는 참지 못하고 물었다.

"실은 저한테는 징크스 같은 게 있어요." 그녀가 생긋 웃으면서 가름끈을 끼우고 책을 덮었다. "읽는 책 제목을 남에게 알려주면 웬일인지 끝까지 읽지 못해요. 항상 예상 못한 일이 생겨서 도중에 끊기고 말아요. 이상한 소리지만 정말로 그렇답니다. 그래서 읽는 중에는 책 제목을 아무에게도 말하지 않기로 했어요. 다 읽고 나면 기꺼이 알려드리겠지만요."

"물론 다 읽고 알려주셔도 괜찮습니다. 그냥 무척 몰두해서 읽으시기에 무슨 책인지 궁금해서요."

"아주 재미있는 책이에요. 한번 읽기 시작하면 멈출 수가 없지요. 그래서 아껴뒀다가 여기 올 때만 읽기로 했어요. 그러면 두 시간쯤은 훌쩍 지나가니까요."

"고모는 책을 엄청 많이 읽어요." 마리에가 말했다.

"달리 할 일도 없고, 책 읽는 것이 지금 제 생활의 중심이나 마찬가지라서요." 아키가와 쇼코가 말했다.

"일은 하지 않으시나요?" 내가 물었다.

그녀는 안경을 벗고 미간의 주름을 손가락으로 누르면서 말했다. "일주일에 한 번꼴로 근처 도서관에 자원봉사를 가는 게 다예요. 예전에는 도쿄에 있는 사립대학 의대에서 일했어요. 학장 비서였죠. 그러다 이곳으로 옮겨오면서 그만뒀어요."

"마리에의 어머니가 돌아가시면서 여기로 오신 거죠?"

"처음에는 그냥 잠깐 머물 생각이었어요. 어느 정도 주변 상황이 정리될 때까지만. 그런데 막상 와서 마리에랑 함께 생활하다보니 쉽사리 떠날 수가 없더라고요. 그래서 쭉 여기서 같이 살고있어요. 물론 오빠가 재혼이라도 하면 곧장 도쿄로 돌아갈 생각이지만."

"그때는 나도 나갈 거야." 마리에가 말했다.

아키가와 쇼코는 사교적인 미소를 지을 뿐 대꾸하지 않았다.

"혹시 괜찮으면 식사라도 하시지 않겠습니까?" 내가 두 사람에게 물었다. "샐러드와 파스타 정도는 간단히 만들 수 있어요."

아키가와 쇼코는 물론 사양했지만 마리에는 셋이서 점심을 먹는 데 꽤 관심을 보였다.

"뭐 어때? 어차피 집에 아빠도 없는데."

"정말 간단한 식사입니다. 소스는 미리 만들어둔 게 많으니, 일인분 차릴 거 삼인분 차린다고 수고가 더 들진 않아요." 내가 말했다.

"정말로 괜찮으세요?" 아키가와 쇼코는 미심쩍은 듯 말했다.

"물론입니다. 마음 쓰지 마세요. 저는 늘 이 집에서 혼자 식사를 하거든요. 하루에 세 끼 전부 혼자서요. 가끔은 누군가와 같이 먹고 싶습니다."

마리에가 고모의 얼굴을 보았다.

"그럼, 그 말씀 믿고 사양 않겠습니다." 아키가와 쇼코가 말했다. "그런데 정말로 폐가 되지 않을까요?"

"전혀요." 내가 말했다. "그냥 편히 계십시오."

그리고 우리 셋은 식당으로 자리를 옮겼다. 두 사람은 식탁에 앉고, 나는 부엌에서 물을 끓이고, 아스파라거스와 베이컨으로 만든 소스를 소스팬에 부어 데우고, 양상추와 토마토와 양파와 피망으로 샐러드를 만들었다. 물이 끓자 파스타를 삶고 그사이 파슬리를 다졌다. 냉장고에서 아이스티를 꺼내 유리잔에 따랐다. 두 여자는 부엌에서 분주하게 움직이는 내 모습을 신기하다는 듯 바라보았다. 아키가와 쇼코는 뭐 도울 일 없느냐고 물었다. 도움이 필요할 만큼 대단한 일도 아니니 그냥 가만히 앉아 계십시오, 하고 나는 말했다.

"굉장히 능숙하시네요." 그녀가 감탄한 투로 말했다.

"매일 하는 일이니까요."

내게 요리는 전혀 괴로운 일이 아니다. 옛날부터 손으로 하는 일을 좋아했다. 요리나 간단한 목공, 자전거 수리, 정원 일 등. 대신 추상적이고 수학적인 사고는 서투르다. 장기나 체스, 퍼즐 같은 지적 유희는 내 심플한 두뇌를 괴롭힌다.

이윽고 우리는 식탁에 둘러앉아 식사를 시작했다. 맑은 가을날 일요일의 한가한 점심식사. 그리고 아키가와 쇼코는 식탁에 함께 앉기에 이상적인 상대였다. 화제가 풍부하고 유머감각이 있으며 지적이고 사교성이 넘쳤다. 테이블 매너는 우아하면서도 젠체하는 구석이 없었다. 좋은 가정에서 자라 학비가 비싼 학교에 다닌 사람이다. 마리에는 거의 말을 하지 않고 대화는 고모에게 맡긴 채 먹는 일에 집중했다. 아키가와 쇼코는 나중에 소스의 레시피를 알려달라고 했다.

식사를 거의 마쳤을 즈음 현관 초인종의 명랑한 음색이 울렸다. 누른 사람이 누구인지 추측하기는 그리 어렵지 않았다. 조금 전 재규어의 굵직한 엔진음이 희미하게 들려온 것 같아서였다. 그 소리―도요타 프리우스의 조용한 엔진음과는 극과 극이다―가 내 의식과 무의식 사이의 얇은 층 어딘가에 와닿았다. 그러므로 초인종이 울린 것은 결코 '청천벽력'이 아니었다.

"잠깐 실례합니다." 나는 자리에서 일어나 냅킨을 내려놓고 두 사람을 남겨둔 채 현관으로 향했다. 지금부터 무슨 일이 벌어질지 예측도 하지 못한 채.

34

그리고 보니 최근에 공기압을 재지 않았다

현관문을 열자 멘시키가 서 있었다.

그는 흰색 버튼다운 셔츠 위에 잔무늬가 고급스럽게 들어간 모직 베스트와 청회색 트위드 재킷 차림이었다. 연한 겨자색 치노바지에 갈색 스웨이드 구두를 신었다. 언제나처럼 모든 옷을 자연스럽게 소화했다. 풍성한 백발이 가을햇살에 반짝이고, 등 뒤로 은색 재규어가 보였다. 그 옆에는 파란색 도요타 프리우스가 서 있다. 두 대가 나란히 서 있으니 치열이 고르지 못한 사람이 입을 벌리고 웃는 모습처럼 보였다.

나는 잠자코 멘시키를 안으로 들였다. 그의 얼굴은 긴장으로 굳은 듯했다. 방금 칠해서 덜 마른 회반죽벽이 연상되었다. 멘시키의 그런 표정을 보는 건 물론 처음이었다. 그는 언제나 냉정하게 자신을 억제하고, 감정을 최대한 드러내지 않으려 노력하기 때문이다. 빛 한줄기 없는 구덩이에 한 시간을 갇혀 있다 나와도 얼굴빛이 전혀 바뀌지 않았던 사람이다. 하지만 지금 그의 얼굴은 창백하다고 해도 될 정도였다.

"들어가도 괜찮을까요?" 그가 말했다.

"물론이죠." 내가 말했다. "식사중이긴 한데 거의 끝나갑니다. 들어오세요."

"아, 식사를 방해하고 싶지는 않은데요." 그는 말하면서 거의 반사적으로 손목시계에 눈길을 주었다. 그리고 의미 없이 오랫동안 시곗바늘을 노려보았다. 꼭 바늘의 움직임에 이견이라도 있는 것처럼.

나는 말했다. "금방 끝날 거예요. 간단한 식사라서요. 그뒤에 같이 커피라도 드시죠. 거실에서 기다리시면 두 사람을 소개해 드리겠습니다."

멘시키는 고개를 가로저었다. "아뇨, 소개는 너무 이른 것 같습니다. 전 두 사람이 이미 떠났을 줄 알고 온 거지 소개를 받으려던 게 아닙니다. 그런데 와서 보니까 댁 앞에 낯선 자동차가 서 있기에, 어떻게 할지 몰라서……"

"마침 좋은 기회입니다." 나는 그의 말을 가로막으며 말했다. "자연스럽게 해볼게요. 제게 맡겨주시죠."

멘시키가 고개를 끄덕이고 신발을 벗기 시작했다. 어찌된 일인지 신발 벗는 법을 잘 모르는 듯한 태도였다. 나는 그가 고전 끝에 양쪽 신발을 다 벗기를 기다려 거실로 데려갔다. 전에 몇 번 온 적이 있으면서도 그는 마치 난생처음 와보는 사람처럼 신기한 표정으로 거실을 둘러보았다.

"여기서 기다리십시오." 내가 말했다. 그러고는 그의 어깨에 가볍게 손을 얹었다. "앉아서 편하게 기다리세요. 십 분도 안 걸릴 겁니다."

나는 멘시키를 혼자 남겨두고—왠지 모르게 불안하긴 했지만—식당으로 돌아왔다. 내가 없는 사이 두 사람은 이미 식사를 끝낸 모양이었다. 포크가 접시 위에 놓여 있었다.

"손님이 오셨나봐요?" 아키가와 쇼코가 걱정스러운 얼굴로 물었다.

"네, 하지만 괜찮습니다. 근처에 사는 지인이 지나가는 길에 들른 거라서요. 거실에서 기다리기로 했어요. 허물없는 사이니까 신경쓰실 것 없습니다. 저는 식사를 마저 하죠."

그리고 나는 조금 남아 있던 음식을 마저 먹었다. 두 사람이 테이블의 식기를 치우는 사이 커피메이커로 커피를 내렸다.

"거실로 가서 커피라도 같이 드시겠습니까?" 내가 아키가와 쇼코에게 말했다.

"그래도, 저희가 손님에게 방해되지 않을까요?"

나는 고개를 저었다. "전혀 아닙니다. 이것도 인연이니 소개해

드리죠. 근처라고는 하지만 골짜기 맞은편 산머리에 사는 분이 니, 아마 아키가와 씨도 모르실 것 같은데요."

"성함이 어떻게 되시는데요?"

"멘시키 씨입니다. 면허증의 면에 색깔의 색. 색을 면하다."

"특이한 이름이네요." 아키가와 쇼코가 말했다. "멘시키 씨라. 그런 이름은 처음 들어봐요. 하긴 골짜기 너머라면 주소상으로 는 가까워도 왕래할 일이 없으니까요."

우리는 쟁반에 네 명분의 커피와 설탕과 크림을 담아 거실로 향했다. 거실에 들어와 가장 놀란 것은 멘시키가 사라졌다는 사실이었다. 거실에는 아무도 없었다. 테라스에도 그의 모습은 보이지 않았다. 화장실에 간 것도 아닌 듯했다.

"어디 갔지?" 나는 누구에게랄 것 없이 말했다.

"여기 계셨나요?" 아키가와 쇼코가 물었다.

"방금 전까지는요."

현관에 나가봤지만 그의 스웨이드 구두가 보이지 않았다. 샌들을 꿰신고 나가 현관문을 열었다. 은색 재규어는 아까와 같은 자리에 서 있다. 그렇다면 집으로 돌아가지는 않은 모양이다. 차창이 햇빛을 반사해서 안에 사람이 있는지 잘 확인되지 않았다. 나는 차 쪽으로 다가가보았다. 멘시키가 재규어 운전석에 앉아 뭔가를 찾는 듯 여기저기 뒤지고 있었다. 차창을 가볍게 두드렸다. 멘시키가 차창을 내리고 곤경에 처한 얼굴로 나를 올려다보았다.

"무슨 일인가요, 멘시키 씨?"

"타이어 공기압을 재려고 하는데, 어찌된 일인지 공기압계가 보이지 않아서요. 항상 글러브박스에 넣어두는데 말입니다."

"지금 여기서 급하게 하셔야 하나요?"

"아뇨, 그건 아닙니다. 그냥 댁에 앉아 있자니 갑자기 공기압이 신경쓰였습니다. 그리고 보니 최근에 공기압을 재지 않았구나 하고요."

"특별히 타이어 상태가 이상한 건 아니죠?"

"아뇨, 타이어 상태는 딱히 이상하지 않습니다. 정상입니다."

"그렇다면 공기압은 일단 미뤄두고 거실로 들어가지 않으시겠어요? 커피를 내렸어요. 두 사람이 기다리고 있습니다."

"기다린다고요?" 멘시키가 메마른 목소리로 말했다. "저를 기다린다는 말입니까?"

"네, 멘시키 씨를 소개하겠다고 했거든요."

"큰일이네." 그가 말했다.

"왜요?"

"아직은 소개받을 준비가 되지 않았습니다. 마음의 준비 같은 것요."

그는 불타는 빌딩 16층 창문에서 꼭 컵받침만하게 보이는 구조 매트로 뛰어내리라는 말을 들은 사람처럼 겁에 질려 당황한 눈으로 말했다.

"오시는 게 좋아요." 나는 단호하게 말했다. "어서요, 무척 간단한 일입니다."

멘시키가 잠자코 고개를 끄덕이고 시트에서 몸을 일으켜 차에서 내린 다음 문을 닫았다. 문을 잠그려다가 굳이 그럴 필요가 없음을 깨닫고(아무도 오지 않는 산꼭대기다) 열쇠를 치노바지 주머니에 넣었다.

거실에서는 아키가와 쇼코와 마리에가 소파에 앉아 기다리고 있었다. 우리가 들어가자 두 사람은 예의바르게 소파에서 일어났다. 나는 그녀들에게 멘시키를 간단히 소개했다. 지극히 예사롭고 일상적인 생활의 한 부분으로.

"멘시키 씨도 그림 모델을 해주신 적이 있어요. 제가 초상화를 그려드렸죠. 마침 댁이 근처라 그뒤로 왕래하고 있습니다."

"맞은편 산 위에 사신다지요." 아키가와 쇼코가 물었다.

집 이야기가 나오자 멘시키의 얼굴이 눈에 띄게 창백해졌다. "네, 몇 년 전부터 살고 있습니다. 몇 년째더라. 음, 삼 년, 아니면 사 년?"

그가 묻는 것처럼 내 얼굴을 바라보았지만 나는 아무 말도 하지 않았다.

"여기서 댁이 보이나요?" 아키가와 쇼코가 물었다.

"아 네, 보입니다." 멘시키가 말하고는 곧바로 덧붙였다. "뭐 그리 대단한 집은 아닙니다. 산꼭대기라 아주 불편하고요."

"불편하기로 말하면 저희 집도 마찬가지랍니다." 아키가와 쇼코가 붙임성 좋게 대답했다. "장 한번 보려고 해도 큰일이니까요. 휴대전화 전파도 잘 안 잡히고, 라디오도 깨끗하게 안 나와요. 게다가 경사가 심해서 눈이 쌓이면 미끄러질까 무서워 차를 끌고 나갈 수도 없어요. 뭐, 다행히 그 정도로 눈이 쌓인 건 오 년 전쯤에 한 번뿐이지만요."

"네, 이 근방에는 눈이 거의 오지 않으니까요." 멘시키가 말했다. "바다 쪽에서 따뜻한 바람이 불어오는 덕입니다. 바다의 힘은 대단합니다. 다시 말해……"

"어쨌거나 겨울에 눈이 쌓이지 않는 건 다행이네요." 내가 끼어들었다. 그냥 두었다가는 태평양 난류의 원리까지 조목조목 설명할 만큼 절박한 분위기가 멘시키에게서 읽혔기 때문이다.

아키가와 마리에는 고모와 멘시키의 얼굴을 번갈아 바라보았다. 멘시키에게 딱히 이렇다 할 감상을 품은 것 같지는 않았다. 멘시키는 마리에에게 눈길을 전혀 주지 않고 아키가와 쇼코의 얼굴만 뚫어져라 바라보았다. 마치 그녀의 얼굴에 개인적으로 강렬하게 마음을 사로잡힌 것처럼.

나는 멘시키에게 말했다. "실은 지금 마리에의 그림을 그리고 있어요. 모델을 서달라고 부탁해서요."

"그래서 제가 매주 일요일 아침 차로 데려오고 있답니다." 아키가와 쇼코가 말했다. "거리로 따지면 저희 집 바로 앞이지만 도로 여건상 상당히 돌아와야 해서요."

멘시키는 그제야 아키가와 마리에의 얼굴을 똑바로 바라보았다. 그러나 두 눈은 그녀의 얼굴 주위 어딘가 정착할 만한 곳을 찾으려고 정신 사나운 겨울 파리처럼 바삐 움직였다. 결국 그런 곳은 발견하지 못한 것 같았다.

나는 도움의 손길을 뻗어줄 셈으로 스케치북을 가져와 그에게 내밀었다. "이게 지금까지 그린 데생입니다. 이제 데생을 끝낸 단계라 본격적인 작업에는 들어가지 않았지만요."

멘시키는 석 장의 데생을 한참 뚫어져라 들여다보았다. 마리에의 실물을 보는 것보다 그녀의 데생을 보는 편이 훨씬 의미 깊은 일인 것처럼. 물론 그럴 리 없다. 그는 마리에를 정면으로 바라보기가 힘들 뿐이다. 데생은 어디까지나 그 대체물에 지나지 않는다. 마리에와 이렇게 가까이 있는 것이 처음이라 아직 마음이 잘 정리되지 않는 것이리라. 아키가와 마리에는 그렇게 갈피를 못 잡는 멘시키의 얼굴 움직임을 신기한 동물이라도 관찰하는 눈으로 바라보았다.

"훌륭합니다." 멘시키가 말했다. 그리고 아키가와 쇼코를 향해 덧붙였다. "셋 다 무척 생생하군요. 분위기를 잘 포착했습니다."

"네, 제 생각도 그래요." 아키가와 쇼코가 상냥하게 말했다.

"그렇지만 마리에는 무척 어려운 모델이에요." 내가 멘시키에게 말했다. "그리기가 쉽지 않아요. 표정이 시시각각 바뀌어서 그 중심에 있는 것을 파악하는 데 시간이 걸립니다. 그래서 아직 그림작업에 들어가지는 못했어요."

"어렵다고요?" 멘시키가 말했다. 눈부신 것을 대하듯이 실눈을 뜨고 새삼 마리에의 얼굴을 보았다.

내가 말했다. "그 석 장의 데생은 각각 표정이 매우 다르죠. 그리고 그 표정 변화만으로 전체 분위기가 확 달라집니다. 마리에를 한 장의 그림에 담으려면 표면적인 변화뿐 아니라 그 중심에 존재하는 것까지 포착해야 해요. 그러지 못하면 전체의 극히 일부분밖에 표현할 수 없죠."

"그렇군요." 멘시키가 감탄한 듯이 말했다. 그리고 석 장의 데생과 마리에의 얼굴을 몇 번이고 번갈아 보았다. 그사이 창백하던 그의 얼굴에 서서히 핏기가 돌아왔다. 처음에는 작은 점만했지만 곧 탁구공 크기가 되고 야구공 크기가 되더니 이윽고 얼굴 전체로 퍼졌다. 마리에는 그런 얼굴색의 변화를 흥미로운 눈길로 바라보았다. 아키가와 쇼코는 실례가 되지 않도록 자연스레 시선을 돌리고 있었다. 나는 손을 뻗어 포트를 들고 내 잔에 커피를 더 따랐다.

"다음주부터는 본격적인 작업에 들어갈 생각입니다. 즉 캔버스에 물감으로 그린다는 뜻이죠." 나는 침묵을 메울 셈으로 말했다. 특정한 누구에게 한 말은 아니었다.

"구상을 벌써 마치셨나요?" 아키가와 쇼코가 물었다.

나는 고개를 가로저었다. "아직 못했습니다. 직접 캔버스 앞에서 붓을 들어보기 전에는 구체적인 것들이 전혀 머릿속에 떠오르지 않아요."

"멘시키 씨의 초상화를 그리셨다고요?" 아키가와 쇼코가 내게 물었다.

"네, 지난달에요." 내가 말했다.

"훌륭한 초상화입니다." 멘시키가 힘주어 말했다. "당분간 물감을 말려야 해서 아직 표구는 하지 않았지만, 저희 집 서재 벽에 걸어두었습니다. 그런데 '초상화'는 올바른 표현이 아닌지도 모르겠습니다. 거기 그려진 건 분명히 저인 동시에 또 제가 아니기 때문이지요. 설명하기 힘들지만 대단히 심오한 그림입니다. 아무리 봐도 물리지 않아요."

"멘시키 씨인 동시에 멘시키 씨가 아니라고요?" 아키가와 쇼코가 물었다.

"말하자면 이른바 초상화가 아니라, 한 단계 더 깊숙이 나아간 그림입니다."

"한번 보고 싶어요." 마리에가 말했다. 거실로 나와 처음 꺼낸 말이었다.

"마리에, 실례잖니. 초면에 그런 말씀을 드리면……"

"전혀 실례일 것 없습니다." 아키가와 쇼코의 말이 채 끝나기도 전에 날카로운 손도끼를 휘두르듯이 멘시키가 끼어들어 말허리를 잘랐다. 그 기세에 모두(멘시키 본인도 포함해서) 순간적으로 숨을 죽였다.

그가 잠시 숨을 돌리고 말을 이었다. "마침 사는 곳도 가까우니 그림을 보러 저희 집에 한번 오십시오. 저는 혼자 사니 신경 쓰실 것 없어요. 두 분 모두 언제든지 환영입니다."

그렇게 말해버리고 나자 멘시키의 얼굴이 한층 붉어졌다. 아마 스스로도 자기 말투에서 지나치게 절박한 울림을 읽어낸 것이리라.

"마리에는 그림을 좋아하나요?" 그가 이번에는 마리에를 보고 물었다. 목소리는 이미 평소의 톤으로 돌아와 있었다.

마리에는 말없이 고개만 살짝 끄덕였다.

멘시키가 말했다. "괜찮으면 다음주 일요일, 오늘과 비슷한 시각에 여기로 모시러 오겠습니다. 그뒤 저희 집에 가서 그림을 보지 않으시겠습니까?"

"그래도 그렇게 폐를 끼칠 수는……" 아키가와 쇼코가 망설였다.

"나는 그 그림을 보고 싶어." 이번에는 마리에가 여러 말 할수 없게 단호한 목소리로 말했다.

결국 다음주 일요일 정오가 지나서 멘시키가 우리집으로 두 사람을 데리러 오기로 했다. 나도 같이 오라고 했지만 그날 오후에 볼일이 있다고 정중히 사양했다. 나로서는 이 일에 더는 개입하고 싶지 않았다. 나머지는 당사자들에게 맡기고, 지금부터 무슨 일이 일어나건 되도록 국외자로 남고 싶었다. 나는 그저 결과적으로—원래 그럴 의도는 없었던 상태에서—양쪽을 만나게 해주었을 뿐이다.

집으로 돌아가는 아름다운 고모와 조카를 배웅하러 나와 멘시키는 밖으로 나갔다. 아키가와 쇼코는 프리우스 옆에 세워진 멘시키의 은색 재규어를 잠시 흥미롭게 살펴보았다. 마치 애견인이 다른 집 개를 보는 듯한 눈빛으로.

"이건 재규어 최신 모델이죠?" 그녀가 멘시키에게 물었다.

"맞습니다. 가장 최근에 나온 재규어 쿠페죠. 자동차를 좋아하십니까?" 멘시키가 물었다.

"아뇨, 그 정도는 아니지만, 돌아가신 아버지가 옛날에 재규어 세단을 몰았거든요. 저를 자주 태워주고, 이따금 운전도 하게 해주셨어요. 그래서 차체 앞의 이 마크를 보면 항상 옛날 생각이 난답니다. XJ6였던가. 동그란 헤드라이트가 네 개 달린 차였어요. 엔진은 4.2리터 직렬 6기통이고요."

"시리즈III군요. 네, 아주 아름다운 모델이었죠."

"아버지는 그 차가 마음에 들었는지 꽤 오래 타셨어요. 연비가 나쁘고 고장이 잦다며 불평하시면서도."

"그 모델은 특히 연비가 나쁜 편이죠. 전기 계통의 고장도 잦았을 겁니다. 재규어는 전통적으로 전기 계통이 썩 강하지 않아서요. 하지만 별탈이 없을 때는, 그리고 기름값만 신경쓰지 않는다면 모든 부분에서 빼어난 자동차입니다. 승차감도 핸들링도 다른 차에서 얻을 수 없는 매력이 넘치죠. 물론 세상에는 압도적으로 많은 사람이 고장과 연비 문제를 충분히 고려하고, 그래서 도요타 프리우스가 날개 돋친 듯이 팔리지만요."

"이건 오빠가 저보고 타라며 사준 거예요. 직접 산 게 아니고요." 아키가와 쇼코는 도요타 프리우스를 가리키며 꼭 변명하듯이 말했다. "운전하기 쉽고, 안전하고, 환경에도 좋다면서."

"프리우스도 매우 좋은 차죠." 멘시키가 말했다. "실은 저도 진지하게 구입을 고려했습니다."

정말일까? 나는 내심 고개를 갸웃했다. 도요타 프리우스를 모는 멘시키라니 상상이 잘 되지 않았다. 레스토랑에서 니수아즈 샐러드를 주문하는 표범의 모습이 상상되지 않는 것과 마찬가지로.

아키가와 쇼코가 재규어 안을 엿보며 말했다. "무척 무례한 부탁이지만, 이 차에 잠깐 타봐도 괜찮을까요? 운전석에 앉아보는 정도만요."

"물론입니다." 멘시키가 말했다. 그리고 목소리를 가다듬으려는 듯 가볍게 헛기침을 했다. "얼마든지 타보십시오. 혹시 내키면 운전해보셔도 상관없습니다."

나는 그녀가 이렇게까지 멘시키의 재규어에 관심을 표하는 것이 조금 의외였다. 온화하고 청초한 외모만 봐서는 자동차에 관심을 가질 타입 같지 않았기 때문이다. 그러나 아키가와 쇼코는 눈을 반짝이며 재규어 운전석에 올라타 크림색 가죽시트에 몸을 묻고 대시보드를 유심히 바라보더니 핸들에 양손을 얹었다. 그러고는 왼손을 시프트 레버에 얹었다. 멘시키가 치노바지 주머니에서 열쇠를 꺼내 그녀에게 건넸다.

"시동을 걸어보시죠."

아키가와 쇼코는 잠자코 열쇠를 받아 운전대 옆에 꽂고 시계 방향으로 돌렸다. 커다란 고양잇과 짐승이 순식간에 눈을 떴다. 그녀는 낮고 깊은 엔진음에 한동안 넋을 잃고 귀기울였다.

"엔진음이 귀에 익어요." 그녀가 말했다.

"4.2리터, V8 엔진입니다. 아버님이 타셨던 XJ6는 6기통이니 밸브 수와 압축비가 다르지만 소리는 비슷할지 모르겠군요. 화석연료를 아무 생각 없이 활활 태운다는 점에서는 예나 지금이나 죄가 많은 기계입니다."

아키가와 쇼코는 레버를 올려 우회전 방향지시등을 켰다. 콩콩하는 특유의 명랑한 소리가 들렸다.

"이 소리도 무척 오랜만이네요."

멘시키가 미소지었다. "재규어밖에 내지 못하는 소리죠. 다른 어떤 차의 방향지시등 소리와도 다릅니다."

"저는 젊었을 때 아버지의 XJ6로 남몰래 연습해서 운전면허를 땄어요." 그녀가 말했다. "주차 브레이크가 보통 자동차와 조금 달라서, 처음 다른 차를 탔을 때는 적잖이 당황했답니다. 뭘 어떻게 해야 하는지 몰라서요."

"이해되는군요." 멘시키는 미소짓고 말했다. "영국인들은 묘한 구석에 고집을 부리지요."

"그렇지만 차내의 냄새는 아버지 차와 조금 다른 것 같아요."

"유감스럽지만 그럴 겁니다. 인테리어에 사용된 재료가 여러 사정으로 옛날과 완전히 똑같지는 않으니까요. 특히 2002년 코널리사가 피혁을 제공하지 못하게 된 뒤로 차내 냄새가 상당히 달라졌습니다. 코널리라는 회사 자체가 없어져버린 탓이죠."

"유감이에요. 그 냄새가 정말 좋았는데. 뭐랄까, 제게는 아버지의 냄새에 대한 추억이나 마찬가지라서요."

멘시키가 조금 저어하는 얼굴로 말했다. "실은 제게 이것 말고도 구형 재규어가 한 대 더 있습니다. 어쩌면 거기서는 아버님 차와 같은 냄새가 날지도 모르겠군요."

"XJ6를 가지고 계시나요?"

"아니요, E타입입니다."

"E타입이라면, 그 오픈카 말씀이세요?"

"네, 시리즈 I 로드스타죠. 1960년대 중반 제품이지만 아직 멀쩡합니다. 거기에도 4.2리터 6기통 엔진이 들어갑니다. 오리지

널 투 시터고요. 덮개는 어쩔 수 없이 새것으로 교체했으니, 엄밀히 따지면 오리지널이라고 할 수 없습니다만."

나는 자동차에 완전히 문외한이라 무슨 이야기인지 거의 알아듣지 못했지만 아키가와 쇼코는 그 정보에 일종의 감명을 받은 눈치였다. 어쨌거나 두 사람에게 재규어라는 공통의―그리고 아마 상당히 좁은 영역의―취미가 있다는 사실이 판명된 덕분에 마음이 다소 편해졌다. 처음 만난 두 사람의 대화를 위해 일부러 화제를 찾아내줄 필요가 없어졌으니까. 마리에는 자동차에 대해 나 못지않게 관심 없는 듯 몹시 따분한 얼굴로 두 사람의 대화를 듣고 있었다.

아키가와 쇼코가 재규어에서 내려 문을 닫고 열쇠를 멘시키에게 돌려주었다. 멘시키는 열쇠를 받아 치노바지 주머니에 넣었다. 그리고 그녀와 마리에는 파란색 프리우스에 올라탔다. 멘시키가 마리에 쪽의 문을 닫아주었다. 재규어와 프리우스는 문이 닫히는 소리도 전혀 다르다는 사실에 나는 새삼 감명을 받았다. 하나의 소리에도 세상에는 실로 많은 차이가 존재한다. 더블베이스의 똑같은 개방현을 한 번 퉁, 튕겨도 찰리 밍거스가 내는 소리와 레이 브라운이 내는 소리가 확연히 다르게 들리는 것과 마찬가지다.

"그럼 다음주 일요일에 뵙죠." 멘시키가 말했다.

아키가와 쇼코는 멘시키를 향해 생긋 웃어 보이더니 핸들을 쥐고 출발했다. 도요타 프리우스의 다부진 뒷모습이 시야에서 사라지자 나와 멘시키는 집안으로 들어갔다. 그리고 거실에서 식은 커피를 마셨다. 우리는 한동안 아무 말도 하지 않았다. 멘시키는 온몸의 힘이 빠져나간 것처럼 보였다. 가혹한 장거리 레이스를 완주하고 막 골인한 선수 같았다.

"아름다운 소녀더군요." 내가 잠시 후에 말했다. "아키가와 마리에 말입니다."

"그렇습니다. 크면 더 아름다워지겠죠." 멘시키가 말했다. 그러면서도 머릿속으로 뭔가 다른 생각을 하는 것 같았다.

"그애를 가까이서 본 소감이 어떠신가요?" 내가 물었다.

멘시키는 어색한 미소를 지었다. "실은 그렇게 자세히 보지 못했습니다. 긴장한 탓에요."

"그래도 조금은 보셨잖아요?"

멘시키가 고개를 끄덕였다. "네, 물론입니다." 그러고는 잠시 침묵을 지키다가 갑자기 고개를 들고 진지한 눈으로 나를 바라보았다. "그래서, 어떻게 생각하셨습니까?"

"어떻게 생각하다니, 뭘 말인가요?"

멘시키의 얼굴에 다시 조금 붉은 기가 돌았다. "그애 얼굴과 제 얼굴에 무슨 공통점 같은 게 있나요? 당신은 화가이고 오랫동안 초상화를 전문적으로 그려왔으니 그런 점을 잘 아시지 않습니까?"

나는 고개를 가로저었다. "얼굴의 특징을 빠른 시간에 잡아내는 훈련이 된 건 사실입니다. 하지만 핏줄을 분별하는 방법까지는 몰라요. 세상에는 부모 자식인데 전혀 닮지 않은 사람들이 있는가 하면, 생판 남인데 꼭 닮은 사람들도 있죠."

멘시키가 깊은 한숨을 내뱉었다. 온몸에서 쥐어짠 듯한 한숨이었다. 그는 두 손바닥을 마주 비볐다.

"저는 감정을 부탁드리는 게 아닙니다. 어디까지나 개인적인 감상을 듣고 싶은 거죠. 아주 사소한 부분이라도 상관없습니다. 뭔가 주의를 끈 점이 있었다면 말씀해주셨으면 합니다."

나는 잠시 생각했다. 그런 다음 말했다. "구체적인 이목구비 하나하나를 놓고 보면 두 분 사이에는 별로 닮은 점이 없을 겁니다. 다만 눈의 움직임에 뭔가 통하는 부분이 있다는 인상을 받았어요. 여러 차례 문득 그런 느낌이 들더군요."

그는 얇은 입술을 다물고 내 얼굴을 바라보았다. "저희 두 사람의 눈에 공통점이 있다는 말씀입니까?"

"감정이 그대로 솔직하게 눈에 드러나는 것이 두 분의 공통점인지도 모르겠어요. 이를테면 호기심이나 열의, 놀라움, 혹은 의심이나 저항감, 그런 미묘한 감정이 눈을 통해 밖으로 드러나는 거요. 표정은 결코 풍부하다고 할 수 없지만 두 눈이 마음의 창처럼 기능하죠. 보통 사람들과는 반대예요. 대부분, 표정은 나름대로 풍부하더라도 눈은 그렇게까지 생생하지 않거든요."

멘시키는 뜻밖이라는 표정이었다. "제 눈도 그렇습니까?"

나는 고개를 끄덕였다.

"그렇게 의식한 적은 없었는데요."

"스스로는 아마 컨트롤하기 힘들 겁니다. 아니면 의식적으로 표정을 억제하는 만큼 감정이 눈에 집중적으로 드러나는지도 몰라요. 하지만 그것도 아주 주의깊게 관찰하지 않으면 읽어낼 수 없는 수준이죠. 보통 사람은 어지간해서는 알아채기 힘들 겁니다."

"하지만 당신에게는 보인다?"

"저는 말하자면 사람의 표정을 파악하는 것이 직업이니까요."

멘시키는 그에 대해 한동안 생각했다. 그러고는 말했다. "우리는 그런 공통점이 있다, 하지만 진짜 부녀인지 아닌지는 당신도 알 수 없다는 거죠?"

"저는 사람을 보면 몇 가지 회화적인 인상을 파악하고 그것을 중요히 여깁니다. 하지만 회화적 인상과 객관적 사실은 별개죠. 인상은 아무것도 증명하지 않습니다. 바람결에 날아가는 나비 같은 것이지 실용성은 거의 없어요. 그러는 멘시키 씨는 어떤가요? 눈앞에서 그애를 보고 뭔가 특별한 것을 느끼셨나요?"

그는 몇 번 고개를 가로저었다. "한 번 짧게 본 정도로는 아무것도 알 수 없어요. 더 긴 시간이 필요합니다. 그 아이와 함께 있는 것이 익숙해지기 전에는……"

그러고는 다시 천천히 고개를 가로저었다. 무언가를 찾는 듯

재킷 주머니에 양손을 넣었다가 다시 꺼냈다. 자기가 뭘 찾고 있었는지 잊어버린 것처럼. 그리고 말을 이었다. "하긴 횟수의 문제가 아닐지도 모르죠. 만나면 만날수록 오히려 혼란만 늘어나고 아무런 결론에 다다르지 못할 수도 있어요. 그 아이는 어쩌면 저와 피를 나눈 친딸일지도 모르고 아닐지도 모릅니다. 하지만 어느 쪽이건 상관없습니다. 그 아이를 앞에 두고 그런 가능성을 생각하는 것만으로도, 이 손가락으로 가상을 건드리는 것만으로도, 순식간에 새롭고 맑은 혈액을 온몸 구석구석 보낼 수 있어요. 저는 살아간다는 것의 의미를 지금까지는 진심으로 이해하지 못했는지도 모르겠습니다."

나는 침묵을 지켰다. 멘시키의 마음의 움직임에 대해, 혹은 산다는 것의 정의에 대해 내가 할 말은 아무것도 없다. 멘시키는 한눈에도 비싸 보이는 손목시계의 얇은 문자반을 내려다보고, 버둥거리듯이 어색하게 소파에서 몸을 일으켰다.

"정말이지 감사할 따름입니다. 당신이 떠밀어주지 않았다면 저 혼자서는 아무것도 못했을 겁니다."

그 말만을 남기고 그는 불안한 걸음으로 현관으로 가, 시간을 들여 신발을 신고 끈을 고쳐 묶은 후 밖으로 나갔다. 나는 그가 차에 올라타 돌아가는 모습을 현관 앞에서 바라보았다. 재규어가 시야에서 사라지자 주위는 다시 일요일 오후의 정적에 둘러싸였다.

시간은 오후 두시가 약간 지나 있었다. 지독한 피로가 몰려들었다. 나는 옷장에서 낡은 담요를 꺼내와 덮고 소파에서 잠시 눈을 붙였다. 잠이 깬 것은 세시가 지나서였다. 방안으로 흘러드는 햇빛이 약간 이동해 있었다. 묘한 하루였다. 내가 앞으로 나아가는 중인지 뒤로 물러나는 중인지, 아니면 같은 곳을 뱅글뱅글 맴돌고 있는지 짐작되지 않았다. 방향감각이 흐트러진 기분이었다. 아키가와 쇼코와 마리에, 그리고 멘시키. 세 사람은 각기 강렬하고 특별한 자력磁力 같은 것을 내뿜고 있다. 그리고 그 세 사람에게 둘러싸인 한복판에 내가 있었다. 어떤 자력도 지니지 못한 채.

하지만 아무리 지쳤다 해도 아직 일요일이 끝난 것은 아니었다. 시곗바늘은 오후 세시를 막 지났을 뿐이다. 해도 넘어가지 않았다. 일요일이 과거가 되고, 내일이라는 새로운 하루가 찾아올 때까지는 아직 한참 시간이 있다. 그런데도 아무런 의욕이 일지 않았다. 낮잠을 자고 나서도 머릿속 깊이 희뿌연 안개 덩어리가 남아 있었다. 좁은 책상 서랍 안쪽에 오래된 털실 뭉치가 걸려 있기라도 한 듯한 감각이다. 누가 그런 것을 억지로 쑤셔넣은 것이다. 그 탓에 서랍이 끝까지 꼭 닫히지 않는다. 아마 이런 날은 나도 자동차 공기압을 재보아야 하리라. 아무것도 하기 싫은 날에는 최소한 타이어 공기압이라도 재볼 일이다.

그런데 생각해보니 태어나서 지금까지 직접 자동차 타이어의 공기압을 재본 적은 한 번도 없었다. 가끔 주유소에서 "공기압이 떨어진 것 같으니 재보는 게 좋겠는데요"라고 하면 그제야 부탁해 재보는 정도다. 물론 공기압계 같은 것도 갖고 있지 않다. 어떻게 생긴 물건인지도 모른다. 글러브박스에 들어갈 정도니까 그렇게 크진 않겠지. 모르긴 해도 할부로 사야 할 만큼 비싸지도 않을 것이다. 다음에 한번 사봐야겠다.

　주위가 어둑해지자 부엌에 가서 캔맥주를 마시며 저녁을 차렸다. 술지게미에 절인 방어를 오븐에 굽고, 채소절임을 썰고, 오이와 미역을 식초로 무치고, 무와 유부를 넣어 된장국을 끓였다. 그리고 혼자서 묵묵히 먹었다. 이야기 상대도 없거니와 딱히 할 말도 없다. 그렇게 혼자만의 간소한 저녁을 마쳐갈 무렵 초인종이 울렸다. 아무래도 오늘은 다들 내가 식사를 마치기 직전에 초인종을 누르기로 마음먹은 모양이었다.

　하루는 아직 끝나지 않았다, 나는 생각했다. 긴 일요일이 되리라는 예감이 들었다. 나는 식탁에서 일어나 천천히 현관으로 향했다.

35

그 장소는 그대로 놔뒀어야 해요

나는 느린 걸음으로 현관을 향했다. 초인종을 누른 사람이 누구인지 전혀 짐작이 가지 않았다. 만일 차가 집 앞에 와서 섰다면 소리가 들렸을 터였다. 식당이 조금 안쪽에 있긴 하지만 아주 조용한 밤이니 차가 왔다면 엔진음이나 타이어 소리가 반드시 귀에 와닿았으리라. 설령 그것이 정숙한 하이브리드 엔진을 자랑하는 도요타 프리우스라 해도 말이다. 하지만 그런 소리는 전혀 들리지 않았다.

더욱이 해가 진 뒤 차도 없이 여기까지 긴 비탈길을 걸어올라올 만큼 특이한 인간은 없을 터였다. 길가에 가로등이 거의 없어 무척 어둡고, 인적도 없다. 고립된 산머리에 외따로 서 있는 집이니 근처에 이웃이라 할 만한 사람들도 없다.

혹시 기사단장일지도 모른다 싶었다. 그러나 아무리 생각해도 그럴 리는 없다. 본인이 원할 때마다 마음껏 이 집을 들락거릴 수 있는데 굳이 초인종을 누를 필요가 있을까.

누구인지 묻지도 않고 자물쇠를 풀고 현관문을 열었다. 그곳에는 아키가와 마리에가 서 있었다. 낮에 봤을 때와 거의 같은 차림이지만 지금은 요트파카 위에 얇은 남색 다운재킷을 껴입었다. 해가 지자 바깥이 확연히 싸늘해졌다. 그녀는 클리블랜드 인디언스의 야구모자를 쓰고(왜 하필 클리블랜드일까?) 오른손에 커다란 회중전등을 들고 있었다.

"들어가도 돼요?" 그녀가 물었다. '안녕하세요'도 '갑자기 찾아와서 죄송합니다'도 없이.

"그럼, 들어오렴." 내가 말했다. 그 이상은 아무 말도 하지 않았다. 내 머릿속 서랍이 끝까지 꼭 닫히지 않았기 때문이다. 아직 안쪽에 털실 뭉치가 걸려 있었다.

나는 그녀를 식당으로 안내했다.

"식사하던 중인데. 마저 먹어도 될까?" 내가 말했다.

그녀는 잠자코 고개를 끄덕였다. 사교성이라는 성가신 개념은 이 소녀의 머릿속에 존재하지 않는다.

"차 마실래?" 내가 물었다.

그녀는 이번에도 잠자코 고개를 끄덕였다. 그러고는 다운재킷과 야구모자를 벗고 머리를 매만졌다. 나는 주전자에 물을 끓였다. 그리고 티포트에 녹차 잎을 넣었다. 어차피 나도 차를 마실까 하던 참이었다.

내가 방어구이를 먹고, 된장국을 마시고, 밥을 씹는 모습을 아키가와 마리에는 식탁에 팔꿈치를 괸 채 신기한 광경인 양 관찰했다. 마치 정글을 산책하던 중 거대한 비단뱀이 새끼 오소리를 통째로 삼키는 현장을 맞닥뜨리고, 가까운 바위에 앉아 구경하는 것처럼.

"방어구이는 내가 만들었어." 점점 깊어가는 침묵을 메울 요량으로 내가 설명했다. "술지게미에 절여두면 오래 보관할 수 있거든."

그녀는 아무 반응이 없었다. 내 말을 제대로 듣고 있는지조차 확실하지 않았다. "이마누엘 칸트는 생활습관이 지극히 규칙적인 사람이었어. 그가 산책 나가는 모습을 보고 동네 사람들이 시계를 맞췄을 정도였지." 나는 그렇게 말해보았다.

물론 의미 없는 발언이다. 아키가와 마리에가 의미 없는 발언에 어떻게 반응하는지 보고 싶었을 뿐이다. 내 말이 정말로 귀에 들어오는지 아닌지. 하지만 그녀는 전혀 반응이 없었다. 주위의 침묵이 한층 깊어졌을 뿐이다. 이마누엘 칸트는 날마다 지극히 과묵하고 규칙적으로, 쾨니히스베르크의 거리를 돌아다니며 산책을 이어갔다. 그가 죽기 전 마지막으로 한 말은 "괜찮군Es ist gut"이었다. 그런 인생도 있는 것이다.

나는 식사를 마치고 식기를 싱크대로 옮겼다. 녹차를 우려서 찻잔 두 개를 들고 식탁으로 돌아왔다. 아키가와 마리에는 여전히 식탁에 앉은 채 내 동작 하나하나를 가만히 관찰했다. 문헌의 세세한 각주를 검증하는 역사학자처럼 주의깊은 눈으로.

"여기까지 차로 온 건 아니지?" 내가 물었다.

"걸어왔어요." 아키가와 마리에가 드디어 입을 열었다.

"너희 집에서 여기까지 혼자 걸어왔다고?"

"네."

나는 잠자코 그녀의 다음 말을 기다렸다. 아키가와 마리에는 입을 열지 않았다. 식탁을 사이에 두고 상당히 긴 침묵이 이어졌다. 하지만 침묵을 유지하는 것이라면 나도 결코 서툰 편이 아니다. 어쨌거나 이런 산꼭대기에 혼자 살고 있을 정도니까.

"비밀통로가 있어요." 잠시 후 마리에가 말했다. "차로 오면 꽤 멀어도 거기로 빠져나오면 무척 가까워요."

"나도 이 주변을 곧잘 산책 다니지만, 그런 길은 본 적 없는데."

"대충 다니니까 그래요." 소녀가 단호하게 말했다. "그냥 걸으면서 그냥 봐서는 그 통로를 찾지 못해요. 잘 감춰뒀으니까."

"네가 감춘 거니?"

그녀가 고개를 끄덕였다. "난 태어나자마자 여기로 와서 자랐어요. 어릴 때부터 산 전체가 내 놀이터였어요. 이 일대는 구석구석 잘 알아요."

"그리고 그 통로는 교묘히 감춰졌다."

그녀가 다시 한번 고개를 끄덕였다.

"그리고 너는 그 통로를 지나 여기로 온 거고."

"맞아요."

나는 한숨을 쉬었다. "저녁은 먹었니?"

"아까 먹었어요."

"뭘 먹었어?"

"고모는 요리를 잘 못해요." 소녀가 말했다. 내 질문에 대한 답은 되지 못했지만 굳이 그 이상 캐묻지 않았다. 자기가 조금 전에 먹은 음식을 별로 떠올리고 싶지 않은 모양이었다.

"그래서, 네 고모는 너 혼자 여기 온 거 아셔?"

마리에는 그 말에 대답하지 않았다. 입을 일자로 꾹 다물고 있다. 그래서 내가 알아서 대답하기로 했다.

"물론 모르시겠지. 정상적인 어른이라면 열세 살 여자아이가 해진 뒤에 혼자 산속을 돌아다니게 놔두지 않아. 그렇지?"

다시 한차례 침묵이 흘렀다.

"비밀통로가 있는 것도 고모는 모르고."

마리에는 고개를 몇 번 가로저었다. 고모는 통로를 모른다는 의미다.

"너 말고 그 통로를 아는 사람은 없다."

마리에가 고개를 몇 번 가로저었다.

"어쨌거나." 나는 말을 이었다. "너희 집 위치로 짐작해보면, 비밀통로를 빠져나와서 오래된 사당이 있는 잡목림을 거쳐 여기까지 온 거지?"

마리에가 고개를 끄덕였다. "그 사당 잘 알아요. 지난번에 커다란 기계를 가져와서 뒤에 있는 돌무덤을 파헤친 것도 알고요."

"그 현장을 지켜봤었니?"

마리에가 고개를 저었다. "파헤칠 때는 못 봤어요. 그날은 학교에 갔으니까. 나중에 기계 자국이 땅에 잔뜩 남은 것만 봤죠. 왜 그런 일을 했어요?"

"여러 가지 사정이 있었어."

"어떤 사정?"

"처음부터 설명하려면 이야기가 너무 길어져." 나는 말했다. 그리고 설명은 하지 않았다. 그 일에 멘시키가 관여했다는 사실은 되도록 알리고 싶지 않았다.

"거기는 그렇게 파헤치지 말았어야 해요." 마리에가 불쑥 말했다.

"왜 그렇게 생각하지?"

그녀가 어깨를 으쓱하듯 살짝 움직였다. "그 장소는 그대로 가만히 놔뒀어야 해요. 다들 그렇게 해왔으니까."

"다들 그렇게 해왔다고?"

"오랫동안 계속, 그대로 놔뒀으니까."

아닌 게 아니라 소녀의 말이 옳은지도 모른다. 나는 생각했다. 그 장소는 손대지 말았어야 하는지도 모른다. 지금까지 다들 그래왔는지도 모른다. 하지만 이제 와서 그런 말을 한들 이미 늦었다. 돌무덤은 치워지고, 구덩이는 파헤쳐지고, 기사단장은 밖으로 풀려나고 말았다.

"구덩이를 덮어둔 판자를 들어낸 게 혹시 너였니?" 내가 마리에에게 물었다. "구덩이 속을 들여다보고, 그다음에 다시 판자를 덮고 누름돌을 원래대로 올려놨어. 그렇지?"

마리에가 고개를 들고 내 얼굴을 똑바로 바라보았다. 그걸 어떻게 아느냐고 묻듯이.

"판자 위 누름돌의 배치가 약간 바뀌어 있었거든. 나는 옛날부터 시각적인 기억력이 무척 좋았어. 그런 사소한 차이도 한눈에 알 수 있지."

"흐음." 그녀가 감탄한 것처럼 말했다.

"하지만 판자를 걷어봐도 구덩이는 텅 비어 있었다. 어둠과 습한 공기 말고는 아무것도 없었다. 그렇지?"

"사다리가 하나 있었어요."

"구덩이로 내려가진 않았지?"

마리에가 힘주어 고개를 저었다. 설마 그런 짓을 했겠느냐고 말하듯이.

"그래서," 내가 말을 이었다. "너는 이렇게 늦은 시각에 무슨

58

용건으로 여기까지 왔지? 아니면 그냥 사교적인 방문인가?"

"사교적인 방문?"

"우연히 근처에 온 김에 인사나 할 겸 들러봤다든가."

그녀는 그 말을 잠시 생각했다. 그러고는 작게 고개를 저었다. "사교적인 방문은 아니에요."

"그렇다면 이건 어떤 종류의 방문일까?" 내가 말했다. "나야 물론 네가 집으로 놀러오면 무척 반갑지만, 나중에 네 고모나 아버지가 이 사실을 알면 이상한 오해를 할지도 몰라."

"어떤 오해?"

"세상에는 갖가지 오해가 있어." 내가 말했다. "우리 상상을 훨씬 뛰어넘는 오해도 있지. 어쩌면 더이상 너를 모델로 그림을 그리지 못하게 될지도 몰라. 그럼 나는 무척 곤란해질 테고. 너도 마찬가지 아닐까?"

"고모한테 들킬 일은 없어요." 마리에가 딱 잘라 말했다. "저녁 먹고 내가 방으로 올라가면, 그뒤로 고모는 내 방에 오지 않거든요. 그게 규칙이에요. 그러니까 창문으로 몰래 빠져나와도 아무도 몰라요. 한 번도 들킨 적 없어요."

"예전부터 밤중에 산속을 자주 돌아다녔니?"

마리에가 고개를 끄덕였다.

"밤에 혼자 산속을 다녀도 무섭지 않았어?"

"더 무서운 건 따로 있어요."

"예를 들면?"

마리에는 살짝 어깨를 으쓱할 뿐 대답은 하지 않았다.

내가 물었다. "고모는 그렇다 치고, 아버지는 뭐라고 안 하셔?"

"아직 집에 안 들어왔어요."

"일요일인데?"

마리에는 대답하지 않았다. 아버지 얘기는 되도록 꺼내고 싶지 않은 모양이었다.

그녀가 말했다. "아무튼 선생님은 걱정 안 해도 돼요. 나 혼자 밖에 나온 걸 아무도 모르니까. 만약 들켜도 선생님 이름은 절대로 말 안 할게요."

"그럼 그 걱정은 됐고." 내가 말했다. "오늘밤 네가 이렇게 우리집까지 온 이유는 뭐지?"

"선생님한테 할말이 있어서요."

"무슨 말?"

아키가와 마리에는 찻잔을 들고 뜨거운 녹차를 한 모금 조용히 마신 다음 날카로운 눈으로 주위를 한 번 둘러보았다. 이야기를 엿듣는 사람은 없는지 확인하듯이. 물론 주위에는 우리 말고 아무도 없다. 혹시 기사단장이 돌아와서 어디선가 귀를 기울이고 있지 않다면 말이지만. 나도 주위를 둘러보았다. 그러나 기사단장의 모습은 보이지 않았다. 어쨌거나 형체화하지 않으면 기사단장은 누구의 눈에도 보이지 않지만.

"오늘 낮에 여기 왔던, 선생님 친구요." 그녀가 말했다. "아름다운 흰머리에, 이름이 뭐였더라, 좀 특이했던 사람."

"멘시키 씨."

"맞아요, 멘시키 씨."

"그 사람은 내 친구가 아니야. 그냥 얼마 전 알게 된 사이지."

"어쨌든요." 마리에가 말했다.

"그래서, 멘시키 씨가 왜?"

그녀는 실눈을 뜨고 나를 바라보았다. 그리고 살짝 목소리를 낮춰 말했다. "그 사람은 마음속에 뭔가 감추고 있는 것 같아요."

"예를 들어 어떤 걸?"

"그것까지는 몰라요. 하지만 멘시키 씨가 오늘 오후 우연히 여기 들렀다는 건 사실이 아닐 거예요. 분명히 뭔가 있어서 왔다는 생각이 들어요."

"뭔가라니, 예를 들어 어떤 걸까?" 나는 그녀의 날카로운 관찰력에 적잖이 뜨끔해서 물었다.

그녀는 내 눈을 똑바로 들여다보며 말했다. "그것까지는 몰라요. 선생님도 몰라요?"

"아니, 짚이는 게 없는데." 나는 거짓말을 했다. 아키가와 마리에의 눈이 그 거짓말을 단번에 꿰뚫어보지 않기를 빌면서. 나는 옛날부터 거짓말에 별로 능하지 못하다. 지어낸 이야기를 하면 금방 얼굴에 표가 난다. 하지만 여기서 진짜 사실을 털어놓을 수는 없다.

"정말?"

"정말." 내가 말했다. "그 사람이 오늘 우리집에 올 줄은 전혀 예상 못했어."

마리에는 내 말을 일단 믿어주기로 한 모양이었다. 실제로도 멘시키는 오늘 우리집에 오겠다고 말한 적이 없고, 그의 방문은 내게도 갑작스럽고 예상치 못한 일이었다. 내가 거짓말을 한 건 아니다.

"그 사람 눈이 기묘했어요." 마리에가 말했다.

"기묘하다니, 어떻게?"

"내내 무슨 꿍꿍이를 품고 있는 것처럼 보여요.『빨간 모자』에 나오는 늑대처럼. 할머니로 변장하고 침대에 누워 있어도 눈을 보면 곧바로 늑대라는 걸 알 수 있어요."

『빨간 모자』의 늑대?

"그러니까 너는 멘시키 씨에게서 네거티브한 무언가를 느꼈다는 얘기니?"

"네거티브?"

"부정적인 것. 해롭다든가, 뭐 그런 거."

"네거티브." 그녀는 말했다. 그러면서 그 단어가 기억의 서랍에 들어간 것 같았다. '청천벽력'이 그랬던 것처럼.

"그렇진 않아요." 마리에가 말했다. "나쁜 의도가 있는 것 같지는 않아요. 하지만 흰머리가 아름다운 멘시키 씨는 등뒤에 뭔가를 숨기고 있다고 생각해요."

"너는 그렇게 느끼는구나?"

마리에가 고개를 끄덕였다. "그래서 일단 선생님한테 확인하러 온 거예요. 선생님은 멘시키 씨에 대해 뭔가 알고 있지 않을까 하고."

"고모도 너랑 똑같이 느낄까?" 나는 그녀의 질문을 피할 셈으로 물었다.

마리에가 살짝 고개를 갸웃했다. "아뇨, 고모는 그렇게 생각하지 않아요. 남한테 네거티브한 감정을 잘 품지 않으니까. 그리고 고모는 멘시키 씨에게 관심이 있어요. 나이차는 좀 나는 것 같지만, 잘생겼고 옷도 잘 입고 엄청 부자인 것 같고 혼자 산다고 하고……"

"고모는 그 사람에게 호감을 품고 있다?"

"그런 거 같아요. 멘시키 씨와 대화할 때 굉장히 즐거워 보였거든요. 표정도 밝고, 목소리도 좀 들떠 있고. 평소랑 달랐어요. 그리고 멘시키 씨도 은근히 그런 차이를 느꼈을 거예요."

나는 그에 대해서는 아무 말도 하지 않고 두 찻잔에 새로 차를 따랐다. 그리고 한 모금 마셨다.

마리에는 혼자 한동안 생각에 잠겼다. "그런데 우리가 오늘 여기 오는 걸 어떻게 멘시키 씨가 알고 있었을까. 선생님이 말해줬어요?"

나는 되도록 거짓말을 하지 않고 넘어갈 수 있게 신중히 표현을 골랐다. "멘시키 씨는 네 고모를 만날 생각으로 일부러 여기 온 건 아닐 거야. 집에 손님이 있는 걸 알고 그냥 돌아가려는 걸 내가 억지로 붙잡았거든. 그는 우연히 우리집에 왔고, 고모가 와 있는 걸 우연히 보고 관심을 가졌던 게 아닐까. 고모는 상당히 매력적인 분이니까."

마리에는 내 말을 완전히 납득한 것처럼 보이지는 않았지만 그 이상 캐묻지도 않았다. 그저 심각한 얼굴로 잠시 식탁에 팔꿈치를 괴고 있을 뿐이다.

"어쨌거나 둘이 다음주 일요일에 그 사람 집에 가기로 했지." 내가 말했다.

마리에가 고개를 끄덕였다. "네, 선생님이 그린 초상화를 보려요. 고모는 무척 기대되나봐요. 일요일에 멘시키 씨 집에 가는 거요."

"고모에게도 즐거운 일은 필요해. 더욱이 이렇게 인적 없는 산머리에 살면 도시랑은 다르게 새로운 남자를 알게 될 기회가 별로 없으니까."

아키가와 마리에는 한동안 입을 꼭 다물고 있었다. 그러고는 고백하는 투로 말했다.

"고모한테는 예전에 애인이 있었어요. 오랫동안 진지하게 만난 남자가. 여기 오기 전에, 도쿄에서 비서 일을 할 때요. 그러다가 무슨 사정으로 결국 잘되지 않아서 무척 깊은 상처를 받았어요. 그래서 엄마가 죽고 우리집에 와서 같이 살게 된 거예요. 물론 고모한테서 들은 이야기는 아니지만."

"지금은 만나는 사람이 없고?"

마리에가 고개를 끄덕였다. "지금은 아마 만나는 사람이 없을 거예요."

"그리고 너는 고모가 한 사람의 여자로서 멘시키 씨에게 어렴풋한 기대 같은 걸 품는 게 조금 걱정되는구나. 그래서 나와 상담하려고 여기 왔다. 그런 거니?"

"있죠, 멘시키 씨가 고모를 유혹하는 걸까요?"

"유혹?"

"진지한 마음에서가 아니라."

"그건 나도 알 수 없어." 내가 말했다. "나도 그렇게까지 멘시키 씨를 잘 알지는 못해. 게다가 그 사람과 고모는 오늘 오후에 처음 만났고, 구체적으로는 아직 아무 일도 일어나지 않았어. 또 사람의 마음과 마음 사이의 문제는 이야기가 진행되면서 미묘하게 바뀌기도 하거든. 마음의 작은 움직임이 크게 부풀기도 하고, 그 반대의 경우도 있고."

"하지만 나는 예감 같은 게 있어요." 그녀가 단호히 말했다.

딱히 근거는 없어도 그녀의 예감 같은 것을 믿어도 되리라는 느낌이 들었다. 그것은 또한 나의 예감 같은 것이기도 했다.

나는 말했다. "너는 이러다가 무슨 일이 생겨서, 고모가 또다시 정신적으로 깊은 상처를 받을까봐 걱정되는구나?"

마리에가 짧게 고개를 끄덕였다. "고모는 조심성 있는 편이 아니고, 상처받는 데도 별로 익숙하지 않아요."

"그렇게 말하니 꼭 네가 고모의 보호자 같은데." 내가 말했다.

"어떤 의미에서는." 마리에가 진지한 표정으로 말했다.

"그래서 너는 어떤데? 상처받는 데 익숙하니?"

"몰라요." 마리에가 말했다. "적어도 나는 사랑 같은 건 하지 않아요."

"그래도 언젠가는 할 테지."

"하지만 지금은 안 해요. 가슴이 좀더 커질 때까지는."

"그렇게 먼 훗날은 아닐 거야."

마리에는 살짝 얼굴을 찌푸렸다. 아마 내 말을 믿지 않는 것이리라.

그때 문득 내 마음에 작은 의심이 싹텄다. 혹시 멘시키는 마리에와의 연결고리를 확보할 목적으로 아키가와 쇼코에게 의도적으로 접근하려는 것은 아닐까?

멘시키는 아키가와 마리에에 대해 이렇게 말했다. 한 번 짧게 본 정도로는 아무것도 알 수 없어요. 더 긴 시간이 필요합니다.

아키가와 쇼코는 멘시키가 앞으로도 꾸준히 마리에의 얼굴을 보기 위한 중요한 중개자가 될 것이다. 그녀가 마리에의 실질적인 보호자니까. 그리고 멘시키는 자신의 목적을 위해 우선 아키가와 쇼코를—많건 적건—포섭할 필요가 있다. 멘시키 정도의 남자에게는 특별히 곤란함이 따르는 일은 아니리라. 식은 죽 먹기까지는 아니어도. 그래도 나는 그에게 그런 숨은 의도가 있다고는 생각하고 싶지 않았다. 기사단장의 말마따나 그는 늘 뱃속에 무슨 꿍꿍이를 품고 있는지도 모른다. 그러나 내 눈에는 그렇게까지 약삭빠른 인간으로 보이지 않았다.

"멘시키 씨 집은 꽤 가볼 만해." 나는 마리에에게 말했다. "무척 흥미롭다고 할까, 어쨌든 기회 될 때 봐둬서 나쁠 건 없어."

"선생님은 멘시키 씨 집에 가본 적 있어요?"

"한 번. 저녁 초대를 받았어."

"이 골짜기 맞은편에 있어요?"

"우리집에서 거의 정면이야."

"여기서 보여요?"

나는 조금 생각하는 시늉을 했다. "응, 작긴 하지만."

"보고 싶은데."

나는 그녀를 테라스로 데려갔다. 그리고 골짜기 너머 산머리에 서 있는 멘시키의 저택을 가리켰다. 정원등에 어슴푸레하게 빛나는 그 새하얀 건물은 밤바다를 나아가는 우아한 여객선처럼 보였다. 몇 군데 유리창에 아직 불이 밝혀져 있었다. 어느 것이

나 얌전하고 작은 불빛이었다.

"저기 큰 흰색 집?" 마리에가 놀라며 물었다. 그리고 내 얼굴을 한차례 빤히 쳐다보았다. 그러고는 아무 말 없이 다시 멀리 보이는 저택으로 눈길을 돌렸다.

"저기는 우리집에서도 잘 보여요. 보이는 각도가 여기랑은 조금 다르지만. 대체 어떤 사람이 저런 집에 사는 걸까 전부터 궁금했어요."

"하긴 눈에 띄는 집이니까." 내가 말했다. "아무튼 저게 멘시키 씨 집이야."

마리에는 난간에서 몸을 조금 내밀고 오랫동안 그 저택을 바라보았다. 지붕 위로 별이 몇 개 깜박였다. 바람은 잠잠하고, 작고 단단한 구름이 한자리에 가만히 머물러 있었다. 베니어판에 못을 박아 고정한 무대장치처럼. 소녀가 때때로 고개를 기울이면 검은 생머리가 달빛을 받아 매끄럽게 반짝였다.

"멘시키 씨는 정말 저 집에 혼자 살아요?" 마리에가 나를 보며 말했다.

"그래, 저 넓은 집에 혼자 살아."

"결혼은 안 했어요?"

"결혼한 적은 없다고 했어."

"무슨 일을 하는데요?"

"잘 모르겠네. 넓게 보면 정보 비즈니스라고 했어. IT 관련인지도 모르지. 하지만 지금은 딱히 하는 일이 없다고 해. 직접 설립한 회사를 매각해서 얻은 현금과 주식 배당금 같은 걸로 생활하는 모양이야. 더 자세히는 나도 모르고."

"일을 안 한다고요?" 마리에가 미간을 찡그리며 말했다.

"본인 말로는 그랬어. 집에서 거의 나가지 않는다고."

어쩌면 멘시키는 지금 이렇게 자기 집을 바라보는 우리 둘을 고성능 망원경으로 지켜보고 있는지도 모른다. 한밤의 테라스에 나란히 서 있는 우리를 보고 그는 과연 무슨 생각을 할까?

"그만 집에 가는 게 좋겠다." 나는 마리에에게 말했다. "시간도 많이 늦었고."

"멘시키 씨는 둘째 치고," 그녀가 작은 목소리로 고백하듯이 말했다. "난 선생님이 나를 그려줘서 기뻐요. 그 말을 꼭 한 번 해두고 싶었어요. 어떤 그림이 완성될지 무척 기대돼요."

"잘 그려지면 좋겠구나." 내가 말했다. 그리고 그녀의 말에 적잖게 마음이 움직였다. 이 소녀는 그림에 관한 한 신기할 정도로 솔직하게 마음을 열 줄 알았다.

나는 현관까지 나가서 그녀를 배웅했다. 딱 붙는 얇은 다운재킷을 입고 인디언스 야구모자를 눌러쓰니 마리에는 왠지 몸집 작은 남자아이처럼 보였다.

"도중까지 바래다줄까?" 내가 물었다.

"됐어요. 익숙한 길이니까."

"그럼 다음주 일요일에 보자."

하지만 그녀는 곧장 나가지 않고 한 손으로 문 가장자리를 잡고 서 있었다.

"한 가지 마음에 걸리는 게 있어요." 그녀가 말했다. "방울 말이에요."

"방울?"

"아까 여기 오는 길에 방울소리가 들린 것 같았어요. 선생님 작업실에 있던 방울이랑 똑같은 소리였어요."

나는 순간 말을 잃었다. 마리에는 내 얼굴을 가만히 쳐다보고 있었다.

"어디쯤에서?" 내가 물었다.

"그 숲속, 사당 뒤쪽요."

나는 어둠 속에서 귀를 기울였다. 그러나 방울소리는 들리지 않았다. 아무 소리도 들리지 않았다. 그저 밤의 침묵이 깔려 있을 뿐이다.

"무섭지 않았니?" 내가 물었다.

마리에가 고개를 저었다. "제 발로 나서서 말려들지 않으면 무서울 일은 없어요."

"잠깐 기다려." 나는 마리에에게 말했다. 그리고 걸음을 서둘러 작업실로 갔다.

선반에 놓아두었던 방울이 보이지 않았다. 이미 어딘가로 사라진 것이다.

36

경기 규칙을 일절 언급하지 않는 것

아키가와 마리에를 보낸 뒤 다시 작업실로 돌아와 불을 모조리 켜고 구석구석 살펴보았다. 하지만 오래된 방울은 아무데도 보이지 않았다. 어딘가로 사라지고 없다.

마지막으로 방울을 본 게 언제였더라? 지난주 일요일, 처음 우리집에 온 아키가와 마리에가 선반 위에 있던 방울을 집어들고 흔들었다. 그리고 제자리에 돌려놓았다. 그건 똑똑히 기억하고 있었다. 그뒤로 방울을 보았던가? 잘 생각나지 않는다. 일주일 동안 나는 작업실에 거의 발을 들여놓지 않았다. 붓을 전혀 들지 않았기 때문이다. 〈흰색 스바루 포레스터의 남자〉는 그리다 말고 완전히 멈춘 상태였고, 아키가와 마리에의 초상은 아직 시작하지 않았다. 말하자면 창작의 골짜기에 빠져 있던 셈이다.

그리고 어느 틈에 방울이 사라져버렸다.

아키가와 마리에는 밤의 숲길을 빠져나오며 사당 뒤쪽에서 방울소리를 들었다. 누군가가 방울을 그 구덩이 속에 도로 가져다놓았다는 뜻일까? 지금 당장 그리 가서 정말로 방울소리가 들리는지 확인해야 할까?

하지만 이런 시간에 어둠을 뚫고 혼자 잡목림으로 가볼 마음은 도무지 들지 않았다. 안 그래도 예상 못한 일이 연달아 일어나는 바람에 적잖이 피곤했다. 누가 뭐라든 오늘 하루 치의 '예상 못한 일'은 이미 차고도 남을 터였다.

부엌 냉장고에서 얼음을 몇 개 꺼내 유리잔에 넣고 위스키를 따랐다. 아직 여덟시 반이었다. 아키가와 마리에는 무사히 숲을 빠져나가 '통로'를 지나서 집으로 돌아갔을까? 별문제는 없을 것이다. 내가 걱정할 일은 아니리라. 본인 말마따나 어릴 적부터 이 주위를 놀이터로 삼아왔으니까. 그리고 보기보다 훨씬 심지가 굳은 아이다.

나는 스카치위스키 두 잔을 천천히 마시고 크래커를 몇 개 먹었다. 그리고 이를 닦고 잠을 청했다. 어쩌면 한밤중에 또 방울소리가 들려 깰지도 모른다. 지난번처럼 새벽 두시쯤에. 어쩔 수 없다. 그건 그때 가서 생각할 일이다. 그러나 결국 아무 일도 일어나지 않았다. 아마도 그랬을 것이다. 이튿날 여섯시 반까지 한번도 깨지 않고 깊이 잠들었으니까.

눈을 뜨자 창밖에는 비가 내리고 있었다. 마땅히 정해진 겨울의 도래를 예고하듯이 차가운 비였다. 조용하고도 집요한 비. 3월에 아내가 헤어지자는 이야기를 꺼냈을 때 내리던 비와 비슷했다. 아내가 그 이야기를 하는 동안 나는 거의 얼굴을 돌리고 창밖에 내리는 비를 바라보았다.

아침을 먹은 뒤 비닐 판초를 입고 레인해트를 쓰고(여행중 하코다테의 스포츠용품점에서 산 것들이다) 잡목림으로 들어갔다. 우산은 쓰지 않았다. 사당 뒤편으로 돌아가 구덩이를 덮은 판자를 절반쯤 걷어냈다. 회중전등으로 안쪽을 주의깊게 비춰보았지만 역시나 텅 비어 있었다. 방울도 없고, 기사단장의 모습도 없었다. 그래도 혹시 모르니 벽에 세워둔 사다리를 이용해 내려가보기로 했다. 구덩이로 직접 내려가기는 처음이었다. 철사다리는 한 발씩 디딜 때마다 내 체중을 받아내며 휘었고, 불안해질 정도로 삐걱거렸다. 하지만 끝내 아무것도 발견하지 못했다. 그것은 그저 아무도 없는 구덩이였다. 완벽한 원형으로, 언뜻 보면 우물 같지만 그렇다기에는 직경이 너무 크다. 물을 퍼올리는 것이 목적이라면 이렇게까지 큰 구덩이를 팔 필요가 없다. 주위 돌벽도 너무 세심하고 치밀하게 쌓여 있다. 조경업자가 말한 대로다.

생각에 잠겨 한동안 그 안에 가만히 서 있었다. 머리 위로 반원형으로 잘린 하늘이 보여 답답한 느낌은 그리 강하지 않았다.

회중전등을 끄고, 어둡고 축축한 돌벽에 등을 기대고, 눈을 감고서 머리 위로 떨어지는 불규칙한 빗소리를 들었다. 무슨 생각을 하는지 나 자신도 확실히 알 수 없었지만 어쨌든 나는 그곳에서 뭔가 깊이 생각하고 있었다. 한 생각이 다른 생각으로 이어지고, 그것이 또다른 생각으로 연결되었다. 그러나 그것은 어딘가 기묘한 감각을 동반했다. 뭐라고 표현해야 할까, 마치 나 자신이 '생각한다'는 행위 자체에 고스란히 삼켜져버린 느낌이었다.

내가 생각을 가지고 살아 움직이는 것과 마찬가지로 이 구덩이 또한 사고하며 살아 움직이고 있다. 호흡을 하고 신축伸縮도 한다. 나는 그렇게 느꼈다. 그리고 내 사고와 구덩이의 사고가 그 어둠 속에서 뿌리를 얽고 수액을 주고받는 것 같았다. 녹아든 물감처럼 자아와 타자가 혼탁해지며 경계선이 점점 불명확해졌다.

이윽고 주위의 벽이 점점 좁혀드는 감각에 사로잡혔다. 가슴속에서 심장이 메마른 소리를 내며 신축을 거듭했다. 심장판막이 열렸다 닫히는 소리마저 들릴 것 같았다. 내가 사후세계로 다가가는 듯 싸늘한 기적이 느껴졌다. 결코 불쾌한 세계는 아니었지만. 아직은 내가 가야 할 때가 아니다.

그쯤에서 나는 퍼뜩 정신을 차리고 저 혼자 이리저리 돌아다니는 생각을 끊어냈다. 다시 회중전등을 켜고 주위를 비추어보았다. 사다리는 여전히 제자리에 있었다. 머리 위에는 조금 전과 같은 하늘이 보였다. 그것들을 확인하고 안도의 숨을 내쉬었다.

그사이 하늘이 사라지고 사다리가 없어졌다 해도 이상하지 않으리라고 생각했다. 여기서는 무슨 일이든 일어날 수 있다.

사다리를 힘주어 붙잡으며 한 단씩 조심스레 올라갔다. 이윽고 지상에 다다라 두 다리로 축축한 지면을 밟고 서자 가까스로 숨을 제대로 쉴 수 있었다. 심장의 두근거림도 점차 가라앉았다. 다시 한번 구덩이 안쪽을 들여다보았다. 회중전등 빛을 구석구석 비추어보았다. 구덩이는 여느 때처럼 평범한 구덩이로 돌아와 있었다. 살아 있지도 않았고, 생각을 하지도 않았으며, 벽이 좁혀들지도 않았다. 11월 중순의 차가운 비가 밑바닥을 조용히 적시고 있었다.

뚜껑을 덮고 누름돌을 올렸다. 정확히 원래 위치에 맞춰 늘어놓았다. 누가 또 돌을 건드리면 바로 알아볼 수 있도록. 그리고 모자를 고쳐 쓰고 왔던 길을 되밟아 돌아갔다.

그나저나 기사단장은 어디로 사라진 걸까? 숲길을 걸으며 생각했다. 그럭저럭 이 주 넘게 그의 모습을 보지 못했다. 이상하게도 나는 그가 그렇게 오랫동안 모습을 보이지 않는 것에 약간의 쓸쓸함을 느끼고 있었다. 아무리 정체 모를 존재일지라도, 말투가 다소 기묘할지라도, 나의 성행위를 허락 없이 어딘가에서 지켜볼지라도, 작은 검을 허리에 찬 조그만 기사단장에게 나는 어느새 친근감 비슷한 감정을 품고 있었다. 기사단장의 신변에 나쁜 일이 일어난 게 아니길 바랐다.

집으로 돌아오자 작업실로 가서 여느 때처럼 낡은 나무 스툴에 앉아(아마다 도모히코도 작업할 때 사용했을 스툴이다) 벽에 걸린 〈기사단장 죽이기〉를 한참 바라보았다. 나는 뭘 해야 할지 알 수 없을 때면 그 그림을 하염없이 바라보곤 했다. 아무리봐도 질리지 않는 그림이었다. 그 한 폭의 일본화는 본래라면 어느 미술관의 가장 중요한 소장품 중 하나가 되었을 작품이다. 하지만 실제로는 이 좁은 작업실의 간소한 벽에 걸려 내가 독차지하고 있다. 그전에는 누구의 눈에도 띄지 않고 천장 위에 숨겨져 있었다.

이 그림은 뭔가 호소하고 있어요, 아키가와 마리에는 말했다. 좁은 새장에 갇힌 새가 바깥세상으로 나가고 싶어하는 것처럼.

그림을 보면 볼수록 실로 마리에가 정곡을 찔렀다는 생각이 들었다. 그랬다. 확실히 무언가가 그곳에서, 갇힌 장소에서 밖으로 나오려고 마구 몸부림치는 듯 보인다. 그것은 자유와 보다 넓은 공간을 희구한다. 이 그림에 힘을 불어넣는 것은 아마도 그 강력한 의지일 것이다. 새가 구체적으로 무엇을 의미하고, 새장은 또 무엇을 의미하는지는 알 수 없을지라도.

그날은 몹시도 무언가를 그리고 싶었다. 내 안에서 '뭔가 그리고 싶다'는 기분이 점차 고조되는 것이 느껴졌다. 마치 저녁 바다에 밀물이 차오르는 것처럼. 그러나 아키가와 마리에의 초상을 시작할 기분은 아니었다. 그건 아직 이르다. 다음주 일요일까지 기다려야 한다. 그렇다고 〈흰색 스바루 포레스터의 남자〉를 다시 이젤에 올릴 기분도 아니었다. 그것에는—아키가와 마리에의 지적처럼—위험한 힘을 지닌 무언가가 잠재하고 있다.

이젤 위에는 아키가와 마리에를 그릴 생각으로 준비한 새 면 캔버스가 놓여 있었다. 나는 스툴에 앉아 눈앞의 공백을 한동안 가만히 바라보았다. 하지만 그려야 할 이미지가 떠오르지 않았다. 공백은 언제까지나 공백 그대로였다. 대체 무엇을 그려야 할까? 그러나 좀더 생각해보니 이윽고 내가 지금 무엇을 그리고 싶어하는지 깨달았다.

나는 캔버스 앞을 벗어나 대형 스케치북을 꺼냈다. 그리고 책상다리를 하고 벽에 기대앉아 연필로 석실을 그리기 시작했다. 늘 쓰던 2B가 아니라 HB를 썼다. 잡목림의 돌무덤 밑에서 나타난 그 불가사의한 구덩이다. 조금 전 보았던 광경을 머릿속으로 재현하며 되도록 상세하게 스케치해나갔다. 기묘할 만큼 치밀하게 쌓인 돌벽을 그렸다. 구덩이 주변의 지면을 그리고, 그곳에 아름다운 무늬처럼 깔려 있는 젖은 낙엽들을 그렸다. 구덩이를 감추듯이 우거진 참억새 덤불은 중기 캐터필러에 짓밟혀 쓰러져 있다.

그림을 그리다보니 내가 이 잡목림 속 구덩이와 일체화되는 듯 기묘한 감각이 다시 몰려왔다. 구덩이는 분명 그림으로 그려지기를 원하는 것 같았다. 정확하고 치밀하게 그려지기를. 그리고 나는 그 요구를 들어주기 위해 거의 무의식적으로 손을 움직였다. 그러는 동안 내가 느낀 것은 불순물이 섞이지 않은, 순수하다고 해도 좋을 조형의 기쁨이었다. 시간이 얼마나 흘렀을까, 문득 정신을 차리니 스케치북은 온통 시커먼 연필 선으로 메워져 있었다.

나는 부엌에 가서 찬물을 몇 잔 마시고, 커피를 데워 머그잔에 따라서 작업실로 돌아왔다. 스케치북을 펼쳐 이젤에 올려놓고 조금 떨어진 곳의 스툴에 앉아 다시 그 스케치를 바라보았다. 숲속에 뚫린 둥근 구덩이가 지극히 정확하게, 리얼하게 재현되어 있었다. 그 구덩이는 정말로 생명을 지닌 듯 보였다. 아니, 실물보다 한층 살아 있는 듯 보였다. 스툴에서 일어나 가까이 다가가서 들여다보고, 각도를 바꾸어 다시 바라보았다. 그리고 그것이 여성의 성기를 연상시킨다는 사실을 깨달았다. 캐터필러에 짓밟힌 참억새 덤불은 꼭 음모처럼 보였다.

나는 혼자서 고개를 가로저었다. 그리고 쓴웃음을 짓지 않을 수 없었다. 정말이지 판에 박힌 프로이트적 해석이다. 흔하디흔한, 이론만 앞세우는 비평가 같은 표현이 아닌가. '땅에 뚫린 어두운 구덩이는 흡사 고독한 여성의 성기를 연상시키는데, 작가의 무의식적 영역에서 떠오른 기억과 욕망의 표상으로 기능한다고 볼 수 있다' 등등. 시시하기 짝이 없다.

그런데도 숲속의 불가사의한 둥근 구덩이를 여성의 성기와 결부시키려는 생각은 머릿속에서 떠나지 않았다. 그래서 잠시 후 전화가 울리는 소리만 듣고도 상대가 유부녀 여자친구임을 예측할 수 있었다.

그리고 실제로 그녀의 전화였다.

"있지, 갑자기 시간이 났는데 지금 그쪽으로 가도 될까?"

나는 시계를 보았다. "좋아. 같이 점심이나 먹자."

"뭐 간단히 먹을 만한 걸 사갈게." 그녀가 말했다.

"그래주면 고맙고. 아침부터 계속 일하느라 아무것도 준비 못했어."

그녀가 전화를 끊었다. 나는 침실로 가서 침대를 정리하고, 바닥에 널린 옷을 주워서 잘 개어 서랍에 넣었다. 싱크대에 있던 아침 설거지를 해치웠다.

그리고 거실로 가서 여느 때처럼 리하르트 슈트라우스의 〈장미의 기사〉(게오르그 솔티 지휘) 음반을 턴테이블에 올리고, 소파에서 책을 읽으며 여자친구가 오기를 기다렸다. 문득 아키가와 쇼코가 읽던 책은 대체 뭐였을까 궁금해졌다. 어떤 종류의 책이기에 그토록 열중할 수 있었을까?

여자친구는 열두시 십오분에 도착했다. 빨간색 미니가 집 앞에 멈추고, 식료품점 종이봉투를 안은 그녀가 차에서 내렸다. 비가 아직 소리 없이 내리고 있었지만 그녀는 우산을 쓰지 않았다.

노란색 비닐 레인코트의 후드를 머리에 쓰고 잰걸음으로 다가왔
다. 나는 현관문을 열어주고 종이봉투를 받아들어 곧장 부엌으
로 가져갔다. 레인코트를 벗자 산뜻한 초록색 터틀넥 스웨터가
드러났다. 스웨터 아래로 한 쌍의 가슴이 아름다운 곡선을 그렸
다. 아키가와 쇼코의 가슴만큼 크지는 않지만 적당한 크기다.

"아침부터 계속 일했어?"

"응." 내가 말했다. "의뢰받은 일은 아니야. 그냥 뭔가 그리고
싶어져서 떠오른 걸 편하게 그리고 있었어."

"심심했나보네."

"뭐, 그렇지." 내가 말했다.

"배고파?"

"아니, 그다지."

"잘됐다." 그녀가 말했다. "그럼 점심은 조금 이따가 먹지 않
을래?"

"좋아, 물론." 내가 말했다.

"어쩐 일로 오늘은 이렇게 의욕이 넘치실까?" 잠시 후 침대에
서 그녀가 내게 물었다.

"글쎄, 왜 그럴까." 내가 말했다. 아침부터 땅에 뚫린 직경 2미
터의 기묘한 구덩이 그림에 몰두해서인가봐. 그리다보니 그게 여
자의 성기 같다는 생각이 들었고, 그래서 성적 욕구가 상당히 자

극받은 모양이야…… 설마하니 그런 말을 할 수는 없다.

"한동안 못 만나서 당신이 무척 그리웠나봐." 나는 보다 무난한 표현을 골라 말했다.

"그렇게 말해주니 기쁘네." 그녀가 내 가슴을 손끝으로 가볍게 어루만지며 말했다. "하지만 속으로는 좀더 젊은 여자랑 자고 싶은 거 아니야?"

"그렇지는 않아." 나는 말했다.

"정말로?"

"생각해본 적도 없어." 나는 말했다. 실제로도 그랬다. 나는 그녀와의 성적 행위를 그 자체로 순수하게 즐겼고, 그녀 외의 누군가에게 그런 것을 요구하고 싶은 마음도 없었다(물론 유즈와의 그 행위는 전혀 성질이 달랐다).

그러나 내가 지금 아키가와 마리에의 초상을 그리고 있다는 얘기는 그녀에게 하지 않기로 했다. 열세 살의 아름다운 소녀를 모델로 그림을 그린다는 사실이 그녀의 질투심을 미묘하게 자극할지도 모른다고 생각해서였다. 나이가 몇이든 모든 여자에게 모든 나이는 곧 미묘한 나이다. 마흔한 살이든 열세 살이든 그녀들은 언제나 미묘한 나이에 놓여 있는 것이다. 그것이 지금까지 여성에 대한 소소한 경험을 통해 내가 얻은 교훈 중 하나였다.

"그래도, 남녀 사이는 왠지 신기하지 않아?" 그녀가 말했다.

"신기하다니, 어떻게?"

"우리만 해도 이렇게 만나고 있잖아. 알게 된 지도 얼마 안 됐는데, 이렇게 서로 알몸으로 끌어안고 있어. 완전히 무방비한 상태로, 부끄러움도 없이. 그런 거, 생각해보면 신기하지 않아?"

"신기한 것 같기도 해." 내가 조용히 동의했다.

"흠, 이걸 게임이라고 생각해봐. 순수한 의미에서는 아니지만 아무튼 일종의 게임이라고. 그렇게 생각하지 않으면 설명이 잘 안 되니까."

"그렇게 생각해볼게." 내가 말했다.

"봐, 게임에는 규칙이 필요하지?"

"필요하지."

"야구든 축구든 두툼한 규칙서 안에 온갖 세세한 규칙이 일일이 설명되어 있고, 심판이나 선수는 그걸 숙지해야 해. 아니면 경기가 성립하지 않으니까. 그렇지?"

"그렇지."

그녀는 잠시 말을 멈추고 뜸을 들였다. 그 이미지가 내 머릿속에 확실히 뿌리내리기를 기다리며.

"내가 하고 싶은 말은, 우리가 이 게임의 규칙에 대해 한 번이라도 제대로 의논해본 적이 있느냐는 거야. 어때?"

나는 잠시 생각한 뒤에 말했다. "아마 없었지 싶은데."

"하지만 현실적으로 우리는 일종의 가상 규칙서에 따라 이 게임을 진행하고 있어. 그렇지?"

"그러고 보니 그런 것 같아."

"다시 말해 이런 거야." 그녀가 말을 이었다. "나는 내가 아는 규칙에 따라 게임을 진행해. 당신은 당신이 아는 규칙에 따라 게임을 진행하지. 그리고 우리는 서로의 규칙을 본능적으로 존중해. 두 사람의 규칙이 충돌해서 성가신 혼란을 빚지 않는 한, 이 게임은 지장 없이 이어지는 거야. 그런 거 아닐까?"

나는 그 말을 잠시 생각했다. "그런 것 같네. 우린 서로의 규칙을 기본적으로 존중하지."

"그런데 동시에 이런 생각도 들어. 이건 존중이니 신뢰 같은 것보다 오히려 예의의 문제가 아닐까 하고."

"예의의 문제?" 나는 그녀의 말을 되풀이했다.

"예의는 중요한 거야."

"그야 그렇지." 내가 인정했다.

"하지만 그것이—즉 신뢰든 존중이든 예의든—제대로 기능하지 못해 서로의 규칙이 충돌하면, 그 바람에 게임의 원활한 진행이 어려워지면, 우리는 경기를 중단하고 새로 공통의 규칙을 정해야 해. 아니면 그대로 관두고 경기장을 나가든가. 둘 중 어느 쪽을 선택하느냐는 두말할 것 없이 중대한 문제지."

내 결혼생활에 일어난 일이 바로 그랬다고 나는 생각했다. 나는 그대로 경기를 중단하고 조용히 경기장을 떠난 것이다. 3월의 찬비가 내리는 일요일 오후에.

"그래서 당신은," 나는 입을 열었다. "우리가 경기 규칙에 대해 지금 새로 의논해보기를 원하는 거야?"

그녀가 고개를 가로저었다. "아니, 당신은 아무것도 모르네. 내가 원하는 건 우리 둘이 경기 규칙을 일절 언급하지 않는 거야. 그래야만 나는 이렇게 당신 앞에서 솔직해질 수 있어. 그래도 상관없지?"

"난 상관없는데." 내가 말했다.

"일단 신뢰와 존중. 그리고 특히 예의."

"그리고 특히 예의." 내가 되풀이했다.

그녀가 손을 뻗어 내 몸의 일부를 움켜쥐었다.

"또 딱딱해진 것 같은데." 그녀가 내 귓전에 속삭이듯 말했다.

"오늘이 월요일이라서인지도 몰라." 내가 말했다.

"요일이 이것과 무슨 관계가 있어?"

"아침부터 계속 비가 와서인지도 몰라. 겨울이 가까워져서인지도 몰라. 철새들이 나타나기 시작해서인지도 몰라. 버섯이 풍작이라서인지도 몰라. 컵에 물이 아직 16분의 1이나 남아서인지도 몰라. 초록색 스웨터 위로 드러난 당신 가슴이 자극적이어서인지도 몰라."

그 말에 그녀가 쿡쿡 웃었다. 아무래도 내 대답이 마음에 든 모양이었다.

해질녘에 멘시키의 전화가 왔다. 그는 지난 일요일 일에 대해 감사를 표했다.

인사를 받을 만한 일은 아니라고 나는 말했다. 그저 그를 두 사람에게 소개했을 뿐이다. 거기서 무슨 일이 어떻게 발전해나 갈지는 내가 관여할 바 아니고, 그런 의미에서 나는 국외자에 불과하다. 아니, 언제까지나 국외자로 머무르고 싶었다(일이 그렇게 내 뜻대로 흘러가지는 않으리라는 예감이 들었지만).

"실은 오늘 전화드린 건 아마다 도모히코 씨 이야기 때문입니다." 멘시키가 한차례 인사를 마치고 본론을 꺼냈다. "그뒤로 정보가 또 조금 들어와서요."

그는 여전히 그 조사를 계속하고 있었던 모양이다. 직접 발품을 팔며 조사하는 사람이 누구건, 그렇게 면밀한 일을 시키려면 상당한 비용이 들 것이다. 멘시키는 자신이 필요하다고 느끼는 일에는 아낌없이 돈을 쓰는 사람이었다. 그러나 아마다 도모히코가 빈 유학 시절 겪은 일이 그에게 왜, 어느 정도의 필요성을 지니는지는 짐작되지 않았다.

"이건 아마다 씨의 유학 시절 에피소드와 직접적인 관계는 없을지 모릅니다." 멘시키가 말했다. "그러나 시기적으로 겹치기도 하고, 아마다 씨 개인에게는 매우 중요한 의미가 있었을 겁니다. 그래서 일단 말씀드리는 것이 좋겠다고 생각했어요."

"시기적으로 겹친다고요?"

"전에 말씀드린 것처럼 아마다 도모히코 씨는 1939년 초 빈을 떠나 일본으로 돌아왔습니다. 형식상으로는 강제송환이지만 실질적으로는 게슈타포로부터 아마다 도모히코를 '구출'한 것이었죠. 일본과 나치스 독일의 외교부가 비밀리에 협의해서 아마다 도모히코의 죄를 묻지 않고 국외로 추방한다는 결론을 내린 겁니다. 암살미수사건은 1938년의 일인데, 그해 일어났던 일련의 중요한 사건들에 복선이 있어요. 안슐루스(독일 오스트리아 합병)와 크리스탈 나흐트(수정의 밤)가 그것이죠. 안슐루스는 3월, 크리스탈 나흐트는 11월에 일어났습니다. 그 두 사건으로 아돌프 히틀러의 폭력적인 의도가 백일하에 드러났지요. 그리고 오스트리아도 그 폭력장치에 견고히 편입되어갔습니다. 벗어나기 힘들 만큼 깊숙이. 그 흐름을 어떻게든 저지하려는 학생들을 중심으로 지하 저항운동이 싹텄고, 결국 그해 아마다 도모히코는 암살미수사건에 연루되어 체포됩니다. 그 전후의 경위는 이해하셨지요?"

"대강은 이해했습니다."

"역사를 좋아하십니까?"

"잘 알지는 못하지만, 역사책을 읽는 건 좋아합니다."

"눈을 돌려보면 일본 역사에도 그즈음 중요한 사건이 몇 가지 일어났어요. 몇 가지 치명적인, 돌이킬 수 없이 파국으로 치달은 사건이. 떠오르는 게 있으신가요?"

나는 머릿속에 오랫동안 묻혀 있던 역사적 지식을 훑어보았다. 1938년, 즉 쇼와 13년에 무슨 일이 있었던가? 유럽에서는 스페인내란이 격화되었다. 독일의 콘도르 군단이 게르니카에 무차별 폭격을 가한 것도 분명 그 무렵이다. 그렇다면 일본에서는……?

"루거우차오 사건이 일어난 해였던가요?" 내가 말했다.

"그건 그 전해입니다." 멘시키가 말했다. "1937년 7월 7일 루거우차오 사건을 계기로 일본과 중국의 전쟁이 본격화되었죠. 그리고 거기서 파생된 중요한 사건이 그해 12월에 일어납니다."

그해 12월에 뭐가 있었지?

"난징 입성." 내가 말했다.

"그렇습니다. 이른바 난징학살사건입니다. 일본군이 격렬한 전투 끝에 난징 시내를 점령하고 대량 살인을 자행했습니다. 전투중의 살인도 있고, 전투가 끝난 뒤의 살인도 있었죠. 포로를 관리할 여유가 없었던 일본군이 항복한 군인과 시민 대부분을 살해해버린 겁니다. 정확히 몇 명이 희생되었는지 세부적인 수치는 역사학자들 사이에도 이론이 있지만, 어쨌든 엄청난 수의 시민이 전투에 휘말려 목숨을 잃었다는 것은 지울 수 없는 사실입니다. 중국인 사망자 수가 사십만 명이라는 설도 있고, 십만 명이라는 설도 있지요. 하지만 사십만 명과 십만 명의 차이는 과연 무엇이라고 할 수 있을까요?"

물론 나는 알 수 없다.

내가 물었다. "12월에 난징이 함락되고 수많은 사람이 살해되었다. 그 일이 아마다 도모히코 씨가 빈에서 겪은 사건과 무슨 관계가 있죠?"

"말씀드리겠습니다." 멘시키가 말했다. "1936년 11월 일독방공협정을 맺으면서 일본과 독일은 뚜렷한 동맹관계에 접어들었지만, 빈은 난징과 현실적으로 매우 먼 거리니 중일전쟁에 대해 그리 자세히 보도되지 않았을 겁니다. 그런데 사실 그 난징 공략전에 아마다 도모히코의 동생 쓰구히코가 일개 병사로 참전했어요. 징병되어 실전부대에 투입된 거죠. 그는 당시 스무 살로 도쿄 음악학교, 즉 현재의 도쿄 예술대학 음악학부에 재학중이었습니다. 전공은 피아노였고요."

"그건 이상한데요. 제가 알기로 당시 재학중인 학생까지 징병하진 않았을 텐데." 내가 말했다.

"네, 맞습니다. 대학생은 졸업 때까지 징병이 유예됐지요. 그런데도 왜 아마다 쓰구히코가 징병되어 중국으로 보내졌는지 이유는 알 수 없습니다. 어쨌든 그는 1937년 6월 징병되어 육군 이등병으로 이듬해 6월까지 구마모토 제6사단에 소속되었습니다. 도쿄에 거주했지만 호적이 구마모토로 되어 있어 제6사단에 편입됐지요. 그 기록은 문서로 남아 있어요. 기초 훈련을 받은 후 중국 대륙으로 파견되어 12월의 난징 공략전에 투입됐습니다.

이듬해 6월 제대한 후 학교로 돌아왔고요."

나는 잠자코 다음 이야기를 기다렸다.

"그러나 제대 후 복학하고 얼마 지나지 않아 아마다 쓰구히코는 스스로 목숨을 끊었습니다. 자택 다락방에서 면도칼로 손목을 긋고 죽은 것을 가족이 발견했지요. 여름이 끝나갈 무렵이었습니다."

다락방에서 손목을 그었다?

"1938년 여름이 끝나갈 무렵이라면…… 동생이 다락방에서 자살했을 때 아마다 도모히코 씨는 아직 유학생 자격으로 빈에 체재중이었겠군요?" 내가 물었다.

"그렇습니다. 일본으로 돌아와 장례식에 참석할 수는 없었습니다. 아직 항공편이 발달하지 않은 때라 철도나 배편을 이용할 수밖에 없었죠. 그러니 어차피 동생의 장례식에 맞춰 올 순 없었지만."

"동생의 자살, 그리고 거의 같은 시기 아마다 도모히코가 빈에서 암살미수사건에 연루된 것에 어떤 식으로든 연관성이 있을 거라고 생각하시나요?"

"연관성이 있을 수도 있고 없을 수도 있습니다." 멘시키가 말했다. "그건 어디까지나 억측의 영역이지요. 저는 다만 조사로 밝혀진 사실을 그대로 전해드릴 뿐입니다."

"아마다 도모히코에게 다른 형제가 또 있었나요?"

"형이 한 명 있었습니다. 아마다 도모히코가 차남이었지요. 삼형제로, 죽은 아마다 쓰구히코가 막내였습니다. 그의 자살은 불명예로 취급되어 세간에 알려지지 않고 덮였습니다. 구마모토 제6사단은 담대하고 용맹한 부대로 이름을 날렸어요. 그런데 전장에서 돌아와 명예롭게 제대한 사람이 그길로 자살했다면 가족들도 얼굴을 들 수 없었을 테지요. 하지만 아시다시피 소문이란 퍼지기 마련입니다."

나는 정보를 알려준 데 대한 감사를 표했다. 이 얘기가 구체적으로 무슨 의미인지 아직은 잘 알 수 없었지만.

"좀더 자세히 알아볼 생각입니다." 멘시키가 말했다. "새로운 게 나오면 다시 알려드리지요."

"부탁드립니다."

"그럼, 다음주 일요일 정오가 지나서 찾아뵙겠습니다." 멘시키가 말했다. "그리고 그 두 사람을 저희 집으로 안내하겠습니다. 당신의 그림을 보여주기 위해서요. 그건 물론 괜찮으시지요?"

"물론 괜찮습니다. 그 그림은 이제 멘시키 씨 소유예요. 누구에게 보여주건 보여주지 않건 전적으로 멘시키 씨 자유입니다."

멘시키는 잠시 침묵했다. 마치 가장 적당한 단어를 찾는 것처럼. 그러고는 체념한 듯이 말했다. "솔직히 말씀드리면, 가끔 당신이 무척 부러워집니다."

부러워진다?

그가 무슨 말을 하고 싶은지 알 수 없었다. 멘시키가 나의 어떤 부분을 부러워하는지 전혀 상상되지 않았다. 그는 모든 것을 가졌고, 나는 아무것도 가지지 못했다.

"대체 저의 어디가 부러우신가요?" 내가 물었다.

"당신은 아마 누군가를 부러워하지 않으시겠죠?" 멘시키가 말했다.

잠깐 뜸을 들이며 생각해본 뒤 내가 말했다. "그러고 보니 지금껏 누구를 부러워해본 적은 없는 것 같아요."

"제가 하려는 말도 그런 겁니다."

하지만 내게는 이제 유즈마저 없다, 나는 생각했다. 그녀는 지금 다른 어딘가에서 다른 누군가의 품에 안겨 있다. 이따금 내가 세상 끝에 혼자 버려진 느낌마저 든다. 그런데도 누군가를 부러워한 적은 없다. 이건 역시 이상하게 생각할 일일까?

전화를 끊고 소파에 앉아 다락방에서 손목을 긋고 자살했다는 아마다 도모히코의 동생에 대해 생각했다. 그 다락방은 물론 이집 천장 위가 아니다. 아마다 도모히코가 이 집을 산 것은 전쟁이 끝난 후니까. 동생 아마다 쓰구히코는 자택 다락방에서 자살한 것이다. 아마 아소에 있는 본가이리라. 그래도 다락방이라는 어두운 비밀의 장소는 동생 아마다 쓰구히코의 죽음과 〈기사단장 죽이기〉라는 그림을 이어주고 있었다. 단순한 우연인지 모른다. 혹은 아마다 도모히코는 그 일을 의식해 〈기사단장 죽이기〉를 이 집 천장 위에 숨겼는지도 모른다. 어쨌거나 아마다 쓰구히코는 왜 제대하고 얼마 되지 않아 스스로 목숨을 끊어야 했을까? 중국 전선의 격렬한 전투에서 무사히 살아남고, 사지 멀쩡하게 귀국했는데?

나는 수화기를 들어 아마다 마사히코에게 전화를 걸었다.

"도쿄에서 한번 만나지 않을래?" 내가 마사히코에게 말했다. "슬슬 물감이나 재료를 사러 화구상에도 가야 하고. 그러는 김에 만나서 이야기를 좀 하고 싶은데."

"좋지, 물론." 그가 말했다. 그리고 일정을 확인했다. 결국 목요일 정오쯤에 만나서 점심을 같이 먹기로 했다.

"항상 가던 요쓰야 화구상에 갈 거지?"

"응. 캔버스 천도 필요하고, 오일도 거의 떨어져가고. 짐이 많아질 테니 차를 가져가려고."

"회사 근처에 꽤 조용하고 괜찮은 집이 있어. 거기서 느긋하게 밥이나 먹자."

내가 말했다. "얼마 전 유즈가 이혼서류를 보냈길래 나도 서명해서 회신했어. 그러니 조만간 정식으로 이혼이 성립될 거야."

"그랬구나." 다소 침울한 목소리로 아마다가 말했다.

"뭐, 어쩔 수 없지. 시간문제였으니까."

"그래도 나로서는 정말 유감이야. 너희가 제법 잘 지내는 줄 알았는데."

"잘 지낼 때는 제법 잘 지냈어." 내가 말했다. 오래된 재규어와 마찬가지다. 말썽이 생기기 전까지는 무척 매끄럽게 달린다.

"그래서 앞으로는 어떻게 하려고?"

"어떻게 할 것도 없어. 당분간 이대로 살아야지. 달리 할 일도 생각 안 나고."

"그림은 그리고 있어?"

"진행중인 그림이 몇 점 있어. 잘될지 어떨지는 모르지만, 어쨌거나 그리고 있긴 해."

"그거 다행이네." 마사히코가 말했다. 그리고 조금 망설이다가 덧붙이듯이 말했다. "마침 전화 잘했어. 실은 나도 너한테 하고 싶은 말이 좀 있었거든."

"좋은 이야기야?"

"좋은지 나쁜지는 모르겠지만, 아무튼 틀림없는 사실이야."

"유즈 이야기?"

"전화로는 말하기 힘들어."

"그럼 목요일에 이야기하자."

나는 전화를 끊고 테라스로 나갔다. 그새 비는 완전히 그쳤다. 밤공기가 맑고 차가웠다. 갈라진 구름 사이로 작은 별이 몇 개 보였다. 별은 흩어진 얼음조각 같았다. 몇억 년이 흘러도 녹지 않는 단단한 얼음. 깊은 속까지 얼어붙어 있다. 골짜기 맞은편에는 여느 때처럼 쿨한 수은등 빛을 받고 있는 멘시키의 집이 어렴풋이 보였다.

그 불빛을 바라보며 나는 신뢰와 존중과 예의에 대해 생각했다. 특히 예의에 대해서. 물론 아무리 생각해도 그럴듯한 결론은 나오지 않았다.

37

어떤 일이든 밝은 측면이 있다

오다와라 근교의 산꼭대기에서 도쿄까지는 먼 여정이었다. 몇 번 길을 잘못 드는 바람에 시간을 더 잡아먹었다. 내가 타는 중고차에는 물론 내비게이션 시스템 같은 것이 없었고, ETC* 기기도 탑재되지 않았다(컵 홀더가 달려 있는 것만으로도 감사해야 하리라). 우선 오다와라아쓰기 도로 진입로를 찾느라 애를 먹었고, 도메이 고속도로에서 수도고속도로를 타긴 했는데 길이 꽉 막히는 바람에 3호선 시부야 출구로 나와서 아오야마 대로를 거쳐 요쓰야까지 가기로 했다. 일반 도로도 혼잡하기는 마찬가지라 적절한 차선을 고르기가 몹시 어려웠다. 주차장을 찾기도 녹

---

* 한국의 하이패스와 같은 자동 통행료 지불 시스템.

록지 않았다. 세상은 해를 거듭할수록 점점 귀찮은 곳이 되어가는 모양이다.

요쓰야의 화구상에서 필요한 것들을 사서 뒷좌석에 싣고 다시 아마다의 회사가 있는 아오야마 잇초메 근처로 가서 차를 세웠을 때는 상당히 녹초가 되어 있었다. 꼭 도시에 사는 친척을 찾아온 시골 쥐처럼. 시각은 오후 한시가 넘어 약속보다 삼십 분이 지나 있었다.

안내 데스크로 가서 아마다 마사히코를 불러달라고 했다. 아마다는 곧바로 내려왔다. 나는 늦어서 미안하다고 말했다.

"신경쓸 것 없어." 그가 아무렇지 않은 투로 말했다. "식당이든 내 업무든 그 정도 융통성은 있으니까."

그는 나를 근처 이탈리안 레스토랑으로 데려갔다. 작은 빌딩 지하에 있는 가게였다. 즐겨 찾는 곳인지 종업원은 그의 얼굴을 보더니 말없이 안쪽의 작은 룸으로 안내했다. 음악도 없고 사람들 목소리도 들리지 않는 조용한 방이었다. 벽에는 꽤 괜찮은 풍경화가 걸려 있었다. 초록빛 곳과 푸른 하늘, 그리고 흰 등대. 흔한 소재지만 적어도 보는 이에게 '저런 곳에 가보는 것도 괜찮겠다'는 기분을 자아내는 그림이다.

아마다는 화이트와인 한 잔을, 나는 페리에를 주문했다.

"오다와라까지 다시 운전을 해야 해서." 내가 말했다. "꽤 멀더라."

"하긴 그렇지." 아마다가 말했다. "그래도 하야마나 즈시에 비하면 훨씬 나아. 한동안 하야마에 살았는데, 여름철에 차로 도쿄를 오가려니 정말 지옥이 따로 없었어. 바다에 놀러가는 사람들로 도로가 꽉 막히거든. 그냥 왔다갔다하는 것만으로 반나절이 걸려. 오다와라 방면은 그 정도로 붐비지는 않으니까 다행이지."

우리는 메뉴판을 훑어보고 런치 코스를 주문했다. 생햄으로 만든 애피타이저와 아스파라거스 샐러드, 메인은 새우 스파게티다.

"드디어 진지하게 그림을 그리고 싶어진 모양이네." 아마다가 말했다.

"이제 홀몸이니 생계 때문에 억지로 그릴 필요가 없으니까. 그래서 나 자신을 위한 그림을 그리려는 의욕이 생겼는지도 몰라."

마사히코가 고개를 끄덕였다. "어떤 일이든 밝은 측면이 있어. 제아무리 어둡고 두꺼운 구름도 뒤쪽은 은색으로 빛나지."

"일일이 구름 뒤로 돌아가서 살펴보기도 번거로울 것 같은데."

"뭐, 일단 이론은 그렇다는 거야." 아마다가 말했다.

"그 산 위의 집에 살게 된 덕도 있는 것 같아. 집중해서 그림을 그리기에는 확실히 두말할 나위 없는 환경이니까."

"응, 정말 조용한 곳이지. 찾아오는 사람도 거의 없으니 산만해질 이유도 없고. 보통 사람한테는 너무 적막하겠지만 너 같은 녀석이라면 문제없을 거라 생각했어."

문이 열리고 애피타이저가 나왔다. 테이블에 접시가 놓이는 사이 우리는 아무 말도 하지 않았다.

"그리고 그 작업실의 존재도 무시 못할 거야." 종업원이 나가자 내가 말했다. "그 방에는 왠지 그림을 그리고 싶게 만드는 분위기가 있어. 그곳이 그 집의 핵심처럼 느껴지기도 해."

"인체로 말하면 심장처럼?"

"아니면 의식처럼."

"하트 앤드 마인드." 마사히코가 말했다. "그렇지만, 사실 나는 그 방이 좀 불편해. 거기에는 그 사람의 냄새가 너무 짙게 배어 있어. 아직도 그 기척이 그대로 떠다니는 것 같아. 그 집에 있을 때 아버지는 거의 하루종일 작업실에 틀어박혀 혼자 묵묵히 그림을 그렸으니까. 어린아이가 보기에는 절대 가까이 가서는 안 되는 신성한 불가침의 장소였지. 그런 기억이 아직 남아 있어서인지 지금도 그 집에 가면 작업실에는 되도록 접근하지 않아. 너도 조심하는 게 좋아."

"조심하다니, 뭘?"

"아버지의 혼 같은 것에 씌지 않도록. 워낙 혼이 강한 사람이니까."

"혼?"

"혼이랄까, 말하자면 기백 같은 거. 기의 흐름이 강한 사람이야. 그리고 오랜 시간이 흐르면서 그게 특정한 장소에 흠뻑 배어버리는 것 같아. 냄새의 입자처럼."

"그것에 씔 수도 있다고?"

"씔다는 표현은 별로 좋지 않지만, 어떤 식으로든 영향을 받을 수는 있지 않을까. 그 장소의 힘 같은 것에."

"글쎄. 나야 그냥 빈집을 봐줄 뿐이고 애초에 너희 아버님을 뵌 적도 없어. 그래서 그런 부담이 별로 느껴지지 않는지도 모르 겠네."

"그렇군." 아마다가 말했다. 그리고 화이트와인을 한 모금 마 셨다. "난 가족이니 괜히 더 민감해지는지도 몰라. 하긴 그런 '기 적'이 네 창작 의욕에 플러스 효과를 준다면 나름대로 잘된 일일 테고."

"그래서, 아버님은 잘 지내시나?"

"응. 특별히 나쁜 곳은 없어. 아무튼 아흔을 넘겼으니 정정하 다고는 할 수 없고 머리는 하릴없이 혼돈을 향해 나아가고 있지 만, 지팡이를 짚으면 어찌어찌 걸어다니고 식욕도 있고 눈이나 치아에도 문제없어. 충치도 없으니 이 하나는 나보다 멀쩡하신 셈이지."

"기억은 많이 잃으셨고?"

"응, 거의 아무것도 기억 못해. 아들인 내 얼굴도 몰라볼 정도 니까. 부자나 가족이라는 개념도 이제 없어. 자신과 타인의 차이 까지 모호해졌을지도 몰라. 생각하기에 따라서는 오히려 거칠 것 없고 편해졌는지도 모르지만."

나는 가는 유리잔에 따른 페리에를 마시면서 고개를 끄덕였다. 아마다 도모히코는 이제 외아들의 얼굴조차 알아보지 못한다. 빈 유학 시절 겪은 일 같은 건 머나먼 망각의 저편으로 사라져버렸을 것이다.

"그런데도 아까 말한 기의 흐름 같은 건 아직 당신 안에 남아 있는 모양이야." 아마다가 감명 깊은 투로 말했다. "신기하지. 과거의 기억이 거의 지워졌는데도 의지의 힘 같은 것이 아직 또렷하게 남아 있으니. 곁에서 보면 그게 느껴져. 워낙에 기백이 강한 사람이었던 거야. 아들인 내가 그런 자질을 물려받지 못한 건 좀 죄송하지만, 별수없지. 사람에게는 각자 타고난 그릇이란 게 있으니까. 핏줄이라고 무조건 그런 자질을 물려받는 건 아니야."

나는 고개를 들어 그의 얼굴을 새삼 똑바로 바라보았다. 아마다가 이렇게 속마음을 토로하다니 드문 일이었다.

"훌륭한 아버지의 아들로 사는 것도 만만한 일이 아니겠지." 내가 말했다. "난 그게 어떤 건지 전혀 모르겠지만 말이야. 우리 아버지는 신통치 않은 중소기업 사장이었으니까."

"아버지가 유명하면 물론 덕 보는 일도 있지만 별로 재미없는 일도 있어. 가짓수로 따지면 재미없는 일이 조금 더 많을걸. 너처럼 모르고 사는 게 오히려 행운이야. 자유롭게 자기답게 살 수 있으니까."

"너는 너대로 자유롭게 사는 것처럼 보이는데."

"어떤 의미에서는 그렇지." 아마다가 말했다. 그리고 와인잔을 손안에서 돌렸다. "하지만 어떤 의미에서는 아니야."

아마다에게는 제법 날카로운 미적 감각이 있었다. 대학 졸업 후 중견 광고회사에 취직했고, 지금은 상당히 높은 연봉을 받으며 얽매일 데 없는 독신남으로 자유로운 도시생활을 즐기는 것처럼 보였다. 그러나 실상이 어떤지는 물론 나도 모른다.

"네 아버님에 대해서 좀 물어보고 싶은 게 있어." 내가 이야기를 꺼냈다.

"뭔데? 사실 나도 아버지를 잘 안다고 할 수는 없지만."

"아버님에게 쓰구히코라는 동생이 있었다는 얘기를 들었어."

"응, 맞아. 남동생이 한 분 있었어. 나한테는 삼촌이지. 하지만 그분은 오래전에 세상을 뜨셨어. 미일전쟁이 발발하기 전에."

"자살이었다고 하던데."

아마다의 얼굴이 약간 어두워졌다. "그래. 원래는 집안의 비밀 같은 거였지만 한참 지난 옛날 일이고, 몇몇 사람들에게는 이미 알려져 있어. 그러니까 말해도 상관없겠지. 삼촌은 면도칼로 손목을 긋고 자살했어. 아직 스물 안팎이던 젊은 나이에."

"자살의 원인이 뭐였어?"

"왜 그런 게 궁금한데?"

"네 아버님에 대해 알고 싶어서 이런저런 자료를 찾아보다가 발견했거든."

"우리 아버지를 알고 싶어서?"

"네 아버님의 작품을 보고 이력을 살피다보니 점점 흥미가 생겼어. 어떤 분인지 더 자세히 알고 싶어졌지."

아마다 마사히코는 테이블 맞은편에서 한동안 내 얼굴을 바라보았다. 그러고는 말했다. "상관없지. 네가 우리 아버지 인생에 흥미가 생겼다. 어쩌면 그것도 의미 있는 일인지 몰라. 네가 그 집에 살게 된 것도 인연이라면 인연이니까."

그는 화이트와인을 한 모금 마시고 이야기를 시작했다.

"삼촌 아마다 쓰구히코는 당시 도쿄 음악학교 학생이었어. 재능 있는 피아니스트였다고 해. 쇼팽이나 드뷔시가 특기였고, 장래가 촉망되었지. 내 입으로 말하기는 뭣하지만 우리 집안에는 예술적 재능을 타고난 사람이 제법 있는 것 같아. 뭐, 정도의 차이는 있지만. 아무튼 그러다가 재학중이던 스무 살 때 징병됐어. 어떻게 된 건가 하니, 입학시 제출한 징병유예서류에 미비한 부분이 있었던 거야. 서류만 제대로 갖추었으면 당장은 징병을 면할 수 있었고, 그뒤로도 손쓸 수 있었을 거야. 우리 할아버지는 그 지역 대지주였고 정계에도 인맥이 있었으니까. 그런데 생각지 못한 사무 착오가 생긴 거지. 아닌 밤중에 홍두깨처럼. 하지만 시스템이란 일단 움직이기 시작하면 간단히 멈출 수 없잖아. 뭐라고 말도 못해보고 징병되어서, 보병부대 병사로 국내에서 기초 훈련을 받은 뒤 수송선을 타고 중국 항저우 만에 상륙했어. 형인 도모히코―즉 우리 아버지―는 당시 빈으로 유학 가서 유명한 화가를 사사하고 있었지."

나는 잠자코 이야기를 들었다.

"삼촌은 체격도 좋은 편이 아니고 예민한 성격이라, 엄격한 군대생활이나 피비린내 나는 전투를 견뎌내지 못하리란 건 처음부터 빤했어. 그리고 주로 규슈 남부에서 충원된 제6사단은 거칠기로 유명했지. 아버지는 동생이 갑작스럽게 징병되어 전장으로 보내진 사실을 알고 무척 마음 아파했어. 둘째인 아버지는 자아가 강하고 지기 싫어하는 성격이었지만, 막내로 예쁨받고 자란 삼촌은 소극적이고 얌전한 편이었거든. 더욱이 피아니스트라 손가락을 항상 소중히 여겨야 했지. 그래서 아버지는 각종 외압으로부터 세 살 아래 동생을 보호하는 것이 어릴 때부터 습관이었어. 말하자면 보호자 같은 역할을 해온 거야. 하지만 그때는 이역만리 빈에 있었으니 아무리 걱정한들 소용없었지. 이따금 도착하는 편지로 소식을 듣는 수밖에."

전장에서 보내는 편지는 물론 엄격한 검열을 받았지만, 우애 좋은 형제답게 그는 억제된 문장에서도 동생의 심적 동향을 읽어낼 수 있었다. 잘 위장된 문맥에 숨은 본래 의미를 헤아리고 알아본 것이다. 동생의 부대는 상하이에서 난징까지 각지에서 격렬한 전투를 거쳤고, 그 과정에서 무수한 살인과 약탈 행위가 벌어졌다는 사실. 그리고 섬세한 동생이 피비린내 나는 전장을 숱하게 헤쳐오며 깊은 마음의 상처를 입었으리라는 사실도.

부대가 점령한 난징 시내의 한 교회에 근사한 파이프오르간이 있었다고 그는 편지에 썼다. 흠집 하나 없이 온전한 상태였다. 하지만 그뒤로 길게 이어진 오르간에 대한 묘사는 검열관의 손에 의해 먹으로 시커멓게 지워져 있었다(어째서 교회 오르간의 묘사가 군사기밀 축에 든단 말인가? 이 부대 담당 검열관의 기준은 상당히 이해하기 힘들었다. 당연히 삭제돼야 할 위험한 대목을 왕왕 놓치는가 하면, 특별히 지울 필요도 없어 보이는 대목에 먹칠이 되어 있곤 했다). 그래서 동생이 그 교회의 오르간을 연주할 기회가 있었는지는 끝내 알 수 없었다.

"쓰구히코 삼촌은 일 년 후인 1938년 6월에 제대해서 바로 복학 수속을 밟았지만, 학교로 돌아가기도 전에 본가 다락방에서 스스로 목숨을 끊었어. 면도칼을 날카롭게 갈아 손목을 그었지. 피아니스트가 직접 손목을 끊다니 보통 결의가 아니었을 거야. 설령 목숨을 건진다 해도 아마 다시는 피아노를 칠 수 없을 테니까. 발견되었을 때는 다락방이 온통 피바다였어. 가족들은 자살 사실을 세간에 철저히 감췄어. 심장병인지 뭔지로 죽었다고 말했지.

쓰구히코 삼촌이 전쟁을 겪으며 깊은 상처를 입고, 정신적으로 피폐해지고, 그 탓에 스스로 목숨을 끊었다는 건 누가 봐도 자명했어. 피아노를 아름답게 연주하는 것 말고는 무엇 하나 생각해본 적 없던 스무 살 청년이 시체가 산처럼 쌓인 난징 전투에 투입되었으니까. 지금 같으면 트라우마라고들 하겠지만 철저한 군국주의 사회였던 당시에는 그런 용어도 개념도 없었어. 그저 기가 약하다, 근성이 부족하다, 애국심이 없다고 치부될 뿐이지. 당시 일본에서 그런 '나약함'은 이해받지 못할뿐더러 받아들여지지도 않았어. 가족의 수치로 어둠에 묻히는 수밖에."

"유서 같은 건 없었나?"

"있었어." 아마다가 말했다. "꽤 긴 유서가 삼촌 방 책상 서랍에 들어 있었다고 해. 유서라기보다 수기에 가까울 정도였지. 쓰구히코 삼촌이 전쟁중 겪은 일이 낱낱이 기록되어 있었어. 유서를 읽은 이는 삼촌의 부모님(다시 말해 내 조부모님)과 큰형, 그리고 우리 아버지, 이렇게 네 사람뿐이야. 빈에서 돌아온 아버지가 읽은 뒤 네 명이 보는 앞에서 불태워버렸어."

나는 아무 말도 하지 않고 다음 이야기를 기다렸다.

"아버지는 유서 내용을 철저히 함구했어." 마사히코가 말을 이었다. "모든 것은 집안의 어두운 비밀로 봉인되어서—비유하자면—돌을 매달고 깊은 바닷속으로 가라앉아버렸지. 하지만 딱 한 번, 술에 취한 아버지가 나한테 삼촌 이야기를 해준 적이 있어. 아직 초등학생일 때인데, 그때 처음으로 자살한 삼촌의 존재를 알게 됐지. 아버지가 그 이야기를 해준 것이 정말로 술기운 때문이었는지, 아니면 언젠가 내게 말해줘야 한다고 생각해서인지는 확실하지 않아."

샐러드 접시가 치워지고 새우가 들어간 스파게티가 나왔다.

마사히코는 포크를 손에 들고 잠시 진지한 눈빛으로 바라보았다. 특수한 용도로 만들어진 공구를 점검하는 것처럼. 그러고는 말했다. "이거, 솔직히 말해서 별로 식사중에 꺼내고 싶은 화제는 아닌걸."

"그럼 다른 이야기를 하자." 내가 말했다.

"어떤 이야기?"

"유서에서 최대한 멀리 떨어진 이야기."

우리는 스파게티를 먹으며 골프 이야기를 했다. 나는 물론 골프 같은 건 해본 적이 없다. 주위에도 골프를 하는 사람은 한 명도 없다. 규칙도 거의 모른다. 그러나 마사히코는 일 때문에 만나는 사람들과 요즘 들어 곧잘 골프를 쳤다. 운동 부족을 해소할 목적도 있었다. 큰돈 들여 도구를 사들이고, 주말이면 골프장을 오갔다.

"넌 아마 모르겠지만, 골프란 정말 기묘한 게임이야. 그렇게 괴상한 스포츠는 또 없을걸. 다른 어떤 스포츠와도 비슷한 구석이 전혀 없어. 사실 그걸 스포츠라고 부르는 것조차 상당히 무리가 따르지 않나 싶어. 그런데 또 신기하게도, 한번 그 기묘함에 익숙해지면 발을 뺄 수 없어진단 말이야."

그는 골프의 기묘함을 열심히 피력했다. 갖가지 특이한 에피소드를 들려주었다. 마사히코는 원래 입담이 좋은 편이어서 나는 그의 이야기를 즐기며 점심을 먹었다. 오랜만에 둘이 함께 웃었다.

스파게티 접시가 치워지고 커피가 나오자(마사히코는 커피 대신 화이트와인을 한 잔 더 주문했다) 마사히코는 좀전의 화제로 돌아갔다.

"유서 이야기를 했지." 말투가 갑자기 심각해졌다. "아버지 말에 따르면 거기에는 삼촌이 포로의 목을 베어야 했던 이야기가 적혀 있었어. 매우 생생하고 극명하게. 물론 하급 군인에게는 군도가 주어지지 않아. 그전에도 일본도 같은 건 만져본 적도 없었지. 어쨌거나 피아니스트니까. 복잡한 악보는 볼 줄 알아도 검으로 사람을 베는 법은 알 리 없어. 그런데 상관이 일본도를 내주면서 이걸로 포로의 목을 베라고 명령한 거야. 말이 포로지, 군복을 입지도 무기를 소지하지도 않았어. 나이도 꽤 먹은 사람이야. 본인도 자신은 군인이 아니라고 주장하고. 그냥 눈에 보이는 남자들을 마구잡이로 잡아와서 묶어놓고 죽이는 거야. 손바닥을 검사해서 굳은살이 박여 있으면 농부로 보고 그냥 놓아주기도 했대. 하지만 손이 부드러우면 군복을 벗고 시민으로 위장해서 도망치려는 정규병으로 판단해서 즉결 처형한 거야. 죽이는 방법은 총검으로 찌르거나 군도로 목을 베거나 둘 중 하나. 기관

총 부대가 근처에 있으면 불러다가 포로들을 일렬로 세워놓고 한꺼번에 처형하기도 하지만, 보통 보병부대에서는 탄환이 아까우니까(탄환 보급이 원활하지 않았으니) 대개 검을 사용해. 시체는 한데 모아 양쯔강에 흘려보냈지. 양쯔강에는 메기가 많아서 그것들이 시체를 먹어치웠어. 진위는 알 수 없지만, 그래서 당시 양쯔강에는 망아지처럼 몸집을 불린 메기도 있었다고 해.

어쨌든 삼촌은 상관인 장교가 내준 군도로 포로의 목을 베어야 했어. 육군사관학교를 갓 졸업한 젊은 소위였어. 물론 삼촌은 원하지 않았지. 그러나 상관의 명령을 거역하는 건 엄청난 일이야. 단순한 제재 정도로 넘어가지 않아. 제국 육군에서 상관의 명령은 곧 천황 폐하의 명령이었으니까. 삼촌은 떨리는 손으로 어찌어찌 검을 휘두르긴 했지만, 원래 힘이 좋은 편도 아니고 더욱이 대량 생산된 싸구려 군도잖아. 인간의 목이 그렇게 간단히 잘릴 리 없지. 제대로 숨통을 끊지도 못하고, 주위는 피바다가 되고, 포로는 고통에 뒹굴고, 실로 비참한 광경이 펼쳐지고 말았어."

마사히코는 고개를 저었고 나는 말없이 커피를 마셨다.

"삼촌은 그뒤에 구토했어. 뱃속의 것을 모조리 게워내고 위액을 토했고, 그것도 바닥나자 공기를 토했어. 그리고 주위 병사들의 조롱을 받았어. 상관은 한심한 놈이라며 군홧발로 삼촌의 배를 마구 걷어찼지. 아무도 동정 같은 건 해주지 않았어. 결국 삼촌은 세 번이나 포로의 목을 베어야 했어. 연습 삼아서, 익숙해질 때까지 말이야. 병사로서 통과의례 같은 것이었지. 그런 아수라장을 겪어봐야 어엿한 군인이 될 수 있다고들 했어. 하지만 삼촌은 처음부터 어엿한 군인 같은 건 될 수 없었어. 그렇게 만들어진 사람이 아니었으니까. 쇼팽과 드뷔시를 아름답게 연주하기 위해 태어난 남자야. 사람 목을 치기 위해 태어난 인간이 아니라고."

"사람 목을 치기 위해 태어난 인간도 있나?"

마사히코가 다시 고개를 저었다. "그건 나도 몰라. 하지만 사람 목을 치는 데 익숙해질 수 있는 인간은 적지 않을 거야. 사람은 많은 것에 익숙해지는 법이야. 특히 극한에 가까운 상태라면 의외로 간단히 익숙해지곤 하지."

"혹은 그 행위에 의의나 정당성이 부여되면."

"그래." 마사히코가 말했다. "그리고 대부분의 행위에는 그 나름의 의의나 정당성을 부여할 수 있지. 솔직히 말해 나도 자신없어. 군대 같은 폭력적인 시스템에 내던져져 상관의 명령을 받는다면, 아무리 부조리한 명령일지라도, 비인간적인 명령일지라도, 나는 그에 대항해서 확실히 거부할 수 있을 만큼 강하지는 않을 거야."

나는 나 자신에 대해 생각해보았다. 만일 내가 같은 상황에 처한다면 어떻게 행동할까? 그리고 미야기 현의 항구 마을에서 하룻밤을 같이한 기묘한 여자를 문득 떠올렸다. 한창 몸을 섞던 중 내게 목욕가운 끈을 건네며 자기 목을 졸라달라고 했던 젊은 여자를. 양손에 쥐었던 그 타월 천의 감촉을 나는 아마 오래 잊지 못할 것이다.

"쓰구히코 삼촌은 상관의 명령을 거역하지 못했어." 마사히코가 말했다. "그만한 용기도 실행력도 없었지. 하지만 그뒤에 면도칼을 갈아 스스로 목숨을 끊음으로써 나름의 매듭을 지을 수 있었어. 그런 의미에서 나는 삼촌이 결코 나약한 인간은 아니었다고 생각해. 스스로 목숨을 끊는 것이, 삼촌에게는 인간성을 회복하는 유일한 방법이었던 거야."

"그리고 빈 유학중이던 아버님은 동생의 죽음에 커다란 충격을 받았고."

"말할 것도 없이." 마사히코가 말했다.

"아버님은 유학 시절 정치적 사건에 휘말려서 일본에 송환되었다고 들었는데, 그 사건도 동생의 자살과 무슨 관련이 있을까?"

마사히코가 팔짱을 끼고 심각한 표정을 지었다. "그것까지는 모르겠어. 아버지는 유학 시절의 그 사건에 대해서는 한마디도 하지 않았으니까."

"아버님과 연인 사이였던 여자가 저항조직 멤버였고, 그 때문에 암살미수사건에 관여했다고 하던데."

"맞아. 내가 듣기로 아버지는 빈 대학 학생인 오스트리아인과 사귀었고 결혼 약속까지 했다고 해. 그 사람은 암살 계획이 발각되자 체포되어 마우트하우젠 강제수용소로 보내졌어. 아마 거기서 목숨을 잃었겠지. 아버지도 게슈타포에 체포되어 1939년 초 '바람직하지 않은 외국인'으로 일본에 강제송환되었어. 물론 아버지가 직접 말해준 건 아니고 친척을 통해 들은 이야기지만 상당히 신빙성 있지."

"아버님이 사건에 대해 끝까지 침묵하신 건, 어떤 기관에 의해 입막음을 당했기 때문일까?"

"그랬지 싶어. 국외 강제 퇴거 당시 일본과 독일 양국이 사건에 대해 일절 발설하지 않도록 쐐기를 박았겠지. 그것이 아버지가 목숨을 건질 수 있는 중요한 조건이었을 거야. 그리고 당신 자신도 그 사건에 대해서는 아무것도 말하고 싶지 않았던 것 같아. 그래서 전쟁이 끝나고 함구령이 사라진 뒤에도 침묵을 지켰지."

마사히코는 잠깐 말을 끊었다가 다시 이었다.

"다만 아버지가 빈에서 반나치 지하 저항조직에 가담한 건 삼촌의 자살이 하나의 동기로 작용했을 것 같아. 뮌헨회담으로 당장의 전쟁은 면했지만 베를린과 도쿄의 추축이 강화되고 세계는 점점 위험한 방향으로 나아가고 있었어. 그런 흐름에 어디선가 제동을 걸어야 한다고 절감했을 거야. 아버지는 무엇보다 자유를 중시했어. 파시즘이나 군국주의와는 전혀 맞지 않았지. 그런 사람이니 동생의 죽음은 분명 큰 의미를 지녔을 거야."

"그 이상은 모르고?"

"아버지는 남에게 당신 인생 이야기를 하지 않는 사람이었어.

신문이나 잡지 인터뷰도 하지 않고, 스스로에 대해 무슨 기록을 남기지도 않았어. 오히려 바닥에 남은 제 발자취를 빗자루로 주의깊게 지워가며 뒷걸음치는 사람이었지."

내가 말했다. "그리고 빈에서 일본으로 돌아왔고, 전쟁이 끝날 때까지 한 점의 작품도 발표하지 않고 깊은 침묵을 지켰다."

"응, 팔 년 정도 침묵했어. 1939년부터 1947년까지. 그동안은 화단과도 최대한 거리를 뒀던 것 같아. 원래부터 그런 자리를 싫어했고, 많은 화가가 아무렇지 않게 전쟁을 칭송하고 권장하는 국책 회화를 그렸다는 사실도 마음에 들지 않았을 거야. 다행히 본가가 유복했으니 생계를 걱정할 필요는 없었어. 감사하게도 전쟁중 징병되지도 않았고. 어쨌거나 전후의 혼란이 일단락되고 화단에 다시 모습을 보였을 때 아마다 도모히코는 완벽한 일본화가로 변신해 있었지. 이전의 스타일을 깨끗이 버리고, 완전히 새로운 화법을 익히고서."

"그리고 그뒤에는 전설이 되었다."

"그래. 그뒤에는 전설이 되었어." 마사히코가 말했다. 그리고 손으로 허공의 무언가를 가볍게 걷어내는 시늉을 했다. 마치 전설이 눈앞에 솜먼지처럼 떠다니며 순조로운 호흡을 방해한다는 듯이.

나는 말했다. "이야기를 듣고 보니, 빈 유학 시절 겪은 일이 아버님의 그후 인생에 큰 영향을 미친 것 같군. 그게 어떤 일이었건 간에."

마사히코가 고개를 끄덕였다. "나도 확실히 그렇게 느껴. 빈체재중 일어났던 사건이 아버지의 앞길을 크게 바꿔버렸어. 좌절된 그 암살 계획에는 분명 암담한 사실 몇 가지도 포함되어 있었겠지. 쉽사리 입에 올릴 수 없을 만큼 무시무시한 사실이."

"하지만 구체적인 부분까지는 모른다?"

"그건 몰라. 옛날에도 몰랐고, 지금은 더더욱. 이제 아버지 당신도 잘 모르실 거야."

과연 그럴까, 나는 불현듯 생각했다. 사람은 때때로 멀쩡하게 기억하고 있던 사실을 잊어버리고, 잊어버렸던 사실을 기억해낸다. 특히 눈앞에 닥친 죽음과 마주하고 있을 때는.

마사히코는 두 잔째 화이트와인을 다 마시고 손목시계를 보았다. 그리고 가볍게 미간을 찌푸렸다.

"슬슬 회사로 돌아가야겠네."

"나한테 무슨 할말이 있다지 않았나?" 내가 문득 떠올리고 물었다.

그는 생각났다는 듯이 테이블을 톡톡 두드렸다. "아아, 그랬지. 너한테 할 이야기가 있었는데. 아버지 이야기만 하다가 끝나버렸네. 다음 기회에 할게. 뭐, 아주 급한 일도 아니고."

나는 자리에서 일어나기 전에 그의 얼굴을 새삼 바라보았다. 그리고 물었다. "왜 이런 이야기를 나한테 숨김없이 들려주는 거

114

지? 집안의 미묘한 비밀 같은 것까지."

마사히코는 테이블에 양손을 짚고 잠시 생각했다. 그러고는 귓불을 긁었다.

"글쎄. 첫째, 나 혼자 이런 '집안의 비밀' 같은 걸 끌어안고 있자니 좀 지쳐버린 것 같아. 누구에게 털어놓고 싶었는지도 모르지. 최대한 입이 무거워 보이는, 현실적인 이해관계가 없는 사람한테. 그런 의미에서 넌 이상적인 대화 상대야. 그리고 실은 너에게 개인적으로 마음의 짐이 좀 있어서, 그걸 어떤 식으로든 갚고 싶었어."

"개인적인 마음의 짐?" 나는 놀라서 물었다. "마음의 짐이라니, 뭐?"

마사히코가 실눈을 떴다. "사실 그 이야기를 하려던 참이었는데. 오늘은 이제 시간이 없군. 다음 일정이 있어서 말이야. 나중에 다시 여유롭게 이야기할 기회를 만들어보자."

레스토랑 계산은 마사히코가 했다. "신경쓸 것 없어. 이 정도는 괜찮아." 그가 말했다. 나는 기꺼이 그의 호의를 받아들였다.

그리고 코롤라 왜건을 몰고 오다와라로 돌아왔다. 집 앞에 먼지투성이 자동차를 세웠을 때는 이미 해가 서산 끄트머리에 걸려 있었다. 수많은 까마귀가 우짖으며 골짜기 너머 둥지를 향해 날아갔다.

38

그래가지고는 절대 돌고래는 되지 못해

　일요일 아침이 오기 전에 아키가와 마리에의 초상화를 위해 준비한 새 캔버스에 앞으로 어떤 그림을 그려나갈지 대강의 윤곽이 잡혔다. 아니, 구체적으로 어떤 그림이 될지는 아직 모른다. 그러나 어떤 식으로 시작해야 하는지는 알 수 있었다. 새하얀 캔버스에 가장 먼저 어떤 색 물감을 어느 붓으로 어느 방향으로 그어야 할지, 그런 아이디어가 머릿속 어딘가에서 자연스럽게 생겨나 이윽고 발판을 얻고 내 안에서 조금씩 사실로 확립되어간다. 나는 그런 과정을 사랑했다.

　몹시 쌀쌀한 아침이었다. 겨울이 목전에 다가왔음을 알려주는 아침이다. 커피를 내려 간단히 아침을 먹은 뒤 작업실로 가서 필요한 화구를 갖추고 이젤에 올린 캔버스와 마주했다. 그러나 그

앞에는 잡목림 구덩이를 연필로 세밀하게 그린 스케치북이 놓여 있었다. 며칠 전 아침, 이렇다 할 의도도 목적도 없이 내키는 대로 그려본 스케치다. 그렸다는 사실마저 그새 잊어버리고 있었다.

이젤 앞에 서서 그 스케치를 무연히 바라보자니 점점 그림 속 광경에 마음을 빼앗겼다. 잡목림 속에 은밀히 입을 벌리고 있는 수수께끼의 석실. 주위의 젖은 땅과 그 위로 쌓인 색색깔의 낙엽. 나뭇가지 사이로 올올이 떨어지는 햇살. 그런 정경이 색을 입고 뇌리에 떠올랐다. 상상력이 발동해 구체적인 세부를 하나하나 메꿔갔다. 나는 그곳의 공기를 들이켜고, 풀냄새를 맡고, 새소리를 들을 수 있었다.

대형 스케치북에 연필로 세밀하게 그려진 그 구덩이는 마치 나를 무언가로—혹은 어딘가로—강렬히 이끄는 것 같았다. 그 구덩이는 내게 그려지기를 원했다. 나는 그렇게 느꼈다. 풍경화를 그릴 생각이 드는 건 무척 드문 일이었다. 하긴 십 년 가까이 인물화만 그려왔으니까. 가끔은 풍경화도 괜찮을지 모른다. 〈잡목림 속의 구덩이〉. 이 연필화가 그 밑그림이 되지 않을까.

나는 스케치북을 이젤에서 내려 덮어놓았다. 이젤 위에는 새하얀 캔버스만 남았다. 이제부터 아키가와 마리에의 초상화가 그려질 캔버스가.

열시가 못 되어 예의 파란색 도요타 프리우스가 조용히 비탈길을 올라왔다. 문이 열리고 아키가와 마리에와 고모 아키가와 쇼코가 내렸다. 아키가와 쇼코는 진회색 헤링본 롱재킷에 연회색 모직 스커트. 무늬가 들어간 검은 스타킹을 신고 있었다. 목에는 컬러풀한 미소니 스카프를 둘렀다. 시크하고 도시적인 늦가을 복장이다. 아키가와 마리에는 큼직한 야구점퍼에 요트파카, 찢어진 청바지, 남색 컨버스 운동화 등 대체로 지난번과 비슷한 차림이었다. 모자는 쓰지 않았다. 공기가 쌀쌀하고 하늘은 어렴풋이 구름에 덮여 있었다.

간단한 인사를 주고받은 뒤 아키가와 쇼코는 소파에 자리를 잡고 언제나처럼 가방에서 두툼한 문고본을 꺼내 독서에 집중했다. 나와 아키가와 마리에는 그녀를 두고 작업실로 갔다. 여느 때처럼 나는 나무 스툴에 앉고 마리에는 간소한 식탁 의자에 앉았다. 우리 사이에는 2미터 정도의 거리가 있었다. 그녀가 야구점퍼를 벗어 발밑에 개어놓았다. 요트파카도 벗었다. 안에는 티셔츠 두 장을 겹쳐 입고 있었다. 회색 긴팔 티셔츠 위에 남색 반소매 티셔츠. 가슴은 역시 도드라져 보이지 않았다. 그녀는 검은 생머리를 손가락으로 빗었다.

"춥지 않니?" 내가 물었다. 작업실에 구식 석유스토브가 있지만 불은 피우지 않았다.

마리에는 작게 고개를 저었다. 별로 춥지는 않다는 뜻이다.

"오늘부터 캔버스에 작업을 시작할 거야." 내가 말했다. "그렇다고 네가 딱히 할 일은 아무것도 없어. 그냥 거기 앉아 있으면 돼. 나머지는 내 문제니까."

"아무것도 하지 않을 수는 없어요." 그녀가 내 눈을 바라보면서 말했다.

나는 무릎 위에 두 손을 얹고 그녀의 얼굴을 보았다. "무슨 뜻이야?"

"나는 살아 있고, 숨도 쉬고, 여러 가지 생각을 하니까요."

"물론이지." 내가 말했다. "물론 원하는 만큼 숨을 쉬고, 원하는 만큼 생각을 해도 돼. 내 말은, 네가 특별히 뭔가를 할 필요는 없다는 거야. 그냥 자연스럽게 있는 것으로 충분해."

하지만 마리에는 여전히 내 눈을 똑바로 바라보았다. 그런 간단한 설명으로는 도무지 납득이 되지 않는다는 듯이.

"나는 무언가를 하고 싶어요." 마리에가 말했다.

"예를 들어 어떤 걸?"

"선생님이 그리는 걸 돕고 싶어요."

"그 말은 무척 고맙지만, 어떻게 돕는다는 거지?"

"물론 정신적으로요."

"그렇구나." 내가 말했다. 하지만 그녀가 정신적으로 어떻게 나를 도와주겠다는 것인지 구체적으로는 짐작할 수 없었다.

마리에가 말했다. "만약 가능하다면 선생님 안에 들어가고 싶어요. 내 그림을 그리는 선생님 안에. 그리고 선생님의 눈으로 나를 보고 싶어요. 그러면 나를 보다 깊이 이해할 수 있을 거예요. 그리고 선생님도 나를 보다 깊이 이해할 수 있을지 몰라요."

"그럴 수 있다면 정말 좋겠구나." 내가 말했다.

"진심으로 그렇게 생각해요?"

"물론 진심이야."

"하지만 경우에 따라서는 상당히 무서울지 몰라요."

"자신을 보다 잘 이해하는 것이?"

마리에가 고개를 끄덕였다. "자신을 더욱 잘 이해하려면 다른 무언가를 어디선가 끌어와야 한다는 게요."

"다른 무언가, 제삼자적 요소가 더해지지 않고는 자신을 정확히 이해할 수 없다는 말일까?"

"제삼자적 요소?"

나는 설명했다. "A와 B라는 관계의 의미를 올바르게 파악하려면 C라는 다른 관점이 필요하다는 거야. 삼점측정三点測定."

마리에는 그 말을 생각하고 어깨를 으쓱하듯 작게 움직였다. "그렇겠죠."

"그리고 이때 더해지는 무언가는 경우에 따라 무서운 것일지도 모른다. 그게 네가 하고 싶었던 말이니?"

마리에가 고개를 끄덕였다.

"지금까지 그런 무서운 경험을 해본 적 있어?"

마리에는 그 질문에 대답하지 않았다.

"만약 내가 너를 올바르게 그릴 수 있다면," 나는 말을 이었다. "너는 내 눈으로 본 너의 모습을 직접 볼 수 있을지도 몰라. 물론 잘되면 그렇다는 얘기지만."

"그래서 우리는 그림이 필요해요."

"그래, 그러기 위해서 우리는 그림이 필요해. 혹은 글이나, 음악 같은 것이."

잘되면 말이지만, 나는 스스로를 향해 말했다.

"시작하자." 나는 마리에에게 말했다. 그리고 그녀의 얼굴을 보며 밑그림을 그릴 갈색 물감을 준비했다. 그리고 처음에 잡을 붓을 골랐다.

작업은 완만하고도 막힘없이 나아갔다. 나는 캔버스 위에 아키가와 마리에의 상반신을 그려나갔다. 아름다운 소녀이지만 내 그림은 특별히 아름다움을 필요로 하지 않았다. 내가 필요로 하는 것은 더 안쪽에 숨겨진 것이었다. 달리 말하면 타고난 그 자질이 보상으로 요구하는 것이었다. 나는 그 무언가를 찾아내 화폭으로 가져와야 했다. 그것이 꼭 아름다울 필요는 없다. 경우에 따라서는 추한 것일 수도 있다. 어쨌거나 말할 것도 없이, 그 무언가를 찾아내려면 그녀를 올바로 이해해야 한다. 말이나 논리가 아니라 하나의 조형으로, 빛과 그림자의 복합체로 그녀를 파악해야 한다.

나는 의식을 집중해 선과 색을 캔버스에 쌓아나갔다. 때로는 신속하게, 때로는 시간을 들여 주의깊게. 그사이 마리에는 조금의 표정 변화도 없이 의자에 조용히 앉아 있었다. 하지만 나는 그녀가 의지의 힘을 단단히 모아 가만히 유지하고 있음을 알 수 있었다. 거기서 움직이는 힘을 느낄 수 있었다. '아무것도 하지 않을 수는 없다'고 그녀는 말했다. 그리고 그녀는 무언가를 하고 있는 것이다. 아마도 나를 도와주기 위해. 나와 이 열세 살 소녀 사이에는 분명히 교류 같은 것이 존재했다.

문득 동생의 손을 떠올렸다. 같이 후지산 풍혈에 들어갔을 때, 그애는 싸늘한 어둠 속에서 내 손을 꼭 쥐고 있었다. 작고 따뜻한, 그러면서 놀랍도록 굳센 손가락이었다. 우리 사이에는 확연한 생명의 교류가 있었다. 우리는 무언가를 내어주는 동시에 무언가를 얻었다. 그것은 제한된 시간, 제한된 장소에서만 일어나는 교류였다. 이윽고 엷어져 사라져버린다. 그러나 기억은 남는다. 기억은 시간에 온기를 줄 수 있다. 그리고—잘되면 말이지만—예술은 그 기억을 형태로 바꾸어 그 자리에 머무르게 할 수 있다. 반 고흐가 시골의 이름 없는 우편배달부를 집합적인 기억으로 오늘날까지 살아 있게 한 것처럼.

우리는 두 시간쯤 말없이 각자의 작업에 집중했다.

나는 기름에 엷게 녹인 단색 물감으로 그녀의 모습을 캔버스

위에 담아나갔다. 이것은 밑그림이다. 마리에는 식탁 의자에 앉아 조용히 제 존재를 지켰다. 정오가 되자 멀리서 예의 차임이 울렸다. 그 소리에 나는 정해진 시각이 되었음을 알고 작업을 끝냈다. 팔레트와 붓을 내려놓고, 스툴에 앉은 채로 크게 기지개를 켰다. 그제야 내가 몹시 피곤하다는 사실을 깨달았다. 심호흡을 하며 집중력을 풀자 마리에도 비로소 몸의 힘을 뺐다.

눈앞의 캔버스에는 단색으로 마리에의 상반신 형태가 잡혀 있었다. 앞으로 그려질 초상의 근간이 될 구조가 구축된 것이다. 아직 대략적인 틀에 불과하지만 그 골격의 중심에는 그녀를 그녀이게 만드는 열원 같은 것이 있다. 지금은 저 안쪽에 숨어 있지만 대강의 소재지만 파악하면 나머지는 어떻게든 조정할 수 있다. 필요한 살을 붙이기만 하면 된다.

이 미완성 그림에 대해 마리에는 아무것도 묻지 않았고, 보여달라고 하지도 않았다. 나도 딱히 무슨 말을 하지 않았다. 입을 열기에는 너무 피곤했다. 우리는 말없이 작업실을 나와 거실로 갔다. 소파에서 아키가와 쇼코가 열심히 책을 읽고 있었다. 읽던 페이지에 가름끈을 끼워 책을 덮은 그녀는 검은 테 안경을 벗고 고개를 들어 우리를 보았다. 그리고 조금 놀란 표정을 지었다. 둘 다 어지간히 피곤한 표정이었으리라.

"작업은 잘되었나요?" 그녀가 내심 걱정스러운 투로 물었다.

"지금으로선 순조롭습니다. 아직 중간 단계지만요."

"다행이네요." 그녀가 말했다. "혹시 싫지 않으시면 제가 부엌에서 차를 내와도 괜찮을까요? 실은 물을 먼저 끓여놨어요. 홍차 잎이 어디 있는지도 알고요."

나는 조금 놀라서 아키가와 쇼코의 얼굴을 보았다. 그녀는 기품 있는 미소를 짓고 있었다.

"뻔뻔한 부탁이지만, 그래주시면 정말 감사하겠습니다." 사실 따뜻한 홍차를 몹시 마시고 싶었지만 몸을 일으켜 부엌까지 가서 물을 끓일 기력이 도저히 나지 않았다. 그만큼 피곤했다. 그림을 그리면서 이렇게 피곤해지기는 무척 오랜만이다. 물론 기분좋은 피로감이었지만.

십 분쯤 지나 아키가와 쇼코가 찻잔 세 개와 티포트를 얹은 쟁반을 들고 거실로 돌아왔다. 우리는 각자 말없이 홍차를 마셨다. 마리에는 거실에 나온 뒤로 아직 한마디도 하지 않았다. 이따금 손을 들어올려 이마에 흘러내린 앞머리를 걷을 뿐이었다. 어느새 다시 두툼한 야구점퍼를 껴입었다. 마치 무언가로부터 몸을 지키려는 것처럼.

우리는 조용하고 예의바르게 홍차를 마시면서(아무도 소리를 내지 않았다), 일요일 낮시간의 흐름에 멍하니 몸을 맡겼다. 한동안 아무도 입을 열지 않았다. 그러나 그 침묵은 지극히 자연스럽고 이치에 맞는 것이었다. 이윽고 귀에 익은 소리가 들려왔다. 처음에 그것은 먼 해안에 내키지 않지만 의무적으로 찾아오는 게으른 파도 소리처럼 들렸다. 그러다 점차 커지더니 명료하고 연속적인 기계음이 되었다. 4.2리터 8기통의 여유로운 엔진이 매우 우아하게 하이옥탄 화석연료를 소비하는 소리다. 나는 의자에서 일어나 창가로 가서, 그 은색 자동차의 등장을 커튼 사이로 지켜보았다.

멘시키는 연한 초록색 카디건 차림이었다. 안에는 크림색 셔츠를 입었다. 그리고 회색 모직 바지. 전부 세탁소에서 막 찾아온 것처럼 깨끗하고 주름 하나 없었다. 새 옷들은 아니고 적당히 길든 티가 났지만 그래서 더욱 청결해 보였다. 풍성한 머리칼이 여느 때처럼 순백색으로 빛났다. 여름이나 겨울이나, 맑은 날이나 흐린 날이나, 계절이나 날씨와 상관없이 그의 머리칼은 늘 새하얗게 빛날 것이다. 빛의 느낌이 조금씩 달라질 뿐이다.

차에서 내린 멘시키는 문을 닫고 고개를 들어 구름 낀 하늘을 올려다보면서 한동안 날씨에 대해 생각하더니(내 눈에는 뭔가 생각하는 것처럼 보였다) 마음을 정하고 천천히 현관으로 걸어왔다. 그리고 초인종을 눌렀다. 마치 시인이 중요한 대목에 쓸 특별한 어휘를 고르는 것처럼, 신중하게 시간을 들여서. 아무리 봐도 그 대상은 오래된 초인종에 지나지 않았지만.

문을 열고 그를 안으로 들였다. 그는 두 여자에게 상냥하게 인사했다. 아키가와 쇼코는 일어서서 그를 맞았다. 마리에는 소파에 앉은 채 손끝으로 머리카락을 감고 있었다. 멘시키 쪽은 거의 쳐다보지도 않았다. 멘시키에게 앉으라고 권하고 차를 마시겠느냐 물었다. 괜찮습니다, 라며 그는 사양했다. 머리를 몇 번 가로 젓고 손까지 내저었다.

"어떻습니까, 일은 잘돼갑니까?" 멘시키가 내게 물었다.

그럭저럭 잘돼간다고 나는 대답했다.

"어때, 그림 모델 하려니 피곤하지?" 멘시키가 마리에에게 물었다. 그가 똑바로 눈을 맞추면서 마리에에게 말을 건 것은 내가 알기로 처음이었다. 목소리의 울림에 희미한 긴장감이 묻어나긴 했지만 오늘 그는 마리에를 눈앞에 두고도 얼굴이 붉어지거나 창백해지지 않았다. 표정도 평소와 거의 다르지 않았다. 감정을 억제하는 게 가능해진 것이다. 아마 그러기 위해 스스로 무슨 훈련을 했으리라.

마리에는 그 질문에 대답하지 않았다. 의미 모를 말을 작게 웅얼거렸을 뿐이다. 양손은 무릎 위에서 단단히 깍지 끼고 있었다.

"그래도 일요일 아침에 여기 오는 걸 무척 즐기고 있어요." 아키가와 쇼코가 침묵을 메우려는 듯 끼어들었다.

"그림 모델을 하는 건 상당히 힘든 일이죠." 나도 그 시도에 작게나마 힘을 보탰다. "마리에는 아주 잘해주고 있어요."

"저도 잠시 여기서 모델을 서봤습니다만, 그림 모델 일은 어딘가 기묘한 구석이 있더군요. 가끔 영혼을 빼앗기는 느낌이 들었어요." 멘시키가 그렇게 말하며 웃었다.

"그렇지는 않아요." 마리에가 속삭이다시피 말했다.

나와 멘시키와 아키가와 쇼코는 거의 동시에 마리에의 얼굴을 보았다.

아키가와 쇼코는 무심코 엉뚱한 것을 입에 넣고 씹어버린 표정이었다. 멘시키의 얼굴에는 순수한 호기심이 비쳤다. 나는 어디까지나 중립적인 방관자였다.

"그게 무슨 뜻이니?" 멘시키가 물었다.

마리에가 억양 없는 목소리로 말했다. "빼앗기지는 않아요. 나는 무언가를 내주고, 또 무언가를 받아요."

멘시키가 조용한 목소리로 감탄한 듯이 말했다. "맞는 말이야. 내가 너무 단순하게 말했구나. 물론 교류가 있어야지. 예술행위는 결코 일방적인 것이 아니니까."

마리에는 잠자코 있었다. 몇 시간째 꼼짝 않고 물가에 서서 수면을 노려보는 고독한 해오라기처럼, 소녀는 테이블 위의 티포트를 똑바로 응시했다. 어디서나 볼 수 있는 흰색 도자기 티포트다. 제법 오래됐지만(아마다 도모히코가 쓰던 물건이다) 매우 실용적인 만듦새라 유심히 관찰할 만큼 특별한 멋은 없다. 이도 살짝 나갔다. 단지 그때 그녀에게는 집중해서 바라볼 무언가가 필요했던 것이리라.

방안에 침묵이 깔렸다. 아무것도 그려지지 않은 새하얀 광고

판 같은 침묵이었다.

　예술행위. 나는 생각했다. 그 어휘에는 주위의 침묵을 불러들이는 울림이 깃들어 있는 것 같았다. 흡사 공기가 진공을 메우듯이. 아니, 이 경우는 오히려 진공이 공기를 메운다고 해야 할까.

　"혹시 저희 집에 오실 거라면," 그 침묵 속에서 멘시키가 조심스레 아키가와 쇼코에게 말을 걸었다. "제 차로 같이 가지 않겠습니까? 나중에 여기로 다시 모셔다드리죠. 뒷좌석이 좀 협소하지만 길이 꽤 복잡하고 좁으니 차 한 대로 움직이는 것이 편할 것 같습니다."

　"네, 물론 괜찮아요." 아키가와 쇼코가 망설임 없이 대답했다. "멘시키 씨 차로 가죠."

　마리에는 아직 흰색 티포트를 바라보며 생각에 잠겨 있었다. 물론 그녀가 속으로 무슨 생각을 하는지는 알 수 없다. 그들이 점심식사를 어떻게 할지도 나는 모른다. 그러나 멘시키는 빈틈없는 사람이다. 내가 굳이 신경쓰지 않아도 그 정도는 이미 생각해두었으리라.

　재규어 조수석에 아키가와 쇼코가 앉고 마리에는 뒷좌석에 자리잡았다. 어른 둘이 앞이고 아이는 뒤. 특별히 협의한 것은 아니지만 자리 배치는 자연스럽게 그리되었다. 나는 그 차가 소리 없이 비탈길을 내려가 시야에서 사라질 때까지 현관문 앞에서 지켜보았다. 그런 다음 집안에 들어와서 홍차잔과 포트를 부엌으로 가져가 헹구었다.

그뒤 리하르트 슈트라우스의 〈장미의 기사〉를 턴테이블에 올리고 소파에 누워서 들었다. 할 일이 특별히 없을 때면 〈장미의 기사〉를 듣는 것이 습관이 되었다. 멘시키가 심어준 습관이다. 그의 말대로 그 음악에는 확실히 일종의 중독성이 있었다. 끊어지지 않고 이어지는 어떤 정서. 구석구석 색채를 지닌 악기 소리. 리하르트 슈트라우스는 '나는 한 자루의 빗자루도 음악으로 극명히 그려낼 수 있다'고 호언한 바 있다. 어쩌면 빗자루가 아니었는지도 모른다. 아무튼 그의 음악에서는 회화적 요소가 짙게 느껴졌다. 내가 지향하는 회화와는 방향성이 다르긴 했지만.

잠시 후 눈을 떠보니 기사단장이 있었다. 여느 때와 같은 아스카 시대 복장에 허리에는 검을 차고 맞은편 의자에 앉아 있었다. 가죽 안락의자에, 키 60센티미터 정도의 남자가 오도카니 앉아 있다.

"오랜만이네요." 나는 말했다. 어디 다른 곳에서 억지로 끌어온 듯한 목소리였다. "잘 지내셨습니까?"

"전에 말했다시피 이데아에게는 시간이라는 관념이 없네." 기사단장이 또렷한 목소리로 말했다. "따라서 오랜만이라는 감각도 없지."

"그냥 습관적인 인사입니다. 신경쓰지 마세요."

"습관이란 것도 잘 몰라."

하긴 그렇다. 시간이 없다면 습관도 생겨나지 않는다. 나는 일어나서 턴테이블 바늘을 올리고 레코드를 박스에 집어넣었다.

"아무렴." 기사단장이 내 마음을 읽고 말했다. "시간이 양방향으로 자유로이 나아가는 세계에서는 습관이란 것이 생겨날 수 없지."

나는 전부터 궁금했던 것을 물어보았다. "이데아에게는 에너지원 같은 것이 필요하지 않은가요?"

"그 부분이 까다로워." 기사단장이 자못 심각한 얼굴로 말했다. "어떻게 이루어진 것이건 물질이 생겨나고 또 존속하려면 에너지가 필요하지. 그게 우주의 일반적인 원칙일세."

"다시 말해 이데아에게도 에너지원이 있어야 한다. 그 말씀인가요? 일반적인 원칙에 따라서?"

"암. 우주의 원칙에는 예외가 없어. 따라서 이데아의 우월함은 타고난 형태가 없다는 점에 있네. 이데아는 타인에게 인식됨으로써 비로소 이데아로 성립하고, 나름의 형태를 지니게 되지. 물론 그 형태도 편의상 빌려온 것이지만."

"다시 말해, 타인의 인식이 없으면 이데아는 존재할 수 없다."

기사단장은 오른손 검지를 허공에 들어올리고 한쪽 눈을 찡긋했다. "제군은 그 말에서 어떤 유추를 해내려나?"

나는 유추해보았다. 시간이 조금 걸렸지만 기사단장은 참을성 있게 기다렸다.

"제 생각에," 내가 입을 열었다. "이데아는 타인의 인식 자체를 에너지원 삼아 존재합니다."

"옳거니." 기사단장은 말했다. 그리고 몇 번 고개를 끄덕였다. "이해력이 제법 좋군. 이데아는 타인의 인식 없이는 존재하지 못하는 동시에, 타인의 인식을 에너지 삼아 존재하네."

"그럼 혹시 제가 '기사단장은 없다'고 생각해버리면 당신은 더 이상 존재하지 않겠군요."

"이론적으로는." 기사단장이 말했다. "하지만 어디까지나 이론적인 얘기야. 실상은 그렇게 간단하지 않아. 왜냐하면 사람이 어떤 생각을 멈춰야겠다고 마음먹고 실제로 멈춘다는 것은 사실상 거의 불가능하니까. 무언가를 그만 생각해야겠다는 생각도 하나의 생각이고, 그 생각을 갖고 있는 한 그 무언가 역시 생각의 대상이 되거든. 무언가를 생각하기를 멈추려면 그걸 멈추자는 생각 자체를 멈춰야 해."

나는 말했다. "다시 말해 무슨 이유로 기억상실이라도 걸리지 않는 한, 혹은 매우 자연스럽고 완벽하게 이데아에 대한 흥미를 잃지 않는 한, 사람이 이데아에서 도망치는 건 불가능하군요."

"돌고래는 가능하지." 기사단장이 말했다.

"돌고래요?"

"돌고래는 좌우 뇌를 따로 잠들게 할 수 있네. 몰랐나?"

"몰랐습니다."

"그런 이유로 돌고래는 이데아란 것에 관심을 갖지 않아. 그래서 진화가 도중에 멈춰버렸지. 우리도 나름대로 노력했지만 유감스럽게도 돌고래와는 유익한 관계를 맺지 못했어. 상당히 유망한 종족이었는데 말이야. 인간이 본격적으로 등장하기 전까지는 포유류 중에서 체중에 비해 뇌가 가장 큰 동물이었으니까."

"그런데 인간과는 유익한 관계를 맺은 건가요?"

"인간의 뇌는 돌고래와 달리 한 덩어리로 되어 있으니까. 일단 이데아가 생겨나면 쉽사리 떨쳐버릴 수 없지. 그래서 이데아는 인간에게서 에너지를 받아 존재를 유지할 수 있는 걸세."

"기생체처럼." 내가 말했다.

"그 말은 썩 듣기 좋지 않군." 기사단장은 학생을 질책하는 선생님처럼 손가락을 좌우로 흔들었다. "에너지를 받는다지만 그렇게 엄청난 양을 떼어가는 건 아니야. 아주 미미한—보통 인간은 거의 알아채지도 못할 정도라고. 그 때문에 건강을 해치거나 일상생활에 지장이 가는 일은 없네."

"그래도 당신은 이데아에게 도덕 같은 것이 없다고 했죠. 이데아란 어디까지나 중립적인 관념이고, 그것을 좋게 만드는 것도 나쁘게 만드는 것도 인간에게 달렸다고. 그렇다면 이데아는 인간에게 좋은 일을 할 수도 있지만, 반대로 좋지 않은 일을 할 경우도 있다는 거네요. 그렇죠?"

"E=mc²의 개념은 본래 중립이었을 테지만 결과적으로 원자폭탄을 만들어냈네. 실제로 그게 히로시마와 나가사키에 투하되었고. 제군이 하고 싶은 말은 이를테면 그런 건가?"

나는 고개를 끄덕였다.

"그 문제는 나도 가슴 아프게 생각한다네(말할 것도 없이 이건 수사적인 표현일 뿐이네. 이데아에게는 육체가 없고 따라서 가슴도 없으니까). 그런데 말일세. 제군, 이 우주에서는 모든 것이 카베아트 엠프토르caveat emptor거든."

"네?"

"카베아트 엠프토르. 라틴어로 '매수자 위험 부담'이란 뜻이지. 남의 손에 넘어간 물건이 어떤 식으로 사용되는지는 파는 쪽에서 관여할 일이 아닐세. 예를 들어, 옷가게에 걸린 옷이 누구 몸에 입혀질지 옷가게 주인이 고를 수 있나?"

"왠지 억지 논리처럼 들리는데요."

"E=mc²은 원자폭탄을 만들었지만, 한편으로는 좋은 것도 많이 만들었어."

"예를 들면요?"

기사단장은 잠시 생각했지만 적당한 예가 쉽게 떠오르지 않는지 입을 다물고 양손바닥으로 얼굴을 문질렀다. 아니면 그런 토론에 더이상 의미를 찾을 수 없었는지도 모른다.

"그런데, 작업실에 두었던 방울의 행방을 모르십니까?" 나는 문득 생각나서 물어보았다.

"방울?" 기사단장이 고개를 들고 말했다. "어떤 방울 말인가?"

"당신이 그 구덩이 밑에서 내내 울렸던 오래된 방울 말이에요. 작업실 선반 위에 올려뒀는데 얼마 전에 감쪽같이 없어졌어요."

기사단장은 고개를 또렷하게 가로저었다. "아아, 그 방울. 모르겠는걸. 최근에 건드린 적도 없고."

"그럼 대체 누가 가져갔죠?"

"글쎄, 나는 알 수 없지."

"누가 방울을 가져가 어딘가에서 울리고 있는 것 같아요."

"흠. 그건 내 문제가 아닐세. 그 방울은 이미 내게 필요 없는 물건이야. 처음부터 내 것도 아니었고 말이지. 오히려 그 장소에 공유되던 물건이었지. 어쨌거나 없어진 데는 없어질 만한 이유가 있었을 걸세. 그러다 또 어디서 홀연히 나타날지도 모르지. 기다려보게나."

"장소에 공유되던 물건이라고요?" 내가 물었다. "그 구덩이 말씀인가요?"

기사단장은 그 질문에 대답하지 않았다. "그나저나 제군은 아키가와 쇼코와 마리에가 이리 돌아오기를 기다리는 모양인데, 아직 시간이 한참 걸릴걸. 어두워지기 전에는 돌아오지 않을 걸세."

"멘시키 씨는 나름대로 의도하는 바가 있는 건가요?" 나는 마지막으로 물어보았다.

"그렇지, 멘시키 군에게는 늘 어떤 의도가 있어. 반드시 확실하게 포석을 두지. 포석을 두지 않고는 움직일 수 없는 사람이야. 말하자면 선천적인 질환 같은 거야. 좌우 뇌를 항상 최대한으로 쓰면서 살아가지. 그래가지고는 절대 돌고래는 되지 못해."

기사단장은 윤곽이 서서히 흐릿해지고 바람 없는 한겨울 아침의 수증기처럼 어렴풋이 퍼지더니 이윽고 완전히 사라졌다. 내 앞에는 오래된 안락의자뿐이었다. 그곳에 남겨진 부재가 너무 깊어서, 그가 방금 전까지 정말 내 눈앞에 앉아 있었는지조차 확신하기 힘들었다. 나는 그저 공백과 마주하고 있었는지도 모른다. 그저 나 자신의 목소리와 대화하고 있었는지도 모른다.

기사단장의 예언대로 멘시키의 재규어는 좀처럼 나타나지 않았다. 아키가와가家의 아름다운 두 여성은 멘시키의 집에서 오랜 시간을 보내는 모양이었다. 나는 테라스로 나가 골짜기 맞은편의 새하얀 저택을 바라보았다. 그러나 누구의 모습도 보이지 않았다. 시간을 죽일 셈으로 부엌에서 요리 재료를 만들어두었다. 다시마와 가다랑어포를 우린 물에 야채를 삶고, 얼릴 수 있는 것은 냉동실에 넣었다. 생각나는 일거리를 다 해치우고도 시간이 남아서, 거실로 돌아와 리하르트 슈트라우스의 〈장미의 기사〉를 마저 들으며 소파에 누워 책을 읽었다.

아키가와 쇼코는 멘시키에게 호의와 흥미를 갖고 있다. 그건 틀림없는 사실이리라. 멘시키를 보는 그녀의 눈은 나를 볼 때와 전혀 다르게 반짝인다. 지극히 공정하게 말해, 멘시키는 매력적인 중년남자다. 핸섬하고 부자인데다 독신이다. 옷차림도 훌륭하고 언동이 부드러우며 산머리의 커다란 저택에 살면서 네 대의 영국차를 몬다. 틀림없이 세상의 많은 여자가 그에게 흥미를 품을 것이다(세상의 많은 여자가 나에게 특별히 흥미를 품지 않으리라는 것만큼이나 확실하게). 그러나 아키가와 마리에는 멘시키에게 적잖은 경계심을 품고 있다―틀림없이. 마리에는 굉장히 감이 날카로운 소녀다. 어쩌면 멘시키가 어떤 의도를 품고 행동한다는 것을 본능적으로 알아챘는지도 모른다. 그래서 그녀는 멘시키에게 의식적으로 거리를 두고 있다. 적어도 내 눈에는 그렇게 비친다.

앞으로 일이 어떻게 흘러갈까? 그 경과를 확인하고 싶다는 자연스러운 호기심과, 썩 달가운 결과가 나오진 않으리라는 막연한 우려가 내 안에서 다투고 있었다. 하구에서 부딪치며 밀고 밀리는 바닷물과 강물처럼.

멘시키의 재규어가 다시 비탈길을 올라온 건 다섯시 반이 조금 지나서였다. 기사단장이 예고한 대로 주위는 완전히 어두워져 있었다.

39

특정한 목적으로 만들어 위장한 용기

재규어가 집 앞에 천천히 멈추고 문이 열리더니 멘시키가 먼저 내렸다. 그는 반대쪽으로 돌아가 마리에와 아키가와 쇼코를 위해 문을 열어주었다. 뒷좌석의 마리에가 내릴 수 있도록 조수석 시트도 당겨주었다. 재규어에서 내린 둘은 파란색 프리우스로 옮겨 탔다. 아키가와 쇼코가 차창을 내리고 멘시키에게 정중하게 감사인사를 했다(마리에는 역시나 모른 체 딴 데를 보고 있었다). 그리고 그녀들은 우리집에 들르지 않고 그대로 자신들의 집으로 돌아갔다. 멘시키는 프리우스의 뒷모습이 시야에서 사라지기를 기다렸다가 조금 뜸을 두어 의식의 스위치를 (아마도) 변환하고, 얼굴 표정을 가다듬은 후 현관으로 걸어왔다.

"시간이 좀 늦었지만, 잠깐 실례해도 괜찮겠습니까?" 현관에서 그가 조심스럽게 물었다.

"물론입니다. 들어오세요. 어차피 할 일도 없으니까요." 나는 그렇게 말하고 그를 안으로 들였다.

우리는 거실에 자리잡았다. 그가 소파에 앉고 나는 맞은편의, 조금 전까지 기사단장이 앉아 있던 안락의자에 몸을 내려놓았다. 의자 주위에는 아직도 톤이 약간 높은 기사단장의 목소리가 남아 있는 듯했다.

"오늘은 여러모로 감사했습니다." 멘시키가 내게 말했다. "큰 도움을 받았습니다."

딱히 감사인사를 받을 만한 일은 하지 않았다고 나는 대답했다. 실제로도 한 게 아무것도 없었다.

멘시키가 말했다. "하지만 만약 당신이 그리는 그림이 없었더라면, 아니, 그 그림을 그리는 당신이 존재하지 않았다면 아마 이런 상황은 끝까지 제 앞에 나타나지 않았겠지요. 아키가와 마리에와 가까워서, 개인적으로 얼굴을 마주하는 기회를 얻을 수 없었을 겁니다. 이번 일은 당신이 중심축이 되어주신 겁니다. 어쩌면 그런 입장이 내키지 않으실지도 모르겠지만요."

"내키지 않을 건 없습니다." 내가 말했다. "멘시키 씨에게 도움이 된다면 저도 더 바랄 게 없습니다. 다만 무엇이 우연이고 무엇이 의도된 것인지가 좀 분명치 않을 뿐이죠. 솔직히 말씀드려 그리 마음이 편하다고는 할 수 없어요."

멘시키는 그 말을 생각한 뒤에 고개를 끄덕였다. "믿어주시지 않을지도 모르겠지만, 제가 의도적으로 이런 시나리오를 짠 건 아닙니다. 모든 것이 우연의 산물이라고 할 수는 없어도 실제 일어난 일의 많은 부분은 어디까지나 그때그때 상황에 따라 자연스럽게 흘러온 결과죠."

"그 자연스러운 과정에서 제가 우연히 촉매 같은 역할을 했다는 말씀인가요?" 내가 물었다.

"촉매. 그렇군요, 그렇게 말할 수도 있겠습니다."

"그런데 솔직히 저는 촉매라기보다 '트로이의 목마'가 된 기분이에요."

멘시키는 고개를 들고 무슨 눈부신 것이라도 보듯이 나를 바라보았다. "그게 무슨 뜻이죠?"

"빈 뱃속에 무장한 병사들을 숨겨서 선물인 척 적의 성내로 들여보낸 그리스의 목마 말입니다. 특정한 목적으로 만들어 위장한 용기容器죠."

멘시키는 약간 시간을 들여 표현을 고르고 입을 열었다. "그러니까, 제가 당신을 트로이의 목마처럼 이용했다는 말씀인가요? 아키가와 마리에에게 접근하기 위해?"

"불쾌하실지 모르지만, 저는 내심 그렇게 느꼈다는 겁니다."

멘시키가 실눈을 뜨고 입가에 미소를 띠었다.

"그렇군요. 사실 그렇게 생각하셔도 어쩔 수 없는 부분도 있을 겁니다. 하지만 아까도 말씀드렸듯이 대부분은 우연이 겹치고 쌓여 일어난 일들이었어요. 아주 솔직히 말씀드려서, 저는 당신에게 호감을 품고 있습니다. 개인적이고 자연스러운 호감을요. 제게는 그리 자주 있는 일이 아니고. 그래서 저는 그런 마음을 되도록 소중히 여기려 합니다. 제 편의를 위해 당신을 일방적으로 이용하진 않습니다. 어떤 면에서 저는 상당히 에고이스틱한 인간이지만 그 정도 예의는 있습니다. 당신을 트로이의 목마로 만들 일은 없을 겁니다. 부디 믿어주십시오."

거짓말은 아닌 것 같다고 나는 느꼈다.

"그래서, 그 두 사람은 그림을 봤나요?" 내가 물었다. "서재에 걸린 멘시키 씨의 초상화요."

"네, 물론입니다. 그러려고 일부러 와준 거니까요. 두 사람은 그 초상화를 보고 무척 감탄했습니다. 물론 마리에는 이렇다 할 감상을 전혀 말하지 않았습니다. 워낙 과묵한 아이니까요. 그래도 그애가 그 그림에 강하게 이끌린 건 분명합니다. 표정만 봐도 잘 알겠더군요. 한참이나 그림 앞에 서 있었습니다. 입을 꾹 다물고서 꼼짝 않고요."

그러나 실은 완성한 지 몇 주밖에 지나지 않았는데도 내가 대체 어떤 그림을 그렸는지 잘 생각나지 않았다. 늘 그렇듯이 하나를 완성하고 다른 작품에 들어가면 전에 그린 그림은 대개 잊어버린다. 막연한 전체 상밖에 떠오르지 않는다. 다만 그 그림을 그리던 손의 감각은 신체적인 기억으로 아직 내 안에 남아 있었다. 내게는 작품 자체보다 오히려 그 감각이 중요한 의미를 지닌다.

"두 사람이 댁에 꽤 오래 머문 것 같던데요." 내가 말했다.

멘시키는 약간 부끄러운 듯이 고개를 갸웃했다. "초상화를 보여드리고, 가벼운 식사를 대접하고, 집안을 안내했습니다. 하우스 투어처럼 말이죠. 쇼코 씨가 저희 집에 관심이 많으신 듯해서요. 그러다보니 어느 결에 시간이 한참 지나버렸습니다."

"둘 다 멘시키 씨 집에 무척 감탄했겠군요?"

"쇼코 씨는 아마도." 멘시키는 말했다. "특히 재규어 E타입에 말이죠. 하지만 마리에는 여전히 시종 말이 없었어요. 별로 감탄하지 않은 것 같기도 합니다. 아니면 제 집에 아무런 관심도 없었는지 모르죠."

아마 아무런 관심도 없었으리라고 나는 예상했다.

"그사이 마리에와 대화는 좀 해보셨나요?" 내가 물었다.

멘시키는 짧고 간결하게 고개를 가로저었다. "아뇨, 기껏해야 두세 마디 나눈 정도입니다. 별로 대단한 내용도 아니었고요. 제가 말을 걸어도 대답이 전혀 돌아오지 않더군요."

그 말에 나는 의견을 밝히지 않았다. 그 광경이 매우 생생하게 상상되었고 특별히 덧붙일 말도 없었기 때문이다. 멘시키가 뭐라고 말을 붙여도 아키가와 마리에는 마땅한 대답을 해주지 않는다. 때때로 의미 모를 단어 한두 마디를 입속에서 웅얼거릴 뿐이다. 그녀에게 말할 의사가 없을 때 대화는 작열하는 광대한 사막 한복판에서 작은 국자로 주위에 물을 뿌리는 일이나 다름없다.

멘시키는 테이블 위에서 달팽이 모양의 매끄러운 도자기 장식품을 집어들고 여러 각도에서 꼼꼼히 살펴보았다. 원래부터 이 집에 있던 몇 안 되는 장식품 중 하나였다. 오래된 마이센으로 보이고, 크기는 작은 달걀만하다. 아마다 도모히코가 옛날에 어디서 직접 사온 물건인지도 모른다. 이윽고 멘시키는 달팽이 장식품을 조심스레 테이블 위에 내려놓았다. 그리고 천천히 고개를 들어 맞은편에 앉은 내 얼굴을 바라보았다.

"익숙해질 때까지 시간이 좀 걸릴지도 모르겠습니다." 멘시키는 스스로에게 일러주듯이 말했다. "아무래도 바로 얼마 전에 처음 만난 사이니까요. 원래부터 말이 없는 모양이고, 열세 살이면 사춘기 초입이니 일반적으로도 무척 대하기 어려운 나이죠. 하지만 그애와 같은 방에서 같은 공기를 마신 것만으로도, 제게는 무엇과도 바꿀 수 없는 귀중한 시간이었습니다."

"그래서, 멘시키 씨 마음은 지금도 변함없나요?"

멘시키의 눈이 살짝 가늘어졌다. "저의 어떤 마음을 말씀하시는지요?"

"아키가와 마리에가 친딸인지 아닌지, 굳이 진상을 알고 싶지 않다는 마음 말이에요."

"네, 그 마음은 전혀 변함없습니다." 멘시키는 주저 없이 대답했다. 그리고 입술을 가볍게 깨문 채 침묵했다. 잠시 후 입을 열었다.

"어떻게 말해야 할까요. 그애 옆에서, 그 얼굴이며 모습을 눈앞에서 보면서 저는 매우 기이한 감정에 휩싸였습니다. 지금껏 살아온 긴 세월이 전부 무위로 돌아간 게 아닐까 싶을 정도였죠. 그리고 저의 존재 의미를, 제가 여기 이렇게 살아 있는 이유를 잘 알 수 없어졌습니다. 지금까지 확실하다고 여겨왔던 것들의 가치가 뜻밖에 불확실해져버리는 것처럼요."

"멘시키 씨에게 그런 건 매우 기이한 감정인가요?" 나는 확인할 겸 물어보았다. 내게는 그런 게 딱히 '기이한 감정'이 아니었기 때문이다.

"그렇습니다. 이런 감정은 지금껏 느껴본 적이 없습니다."

"아키가와 마리에와 몇 시간을 함께 보냄으로써 그런 '기이한 감정'이 생겨났다는 거죠?"

"그런 것 같습니다. 바보 같다고 생각하실지도 모르지만."

나는 고개를 저었다. "바보 같다고 생각하지 않아요. 사춘기에 접어들어 한 여자아이를 좋아하게 되면서, 저도 그와 비슷한 기분을 느낀 적 있습니다."

멘시키가 입가에 주름을 지으며 웃었다. 약간 쓸쓸함을 머금은 미소였다. "그때 문득 이런 생각을 했어요. 이 세상에서 뭔가를 달성한다 한들, 아무리 사업에 성공하고 자산을 일군다 한들,

저는 결국 한 세트의 유전자를 누군가에게서 물려받아 그것을 다음 누군가에게 전달하기 위한 편의적이고 과도적인 존재에 불과하다고. 그런 실용적 기능을 제외하고 남는 것은 그저 흙덩어리 같은 것뿐이라고 말이죠."

"흙덩어리." 나는 되뇌었다. 그 말에 뭔가 기묘한 울림이 깃든 것 같았다.

멘시키가 말했다. "실은 지난번 구덩이에 들어갔을 때부터 그런 관념이 제 안에 생겨나 뿌리내렸습니다. 사당 뒤편에 있는, 우리가 돌을 치우고 파헤친 구덩이 말입니다. 그때 일을 기억하십니까?"

"생생히 기억합니다."

"그 어둠 속에서 한 시간을 머무르며 저는 자신의 무력함을 새삼 절감했습니다. 만일 당신이 마음을 바꾸었다면 저는 구덩이 밑바닥에 혼자 남겨졌을 겁니다. 물도 먹을 것도 없이 그대로 말라 죽어 단순한 흙덩어리로 돌아갔겠지요. 저라는 인간은 그저 그런 존재에 불과합니다."

뭐라고 말해야 할지 몰라서 나는 가만있었다.

멘시키가 말했다. "아키가와 마리에가 저와 피를 나눈 친자식일지도 모른다는 가능성만으로 저는 충분합니다. 굳이 사실을 확인하고 싶은 생각은 없어요. 저는 그런 가능성의 빛 속에서 저 자신을 다시 보고 있는 겁니다."

"그건 알겠습니다." 내가 말했다. "자세한 논리까지는 이해 못하겠지만 그런 생각이시란 건 알겠어요. 그렇다면 멘시키 씨, 당신은 아키가와 마리에에게 구체적으로 뭘 원하시는 거죠?"

"물론 생각하는 바가 없지는 않습니다." 멘시키는 말했다. 그리고 자신의 양손을 내려다보았다. 가늘고 긴 손가락의 아름다운 손이었다. "사람은 머릿속으로 여러 가지 생각을 합니다. 생각하기 싫어도 생각해버리지요. 하지만 일이 실제로 어떤 경로를 밟아갈지는 시간이 흐르기 전에는 알 수 없습니다. 다 나중이 되어봐야 압니다."

나는 잠자코 있었다. 그가 머릿속에서 무슨 생각을 하는지 전혀 짐작할 수 없었고, 굳이 알고 싶은 마음도 없었다. 알아버리면 내 입장이 지금보다 훨씬 복잡해질지도 모른다.

멘시키는 잠깐 침묵하다가 내게 물었다. "그래도 아키가와 마리에는 당신과 단둘이 있을 때는 제법 입을 여는 모양이더군요. 쇼코 씨에게서 들은 이야기입니다만."

"그런 것 같아요." 나는 주의깊게 대답했다. "작업실에 있는 동안 저희는 꽤 자연스럽게 여러 이야기를 나누는 편이에요."

마리에가 밤중에 혼자 산 너머에서 비밀통로를 지나 여기까지 찾아왔다는 이야기는 물론 하지 않았다. 그것은 나와 마리에 사이의 비밀이었다.

"그애가 당신한테 익숙해졌다는 뜻일까요? 아니면 개인적으로 친근감을 느끼는 걸까요?"

"그 아이는 그림을 그리는 것에, 혹은 회화적인 표현 같은 것에 관심이 많아요." 나는 설명했다. "늘 그렇지는 않지만 그림을 사이에 놓으면 비교적 편안하게 대화가 이뤄지는 것 같습니다. 확실히 좀 특이한 아이예요. 그림교실에서도 주위 아이들과 거의 말을 하지 않더군요."

"또래와 잘 어울리지 못한다는 말씀인가요?"

"그럴지도 모르죠. 고모 말로는 학교에서도 친구가 많지 않은 모양이에요."

멘시키는 한동안 말없이 그 말을 생각했다.

"하지만 쇼코 씨에게는 나름대로 마음을 여는 것 같던데요." 멘시키가 말했다.

"그렇더군요. 이야기를 들어보면 아버지보다 오히려 고모와 더 친밀한 사이 같아요."

멘시키는 잠자코 고개를 끄덕였다. 어딘가 의미심장한 침묵이었다.

나는 그에게 물었다. "그 아이의 아버지는 어떤 사람인가요? 그 정도는 알고 계시겠죠?"

멘시키가 고개를 옆으로 돌리고 잠시 실눈을 떴다. 그러고는 말했다. "그녀보다 열다섯 살 정도 많은 사람입니다. 그녀라 함은 죽은 부인 말입니다만."

146

죽은 부인이라 함은 물론 한때 멘시키의 연인이었던 여자를 말한다.

"두 사람이 어떻게 알게 되어 결혼에 이르렀는지, 자세한 사정은 저도 모릅니다. 사실 관심이 없기도 하고요." 멘시키가 말했다. "하지만 어떤 사정이 있었건 그가 부인을 아꼈다는 것은 분명해 보입니다. 사고로 잃고 나서는 큰 충격을 받았고요. 그뒤로 딴사람처럼 변해버렸다고 합니다."

멘시키의 말에 따르면 아키가와가는 한때 이 일대의 대지주였다(아마다 도모히코의 본가가 그랬던 것처럼). 2차세계대전 후 농지개혁으로 반 이상 줄기는 했지만 여전히 상당한 부동산이 있었고, 거기서 나오는 수입만으로도 일가가 여유로운 생활을 영위할 수 있었다. 두 남매 중 장남인 아키가와 요시노부(아키가와 마리에의 아버지 이름이다)가 일찍 세상을 떠난 부친을 이어 가업을 물려받았다. 자기 명의로 된 산의 꼭대기에 살면서, 오다와라 시내 빌딩에 개인 사무실을 두었다. 오다와라 시내와 근교의 상가 빌딩 몇 채와 임대 아파트, 주택 및 토지를 관리하는 사무실이었다. 간혹 매매 건도 취급했지만 굳이 사업을 확장하지는 않았다. 어디까지나 집안에서 소유한 부동산을 필요에 따라 관리하는 것이 업무의 중심이었다.

아키가와 요시노부는 만혼이었다. 사십대 중반에 결혼해 이듬해 바로 딸이 태어났다(아키가와 마리에. 멘시키가 어쩌면 자기 아이가 아닐까 하는 가능성을 품고 있는 소녀다). 그리고 육 년 후 아내가 말벌에 쏘여 세상을 떠났다. 초봄 무렵, 사유지에 있는 넓은 매화나무숲을 혼자 산책하다가 커다랗고 공격적인 말벌 몇 마리에 쏘인 것이다. 그 사건은 아키가와 요시노부에게 큰 충격을 주었다. 불행한 사건을 연상시키는 요소를 최대한 눈앞에서 치워버리고 싶었는지. 아내의 장례식이 끝나자 사람을 불러 숲의 매화나무를 한 그루도 남김없이 베어내고 뿌리까지 뽑아버렸다. 숲은 무미건조한 공터가 되어버렸다. 무척 아름답고 울창한 매화나무숲이었기에 많은 이가 그 사태를 애석해했다. 더욱이 숲에서 대량으로 수확되던 매실은 장아찌나 매실주를 만드는 데 안성맞춤이라, 근처 주민들은 옛날부터 허락을 받고 그 열매를 어느 정도 자유롭게 따오곤 했다. 그의 애꿎은 보복 조치가 해마다 많은 이들이 누리던 소소한 즐거움마저 빼앗은 셈이다. 그러나 아키가와 요시노부의 소유지에 있던 매화나무숲은 어디까지나 그의 숲이었고, 그 격렬한 분노—말벌과 매화나무숲에 대한 개인적 분노—가 이해되지 않는 바도 아니었으므로 겉으로는 아무도 불만을 표하지 못했다.

아내의 죽음을 계기로 아키가와 요시노부는 상당히 음울한 인간이 되었다. 원래 그다지 사교적이고 밝은 성격이 아니었다지만 한층 내향적이 된 것이다. 또 점점 정신세계에 깊은 흥미를 느껴 한 종교단체에 관여하게 되었다(나는 이름을 들어본 적 없는 단체였다). 한동안 인도에 가 있었다고도 한다. 그리고 사비를 털어 시 근교에 예의 종교단체를 위한 번듯한 도량을 지은 뒤로는 그곳에 틀어박혔다. 도량 안에서 무슨 일이 벌어지는지는 잘 모른다. 아무튼 아키가와 요시노부는 그곳에서 매일 엄격한 종교적 '수련'을 쌓고 윤회를 연구하면서, 아내를 잃은 후 인생의 보람을 찾는 모양이었다.

자연히 사업에는 예전만큼 공들이지 않게 되었지만 애당초 그렇게 분주한 회사가 아니었다. 얼굴도 잘 비치지 않는 사장 대신 오래전부터 근무하는 세 명의 사원끼리 꾸려나갈 수 있었다. 집에 들어오는 날도 줄었다. 들어와도 잠만 자고 나가는 수준이었다. 이유는 알 수 없지만 아내가 죽고 난 뒤로는 외동딸에 대한 관심도 급속도로 엷어진 것 같았다. 딸을 보면 죽은 아내가 떠올라서인지도 모른다. 어쩌면 자식의 존재에 원래부터 관심이 없었는지도 모른다. 어쨌거나 당연한 결과로 아이도 아버지를 잘 따르지 않았다. 남은 마리에를 보살피는 일은 여동생인 쇼코에게 맡겨졌다. 도쿄의 한 의과대학에서 학장 비서로 일하던 그녀는 처음에는 잠깐만 머물 셈으로 휴직하고 오다와라 산 위의 집으로 왔지만, 결국 정식으로 일을 그만두고 그곳에 정착했다. 아마 마리에에게 정이 든 것이리라. 혹은 어린 조카가 직면한 상황을 외면할 수 없었는지도 모른다.

여기까지 이야기하고 멘시키는 손가락으로 입술을 만지작거렸다. 그리고 말했다.

"댁에 위스키가 있습니까?"

"싱글 몰트가 반병쯤 있습니다." 내가 말했다.

"뻔뻔한 부탁이지만, 좀 마실 수 있을까요? 온더록스로."

"물론입니다. 그렇지만 차를 가지고 오셨는데……"

"택시를 부르겠습니다." 그가 말했다. "저도 음주운전으로 면허취소를 당하기는 싫으니까요."

나는 부엌에서 위스키병과 얼음을 담은 도자기 그릇, 잔 두 개를 가져왔다. 그사이 멘시키는 내가 아까까지 듣고 있던 〈장미의 기사〉 레코드를 턴테이블에 올렸다. 우리는 리하르트 슈트라우스의 무르익은 음악을 들으며 위스키를 마셨다.

"싱글 몰트를 좋아하십니까?" 멘시키가 물었다.

"아뇨, 이건 선물받은 거예요. 친구가 집에 오면서 가져다줬죠. 맛은 괜찮은 것 같습니다만."

"스코틀랜드에 사는 지인이 얼마 전 아일레이 섬의 꽤 귀한 싱글 몰트를 보내줬습니다. 프린스 오브 웨일스가 그 증류소를 방문했을 때 직접 망치를 들고 뚜껑의 못을 박았던 오크통에서 나온 술이라고 해요. 혹 관심 있으시면 다음에 가져오겠습니다."

그렇게까지 마음 써줄 것은 없다고 나는 말했다.

"아일레이 섬 근처에 주라라는 작은 섬이 있습니다. 아십니까?"

나는 모른다고 말했다.

"인구도 적고, 거의 아무것도 없는 섬입니다. 사람보다 사슴이 훨씬 많은 곳이지요. 토끼나 꿩, 바다표범도 많습니다. 그리고 오래된 증류소가 하나 있습니다. 근처에 아주 맑은 샘이 있는데 그 물이 위스키를 만드는 데 적합하다더군요. 주라의 싱글 몰트를 그 샘에서 막 길어온 차가운 물에 섞어 마시면 매우 훌륭한 맛이 납니다. 그야말로 그 섬에서밖에 맛볼 수 없는 맛이죠."

듣기만 해도 맛있을 것 같다고 나는 말했다.

"거긴 조지 오웰이 『1984』를 집필한 곳으로도 유명합니다. 오웰은 말 그대로 외딴섬인 그곳 북단에 작은 집을 빌리고 혼자 틀어박혀 책을 쓰다가 겨우내 건강을 해치고 말았지요. 원시적인 설비뿐인 집이었습니다. 아마 그렇게 가혹한 환경이 필요했겠지요. 저도 그 섬에 일주일쯤 머문 적이 있습니다. 난로 옆에서 매일 밤 혼자 맛있는 위스키를 마시면서요."

"왜 그렇게 외딴곳에서 일주일이나 혼자 지내셨나요?"

"비즈니스 때문에요." 그는 간단히 말했다. 그리고 소리 없이 웃었다.

어떤 비즈니스였는지 설명할 생각은 없는 모양이었다. 나도 딱히 알고 싶지는 않았다.

"오늘은 왠지 술을 마시지 않고는 못 견딜 것 같았습니다." 그가 말했다. "마음이 가라앉지 않는다고 할까요. 그래서 그만 멋

대로 이런 부탁을 해버렸군요. 차는 내일 가지러 오겠습니다. 그
래도 괜찮을까요?"

"물론 괜찮습니다."

그리고 잠시 침묵이 흘렀다.

"좀 개인적인 질문을 해도 될까요?" 멘시키가 물었다. "기분
이 상하지 않으시면 좋겠습니다만."

"제가 대답할 수 있는 거라면 대답하겠습니다. 기분이 상하진
않아요."

"일전에, 결혼을 하셨다고 했지요?"

내가 고개를 끄덕였다. "했었습니다. 실은 바로 얼마 전 이혼
서류에 서명해서 보낸 참이에요. 그러니 현재 정식으로는 어떤
상태인지 잘 모릅니다. 어쨌거나 결혼생활을 했었습니다. 육 년
정도지만요."

멘시키는 잔 속의 얼음을 들여다보며 생각에 잠겼다. 그러고
는 물었다.

"캐묻는 꼴이 되는데, 이혼이라는 결과를 맞닥뜨리고 후회하
신 부분이 있습니까?"

나는 위스키를 한 모금 마시고 그에게 물었다. "'매수자 위험
부담'이라는 뜻의 라틴어가 뭐였죠?"

"카베아트 엠프토르." 멘시키가 망설임 없이 대답했다.

"아직 외우지는 못했지만, 그 말이 뜻하는 바는 이해돼요."

멘시키가 웃었다.

내가 말했다. "결혼생활에 대해 후회하는 부분이 없지는 않습니다. 하지만 설령 어느 시점으로 돌아가 한 가지 실수를 바로잡는다 해도 역시 같은 결과가 나오지 않을까 해요."

"당신 자신에게는 바꿀 수 없는 어떤 경향 같은 것이 있었고, 그것이 결혼생활에 장애가 되었다는 뜻인가요?"

"혹은 제게는 바꿀 수 없는 어떤 경향 같은 것이 결여되어 있었고, 그것이 결혼생활에 장애가 됐는지도 모르죠."

"그렇지만 당신에게는 그림을 그리고자 하는 의욕이 있잖습니까. 그건 삶에 대한 의욕과도 단단하게 이어질 테고요."

"그래도 그전에 넘어야 했던 것을 아직 완전히 넘어서지 못했는지 몰라요. 그런 느낌이 듭니다."

"시련은 언젠가 찾아오기 마련입니다." 멘시키가 말했다. "시련은 인생을 다시 시작할 수 있는 좋은 기회예요. 가혹하면 가혹할수록 훗날 쓸모가 있습니다."

"시련에 져서 좌절하지 않는다면 말이죠."

멘시키가 미소지었다. 그 이상은 아이 얘기도 이혼 얘기도 꺼내지 않았다.

부엌에서 올리브 병조림을 가져와 안주로 삼았다. 우리는 한동안 아무 말 없이 위스키를 마시고, 짭짤한 올리브를 먹었다. 레코드가 끝나자 멘시키가 반대 면으로 뒤집었다. 게오르그 숄티는 계속해서 빈 필하모닉을 지휘했다.

그렇지, 멘시키 군에게는 늘 어떤 의도가 있어. 반드시 확실하게 포석을 두지. 포석을 두지 않고는 움직일 수 없는 사람이야.

그가 지금 어떤 포석을 두었는지, 혹은 둘 생각인지 나는 알수 없었다. 어쩌면 이 일에 대해서는 아직 제대로 포석을 두지 못했는지도 모른다. 나를 이용할 생각은 없다고 그는 말했다. 아마 거짓말은 아닐 것이다. 하지만 생각은 어디까지나 생각일 뿐이다. 그는 충분한 수완을 발휘해 최첨단 비즈니스를 성공시킨 남자다. 만일 그에게 어떤 꿍꿍이가 있다면(설령 잠재적인 것이라 해도) 내가 거기에 휘말리지 않기란 거의 불가능하리라.

"서른여섯 살이라고 하셨던가요?" 멘시키가 불쑥 말했다.

"그렇습니다."

"아마 인생에서 가장 멋진 나이일 겁니다."

나는 정말이지 그렇게 생각할 수 없었지만 굳이 의견을 말하지는 않았다.

"저는 쉰넷이 됐습니다. 제가 살아온 업계에서는 한창 일하기에는 너무 나이를 먹었고, 전설이 되기에는 아직 좀 젊지요. 그래서 이렇게 딱히 하는 일 없이 빈둥거리고 있는 겁니다."

"개중에는 젊은 나이에 전설이 된 사람도 있는 것 같던데요."

"물론 그런 사람들도 있긴 합니다. 하지만 젊은 나이에 전설이 되는 것은 거의 메리트가 없어요. 아니, 제 생각엔 오히려 그건 일종의 악몽에 가깝습니다. 일단 전설이 되어버리면 그뒤로는 스스로의 전설을 덧쓰며 긴 여생을 보내야 하는데, 그것만큼 따분한 인생도 없으니까요."

"멘시키 씨는 따분하시지 않나요?"

멘시키가 미소지었다. "제가 기억하는 한 따분했던 적은 한 번도 없습니다. 따분할 겨를이 없었다고 할까요."

나는 감탄해서 그저 고개만 끄덕였다.

"당신은 어떠십니까? 따분했던 적이 있습니까?" 그가 내게 물었다.

"물론 있죠. 수시로 따분합니다. 하지만 이제는 그것도 제 인생에서 빼놓을 수 없는 일부가 된 것 같아요."

"따분함이 고통스럽지는 않다는 뜻인가요?"

"아마 따분함에 익숙해져버린 모양이에요. 고통스럽게 느껴진 않습니다."

"그건 당신이 그림을 그리고자 하는 강한 의지를 일관되게 갖고 있기 때문이겠죠. 그게 생활의 중심을 이루고, 따분한 상태는 이른바 창작 의욕의 모태 역할을 하는 겁니다. 만약 그런 중심이 없다면 나날의 따분함은 분명 견디기 어려울 거예요."

"멘시키 씨는 지금은 일을 안 하시는 거죠?"

"네, 기본적으로는 은퇴한 상태입니다. 전에 말씀드렸다시피 인터넷으로 외환과 주식 거래를 조금 하고 있지만 필요에 쫓기는 건 아닙니다. 두뇌 훈련을 겸한 게임 수준이죠."

"그리고 저 넓은 저택에서 혼자 생활하시고요."

"그렇습니다."

"그런데도 따분하지 않으세요?"

멘시키가 고개를 가로저었다. "제게는 생각할 일이 많습니다. 읽어야 할 책과, 들어야 할 음악이 있어요. 많은 데이터를 모아 분류하고, 해석하고, 머리를 쓰는 것이 일상적인 습관입니다. 운동도 하고, 기분전환 삼아 피아노 연습도 합니다. 물론 집안일도 해야죠. 따분할 틈이 없습니다."

"나이를 먹는 게 두렵지는 않습니까? 혼자서 나이를 먹는다는 것이."

"확실히 저는 나이를 먹어갈 겁니다." 멘시키는 말했다. "앞으로 신체 능력도 떨어지고 점점 고독해질 테지요. 하지만 아직 그 나이를 살아본 적은 없습니다. 어떤 것일지 대강 짐작은 가지만 그 실상을 실제로 목격하진 않았어요. 그리고 저는 직접 눈으로 본 것밖에 믿지 않는 인간입니다. 그러니까 앞으로 어떤 것을 보게 될지 기다리는 심정입니다. 특별히 두렵지는 않습니다. 큰 기대는 없지만, 다소 흥미는 있어요."

멘시키는 위스키잔을 천천히 돌리며 내 얼굴을 바라보았다.

"당신은 어떠시죠? 나이를 먹는 게 두렵습니까?"

"육 년간의 결혼생활이 순탄치 못하게 끝났어요. 그동안 저 자신을 위한 그림은 한 장도 그리지 못했고요. 단순히 생각하면 그만큼 시간을 낭비하며 나이만 먹은 셈이죠. 생계를 위해 내키지 않는 그림을 숱하게 그려야 했으니까요. 하지만 결과적으로는 그것이 오히려 좋은 쪽으로 작용한 부분이 있을지 몰라요. 최근 들어 그런 생각을 하게 됐습니다."

"무슨 말씀인지 이해될 것도 같습니다. 스스로의 자아를 버리는 것도 인생의 어느 시기에는 의미 있는 일이다. 그런 뜻인가요?"

그럴지도 모른다. 하지만 내 경우는 보다 단순히, 내 안에 있는 것을 발견하는 데 시간이 걸린 것뿐인지도 모른다. 그리고 그렇게 에둘러 돌아오는 길에 유즈를 끌어들인 것이 아닐까?

"나이를 먹는 게 두려운가?" 혼잣말처럼 되뇌어보았다. 나는 나이를 먹는 것이 두려운가? "솔직히 저는 아직 실감이 안 됩니다. 삼십대 후반에 접어든 남자가 이런 말을 하면 바보같이 들릴지 모르지만, 왠지 이제 막 인생이 시작됐다는 기분이에요."

멘시키가 미소지었다. "전혀 바보 같지 않습니다. 당신 인생은 정말로 이제 막 시작됐을 겁니다."

"아까 유전자 이야기를 하셨죠. 나는 한 세트의 유전자를 물려받아 그것을 다음 세대에 전달하는 용기일 뿐이라고. 그리고 그 역할을 빼면 그저 흙덩어리에 지나지 않는다고. 대략 그런 말씀이었죠?"

멘시키가 고개를 끄덕였다. "분명 그렇게 말했습니다."

"자신이 그저 흙덩어리란 사실에 공포를 느끼시지는 않나요?"

"저는 그저 흙덩어리지만, 썩 나쁘지 않은 흙덩어리이기도 합니다." 멘시키는 그렇게 말하고 웃었다. "건방진 소리지만, 제법 쓸 만한 흙덩어리라고 해도 좋을 겁니다. 적어도 어떤 종류의 능력을 타고났습니다. 물론 제한된 능력이지만, 그것도 능력임은 확실하지요. 그러니 살아 있는 동안은 열심히 살 겁니다. 스스로 어떤 일을 어디까지 할 수 있는지 확인해보고 싶습니다. 따분할 틈은 없어요. 제가 공포나 공허함을 느끼지 않을 가장 좋은 방법은 무엇보다 따분할 틈 없이 사는 겁니다."

여덟시가 다 될 때까지 우리는 위스키를 마셨다. 이윽고 위스키병이 비었다. 그 참에 멘시키가 일어섰다.

"슬슬 가봐야겠습니다." 그가 말했다. "너무 오래 시간을 뺏었군요."

나는 전화로 택시를 불렀다. 아마다 도모히코의 집이라고 말하자 바로 알아들었다. 아마다 도모히코는 유명인인 것이다. 십오 분 정도면 도착할 거라고 접수원이 말했다. 나는 고맙다고 말하고 전화를 끊었다.

택시를 기다리는 사이 멘시키가 고백하듯이 말했다.

"아키가와 마리에의 아버지가 한 종교단체에 빠져 있다고 아까 말씀드렸지요."

나는 고개를 끄덕였다.

"영 수상쩍은 신흥 종교단체인데, 인터넷으로 알아보니 지금 껏 몇 차례 사회적인 트러블을 일으킨 모양입니다. 민사소송도 몇 건 걸려 있어요. 교의도 모호하고, 제 기준으로는 종교라고 부르기도 힘들 만큼 조잡한 단체입니다. 물론 무엇을 믿건 믿지 않건 아키가와 씨의 자유지요. 다만 그는 요 몇 년 사이 그 단체 에 적잖은 돈을 쏟아붓고 있어요. 개인 자산과 회사 자산을 가리 지 않고 말입니다. 원래 상당한 자산가지만 실제로는 매달 들어 오는 임대료 수입만으로 생활하는 상태입니다. 토지나 부동산을 매각하지 않는 한 수입에 제한이 있지요. 그리고 그는 최근 들어 토지와 부동산을 자꾸 팔아치우고 있습니다. 누가 봐도 좋지 못 한 징후입니다. 문어가 제 다리를 뜯어먹으며 살아남는 것 같은 꼴이지요."

"그 종교단체의 먹잇감이 되었다는 말씀인가요?"

"그렇습니다. 보기 좋게 이용당하고 있다고 해도 되겠지요. 그 런 집단은 한번 먹이에 달려들면 철저하게 빨아들입니다. 마지 막 한 방울까지 쥐어짜면서요. 그리고 아키가와 씨는 태생이 부 잣집 도련님인지라, 이런 말은 좀 뭣합니다만, 다소 순진하고 만 만한 면이 있습니다."

"그리고 당신은 그런 점을 걱정하고 있고요."

멘시키가 한숨을 쉬었다. "아키가와 씨가 무슨 곤경에 처하건 그건 본인 책임입니다. 멀쩡한 어른이 제 의지대로 한 일이니까요. 하지만 아무것도 모르는 가족이 휘말린다면 이야기는 간단치 않습니다. 뭐, 제가 걱정한다고 달리 해결될 일도 아니지만요."

"윤회 연구라." 내가 말했다.

"가설로 치면 상당히 흥미로운 분야지요." 멘시키가 말했다. 그리고 조용히 고개를 가로저었다.

이윽고 택시가 왔다. 택시에 올라타기 전에 그는 정중하게 감사인사를 했다. 아무리 술을 마셔도 얼굴색과 예의범절은 전혀 변함없었다.

40
그 얼굴을 몰라볼 수는 없다

멘시키가 돌아간 후 나는 세면대에서 이를 닦고 곧바로 침대에 들어가 잠을 청했다. 원래도 누우면 금세 잠드는 편이지만 위스키를 마시면 그런 경향이 더 강해진다.

그리고 그날, 나는 한밤중에 큰 소리를 듣고 눈을 떴다. 정말로 소리가 난 것 같았지만 어쩌면 꿈속의 일이었는지도 모른다. 내 의식 깊은 곳에서 일어난 가상의 울림이었는지도 모른다. 그러나 소리 말고도 쿵, 하는 땅울림 같은 커다란 충격이 있었다. 몸이 붕 떠오를 정도의 충격이었다. 그 충격 자체는 지극히 현실의 것이었으며, 꿈도 아니거니와 가상도 아니었다. 상당히 곤히 잠들어 있었는데도 바닥으로 굴러떨어질 뻔하면서 순간적으로 눈이 뜨였다.

머리맡의 시계를 보니 새벽 두시가 조금 넘었다. 늘 방울이 울리던 시각이다. 그러나 방울소리는 들리지 않았다. 겨울이 가까운 터라 벌레 소리도 없었다. 집안에는 오로지 깊은 침묵만이 깔려 있었다. 하늘은 태반이 어둡고 두꺼운 구름에 덮여 있다. 귀를 기울이자 희미한 바람소리가 들렸다.

　손을 더듬어 머리맡의 불을 켜고, 잠옷 위에 스웨터를 껴입었다. 그리고 집안을 한차례 둘러보기로 했다. 무슨 이변이 일어났는지도 모른다. 어쩌면 커다란 멧돼지가 창문으로 뛰어들었는지도 모른다. 어쩌면 작은 운석이 이 집 지붕을 직격했는지도 모른다. 뭐든 가능성이 그리 높지는 않지만 일단 이상이 없는지 점검해두는 편이 좋을 것 같았다. 어쨌거나 나는 이 집을 관리하겠다고 들어온 사람이니까. 게다가 이대로 잠을 청한들 쉽사리 잘 수 있을 것 같지 않았다. 내 몸에 아직 충격의 여파가 생생했고, 심장은 요란하게 뛰고 있었다.

　방마다 불을 하나하나 켜고 다니며 상태를 확인했다. 어느 방에서도 이상한 점은 눈에 띄지 않았다. 여느 때와 똑같은 광경이다. 그다지 넓은 집이 아니니 만일 이변이 있다면 눈에 띄지 않을 리 없다. 모든 방을 살펴보고 마지막으로 작업실이 남았다. 나는 거실에서 작업실로 통하는 문을 열고 안으로 들어가, 불을 켜려고 스위치에 손을 뻗었다. 그런데 그때 무언가가 나를 만류했다. 불은 켜지 않는 게 좋아, 무언가가 귓전에 속삭였다. 작지만 또렷한 목소리다. 어둡게 두는 게 좋아. 나는 그 속삭임이 시키는 대로 스위치에서 손을 떼고, 등뒤로 조용히 문을 닫고, 캄캄한 작업실 안을 응시했다. 소리가 나지 않도록 숨을 죽인 채.

눈이 어둠에 조금씩 익숙해지면서 방안에 나 말고 누군가가 있음을 알 수 있었다. 확연히 그런 기척이 느껴졌다. 아무래도 그 누군가는 내가 그림을 그릴 때 늘 쓰는 나무 스툴에 앉아 있는 것 같았다. 기사단장일 거라고 처음에는 생각했다. 그가 또 '형체화'해서 이리로 돌아온 거라고. 그러나 그 인물은 기사단장이라기에는 너무 컸다. 어둠 속에 어렴풋이 떠오른 실루엣은 키 크고 야윈 남자의 것이었다. 기사단장은 키가 60센티미터 정도밖에 되지 않는다. 그러나 그 남자는 180센티미터는 족히 될 것 같았다. 키 큰 사람들이 흔히 그러듯이 남자는 약간 구부정한 자세로 앉아 있었다. 그리고 미동도 하지 않았다.

나 역시 미동도 하지 않고 문틀에 등을 붙인 채, 여차하면 곧바로 불을 켤 수 있도록 왼손을 벽으로 뻗고 남자의 뒷모습을 응시했다. 우리 두 사람은 한밤의 어둠 속에서 각자 자세를 취한 채 완벽하게 정지해 있었다. 어찌된 일인지 공포심은 들지 않았다. 호흡이 짧고 얕아졌으며, 심장은 딱딱하고 메마른 소리를 냈다. 그러나 두렵지는 않다. 한밤중에 정체 모를 남자가 멋대로 집안에 들어와 있다. 도둑인지도 모른다. 어쩌면 유령인지도 모른다. 뭐가 됐든 무섭다고 느끼는 것이 당연한 상황이다. 그런데 이상하게도 이것이 무서운 일, 위험한 일일 수도 있다는 자각은 일지 않았다.

기사단장이 나타난 뒤로 온갖 기이한 일이 벌어졌으니 그런데 어느 정도 익숙해졌는지도 모른다. 하지만 그 때문만이 아니라, 나는 오히려 수수께끼의 인물이 한밤중에 작업실에서 뭘 하고 있었는지 흥미를 느꼈던 것 같다. 공포보다 호기심이 앞섰다. 남자는 스툴에 앉아 깊은 생각에 잠긴 듯했다. 혹은 뭔가를 똑바로 바라보는 듯했다. 옆에서 보기에도 강한 집중력이 느껴졌다. 남자는 내가 방에 들어왔다는 사실도 전혀 알아채지 못한 것 같았다. 아니면 내가 들어오든 말든 그에게는 상관할 바 아닌지도 모른다.

소리 죽여 숨을 쉬면서, 심장박동을 애써 몸속으로 가라앉히면서, 나는 눈이 좀더 어둠에 익숙해지기를 기다렸다. 시간이 흐르며 남자가 무엇에 그토록 집중하고 있는지 점점 밝혀졌다. 그는 옆쪽 벽에 걸린 무언가를 열심히 바라보고 있었다. 아마다 도모히코의 그림 〈기사단장 죽이기〉다. 장신의 남자는 나무 스툴에서 미동도 없이, 몸을 살짝 앞으로 기울인 채 그 그림을 응시하고 있었다. 두 손은 무릎 위에 놓여 있었다.

그 순간, 하늘을 뒤덮고 있던 어두운 구름이 군데군데 빈틈을 보이기 시작했다. 구름 사이로 흘러나온 달빛이 일순 방안을 밝혔다. 마치 소리 없는 맑은 물이 오래된 석비를 씻어내고 그 표면에 숨겨진 비밀의 글자를 드러내는 것처럼. 곧 어둠이 다시 찾아왔지만 오래가지는 않았다. 이윽고 구름이 다시 조금 갈라지며, 달빛이 십 초쯤 주위를 밝은 담청색으로 물들였다. 그사이 나는 눈앞의 인물을 좀더 자세히 살필 수 있었다.

남자는 백발을 어깨까지 늘어뜨리고 있었다. 오랫동안 빗지 않았는지 여기저기 엉클어졌다. 자세로 보아 꽤 고령인 듯하다. 그리고 마른 장작처럼 야위었다. 한때는 탄탄한 몸의 강건한 남자였으나 나이가 들고 짐작건대 무슨 병을 앓으며 살이 내렸다. 그런 분위기가 느껴졌다.

야윈 탓에 겉모습이 상당히 달라져서 그 정체를 생각해내기까지 시간이 조금 걸렸다. 그러나 그게 누구인지, 나는 고요한 달빛 아래서 마침내 깨달았다. 지금까지 사진 몇 장 본 것이 전부지만 그 얼굴을 몰라볼 수는 없다. 옆얼굴에 보이는 뾰족한 콧날도 그렇고, 무엇보다 온몸에서 뿜어져나오는 강렬한 아우라가 내게 단 한 가지 명백한 사실을 고하고 있었다. 추운 밤인데도 겨드랑이 아래가 땀으로 축축해졌다. 심장박동이 한층 딱딱하고 빨라졌다. 쉽사리 믿을 수 없는 일이지만 의문의 여지가 없다.

노인은 그 그림의 작가 아마다 도모히코였다. 아마다 도모히코가 이 작업실로 돌아온 것이다.

41

내가 돌아보지 않을 때만

　그것이 살아 있는 육체를 지닌 아마다 도모히코일 리는 없었다. 아마다 도모히코의 육체는 이즈 고원의 고령자 요양 시설에 있다. 치매가 꽤 심해져 지금은 거의 자리보전 상태다. 이곳까지 혼자 힘으로 올 수 있을 리 없다. 그렇다면 내가 지금 보고 있는 것은 그의 유령인 셈일까. 하지만 내가 아는 한 그는 아직 세상을 떠나지 않았다. 그러니 정확히는 '생령'이라 해야 할 것이다. 혹은 그는 바로 조금 전에 숨을 거두었고, 유령이 되어 여기 나타났는지도 모른다. 가능성이 아주 없지는 않다.

　어쨌거나 그것이 단순한 환영이 아니라는 사실만은 똑똑히 알수 있었다. 환영이라기에는 너무 리얼하고, 질감이 너무 농밀했다. 실재하는 인간의 기척이 명백히 풍기고, 의식의 흐름이 느껴진다. 아마다 도모히코는 어떤 특별한 작용에 의해 원래 자기 방이었던 곳으로 돌아와, 자기 스툴에 앉아서, 자기가 그린 〈기사단장 죽이기〉를 보고 있는 것이다. 내가 같은 방안에 있다는 사실은 전혀 신경쓰지 않고(아마 눈치채지도 못한 채), 어둠을 가로지르는 날카로운 두 눈으로 그 그림을 응시하고 있다.

구름의 움직임에 따라 띄엄띄엄 창문으로 흘러드는 달빛이 아마다 도모히코의 몸에 뚜렷한 음영을 드리웠다. 그는 내게 옆얼굴을 보이고 있었다. 오래된 목욕가운 혹은 나이트가운 같은 것을 걸치고 있다. 양말도 슬리퍼도 신지 않은 맨발이다. 긴 백발은 엉클어졌고 뺨에서 턱까지 흰 수염이 흐릿하게 자랐다. 얼굴은 수척하지만 눈빛만은 날카롭고 맑았다.

겁날 것까진 없다 해도, 나는 몹시 당황했다. 말할 필요도 없이 눈앞의 광경은 예사로운 일이 아니다. 혼란스럽지 않을 수 없다. 내 한 손은 아직 벽의 스위치 위에 놓여 있었다. 그러나 불을 켤 생각은 없었다. 그저 그 자세로 몸이 굳어버린 것뿐이다. 나는 아마다 도모히코가—유령이건 환영이건 간에—여기서 하려는 행위를 방해하고 싶지 않았다. 이 작업실은 원래 그를 위한 장소다. 그가 있어야 할 장소다. 오히려 내 쪽이 방해자인 셈이니, 만약 그가 여기서 뭔가 하고자 한다면 내게는 막을 권리가 없다.

그래서 나는 호흡을 가다듬고, 어깨에서 힘을 빼고, 소리 죽여

뒷걸음쳐서 밖으로 나왔다. 그리고 조용히 문을 닫았다. 그사이 아마다 도모히코는 스툴에서 꼼짝도 하지 않았다. 내가 실수로 테이블 위의 화병을 쓰러뜨려 요란한 소리가 났다 해도 아마 알아채지 못했으리라. 그만큼 맹렬한 집중력이었다. 구름 사이를 빠져나온 달빛이 다시 한번 그의 야윈 몸을 비추었다. 나는 마지막으로 그 윤곽을(그의 인생이 농축된 듯한 실루엣을), 주위에 드리운 섬세한 밤의 음영과 함께 뇌리에 새겼다. 이 광경을 잊어서는 안 된다고 속으로 강하게 되뇌었다. 망막에 새기고 기억 속에 온전히 담아두어야 할 형상이었다.

식당으로 돌아와 식탁에 앉아서 미네랄워터를 몇 잔 마셨다. 위스키를 조금 마시고 싶었지만 병은 비었다. 지난밤 멘시키와 함께 다 마셔버린 것이다. 다른 술은 이 집에 없다. 냉장고에 맥주가 몇 병 있긴 하지만 그걸 마시고 싶은 기분은 아니었다.

결국 새벽 네시가 지나도록 잠이 오지 않았다. 그저 식탁에 앉아 두서없는 생각에 잠겨 있었다. 신경이 잔뜩 흥분한 탓에 아무것도 손에 잡히지 않았다. 할 수 있는 것이라곤 눈을 감고 생각하는 일뿐인데, 한 가지 생각을 계속 이어가기도 불가능했다. 나는 몇 시간이나 갖가지 사고의 자투리를 목적 없이 쫓아다녔다. 제 꼬리를 잡으려고 빙글빙글 도는 새끼 고양이처럼.

목적 없이 생각하기도 피곤해지자 조금 전 목격한 아마다 도모히코의 윤곽을 뇌리에 재현했다. 그리고 기억을 확실히 새겨

둘 셈으로 간단히 스케치했다. 머릿속 가상의 스케치북에, 가상의 연필로 노인의 모습을 그렸다. 그것은 내가 일상적으로, 시간이 나면 곧잘 하는 일이었다. 진짜 종이나 연필은 필요하지 않다. 없으면 오히려 작업이 더 간단해진다. 성질로 치면 수학자가 머릿속 가상의 칠판에 수식을 적어나가는 것과 같은 작업일 것이다. 그리고 언젠가 실제로 그 그림을 그리게 될지도 몰랐다.

다시 작업실에 가서 살펴볼 생각은 없었다. 물론 호기심은 있었다. 노인은—아마다 도모히코의 분신은—아직 작업실에 있을까? 스툴에서 여전히 〈기사단장 죽이기〉를 보고 있을까? 확인하고 싶다는 생각이 없지는 않았다. 짐작건대 나는 지금 지극히 귀중한 상황을 맞닥뜨리고 그 현장을 목격하는 중이다. 그곳에는 아마다 도모히코의 인생에 숨겨진 수수께끼를 풀 수 있는 몇 가지 열쇠가 있을지도 모른다.

하지만 그렇다 해도 그의 집중을 방해하고 싶지 않았다. 아마다 도모히코는 자신이 그린 〈기사단장 죽이기〉를 천천히 감상하기 위해, 혹은 그 안에 존재하는 무언가를 재점검하기 위해 공간을 넘고 논리를 벗어나 이곳으로 돌아왔다. 그 과정에서 아마 막대한 에너지를 소비했으리라. 이미 많이 남았다고는 할 수 없는 귀중한 생명의 에너지를. 그렇다, 어떤 큰 희생을 치러서라도 그는 〈기사단장 죽이기〉를 마지막으로 다시 한번, 마음껏 봐두어야 했던 것이다.

잠이 깼을 때는 열시가 넘었다. 일찍 일어나는 편인 내게는 상당히 드문 일이었다. 세수를 하고 커피를 내려 식사를 했다. 이상하게 배가 고팠다. 평소 아침식사의 갑절은 먹었다. 토스트 세쪽, 삶은 달걀 두 개, 토마토 샐러드를 먹고 커피를 큰 머그잔 가득 따라서 두 잔 마셨다.

식사 후 혹시나 싶어 작업실을 들여다보았지만 물론 아마다 도모히코의 모습은 없었다. 여느 아침처럼 고요한 작업실이다. 이젤이 있고, 그 위에 그리다 만 캔버스(아키가와 마리에의 초상이다)가 놓여 있고, 앞에는 둥근 스툴이 있다. 이젤 너머에는 아키가와 마리에가 모델을 설 때 앉는 식탁 의자가 놓여 있다. 옆쪽 벽에는 아마다 도모히코가 그린 〈기사단장 죽이기〉가 걸려 있다. 선반 위의 방울은 여전히 없다. 골짜기 위로 보이는 하늘은 맑고, 공기는 차고 깨끗했다. 겨울을 앞둔 새들의 울음이 날카롭게 그 속을 가로질렀다.

나는 아마다 마사히코의 회사로 전화를 걸었다. 정오가 가까웠지만 그는 어딘가 졸린 목소리로 전화를 받았다. 월요일 아침의 권태가 묻은 목소리다. 간단히 인사를 나눈 후 자연스럽게 아버지의 안부를 물었다. 아마다 도모히코가 아직 살아 있는지, 지난밤 내가 목격한 것이 그의 유령인지 확인해두고 싶었다. 만약 그가 어젯밤 사망했다면 아들에게 이미 연락이 갔을 것이다.

"아버님은 잘 계셔?"

"며칠 전에 다녀왔어. 머리는 이제 회복되지 않겠지만, 몸 상태는 특별히 나쁘지 않은 것 같아. 적어도 지금 당장 어떻게 되시진 않을 거야."

아마다 도모히코는 아직 죽지 않았다, 나는 생각했다. 어젯밤 본 것은 역시 유령 따위가 아니다. 살아 있는 인간의 의지가 일시적으로 만들어낸 형체인 것이다.

"이상한 질문이지만, 최근 아버님한테 뭐 달라진 점 없었어?"

"우리 아버지한테?"

"응."

"왜 갑자기 그런 걸 묻지?"

나는 미리 준비해둔 대사를 꺼냈다. "실은 얼마 전에 묘한 꿈을 꿨거든. 네 아버님이 한밤중에 이 집으로 돌아오시고, 내가 그 모습을 우연히 목격하는 꿈. 무척 리얼한 꿈이었어. 놀라서 벌떡 일어날 정도로. 그래서 혹시 무슨 일이 있는 건 아닐까 좀 신경이 쓰여서."

"흐음." 그가 감탄한 듯이 말했다. "그거 재미있네. 아버지는 한밤중에 그 집으로 돌아가서 대체 뭘 하셨어?"

"그냥 작업실 스툴에 앉아 계셨어."

"그게 다야?"

"그게 다야, 다른 일은 아무것도 하지 않았어."

"스툴이라면, 다리가 셋 달린 낡은 원형 의자 말이지?"

"응."

아마다 마사히코는 그 말을 잠시 생각했다.

"어쩌면 떠나실 때가 가까웠는지도 모르겠네." 아마다는 묘하게 억양 없는 목소리로 말했다. "사람의 영혼은 마지막 순간 가장 애착이 남은 곳을 찾아간다잖아. 내가 아는 한 아버지가 가장 애착을 가진 곳은 그 작업실일 테니."

"이젠 기억이 없으시다며?"

"그래, 보통 우리가 말하는 기억은 남아 있지 않아. 하지만 영혼은 아직 건재할 테니까. 그저 의식이 제대로 접속하지 못할 뿐이지. 말하자면 회선이 빠져서 의식이 연결되지 않는 상태야. 영혼은 아직도 깊은 곳에 자리잡고 있을 거야. 아마 온전한 상태 그대로."

"그렇겠군." 내가 말했다.

"무섭지는 않았어?"

"꿈이?"

"그래, 무척 리얼한 꿈이었다며?"

"아니, 딱히 무섭지는 않았어. 조금 신기한 기분이 들었을 뿐이야. 꼭 본인을 직접 눈앞에서 보는 것 같았어."

"어쩌면 진짜 본인이었을지도 모르지." 아마다 마사히코는 말했다.

그에 대한 내 의견은 말하지 않았다. 아마다 도모히코가 〈기사단장 죽이기〉를 보기 위해 힘들여 이 집으로 돌아왔다는 사실을 (생각해보면 아마다 도모히코의 영혼을 이리로 불러들인 장본인은 나인지도 모른다. 내가 그 그림의 포장을 벗기지 않았으면 그가 이리로 돌아오는 일도 없지 않았을까) 아들인 마사히코에게 아직은 밝힐 수 없었다. 그랬다가는 내가 이 집 천장 위에서 그 그림을 발견했으며, 나아가 허락 없이 포장을 벗기고 작업실 벽에 걸어놓았다는 사실을 전부 설명해야 한다. 언젠가는 털어놓아야겠지만 지금 그 이야기를 꺼내고 싶지는 않았다.

"그래서," 아마다가 말했다. "지난번에는 시간이 없어서 미처 못했는데, 너한테 할 이야기가 있다고 했잖아. 기억나?"

"기억나."

"한번 그쪽으로 가서 천천히 이야기하고 싶은데 괜찮을까?"

"여긴 원래 네 집이야. 아무때나 와도 돼."

"이번 주말에 또 이즈 고원으로 아버지를 보러 갈 생각이거든. 그래서 돌아오는 길에 들를까 하고. 오다와라는 마침 그 길목이니까."

수요일과 금요일 저녁, 일요일 오전만 아니면 괜찮다고 일러주었다. 수요일과 금요일에는 그림교실이 있고 일요일 오전에는 아키가와 마리에의 초상을 그려야 한다.

아마 토요일 오후가 될 것 같다고 그는 말했다. "어쨌든 그전에 다시 연락할게."

전화를 끊고 작업실로 가서 스툴에 앉아보았다. 지난밤, 어둠 속에서 아마다 도모히코가 앉아 있던 나무 스툴이다. 앉는 순간 이것은 더이상 나의 스툴이 아님을 깨달았다. 그것은 분명 오랜 세월 아마다 도모히코가 앉아서 그림을 그려온 그의 스툴이고, 앞으로도 영원히 그의 스툴일 것이다. 사정을 모르는 사람이 보면 그저 다리가 셋 달린 낡은 흠집투성이 원형 의자이지만 그것에는 그의 의지가 배어 있었다. 나는 우연찮게 그 의자를 무단으로 쓰고 있었을 뿐이다.

나는 그 스툴에 앉아 벽에 걸린 〈기사단장 죽이기〉를 바라보았다. 지금껏 셀 수 없이 여러 번 그 그림을 봐왔다. 거듭 감상할 만한 가치가 있는 작품이었다. 달리 말해 다양한 관점으로 볼 여지가 있는 작품이었다. 하지만 지금은 여느 때와 다른 각도에서 새삼 그 그림을 검증해보고 싶었다. 그것에는 아마다 도모히코가 제 인생을 끝마치기 전 다시 한번 응시해둘 필요가 있는 무언가가 담겨 있을 터였다.

나는 오랜 시간을 들여 〈기사단장 죽이기〉를 바라보았다. 지난밤 아마다 도모히코의 생령인지 분신인지가 스툴에 앉아 똑바로 응시하던 그 위치에서, 같은 각도와 같은 자세로, 숨이 막힐 만큼 집중해서. 하지만 아무리 노려봐도 그림에서 지금껏 보이지 않았던 무언가를 찾아내지는 못했다.

생각하기도 지쳐서 밖으로 나갔다. 집 앞에는 멘시키의 은색 재규어가 서 있었다. 내 도요타 코롤라 왜건에서 조금 떨어진 곳에. 그 차는 여기서 하룻밤을 보낸 것이다. 잘 훈련된 영리한 동물처럼 조용히 몸을 쉬며 주인이 데리러 오기를 기다리고 있었다.

나는 멍하니 〈기사단장 죽이기〉를 생각하면서 집 주변을 발길 닿는 대로 산책했다. 잡목림의 오솔길을 걷는데 뒤에서 누가 가만히 지켜보는 것 같은 기묘한 느낌이 들었다. 마치 예의 '긴 얼굴'이 땅에 난 네모난 뚜껑을 열고, 그림 한구석에서 나를 은밀히 관찰하는 듯한 느낌이다. 퍼뜩 뒤돌아보았다. 아무것도 눈에 띄지 않았다. 땅에 뚫린 구덩이도 없고, 긴 얼굴의 모습도 없다. 낙엽이 쌓인 인적 없는 오솔길이 침묵 속에서 이어질 뿐이다. 그것이 몇 번 더 반복되었다. 그러나 아무리 재빨리 돌아봐도 역시 아무도 없었다.

어쩌면 구덩이와 긴 얼굴은 내가 돌아보지 않을 때만 거기 존재하는지도 모른다. 내가 돌아보려는 순간 그 기척을 알아채고 재빨리 모습을 감춰버리는지도 모른다. 마치 아이들의 놀이처럼.

나는 잡목림을 벗어나 평소에는 잘 가지 않는 오솔길 끝까지 걸음을 옮겼다. 그리고 아키가와 마리에가 말한 '비밀통로'의 입구가 혹시 눈에 띄지 않을까 해서 주의깊게 찾아보았다. 그러나 아무리 둘러봐도 그럴듯한 것은 없었다. '그냥 봐서는 찾을 수 없다'는 말대로 어지간히 잘 위장되어 있는 모양이었다. 어쨌거나 그녀는 해가 진 뒤 혼자 그 비밀통로를 지나, 옆 산에서 우리 집까지 걸어왔다. 덤불을 헤치고 잡목림을 빠져나와.

오솔길 끝에는 조붓하고 둥근 공터가 있었다. 머리 위를 뒤덮은 나뭇가지가 성글어지고 하늘이 작게 올려다보였다. 가을햇살이 지면으로 똑바로 쏟아졌다. 나는 그 조촐한 양지의 납작한 바위에 앉아 나무들 사이로 골짜기의 풍경을 바라보았다. 어딘가에 있는 비밀통로에서 아키가와 마리에가 불쑥 나타나지 않을까 상상하면서. 물론 어디서도 누구 하나 나타나지 않았다. 이따금 새들이 와서 나뭇가지에 앉았다가 다시 날아갈 뿐이었다. 새들은 항상 두 마리씩 다니며 서로의 존재를 짧고 낭랑한 소리로 알려주었다. 어떤 종류의 새는 한번 반려를 찾으면 그 상대와 평생 행동을 같이하고, 상대가 죽으면 한쪽은 여생을 고독 속에 보낸다는 기사를 어디서 읽은 적이 있다. 말할 필요도 없이 그들이 변호사사무소에서 배달증명과 함께 날아온 이혼서류에 도장을 찍을 일은 없다.

멀리서 뭔가를 판매하는 트럭의 안내방송이 나른하게 들려오다가 사라졌다. 뒤이어 근처 덤불 속에서 뭔가 부스럭거리는, 정체 모를 큰 소리가 들렸다. 인간이 내는 소리는 아니다. 야생 짐승의 소리다. 멧돼지일지도 모른다는 생각에 잠깐 오싹했지만 (멧돼지는 말벌과 함께 이 일대에서 가장 위험한 생물이다), 소리는 뚝 그치더니 그뒤로 들리지 않았다.

나는 그 참에 자리를 털고 일어나 집으로 돌아갔다. 도중에 사당 뒤편으로 돌아가 구덩이를 살펴보았다. 구덩이 위에는 여느 때처럼 판자가 덮여 있고 누름돌 몇 개도 놓여 있었다. 내가 보기에 돌이 움직인 흔적은 없었다. 뚜껑을 대신하는 판자 위로 낙엽이 두껍게 쌓여 있었다. 비에 젖은 낙엽은 이미 선명한 빛깔을 잃었다. 봄에 싱싱하게 태어났던 이파리들은 모두 만추의 고요한 죽음을 꼼짝없이 기다리고 있었다.

가만히 보고 있자니 당장이라도 뚜껑이 열리고 그 안에서 '긴 얼굴'이 가지처럼 가늘고 긴 얼굴을 쑥 내밀 듯한 기척이 느껴졌다. 물론 뚜껑은 열리지 않았다. 게다가 '긴 얼굴'이 숨어 있던 것은 네모난 구덩이다. 더 작고, 더 개인적인 구덩이다. 그리고 이 구덩이에 도사리고 있었던 건 '긴 얼굴'이 아니라 기사단장이었다. 아니, 기사단장의 모습을 차용한 이데아였다. 그가 한밤중에 방울을 울리고 나를 이곳으로 불러내 구덩이를 열게 했다.

어쨌거나 이 구덩이가 모든 것의 시작이었다. 나와 멘시키가 중기를 동원해 억지로 구덩이를 열어버린 뒤로 내 주위에서 영문 모를 일이 차례차례 일어났다. 아니면 이 모든 것은 내가 천장 위에서 〈기사단장 죽이기〉를 발견하고 포장을 풀어버린 탓에 시작되었는지도 모른다. 순서로 따지자면 그렇다. 그도 아니면, 두 가지 사건은 처음부터 밀접하게 맞물려 있었는지도 모른다.

〈기사단장 죽이기〉라는 한 폭의 그림이 이데아를 이 집으로 불러들였는지도 모른다. 〈기사단장 죽이기〉라는 그림의 포장을 푼 내 행동의 이른바 보상 작용으로 기사단장이 내 앞에 나타났는지도. 그러나 생각하면 할수록 무엇이 원인이고 무엇이 결과인지 판단하기 점점 힘들어졌다.

집에 돌아오니 현관 앞에 있던 멘시키의 재규어는 어느새 사라지고 없었다. 아마 내가 외출한 사이 멘시키가 택시를 타고 와서 가져간 것이리라. 아니면 업자를 불러 회수해갔는지도 모른다. 어쨌든 주차장에는 내가 타고 다니는 먼지투성이 코롤라 왜건만 어딘지 쓸쓸하게 남아 있을 뿐이었다. 멘시키가 말한 것처럼 타이어 공기압을 한번 재봐야겠다고 생각했다. 하지만 아직 공기압계를 사지 않았다. 어쩌면 그걸 사는 일은 평생 없을 것이다.

점심을 차리려고 했지만 싱크대 앞에 서니 조금 전까지 왕성했던 식욕이 깨끗이 사라졌음을 깨달았다. 대신 졸음이 심하게 쏟아졌다. 담요를 꺼내 거실 소파에 누웠다가 그대로 잠이 들었다. 자면서 짧은 꿈을 꾸었다. 무척 명백하고 선명한 꿈이었다. 그러나 어떤 꿈이었는지는 전혀 생각나지 않았다. 생각나는 것은 그것이 무척 명백하고 선명한 꿈이었다는 사실뿐이다. 꿈이라기보다 무슨 착오로 잠 속에 섞여든 현실의 자투리처럼 느껴지기도 했다. 잠이 깼을 때 그것은 날쌘 짐승처럼 흔적도 없이 어딘가로 사라져버렸다.

42

바닥에 떨어뜨려 깨지면 달걀이지

그다음 일주일은 예상보다 빨리 지나갔다. 오전 내내 집중해서 캔버스를 마주하고, 오후에는 책을 읽거나 산책을 가거나 필요한 집안일을 했다. 그러는 중에 어느새 하루하루 날짜가 바뀌어갔다. 수요일 오후에 여자친구가 왔고 우리는 침대에서 끌어안았다. 낡은 침대는 여느 때처럼 요란하게 삐걱거렸고, 그녀는 그것을 재미있어했다.

"이 침대는 머잖아 틀림없이 산산조각날 거야." 그녀가 성교 중 한숨 돌리면서 예언했다. "침대 파편인지 막대과자인지 구분 안 갈 정도로 멋지게 가루가 돼버릴걸."

"좀더 얌전하고 조심스럽게 일을 치러야 하는지도 몰라."

"에이허브 선장은 정어리를 뒤쫓아야 했는지도 몰라." 그녀가 말했다.

나는 그 말을 생각했다. "세상에는 간단히 바꿀 수 없는 일도 있다—그런 말을 하고 싶은 거야?"

"대충 비슷해."

조금 뜸을 두었다가 우리는 다시 드넓은 바다에서 흰 고래를 쫓았다. 세상에는 간단히 바꿀 수 없는 일도 있다.

나는 매일 조금씩 아키가와 마리에의 초상화를 손보았다. 캔버스에 그린 밑그림의 골격에 적절하게 살을 붙여나갔다. 몇 가지 필요한 색깔을 만들어 배경에 깔았다. 그녀의 얼굴을 화폭에 자연스럽게 부각하기 위한 기초 작업이다. 그러면서 그녀가 다시 작업실에 올 일요일을 기다렸다. 그림에는 실제 모델을 앞에 앉히고 진행해야 할 작업이 있고, 모델이 없을 때 준비해둬야 할 작업도 있다. 나는 두 가지 다 좋아했다. 여러 요소에 대해 혼자 오랫동안 생각을 거듭하고, 여러 가지 색깔과 수법을 시험하며 환경을 정비해간다. 부지런히 손을 놀려 준비하는 그 작업도, 그렇게 정비된 환경에서 자발적이고 즉흥적으로 실체를 만들어나가는 작업도 즐긴다.

아키가와 마리에의 초상과 병행해 사당 뒤편의 구덩이 그림도 다른 캔버스에 그리기 시작했다. 구덩이의 광경이 뇌리에 선명히 새겨져 있는 까닭에 굳이 실물을 보면서 그릴 필요는 없었다. 나는 기억 속 구덩이의 모습을 철저히 세밀하게 그려나갔다. 조금의 과장도 없는 리얼리즘으로. 지극히 사실적으로 그렸다. 나는 사실적인 그림을 거의 그리지 않지만(물론 영업으로 그리는 초상화는 별개다) 결코 그런 유의 그림에 서투르지는 않았다. 마음만 먹으면 사진으로 착각할 만큼 정밀하고 리얼한 구상화도 그릴 수 있다. 이따금 그렇게 슈퍼리얼리즘에 가까운 그림을 그리면 기분전환도 되고 기초적인 기술을 새로 훈련할 수도 있다. 하지만 어디까지나 나 자신의 즐거움을 위한 것이므로 사실화 작품을 외부에 내놓는 일은 거의 없다.

그리하여 내 눈앞에는 〈잡목림 속의 구덩이〉가 나날이 생생하게 재현되었다. 두꺼운 판자 몇 장으로 절반쯤 덮인. 미스터리한 숲속의 둥근 구덩이. 기사단장이 나타났던 그 구덩이다. 그림 속에는 그저 어두운 구덩이뿐 사람의 모습은 없다. 주위 땅에는 낙엽이 쌓여 있다. 지극히 정밀한 풍경이다. 하지만 당장이라도 그 안에서 누군가가(혹은 무언가가) 기어나올 듯한 기척이 느껴졌다. 보면 볼수록 그런 예감을 떨칠 수 없었다. 내 손으로 조형해놓고도 문득 오싹해지는 구석이 있었다.

그렇게 매일 오전을 혼자 작업실에서 보냈다. 붓과 팔레트를 들고 〈아키가와 마리에의 초상〉과 〈잡목림 속의 구덩이〉를─그야말로 전혀 다른 성질의 두 가지 그림을─내키는 대로 번갈아 그렸다. 아마다 도모히코가 일요일 한밤중에 앉아 있던 스툴 앞에 두 폭의 캔버스를 나란히 놓고 작업에 집중했다. 그 덕분인지 월요일 아침 스툴에 앉았을 때 느꼈던 아마다 도모히코의 농후한 기척은 어느새 사라지고 없었다. 낡은 스툴은 다시 나를 위한 현실적인 도구로 돌아온 것 같았다. 아마다 도모히코는 아마 자신이 본래 있어야 할 장소로 돌아갔으리라.

그 일주일 동안 몇 번, 한밤중에 작업실 문을 조금 열고 틈새를 들여다보았다. 그러나 방에는 아무도 없었다. 아마다 도모히코의 모습도, 기사단장의 모습도 없었다. 낡은 스툴 하나가 이젤 앞에 놓여 있을 뿐이다. 창문으로 흘러든 희미한 달빛이 방안의 물건들을 소리 없이 비추었다. 벽에는 〈기사단장 죽이기〉가 걸려 있다. 그리다 만 〈흰색 스바루 포레스터의 남자〉가 뒤집어 세워져 있다. 나란히 놓인 두 개의 이젤 위에는 작업중인 〈아키가와 마리에의 초상〉과 〈잡목림 속의 구덩이〉가 놓여 있다. 방안에는 유화물감과 테레빈유, 포피유 냄새가 떠다녔다. 아무리 창문을 열어두어도 그것들이 뒤섞인 냄새는 방에서 가시지 않는다. 내가 지금껏 줄곧 맡아왔고 앞으로도 아마 계속 맡게 될 특별한 냄새다. 나는 그 냄새를 확인하듯이 한밤의 작업실 공기를 한껏 들이마시고, 조용히 문을 닫았다.

금요일 밤 아마다 마사히코에게서 연락이 왔다. 토요일 오후 이쪽으로 오겠다고 했다. 근처 항구에서 싱싱한 생선을 사갈 테니 식사 걱정은 안 해도 돼. 기대하고 기다려.

"또 사갈 건 없어? 어차피 가는 길이니 뭐든 말해."

"딱히 없어." 나는 말했다. 그리고 곧바로 생각이 났다. "그러고 보니 위스키가 떨어졌어. 지난번 받은 건 손님이 왔을 때 마셔버렸거든. 브랜드는 상관없으니 한 병 사다줄래?"

"나는 시바스 리갈이 좋은데. 그거면 될까?"

"그거면 돼." 내가 말했다. 아마다는 옛날부터 술이나 음식을 까다롭게 따지는 편이었다. 나는 별로 그런 취미가 없다. 그때그때 눈앞에 있는 음식을 먹고 눈앞에 있는 술을 마신다.

전화를 끊고 작업실 벽에서 〈기사단장 죽이기〉를 내려 침실로 가져가서 커버를 씌웠다. 천장 위에서 몰래 꺼낸 아마다 도모히코의 미발표 작품을 아들이 보게 할 수는 없다. 적어도 지금 시점에서는.

그리하여 작업실에 온 손님이 보게 될 그림은 〈아키가와 마리에의 초상〉과 〈잡목림 속의 구덩이〉 두 점만 남았다. 나는 그 앞에 서서 두 그림을 번갈아 바라보았다. 비교하며 보는 사이 아키가와 마리에가 사당 뒤편을 돌아 구덩이로 다가가는 광경이 머릿속에 떠올랐다. 거기서 무언가가 시작될 듯한 예감이 들었다. 구덩이 덮개는 반쯤 열려 있다. 그 어둠이 그녀를 이끌고 있다. 안에서 그녀를 기다리는 건 '긴 얼굴'일까? 아니면 기사단장일까?

그리고 이 두 점의 그림은 어딘가에서 연결되어 있을까?

이 집에 온 뒤로 나는 거의 쉬지 않고 그림을 그리고 있다. 처음에는 의뢰를 받아 멘시키의 초상화를 그렸고, 그뒤에 〈흰색 스바루 포레스터의 남자〉(이것은 색을 입히는 단계에서 중단된 상태지만)를, 지금은 〈아키가와 마리에의 초상〉과 〈잡목림 속의 구덩이〉를 병행하고 있다. 네 폭의 그림이 퍼즐 조각처럼 맞춰져 전체적으로 어떤 이야기를 시작한 것 같았다.

아니면 내가 그것들을 그림으로써 하나의 이야기를 기록하고 있는지도 모른다. 그런 기분이 들었다. 누군가가 나에게 기록자의 역할 혹은 자격을 부여한 걸까? 만약 그렇다면 그 누군가는 대체 누구일까? 그리고 어째서 다른 사람도 아닌 이 내가 기록자로 선택됐을까?

토요일 오후 네시쯤 아마다가 검은색 볼보 왜건을 몰고 왔다. 각지고 탄탄한 구형 볼보가 그의 취향이었다. 아주 오래 끌고 다녔고 주행거리도 상당할 테지만 새 모델로 바꿀 생각은 없는 모양이었다. 그는 그날 자기 집에서 식칼까지 챙겨왔다. 잘 관리된 예리한 칼이었다. 이토의 생선가게에서 사온 크고 싱싱한 도미를 그 칼로 부엌에서 직접 회를 떠주었다. 워낙 손재주가 좋고 다재다능한 친구다. 정성껏 가시를 발라내고, 알뜰하게 도톰한 살점을 뜨고, 서덜을 우려서 국을 끓였다. 껍질은 불에 살짝 그

슬려 술안주로 내놓았다. 나는 그저 감탄하면서 일련의 작업을 지켜보았다. 프로 요리사가 되었어도 제법 성공했을 것이다.

"이런 흰살 생선은 사실 하루 놔뒀다가 먹어야 살이 연해지고 맛도 있는데, 어쩔 수 없지. 양해해줘." 아마다가 솜씨 좋게 칼을 놀리며 말했다.

"얻어먹는 입장에서 따질 순 없지." 내가 말했다.

"혹시 남으면 내일 혼자 먹어봐."

"그럴게."

"그나저나, 오늘밤 여기서 자고 가도 될까?" 아마다가 물었다. "오늘은 시간 제약 없이 한잔하면서 얘기하고 싶은데. 술 마시면 운전도 못하니까. 거실 소파에서 자도 괜찮아."

"물론이지." 내가 말했다. "여긴 원래 너희 집이야. 며칠씩 묵어도 상관없어."

"여자가 찾아오거나 할 일은 없나?"

나는 고개를 가로저었다. "지금으로서는 그럴 일 없어."

"그럼 자고 갈게."

"그리고 거실 소파 같은 데서 자지 않아도 돼. 손님방에 침대가 있잖아."

"아니, 난 소파 쪽이 편하고 좋아. 그 소파는 보기보다 잠이 잘 오거든. 옛날부터 거기서 자는 걸 좋아했어."

아마다는 종이가방에서 시바스 리갈을 꺼내 뚜껑을 땄다. 나는 잔을 두 개 챙기고 냉장고에서 얼음을 꺼냈다. 위스키를 잔에 따르니 무척 듣기 좋은 소리가 났다. 가까운 사람이 마음을 여는 듯한 소리다. 우리는 위스키를 마시며 음식 준비를 했다.

"둘이 이렇게 느긋하게 마시는 건 꽤 오랜만이다." 아마다가 말했다.

"그러게. 옛날엔 많이 마셨던 것 같은데."

"아니, 많이 마신 건 나였지." 그는 말했다. "넌 옛날부터 그렇게 많이 마시지 않았어."

내가 웃었다. "네 눈에는 그럴지 모르지만 내 기준으로는 그것도 꽤 과음한 거야."

나는 정신을 잃도록 술을 마신 적이 없다. 대개는 만취 전에 졸음이 와서 잠들어버리기 때문이다. 그러나 아마다는 그렇지 않았다. 한번 작정하면 끝도 없이 마시는 타입이다.

우리는 식탁에 마주앉아 회를 먹고 위스키를 마셨다. 그가 함께 사온 싱싱한 생굴부터 네 개씩 먹고 도미를 먹었다. 즉석에서 뜬 생선회는 무척 신선하고 맛있었다. 아닌 게 아니라 살이 좀 단단했지만 술을 곁들여 느긋하게 시간을 두고 먹었다. 결국 둘이서 남김없이 먹어치우고 말았다. 그것만으로도 배가 제법 불렀다. 생굴과 회 말고 먹은 것이라곤 바삭바삭하게 구운 생선 껍질과 고추냉이 절임, 두부 정도였다. 마지막으로 국을 먹었다.

"오랜만에 호화롭게 먹었네." 내가 말했다.

"도쿄에서는 여간해선 이렇게 못 먹지." 아마다가 말했다. "이 근처에 사는 것도 나쁘지 않을 것 같아. 맛있는 생선을 먹을 수 있고."

"그래도 계속 여기서 살아야 한다면 너한테는 꽤 따분할걸."

"넌 따분한가?"

"글쎄. 난 옛날부터 따분한 걸 잘 참는 편이야. 게다가 이런 데서도 제법 여러 일이 일어나거든."

초여름에 여기 온 지 얼마 되지 않아 멘시키를 알게 되었고, 그와 함께 사당 뒤편 구덩이를 파헤쳤고, 그뒤에 기사단장이 나타났고, 이윽고 아키가와 마리에와 고모 아키가와 쇼코가 내 생활을 파고들었다. 그리고 성적으로 무르익은 유부녀 여자친구가 나를 위로해주었다. 아마다 도모히코의 생령까지 찾아왔다. 아닌 게 아니라 따분할 겨를이 없었다.

"나도 생각보다 잘 지낼지 몰라." 아마다가 말했다. "한때는 서핑을 열심히 했거든. 이쪽 해안에서도 곧잘 파도를 타곤 했어. 알고 있었어?"

몰랐는데, 하고 나는 말했다. 그런 이야기는 한 번도 듣지 못했다.

"슬슬 도시를 벗어나서 다시 한번 그런 생활을 해봐도 좋겠다 싶어. 아침에 일어나서 바다를 보고, 파도가 괜찮을 것 같으면 보드를 들고 나가는 거야."

나는 정말이지 그렇게 귀찮은 일은 못할 것 같다.

"회사는 어쩌고?" 내가 물었다.

"일주일에 두 번 도쿄로 가서 일을 보면 충분해. 지금 일은 거의 컴퓨터로 하니까 도시에서 떨어져 살아도 특별히 불편할 건 없어. 편리한 세상이지?"

"몰랐는데."

그는 어이없다는 듯이 나를 보았다. "지금은 21세기라고. 그건 알고 있었어?"

"뭐, 말로는." 내가 말했다.

식사를 마치고도 거실로 자리를 옮겨 계속 술을 마셨다. 가을이 끝나갈 무렵이었지만 그날 밤은 난로를 켤 정도로 춥지는 않았다.

"아버지 상태는 좀 어떠셔?" 내가 물었다.

아마다는 작게 한숨을 뱉었다. "여전해. 머리가 완전히 제구실을 못해. 달걀과 고환도 구별 못할 정도야."

"바닥에 떨어뜨려 깨지면 달걀이지." 내가 말했다.

아마다가 소리내어 웃었다. "생각해보면 인간은 참 이상해. 몇 년 전만 해도 우리 아버지는 누가 때리든 걷어차든 끄떡없는 사람이었거든. 머리도 항상 겨울 밤하늘처럼 쨍하니 맑았고. 옆에서 보면 얄미울 정도로 말이지. 그런데 지금은 기억의 블랙홀이 돼버렸어. 우주에 난데없이 나타난, 정체불명의 시커먼 구덩이처럼."

아마다는 그렇게 말하고 고개를 가로저었다.

"'사람한테 찾아오는 가장 큰 놀라움은 늙는다는 것이다'라고 말한 게 누구였더라?"

몰라, 하고 내가 말했다. 그런 말은 들어본 적 없다. 하지만 맞는 말인지도 모른다. 늙는다는 것은 어쩌면 사람에게 죽음보다 더 뜻밖의 사건일 것이다. 그것은 사람의 예상을 훨씬 뛰어넘는 일이다. 자신이 이 세상에 생물학적으로(그리고 사회적으로) 더이상 존재하지 않아도 된다고, 어느 날 누군가가 또박또박 알려주는 것.

"그나저나, 지난번에 꿨다는 아버지 꿈이 그렇게 리얼했어?" 마사히코가 내게 물었다.

"응, 꿈이라는 생각이 안 들 만큼 리얼했어."

"아버지가 이 집 작업실에 있었다고?"

나는 그를 작업실로 데려갔다. 그리고 방 한복판에 놓인 스툴을 가리켰다.

"꿈속에서 네 아버님은 저 의자에 가만히 앉아 계셨어."

아마다는 스툴로 다가가서 손바닥을 대보았다.

"아무것도 하지 않고?"

"응, 아무것도 하지 않고 그냥 앉아 계셨어."

사실은 거기 앉아서 벽에 걸린 〈기사단장 죽이기〉를 똑바로 바라보고 있었지만 그 말은 하지 않았다.

"아버지는 이 의자를 좋아했어." 아마다가 말했다. "아무 특징 없는 오래된 의자지만 버리려고 하지 않으셨어. 그림을 그릴 때나 생각을 할 때나 늘 여기 앉으셨지."

"앉아보니 이상하게 마음이 차분해지더라." 내가 말했다.

아마다는 잠시 선 채로 의자에 손을 올려놓고 생각에 잠겼다. 하지만 앉아보지는 않았다. 그리고 앞에 놓인 두 폭의 캔버스를 차례로 바라보았다. 〈아키가와 마리에의 초상〉과 〈잡목림 속의 구덩이〉, 둘 다 내가 작업중인 그림이다. 그는 시간을 들여 주의깊게 두 그림을 들여다보았다. 엑스레이 사진에서 미심쩍은 그늘을 찾는 의사처럼.

"재미있는 그림이네." 그가 말했다. "무척 좋아."

"둘 다?"

"응, 둘 다 무척 흥미로워. 특히 두 개를 나란히 놓으니 불가사의한 움직임 같은 게 느껴져. 스타일은 전혀 다른데 두 그림이 어디선가 하나로 연결되는 느낌이야."

나는 잠자코 고개를 끄덕였다. 그의 의견은 나 자신도 요 며칠 막연하게 느끼던 것이었다.

"내 생각에 너는 너만의 새로운 방향을 조금씩 붙잡기 시작한 것 같아. 깊은 숲속에서 마침내 빠져나오려는 것처럼. 그 흐름을 소중히 하는 게 좋아."

그는 그렇게 말하고 위스키를 한 모금 마셨다. 잔 속에서 얼음이 맑은 소리를 냈다.

그에게 아마다 도모히코가 그린 〈기사단장 죽이기〉를 보여주고 싶다는 강렬한 충동이 나를 사로잡았다. 마사히코가 아버지의 그림을 보고 어떤 감상을 말할지 듣고 싶었다. 그의 말이 어쩌면 내게 중요한 힌트를 줄지 모른다. 그러나 나는 그 충동을 애써 눌러 가슴속에 담아두었다.

아직 너무 이르다. 무언가가 나를 제지했다. 아직 너무 이르다.

우리는 작업실을 나와 거실로 돌아왔다. 바람이 부는지 창밖에서 두꺼운 구름이 북쪽으로 천천히 흘러갔다. 달은 어디에도 보이지 않았다.

"그래서, 내가 하려던 이야기 말이야." 아마다가 작정한 듯이 입을 열었다.

"아마 말하기 어려운 얘기겠지?" 내가 말했다.

"그래, 아마 말하기 어려운 얘기야. 아니, 상당히 말하기 어려운 얘기야."

"그래도 내가 들어야 하는 얘기고."

마사히코가 두 손을 마주 비볐다. 지금부터 몹시 무거운 물건이라도 들어올리려는 사람처럼. 이윽고 그가 입을 열었다.

"실은 유즈 일이야. 몇 번 나랑 만났거든. 네가 올봄에 집을 나가기 전에도, 나간 후에도. 유즈가 만나자고 해서 밖에서 만나 이야기를 했어. 하지만 네게는 알리지 말아달라더군. 우리 사이에 비밀을 만들려니 기분이 찝찝했지만, 뭐, 유즈와 그렇게 약속해버렸으니."

내가 고개를 끄덕였다. "약속은 중요하지."

"유즈는 내 친구이기도 했으니까."

"알아." 내가 말했다. 마사히코는 친구를 소중히 여긴다. 그것이 어떤 때는 그의 약점이 되기도 한다.

"유즈한테 만나는 남자가 있었어. 즉 네가 아닌 다른 남자."

"알아. 물론 지금은 안다는 뜻이지만."

아마다가 고개를 끄덕였다. "네가 집을 나가기 반년쯤 전일 거야. 두 사람이 그런 관계가 된 건. 네게 이런 얘기를 하려니 괴롭지만, 그 남자는 나도 아는 사람이야. 직장 동료였지."

나는 작게 한숨을 쉬었다. "상상하건대, 잘생긴 사람이겠지?"

"그래, 맞아. 외모가 무척 뛰어난 남자야. 학생 시절에는 스카우트돼서 모델 아르바이트도 했을 정도니까. 아무튼, 사실상 내가 유즈에게 그 사람을 소개한 꼴이 됐어."

나는 잠자코 있었다.

"물론 결과적으로 그렇다는 뜻이지만." 마사히코가 말했다.

"유즈는 옛날부터 쭉 잘생긴 사람에게 약했어. 거의 병적이라고 본인도 인정할 정도로."

"네 얼굴도 그렇게 나쁘지 않다고 생각하는데." 마사히코가 말했다.

"고마워. 오늘밤은 잠이 잘 올 것 같네."

우리는 한동안 침묵을 지켰다. 그러다 아마다가 입을 열었다.

"어쨌든 상당한 미남이야. 게다가 사람도 괜찮아. 이런 말을 해봤자 네게 위로가 되진 않겠지만, 폭력을 휘두른다든가, 여자관계가 복잡하다든가, 잘생겼다고 잘난 척한다든가, 그런 타입은 전혀 아니야."

"그거 다행이군." 내가 말했다. 딱히 그럴 생각은 아니었지만 결과적으로 빈정대는 울림을 띤 목소리가 나왔다.

아마다가 말했다. "작년 9월쯤, 그 사람과 같이 있다가 우연히 유즈를 마주쳤어. 마침 점심때라 셋이서 근처에서 점심을 함께 먹었지. 설마하니 그때는 둘이 그런 관계가 되리라고 상상도 못했어. 그 친구는 유즈보다 다섯 살쯤 어리기도 했고."

"그런데도 두 사람은 곧 연인관계가 되었다."

아마다가 어깨를 살짝 으쓱하듯 움직였다. 아마 매우 빠르게 진전된 일이리라.

"그 친구가 나한테 고민 상담을 하더라고." 아마다가 말했다. "네 아내도 그랬고. 그래서 내 입장이 상당히 곤란해졌지."

나는 잠자코 있었다. 무슨 말을 해도 나 자신이 어리석어 보이리란 것을 알았다.

아마다는 잠시 침묵했다. 그러고는 말했다. "실은 유즈가 지금 임신중이야."

나는 순간 할말을 잃었다. "임신했다고? 유즈가?"

"그래, 벌써 칠 개월이야."

"계획했던 건가?"

아마다는 고개를 저었다. "글쎄, 그것까지는 몰라. 하지만 낳을 생각인가봐. 어차피 칠 개월이라 손쓸 수도 없고."

"나한테는 계속, 아직 아이는 갖고 싶지 않다고 했어."

아마다가 잔을 한참 들여다보고는 얼굴을 살짝 찡그렸다. "그러니까, 네 아이일 가능성은 없는 거야?"

나는 재빨리 계산해보았다. 그러고는 고개를 저었다. "법률적인 얘기는 제쳐두고, 생물학적인 가능성은 제로야. 나는 이미 팔 개월 전에 집을 나왔으니까. 그뒤로는 얼굴도 본 적 없어."

"그럼 됐어." 마사히코가 말했다. "어쨌든 유즈는 아이를 낳을 생각이고, 그 사실을 너한테 전해달라고 했어. 그 일로 폐를 끼칠 생각은 없다고."

"왜 굳이 그런 얘기를 나한테 전하고 싶었을까?"

아마다는 고개를 가로저었다. "글쎄. 일단 예의상 알려둬야겠다고 생각했는지도 모르지."

나는 잠자코 있었다. 예의상?

마사히코가 말했다. "어쨌든 이 일에 대해서는 언제 한번 정식으로 사과하고 싶었어. 유즈가 내 동료와 그런 관계가 된 사실을 알면서 너한테 아무 말도 못해준 건 미안하게 생각해. 무슨 사정이 있었건 간에."

"그래서 대신 나를 이 집에 살게 해준 거야?"

"아냐. 그건 유즈와 관계없어. 여긴 아버지가 오랫동안 살면서 꾸준히 그림을 그려온 집이야. 너라면 그런 장소를 잘 이어받아주지 않을까 했어. 아무한테나 맡긴다고 그만인 건 아니니까."

나는 아무 말도 하지 않았다. 아마 거짓말은 아닐 것이다.

아마다가 말을 이었다. "어쨌든 너는 우편으로 온 이혼서류에 도장을 찍어서 유즈한테 회신했어. 그렇지?"

"정확히 말하면 변호사사무소로 회신했어. 아마 지금쯤 이혼이 성립됐을 거야. 두 사람은 조만간 때를 골라 결혼할 테지."

그리고 행복한 가정을 만들 테지. 체격이 아담한 유즈와 잘생기고 훤칠한 아버지, 그리고 어린아이. 맑은 일요일 아침 세 사람이 사이좋게 근처 공원을 산책한다. 마음이 따뜻해지는 풍경이다.

아마다는 나와 자기 잔에 얼음을 더 넣고 위스키를 따랐다. 그리고 잔을 집어들어 한 모금 마셨다.

나는 몸을 일으켜 테라스로 나가서 골짜기 맞은편 멘시키의 하얀 집을 바라보았다. 창문 몇 군데에 불이 들어와 있었다. 멘시키는 지금 저곳에서 과연 뭘 하고 있을까? 지금 저곳에서 무슨 생각을 하고 있을까?

밤공기가 제법 쌀쌀했다. 잎사귀가 다 떨어진 수목의 가지들을 바람이 가볍게 흔들고 지나갔다. 나는 거실로 돌아와 의자에 다시 앉았다.

"나를 용서해줄 수 있겠어?"

나는 고개를 끄덕였다. "누가 잘못한 것도 아니잖아."

"나는 그냥 안타까울 따름이야. 유즈와 너는 잘 어울리는 커플이었고, 아주 행복해 보였어. 그런데 이렇게 어처구니없이 깨져버리다니."

"바닥에 떨어뜨려봐서 깨지면 달걀이야." 내가 말했다.

마사히코가 힘없이 웃었다. "그래서 지금은 어때? 유즈와 헤어지고 만나는 여자는 없어?"

"없지는 않아."

"그래도 유즈와는 달라?"

"다르다고 생각해. 옛날부터 나는 여자에게 일관되게 무언가를 원했어. 그리고 유즈는 그걸 갖고 있었어."

"다른 여자한테선 보이지 않고?"

나는 고개를 가로저었다. "아직까지는."

"유감이군." 아마다가 말했다. "참고로, 네가 여자에게 일관되게 요구하는 그게 뭔데?"

"말로는 설명하기 힘들어. 내가 인생의 도중에 어쩌다 잃어버렸고, 그뒤로 오랫동안 계속 찾아온 무언가겠지. 사람은 누구나 그런 식으로 누군가를 사랑하게 되는 거 아닐까?"

"누구나라고 할 수는 없을 거야." 마사히코가 약간 심각한 얼굴로 말했다. "오히려 그런 사람이 소수이지 않을까. 그래도 말로 설명하기 힘들다면 그림으로 그리면 되잖아. 넌 화가니까."

나는 말했다. "말로 하기 힘들면 그림으로 그리면 된다. 말은 쉽지. 그런데 실제로는 그렇게 간단하지 않아."

"그래도 추구해볼 가치는 있잖아."

"에이허브 선장은 정어리를 뒤쫓아야 했는지도 몰라." 내가 말했다.

그 말을 듣고 마사히코는 웃었다. "안전성의 관점에서 보면 그럴지도 모르지. 하지만 그런 상황에서는 예술이 태어나지 않아."

"됐어. 예술이란 말이 나오면 이야기가 거기서 끝나버리잖아."

"아무래도 위스키를 더 마시는 게 좋을 것 같은데." 마사히코가 고개를 흔들면서 말했다. 그리고 두 잔에 위스키를 따랐다.

"많이는 못 마셔. 내일 아침에도 일을 해야 해서."

"내일은 내일이야. 오늘은 오늘밖에 없어." 마사히코가 말했다.

그 말에는 기묘한 설득력이 있었다.

"너한테 한 가지 부탁이 있어." 내가 아마다에게 말했다. 슬슬 대화를 끝맺고 잘 준비를 할 무렵이었다. 시곗바늘은 열한시 조금 전을 가리키고 있었다.

"내가 할 수 있는 일이라면 뭐든지."

"괜찮다면 너희 아버님을 만나뵙고 싶어. 이즈의 시설에 갈 때 한번 데려가줄 수 없을까?"

아마다는 희귀생물을 보는 듯한 눈으로 나를 보았다. "우리 아버지를 만나보고 싶다고?"

"혹시 폐가 안 된다면."

"물론 폐가 될 건 없어. 그런데 지금 아버지는 논리적인 대화를 할 수 있는 상태가 아니야. 거의 진흙탕처럼 혼란스러워. 그러니까 혹시 네게 무슨 기대가 있다면…… 다시 말해 아마다 도모히코라는 사람에게서 무언가 의미 있는 것을 얻고 싶다고 생각한다면 실망할지도 몰라."

"그런 기대는 없어. 한 번이라도 좋으니 네 아버님을 뵙고 얼굴을 기억해두고 싶어."

"왜?"

나는 숨을 내쉬고 거실을 한 바퀴 돌아보았다. 그리고 말했다. "이 집에 산 지도 벌써 반년이잖아. 그분 작업실에서 그분 의자에 앉아 그림을 그리고 있어. 그분이 쓰던 식기로 밥을 먹고 그분 레코드를 들어. 그러면서 정말 여러 곳에서 네 아버지의 기척 같은 것을 느껴. 그래서 한 번이라도 좋으니 아마다 도모히코라는 사람과 실제로 대면해봐야겠다는 생각이 들었어. 설령 대화다운 대화를 못한다 해도 상관없어."

"알겠어." 아마다가 납득했다는 듯 말했다. "아버지는 네가 온다고 딱히 환영하지도 않고 싫어하지도 않을 거야. 누가 누군지 구분도 못하시니까. 그러니까 널 데려가는 것 자체는 아무 문제 없어. 이즈 고원의 시설에는 조만간 가볼 생각이야. 이제 남은 시간이 길지 않다고 의사에게 선고를 받았거든. 언제 무슨 일이 일어나도 이상할 것 없는 상황이야. 너만 바쁘지 않다면 그때 데려갈게."

나는 여벌의 담요와 베개와 이불을 가져와 거실 소파 위에 잠자리를 준비해주었다. 그리고 방안을 다시 한번 둘러보고 기사단장의 모습이 보이지 않음을 확인했다. 만약 아마다가 한밤중에 눈을 떴다가 기사단장을―아스카 시대 복장을 한 키 60센티미터의 남자를―보면 분명 간이 떨어질 것이다. 자기가 알코올 중독이라고 믿어버릴지도 모른다.

기사단장 말고도 이 집안에는 〈흰색 스바루 포레스터의 남자〉가 있다. 그 그림은 눈에 띄지 않도록 뒤집어 세워두었다. 하지만 한밤중의 어둠 속에서 내가 모르는 사이 무슨 일이 벌어질지는 짐작도 가지 않는다.

"아침까지 푹 자야 할 텐데." 나는 아마다에게 말했다. 진심에서 우러나온 말이었다.

나는 아마다에게 여벌의 잠옷을 빌려주었다. 체격이 비슷해서 사이즈는 문제없었다. 그는 잠옷으로 갈아입고, 준비된 잠자리로 파고들었다. 방안 공기는 조금 차갑지만 이불 속은 충분히 따뜻한 것 같았다.

"나한테 화나지 않았어?" 마지막에 그가 내게 물었다.

"화 같은 거 안 나." 내가 말했다.

"그래도 조금은 상처받았지?"

"그럴지도 몰라." 내가 인정했다. 내게도 조금쯤 상처받을 권리는 있을 터였다.

"그래도 컵에는 아직 물이 16분의 1이나 남았어."

"맞아." 내가 말했다.

거실의 불을 끄고 침실로 들어왔다. 그리고 조금 상처받은 마음을 안고 이내 잠들었다.

43

그것이 그저 꿈으로 끝날 리 없다

눈을 떴을 때는 이미 사방이 훤했다. 하늘은 얇은 잿빛 구름으로 빈틈없이 덮였지만 그래도 태양이 은혜로운 빛을 희미하고 고요하게 지상에 뿌리고 있었다. 시각은 일곱시 조금 전이었다.

세면대에서 세수를 하고 커피메이커를 세팅한 후 거실 상황을 살펴보았다. 아마다는 소파 위에서 이불을 둘러쓰고 곤히 잠들어 있었다. 깨어날 기미는 전혀 없다. 옆의 테이블에는 거의 바닥을 보이는 시바스 리갈 병이 놓여 있었다. 나는 그를 자게 놔두고 잔과 병을 치웠다.

내 기준으로는 상당히 과음한 셈이지만 숙취는 느껴지지 않았다. 머릿속은 여느 아침처럼 개운했다. 속도 거북하지 않다. 나는 태어나서 지금껏 숙취를 겪어본 적이 없다. 이유는 모른다.

아마 타고난 체질이리라. 아무리 술을 마셔도 하룻밤 자고 일어나면 알코올의 흔적은 완전히 지워져버린다. 아침을 먹고 곧바로 작업을 시작할 수도 있다.

토스트 두 쪽과 달걀프라이 두 개를 먹으면서 라디오 뉴스와 일기예보를 들었다. 주가가 요동치고, 국회의원의 스캔들이 터지고, 중동의 한 도시에서 대규모 폭탄 테러가 일어나 많은 사람이 죽고 다쳤다. 늘 그렇듯 마음이 밝아질 만한 뉴스는 하나도 나오지 않았다. 그러나 내 생활에 당장 나쁜 영향을 미칠 것 같은 사건도 일어나지 않았다. 지금으로서는 모두 먼 세계의 사건이자 생면부지 타인에게 일어난 일이었다. 연민은 느끼지만 그렇다고 당장 어떻게 도와줄 수 있는 것도 아니다. 일기예보는 날씨가 그럭저럭 괜찮다고 알려주었다. 기막히게 좋다고는 할 수 없지만 그리 궂은 날씨도 아니다. 종일 약간 흐리겠지만 비는 오지 않는다. 아마도. 하지만 공무원들, 혹은 미디어 업계 사람들은 영리하니까 '아마도'라는 모호한 표현은 절대 쓰지 않는다. '강수 확률'이라는 편리한(아무도 책임질 필요가 없는) 용어가 대신 준비되어 있다.

뉴스와 일기예보가 끝나자 라디오를 끄고 아침 먹은 식기들을 치웠다. 그리고 식탁 앞에 앉아 두 잔째 커피를 마시며 생각에 잠겼다. 보통 사람은 이런 때 막 배달된 조간을 펼쳐들 테지만 나는 신문을 받아보지 않는다. 그래서 그저 커피를 마시고 창밖의 멋들어진 버드나무를 바라보면서 이런저런 생각을 했다.

우선 출산을 앞두고 있(다)는 아내를 생각했다. 그리고 문득 그녀는 더이상 내 아내가 아니라는 사실을 깨달았다. 그녀와 나 사이에는 이제 아무런 연결점도 없다. 사회적 계약상으로도, 사람과 사람 사이의 관계로도. 짐작건대 나는 이미 그녀에게 아무 의미도 없는 외부인이 되어버린 것이다. 그렇게 생각하자 기분이 이상해졌다. 몇 달 전만 해도 매일 같이 밥을 먹고 같은 수건과 비누를 쓰고 서로 알몸을 드러내고 침대를 함께 썼는데, 지금은 관계없는 타인이 되어버렸다.

그런 생각을 하다보니 점점 나 자신에게마저 나라는 인간이 의미 없는 존재처럼 느껴졌다. 양손을 테이블 위에 올려놓고 한참 들여다보았다. 그것은 의심의 여지 없이 나의 두 손이었다. 오른손과 왼손이 좌우 대칭으로 거의 똑같은 모양이다. 나는 이 손으로 그림을 그리고, 요리를 해서 먹고, 때때로 여자를 애무한다. 그러나 어째서인지 그날 아침은 무척 낯설어 보였다. 손등도, 손바닥도, 손톱도, 손금도 전부 처음 보는 외부인의 손 같다.

나는 내 손을 들여다보기를 그만두었다. 한때 아내였던 여자에 대해 생각하는 것도 그만두었다. 자리에서 일어나 욕실로 가서 잠옷을 벗고 뜨거운 물로 샤워를 했다. 공들여 머리를 감고 세면대에서 면도를 했다. 그리고 아이를—내 아이가 아닌 아이를—머지않아 출산할 유즈를 또다시 생각했다. 생각하고 싶지 않았지만 생각하지 않을 수 없었다.

그녀는 임신 칠 개월 정도라고 했다. 지금으로부터 칠 개월 전이면 대략 4월 말이다. 4월 말 나는 어디서 무엇을 하고 있었던가? 혼자 집을 나와 긴 여행에 나선 것이 3월 중순이다. 그뒤로 쭉 오래된 푸조 205를 몰며 도호쿠와 홋카이도를 정처 없이 돌아다녔다. 여행을 마치고 도쿄로 돌아온 것은 5월에 접어든 뒤다. 4월 말이면 홋카이도에서 아오모리로 넘어간 무렵일 것이다. 하코다테에서 시모키타 반도의 오마까지는 페리로 이동했다.

여행중 간단하게 기록하던 일기를 서랍에서 꺼내 그 무렵 어디쯤 있었는지 확인해보았다. 당시 나는 해안을 벗어나 아오모리 산속을 여기저기 옮겨다녔다. 4월도 중순을 넘겼지만 산간지대는 아직 추웠고 눈도 그대로 남아 있었다. 어쩌자고 굳이 그렇게 추운 지역에 갈 마음을 먹었는지는 잘 기억나지 않는다. 정확한 지명은 모르지만 호수 근처, 인적이 드문 작은 호텔에 며칠 묵었던 기억이 난다. 멋없고 오래된 콘크리트 건물인데, 식사는 상당히 소박했지만(그래도 맛이 없지는 않았다) 숙박비가 놀랄 만큼 저렴해서였다. 정원 한구석에는 종일 이용할 수 있는 노천탕까지 있었다. 겨우내 문을 닫았다가 영업을 재개한 직후라서 나 말고는 손님이 거의 없었다.

여행 동안의 기억은 이상하게도 매우 막연했다. 일기장으로 쓰던 작은 노트에 적힌 내용은 찾아간 동네의 지명, 숙박시설,

먹은 음식, 자동차 주행거리, 하루의 지출액 정도였다. 내용은 들쭉날쭉 몹시 간략했다. 심경이나 감상 같은 것은 한 줄도 보이지 않는다. 아마 쓸 말이 아무것도 없었을 것이다. 그러니 지금 다시 읽어봐도 어떤 하루와 또다른 하루가 거의 구별되지 않았다. 적어둔 지명을 봐도 어떤 곳이었는지 생각나지 않는다. 지명조차 적지 않은 날도 많다. 똑같은 풍경, 똑같은 음식, 똑같은 날씨(춥거나 그다지 춥지 않거나, 두 가지 날씨밖에 없는 동네였다). 지금 내가 떠올릴 수 있는 것은 그렇듯 단조로운 반복의 감각뿐이다.

작은 스케치북에 그린 풍경이나 사물이 그나마 일기보다 생생한 기억을 떠올리게 해주었다(카메라가 없었으므로 사진은 한 장도 남아 있지 않다. 대신 스케치를 했다). 그렇다고 여행중 그림을 자주 그린 것도 아니다. 시간이 남으면 짧은 연필이나 볼펜을 집어들고 눈에 들어오는 주위 풍경을 즉흥적으로 스케치했을 뿐이다. 길가의 풀꽃, 개와 고양이, 또는 산자락 등. 가끔 내킬 때면 주위에 있던 사람을 그리기도 했지만 대부분은 상대가 갖고 싶어해서 줘버렸다.

4월 19일 일기에는 페이지 제일 아래쪽에 '어젯밤. 꿈'이라고 적혀 있었다. 다른 말은 한 줄도 없다. 내가 그 호텔에 묵고 있을 때다. 그 '어젯밤. 꿈'이라는 글자 밑에는 2B 연필로 굵은 밑줄이 그어져 있었다. 일기에 쓰고 밑줄까지 그었다면 분명 특별한 의미가 있는 꿈이었을 터이다. 그러나 어떤 꿈이었는지 생각해내기까지는 시간이 조금 걸렸다. 그러다 기억이 한꺼번에 되살아났다.

나는 그날 새벽녘에 몹시 선명한, 그리고 음란한 꿈을 꾸었다.

꿈속에서 나는 히로오의 아파트 방에 있었다. 나와 유즈가 육 년간 함께 살았던 집이다. 침대가 있고, 아내가 혼자 잠들어 있었다. 나는 그 모습을 천장에서 내려다보고 있었다. 다시 말해 공중에 떠 있었다는 소리다. 그러나 그 사실이 딱히 기이하게 여겨지지는 않았다. 그 꿈속에서는 내가 공중에 떠 있는 것이 지극히 당연했다. 결코 부자연스러운 사건이 아니다. 그리고 말할 필요도 없이, 나는 그것을 꿈이라고 생각하지 않았다. 공중에 떠 있는 내게 눈앞의 광경은 어디까지나 실제 상황이었다.

나는 유즈가 깨지 않도록 조용히 천장에서 아래로 내려갔다. 그리고 침대 끄트머리에 섰다. 나는 그때 성적으로 무척 흥분해 있었다. 오랫동안 그녀의 몸을 안지 못했기 때문이다. 그녀가 덮은 이불을 조금씩 걷어냈다. 유즈는 아주 깊이 잠든 듯(어쩌면 수면제를 먹었는지도 모를 일이다), 이불을 완전히 걷어내도 깨어날 기미가 없었다. 미동도 하지 않았다. 그래서 나는 좀더 대담해졌다. 천천히 그녀의 잠옷 바지를 벗기고, 속옷을 벗겼다. 하늘색 잠옷과 작은 흰색 면 속옷이었다. 그래도 그녀는 눈을 뜨지 않았다. 저항도 하지 않고, 소리를 지르지도 않았다.

나는 부드럽게 그녀의 다리를 벌리고 손가락을 버자이너에 갖다댔다. 그것은 따뜻하게 열렸고 충분히 젖어 있었다. 마치 내가 만지기를 기다렸던 것처럼. 나는 더 참지 못하고 딱딱해진 페니스를 그녀의 몸속에 밀어넣었다. 아니, 오히려 그곳이 내 페니스를 따뜻한 버터처럼 감싸고 적극적으로 받아들였다. 유즈는 눈을 뜨지 않았지만 내가 들어가는 순간 크게 숨을 내뱉고 작게 소리를 냈다. 이렇게 해주기를 기다렸다고 말하는 듯했다. 가슴에 손을 가져가자 젖꼭지가 과일 씨앗처럼 딱딱해져 있음을 알 수 있었다.

그녀는 지금 깊은 꿈을 꾸고 있는지도 모른다. 나는 그렇게 생각했다. 그리고 그 꿈속에서 나를 다른 누군가로 착각하는지도 모른다. 그럴 수밖에 없는 것이, 그녀는 이미 오랫동안 나와의 잠자리를 거절해왔기 때문이다. 그러나 그녀가 어떤 꿈을 꾸건, 꿈속에서 나를 어떤 사람과 착각하건, 나는 이미 그녀 안에 들어가버렸고, 이제 와서 물러나기란 불가능했다. 만약 행위 도중 눈을 뜨면 유즈는 상대가 나라는 사실에 충격을 받을지도 모른다. 화를 낼지도 모른다. 그러나 설령 그렇더라도 그건 그때 일이다. 지금은 이대로 갈 데까지 가는 수밖에 없다. 내 머릿속은 둑을 무너뜨리고 쏟아지는 강물처럼 격한 욕망으로 들끓었다.

처음에는 유즈가 깰까봐 과한 자극을 피해 조용하고 느릿하게 페니스를 움직였지만, 이윽고 움직임이 절로 빨라졌다. 그녀의 안쪽 살이 나의 도래를 명백히 반기며 보다 거친 움직임을 요구했던 것이다. 그리고 얼마 지나지 않아 나는 사정의 순간을 맞았다. 좀더 오래 그녀 안에 머물고 싶었지만 그 이상 자제하기가 불가능했다. 내게는 상당히 오랜만의 성교였고, 그녀는 잠든 와중에도 지금껏 보여준 적 없을 만큼 적극적으로 반응했기 때문이다.

사정은 격렬하게, 몇 번이고 거듭되었다. 정액이 그녀의 안쪽에서 넘치고 버자이너 밖으로 흘러나와 시트를 축축이 적셨다. 멈추려 해도 방법이 없었다. 이대로 사정을 계속하다가는 내 몸이 텅 비어버리지 않을까 걱정될 지경이었다. 그런데도 유즈는 소리를 내거나 숨이 거칠어지지도 않고 곤히 잠들어 있었다. 그러는 한편으로 그녀의 질은 나를 놓아주려 하지 않았다. 그것은 확고한 의사를 지니고 격하게 수축을 반복하며 언제까지고 내 체액을 짜냈다.

거기서 나는 퍼뜩 눈을 떴다. 그리고 내가 실제로 사정해버렸음을 깨달았다. 속옷이 다량의 정액으로 젖어 있었다. 나는 시트에 묻지 않게 서둘러 속옷을 벗고 세면대에서 빨았다. 그런 다음 객실을 나와서 뒷문을 통해 정원으로 나가 온천에 몸을 담갔다. 벽도 천장도 없는 노천탕이라 가는 길은 몹시 춥지만 일단 온천

수에 들어가면 온몸이 따뜻해진다.

날이 밝기 전의 고요한 시각, 혼자 온천에 몸을 담근 채 수증기에 녹은 얼음에서 물방울이 똑똑 떨어지는 소리를 들으며, 몇 번이고 몇 번이고 그 광경을 머릿속으로 재현했다. 너무나 생생한 감촉을 동반한 기억이라 도저히 꿈처럼 느껴지지 않았다. 나는 정말로 히로오의 그 아파트를 찾아가 정말로 유즈와 성교한 것이다. 그렇게 생각할 수밖에 없었다. 내 양손은 유즈의 매끄러운 피부를 역력히 기억했고, 페니스에는 아직 그녀의 안쪽 감촉이 남아 있었다. 그것은 나를 격렬히 요구하며 달라붙어왔다(어쩌면 그녀는 다른 누군가와 착각했는지도 모르지만, 어쨌든 그 상대는 나였다). 유즈의 성기는 페니스를 단단히 압박하고 내 정액을 한 방울도 남김없이 거두어가려 했다.

그 꿈에 대해(혹은 꿈 비슷한 것에 대해) 모종의 꺼림칙함을 느끼지 않은 것은 아니었다. 요컨대 나는 상상 속에서 아내를 강간한 것이다. 잠든 유즈의 옷을 벗기고, 상대의 동의 없이 성기를 삽입했다. 아무리 부부 사이라도 일방적인 성교는 법적으로 폭력행위로 간주될 수 있다. 그런 의미에서 내 행위는 결코 칭찬받을 만한 것이 못 되었다. 그러나 어차피 객관적으로 보았을 때 그것은 꿈이다. 내가 꿈속에서 겪은 일이다. 사람들은 그것을 꿈이라고 부른다. 내가 의도적으로 그런 꿈을 만들어낸 것은 아니다. 내가 그 꿈의 각본을 쓴 것은 아니다.

그렇다 해도 그것이 내가 바라고 원했던 행위임은 분명했다. 만일 현실에서―꿈이 아니라―그런 상황에 처했다면 역시 똑같은 짓을 했을지도 모른다. 잠든 그녀의 옷을 살며시 벗기고 멋대로 그녀 안으로 들어갔을지도 모른다. 나는 유즈의 몸을 안고 싶었고, 그녀 안으로 들어가고 싶었다. 그런 강렬한 욕망에 씌어 있었다. 그리고 꿈속에서 그것을, 짐작건대 현실보다 과장된 형태로 실현했다(거꾸로 말해 그것은 꿈속에서밖에 실현할 수 없는 일이었다).

그 리얼한 성몽性夢은 혼자서 고독한 여행을 이어가던 내게 한동안 일종의 행복한 실감을 가져다주었다. 음란한 고양감이라고 해야 할까. 그 꿈을 떠올리면 내가 아직 하나의 생명으로 이 세계에 유기적으로 연결되어 있음을 느낄 수 있었다. 논리도 관념도 아니고 어디까지나 하나의 육감을 통해, 나는 이 세계에 아직 이어져 있는 것이다.

하지만 그와 동시에 아마도 누군가가―내가 아닌 다른 남자가―그런 감각을 유즈에게서 실제로 얻고 있다고 생각하면 내 마음은 찌르는 듯한 고통을 느꼈다. 그 누군가는 그녀의 딱딱해진 젖꼭지를 만지고, 작은 흰색 속옷을 벗기고, 그녀의 축축한 버자이너에 성기를 삽입해 몇 번이고 사정하는 것이다. 그런 상상을 하면 몸안이 터져 피가 흐르는 것 같은 통절한 느낌이 들었다. 그것은 내가 (기억하는 한) 난생처음 겪어보는 감각이었다.

그것이 4월 19일 새벽녘에 내가 꾼 기묘한 꿈이었다. 그리고 나는 일기에 '어젯밤. 꿈'이라고 적고 2B 연필로 굵게 밑줄을 그어둔 것이다.

그리고 유즈는 바로 그날을 전후로 수태한 셈이다. 물론 임신한 날짜를 정확히 집어내기는 불가능하다. 하지만 그 무렵이라고 해도 틀리지 않을 터였다.

멘시키가 들려주었던 이야기와 비슷하다고 나는 생각했다. 다만 멘시키는 살아 있는 상대와 직접 사무실 소파에서 성교했다. 꿈속의 사건이 아니다. 그리고 그때를 전후로 상대 여성은 수태했다. 그녀는 그 직후 연상의 자산가와 결혼했고, 얼마 안 가 아키가와 마리에를 출산했다. 그러므로 멘시키가 아키가와 마리에가 자기 아이가 아닐까 생각하는 데는 나름의 근거가 있었다. 아주 작은 가능성이긴 하지만 현실적으로 있을 수 없는 일은 아니다. 그러나 나의 경우, 나와 유즈의 하룻밤 성교는 어디까지나 꿈속에서 일어난 일이다. 그때 나는 아오모리의 산속에 있었고 그녀는 (아마도) 도쿄 도심에 있었다. 따라서 유즈가 곧 출산할 아이가 내 아이일 리는 없다. 논리적으로 생각하면 지극히 분명한 일이다. 그럴 가능성은 완전히 제로다. 만약 논리적으로 생각한다면.

하지만 그렇게 딱 잘라서 논리적으로 정리해버리기에는 내가 꾼 꿈이 너무나 선명하고 강렬했다. 그리고 꿈속의 성행위는 육 년의 결혼생활 가운데 나와 유즈 사이에서 실제로 이뤄진 어떤 것보다 인상적이고, 압도적으로 강한 쾌감을 동반했다. 몇 번이고 사정을 거듭하는 동안 내 머릿속의 모든 퓨즈가 동시에 터져버린 듯했다. 몇 겹이나 쌓인 현실의 층이 녹아 머릿속에서 뒤섞이고, 묵직하게 혼탁해졌다. 마치 태초의 카오스처럼.

그렇게 생생한 사건이 그저 꿈으로 끝날 리 없다—그것이 내가 품은 실감이었다. 그 꿈은 분명 무언가에 연결되어 있을 터였다. 현실에 어떤 형태로든 영향을 미치고 있을 터였다.

아홉시쯤 아마다가 깼다. 그는 잠옷 차림으로 식당으로 와서 뜨거운 블랙커피를 마셨다. 아침은 필요 없어, 커피만 있으면 돼, 라고 말했다. 눈 밑이 조금 부어 있었다.

"괜찮아?" 내가 물었다.

"괜찮아." 아마다는 눈을 비비면서 말했다. "더 심한 숙취도 많이 겪어봤는데, 뭐. 이 정도는 가벼운 편이야."

"느긋하게 있다 가도 돼." 내가 말했다.

"곧 손님이 오지 않아?"

"손님이 오기로 한 건 열시야. 아직 좀 남았어. 게다가 네가 여기 있어도 별문제 없어. 소개해줄게. 두 사람 다 무척 멋져."

"두 사람? 그림 모델을 한다는 여자애가 한 명이 아니었어?"

"고모가 따라오거든."

"고모가 따라온다? 이 동네는 참 고풍스럽다니까. 무슨 제인 오스틴 소설 같은데. 설마 코르셋을 입고 쌍두마차를 타고 오진 않겠지."

"마차까지는 아니야. 도요타 프리우스를 타고 와. 코르셋도 입지 않고. 내가 작업실에서 그애 그림을 그리는 동안, 대개 두 시간쯤, 고모는 거실에서 책을 읽으면서 기다려. 고모라고 하지만 아직 젊어."

"책이라, 무슨 책?"

"모르겠어. 물어봤는데 안 알려주더라고."

"흐음." 그가 말했다. "그래, 책 하니까 생각났는데, 도스토옙스키의 『악령』에서 자신이 자유롭다는 사실을 증명하기 위해 권총 자살하는 남자 있지? 이름이 뭐더라? 너한테 물어보면 알 것 같아서."

"키릴로프." 내가 말했다.

"맞아. 키릴로프. 지난번부터 아무리 생각해도 안 떠올라서 말이지."

"그게 어쨌는데?"

아마다가 고개를 가로저었다. "뭐, 어쩌고 말고 할 것도 없어. 그냥 어쩌다가 그 인물이 떠올랐는데 이름이 도무지 생각나지 않았어. 그래서 좀 신경이 쓰였지. 작은 생선 가시가 목에 걸린

214

것처럼. 그나저나 러시아인은 발상이 참 희한하단 말이야."

"도스토옙스키의 소설에는 자신이 신이나 통속 사회로부터 자유로운 인간임을 증명하려고 말도 안 되는 짓을 저지르는 인간이 많이 나와. 하긴 당시 러시아에서는 그렇게 말도 안 되는 짓이 아니었는지도 모르지만."

"넌 어떤데?" 아마다가 물었다. "넌 유즈와 정식으로 이혼하고 완전히 자유의 몸이 됐어. 그럼 이제 뭘 할 거야? 스스로가 원한 자유는 아니지만 자유는 자유잖아. 이왕 이렇게 된 김에 하나쯤은 말도 안 되는 짓을 벌여도 될 텐데."

나는 웃었다. "당장 무슨 일을 저지를 생각은 없어. 일단 자유로워졌을지는 몰라도 그렇다고 세상을 향해 일일이 증명할 필요는 없잖아."

"그런가." 아마다는 시시하다는 듯이 말했다. "그래도 넌 화가잖아. 아티스트야. 보통 예술가들이란 좀더 화려하게 일탈하는 법이잖아. 너는 옛날부터 어지간해서는 허튼짓을 하지 않는 애였어. 항상 모범생처럼 보였지. 가끔은 그런 억압에서 풀려나는 것도 좋지 않아?"

"돈놀이하는 할머니를 도끼로 죽인다든가?"

"그것도 하나의 방법이지."

"성실한 창녀를 사랑한다든가?"

"그것도 그닥 나쁘지 않아."

"생각해볼게." 내가 말했다. "그렇지만 굳이 나까지 그러지 않아도 현실이란 것 자체가 충분히 궤도를 벗어난 것처럼 보여. 나 하나쯤은 되도록 모범생처럼 행동하고 싶은데."

"뭐, 그것도 하나의 생각이겠지." 아마다가 체념한 것처럼 말했다.

하나의 생각이라고 할 것도 없어, 라고 나는 말하고 싶었다. 실제로 내 주위를 둘러싼 현실은 궤도에서 엄청나게 벗어나 있었다. 나까지 일탈하면 그야말로 수습이 불가능해진다. 그러나 지금 당장 아마다에게 자초지종을 설명할 수도 없다.

"어쨌든 이만 가볼게." 아마다는 말했다. "그 두 사람을 만나보고 싶기는 하지만, 도쿄에 가서 할 일도 있고."

아마다는 커피를 마저 마시고, 옷을 갈아입고, 각진 검은색 볼보를 몰고 돌아갔다. 얼마간 부은 눈을 하고서. "실례 많았다. 그래도 오랜만에 느긋하게 이야기할 수 있어서 즐거웠어."

그날, 한 가지 의아한 일이 있었다. 아마다가 생선회를 뜨려고 가져왔던 식칼이 사라진 것이다. 다 쓰고 씻어둔 뒤에는 어디로 옮긴 기억이 없는데, 둘이서 아무리 부엌 구석구석 뒤져도 끝내 나오지 않았다.

"뭐, 됐어." 그는 말했다. "어디 근처에 산책이라도 갔나보지. 돌아오거든 잘 보관해줘. 가끔 쓰는 물건이니, 다음에 가져갈게."

찾아두겠다고 나는 말했다.

볼보가 시야에서 사라지자 나는 손목시계를 들여다보았다. 슬슬 아키가와의 두 여자가 올 시간이다. 거실로 돌아와 소파 위의 이불을 정리하고 창문을 활짝 열어 묵직하게 고인 방안 공기를 환기시켰다. 하늘은 아직 엷은 잿빛 구름에 덮여 있다. 바람은 없다.

침실에서 〈기사단장 죽이기〉를 가져와 다시 작업실 벽에 걸었다. 그리고 스툴에 앉아 새삼 그 그림을 바라보았다. 기사단장은 여전히 가슴에서 붉은 피를 흘리고, '긴 얼굴'은 왼쪽 아래 구석에서 그 광경을 매서운 눈빛으로 관찰하고 있다. 바뀐 부분은 하나도 없다.

하지만 그날 아침 〈기사단장 죽이기〉를 바라보는 동안 나는 머릿속에서 도저히 유즈의 얼굴을 지울 수 없었다. 그건 아무리 생각해도 꿈 따위가 아니었다고 새삼 느꼈다. 나는 그날 밤 정말로 그 집에 간 것이다. 아마다 도모히코가 며칠 전 한밤중에 이 작업실을 찾아왔듯이, 현실의 물리적인 제약을 초월한 어떤 방법으로 그 히로오의 아파트를 찾아가서, 실제로 그녀 안에 들어가 진짜 정액을 방출한 것이다. 사람은 무언가를 정말 간절하게 원하면 그것을 성취할 수 있다. 나는 생각했다. 어떤 특수한 채널을 통해 현실이 비현실이 될 수 있다. 혹은 비현실이 현실이 될 수 있다. 만약 간절히 염원한다면. 하지만 그것이 사람이 자유롭다는 사실을 증명하지는 않는다. 그것이 증명하는 건 오히려 그 반대의 사실인지도 모른다.

만약 유즈와 다시 만날 기회가 있다면 올해 4월 후반 그녀도 그렇게 성적인 꿈을 꾸었는지 물어보고 싶었다. 내가 새벽녘 침실을 찾아와 깊이 잠든(혹은 몸의 자유를 빼앗긴) 그녀를 범하는 꿈을 꾸었는지. 다시 말해 그 기묘한 꿈이 내 쪽에만 머무르지 않고 두 사람 사이를 오가지는 않았는지. 나는 그 점을 확인하고 싶었다. 그러나 만약 그렇다면, 그녀도 나와 똑같은 꿈을 꾸었다면, 그녀에게 그때의 나는 어쩌면 '몽마夢魔'에 버금가는 불길하고 사악한 존재였는지도 모른다. 나는 내가 그런 존재라고는—그런 존재가 될 수 있다고는—생각하고 싶지 않았다.

나는 자유로운가? 그런 물음은 내게 아무런 의미도 없었다. 지금 내가 원하는 것은 어디까지나 손에 잡히는 확실한 현실이었다. 믿고 기댈 수 있는 탄탄한 지면이었다. 꿈속에서 아내를 범하는 자유가 아니라.

44

사람을 그 사람이게 해주는 특징 같은 것

마리에는 그날 한마디도 하지 않았다. 여느 때처럼 간소한 식탁 의자에 앉아 모델을 서면서 먼 풍경이라도 바라보는 것처럼 그저 똑바로 나를 보고 있었다. 식탁 의자가 스툴보다 조금 낮았으므로 약간 올려다보는 모양새였다. 나도 굳이 그녀에게 말을 걸지 않았다. 무슨 이야기를 할지도 떠오르지 않았고 특별히 이야기해야 할 필요도 느끼지 않았기 때문이다. 그래서 말없이 캔버스 위에 붓을 달리기만 했다.

내가 그리는 것은 물론 아키가와 마리에의 모습이었지만, 그 안에는 동시에 죽은 누이동생(고미)과 옛 아내(유즈)의 모습이 섞여드는 듯했다. 의도한 것은 아니다. 그저 자연히 섞여들어버렸다. 나는 인생이라는 길 위에서 잃어버린 소중한 여자들의 모

습을 아키가와 마리에라는 소녀에게서 찾고 있는지도 모른다. 그
것이 건전한 행위인지는 나도 알 수 없다. 하지만 지금으로서는
그런 식으로밖에 그릴 수 없었다. 아니, 지금으로서는 그렇다고
할 것도 아니다. 생각해보면 정도의 차이는 있어도 처음부터 그
런 식으로만 그림을 그려왔다는 생각이 들었다. 현실에서 얻을
수 없는 것을 그림에 나타내는 것. 남들에게는 보이지 않게, 나
자신의 비밀신호를 그 안쪽에 은밀히 그려넣는 것.

　어쨌든 나는 거의 막힘없이 캔버스에 아키가와 마리에의 초상
을 그려나갔다. 그림은 한 발 한 발 착실하게 완성을 향해 나아
갔다. 강물이 지형 때문에 가로막혀 때로는 에두르고 때로는 정
체해 고여 있다가도 결국 수량을 늘려 하구로 향하고, 마침내 착
실히 바다에 가닿는 것처럼. 나는 그 움직임을 마치 혈액의 흐름
처럼 몸안에서 또렷이 느낄 수 있었다.

　"나중에 놀러와도 괜찮아요." 작업을 끝낼 무렵 마리에가 작
은 소리로 말했다. 어미는 단정적으로 들렸지만 분명 질문이었
다. 나중에 여기 놀러와도 괜찮냐고 묻는 것이다.
　"놀러온다고? 그 비밀통로를 통해서?"
　"네."
　"괜찮긴 한데, 몇시쯤에?"
　"그건 몰라요."

"웬만하면 해가 지고 나서는 안 오는 게 좋을 것 같은데. 밤에는 산에서 무슨 일이 일어날지 모르니까." 내가 말했다.

이 일대의 어둠 속에는 온갖 정체 모를 것이 도사리고 있다. 기사단장과 '긴 얼굴' '흰색 스바루 포레스터의 남자', 아마다 도모히코의 생령. 그리고 아마도 나 자신의 성적 분신일 몽마까지. 나조차 경우에 따라서는 밤의 어둠 속 불길한 무언가가 될지 모른다. 그렇게 생각하니 절로 희미한 한기가 드는 것 같았다.

"되도록 해지기 전에 올게요." 마리에가 말했다. "선생님한테 하고 싶은 이야기가 있어요. 둘이서만."

"알았어. 기다릴게."

이윽고 정오 차임이 울려서 나는 작업을 일단락지었다.

아키가와 쇼코는 여느 때처럼 소파에 앉아 열심히 책을 읽고 있었다. 두툼한 책이 거의 끄트머리에 다다랐다. 그녀가 안경을 벗더니 가름끈을 끼워 책을 덮고 고개를 들어 나를 보았다.

"작업은 잘되고 있어요. 앞으로 한두 번 더 와주시면 완성될 것 같습니다." 내가 그녀에게 말했다. "시간을 빼앗아서 죄송합니다."

아키가와 쇼코는 미소지었다. 아주 기분좋은 미소였다. "아니에요, 그런 건 마음에 두지 마세요. 마리에는 모델 일이 즐거운 것 같고, 저도 그림이 완성되기를 기대하고 있어요. 게다가 이 소파는 책을 읽기에 아주 좋거든요. 그래서 이렇게 기다리는 일도 전혀 지루하지 않고요. 저도 집에서 잠깐씩 나오니 기분전환도 되고 좋답니다."

나는 지난주 일요일에 그녀가 마리에와 함께 멘시키의 집을 방문한 느낌을 물어보고 싶었다. 그 근사한 저택을 본 감상이 어땠는지. 멘시키라는 사람에게 어떤 인상을 느꼈는지. 하지만 그녀 쪽에서 먼저 그 화제를 꺼내지 않는 이상 내가 질문하는 건 예의에 어긋난다 싶기도 했다.

아키가와 쇼코는 그날도 구석구석 신경쓴 옷차림이었다. 일반적으로 일요일 아침 가까운 이웃집을 방문하는 차림새는 전혀 아니다. 주름 하나 없는 베이지색 스커트, 큼직한 리본이 달린 고상한 실크 블라우스. 짙은 청회색 재킷의 칼라에는 보석이 박힌 금브로치가 달려 있었다. 내가 보기에는 진짜 다이아몬드 같았다. 도요타 프리우스의 핸들을 잡기에는 너무 패셔너블하다는 느낌도 없지 않다. 물론 괜한 참견이다. 도요타의 홍보 담당자는 나와 전혀 다른 의견일지도 모른다.

아키가와 마리에의 옷차림은 여느 때와 같았다. 몇 번 봐서 익숙해진 야구점퍼에 찢어진 청바지, 평소 신는 신발보다 한결 지저분한 흰색 스니커(뒤꿈치 부분이 거의 뭉개져 있다).

돌아가는 길에 마리에가 현관에서 고모 몰래 내게 눈짓했다. '나중에 다시 보자'는 우리 둘만의 비밀 메시지였다. 나는 살짝 미소지어 그에 응답했다.

아키가와 마리에와 아키가와 쇼코를 배웅한 뒤 거실로 돌아와 소파에서 잠시 눈을 붙였다. 식욕이 없어서 점심은 걸렀다. 삼십 분 정도의 깊고 간결한 잠으로, 꿈은 꾸지 않았다. 나로서는 고마운 일이었다. 꿈속에서 내가 무슨 짓을 할지 모른다는 건 적잖이 무서운 일이었고, 꿈속에서 내가 뭐가 될지 모른다는 건 더더욱 무서운 일이었다.

　나는 일요일 오후를 그날 날씨처럼 칙칙하고 종잡을 수 없는 기분으로 보냈다. 약간 흐리고 조용한 하루였고 바람도 불지 않았다. 책을 조금 읽고, 음악을 조금 듣고, 요리를 조금 했지만, 뭘 해도 기분이 산만하기만 했다. 모든 것이 어정쩡한 채로 끝나버릴 듯한 오후였다. 하는 수 없이 욕조에 뜨거운 물을 받아 한참을 들어가 있었다. 그리고 도스토옙스키의 『악령』에 등장하는 긴 이름들을 하나하나 떠올렸다. 키릴로프를 비롯해 일곱 명까지는 생각이 났다. 이유는 모르겠지만 나는 고등학생 시절부터 러시아 고전 장편소설의 등장인물 이름을 곧잘 외웠다. 슬슬 『악령』을 다시 읽어보는 것도 좋지 않을까. 나는 자유롭고, 시간이 남아돌고, 달리 할 일도 없으니까. 러시아 고전 장편소설을 읽기에는 더할 나위 없는 환경이다.

　그러고는 또다시 유즈를 생각했다. 임신 칠 개월이면 배가 눈에 띄게 불러올 시기이리라. 그녀의 그런 모습을 상상했다. 유즈는 지금 뭘 하고 있을까? 무슨 생각을 하고 있을까? 행복할까? 물론 그런 걸 내가 알 수 있을 리 없다.

아마다 마사히코의 말이 맞는지도 모른다. 나는 19세기 러시아의 지식인처럼 스스로 자유로운 인간임을 증명하기 위해 뭐든 말도 안 되는 짓을 저질러야 하는지도 모른다. 하지만 이를테면 어떤 일? 이를테면…… 어둡고 깊은 구덩이 아래 한 시간쯤 갇혀 있는다거나. 그리고 문득 깨달았다. 그것을 실제로 하고 있는 사람이 바로 멘시키 아닌가. 그가 행하는 일련의 행위를 말도 안 되는 짓이라고까지 할 수는 없을지도 모른다. 하지만 아무리 봐도, 최대한 조심스럽게 표현해도, 다소 상식을 벗어난 것은 사실이었다.

아키가와 마리에는 오후 네시가 조금 지나 찾아왔다. 초인종이 울려서 문을 열어보니 마리에가 서 있었다. 그녀는 열린 문틈으로 몸을 밀어넣듯이 재빨리 안으로 들어왔다. 마치 구름의 끄트머리처럼. 그리고 주의깊게 주위를 둘러보았다.

"아무도 없죠."

"아무도 없어." 내가 말했다.

"어제는 누가 왔던데요."

그것은 질문이었다. "응, 친구가 와서 자고 갔어." 나는 말했다.

"남자 친구."

"그래. 남자 친구였어. 누가 왔다는 건 어떻게 알았지?"

"처음 보는 검은색 자동차가 집 앞에 서 있었어요. 네모난 상자처럼 생긴 오래된 차."

아마다가 '스웨덴 도시락통'이라고 부르는 오래된 볼보 왜건. 죽은 순록을 옮기기에 적당해 보이는 차다.

"어제도 여기 놀러왔었구나."

마리에는 잠자코 고개를 끄덕였다. 어쩌면 그녀는 시간이 날 때마다 '비밀통로'를 지나 이 집 상황을 살피러 오는지도 모른다. 아니, 내가 여기 오기 훨씬 전부터 이 일대는 그녀의 놀이터였다. 사냥터라고 해도 좋을 것이다. 그런 곳에 어쩌다 내가 나타났을 뿐이다. 그러면 그녀는 이 집에 살던 아마다 도모히코와 접촉한 적이 있을까? 언젠가 물어봐야 하는 질문이었다.

나는 마리에를 거실로 안내했다. 그녀는 소파에, 나는 안락의자에 앉았다. 뭐라도 마시겠느냐고 묻자 그녀는 필요 없다고 대답했다.

"대학교 동기가 와서 자고 갔어." 내가 말했다.

"친한 친구예요?"

"그렇게 생각해." 나는 말했다. "내가 친구라고 할 수 있는 유일한 사람인지도 모르고."

그가 소개한 회사 동료와 내 아내가 잤을지라도, 그가 그 사실을 알면서 내게 알려주지 않았을지라도, 그것이 원인이 되어 최근 정식으로 이혼했을지라도, 그 사실이 둘의 관계에 딱히 그림자를 드리우지는 않을 만큼은 친하다. 친구라고 해도 진실을 모욕하는 셈은 아닐 것이다.

"너는 친한 친구가 있니?" 내가 물었다.

마리에는 그 질문에 대답하지 않았다. 눈썹 하나 움찔하지 않았고 아무것도 듣지 못했다는 얼굴이었다. 아마 해서는 안 되는 질문이었을 것이다.

"멘시키 씨는 선생님이랑 친한 친구가 아니죠." 마리에가 말했다. 물음표가 붙어 있지는 않지만 그것은 순수한 질문이었다. 멘시키는 내게 좋은 친구가 아니라는 뜻인가? 그녀는 그렇게 묻고 있다.

나는 말했다. "지난번에도 말했지만 나는 친구 사이라고 할 만큼 멘시키 씨라는 사람을 잘 알진 못해. 멘시키 씨와 말을 튼 건 여기로 이사 온 뒤니까 아직 반년밖에 안 됐거든. 사람과 사람이 좋은 친구가 되기에는 나름대로 시간이 걸려. 물론 멘시키 씨는 제법 흥미로운 사람이지만."

"흥미로운 사람."

"뭐라고 할까. 퍼스낼리티가 보통 사람과는 조금 다르다는 느낌이 들어. 조금이 아니라 상당히 다른지도 모르지. 그리 간단히 이해할 수 있는 사람이 아니야."

"퍼스낼리티."

"사람을 그 사람이게 해주는 특징 같은 거야."

마리에는 한동안 내 눈을 가만히 바라보았다. 지금부터 입에 올릴 표현을 신중히 선택하는 것처럼.

"그 집 테라스에서는 우리집이 정면으로 보여요."

나는 잠시 뜸을 두었다가 대답했다. "그렇지. 지형적으로는 확실히 바로 정면에 있으니까. 그렇지만 그 사람 집에서 잘 보이는 건 너희 집만이 아니야. 내가 사는 이 집도 똑같이 보여."

"하지만 그 사람은 우리집을 보고 있는 것 같아요."

"보고 있다고?"

"커버를 씌워서 가려놨지만, 그 집 테라스에 커다란 망원경 같은 게 있었어요. 삼각대가 달린 거. 그걸 쓰면 분명히 우리집을 자세히 엿볼 수 있을 거예요."

이 소녀는 그걸 찾아냈구나, 나는 생각했다. 주의깊고 관찰력이 날카롭다. 중요한 것을 놓치지 않는다.

"그러니까, 멘시키 씨가 그 망원경으로 너희 집을 관찰한다는 말이니?"

마리에가 고개를 간결하게 끄덕였다.

나는 크게 숨을 들이쉬었다가 내뱉었다. 그러고는 말했다. "그건 네 추측에 불과하지 않을까. 고성능 망원경이 테라스에 놓여 있다는 것만으로 그 사람이 너희 집을 엿본다고 할 수는 없어. 어쩌면 별이나 달을 관측하는지도 모르지."

마리에의 시선은 흔들리지 않았다. 그녀가 말했다. "난 언제나 관찰당한다는 느낌이 들었어요. 꽤 오래전부터. 그래도 어디서 누가 보고 있는지까지는 알 수 없었어요. 하지만 지금은 알아요. 날 보던 건 분명히 그 사람이에요."

나는 다시 한번 천천히 호흡했다. 마리에의 추측은 옳다. 아키가와 마리에의 집을 매일같이 군사용 고성능 망원경으로 관찰하는 이는 틀림없이 멘시키다. 하지만 내가 아는 한—멘시키를 변호하려는 건 아니지만—그는 나쁜 의도로 훔쳐보는 것이 아니다. 그는 그저 그 소녀를 바라보고 싶었던 것이다. 자신의 친딸일지도 모르는 아름다운 열세 살 소녀의 모습을. 그래서, 짐작건대 오직 그 한 가지 이유만으로 골짜기 너머 정면에 지어진 커다란 저택을 손에 넣었다. 상당히 막무가내인 방법으로, 전에 살던 가족을 쫓아내다시피 하면서. 하지만 그런 사정을 이 자리에서 마리에에게 털어놓을 수는 없는 노릇이다.

"만일 네 말이 맞다면," 내가 말했다. "그는 대체 무슨 목적으로 너희 집을 그렇게 열심히 관찰하는 걸까?"

"몰라요. 어쩌면 고모한테 관심이 있었는지도 모르고."

"네 고모에게 관심이 있었다?"

그녀가 살짝 어깨를 으쓱했다.

마리에는 자신이 엿보기의 대상일지도 모른다는 의심을 전혀 품지 않은 모양이었다. 자신이 남자들의 성적 흥미의 대상이 될

228

수 있다는 발상이 이 소녀에게는 아직 없는지도 모른다. 조금 기묘한 느낌이 들었지만 그녀의 그런 추측을 군이 부정하지는 않았다. 그녀가 그렇게 생각하고 있다면 그대로 두는 편이 좋을 것이다.

"멘시키 씨는 뭔가 감추고 있는 것 같아요." 마리에가 말했다.

"예를 들면 어떤 것을?"

그녀는 그 말에 대답하지 않았다. 대신 중요한 정보를 알려주듯이 말했다.

"고모는 이번 주만 해도 벌써 두 번이나 멘시키 씨와 데이트를 했어요."

"데이트를 했다고?"

"고모가 멘시키 씨 집에 갔을 거예요."

"혼자 그 사람 집에 갔다는 말이니?"

"점심 먹고 차를 타고 혼자 나가서 오후 늦게까지 돌아오지 않았어요."

"그렇다고 고모가 멘시키 씨 집에 갔다는 확신은 할 수 없어." 마리에가 말했다. "그래도 난 알아요."

"어떻게?"

"고모는 평소에는 그렇게 외출하지 않아요." 마리에는 말했다. "물론 도서관에 자원봉사를 가거나 잠깐 뭘 사러 나가긴 하지만, 그런 때는 정성껏 샤워를 하고, 손톱을 다듬고, 향수를 뿌리고, 제일 예쁜 속옷을 골라 입지는 않아요."

"너는 매사에 관찰력이 무척 좋구나." 내가 감탄해서 말했다.
"그렇지만 고모가 만난 사람이 정말 멘시키 씨였을까? 멘시키
씨가 아닌 다른 사람일 가능성은 없을까?"

마리에는 실눈을 뜨고 나를 바라보았다. 그러고는 작게 고개
를 가로저었다. 나는 그렇게 바보가 아니에요, 라고 말하듯이.
여러 상황으로 보건대 멘시키 말고 다른 상대는 생각할 수 없다.
그리고 아키가와 마리에는 물론 바보가 아니다.

"고모가 멘시키 씨 집에 가서, 그와 단둘이 시간을 보낸다?"

마리에가 고개를 끄덕였다.

"그리고 두 사람은…… 뭐라고 할까, 매우 친밀한 관계가 되
었다."

마리에가 다시 한번 고개를 끄덕였다. 그리고 보일 듯 말 듯
뺨을 붉혔다. "맞아요, 매우 친밀한 관계가 되었다고 생각해요."

"하지만 너는 낮 동안 학교에 가 있잖아. 집에 없는데 어떻게
그런 걸 알지?"

"그냥 알아요. 여자의 얼굴을 보면 그 정도는 알아요."

그런데 나는 알지 못했다. 나는 생각했다. 유즈가 나와 살면
서 다른 남자와 육체관계를 가져도 나는 오랫동안 눈치채지 못
했다. 지금 생각해보면 그쯤은 알아챘을 수도 있을 법한데. 열세
살 여자아이도 곧바로 알 수 있는 일을 왜 나는 깨닫지 못했을

까?

"둘의 관계가 무척 급속하게 발전된 셈이네." 내가 말했다.

"고모는 차분히 생각할 줄 아는 사람이고 결코 어리석지 않아요. 그래도 마음속 어딘가에 조금 약한 구석이 있어요. 그리고 멘시키라는 사람한테는 평범하지 않은 힘이 있는 것 같아요. 고모랑은 비교도 할 수 없이 강한 힘이."

맞는 말인지도 모른다. 멘시키는 확실히 뭔가 특별한 힘을 지니고 있다. 그가 진심으로 무언가를 원하고, 가지려 작정하고 나서면 보통 사람은 여간해서는 맞설 수 없을 것이다. 아마 나도 포함해서. 한 여자의 육체를 손에 넣는 일쯤은 그에게 식은 죽 먹기일지도 모른다.

"그래서 걱정되는 거지? 고모가 멘시키 씨에게 어떤 목적으로 이용당하는 건 아닌지."

마리에는 검은 생머리를 귀 뒤로 쓸어넘겼다. 작고 하얀 귀가 드러났다. 아름다운 모양의 귀였다. 그리고 고개를 끄덕였다.

"하지만 일단 앞으로 나아가기 시작한 남녀의 관계를 멈추기란 그리 간단하지 않아." 내가 말했다.

정말로 간단하지 않다고 나는 속으로 말했다. 그것은 힌두교 교의에서 말하는 거대한 수레바퀴처럼, 온갖 것을 숙명적으로 짓밟으며 오로지 앞으로 나아가기만 한다. 뒤로 물러나는 일은 없다.

"그러니까 선생님한테 상의하러 왔죠." 마리에는 말했다. 그리고 내 눈을 똑바로 바라보았다.

주위가 제법 어둑해진 무렵, 나는 회중전등을 들고 아키가와 마리에를 '비밀통로' 근처까지 바래다주었다. 저녁식사 전까지는 집에 돌아가야 한다고 그녀는 말했다. 식사 시간은 보통 일곱시인 모양이었다.

그녀는 내게 조언을 구하러 왔다. 그러나 나도 뾰족한 생각이 떠오르지 않았다. 한동안 사태의 추이를 지켜보는 수밖에 없지 않을까. 내가 할 수 있는 말은 그 정도였다. 설령 두 사람이 성적 관계를 가진다 해도 독신인 성인 남녀가 합의하에 하는 일이다. 내가 대체 뭘 할 수 있겠는가? 그리고 그 배경에 얽힌 속사정을 나는 누구에게도(마리에에게도 그 고모에게도) 밝힐 수 없다. 그런 채로 누군가에게 유익한 조언을 해주기란 불가능하다. 잘 쓰는 쪽 팔을 등뒤에 묶어놓고 복싱을 하는 것이나 마찬가지다.

나와 마리에는 거의 말을 나누지 않고 나란히 잡목림 속 길을 걸었다. 도중에 마리에가 내 손을 잡았다. 작은 손이지만 의외로 힘이 강했다. 갑자기 손을 잡는 바람에 조금 놀랐지만 어릴 적 곧잘 동생의 손을 잡고 걸어서인지 특별히 어색한 느낌은 없었다. 오히려 어딘지 그리운, 일상적인 감촉이었다.

마리에의 손은 보송했다. 따뜻하지만 땀이 배지는 않았다. 그녀는 무슨 생각에 잠긴 듯 머릿속 내용에 따라 이따금 잡은 손에 살짝 힘을 주었다가 다시 풀었다가 했다. 그런 것도 동생의 손에서 받던 느낌과 무척 비슷했다.

사당 앞에 다다르자 그녀가 잡고 있던 손을 놓고 말없이 뒤편으로 돌아갔다. 나는 뒤를 따랐다.

참억새 덤불에는 캐터필러에 짓밟힌 흔적이 아직 고스란히 남아 있었다. 안쪽에는 여느 때처럼 구덩이가 숨어 있었다. 두꺼운 판자 몇 장이 뚜껑처럼 덮여 있고 그 위에 누름돌이 놓여 있다. 나는 회중전등을 비추어 돌들의 배치가 지난번과 달라지지 않았음을 확인했다. 그뒤로 아무도 덮개를 들어내지 않은 것 같았다.

"안을 봐도 돼요." 마리에가 내게 물었다.

"보기만 한다면."

"보기만 할게요." 마리에가 말했다.

나는 돌을 치우고 판자를 한 장 들어냈다. 마리에는 땅에 쭈그리고 앉아 열린 틈새로 구덩이를 들여다보았다. 내가 회중전등으로 안쪽을 비추어주었다. 구덩이에는 물론 아무도 없었다. 철사다리가 벽에 걸쳐 있을 뿐이다. 마음만 먹으면 그 사다리를 타고 구덩이 밑바닥까지 내려갔다가 다시 올라올 수도 있다. 깊이는 3미터가 채 안 되지만 사다리가 없다면 지상으로 올라오기가 거의 불가능하다. 벽에 붙들 것이 없으므로 보통 사람은 웬만해선 오를 수 없다.

아키가와 마리에는 한 손으로 머리카락을 모아 쥐고, 구덩이 밑바닥을 오랫동안 들여다보았다. 눈에 힘을 주어 그 어둠 속에서 뭔가를 찾는 것처럼. 대체 구덩이의 어떤 부분이 그렇게 흥미를 끌었는지 나는 물론 모른다. 이윽고 마리에가 고개를 들고 나를 바라보았다.

"누가 이런 구덩이를 만들었을까요." 그녀가 말했다.

"그러게, 누가 만들었을까. 처음에는 우물인가 했는데 아무래도 아닌 것 같아. 이렇게 오기 힘든 곳에 우물을 파봤자 의미가 없으니까. 어쨌든 상당히 오래전에 생긴 것 같아. 그리고 무척 정성껏 만들었어. 많은 수고를 들여서."

마리에는 아무 말 없이 가만히 내 얼굴을 바라보았다.

"이 일대는 옛날부터 너의 놀이터였다고 했지?" 내가 말했다.

마리에가 고개를 끄덕였다.

"그런데도 사당 뒤에 이런 구덩이가 있는 줄은 최근까지 몰랐고."

그녀가 고개를 가로저었다. 몰랐다는 뜻이다.

"선생님이 이 구덩이를 발견하고 연 거죠?" 그녀가 물었다.

"그래. 발견한 건 나인 셈이야. 이런 구덩이가 있는 줄은 몰랐지만, 쌓인 돌 아래 무언가가 있다고 생각했어. 그렇지만 실제로 돌을 치우고 구덩이를 연 건 내가 아니라 멘시키 씨야." 나는 대담하게 그 사실을 털어놓았다. 아마 솔직하게 말해두는 편이 좋을 것이다.

그때 나무 위에서 새 한 마리가 날카롭게 울었다. 같은 무리에게 뭐라고 경고하는 듯한 소리였다. 그쪽을 올려다보았지만 새는 어디에도 보이지 않았다. 이파리를 떨어뜨린 나뭇가지가 몇 개씩 겹쳐 있을 뿐이다. 그 위로는 납작한 잿빛 구름이 덮인, 겨울을 앞둔 해질녘의 하늘이 보였다.

마리에가 얼굴을 약간 찡그렸다. 그러나 말은 하지 않았다.

내가 말했다. "그런데 뭐랄까, 이 구덩이는 누군가가 열어주기를 강력하게 원했던 것 같아. 꼭 그걸 위해 내가 소환된 기분이었어."

"소환?"

"가까이 불러들이는 거지."

그녀는 고개를 갸웃하며 내 얼굴을 보았다. "열어달라고 선생님을 불렀다."

"그래."

"이 구덩이가 원했다고요?"

"어쩌면 내가 아니라 누구라도 상관없었는지 몰라. 어쩌다 내가 그 자리에 있었을 뿐이지."

"그리고 실제로는 멘시키 씨가 여기를 열었다."

"그래. 내가 멘시키 씨를 여기로 데려왔어. 그 사람이 없었으면 아마 이 구덩이는 열리지 않았을 거야. 사람 손으로는 도저히 그 돌들을 치울 수 없었을 테고, 나한테는 중기를 불러올 만한 돈이 없었으니까. 어쩌다 상황이 잘 맞물린 거지."

마리에는 내 말을 잠시 생각했다.

"그러지 않는 게 좋았을지 몰라요." 그녀가 말했다. "전에도 말했지만."

"그냥 그대로 놔둬야 했다고 생각하는 거지?"

마리에는 말없이 몸을 일으키고 무릎에 묻은 흙을 손으로 몇 번 털어냈다. 그러고는 나와 함께 구덩이를 판자로 덮고 누름돌을 올렸다. 나는 돌의 위치를 다시 머릿속에 새겨두었다.

"그렇게 생각해요." 그녀가 두 손바닥을 가볍게 비비면서 말했다.

"내 생각에 이 장소에는 무슨 전설이나 전해지는 이야기 같은 게 있지 않을까 싶어. 특별한 종교적 배경이라든가."

마리에가 고개를 가로저었다. 자기는 모른다는 뜻이다. "우리 아빠라면 뭔가 알고 있을지도 모르겠어요."

그녀의 친가는 메이지 시대 이전부터 이 일대의 지주로 땅을 관리해왔다. 옆 산도 통째로 아키가와가의 소유다. 그러니 이 구덩이와 사당의 의미에 대해 뭔가 알고 있을지도 모른다.

"아버지에게 물어봐줄래?"

마리에가 입술을 약간 삐죽였다. "언제 한번 물어볼게요." 그러고는 잠시 생각하고 나서 작은 목소리로 덧붙였다. "혹시 그럴 기회가 있으면."

"과연 누가, 언제, 왜 이런 구덩이를 만들었는지, 무슨 실마리가 나오면 좋을 텐데."

"이 속에 무언가를 가두고 무거운 돌을 쌓아서 막아버렸는지도 몰라요." 마리에가 불쑥 말했다.

"그러니까, 그 무언가가 빠져나오지 못하도록 구덩이 위에 돌을 쌓고, 지벌을 면할 요량으로 작은 사당을 차려두었다—그런 걸까?"

"그럴지도 몰라요."

"그런데 우리가 그걸 열어버렸다."

마리에는 다시 살짝 어깨를 으쓱했다.

잡목림이 끝나는 곳까지 마리에를 바래다주었다. 이제부터는 혼자 가겠다고 그녀가 말했다. "어두워도 길을 잘 아니까 괜찮아요." '비밀통로'의 입구를 누구에게도 보여주기 싫은 모양이었다. 그것은 그녀만 아는 중요한 샛길이었다. 나는 마리에를 남겨두고 혼자 집으로 돌아왔다. 하늘에는 밝은 빛이 거의 남지 않았다. 차가운 어둠이 찾아들고 있었다.

사당 앞을 지나는데 아까와 같은 새 울음이 다시 날카롭게 울렸다. 이번에는 머리 위를 올려다보지 않았다. 그저 곧바로 사당 앞을 통과해 집으로 돌아왔다. 그리고 스스로를 위해 저녁을 지었다. 요리를 하며 시바스 리갈에 물을 조금 타서 한 잔 마셨다. 병에는 딱 한 잔분이 남았다. 밤은 깊고 조용했다. 하늘의 구름이 세상의 모든 소리를 흡수하고 있는 듯이.

이 구덩이는 열지 말았어야 해요.

그렇다, 아키가와 마리에의 말이 맞는지도 모른다. 나는 그 구덩이에 상관해서는 안 되었던 것이다. 요즘 들어 나는 엉뚱한 일만 저지르는 것 같다.

아키가와 쇼코를 끌어안은 멘시키의 모습을 상상해보았다. 희고 커다란 저택의 어느 방에 있는 넓은 침대에서 두 사람이 알몸으로 껴안고 있다. 물론 그것은 나와 상관없는 세계에서 일어나는 나와 상관없는 일이다. 하지만 두 사람을 떠올릴 때마다 이상하게 갈 곳을 잃고 난처해진 기분이 들었다. 역을 그냥 지나치는 길고 텅 빈 전철을 볼 때처럼.

이윽고 잠이 찾아와 나의 일요일이 끝났다. 꿈도 꾸지 않고, 누구의 방해도 받지 않은 깊은 잠이었다.

45

무슨 일이 일어나려 한다

동시에 진행하던 두 그림 중 먼저 끝낸 것은 〈잡목림 속의 구덩이〉였다. 금요일 오후에 완성되었다. 그림이란 불가사의한 것이어서, 완성에 가까워질수록 절로 독자적인 의지와 관점과 발언력을 획득해간다. 그리고 완성에 다다르면 그리는 사람에게 작업이 종료되었음을 알려준다(적어도 나는 그렇게 느낀다). 옆에서 구경하는 사람에게는—만약 그런 사람이 있다면 말이지만—어디까지가 작업중인 상태이고 어디부터가 완성된 상태인지 거의 구별되지 않을 것이다. 미완성과 완성을 가르는 하나의 선은 대부분 눈에 보이지 않으니까. 그러나 그리는 본인은 알 수 있다. 이 이상은 손대지 않아도 된다고 작품이 소리내어 말을 걸어오기 때문이다. 그 소리에 귀를 기울이기만 하면 된다.

〈잡목림 속의 구덩이〉도 마찬가지였다. 어느 시점에 완성된 뒤로 그 그림은 더이상 내 붓을 받아들이지 않았다. 마치 성적으로 완전히 만족한 여자처럼. 나는 캔버스를 이젤에서 내리고 벽에 기대어 세웠다. 그리고 바닥에 주저앉아 오랫동안 그림을 바라보았다. 덮개로 반쯤 막힌 구덩이 그림이다.

왜 갑자기 그런 그림을 그릴 생각이 들었는지 의미나 목적을 밝혀내기는 불가능했다. 다만 어느 순간, 어떻게든 이 〈잡목림 속의 구덩이〉를 그리고 싶어졌다. 달리 표현할 수 있는 말이 없다. 가끔 그런 때가 있다. 무언가―어떤 풍경, 물체, 인물―가 지극히 순수하게, 매우 심플하게 마음을 사로잡고, 나는 붓을 들어 그것을 캔버스에 그려나간다. 이렇다 할 의미가 없을뿐더러 목적도 없다. 단순한 변덕 같은 것이다.

아니, 그렇지 않다고 나는 생각했다. '단순한 변덕'이 아니다. 무언가가 내게 이 그림을 그리라고 요구했다. 매우 강렬하게. 그 요구가 나를 움직여 그림을 시작하게 하고, 내 등을 떠밀어 단기간에 작품을 완성시켰다. 어쩌면 그 구덩이 자체가 의지를 지니고 나를 움직여 제 모습을 그리게 했는지도 모른다―어떤 의도를 품고서. 마치 멘시키가 (아마도) 어떤 의도를 품고 내게 자기 초상을 그리게 한 것처럼.

지극히 공정하고 객관적인 눈으로 보아도 그림의 완성도는 나쁘지 않았다. 예술작품이라 부를 수 있을지는 모른다(변명은 아니지만, 애당초 예술작품을 탄생시킬 생각으로 이 그림을 시작한 것도 아니다). 하지만 기술적인 면만 본다면 거의 흠잡을 구석이 없다고 할 수 있었다. 구도도 완벽하고, 나뭇잎 사이로 떨어지는 햇빛과 바닥에 쌓인 낙엽들의 색깔도 매우 리얼하게 재현되어 있었다. 그리고 그 그림은 지극히 세밀하고 사실적인 동시에 어딘가 상징적이고 미스터리한 인상을 풍겼다.

완성된 그림을 오랫동안 응시하자니 그곳에 잠재된 움직임의 예감 같은 것이 강하게 느껴졌다. 표면적으로만 보면 제목 그대로 그저 '잡목림 속의 구덩이'를 그린 구상적인 풍경화였다. 아니, 풍경화보다는 '재현화'라고 하는 편이 사실에 가까울지도 모른다. 나는 불충분하게나마 오랜 세월 그림을 업으로 삼아오며 몸에 익힌 기술을 구사해 그곳의 풍경을 캔버스에 최대한 충실하게 재현했다. 그렸다기보다 차라리 기록했다.

그런데 거기에는 움직임의 예감 같은 것이 존재했다. 그 풍경 속에서 바야흐로 무언가가 움직이려 한다―나는 그림에서 그런 강한 기미를 읽어낼 수 있었다. 지금 여기서 무언가가 시작되려 한다. 그리고 나는 마침내 깨달았다. 내가 그리려 했던 것, 혹은 무언가가 내게 그리게 한 것은 그 예감이자 기미였던 것이다.

나는 바닥에서 자세를 바로잡고 다시 한번 새삼스레 그림을 바라보았다.

이제부터 저곳에서 과연 어떤 움직임이 나타날까? 반쯤 열린 둥근 암흑 속에서 누군가가, 무언가가 기어나올까? 아니면 반대로 누군가가 그 안으로 내려갈까? 한참 집중해서 그림을 들여다봤지만 어떤 '움직임'이 출현할지 헤아리기란 불가능했다. 그저 틀림없이 어떤 식으로든 움직임이 생겨나리라는 강한 예감이 들 뿐이었다.

그리고 이 구덩이는 왜, 무엇을 위해 내 손에 그려지기를 원했을까. 뭔가를 가르쳐주려고 했을까? 내게 경고 같은 것을 하려고? 꼭 수수께끼 풀이 같았다. 많은 수수께끼가 있지만 해답은 하나도 없다. 이 그림을 아키가와 마리에에게 보여주고 의견을 들어보고 싶어졌다. 그녀라면 내 눈에 보이지 않는 뭔가를 발견할지도 모른다.

금요일은 오다와라 역 근처 그림교실에 가는 날이다. 아키가와 마리에가 그림을 배우러 오는 날이기도 하다. 수업이 끝나고 잠깐 이야기를 나눌 수 있을지 모른다. 나는 차를 몰고 그곳으로 향했다.

주차장에 차를 세우고 수업 시작까지 시간이 좀 남아서 여느 때처럼 커피숍에 들어가 커피를 마셨다. 스타벅스처럼 밝고 기능적인 가게가 아니라 초로의 주인 혼자 오래전부터 꾸려온 골목길의 커피숍이다. 진하고 새카만 커피를 묵직한 잔에 내준다. 오래된 스피커에서 오래된 재즈가 흐른다. 빌리 홀리데이나 클리퍼드 브라운 같은. 그뒤에는 상점가를 어슬렁거리다가 커피 여과지가 떨어져간다는 게 생각나서 샀다. 중고 레코드를 파는 가게를 발견하고 들어가 오래된 LP를 구경하면서 시간을 보냈다. 생각해보니 꽤 오랫동안 클래식만 듣고 지냈다. 아마다 도모히코의 레코드장에는 클래식 음반뿐이었기 때문이다. 라디오도 AM 방송 뉴스와 일기예보 말고 다른 프로그램은 전혀 듣지 않았다(지형 때문에 FM 방송의 전파는 거의 잡히지 않았다).

내가 가지고 있던 CD와 LP는—대단한 수는 아니지만—히로오의 아파트에 전부 두고 왔다. 책이건 음반이건 내 물건과 유즈의 물건을 하나하나 가르기가 성가셨기 때문이다. 그냥 귀찮기만 한 것이 아니라 거의 불가능에 가까운 작업이었다. 이를테면 밥 딜런의 〈내슈빌 스카이라인〉이나, 〈앨라배마 송〉이 수록된 도어스의 앨범은 대체 누구 것으로 쳐야 할까? 누가 사왔는지 따지는 건 더이상 중요하지 않았다. 우리는 일정 기간 같은 음악을 공유하고, 함께 들으면서 일상을 보낸 것이다. 물건을 나눠 가질 수는 있어도 그에 따른 기억을 나눠 가질 수는 없다. 그렇다면 전부 놔두고 오는 수밖에.

그 레코드가게에서 〈내슈빌 스카이라인〉과 도어스의 첫 앨범을 찾아봤지만 둘 다 보이지 않았다. CD는 있을지도 모르지만 역시 그 음악은 옛날 LP로 듣고 싶었다. 무엇보다 아마다 도모히코의 집에는 CD플레이어가 없다. 카세트플레이어도 없다. 레코드플레이어가 몇 대 있을 뿐이다. 아마다 도모히코는 새로운 기기라면 무조건 경시하는 타입의 인간이었던 모양이다. 전자레인지는 2미터 이내에 접근해본 적도 없지 않을까.

결국 눈에 띈 다른 LP를 두 장 사기로 했다. 브루스 스프링스틴의 〈더 리버〉와, 로버타 플랙과 도니 해서웨이의 듀엣 음반. 둘 다 추억이 깃든 앨범이다. 언제부터인가 나는 새로운 음악을 거의 듣지 않게 되었다. 대신 마음에 드는 옛날 음악만 줄기차게 되풀이해서 들었다. 책도 마찬가지다. 옛날에 읽었던 책을 몇 번이고 되풀이해 읽는다. 새로 나온 책에는 거의 흥미가 생기지 않는다. 마치 어느 시점에서 시간이 정지해버린 것처럼.

어쩌면 시간은 정말로 정지해버렸는지도 모른다. 혹은 아직 가까스로 시간이 움직이기는 하지만 진화 같은 것은 벌써 끝나버렸는지도 모른다. 문 닫을 시간이 가까운 레스토랑에서 더는 새로운 주문을 받지 않는 것처럼. 그리고 나 혼자 아직 그 사실을 알아채지 못했는지도 모른다.

종이봉투에 담긴 음반 두 장을 받고 값을 치렀다. 그리고 가까운 주류판매점에 가서 위스키를 샀다. 어느 브랜드로 할지 잠시 고민하다가 결국 시바스 리갈을 샀다. 다른 스카치위스키보다 조금 비쌌지만, 다음에 아마다 마사히코가 집에 놀러왔을 때 내놓으면 아마 좋아할 것이다.

슬슬 수업을 시작할 시간이라 레코드와 커피 여과지와 위스키를 차에 놔두고 센터 건물로 들어갔다. 우선 다섯시부터 어린이 반 수업이 있다. 아키가와 마리에가 속한 반이다. 그러나 마리에의 모습은 보이지 않았다. 무척 뜻밖의 일이었다. 그녀는 아주 열심히 수업에 나왔고, 결석은 내가 알기로 처음이었다. 그래서 그녀의 모습이 교실 어디에도 보이지 않자 왠지 모르게 불안해졌다. 어떤 불온한 기미마저 느껴졌다. 그녀에게 무슨 일이 일어난 걸까? 갑자기 몸이 아픈 걸까, 무슨 돌발적인 사건이 일어났나.

물론 나는 아무 일 없다는 듯이 아이들에게 간단한 과제를 내주어 그림을 그리게 하고, 한 사람 한 사람에게 의견을 말해주거나 조언을 했다. 수업이 끝나자 아이들은 집으로 돌아갔고, 뒤이어 성인반 수업이 시작되었다. 그 수업도 특별한 문제 없이 끝마쳤다. 사람들과 상냥하게 잡담을 나누었다(내가 그리 자신 있는 분야는 아니지만 해야겠다고 생각하면 못할 것도 없다). 그리고 그림교실 운영자와 앞으로의 일정에 대해 간단히 회의를 했다. 아키가와 마리에가 왜 오늘 나오지 않았는지는 그도 몰랐다. 집에서도 따로 연락이 오지 않았다고 했다.

센터를 나와 혼자 가까운 메밀국숫집에 들어가서 따끈한 튀김국수를 먹었다. 이것도 평소의 습관이다. 늘 같은 가게에서 늘 같은 튀김국수를 먹는다. 그것이 나의 소소한 즐거움이었다. 그리고 차를 몰고 산 위의 집으로 돌아왔다. 집에 들어왔을 때는 밤 아홉시가 가까웠다.

집 전화기에는 자동 응답 기능이 없어서(그렇게 잔머리 굴리는 장치도 아마다 도모히코 씨의 취향이 아닌 모양이었다) 외출한 사이 누가 전화를 걸었는지는 알 수 없었다. 한동안 심플한 구식 전화기를 내려다보았지만 전화기는 아무것도 알려주지 않았다. 시커먼 몸을 꼼짝 않고 침묵할 뿐이었다.

느긋하게 욕조에 들어가 몸을 덥혔다. 그런 뒤 시바스 리갈 병에 남은 마지막 한 잔을 따르고 냉동고에서 얼음을 두 개 꺼내넣어 거실로 향했다. 위스키를 마시면서 오늘 사온 레코드를 턴테이블에 올렸다. 클래식이 아닌 음악 소리가 그 산머리의 집 거실에 흐르자 처음에는 영 어색한 느낌을 금할 수 없었다. 그 집의 공기는 오랜 세월 동안 고전음악에 맞춰 조정된 것이리라. 그러나 지금 그곳에 흐르는 것은 내 귀에 익숙한 음악이었기에 시간이 흐르면서 반가움이 어색함을 조금씩 극복해나갔다. 이윽고 몸 구석구석의 근육이 풀리는 듯한 기분좋은 감각이 생겨났다. 나도 모르는 사이 몸 여기저기가 굳어 있었는지도 모른다.

로버타 플랙과 도니 해서웨이 음반의 A면을 다 듣고, 잔을 기울이며 B면 첫 곡(〈포 올 위 노우〉, 멋진 보컬이다)을 듣고 있을 때 전화벨이 울렸다. 시곗바늘은 열시 반을 가리키고 있었다. 이렇게 늦은 시간에 전화가 걸려오는 일은 거의 없다. 수화기를 드는 게 내키지 않았다. 하지만 기분 탓인지 몰라도 전화벨소리에서 왠지 모를 절박함이 느껴졌다. 나는 잔을 내려놓고 소파에서 일어나 레코드 바늘을 올리고 수화기를 들었다.

"여보세요." 아키가와 쇼코의 목소리가 들렸다.

나는 인사를 했다.

"늦은 시간에 정말 죄송합니다." 그녀가 말했다. 평소와 달리 긴박한 목소리였다. "선생님께 좀 여쭐 것이 있어서요. 마리에가 오늘 그림교실에 가지 않았죠?"

오지 않았다고 나는 말했다. 좀 이상한 질문이었다. 마리에는 학교(이 동네의 공립 중학교다) 수업을 마치면 곧장 센터로 온다. 그래서 항상 교복 차림이었다. 수업이 끝날 무렵 고모가 차로 그녀를 데리러 온다. 그리고 함께 집에 돌아간다. 그것이 여느 때의 모습이었다.

"마리에가 보이지 않아요." 아키가와 쇼코가 말했다.

"보이지 않는다고요?"

"아무데도 없어요."

"언제부터 말입니까?" 내가 물었다.

"학교에 간다고 평소처럼 아침에 집을 나갔어요. 차로 역까지 데려다줄까 물었지만 걸어간다고 괜찮다고 했어요. 그애는 걷는 걸 좋아하거든요. 차 타는 걸 별로 좋아하지 않아요. 어쩌다 지각할 것 같을 때는 제가 차로 데려다주지만, 보통은 산을 걸어내려가서 버스를 타고 역까지 가요. 오늘 아침도 평소처럼 일곱시반에 집을 나갔어요."

거기까지 단숨에 내뱉더니 아키가와 쇼코는 잠시 말을 끊었다. 수화기 너머에서 호흡을 가다듬는 것 같았다. 그사이 나도 주어진 정보를 머릿속으로 정리했다. 곧 아키가와 쇼코가 말을 이었다.

"오늘은 금요일이죠. 학교가 끝나고 그림교실에 가는 날요. 평소에는 수업이 끝날 무렵 제가 차로 데리러 가는데, 오늘은 버스를 타고 올 테니까 안 와도 된다는 거예요. 그래서 데리러 가지 않았어요. 어쨌거나 한번 결정하면 다른 말은 안 듣는 애니까요. 보통 그런 날은 일곱시에서 일곱시 반 사이에 집에 돌아왔어요. 그러고 저녁을 먹지요. 그런데 오늘은 여덟시가 돼도, 여덟시 반이 돼도 돌아오지 않는 거예요. 걱정돼서 센터에 전화를 걸어 사무 보시는 분께 오늘 마리에가 왔는지 확인을 부탁드렸어요. 오지 않았다고 하더군요. 그래서 너무 걱정돼서요. 벌써 열시 반인데 아직 돌아오지 않았어요. 전화 한 통 없어요. 혹시 선생님이 뭔가 아시지 않을까 생각해서 이렇게 전화드렸습니다."

"마리에가 어딜 갔을지 짚이는 데는 없습니다." 나는 말했다. "오늘 오후 교실에서 마리에가 보이지 않아 저도 의아했어요. 지금까지 그애가 수업을 빠진 적은 없었으니까요."

아키가와 쇼코가 깊은 한숨을 뱉었다. "오빠는 아직 집에 들어오지 않았어요. 언제 올지 모르고, 연락도 안 돼요. 오늘 들어올지 어떨지도 확실치 않고요. 저 혼자 집에 있는데, 어떻게 해야 할지 몰라서."

"마리에는 아침에 학교 가는 복장으로 나간 거죠?" 내가 물었다.

"네. 교복을 입고, 가방을 메고. 평소와 같은 모습이었어요. 교복은 블레이저 재킷과 스커트고요. 그렇다고 정말 학교에 갔는지는 알 수 없어요. 이미 밤이 늦었고, 지금으로서는 확인할 방법이 없죠. 하지만 아마 학교는 갔지 싶어요. 만약 무단결석을 했다면 집으로 연락이 왔을 테니까요. 돈도 오늘 필요한 만큼만 갖고 있을 거예요. 휴대전화는 일단 들고 다니긴 하지만 대개 전원이 꺼져 있어요. 그애는 휴대전화를 좋아하지 않거든요. 자기가 연락할 때 말고는 수시로 전원을 꺼놔요. 그래서 종종 주의를 줬어요. 무슨 중요한 일이 생길지도 모르니 전원만은 켜두라고……"

"지금까지 이런 적은 없었나요? 밤늦게 들어온다거나."

"이런 일은 정말로 처음이에요. 마리에는 학교생활에 성실한 아이거든요. 친한 친구가 있는 것도 아니고 학교를 그렇게 좋아하는 편도 아니지만 일단 주어진 일은 잘 지키는 편이에요. 초등학교 때 개근상도 받았고요. 그런 쪽으로는 무척 착실하죠. 학교가 끝나면 항상 집으로 곧장 돌아와요. 다른 데로 새서 돌아다니거나 하진 않아요."

마리에가 종종 밤중에 집을 빠져나온다는 사실은 역시 전혀 모르는 눈치였다.

"오늘 아침에 평소와 다른 모습은 없었습니까?"

"아뇨. 다른 아침과 다르지 않았어요. 평소와 똑같았죠. 따뜻한 우유를 마시고 토스트 한 쪽을 먹고 집을 나갔어요. 판에 박은 것처럼 매일 같은 것만 먹거든요. 여느 때처럼 제가 아침을 차려줬고요. 오늘 아침에는 거의 말이 없었지만 그것도 원래 그래요. 어쩌다 말문이 트이면 쉬지 않고 말하기도 하지만 평소에는 대답도 제대로 해주지 않아요."

아키가와 쇼코의 이야기를 듣는 사이 나도 점점 불안해졌다. 열한시가 가까웠고, 당연히 사방이 완전히 어두워진 후다. 달도 구름 사이에 가려져 있다. 아키가와 마리에에게 대체 무슨 일이 일어난 걸까?

"한 시간만 더 기다려보고, 그러고도 마리에와 연락이 되지 않으면 경찰에 말해볼까 해요." 아키가와 쇼코가 말했다.

"그러는 게 좋겠습니다." 내가 말했다. "혹시 제가 할 수 있는 일이 있거든 사양 말고 말씀해주세요. 늦은 시간이라도 상관없으니까요."

아키가와 쇼코는 고맙다고 말하고 전화를 끊었다. 나는 위스키를 마저 마시고 부엌에서 잔을 씻었다.

그리고 작업실로 향했다. 불을 전부 켜고 훤해진 방에서 이젤에 올려둔, 작업중인 〈아키가와 마리에의 초상〉을 새삼스레 바

250

라보았다. 그림은 조금만 더 손을 대면 완성될 단계까지 와 있었다. 그곳에는 과묵한 열세 살 소녀의, 마땅히 그래야 할 모습이 그려져 있었다. 그저 모습만이 아니라 그녀의 존재가 잉태되어 있고, 눈에 보이지 않는 몇 가지 요소가 포함되어 있을 터였다. 시각의 틀 바깥에 감춰진 그 정보를 최대한 밝혀내는 일, 그것들이 발신하는 메시지를 다른 형태로 변환하는 일, 그것이 내가 내 작품에서—물론 상업용 초상화는 별개지만—추구하는 바였다. 그런 의미에서 아키가와 마리에는 나에게 무척 흥미로운 모델이었다. 그녀의 겉모습에는 수많은 암시가 마치 트릭아트처럼 도사리고 있기 때문이다. 그리고 오늘 아침 이후 그녀는 행방이 묘연해졌다. 마치 마리에 자신이 그 트릭아트 속으로 빨려들어간 것처럼.

뒤이어 바닥에 놓아둔 〈잡목림 속의 구덩이〉를 바라보았다. 그날 오후에 막 완성한 유화다. 그 구덩이 그림은 〈아키가와 마리에의 초상〉과는 또다른 의미에서, 다른 방향에서 내게 무어라 호소하는 듯 보였다.

무슨 일이 일어나려 한다, 그 그림을 보면서 나는 새삼 느꼈다. 오늘 오후까지는 어디까지나 예감에 불과했던 것이 이제 실제로 현실을 침식하기 시작했다. 그것은 더이상 예감이 아니다. 이미 무슨 일이 일어나기 시작한 것이다. 아키가와 마리에의 실종은 이 〈잡목림 속의 구덩이〉와 분명 어떤 연결점이 있다. 나는 그렇게 느꼈다. 내가 오늘 오후 〈잡목림 속의 구덩이〉라는 그림을 완성함으로써 무언가가 일어나고 움직이기 시작했다. 그리고 아마도 그 결과, 아키가와 마리에는 어딘가로 사라지고 만 것이다.

하지만 아키가와 쇼코에게 그렇게 설명할 수는 없다. 영문 모를 얘기에 괜히 혼란만 커질 것이다.

나는 작업실을 나와 부엌에서 물을 몇 잔 마시며 입속에 남은 위스키 냄새를 씻어냈다. 그러고는 수화기를 들어 멘시키의 집에 전화를 걸었다. 세번째 신호가 가던 도중 그가 전화를 받았다. 누군가의 중요한 연락을 기다리고 있었던 듯 얼마간 긴장한 기색이 목소리에서 희미하게 읽혔다. 전화를 건 사람이 나라는 사실에 그는 조금 놀란 것 같았다. 그러나 곧 긴장을 풀고 평소처럼 차분하고 온화한 목소리로 돌아갔다.

"이런 시간에 전화를 드려 죄송합니다." 내가 말했다.

"전혀 상관없습니다. 저는 늦게까지 깨어 있고, 어차피 한가한 몸이니까요. 당신과의 대화는 늘 환영입니다."

나는 인사를 생략하고 아키가와 마리에의 행방이 묘연해졌다는 사실을 간단히 설명했다. 아침에 학교를 간다고 집을 나선 뒤로 아직 돌아오지 않았다. 그림교실에도 오지 않았다. 멘시키는 얘기를 듣고 놀란 듯했다. 잠시 말을 잃었다.

"짚이는 데가 없으신 거죠?" 멘시키가 우선 나에게 물었다.

"전혀 없습니다." 내가 대답했다. "아닌 밤중에 홍두깨예요. 멘시키 씨는요?"

"물론 아무것도 짐작 가는 게 없습니다. 저는 그애와 거의 대화를 나누지 못했으니까요."

그의 목소리에 별다른 감정은 섞여 있지 않았다. 그저 단순한 사실을 말할 뿐이다.

"워낙 과묵한 아이니까요. 누구와도 그렇게 대화를 즐기지 않아요." 나는 말했다. "어쨌든 마리에가 이 시간까지 들어오지 않아서 아키가와 쇼코 씨가 굉장히 당황한 것 같습니다. 아버지는 아직 집에 오지 않았고, 혼자서 어쩔 줄 모르고 있는 모양이에요."

멘시키가 다시 수화기 너머에서 입을 다물었다. 이렇듯 그가 몇 번씩이나 말을 잃는 경우는 내가 알기로 지극히 드물었다.

"제가 할 수 있는 일이 있습니까?" 마침내 그가 입을 열고 물었다.

"갑작스러운 부탁이지만, 지금 이쪽으로 와주실 수 있을까요?"

"댁으로 말입니까?"

"그렇습니다. 이 일에 대해서 의논드릴 게 좀 있어요."

멘시키는 잠시 뜸을 들인 후 말했다. "알겠습니다. 바로 가겠습니다."

"지금 무슨 볼일이 있으신 건 아닌가요?"

"볼일이라고 할 만한 건 아닙니다. 큰 상관 없습니다." 멘시키가 말했다. 그리고 작게 헛기침을 했다. 시계를 보는 기척이 느껴졌다. "십오 분쯤 뒤에 도착할 겁니다."

나는 수화기를 내려놓고 외출할 채비를 했다. 스웨터를 입고, 가죽점퍼를 꺼내두고, 옆에 대형 회중전등을 놓았다. 그리고 소파에 앉아 멘시키의 재규어가 도착하기를 기다렸다.

46

높고 견고한 벽은 사람을 무력하게 만듭니다

멘시키는 열한시 이십분에 도착했다. 재규어 엔진음이 들리자 나는 가죽점퍼를 입고 집밖으로 나가서 멘시키가 시동을 끄고 차에서 내리기를 기다렸다. 멘시키는 두툼한 남색 윈드브레이커에 통 좁은 검은색 진 차림이었다. 얇은 머플러를 두르고 가죽 스니커를 신었다. 풍성한 백발이 밤눈에도 선명했다.

"지금 숲속 구덩이에 가보려고 하는데, 괜찮으신가요?"

"물론 괜찮습니다." 멘시키가 말했다. "그런데 그 구덩이가 아키가와 마리에의 실종과 무슨 관계라도 있습니까?"

"그건 아직 모릅니다. 다만 얼마 전부터 불길한 예감이 들었어요. 구덩이와 관련해 무슨 일이 일어나고 있는 건 아닐까 하는 예감요."

멘시키는 그 이상은 아무것도 묻지 않았다. "알겠습니다. 같이 가서 보지요."

그는 재규어 트렁크를 열어 랜턴을 꺼냈다. 그리고 트렁크를 닫고 나와 함께 잡목림으로 향했다. 달도 별도 뜨지 않은 캄캄한 밤이었다. 바람도 없다.

"이렇게 늦은 밤에 불러내 죄송합니다." 나는 말했다. "그렇지만 구덩이를 살펴보는 데는 멘시키 씨가 와주시는 편이 좋을 것 같았어요. 혹시 무슨 일이 생기면 혼자서는 처리할 수 없을 것 같았습니다."

그가 손을 뻗어 점퍼 위로 내 팔을 가볍게 두드렸다. 격려하는 것처럼. "괜찮습니다. 전혀 신경쓰실 것 없어요. 제가 할 수 있는 일이라면 뭐든 할 테니까요."

우리는 나무뿌리에 발이 걸리지 않도록 회중전등과 랜턴으로 발밑을 비추면서 신중하게 걸음을 옮겼다. 신발 밑창이 쌓인 낙엽을 밟는 소리만 들렸다. 밤의 잡목림에는 다른 어떤 소리도 들리지 않았다. 주위의 온갖 생물이 몸을 감추고 숨을 죽인 채 우리를 가만히 지켜보는 듯 묵직한 기척이 느껴졌다. 한밤중의 깊은 어둠이 그러한 착각을 낳는 것이다. 사정을 모르는 사람이 이런 우리 모습을 보면 무덤을 도굴하러 가는 이인조로 여길지도 모른다.

"한 가지 물어보고 싶은데요." 멘시키가 말했다.

"뭐죠?"

"어째서 아키가와 마리에가 사라진 것이 그 구덩이와 무슨 관련이 있다고 생각하시는 겁니까?"

나는 얼마 전 그녀와 함께 구덩이를 보러 갔던 이야기를 했다. 그녀는 내가 알려주기도 전부터 이미 구덩이의 존재를 알고 있다. 이 일대는 그녀의 놀이터였다. 이 근처에서 일어난 일 중 그녀가 모르는 일은 없다. 그리고 그녀가 했던 말을 그에게 알려주었다. 그 장소는 그대로 놔뒀어야 해요, 그 구덩이는 열지 말았어야 해요, 라고 마리에가 말했다고.

"그애는 그 구덩이 앞에서 특별한 무언가를 느끼는 것 같았어요." 나는 말했다. "뭐라고 설명하면 좋을지…… 어떤, 영적인 것을요."

"그리고 관심을 가졌다?" 멘시키가 말했다.

"그렇습니다. 그애는 구덩이에 경계심을 품는 동시에 그 광경에 몹시 마음이 끌린 것 같았어요. 그래서 구덩이와 관련해 그애에게 무슨 일이 생긴 건 아닐까 하는 걱정을 지울 수 없습니다. 혹시 구덩이에서 나오지 못하고 있는 건 아닌지."

멘시키는 내 말을 잠시 생각했다. 그러고는 말했다. "그 얘기를 그애 고모에게 하셨습니까? 아키가와 쇼코 씨에게요."

"아뇨, 아직 아무 말도 하지 않았습니다. 일단 말을 꺼내면 구덩이부터 설명해야 하니까요. 어떤 경위로 구덩이를 열게 됐으며, 멘시키 씨가 어떻게 그 일에 관여했는지도. 이야기가 너무 길어질뿐더러 제 생각을 제대로 전달할 자신이 없었습니다."

"게다가 쓸데없는 걱정만 더하겠지요."

"특히 경찰이 개입하게 되면 이야기가 더 성가셔집니다. 만일 그들이 구덩이에 관심을 가진다면요."

멘시키가 내 얼굴을 보았다. "경찰이 이미 개입했습니까?"

"저와 통화했을 때는 아직 경찰에 연락하기 전이었어요. 하지만 지금쯤은 실종신고를 했지 싶습니다. 벌써 시간이 이렇게 됐으니까요."

멘시키는 몇 번 고개를 끄덕였다. "당연히 그랬겠군요. 열세 살 여자아이가 한밤중이 되도록 집에 들어오지 않는다. 어디 갔는지도 모른다. 가족으로서는 경찰에 연락할 수밖에요."

그러나 멘시키는 아무래도 경찰이 관여하는 것을 썩 반기지 않는 눈치였다. 목소리에서 그런 분위기가 묻어났다.

"구덩이 건은 되도록 우리 둘만 아는 일로 해둡시다. 이야기가 다른 데로 퍼지지 않는 게 좋을 것 같군요. 여러모로 성가셔질 뿐입니다." 멘시키가 말했다. 나도 그 점에 동의했다.

그리고 무엇보다 기사단장 문제가 있다. 그곳에서 기사단장의 모습을 빌려 나타난 이데아의 존재를 묻어둔 채 그 구덩이의 특수성을 남에게 설명하기란 거의 불가능에 가깝다. 그래봐야 멘시키의 말마따나 더 성가셔지기만 할 것이다(더욱이 기사단장의

258

존재를 밝힌다 한들 누가 그런 말을 믿어주겠는가? 내 정신 상태만 의심받을 뿐이다).

　작은 사당에 다다라 뒤편으로 돌아갔다. 채굴기 캐터필러에 무참히 짓밟혀 아직도 쓰러져 있는 참억새 덤불을 밟고 넘어가니 구덩이가 나왔다. 우선 덮개에 불빛을 비추어보았다. 나는 위에 놓인 누름돌의 배치를 눈으로 훑었다. 아주 미세하지만 돌이 움직인 흔적이 보였다. 지난번 나와 마리에가 다녀간 뒤에 다른 누군가가 돌을 치우고 덮개를 열었다가 다시 덮고 최대한 원래대로 돌을 늘어놓은 것 같았다. 미미한 차이지만 알아볼 수 있었다.
　"누군가가 돌을 치우고 덮개를 열었던 흔적이 있어요." 내가 말했다.
　멘시키가 내 얼굴을 흘금 쳐다보았다.
　"아키가와 마리에일까요?"
　"글쎄요. 하지만 모르는 사람이 여기까지 올 일은 거의 없고, 우리 말고 구덩이의 존재를 아는 사람은 그애 정도예요. 가능성은 제법 큽니다." 나는 말했다.
　물론 기사단장도 이 구덩이의 존재를 알고 있다. 어쨌든 자신이 나온 곳이니까. 하지만 그는 어디까지나 이데아다. 애초에 형태가 없는 존재다. 안으로 들어가려고 굳이 누름돌을 치울 필요는 없을 것이다.

우리는 누름돌을 치우고 구덩이를 덮은 두꺼운 판자를 전부 들어냈다. 직경 2미터 정도 되는 원형 구덩이가 다시금 눈앞에 나타났다. 전에 봤을 때보다 더 크고 시커멓게 보였지만, 그건 아마 밤의 어둠이 불러일으킨 착각이리라.

나와 멘시키는 땅에 쭈그리고 앉아 회중전등과 랜턴으로 구덩이 안쪽을 비추어보았다. 그러나 사람의 모습은 없었다. 아무것도 없었다. 다른 때와 똑같이, 높은 돌벽에 둘러싸인 원기둥 형태의 공간이 뚫려 있을 뿐이다. 하지만 한 가지 지난번과 다른 점이 있었다. 사다리가 사라진 것이다. 돌무덤을 치운 조경업자가 후의를 베풀어 두고 간 접이식 철사다리다. 마지막으로 봤을 때는 벽에 기대어 세워져 있었다.

"사다리는 어디 갔을까요?" 내가 말했다.

사다리는 곧 발견되었다. 좀더 안쪽, 캐터필러에 짓밟히지 않은 참억새 덤불 속에 눕혀져 있었다. 누군가가 사다리를 치우고 거기 버려둔 것이다. 무겁지는 않으니 꺼내는 데 그리 큰 힘이 필요하지는 않다. 우리는 사다리를 다시 가져와서 원래대로 구덩이 벽에 기대어 세웠다.

"제가 내려가보겠습니다." 멘시키가 말했다. "뭔가 발견할지도 모르죠."

"괜찮으시겠어요?"

"네, 저는 걱정하실 것 없습니다. 전에도 한 번 내려간 적이 있으니까요."

그렇게 말하더니 멘시키는 랜턴을 한 손에 들고 대수롭지 않
다는 듯 사다리를 내려갔다.

"혹시 베를린의 동서를 가른 벽의 높이를 아십니까?" 멘시키
가 사다리를 내려가며 내게 물었다.

"모르겠는데요."

"3미터입니다." 멘시키가 나를 올려다보며 말했다. "장소에
따라서 조금씩 다르지만 대략 기준 높이는 그렇습니다. 이 구덩
이보다 조금 높은 정도지요. 그런 벽이 장장 150킬로미터에 걸
쳐 이어졌습니다. 저도 실물을 본 적 있습니다. 베를린이 동서로
분단되어 있던 시대에요. 가슴 아픈 광경이었지요."

바닥에 내려선 멘시키가 랜턴으로 주위를 비추었다. 그리고
지상의 나를 향해 이야기를 계속했다.

"벽은 원래 사람을 보호하기 위해 만들어졌어요. 외적이나 비
바람으로부터 말이죠. 하지만 때로는 사람을 가두기 위해서도
사용됩니다. 높게 솟은 견고한 벽은 안에 갇힌 사람을 무력하게
만듭니다. 시각적으로도, 정신적으로도. 어떤 벽은 그런 목적으
로 만들어집니다."

멘시키는 그렇게 말한 뒤 한동안 입을 다물었다. 그리고 랜턴
을 비추면서 주위 돌벽과 지면을 구석구석 살펴보았다. 마치 피
라미드의 가장 안쪽 석실을 조사하는 고고학자처럼, 정성 들여

부지런하게. 밝기가 강력한 랜턴은 회중전등보다 훨씬 넓은 범위를 비추었다. 이윽고 그는 바닥에서 뭔가 발견했는지 무릎을 굽히고 눈앞의 것을 자세히 관찰했다. 그러나 위에서는 그게 뭔지 알 수 없었다. 멘시키도 아무 말 하지 않았다. 그가 발견한 것은 아무래도 매우 작은 물건 같았다. 그는 몸을 일으키고, 그 물건을 손수건에 싸서 윈드브레이커 주머니에 넣었다. 그리고 랜턴을 머리 위로 들어 지상의 나를 올려다보았다.

"이제 올라가겠습니다." 그가 말했다.

"뭔가 발견하셨나요?" 내가 물었다.

멘시키는 그 말에 대답하지 않았다. 그리고 조심스럽게 사다리를 올라오기 시작했다. 한 단씩 체중을 실을 때마다 사다리가 둔탁하게 삐걱거렸다. 나는 지상으로 올라오는 그의 모습을 회중전등으로 비추며 지켜보았다. 몸을 쓰는 방식을 보니 그가 평소부터 온몸의 근육을 기능적으로 단련하고 잘 다듬었다는 사실을 알 수 있었다. 불필요한 움직임이 없다. 필요한 근육만 효과적으로 사용한다. 그는 지면에 올라서자 크게 한 번 기지개를 켜고 바지에 묻은 흙을 세심하게 털어냈다. 그 정도로 많은 흙이 묻어 있지는 않지만.

한숨 돌린 후 멘시키가 말했다. "실제로 내려가보면 벽의 높이가 굉장히 위압적입니다. 일종의 무력감이 생기죠. 예전에 팔레스타인에서 비슷한 벽을 본 적 있습니다. 이스라엘에서 쌓은 8미터가 넘는 콘크리트 벽입니다. 꼭대기에는 고압 전류가 흐르는 철선이 감겨 있지요. 그런 벽이 500킬로미터 가까이 이어집니다. 이스라엘 사람들은 3미터 높이로는 턱없이 부족하다고 생각한 모양이지만, 실은 3미터 정도면 벽으로 기능하기에 충분합니다."

그는 랜턴을 바닥에 내려놓았다. 불빛이 우리 발밑을 환하게 밝혔다.

"그러고 보니 도쿄 구치소 독방의 벽도 3미터 가까이 됐습니다." 멘시키가 말했다. "이유는 모르겠지만 방의 벽이 무척 높아요. 매일같이 눈에 보이는 것이라고는 높이 3미터의 밋밋한 벽뿐이지요. 그밖에는 아무것도 볼 게 없습니다. 물론 그림 같은 것도 걸려 있지 않아요. 그저 벽입니다. 마치 나 자신이 구덩이의 바닥에 남겨진 기분이에요."

나는 잠자코 이야기를 들었다.

"좀 지난 일입니다만, 사정이 있어서 도쿄 구치소에 한동안 구속된 적이 있습니다. 그러고 보니 당신에게 그 이야기는 하지 않았지요?"

"네, 아직 들은 적 없습니다." 나는 말했다. 그가 구치소에 들어갔었다는 소문은 유부녀 여자친구를 통해 알고 있었지만, 물론 그걸 말하지는 않았다.

"저는 당신이 그 이야기를 다른 데서 듣기를 원치 않았습니다. 아시다시피 소문은 사실을 멋대로 왜곡하니까요. 그래서 제 입으로 직접 사실을 전해두고 싶군요. 딱히 유쾌한 이야기는 아니지만, 기왕 말이 나온 김에 지금 여기서 해도 될까요?"

"물론이죠. 편히 이야기하십시오." 내가 말했다.

멘시키는 조금 뜸을 들인 후 이야기를 시작했다. "변명할 생각은 아니지만, 저는 전혀 양심에 찔리는 일이 없었습니다. 저는 지금까지 여러 사업에 손대왔어요. 많은 리스크를 안고 살아왔다고도 할 수 있지요. 하지만 결코 어리석은 편이 아니고 워낙 신중한 성격인지라, 법에 저촉되는 일에는 절대 손대지 않습니다. 각별히 유의하며 선을 그어왔죠. 그런데 당시 어쩌다보니 부주의하고 생각 없는 사람과 손을 잡았던 겁니다. 그 탓에 지독히 고생했고요. 그뒤로는 누군가와 동업하는 건 일절 피하고 있습니다. 저 혼자 책임지고 살아가려 하지요."

"검찰이 내민 혐의가 뭐였나요?"

"내부자거래와 탈세였습니다. 이른바 경제사범이죠. 최종적으로는 무죄판결을 받았지만, 기소까지 갔습니다. 검찰에서 엄격한 조사를 받고 상당히 오랫동안 구치소에 있었어요. 여러 이유를 붙여서 구속 기간을 계속 연장했거든요. 지금도 사방이 벽으로 막힌 장소에 들어가면 그때 생각이 날 만큼 긴 시간이었습니다. 좀전에 말씀드렸듯이 제게는 법의 처벌을 받을 만한 잘못이 전혀 없었습니다. 지극히 명백한 사실입니다. 그러나 검찰은 이미 기소까지 시나리오를 써두었고, 그 시나리오에는 저의 유

264

죄도 포함되어 있었지요. 그리고 굳이 그 시나리오를 고치고 싶어하지 않았어요. 관료 시스템이란 게 그런 겁니다. 일단 뭔가를 결정하면 변경하기가 거의 불가능합니다. 흐름을 역행시키면 반드시 누군가가 책임을 져야 하죠. 그런 연유로 저는 장기간 도쿄 구치소 독방에 수감되는 신세가 된 겁니다."

"어느 정도 기간이었나요?"

"사백 하고도 삼십오 일입니다." 멘시키가 대수롭지 않다는 투로 말했다. "그 숫자는 평생 잊지 못할 겁니다."

좁은 독방에서 보낸 사백삼십오 일은 무섭도록 긴 기간이었으리라고 쉽게 상상할 수 있었다.

"지금까지 좁은 장소에 오랫동안 갇혀본 적이 있습니까?" 멘시키가 내게 물었다.

나는 없다고 말했다. 이삿짐 트럭 짐칸에 갇힌 뒤로 제법 심한 폐소공포증이 생겼다. 엘리베이터도 잘 타지 못한다. 만일 그런 상황에 놓이면 곧바로 신경에 문제가 생길 것이다.

멘시키는 말했다. "저는 그때 좁은 장소에서 견디는 기술을 익혔습니다. 매일 스스로를 훈련했지요. 그곳에서 지내며 몇 가지 외국어를 습득했습니다. 스페인어, 터키어, 중국어. 독방에서는 보유할 수 있는 책의 권수가 제한되어 있지만 사전은 거기에 포함되지 않았거든요. 그러니 그 구속 기간은 어학을 습득하기에 더할 나위 없는 기회였습니다. 다행히 저는 집중력 하나는 타고난 인간이었고, 어학 공부를 하는 동안은 벽의 존재를 잊을 수 있었습니다. 어떤 일이나 반드시 좋은 측면이 있지요."

아무리 어둡고 두꺼운 구름도 그 뒤쪽은 은색으로 빛난다.

멘시키는 말을 이었다. "하지만 마지막까지 두려웠던 것이 지진과 화재였습니다. 큰 지진이 오든, 화재가 나든, 철창 안에 갇힌 몸으로는 곧바로 대피할 수 없으니까요. 그 좁은 공간에 갇힌 채 건물 잔해에 깔리거나 불에 타죽는 상상을 하기 시작하면 공포로 질식할 지경이 되곤 했습니다. 그 공포는 여간해서는 극복하기 힘들더군요. 특히 한밤중에 잠이 깼을 때는."

"그래도 견뎌낸 거죠?"

멘시키가 고개를 끄덕였다. "물론입니다. 그들에게 질 수는 없었어요. 시스템에 짓밟힐 수는 없었죠. 사실 상대가 준비한 서류에 서명만 하면 저는 감옥에서 나와 일상으로 돌아올 수 있었습니다. 그러나 한번 서명해버리면 끝입니다. 스스로 저지르지도 않은 일을 인정하는 꼴이죠. 이건 하늘이 내게 내린 중요한 시련이다. 그렇게 생각하려 애썼습니다."

"지난번 이 어두운 구덩이에 한 시간 동안 혼자 있으면서도 그때를 떠올리셨나요?"

"그렇습니다. 때때로 그렇게 원점으로 돌아갈 필요가 있어요. 지금의 저를 만든 장소로. 사람이란 편한 환경에 곧바로 익숙해져버리니까요."

특이한 사람이다, 나는 새삼 감탄했다. 그렇게 가혹한 경험이라면 보통 사람은 조금이라도 빨리 잊고 싶어하지 않을까?

그때 멘시키가 문득 생각난 듯이 윈드브레이커 주머니에 손을 넣어 손수건 뭉치를 꺼냈다.

"아까 구덩이 밑바닥에서 이걸 발견했습니다." 그가 말했다. 그리고 손수건을 펼쳐 안의 것을 보여주었다.

플라스틱으로 된 작은 물체였다. 나는 그것을 받아들고 회중전등으로 비추어보았다. 검은색 줄이 달렸고 흰색과 검은색으로 칠해진 길이 1.5센티미터 정도의 펭귄 인형이었다. 여학생들이 가방이나 휴대전화에 달고 다니는 장식품 같은 것이다. 더럽지도 않고 아직 새것처럼 보였다.

"지난번 바닥으로 내려갔을 때는 없었던 거예요. 분명합니다." 멘시키가 말했다.

"그럼, 그뒤에 내려왔던 누군가가 떨어뜨리고 간 걸까요?"

"글쎄요. 이건 아마 휴대전화에 달고 다니는 장식품일 겁니다. 줄이 끊어지지 않은 걸 보면 직접 풀어냈다는 거고요. 그러니까 떨어뜨렸다기보다는 오히려 의도적으로 남겨두고 갔을 가능성이 크지 않을까요?"

"구덩이 밑바닥까지 내려가서, 이걸 놔두고 갔다고요?"

"아니면 위에서 떨어뜨렸을 수도 있고요."

"대체 뭣 때문에요?" 내가 물었다.

멘시키는 고개를 가로저었다. 자기도 모르겠다는 듯이. "어쩌면 누군가 이것을 부적 같은 의미로 남겨두었는지도 모릅니다. 물론 제 상상일 뿐입니다만."

"아키가와 마리에가요?"

"아마도요. 그애 말고 이 구덩이에 접근할 만한 사람은 없으니까요."

"휴대전화 장식품을 부적으로 놓고 갔다?"

멘시키가 다시 한번 고개를 가로저었다. "모르겠습니다. 하지만 열세 살 소녀는 여러 가지 생각을 해내는 법이죠. 그렇지 않습니까?"

나는 손안에 있는 작은 펭귄 인형을 한번 더 내려다보았다. 그 말을 듣고 다시 보니 확실히 무슨 부적 같기도 했다. 어떤 천진함의 기운이 감돌았다.

"그런데 사다리를 끌어올려서 저기까지 끌고 간 건 대체 누구일까요? 대체 왜?" 내가 말했다.

멘시키는 고개를 가로저었다. 짐작이 가지 않는다는 뜻이다.

나는 말했다. "어쨌든 집으로 돌아가면 아키가와 쇼코 씨에게 전화를 걸어 이 펭귄 장식품이 마리에의 것인지 확인해봐야겠어요. 그분에게 물어보면 아마 확실해지겠지요."

"그건 일단 당신이 갖고 계십시오." 멘시키가 말했다. 나는 고개를 끄덕이고 장식품을 바지 주머니에 넣었다.

우리는 사다리를 석실에 기대어둔 채 구덩이 위에 다시 판자를 덮었다. 그리고 판자 위에 누름돌을 늘어놓았다. 나는 만일에 대비해 다시금 돌의 배치를 머릿속에 새겨두었다. 그리고 잡목림 속 오솔길을 걸어 집으로 향했다. 손목시계를 보니 벌써 자정이 넘었다. 돌아오는 길에 우리는 아무 말도 하지 않았다. 손에 든 불빛으로 발밑을 비추면서 묵묵히 걸음을 옮겼다. 각자 이런저런 생각에 잠긴 채.

집 앞에 다다르자 멘시키는 커다란 재규어 트렁크를 열고 랜턴을 넣었다. 그러고는 겨우 긴장이 풀린 듯 닫힌 트렁크에 몸을 기대고 잠시 하늘을 올려다보았다. 아무것도 보이지 않는 어두운 하늘을.

"잠깐 실례해도 괜찮겠습니까?" 멘시키가 내게 말했다. "집에 돌아가도 영 진정이 될 것 같지 않아서요."

"물론 괜찮습니다. 들어갔다 가시죠. 저도 바로 잠이 올 것 같진 않으니까요."

그러나 멘시키는 그 자세로 무슨 생각에 잠긴 것처럼 움직이지 않았다.

내가 말했다. "뭐라고 설명할 수는 없지만, 아키가와 마리에의 신변에 좋지 않은 일이 일어나고 있다는 생각을 지울 수 없어요. 그것도 여기와 가까운 어딘가에서."

"그러나 그 구덩이는 아니다."

"그런 것 같습니다."

"좋지 않은 일이라면, 예를 들어 어떤 것일까요?" 멘시키가 물었다.

"그건 모르겠습니다. 아무튼 그애 신변에 어떤 위해가 미치려는 기미가 느껴져요."

"그리고 그 장소는 여기와 가까운 어딘가라는 거죠?"

"그렇습니다." 나는 말했다. "바로 이 근처예요. 그리고 사다리가 구덩이 밖으로 나와 있었다는 점이 무척 마음에 걸립니다. 과연 누가 그것을 끌어내서 참억새 덤불에 감춰뒀을지. 그 행동의 의미는 대체 뭘까요?"

멘시키는 몸을 일으키더니 다시 내 팔에 가만히 손을 얹었다. 그리고 말했다. "그러게 말입니다. 저도 전혀 짐작이 가지 않아요. 하지만 여기서 이렇게 걱정한들 뾰족한 수가 없습니다. 일단 안으로 들어가십시다."

270

47

오늘이 금요일이던가?

집에 돌아와 가죽점퍼를 벗자마자 아키가와 쇼코에게 전화를 걸었다. 신호가 세 번 갔을 때 그녀가 수화기를 들었다.

"그뒤로 새로 밝혀진 게 있나요?" 내가 물었다.

"아뇨, 아직 아무것도 없어요. 아무 연락도 없었어요." 그녀가 말했다. 호흡의 리듬을 잘 잡지 못하는 사람의 목소리였다.

"경찰에는 연락하셨어요?"

"아뇨, 아직 하지 않았어요. 이유는 모르겠지만 그냥 경찰 신고는 좀더 기다려볼까 싶어서요. 당장이라도 홀연히 집에 들어올 것 같아서……"

나는 구덩이 바닥에서 발견한 펭귄 장식품의 모양새를 설명했다. 발견한 경위는 설명하지 않고, 그저 아키가와 마리에가 그런 장식품을 가지고 있었는지 물었다.

"마리에는 휴대전화에 장식품을 달고 다녔어요. 아마 펭귄이었다고 기억하는데…… 네, 맞아요. 분명히 펭귄이었어요. 틀림없어요. 작은 플라스틱 인형이에요. 도넛가게에서 사은품으로 받은 건데, 왠지 몰라도 무척 소중히 가지고 다녔어요. 부적처럼요."

"그럼 휴대전화도 항상 들고 다닌 거군요?"

"네, 전원은 꺼둘 때가 많지만 잘 들고 다녔어요. 잘 받지는 않지만 용건이 있으면 자기가 먼저 전화를 걸기도 했거든요." 아키가와 쇼코는 그렇게 말한 후 몇 초쯤 침묵했다. "혹시, 그 장식품을 어디선가 발견하셨나요?"

나는 대답이 궁했다. 사실을 털어놓자면 숲속 구덩이의 존재부터 알려주어야 한다. 그리고 만약 경찰이 개입한다면 그들에게도 역시 똑같은 설명을─보다 납득이 갈 만한 설명을─해야 하리라. 그곳에서 아키가와 마리에의 소지품이 발견된 사실이 알려지면 경찰은 구덩이를 면밀히 검증할 것이고, 어쩌면 잡목림을 수색할지도 모른다. 우리에게 자초지종을 캐묻고, 멘시키의 과거를 새삼 문제삼을 수도 있다. 그런 상황이 유익할 것 같지는 않았다. 멘시키의 말마따나 성가셔지기만 할 뿐이다.

"저희 집 작업실 바닥에 떨어져 있었어요." 나는 말했다. 거짓말을 하고 싶진 않지만 사실대로 말할 수는 없다. "청소하다 주웠습니다. 그래서 혹시 마리에의 물건이 아닌가 했죠."

"마리에 물건이 맞을 거예요. 틀림없이." 소녀의 고모가 말했다. "그래서, 이제 어떻게 해야 할까요? 역시 경찰에 알려야 할까요?"

"오빠분, 그러니까 마리에의 아버님과는 연락이 됐습니까?"

"아뇨. 아직 안 됐어요." 그녀가 머뭇거리는 투로 말했다. "지금 어디 있는지도 몰라요. 워낙 집에 잘 안 들어오는 사람이라서요."

여러 가지 복잡한 사정이 있는 모양이지만 지금은 그런 걸 캐고 따질 계제가 아니다. 경찰에 신고하는 게 좋겠다고 나는 그녀에게 간결하게 말했다. 시간은 벌써 자정을 지나 날짜가 바뀌었다. 어디서 사고를 당했을 가능성도 없지 않다. 그녀는 지금 바로 경찰에 연락하겠다고 말했다.

"휴대전화는 여전히 안 받나요?"

"네, 몇 번이나 걸어봤지만 연결되지 않아요. 전원을 꺼놓은 것 같아요. 아니면 배터리가 방전되었든가. 둘 중 하나겠죠."

"마리에는 오늘 아침 학교에 간다고 나간 뒤로 행방이 묘연해졌다, 그렇게 말씀하셨죠?"

"그렇습니다." 아키가와 쇼코가 말했다.

"그렇다면 지금도 교복 차림이겠군요."

"네, 교복을 입고 있을 거예요. 남색 블레이저에 흰색 블라우스, 남색 모직 조끼, 무릎까지 오는 체크무늬 스커트, 흰색 하이삭스, 신발은 검은색 슬립온이에요. 그리고 비닐 숄더백을 멨고요. 학교에서 지정한 가방이라 학교 마크와 이름이 들어가 있어요. 코트는 입지 않았고요."

"혹시 화구를 들고 다니는 가방도 가지고 있을까요?"

"평소에는 학교 사물함에 넣어둬요. 학교 미술시간에도 쓰니까요. 금요일에는 그걸 들고 학교에서 곧장 그림교실로 가니까, 집에서 가지고 나가지는 않아요."

평소 그림교실에 올 때의 복장과 같다. 남색 블레이저와 흰색 블라우스, 타탄체크 스커트, 비닐 숄더백, 화구가 든 흰색 캔버스가방. 나는 그 모습을 생생히 기억하고 있다.

"다른 짐은 아무것도 없는 거군요?"

"네, 없어요. 그러니까 멀리 가진 않았을 거예요."

"무슨 일이 있으면 언제든 괜찮으니 전화해주십시오. 시간은 개의치 마시고요." 내가 말했다.

그러겠다고 아키가와 쇼코는 말했다.

그리고 나는 전화를 끊었다.

멘시키는 옆에 서서 줄곧 우리의 대화를 들었다. 내가 수화기를 내려놓자 그제야 윈드브레이커를 벗었다. 안에는 검은색 브이넥 스웨터를 입고 있었다.

"펭귄 장식품은 역시 마리에의 것이었군요." 멘시키가 말했다.

"그런 모양이에요."

"그렇다면, 언제인지는 몰라도 마리에는 혼자 구덩이에 들어갔다. 그리고 소중한 부적으로 생각하는 펭귄 장식품을 두고 갔다. 아무래도 이야기가 그렇게 되는군요."

"그럼 부적의 의미로 두고 간 걸까요?"

"아마도요."

"만약 이 장식품이 부적이라 치면, 대체 무엇을 지킨다는 거죠? 혹은 누구를요?"

멘시키가 고개를 저었다. "그건 저도 모릅니다. 아무튼 이 펭귄은 그애가 부적처럼 늘 지니고 다니던 것이니까요. 굳이 남겨두고 갔다면 확실한 의도가 있었을 겁니다. 소중한 부적을 쉽사리 내버리는 사람은 없지요."

"자기보다 중요한, 지켜야 할 것이 있었다는 뜻일까요?"

"이를테면요?" 멘시키가 말했다.

둘 다 그 의문에 대한 답은 떠올리지 못했다.

우리는 한동안 그대로 입을 다물고 있었다. 시곗바늘이 천천히, 그러나 확실히 시간을 새겨나갔다. 바늘이 나아갈 때마다 세계가 조금씩 앞으로 밀려나갔다. 창밖에는 밤의 어둠이 깔려 있었다. 움직이는 것은 없었다.

그때 문득 기사단장이 방울의 행방에 대해 했던 말이 떠올랐다. "처음부터 내 것도 아니었고 말이지. 오히려 그 장소에 공유되는 물건이었지. 어쨌거나 없어진 데는 없어질 만한 이유가 있었을 걸세."

　장소에 공유되는 물건?

　나는 말했다. "어쩌면 아키가와 마리에가 이 인형을 직접 그 구덩이에 놓고 간 게 아닐지도 몰라요. 어쩌면 그 구덩이가 다른 장소로 통하는 건 아닐까요? 폐쇄된 공간이 아니라 오히려 통로 같은 곳인지도 모릅니다. 그리고 여러 가지 물건을 스스로 그곳에 불러들이는지도요."

　머릿속에 떠오른 생각을 입 밖에 내뱉고 보니 상당히 어리석은 소리처럼 들렸다. 기사단장이라면 아마 내 생각을 순순히 받아들여주리라. 하지만 이 세계에서는 어렵다.

　깊은 침묵이 방안에 내려앉았다.

　"그 구덩이가 대체 어디로 통할 수 있을까요?" 이윽고 멘시키가 혼잣말처럼 물었다. "아시다시피 저는 구덩이 속에 한 시간쯤 혼자 앉아 있었습니다. 완전한 어둠 속에서, 빛도 사다리도 없이. 그 침묵 속에서 의식을 깊이 집중했습니다. 그리고 육체의 존재를 지워버리려고 진지하게 노력했습니다. 그저 사념만 남은 존재가 되려고 했어요. 그러면 돌벽을 넘어 어디로든 빠져나갈 수 있을 테니까요. 구치소 독방에 있을 때도 곧잘 그런 시도를 했습니다. 그러나 결국은 어디로도 가지 못했죠. 그것은 어디까지나 견고한 돌벽으로 둘러싸인, 도망갈 구멍이 없는 공간이었어요."

그 구덩이는 어쩌면 상대를 고르는지도 모른다, 문득 그런 생각이 들었다. 구덩이에서 나온 기사단장은 나를 찾아왔다. 나를 기숙지로 선택했다. 아키가와 마리에 역시 구덩이의 선택을 받았는지도 모른다. 하지만 멘시키는 선택받지 못했다—어떤 이유에선가.

나는 말했다. "어쨌든 아까 의논했듯이 경찰에는 구덩이에 대해 말하지 않는 게 좋겠어요. 적어도 현단계에서는 아직 말하지 않는 편이 좋겠습니다. 하지만 이 장식품을 구덩이에서 발견했다는 사실을 밝히지 않으면 명백히 증거 은닉이 될 텐데요. 혹시 어떤 계기로 그 사실이 밝혀지면 우리 입장이 곤란해지지 않을까요."

멘시키는 잠시 생각에 잠겼다. 그러고는 단호히 말했다. "그에 관해서는 둘 다 입을 꾹 다물기로 하지요. 그 방법뿐입니다. 당신은 이 집 작업실 바닥에서 그걸 발견한 겁니다. 그렇게 밀고 나가는 수밖에요."

"아키가와 쇼코 씨한테도 누가 가봐야 할 텐데요." 나는 말했다. "혼자 집에서 불안해하는 것 같더군요. 어쩔 줄 몰라 혼란스러워하고 있어요. 마리에의 아버지는 아직 연락이 닿지 않고요. 기댈 만한 사람이 필요하지 않을까요?"

멘시키는 잠시 심각한 얼굴로 생각했지만 곧 고개를 가로저었다. "그래도 제가 지금 그쪽으로 갈 수는 없습니다. 그럴 만한 입

장도 아니고, 오빠분이 언제 돌아올지도 모르고요. 저는 그 사람
과는 전혀 면식이 없고, 혹시라도……"

멘시키는 말을 끊고 그대로 입을 다물었다.

나는 그에 대해서 아무 말도 하지 않았다.

멘시키는 손끝으로 소파 팔걸이를 가볍게 두드리며 한동안 혼
자 생각에 잠겼다. 그러는 사이 뺨이 약간 붉어진 듯했다.

"댁에 좀더 머물러도 괜찮겠습니까?" 멘시키는 잠시 후 내게
물었다. "아키가와 씨에게서 연락이 올지도 모르고요."

"물론 괜찮습니다." 내가 말했다. "저도 당장은 잠이 올 것 같
지 않군요. 계시고 싶은 만큼 계세요. 주무시고 가도 괜찮습니
다. 그러실 거면 잠자리를 준비해드릴게요."

그래야 할지도 모르겠군요, 멘시키가 말했다.

"커피 드시겠어요?" 내가 물었다.

"주시면 감사히 먹겠습니다." 멘시키가 말했다.

나는 부엌에서 원두를 갈고 커피메이커를 세팅했다. 커피를
내려서 거실로 가져가 둘이서 마셨다.

"슬슬 불을 땔까 싶네요." 내가 말했다. 자정이 지나며 방안
공기가 한층 냉랭해졌다. 벌써 12월이다. 난로에 불을 땔 때도 이상
하지 않을 시기다.

나는 미리 거실 한구석에 쌓아두었던 장작을 난로에 넣었다.
그리고 종이와 성냥으로 불을 붙였다. 장작이 바싹 말라 있었는

278

지 금방 불길이 번졌다. 이 집에 온 뒤로 난로를 써보기는 처음이어서 연통으로 제대로 환기가 될지 불안했지만(아마다 마사히코는 곧바로 쓸 수 있을 거라고 했지만, 직접 불을 붙여보기 전에는 장담할 수 없다. 새가 둥지를 틀어 연통을 가로막기도 한다) 연기는 순조롭게 위로 빠져나갔다. 나와 멘시키는 난로 앞으로 의자를 가져와 몸을 덥혔다.

"장작불은 참 좋지요." 멘시키가 말했다.

그에게 위스키를 권할까 하다가 그만두었다. 오늘은 맨정신으로 있는 편이 좋으리라. 어쩌면 또 운전할 일이 생길지 모른다. 우리는 난로 앞에 앉아 너울거리는 불꽃을 바라보면서 음악을 들었다. 멘시키가 베토벤 바이올린 소나타 음반을 골라서 턴테이블에 올렸다. 게오르크 쿨렌캄프의 바이올린과 빌헬름 켐프의 피아노, 초겨울의 난롯불을 바라보면서 듣기에 더없이 좋은 음악이었다. 그러나 어디선가 혼자 추위에 떨고 있을지 모를 아키가와 마리에를 생각하면 마음이 그리 편치 못했다.

삼십 분쯤 뒤 아키가와 쇼코에게서 전화가 왔다. 조금 전 오빠 아키가와 요시노부가 드디어 집에 들어와서 직접 경찰에 연락했다는 소식이었다. 곧 경찰이 자세한 얘기를 들으러 집으로 올 것이다(아키가와가는 워낙 유서 있고 유복한 집안이다. 유괴 가능성을 생각해 경찰이 바로 움직이는 것이리라). 마리에의 연락은 없었고 휴대전화도 여전히 받지 않는다. 갔을 만한 곳에—그리 많지는 않지만—전부 연락해봤으나 허탕이었다.

"마리에가 무사해야 할 텐데요." 내가 말했다. 혹시 진전이 있거든 언제든 연락해달라고 말하고 전화를 끊었다.

다시 난로 앞에 앉아 고전음악을 들었다. 리하르트 슈트라우스의 오보에 협주곡. 역시 멘시키가 레코드장에서 골라온 것이다. 나는 처음 듣는 곡이었다. 우리는 거의 말을 하지 않고 음악에 귀기울인 채 난롯불을 바라보면서 각자 생각에 잠겼다.

시계가 한시 반을 넘어갈 무렵 갑자기 졸음이 쏟아졌다. 눈도 제대로 뜰 수 없었다. 나는 원래 일찍 자고 일찍 일어나는 체질이라 밤늦게 깨어 있기가 힘들다.

"좀 주무시죠." 멘시키가 내 얼굴을 보고 말했다. "아키가와씨에게서 연락이 올지도 모르니 저는 좀더 기다려보겠습니다. 전 원래 잠이 많지 않습니다. 깨어 있는 게 힘들지 않아요. 체질적으로 그렇습니다. 그러니까 신경쓰지 마십시오. 난롯불은 끄지 않고 두지요. 지금처럼 음악을 들으면서 혼자 불을 보고 있겠습니다. 괜찮을까요?"

물론 괜찮다고 나는 말했다. 그리고 부엌 바깥쪽에 있는 창고 처마 밑에서 장작을 한아름 더 가져와 난로 앞에 쌓았다. 이 정도면 아침까지는 충분히 쓸 수 있을 것이다.

"그럼, 죄송하지만 좀 자겠습니다." 내가 멘시키에게 말했다.

"푹 주무십시오." 그가 말했다. "교대로 자도록 하지요. 저는 새벽녘에 잠깐 눈을 붙이지 싶습니다. 소파에서 잘 테니 담요 같은 걸 좀 빌려주실 수 있을까요?"

나는 아마다 마사히코가 썼던 담요와 가벼운 오리털 이불, 베개를 가져와 소파에 잠자리를 준비해주었다. 멘시키는 고맙다고 말했다.

"원하신다면 위스키도 있는데요." 혹시나 싶어 말해보았다.

멘시키는 단호하게 고개를 가로저었다. "아뇨, 오늘밤은 술을 마시지 않는 편이 좋을 것 같습니다. 무슨 일이 생길지 모르니까요."

"혹시 시장하면 부엌 냉장고에서 편하게 꺼내서 드세요. 대단한 건 없지만 치즈와 크래커 정도는 있습니다."

"고맙습니다." 멘시키가 말했다.

나는 그를 거실에 남겨두고 방으로 왔다. 그리고 잠옷으로 갈아입고 침대로 들어갔다. 머리맡의 불을 끄고 잠을 청했다. 그러나 좀처럼 잠들지 못했다. 지독히 졸렸지만 머릿속에서 작은 벌레가 고속으로 날갯짓을 하는 것 같아 도무지 잠을 이룰 수 없었다. 이따금 이럴 때가 있다. 포기하고서 불을 켜고 몸을 일으켰다.

"어떤가, 영 잠이 안 오지?" 기사단장이 말했다.

방안을 둘러보았다. 창턱에 기사단장이 앉아 있었다. 여느 때와 같은 흰옷을 걸쳤다. 앞코가 뾰족한 기묘한 신을 신고 허리에는 미니어처 칼을 찼다. 머리는 단정하게 묶었다. 아마다 도모히코의 그림 속에서 칼에 찔려 죽어가는 기사단장의 모습과 조금도 다르지 않다.

"잠이 안 오네요." 내가 말했다.

"여러 가지 일이 일어나니까." 기사단장이 말했다. "사람은 편히 잠들기가 쉽지 않지."

"오랜만에 뵙는군요." 내가 말했다.

"전에도 말했지만, 오랜만이든 모처럼이든 이데아는 잘 이해하지 못한다네."

"아무튼 마침 잘됐어요. 물어보고 싶은 게 있습니다."

"뭔가?"

"아키가와 마리에가 오늘 아침부터 행방불명이라 다들 찾고 있어요. 그 아이는 대체 어디로 간 거죠?"

기사단장이 잠시 머리를 갸웃했다. 그러고는 신중하게 입을 열었다.

"알다시피 인간계는 시간과 공간과 개연성이라는 세 가지 요소로 규정되네. 이데아는 이 모든 요소에서 독립적이어야 해. 고로 나는 그것들에 관여할 수 없어."

"무슨 말인지 잘 이해가 안 되는데, 요컨대 어디 갔는지 모른다는 말씀인가요?"

기사단장은 그 말에 대답하지 않았다.

"아니면 알고는 있지만 알려줄 수 없다는 말씀인가요?"

기사단장이 심각한 얼굴로 실눈을 떴다. "책임을 회피하려는 건 아니지만, 이데아에게도 이런저런 제약이 있단 말일세."

나는 등을 곧게 펴고 기사단장을 똑바로 쳐다보았다.

"들어보세요, 저는 아키가와 마리에를 구해야 합니다. 그애는 어디선가 도움을 구하고 있을 거예요. 어딘지는 모르지만 쉽사리 빠져나올 수 없는 곳으로 휘말려들어간 것 같아요. 그런 느낌이 들어요. 하지만 어디 가서 뭘 어떻게 해야 할지 지금은 전혀 모르겠어요. 아무튼 이번 실종이 잡목림의 구덩이와 어떤 식으로든 관계되어 있는 것 같습니다. 논리적으로 설명할 수 없지만, 그것만은 알겠어요. 그리고 당신은 오랫동안 그 구덩이에 갇혀 있었죠. 왜 그런 데 갇히게 됐는지 사정은 모릅니다. 어쨌든 저와 멘시키 씨가 중기를 동원해 무거운 돌무덤을 치우고 구덩이를 열었어요. 그리고 당신을 밖으로 꺼내드렸습니다. 맞죠? 그 덕에 당신은 지금 시간과 공간을 마음껏 오갈 수 있고요. 내키는 대로 모습을 감추거나 드러낼 수도 있어요. 저와 여자친구의 섹스도 실컷 구경했고 말이죠. 제 말이 맞나요?"

"뭐, 대부분 맞는 말일세."

"어떻게 해야 아키가와 마리에를 구할 수 있을지 구체적인 방법을 일러달라는 게 아닙니다. 이데아의 세계에도 이런저런 제약이 있다고 하니 그런 억지를 부리진 않겠어요. 그래도 하나쯤

힌트를 주실 수는 있잖습니까? 여러 사정을 생각해서 그 정도 친절은 베푸실 수 있잖아요."

기사단장이 깊은 한숨을 뱉었다.

"에둘러 암시만 해주셔도 됩니다. 지금 당장 인종청소를 없애라든가 지구온난화를 멈추라든가 아프리카코끼리를 구하라는 거창한 요구가 아니잖아요. 전 그저 좁고 어두운 곳에 갇혀 있을지도 모르는 열세 살 소녀를 다시 보통의 이 세계로 데려오고 싶은 거예요. 그뿐이라고요."

기사단장은 팔짱을 끼고 한동안 생각에 잠겼다. 그의 안에서 어떤 망설임이 생겨나는 듯 보였다.

"좋아." 그가 입을 열었다. "그렇게까지 말한다면 하는 수 없군. 제군에게 한 가지 힌트를 주지. 하지만 그 결과 몇 가지 희생이 발생할지 모르는데, 그래도 괜찮겠나?"

"어떤 희생이죠?"

"그건 아직 뭐라고 단언할 수 없네. 어쨌거나 희생을 피할 수는 없을 걸세. 비유적으로 말하면 피를 흘려야 한다 이 말이지. 어떤 희생일지는 머지않아 밝혀질 걸세. 어쩌면 누군가가 몸을 내던져야 할지도 모르고."

"그래도 상관없습니다. 힌트를 주세요."

"좋아." 기사단장이 말했다. "오늘이 금요일이던가?"

나는 머리맡의 시계를 보았다. "네, 오늘은 아직 금요일입니다. 아니, 이제는 토요일이네요."

"토요일 오전, 다시 말해 오늘 점심 전에 제군에게 전화가 한 통 올 걸세." 기사단장이 말했다. "그리고 누군가 제군에게 어떤 제안을 할 걸세. 제군은 무슨 사정이 있어도 그 제안을 거절해서는 안 되네. 알겠나?"

나는 기사단장의 말을 기계적으로 되풀이했다. "오늘 오전 전화로 누군가 어떤 제안을 한다. 그걸 거절해서는 안 된다."

"옳거니." 기사단장이 말했다. "이게 내가 제군에게 주는 유일한 힌트일세. 말하자면 '공적 언어'와 '사적 언어'를 가르는 아슬아슬한 선이지."

그 말을 끝으로 기사단장은 천천히 사라졌다. 정신을 차렸을 때 창턱에는 이미 그의 모습이 없었다.

머리맡의 불을 끄자 이번에는 비교적 빨리 잠이 찾아들었다. 머릿속에서 고속으로 날갯짓하던 벌레도 잠잠했다. 잠이 들기 직전에 난로 앞에 있는 멘시키를 떠올렸다. 그는 아침까지 불을 꺼뜨리지 않고 혼자 뭔가를 생각할 것이다. 그가 밤새 무슨 생각을 할지 물론 나는 알 수 없다. 불가사의한 인물이다. 하지만 말할 필요도 없이, 그 또한 시간과 공간과 개연성에 매인 채 살아가고 있다. 이 세계의 모든 다른 인간과 마찬가지로. 살아 있는 한 우리는 그 제약에서 도망칠 수 없다. 말하자면 우리는 한 사람의 예외도 없이, 천지사방을 둘러싼 견고한 벽 안에서 살아가는 셈이다. 아마도.

　오늘 오전 전화로 누군가 어떤 제안을 한다. 그걸 거절해서는
안 된다. 머릿속으로 기사단장의 말을 다시 한번 기계적으로 되
뇌었다. 그리고 잠들었다.

48

스페인인은 아일랜드 앞바다를
항해하는 법을 몰랐으므로

눈을 뜨니 오전 다섯시가 넘었다. 주위는 아직 캄캄했다. 잠옷 위에 카디건을 걸치고 거실로 나가보았다. 멘시키는 소파에서 잠들어 있었다. 난롯불은 이미 꺼졌지만 사그라진 지 얼마 되지 않았는지 거실이 아직 따뜻했다. 쌓아둔 장작은 양이 확 줄어 있었다. 멘시키는 이불을 덮고 모로 누워 조용히 잠들어 있다. 숨소리도 들리지 않는다. 잘 때조차 반듯함을 잃지 않는 남자. 방안 공기도 그의 잠을 방해하지 않으려 숨죽이고 있는 것 같았다.

자는 그를 그대로 내버려두고 부엌에 가서 커피를 내렸다. 토스트도 구웠다. 그리고 식탁 앞에 앉아 버터 바른 토스트를 먹고 커피를 마시면서 읽다 만 책을 읽었다. 스페인 '무적함대'에 대한 책이었다. 엘리자베스 여왕과 펠리페 2세가 국운을 걸고 벌인

치열한 전쟁. 왜 내가 지금 16세기 후반 영국 앞바다에서 벌어진 해전에 대한 책을 읽어야 하는지 모르겠지만, 한번 시작하니 의외로 재미있어서 꽤 열심히 읽고 있었다. 아마다 도모히코의 책장에서 발견한 오래된 책이다.

일반적인 정설은 무적함대가 전술상의 실패로 잉글랜드 함대와의 해전에서 대패했고 그로 인해 세계사의 흐름이 크게 바뀌었다는 것이지만, 사실 스페인군이 입은 피해는 대부분 정면충돌에서 비롯된 것이 아니라(양쪽에서 엄청난 양의 대포알을 서로 쏘아댔지만 명중률은 형편없었다) 난파 때문이었다. 온화한 지중해에 익숙한 스페인인은 지형이 험악한 아일랜드 앞바다를 항해하는 법을 잘 몰랐으므로 수많은 선박이 암초에 부딪혀 침몰한 것이다.

식탁에서 블랙커피를 두 잔 마시며 스페인 해군의 딱한 운명을 쫓아가는 사이 동녘 하늘이 서서히 밝아왔다. 토요일 아침이다.

오늘 오전 전화로 누군가 제군에게 어떤 제안을 할 걸세. 그걸 거절해서는 안 되네.

머릿속에서 기사단장의 말을 되뇌었다. 그리고 전화기를 바라보았다. 아직은 침묵하고 있다. 그러나 전화가 안 오지는 않을 것이다. 기사단장은 허튼소리는 하지 않는다. 나는 그저 벨이 울리기를 기다리는 수밖에 없다.

아키가와 마리에를 떠올렸다. 그녀의 고모에게 전화를 걸어

안위를 확인하고 싶었지만 아직 너무 이른 시간이었다. 적어도 일곱시까지는 기다리는 편이 좋을 것이다. 게다가 만약 마리에의 행방이 밝혀졌다면 그쪽에서 먼저 연락했을 터였다. 내가 걱정한다는 걸 아니까. 연락이 없다는 건 사태에 진전이 없다는 뜻이다. 그래서 나는 식탁에 앉아 계속 무적함대에 대한 책을 읽고, 읽다가 피곤해지면 가만히 전화기를 노려보았다. 전화기는 내내 침묵을 지켰다.

일곱시가 조금 지나 아키가와 쇼코에게 전화를 걸었다. 그녀는 곧바로 전화를 받았다. 마치 전화기 앞에서 벨이 울리기만 기다린 것처럼.

"아직 아무 연락도 없어요. 어디 갔는지도 모르고요." 그녀는 내가 묻기도 전에 말했다. 아마 거의 (혹은 전혀) 눈을 붙이지 못했으리라. 목소리에서 피로가 묻어났다.

"경찰은 왔었습니까?" 내가 물었다.

"네, 어젯밤 집으로 경찰 둘이 찾아와서 얘기를 듣고 갔어요. 사진을 주고, 인상착의를 설명하고…… 가출하거나 밤에 놀러 다닐 만한 아이가 아니라는 얘기도 했어요. 아마 정보를 여기저기로 넘겨서 수색을 시작했을 거예요. 물론 공개수사는 보류해달라고 했지만요."

"아직 성과가 없나요?"

"네, 지금으로선 아무런 단서도 없어요. 경찰 쪽에서도 열심히 노력하는 것 같지만요."

나는 그녀를 위로하고, 뭔가 알게 되면 곧바로 알려달라고 말했다. 그녀는 그러겠다고 했다.

멘시키는 이미 일어나 세면대에서 공들여 세수를 하고 있었다. 내가 내어준 손님용 칫솔로 이를 닦고, 부엌에 와서 테이블 맞은편에 앉아 뜨거운 블랙커피를 마셨다. 토스트를 권했지만 사양했다. 소파에서 잔 탓인지 풍성한 백발이 평소보다 살짝 흐트러져 있었지만 그래봐야 평소에 비해 그렇다는 정도였다. 내 앞에 있는 사람은 예의 냉정하고 행동거지 반듯한 멘시키였다.

나는 아키가와 쇼코와의 통화 내용을 그대로 전했다.

"어디까지나 제 직감입니다만." 내 말을 듣고 나서 멘시키가 말했다. "이번 일에서 경찰은 별로 도움이 안 될 것 같습니다."

"왜 그렇게 생각하시나요?"

"아키가와 마리에는 평범한 여자아이가 아니고, 이 일은 평범한 틴에이저의 실종과 성질이 좀 다르기 때문입니다. 유괴도 아니라고 보고요. 그러니까 경찰이 통상적으로 취할 만한 방법으로는 그애를 찾아내기 어려울 겁니다."

나는 특별한 의견을 말하지는 않았다. 그러나 아마 그의 말이 맞을 것이다. 우리는 함수만 많고 구체적인 숫자는 거의 주어지지 않은 방정식에 직면해 있었다. 일단 숫자를 하나라도 더 찾아내는 것이 급선무다.

"구덩이에 다시 가보지 않으시겠어요?" 내가 말했다. "그새 바뀐 것이 있을지도 모르니까요."

"그러죠." 멘시키가 말했다.

달리 할 일도 없으니까, 라는 것이 우리의 공통된, 암묵적인 생각이었다. 집을 비운 사이 아키가와 쇼코의 전화가 올지도 모른다. 혹은 기사단장이 말한 '제안의 전화'가 올지도 모른다. 그래도 당분간은 괜찮을 것이다. 막연하게 그런 예감이 들었다.

우리는 겉옷을 걸치고 밖으로 나갔다. 쾌청한 아침이었다. 지난밤 하늘을 뒤덮고 있던 구름은 남서쪽에서 불어온 바람에 완전히 날려갔다. 하늘은 부자연스러울 만큼 높고 지극히 투명했다. 똑바로 올려다보자니 마치 위아래가 뒤집힌 투명한 샘의 바닥을 들여다보고 있는 느낌이었다. 저멀리 기다란 전철이 선로를 나아가는 단조로운 소리가 들렸다. 이따금 이런 날이 있다. 공기의 청정도와 바람의 방향에 따라, 평소 같으면 들리지 않을 먼 곳의 소리가 이상할 만큼 또렷하게 귀에 와닿는다. 그런 아침이었다.

우리는 잡목림 속 오솔길을 말없이 걸어, 사당 뒤편으로 돌아가서 구덩이 앞에 섰다. 구덩이를 덮은 판자는 전날 밤과 똑같았다. 위에 늘어놓은 누름돌의 배치에도 변화가 없었다. 판자를 들어내자 사다리는 제자리에 있었다. 구덩이 속에는 역시 아무도 없었다. 멘시키는 이번에는 내려가보겠다고 말하지 않았다. 햇빛이 구덩이 구석구석까지 밝게 비추었고, 전날 밤과 달라진 데는 하나도 없었기 때문이다. 밝은 대낮에 보는 구덩이는 한밤에 보는 구덩이와 완전히 달랐다. 불온한 기미 따위는 전혀 느껴지지 않는다.

구덩이에 두꺼운 판자를 다시 덮고 그 위에 누름돌을 늘어놓았다. 그리고 잡목림을 빠져나와 집으로 돌아왔다. 집 앞 주차장에는 얼룩 한 점 없이 과묵한 멘시키의 은색 재규어와, 내가 타고 다니는 소박한 먼지투성이 코롤라 왜건이 나란히 서 있었다.

"저는 이만 가보겠습니다." 멘시키가 재규어 앞에 멈춰 서서 말했다. "여기 버티고 있어봐야 방해만 되고 당장은 별 도움을 드리지도 못하니까요. 괜찮겠습니까?"

"물론이죠. 들어가서 편히 쉬십시오. 무슨 일이 있으면 바로 연락드리겠습니다."

"그러고 보니 오늘은 토요일이었죠?" 멘시키가 물었다.

"맞아요. 오늘은 토요일입니다."

멘시키는 고개를 끄덕이고 윈드브레이커 주머니에서 차 열쇠를 꺼내 물끄러미 내려다보았다. 뭔가 생각하는 것 같았다. 마음을 정하지 못해 망설이는지도 모른다. 나는 그가 생각을 끝내기를 기다렸다.

이윽고 멘시키가 입을 열었다. "알려드려야 할 얘기가 하나 있습니다."

나는 코롤라 왜건 문에 기대어 그의 다음 이야기를 기다렸다.

멘시키가 말했다. "지극히 개인적인 일이라 어떻게 할까 고민했습니다만, 일단 예의상 알려두는 편이 좋을 것 같습니다. 불필요한 오해를 사고 싶지는 않으니까요…… 간단히 말씀드려 저와 아키가와 쇼코 씨는, 뭐라고 할지, 상당히 친밀한 관계가 되었습니다."

"남녀 관계라는 뜻인가요?" 내가 단도직입적으로 물었다.

"그런 뜻입니다." 멘시키는 순간적으로 뜸을 두었다가 말했다. 뺨이 살짝 붉어진 것 같았다. "너무 빠르다고 생각하실지도 모르겠습니다만."

"속도는 별로 문제가 아니라고 생각하는데요."

"맞습니다." 멘시키가 인정했다. "확실히 그렇습니다. 문제는 속도가 아니지요."

"문제는"이라고 말했다가 나는 입을 다물었다.

"문제는 동기다. 그런 뜻이죠?"

나는 잠자코 있었다. 하지만 그는 물론 내 침묵의 의미가 예스임을 알고 있었다.

멘시키가 말했다. "알아주셨으면 하는데, 처음부터 무슨 계산을 하고 그런 쪽으로 나간 건 아닙니다. 어디까지나 자연스러운 결과였습니다. 저 자신도 알아채지 못하는 사이 그렇게 되어버린 겁니다. 쉽게 믿어주시진 않을지도 모르지만요."

나는 한숨을 내뱉었다. 그리고 솔직히 말했다. "제가 알 수 있는 건, 만약 멘시키 씨가 처음부터 그럴 계획이셨다면 무척 간단한 일이었을 거라는 정도입니다. 빈정대려는 뜻은 아닙니다."

"아마 그럴 겁니다." 멘시키가 말했다. "인정합니다. 간단하달까, 그리 어려운 일은 아니었을 수도 있지요. 하지만 실제로는 그렇지 않았습니다."

"요컨대 당신은 아키가와 쇼코 씨를 처음 보고서 단순히 사랑에 빠졌다는 건가요?"

멘시키가 난처한 듯이 입술을 살짝 오므렸다. "사랑에 빠졌다? 솔직히 그렇게까지는 단언할 수 없군요. 제가 마지막으로 사랑에 빠진 건―그랬다고 생각하는 건―무척 오래전입니다. 그게 어떤 것인지 이제는 기억도 잘 나지 않습니다. 그러나 제가 한 남자로서, 그녀에게 이성으로 강하게 마음이 끌린 것은 사실입니다."

"아키가와 마리에의 존재를 배제하고도 말인가요?"

"그건 어려운 가설입니다. 애초에 만남의 동기가 마리에였으니까요. 그러나 설령 마리에의 존재가 없었더라도 저는 그녀에게 마음이 끌리지 않았을까 싶군요."

과연 그럴까, 나는 생각했다. 멘시키처럼 깊고 복잡한 의식을 지닌 남자가 아키가와 쇼코 같은, 말하자면 별로 구김살 없는 타입의 여자에게 그렇듯 강하게 마음이 끌릴 수 있을까? 하지만 내 입장에서는 뭐라고 말할 수 없었다. 사람의 마음이 어떻게 움직일지는 예측이 불가능한 법이다. 특히 성적인 요소가 끼어드는 경우에는.

"알겠습니다." 내가 말했다. "어쨌든 솔직하게 말씀해주셔서 고맙습니다. 결국에는 솔직한 게 제일 좋다고 생각해요."

"저도 그러기를 바랍니다."

"실은 아키가와 마리에는 이미 그 사실을 알고 있었어요. 당신과 쇼코 씨가 그런 관계가 아닐까 하고. 그래서 제게 상담을 청했습니다. 며칠 전에요."

멘시키는 그 말에 조금 놀란 것 같았다.

"감이 날카로운 아이군요." 그가 말했다. "저는 절대 내색하지 않았다고 생각했는데 말입니다."

"감이 무척 날카로운 아이예요. 하지만 그 사실을 알아차린 건 고모의 언동을 통해서지 멘시키 씨 탓이 아닙니다."

아키가와 쇼코는 어느 정도 감정을 절제할 줄 아는, 성장환경이 좋고 지적인 사람이지만 견고한 가면까지는 갖지 못했다. 그 점은 물론 멘시키도 알고 있을 터였다.

멘시키가 말했다. "그래서 당신은…… 마리에가 그 사실을 알아차린 것과 이번 실종에 무슨 관련이 있다고 생각하십니까?"

나는 고개를 저었다. "그것까지는 모르겠습니다. 제가 할 수 있는 말은 당신이 쇼코 씨와 충분히 이야기를 나누는 게 좋겠다는 거예요. 마리에가 사라지는 바람에 그 사람은 큰 혼란과 불안에 빠져 있어요. 아마 당신의 도움과 위로를 필요로 할 겁니다. 상당히 절실하게요."

"알겠습니다. 집에 돌아가면 곧바로 연락해보지요."

멘시키는 그렇게 말하고 다시 한동안 생각에 잠겼다.

"솔직히 말씀드려서." 그는 한숨을 한 번 내뱉고 입을 열었다. "아무래도 제가 사랑에 빠졌다고는 할 수 없을 것 같습니다. 그 것과는 조금 다릅니다. 저는 그런 쪽으로 워낙 소질이 없는 것 같아요. 하지만 이것만은 저도 잘 모르겠습니다. 마리에의 존재가 없었어도 쇼코 씨에게 그렇게 마음이 끌렸을지. 그 질문에는 어떻게 선을 긋기가 힘들군요."

나는 잠자코 있었다.

멘시키가 말을 이었다. "그렇지만 미리 계산하고 벌인 일은 아닙니다. 그 점만은 믿어주시겠습니까?"

"멘시키 씨." 나는 말했다. "이유는 잘 설명할 수 없지만, 저는 당신이 기본적으로 정직한 사람이라고 생각합니다."

"고맙습니다." 멘시키가 말했다. 그리고 아주 살짝 미소를 지었다. 어색하기 짝이 없는 미소였지만 전혀 기쁘지 않은 것도 아닌 듯했다.

"좀더 정직해져도 괜찮을까요?" 멘시키가 말했다.

"물론이죠."

"저는 가끔 저 자신을 그저 무無라고 느낍니다." 멘시키가 고백하듯이 말했다. 엷은 미소가 아직 입가에 걸려 있었다.

"무, 라고요?"

"텅 빈 인간 말입니다. 오만하게 들릴지도 모르지만, 저는 지금껏 저 자신이 제법 똑똑하고 유능한 인간이라고 믿으면서 살아왔습니다. 감도 좋고, 판단력과 결단력도 있습니다. 체력도 타고났고요. 어떤 일에 손대도 실패할 것 같지 않았습니다. 실제로도 원하는 것은 거의 전부 손에 넣었습니다. 물론 도쿄 구치소 일은 명백한 실패지만, 그런 예외는 몇 되지 않습니다. 젊은 시절에는 제가 뭐든 할 수 있다고 믿었습니다. 그리고 미래에는 거의 완벽한 인간이 될 거라 생각했지요. 세계가 한눈에 내려다보이는 높은 장소에 닿을 거라고요. 하지만 쉰을 넘기고 거울 앞에서서 발견한 것은 그저 텅 빈 인간이었습니다. 무입니다. T. S. 엘리엇이 말한, 빈 부분을 지푸라기로 채운 인간."

무슨 말을 해야 할지 몰라서 나는 잠자코 있었다.

"지금까지의 내 인생은 전부 잘못된 것인지도 모른다. 가끔 그런 생각이 듭니다. 어디선가 잘못된 방법을 택했는지도 모른다. 그리고 무의미한 일만 잔뜩 해왔는지도 모른다. 그래서 전에도 말씀드린 것처럼, 당신을 보고 있으면 곧잘 부러워지는 겁니다."

"이를테면 어떤 점이요?" 내가 물었다.

"당신한테는 원해도 손에 넣을 수 없는 것을 원할 만큼의 힘이 있어요. 하지만 저는 제 인생에서, 원하면 손에 넣을 수 있는 것밖에 원하지 못했습니다."

　아마 아키가와 마리에를 말하는 것이리라. 아키가와 마리에야말로 그가 '원해도 손에 넣을 수 없는 것'이다. 하지만 그에 대해 내가 할 수 있는 말은 아무것도 없었다.

　멘시키는 천천히 차에 올라타고 굳이 창문을 열어 내게 묵례하고는 시동을 걸고 출발했다. 나는 그 차가 시야에서 완전히 사라지기까지 기다렸다가 집으로 들어갔다. 여덟시가 넘어 있었다.

　전화벨이 울린 것은 아침 열시가 조금 지나서였다. 아마다 마사히코였다.

　"좀 갑작스럽지만," 아마다가 말했다. "지금 이즈로 아버지를 보러 갈 거야. 괜찮으면 같이 갈까? 지난번에 아버지를 한번 만나고 싶다고 했지?"

　오늘 오전 전화로 누군가 제군에게 어떤 제안을 할 걸세. 그걸 거절해서는 안 되네.

　"응, 괜찮아. 갈 수 있어. 같이 가보자." 내가 말했다.

　"아까 도메이 고속도로를 탔어. 여긴 고호쿠 휴게소고. 아마 한 시간 안에 거기 도착할 거야. 널 픽업해서 바로 이즈 고원으로 가려고."

"갑자기 가게 된 거야?"

"음, 요양원에서 전화가 와서. 아무래도 용태가 좋지 않은 모양이야. 그래서 일단 가보려고. 마침 오늘은 볼일도 없어서."

"내가 같이 가도 괜찮을까? 그렇게 중요한 때, 가족도 아닌데."

"상관없어. 신경쓰지 마. 나 말고는 찾아올 친척도 없거든. 사람이 많을수록 활기차고 좋지 뭐." 아마다가 말했다. 그러고는 전화를 끊었다.

수화기를 내려놓고 방안을 둘러보았다. 기사단장이 어디 있을지도 모르겠다 싶어서였다. 그러나 기사단장의 모습은 보이지 않았다. 그는 예언만 남기고 어딘가로 사라져버린 모양이었다. 아마 이데아로서, 시간과 공간과 개연성이 존재하지 않는 영역을 돌아다니고 있으리라. 어쨌거나 오전중 전화가 왔고 나는 어떤 제안을 받았다. 지금까지는 그의 예언이 적중했다. 아키가와 마리에의 행방을 여전히 모르는 채로 집을 비우기가 마음에 걸렸지만 하는 수 없다. '무슨 사정이 있어도 그 제안을 거절해서는 안 된다'는 것이 기사단장의 지시였다. 아키가와 쇼코는 일단 멘시키에게 맡겨두면 될 것이다. 그에게는 그만한 책임이 있다.

거실 안락의자에 앉아 아마다 마사히코가 오기를 기다리면서 무적함대에 대한 책을 이어서 읽었다. 앞바다에서 난파한 배를 버리고 간신히 목숨만 건져 아일랜드 해안에 다다른 스페인인들은 대부분 원주민에게 살해당했다. 연안에 사는 가난한 이들은

48 스페인인은 아일랜드 앞바다를 항해하는 법을 몰랐으므로 299

그들의 소지품을 빼앗기 위해 모두 힘을 합쳐 병사와 선원을 살해했다. 스페인인들은 같은 가톨릭교도인 아일랜드인의 도움을 기대했지만 실상은 그들의 마음 같지 않았다. 종교적 연대감보다 굶주림이 훨씬 절실했다. 잉글랜드 상륙 후 영국인 유력자를 매수할 셈으로 풍부한 군자금을 싣고 온 배도 앞바다에 허망하게 가라앉았다. 그 재화와 보물의 행방은 아무도 모른다.

아마다 마사히코의 검은색 구형 볼보가 집 앞에 도착한 것은 열한시가 조금 못 되어서였다. 나는 바다 깊이 가라앉은 다량의 스페인 금화를 생각하면서 가죽점퍼를 걸치고 밖으로 나갔다.

아마다가 선택한 경로는 하코네 턴파이크에서 이즈 스카이라인으로 진입해 아마기 고원에서 이즈 고원으로 내려가는 것이었다. 그는 주말이면 하행선이 혼잡하니 이 길이 제일 빠르다고 했지만 그쪽 역시 행락객으로 도로가 붐볐다. 아직 단풍철이 끝나지 않은데다 평소 산길 운전에 익숙하지 않은 사람이 많아서 예상보다 시간이 더 걸렸다.

"아버님 상태가 그렇게 안 좋나?" 내가 물었다.

"어차피 별로 남지 않았어." 아마다가 담담한 목소리로 말했다. "확실히 말해 시간문제야. 말하자면 노쇠에 가까운 상태거든. 음식도 제대로 못 드시고, 결국에는 흡인성 폐렴이 올지도 몰라. 하지만 유동식이나 링거주사는 원치 않는다고 하셨거든.

요컨대 자기 힘으로 숟가락을 들 수 없어지면 조용히 죽게 해달라는 거였지. 아직 의식이 또렷할 때 변호사를 통해서 그런 뜻을 문서화하고 서명도 하셨어. 그러니까 연명 치료는 일절 하지 않을 거야. 언제 돌아가셔도 이상할 것 없어."

"그래서 항상 만일의 경우를 대비하고 있는 거구나."

"그렇지."

"힘들겠네."

"뭐, 한 사람이 죽는다는 건 꽤 큰일이니까. 불평할 수는 없지."

구형 볼보에는 아직 카세트플레이어가 달려 있었다. 수납공간에 카세트가 한아름 들어 있었는데, 아마다는 제목도 보지 않고 손을 대충 더듬어 그중 하나를 플레이어에 집어넣었다. 1980년대 히트송을 모아놓은 테이프였다. 듀란듀란이나 휴이 루이스 등. ABC의 〈룩 오브 러브〉가 흘러나올 즈음 내가 아마다에게 말했다.

"이 차 안에서는 진화가 멈춘 것 같아."

"난 CD를 안 좋아하거든. 너무 번쩍거리고, 처마 밑에 매달아놓고 까마귀 쫓는 데 쓰면 모를까 음악을 들을 만한 물건은 못돼. 소리가 쨍쨍 울리고 믹싱도 부자연스러워. A면과 B면으로 나뉘지 않는 것도 재미없고. 실은 카세트로 음악을 듣고 싶어서 아직까지 이 차를 타는 거야. 요즘 차에는 카세트플레이어가 달려 있지 않으니까. 그래서 주위에서는 다들 질려하지만. 그래도 할 수 없어. 그간 열심히 녹음해온 카세트테이프 컬렉션이 집에 쌓여 있는데, 그걸 쓸모없게 만들고 싶지는 않거든."

"그래도 이번 생에서 ABC의 〈룩 오브 러브〉를 다시 듣게 될 줄은 몰랐어."

아마다가 의아한 듯이 나를 보았다. "좋은 곡이잖아"라고 그는 말했다.

우리는 1980년대 FM 라디오를 장악했던 여러 음악 이야기를 하면서 하코네 산속을 벗어났다. 커브를 돌 때마다 푸르른 후지산이 바짝 다가왔다.

"별난 아버지에 별난 아들이군." 내가 말했다. "아버지는 LP 밖에 안 듣고, 아들은 카세트테이프를 고집하고."

"시대에 뒤떨어지기로 말하자면 너도 만만치 않아. 아니, 오히려 네가 더 뒤떨어졌거든. 넌 휴대전화도 없잖아? 인터넷도 거의 안 쓰지? 나는 매일 휴대전화를 들고 다니고 모르는 게 있으면 바로 구글에서 검색해본다고. 회사에서는 매킨토시로 디자인까지 하고. 사회적으로는 내가 훨씬 진보했어."

그때 버티 히긴스의 〈키 라르고〉로 곡이 바뀌었다. 사회적으로 진보한 인간치고는 상당히 맛깔스러운 선곡이다.

"요즘 만나는 사람 있어?" 나는 화제를 바꾸어 아마다에게 물었다.

"여자?" 아마다가 물었다.

"그래."

아마다가 어깨를 살짝 으쓱했다. "별로 순조롭다고는 할 수 없어. 늘 그렇듯이. 그리고 최근에 한 가지 기묘한 사실을 깨달았는데, 그 바람에 매사에 걸림돌이 더 많아졌어."

"기묘한 사실?"

"그게 말이지, 여자 얼굴은 좌우가 다르거든. 그거 알았어?"

"사람의 얼굴은 완벽한 좌우대칭이 될 수 없어." 내가 말했다. "가슴이나 고환도 좌우 크기와 모양이 다르잖아. 그림을 그리는 사람이면 누구나 아는 사실인데. 인간의 모습은 좌우비대칭이고, 그래서 재미있는 거지."

아마다는 전방을 주시한 채로 몇 번 고개를 흔들었다. "물론 그 정도는 나도 알아. 하지만 지금 내가 말하는 건 그거랑은 좀 달라. 외모보다 오히려 인격적인 부분에 가까워."

나는 이어질 말을 기다렸다.

"두 달쯤 전 일인데, 요즘 만나는 여자친구 사진을 찍었어. 디지털카메라로 얼굴 정면을 클로즈업해서. 그리고 업무용 컴퓨터의 대형 모니터에 띄워봤어. 그리고 왜 그랬는지는 모르겠는데, 얼굴을 한가운데서 잘라 반쪽씩 봤어. 오른쪽 절반을 지우고 왼쪽만 보고, 그다음에는 왼쪽 절반만 지우고 오른쪽만 보고…… 대충 뭔지 알겠지?"

"응."

"그때 깨달았는데, 잘 보니까 이 사람은 얼굴 오른쪽 절반과 왼쪽 절반이 완전히 딴사람 같은 거야. 영화 〈배트맨〉에 보면 좌우 얼굴이 전혀 다른 악당이 있잖아. 투 페이스였던가?"

"그 영화는 안 봤어." 내가 말했다.

"한번 봐. 꽤 재미있는 영화야. 아무튼, 그 사실을 알고 조금 무서워졌어. 그때 그만두면 좋았을 것을 왼쪽과 오른쪽만으로 각기 하나씩 얼굴을 합성해봤어. 얼굴을 절반으로 나눈 뒤에 한쪽을 반전해서 붙이는 식으로. 오른쪽만으로 얼굴 하나를 만들고, 왼쪽만으로 또 얼굴 하나를 만드는 거야. 컴퓨터 프로그램을 쓰면 간단하니까. 그랬더니 완전히 다른 인격이라고밖에 생각되지 않는 두 명의 여자가 만들어진 거야. 놀랐어. 요컨대 한 사람 안에 실은 두 명이 도사리고 있었던 거라고. 그런 생각 해본 적 있어?"

"없는데." 내가 말했다.

"그뒤로 몇몇 다른 여자의 얼굴로도 같은 시도를 해봤어. 정면 사진을 모아다 컴퓨터로 좌우 따로따로 합성해본 거지. 그 결과 알게 된 거야. 조금씩 차이는 있지만, 대부분의 여자는 좌우 얼굴이 다르다는 걸. 그리고 한번 깨닫고 나니까 여자라는 존재 자체를 도무지 알 수 없게 됐어. 이를테면 섹스를 하다가도 내가 지금 안고 있는 게 오른쪽의 그녀인지 왼쪽의 그녀인지 모르겠거든. 만일 오른쪽 여자와 섹스하는 거라면 왼쪽 여자는 어디서 뭘 하며 무슨 생각을 할까. 만일 이게 왼쪽 여자라면 오른쪽 여자는 어디서 뭘 하며 무슨 생각을 할까. 이런 식으로 생각하기 시작하면 이야기가 정말이지 복잡해져. 뭔지 알겠어?"

"잘 모르겠는데, 이야기가 복잡해진다는 건 이해가 돼."

"복잡해진다니까, 정말로."

"남자 얼굴로도 해봤어?" 내가 물었다.

"해봤어. 그래도 남자 얼굴에는 별로 그런 구석이 없어. 드라마틱하게 달라지는 건 대개 여자 얼굴이야."

"한번 정신과나 심리상담사한테 가보는 게 좋지 않을까." 내가 말했다.

아마다는 한숨을 쉬었다. "지금까지는 나 자신을 꽤 평범한 인간이라 생각하고 살아왔는데 말이야."

"그건 좀 위험한 생각인지도 몰라."

"스스로를 평범한 인간이라고 생각하는 게?"

"나는 평범한 인간입니다, 라고 자기 입으로 말하는 인간을 믿어서는 안 된다고 스콧 피츠제럴드가 무슨 소설에 썼지."

아마다는 한동안 내 말을 생각했다. "그 말은 '아무리 범용할지라도 대체할 수 있는 사람은 없다'는 뜻이야?"

"그렇게 말할 수도 있겠지."

아마다는 한동안 잠자코 운전만 했다. 그러다 말했다.

"어쨌든, 너도 한번 나처럼 시도해볼 생각 없어?"

"알다시피 나는 오랫동안 초상화를 그려왔어. 그러니 사람의 얼굴이 어떤 것인지는 잘 아는 편이라고 생각해. 전문가라고 해도 좋겠지. 하지만 얼굴의 오른쪽과 왼쪽으로 인격이 나뉜다는 생각은 해본 적 없어."

"그래도 네가 그린 초상화는 거의 남자였잖아?"

하긴 그렇다. 지금까지 여자 고객에게서 초상화 의뢰를 받은 적은 한 번도 없다. 왠지 몰라도 내가 그린 초상화는 전부 남자였다. 유일한 예외가 아키가와 마리에인데, 여자라기보다 오히려 아이에 가깝다. 게다가 그 작품은 아직 완성되지도 않았다.

"남자와 여자는 다르다니까, 완전히." 아마다가 말했다.

"한 가지 묻고 싶은데." 내가 말했다. "대부분 여자는 얼굴 왼쪽과 오른쪽으로 드러나는 인격이 다르다는 게 네 생각이잖아?"

"응, 그게 내가 끌어낸 결론이야."

"그러면 너는 두 얼굴 중 한쪽이 다른 한쪽보다 더 좋아지기도 하는 거야? 아니면 한쪽이 더 좋아지지 않는다거나."

아마다는 내 말을 듣고 한동안 생각에 잠겼다. 그러고는 말했다. "아니, 그렇지는 않아. 어느 한쪽이 더 좋아지고 다른 한쪽은 좋아지지 않는다, 그런 레벨이 아니야. 한쪽이 밝고 한쪽은 어둡다, 한쪽이 더 아름답고 한쪽은 덜 아름답다는 것도 아니고. 문제는 좌우가 다르다는 사실뿐이야. 다르다는 사실 자체에 혼란스러워지고, 경우에 따라서는 두렵기도 해."

"내 귀에는 일종의 강박증으로밖에 안 들리는데." 내가 말했다.

"내 귀에도 그렇게 들려." 아마다가 말했다. "내가 한 말이지만 그렇게 들린다고. 그래도 정말로 그렇다니까. 너도 한번 시도해봐."

시도해볼게, 라고 나는 말했다. 물론 그런 시도를 해볼 생각은 없었다. 안 그래도 수많은 트러블을 끌어안고 있다. 더이상 성가셔지고 싶진 않다.

그후 우리는 아마다 도모히코 이야기를 했다. 빈 유학 시절의 아마다 도모히코에 대해.

"아버지는 리하르트 슈트라우스가 지휘하는 베토벤 교향곡을 들은 적 있다고 하셨어." 아마다가 말했다. "오케스트라는 물론 빈 필하모닉. 기막힌 연주였대. 내가 아버지 입으로 직접 들은 몇 안 되는 유학 시절 에피소드 중 하나야."

"그거 말고는 빈 생활에 대해 어떤 이야기를 하셨어?"

"이래도 좋고 저래도 좋은 이야기뿐이야. 음식, 술, 그리고 음악. 어쨌거나 음악을 무척 좋아하셨으니까. 그거 말고는 아무것도 들은 게 없어. 그림 이야기나 정치 이야기는 전혀 안 했어. 여자 이야기도."

아마다는 잠시 침묵했다가 말을 이었다.

"누가 아버지 전기를 써보면 좋을지도 몰라. 분명 재미있는 책이 되겠지. 그렇지만, 현실적으로는 누구도 아버지 전기 같은 걸

쓸 수 없어. 애초에 개인정보라는 게 거의 존재하지 않으니까. 아버지는 친구도 사귀지 않고 가족도 팽개친 채 혼자 산 위에 틀어박혀 일만 해왔어. 그나마 친분이 있던 사람은 옛날부터 알고 지내던 미술상 정도야. 거의 아무와도 대화를 하지 않았어. 편지 한 통 쓰지 않았고. 그러니까 전기를 쓰려고 해도 쓸 만한 자료가 변변치 않아. 공백이 많은 인생이라기보다 차라리 거의 공백투성이라고 하는 게 사실에 가까울 거야. 덩어리보다 뚫린 구멍이 훨씬 많은 치즈처럼."

"뒤에는 작품만 남았지."

"그래, 작품 말고는 거의 아무것도 남지 않았어. 아마 아버지가 원하던 상황일 거야."

"너도 남은 것 중 하나잖아." 내가 말했다.

"내가?" 아마다는 놀란 듯이 내 얼굴을 보았다. 그러나 곧 전방으로 시선을 되돌렸다. "하긴, 듣고 보니 그렇네. 나도 아버지가 남긴 것 중 하나야. 완성도가 썩 좋지는 않지만."

"그래도 대체할 수는 없어."

"맞는 말이야. 아무리 범용할지라도 대체할 수는 없지." 아마다가 말했다. "가끔 이런 생각을 해. 오히려 네가 아마다 도모히코의 아들이면 좋지 않았을까. 그랬다면 여러 가지가 한결 수월하게 풀렸을지도 몰라."

"됐어." 나는 웃으면서 말했다. "아마다 도모히코의 아들 역할은 아무도 소화해낼 수 없을걸."

"그렇겠지." 아마다가 말했다. "그래도 너라면 나름대로 정신적인 계승 같은 것을 할 수 있지 않았을까. 그런 자격은 나보다 오히려 네게 있지 않을까—그냥 순수하게 그런 느낌이 들어."

그 말을 듣자 문득 〈기사단장 죽이기〉가 떠올랐다. 어쩌면 그 그림은 내가 아마다 도모히코에게 물려받은 것일까? 그가 나를 천장 위로 데려가 그 그림을 발견하게 한 걸까? 그는 그 그림을 통해 내게 뭔가를 요구하는 것일까?

카스테레오에서 데버러 해리의 〈프렌치 키싱 인 더 유에스에이〉가 흘러나왔다. 우리 대화의 배경으로는 심하게 어울리지 않는 음악이었다.

"아버지가 아마다 도모히코라는 건 몹시 버거운 일이었겠지." 나는 과감하게 말을 꺼냈다.

아마다가 말했다. "그 점에 대해서는 인생의 어느 단계에서 깨끗이 체념했어. 그래서 남들이 상상하는 만큼 힘들지도 않아. 나도 일단 그림으로 먹고살긴 하지만, 아버지와는 재능의 스케일이 완전히 다르니까. 아예 이렇게까지 차이가 나버리면 특별히 신경쓰이지 않아. 내가 버겁게 느끼는 건 아버지가 유명한 화가라는 사실이 아니라, 살아 있는 한 인간으로서 아들인 내게 끝까지 마음을 열지 않았다는 점이야. 정보 같은 것을 하나도 전해주지 않았어."

"네게 속마음을 드러내신 적이 없는 거야?"

"아주 조금도. 네게 이미 절반의 DNA를 나눠줬으니 이제 줄 것이 없다. 나머지는 네가 알아서 해라. 이런 식이었지. 그래도 말이야. 인간과 인간의 관계는 DNA로만 따질 일이 아니야. 그렇잖아? 내 인생을 이끌어달라고까지는 하지 않았어. 그런 것까지는 원하지도 않는다고. 하지만 아버지와 아들 사이의 대화 같은 게 조금은 있어도 좋았을 거야. 자신이 한때 어떤 일을 겪었는지, 어떤 생각을 품고 살아왔는지, 아무리 조그만 자투리라도 좋으니까 알려줬으면 좋았을 거라고."

나는 잠자코 그의 이야기를 들었다.

그는 긴 신호를 기다리며 차를 세운 동안 짙은 레이밴 선글라스를 벗어 손수건으로 닦았다. 그리고 내 쪽을 보며 말했다. "내가 보기에 아버지는 뭔가 무거운 개인적인 비밀을 감추고 있어. 당신 혼자 품고 세상에서 천천히 퇴출하려 하지. 마음속 깊은 곳에 튼튼한 금고를 두고, 몇 가지 비밀을 넣어둔 거야. 금고에 자물쇠를 채우고, 열쇠는 버렸든가 다른 어딘가에 감췄어. 어디였는지 당신도 이제 기억나지 않는 곳에 말이야."

그리고 1938년 빈에서 무슨 일이 일어났는지는 아무도 모르는 수수께끼가 되어 어둠 속에 묻히고 만다. 그러나 어쩌면 〈기사단장 죽이기〉라는 그림이 그 '숨은 열쇠'가 될지도 모른다. 문득 그런 생각이 떠올랐다. 바로 그래서 그는 인생의 마지막에 생령이 되어, 산꼭대기까지 그 그림을 확인하러 왔던 것이 아닐까.

나는 고개를 돌려 뒷좌석을 보았다. 기사단장이 오도카니 앉아 있을 것만 같은 기분이었다. 그러나 뒷좌석에는 아무도 없었다.

"왜 그래?" 아마다가 내 시선을 좇으며 물었다.

"아무것도 아니야." 나는 말했다.

신호가 파란불로 바뀌고 그가 액셀러레이터를 밟았다.

49

그것과 같은 수의 죽음으로 가득하다

도중에 아마다가 볼일을 보고 싶다고 해서 도로변 패밀리레스토랑에 차를 세웠다. 우리는 창가 테이블로 안내받아 커피를 주문했다. 마침 점심때라 나는 로스트비프 샌드위치도 같이 시켰다. 아마다도 같은 것을 주문하고는 화장실에 갔다. 그가 자리를 비운 사이 멍하니 창밖을 내다보았다. 주차장에는 차가 제법 많았다. 대부분 가족 나들이객이고 미니밴이 유독 많았다. 미니밴은 대개 비슷비슷해 보인다. 맛이 그저 그런 비스킷이 들어 있는 틴 케이스처럼. 주차장 끄트머리의 전망대에서 사람들이 소형 디지털카메라나 휴대전화를 들고 정면에 커다랗게 보이는 후지산의 사진을 찍고 있었다. 아마 어리석은 편견이겠지만, 나는 사람들이 전화기로 사진을 찍는 행위에 도무지 익숙해지지 못했다. 사진기로 전화를 거는 행위는 더더욱 낯설었다.

그런 광경을 무심코 바라보고 있는데 흰색 스바루 포레스터 한 대가 도로에서 주차장으로 들어왔다. 나는 차에 대해 잘 아는 편이 아니지만 (그리고 스바루 포레스터는 결코 특이한 차라고 할 수 없지만) 그것이 '흰색 스바루 포레스터의 남자'가 타던 것과 같은 차종이라는 사실은 한눈에 알 수 있었다. 그 차는 혼잡한 주차장 통로를 천천히 나아가다가 빈자리를 발견하고 재빨리 머리를 집어넣었다. 뒷문에 달린 타이어 케이스에 역시나 'SUBARU FORESTER'라는 커다란 로고가 찍혀 있었다. 아무래도 미야기 현 해안 마을에서 본 것과 같은 모델인 듯했다. 번호판까지는 읽을 수 없지만 보면 볼수록 지난봄 그 작은 항구도시에서 맞닥뜨렸던 차 같았다. 차종만 같은 것이 아니다. 완전히 같은 차로 보인다.

나는 시각적인 기억력이 매우 정확하고 오래가는 편이다. 그리고 그 차의 낡은 정도나 사소한 개별 특징은 내 기억 속의 그 차와 너무도 비슷했다. 숨이 막힐 것 같았다. 차에서 누가 내리는지 눈을 부릅뜨고 지켜보았다. 그러나 그 순간 대형 관광버스가 주차장으로 들어와 시야를 가렸다. 주차장이 혼잡한 탓에 버스는 좀처럼 앞으로 나아가지 못했다. 나는 자리에서 일어나 레스토랑 밖으로 나갔다. 그리고 여전히 같은 자리에 서 있는 관광버스를 빙 돌아서 흰색 스바루 포레스터가 주차된 곳으로 걸어갔다. 하지만 차 안에는 이미 아무도 없었다. 운전자는 그새 차에서 내려 어딘가로 가버린 것이다. 레스토랑에 들어갔는지도 모르고, 전망대로 사진을 찍으러 갔는지도 모른다. 나는 제자리에 서서 주의깊게 주위를 둘러보았지만 '흰색 스바루 포레스터의 남자'의 모습은 어디에도 보이지 않았다. 물론 꼭 그 남자가 이 차를 몰고 왔다는 보장은 없지만.

차 번호판을 확인해보았다. 역시 미야기 현 번호다. 리어범퍼에는 청새치 그림 스티커가 붙어 있었다. 그때 본 것과 같은 차다. 틀림없다. 그 남자가 여기 와 있다. 등줄기가 얼어붙는 듯했다. 나는 그를 찾아보려 했다. 다시 한번 남자의 얼굴을 보고 싶었다. 그리고 내가 그의 초상화를 완성하지 못하는 이유를 확인하고 싶었다. 그의 안에 있는 무언가를 놓치고 있었는지도 모른다. 일단 번호판 숫자를 머릿속에 새겨놓았다. 어딘가에 쓸모가 있을지도 모른다. 아무 쓸모가 없을지도 모른다.

한동안 주차장을 돌아다니면서 그 남자일 법한 사람을 찾았다. 전망대에도 가보았다. 그러나 '흰색 스바루 포레스터의 남자'의 모습은 보이지 않았다. 짧고 희끗희끗한 머리와 구릿빛 피부의 중년남자. 키는 큰 편이다. 지난번 보았을 때는 낡은 검은색 가죽점퍼를 입고, 요넥스 로고가 들어간 골프모자를 쓰고 있었다. 나는 그때 그의 얼굴을 수첩에 간단히 스케치해서 맞은편 자리의 젊은 여자에게 보여주었다. "잘 그리네." 여자는 적잖이 감탄한 듯이 말했다.

바깥에는 그 남자일 법한 사람이 없음을 확인하고, 다시 패밀리레스토랑으로 들어와 실내를 한 바퀴 돌아보았다. 하지만 남자의 모습은 어디에도 보이지 않았다. 레스토랑은 그새 거의 만석이었다. 아마다는 이미 자리로 돌아와 커피를 마시고 있었다. 샌드위치는 아직 나오지 않았다.

"어디 갔었어?" 아마다가 내게 물었다.

"창밖에 아는 사람이 보인 것 같아서. 잠깐 나가봤어."

"찾았어?"

"아니, 못 찾았어. 착각했나봐." 내가 말했다.

나는 그뒤로도 계속 주차장에 서 있는 흰색 스바루 포레스터에서 눈을 떼지 않았다. 차를 몰고 온 남자가 돌아올지도 모른다 싶어서였다. 그러나 남자가 차로 돌아온다 한들 대체 뭘 어쩔 것인가? 그에게 가서 말을 걸면 될까. 지난봄, 미야기 현 해안의 작은 마을에서 두 번 맞닥뜨리지 않았느냐고. 그랬습니까, 그런데 전 댁이 기억에 없는데요. 그는 그렇게 말할지도 모른다. 아마그럴 것이다.

왜 제 뒤를 쫓는 겁니까? 내가 묻는다. 무슨 소리입니까? 난 댁을 뒤쫓은 적 없어요. 그는 대답할 것이다. 내가 뭐 때문에 누군지도 모르는 사람 뒤를 쫓아다니겠습니까? 대화는 거기서 끝나고 만다.

아무튼 운전자는 스바루 포레스터로 좀처럼 돌아오지 않았다. 희고 다부진 차는 주차장에서 주인이 돌아오기를 묵묵히 기다리고 있다. 나와 아마다가 샌드위치와 커피를 먹어치운 뒤에도 남자는 여전히 나타나지 않았다.

"자, 슬슬 가자. 시간이 별로 없어." 아마다가 손목시계를 보며 말했다. 그리고 테이블 위에 둔 선글라스를 집어들었다.

우리는 일어나서 계산을 하고 밖으로 나왔다. 그리고 다시 볼보에 올라타 붐비는 주차장을 벗어났다. 마음 같아서는 거기 남아서 '흰색 스바루 포레스터의 남자'가 돌아오기를 기다리고 싶었지만, 지금은 아마다의 아버지를 만나는 것이 우선이었다. 무슨 사정이 있어도 그 제안을 거절해서는 안 된다고 기사단장이 못박았으니까.

그리하여 내게는 '흰색 스바루 포레스터의 남자'가 다시 내 앞에 모습을 드러냈다는 사실만이 남았다. 그는 내가 여기 있다는 걸 알았고, 자신도 여기 있다는 사실을 내 눈앞에 보여주려 한 것이다. 나는 그 의도를 이해할 수 있었다. 그가 여기 온 것은 단순한 우연이 아니다. 관광버스가 시야를 막아 그의 모습을 가려버린 것도 물론 우연이 아니다.

아마다 도모히코가 입소한 시설까지는 이즈 스카이라인을 벗어나서도 구불구불한 산길을 한참 올라가야 했다. 새로 조성된 별장지가 보이고, 세련된 카페, 통나무 펜션, 현지에서 수확한 채소를 파는 직판장, 관광객을 겨냥한 작은 박물관 등이 있었다. 나는 커브를 돌 때마다 문손잡이를 꽉 잡으면서 '흰색 스바루 포레스터의 남자'를 생각했다. 그의 초상화를 완성하는 것을 무언가가 가로막고 있다. 나는 그 그림의 완성에 꼭 필요한 요소 한 가지를 아직 발견하지 못한 듯했다. 퍼즐의 중요한 조각 하나를 잃어버린 것처럼. 지금까지 그런 일은 없었다. 나는 누군가의 초상화를 그리기 전에 필요한 부품을 미리 전부 모아둔다. 하지만 그 '흰색 스바루 포레스터의 남자' 때는 그러지 못했다. 아마 '흰색 스바루 포레스터의 남자' 본인이 저지하고 있는 것이리라. 어떤 이유에선가, 그는 그림으로 그려지기를 원하지 않는다. 혹은 강하게 거부한다.

볼보가 어느새 도로를 벗어나 활짝 열린 철문을 통과했다. 문에는 아주 작은 간판 하나만 달려 있었다. 어지간히 신경쓰지 않으면 못 보고 놓칠 만한 입구다. 아마 이 시설은 굳이 스스로의 존재를 세상에 알릴 필요를 느끼지 않는 것이리라. 문 옆 부스에 있던 유니폼 차림의 경비원에게 마사히코가 제 이름과 면회 상대의 이름을 댔다. 경비원이 어딘가에 전화를 걸어 신원을 확인했다. 그대로 안으로 들어가 좀더 나아가자 울창한 숲이 나왔다. 키 큰 상록수들이 드리운 그늘이 몹시 서늘했다. 깔끔하게 포장된 아스팔트 비탈길을 올라가자 평평한 주차장이 나왔다. 로터리 모양에 중앙은 둥근 화단이었다. 완만한 언덕처럼 꾸며진 화단이 큼직한 모란채로 둘러싸여 있고 한복판에 새빨간 꽃이 피어 있다. 전부 잘 관리되는 듯 보였다.

아마다는 로터리 안쪽의 방문객용 주차장으로 들어가 차를 세웠다. 우리 말고도 이미 차 두 대가 서 있었다. 흰색 혼다 미니밴과 남색 아우디 세단이었다. 둘 다 번쩍거리는 새 차라서 그 사이에 들어간 구형 볼보는 마치 늙은 역마처럼 보였다. 하지만 아마다는 전혀 개의치 않는 것 같았다(그에게는 그보다 카세트테이프로 바나나라마를 듣는 것이 중요하다). 주차장에서는 태평양이 내려다보였다. 초겨울 햇살에 해수면이 희미하게 빛났다. 중형 어선 몇 척이 조업중이었다. 앞바다에 작고 높직한 섬이 있고, 그 너머로 마나즈루 반도가 보였다. 시곗바늘은 한시 사십오분을 가리켰다.

우리는 차에서 내려 입구로 걸어갔다. 비교적 최근에 지어진 듯했다. 전체적으로 깔끔하고 스마트하지만 특별한 개성은 없는 콘크리트 건물이다. 디자인만 보자면 이 건물의 설계를 맡은 건축가의 상상력은 그다지 대단하지 않았던 모양이다. 혹은 의뢰인이 건물의 용도를 감안해 최대한 심플하고 보수적인 설계를 요구했는지도 모른다. 각지고 네모난 3층 건물은 거의 직선으로만 이루어져 있었다. 아마 설계도 곧은 자 하나로 충분했으리라. 1층은 밝은 인상을 주려는 듯 유리를 많이 사용했다. 경사면 쪽으로 난 널찍한 나무 발코니에는 접의자가 열두 개쯤 놓여 있었지만 이미 겨울에 접어든 터라 아무리 하늘이 쾌청한 날이라 해도 밖에 나와 햇빛을 즐기는 사람은 보이지 않았다. 바닥에서 천장까지 통유리로 된 카페테리아에는 띄엄띄엄 사람들이 보였다. 대여섯 명 전부 노인 같았다. 휠체어에 앉은 사람도 둘 있다. 뭘 하고 있는지는 알 수 없다. 아마 벽에 달린 대형 텔레비전이라도 보고 있지 않을까. 어쨌거나 단체로 공중제비를 넘고 있지 않다는 것만은 분명했다.

아마다는 정면 현관으로 들어가 안내 데스크의 젊은 여자 직원에게 뭐라고 말을 하는 중이었다. 직원은 검고 긴 머리가 아름답고, 동그란 얼굴이 붙임성 있어 보였다. 유니폼인 남색 블레이저코트를 입고 가슴에 이름표를 달았다. 두 사람은 서로 안면이 있는 듯 한동안 친밀하게 대화를 나누었다. 나는 조금 떨어진 곳에 서서 이야기가 끝나기를 기다렸다. 현관 쪽 커다란 화병에는 전문가의 솜씨인 듯, 산뜻한 색상의 생화가 화려하게 꽂혀 있었다. 대화가 일단락되자 아마다는 데스크에 놓인 방문객 리스트에 볼펜으로 이름을 적고, 손목시계를 보며 현재 시각을 기입했다. 그러고는 내 쪽으로 왔다.

"아버지는 그럭저럭 안정된 모양이야." 바지 주머니에 양손을 찔러넣은 아마다가 말했다. "아침부터 기침이 멎지 않고 호흡이 곤란해져서 이대로 폐렴으로 진행되는 게 아닌가 걱정했는데,

다행히 좀전에 가라앉아서 지금은 주무시는 모양이야. 일단 방
으로 가자."

"내가 같이 가도 괜찮을까?"

"물론이지." 아마다가 말했다. "만나고 가. 그러려고 여기까지
온 거잖아."

나는 그와 함께 엘리베이터를 타고 3층으로 올라갔다. 복도 역
시 심플하고 보수적이었다. 장식을 극도로 배제했다. 그래도 구
색을 갖추려는 듯, 흰색의 긴 벽에 유화 몇 점이 걸려 있었다. 전
부 해안 경치를 그린 풍경화였다. 한 화가가 해안의 여러 부분을
여러 각도에서 그린 연작인 듯했다. 아주 훌륭하다고는 할 수 없
지만 적어도 물감을 아낌없이 쓴 흔적이 보이고, 그 화풍이 미니
멀리즘 일변도의 건축양식에 맞서 귀중한 파문을 일으켰다는 점
은 나름대로 인정할 만했다. 바닥이 미끈한 리놀륨이라 내 신발
의 고무 밑창이 뻑뻑대며 야단스러운 소리를 냈다. 복도 맞은편
에서 남자 요양보호사가 아담한 백발 할머니를 앉힌 휠체어를 밀
고 다가왔다. 부릅뜬 눈으로 똑바로 앞을 보고 있던 노인은 우리
와 지나칠 때도 전혀 눈길을 돌리지 않았다. 마치 전방의 허공 어
딘가에 떠오른 중요한 신호를 놓치지 않겠다고 마음먹은 것처럼.

아마다 도모히코의 방은 복도 제일 안쪽에 있는 널찍한 1인실
이었다. 문에 이름표가 붙어 있지만 이름은 적혀 있지 않았다.
사생활 보호를 위해서이리라. 아마다 도모히코는 부인할 수 없

는 유명인인 것이다. 방은 호텔 세미스위트 정도의 넓이로, 침대 말고도 아담한 응접 공간이 있었다. 침대 발치에는 휠체어가 접혀 있다. 남동쪽으로 난 커다란 유리창 너머 태평양이 한눈에 내다보였다. 가로막는 것 없이 탁 트인, 훌륭한 전망이었다. 만일 호텔이라면 이 전망만으로 상당히 높은 요금이 매겨졌을 방이다. 벽에 그림은 걸려 있지 않았다. 거울 하나, 동그란 시계 하나가 걸려 있을 뿐이다. 테이블 위에는 크지도 작지도 않은 화병에 보라색 꽃이 꽂혀 있었다. 방안 공기에는 냄새가 없었다. 나이든 환자의 체취도, 약품 냄새도, 꽃향기도, 햇볕에 변색된 커튼 냄새도, 아무 냄새도 없었다. 냄새가 전혀 나지 않는다는 사실—그것이 내가 그 방에서 가장 놀란 점이었다. 내 후각에 무슨 문제가 생겼나 싶을 정도였다. 어떻게 하면 이렇게까지 냄새를 싹 지워버릴 수 있을까?

아마다 도모히코는 창가에 놓인 침대에서, 훌륭한 전망은 아랑곳하지 않고 깊은 잠에 빠져 있었다. 똑바로 누워 얼굴을 천장으로 향한 채 눈을 굳게 감고 있다. 길게 자란 흰 눈썹이 마치 자연의 천개天蓋처럼 노쇠한 눈꺼풀을 가려주었다. 이마에는 주름이 깊게 새겨져 있다. 이불이 목까지 덮여 있어 호흡을 하는지 언뜻 봐서는 잘 판단되지 않았다. 설령 호흡을 한다 하더라도 연약하고 얕을 터였다.

이 노인이 얼마 전 한밤중에 작업실을 찾아왔던 수수께끼의 인물과 동일인이라는 사실은 한눈에 알 수 있었다. 그날 밤, 조금씩 옮겨가는 달빛 속에서 아주 잠깐 본 것이 전부이지만 두상이나 길게 자란 백발 등으로 판단하건대 아마다 도모히코가 분명했다. 나는 그 사실을 확인하고도 특별히 놀라지는 않았다. 처음부터 명백한 일이었다.

"곤히 주무시네." 아마다가 내 쪽을 보며 말했다. "깨어나시기를 기다리는 수밖에 없어. 깨어나신다면 말이지만."

"그래도 일단 안정되셨다니 다행이야." 내가 말했다. 그리고 벽시계를 쳐다보았다. 시곗바늘은 두시 오 분 전을 가리켰다. 문득 멘시키가 떠올랐다. 그는 아키가와 쇼코에게 전화를 걸었을까? 사태에 무슨 진전이 있었을까? 그러나 지금은 아마다 도모히코의 존재에 의식을 집중해야 할 때다.

나와 아마다는 응접용 의자에 마주앉아 복도 자동판매기에서 뽑아온 캔커피를 마시며 아마다 도모히코가 깨어나기를 기다렸다. 그사이 아마다가 유즈 이야기를 꺼냈다. 임신 증상이 가라앉고 안정기에 접어들었다는 것. 출산 예정일은 1월 초순이라는 것. 그녀의 핸섬한 남자친구도 아이가 태어나기를 고대하고 있다는 것.

"다만 문제는—그러니까 그 친구한테 문제라는 건데—그애는 결혼할 생각이 없는 모양이야." 아마다가 말했다.

"유즈가 결혼을 안 한다고?" 무슨 소리인지 선뜻 이해되지 않았다.

내가 말했다. "다시 말해서, 싱글맘이 되겠다는 거야?"

"아이를 낳을 생각이지만, 그와 정식으로 결혼하고 싶진 않다, 동거도 하고 싶지 않다, 장래에 아이의 친권을 공유할 생각도 전혀 없다…… 뭐 그런 얘기인가봐. 그래서 그 친구는 몹시 혼란스러워하고 있어. 너희 이혼절차가 끝나면 당장 정식으로 결혼할 생각이었는데, 거절당한 꼴이 됐으니까."

나는 잠시 생각해보았다. 그러나 그럴수록 머릿속이 혼란스럽기만 했다.

"도무지 모르겠군. 유즈는 줄곧 아이를 갖고 싶지 않다고 했어. 내가 우리도 슬슬 아이를 가지면 어떠냐고 말해도 아직 너무 이르다고만 했다고. 그런데 지금은 왜 그렇게 적극적으로 아이를 낳고 싶어하는 거지?"

"임신할 생각은 없었지만 막상 생기고 보니 낳고 싶다는 쪽으로 바뀌었는지도 모르지. 여자들은 그럴 수 있어."

"그래도 유즈 혼자 아이를 키우려면 현실적으로 불편한 일이 너무 많아. 계속 직장을 다니기 힘들어질지도 모르고. 왜 그 남자와 결혼을 안 하겠다는 걸까? 아이 아버지이기도 하잖아?"

"그 친구도 이유를 모르겠대. 그는 자기들 관계가 원만하다고 믿었거든. 곧 아버지가 된다며 좋아했고. 그러니까 더 당황한 거야. 내 의견을 구하러 왔지만, 난들 이유를 알아야 말이지."

"네가 직접 유즈와 얘기해보지그래?"

아마다가 심각한 표정을 지었다. "솔직히 말해서 나는 이번 일에 되도록 관여하지 않기로 마음먹었어. 나는 유즈를 좋아하고, 상대 남자는 직장 동료야. 거기다 너와는 한두 해 만난 사이도 아니잖아. 곤란한 입장이라고. 개입하면 할수록 뭘 어떻게 해야 하는지 모르겠어."

나는 잠자코 있었다.

"너희가 화목한 부부라고 생각해서 마음놓고 지켜봐왔는데 말이야." 아마다가 난처하다는 듯이 말했다.

"그 말은 전에도 했어."

"그런 것 같다." 아마다가 말했다. "어쨌거나 그게 내 진심이야."

그뒤로 한동안 둘 다 말없이 벽시계를 쳐다보거나 창밖에 펼쳐진 바다를 바라보았다. 아마다 도모히코는 침대에 똑바로 누운 채 미동도 없이 잠들어 있었다. 전혀 꼼짝하지 않아서 정말 살아 있는지 걱정스러워질 지경이었다. 하지만 나 말고는 아무도 걱정하지 않는 것을 보면 이것이 평소 상태이리라.

잠든 아마다 도모히코를 바라보면서 나는 빈에 유학중이었던 젊은 시절 그의 모습을 상상해보았다. 하지만 당연히 상상이 잘 되지 않았다. 지금 내 눈앞에 있는 것은 완만하지만 착실히 육체의 소멸을 향해 나아가는, 깊은 주름투성이의 백발노인이다. 사람으로 태어난 자라면 예외 없이 언젠가는 죽음을 맞는 법이고, 그는 바야흐로 그 지점을 앞두고 있다.

"네가 유즈에게 연락해볼 생각은 없어?" 아마다가 물었다.

나는 고개를 가로저었다. "지금으로서는."

"둘이서 한번 이런저런 이야기를 해보면 좋을 것 같은데. 왜, 무릎을 맞대고 말이야."

"우리는 이미 변호사를 통해 정식으로 이혼절차를 밟았어. 유즈가 그러길 원했고. 그리고 조만간 다른 남자의 아이를 출산할 거야. 유즈가 그 남자와 결혼하느냐 마느냐는 어디까지나 본인 문제야. 내가 참견할 일이 아니지. 이런저런 이야기라니, 무릎을 맞대고 대체 무슨 이야기를 할 수 있는데?"

"무슨 일이 일어나고 있는지 알고 싶지 않아?"

나는 고개를 가로저었다. "몰라도 되는 일은 특별히 알고 싶지 않아. 나라고 상처받지 않은 건 아냐."

"물론 그렇지." 아마다가 말했다.

그러나 가끔은 내가 상처를 받았는지 아닌지조차 모르겠다는 것이 솔직한 심정이었다. 나에게 정말로 상처받을 자격이 있는지 판단할 수 없었기 때문이다. 물론 자격이 있건 없건, 사람은 상처받을 만할 때는 절로 상처받기 마련이지만.

"내 동료라서 하는 말이 아니라." 아마다가 잠시 후에 말했다. "그 친구는 성실하고, 일도 제법 잘하고, 성격도 좋아."

"게다가 핸섬하고."

"응, 외모도 더할 나위 없어. 그래서 여자들에게 인기가 많아.

뭐, 당연하지. 부러울 정도야. 그런데 그 친구를 보면 옛날부터 다들 고개를 갸우뚱하게 되는 부분이 있었어.”

나는 잠자코 아마다의 말을 듣고 있었다.

그가 말을 이었다. “항상 좀 상식에서 벗어난 여자랑 사귄단 말이지. 만날 상대를 얼마든지 선택할 수 있을 텐데, 이상하게 영 아니다 싶은 여자한테 꽂혀. 물론 유즈가 그렇다는 말은 아니야. 아마 처음으로 멀쩡한 상대를 고른 게 유즈였을걸. 그전에 만나던 여자들은 하나같이 최악이었어. 왜 그런지 모르겠지만.”

그는 기억을 더듬으며 가볍게 고개를 가로저었다.

“몇 년 전 결혼 직전까지 간 여자가 있었어. 식장을 예약하고, 청첩장을 찍고, 피지인지 어디로 신혼여행지까지 정했어. 휴가를 내고 항공권도 샀지. 그런데, 그 상대가 엄청 못생긴 여자였거든. 소개받았을 때도 보자마자 깜짝 놀랄 정도였어. 물론 사람을 외모만으로 판단해선 안 되지만 내가 보기에 성격도 그다지 칭찬할 만한 것이 못 됐어. 그런데도 그 친구는 무슨 이유인지 푹 빠져 있었지. 아무튼 너무나 어울리지 않는 커플이었어. 주위에서도 입 밖에 내지는 않았지만 다들 그렇게 생각했고. 그런데 결혼식 직전에 여자가 갑자기 결혼을 엎었어. 요컨대 외려 여자 쪽에서 도망간 거야. 다행인지 불행인지 몰라도, 그땐 정말 놀랐지.”

“무슨 이유가 있었어?”

“물어보지 않았어. 상황이 상황이니 차마 물어볼 수가 없었어.

아마 그 친구도 이유는 몰랐을 거야. 그 여자는 그냥 도망간 거
야. 그와 결혼하기 싫어서. 뭔가 걸리는 게 있었겠지."

"그래서 그 이야기의 요점이 뭐지?" 내가 물었다.

"이야기의 요점은," 아마다가 말했다. "너와 유즈가 다시 시작
할 가능성이 아직 남아 있을지도 모른다는 거야. 물론 네가 원한
다면 말이지만."

"그렇지만 유즈는 그 남자의 아이를 낳을 생각이야."

"그건 무시할 수 없는 문제지."

그리고 우리는 다시 침묵에 빠졌다.

아마다 도모히코가 깨어난 것은 세시 조금 전이었다. 우선 몸
을 꿈틀거리고, 한 번 크게 숨을 내쉬었다. 이불이 가슴 언저리
에서 오르락내리락하는 것이 보였다. 아마다가 일어나 침대로
다가가서 아버지의 얼굴을 들여다보았다. 아버지가 천천히 눈꺼
풀을 들어올렸다. 희고 긴 눈썹이 허공에서 가늘게 떨렸다.

아마다는 침대 머리맡 테이블에서 부리가 긴 환자용 유리 물
병을 가져와 마른 입술을 축여주었다. 그리고 입가에 흐른 물을
거즈로 닦아냈다. 아버지가 물을 더 마시고 싶어하자 입속으로
조금씩 흘려넣었다. 늘 하는 일인지 손놀림이 익숙했다. 물을 삼
킬 때마다 노인의 목울대가 크게 울렁거렸다. 그것을 보고서야
비로소 그가 아직 살아 있음을 납득할 수 있었다.

"아버지." 아마다가 나를 가리키며 말했다. "지금 오다와라 집에 살고 있는 친구예요. 얘도 화가라 아버지 작업실에서 그림을 그리고 있어요. 대학 친구인데, 눈치가 좀 없고 멋진 부인한테 버림받긴 했지만 화가로서는 제법 괜찮은 녀석이에요."

아마다의 말을 그의 아버지가 어느 정도 알아들었는지는 알 수 없었다. 그래도 아마다 도모히코는 아들이 가리키는 쪽을 따라가듯이 내게로 천천히 고개를 돌렸다. 두 눈이 나를 본 것 같았다. 하지만 얼굴에는 표정이라 할 만한 것이 전혀 떠오르지 않았다. 무언가 보이기는 하지만, 그 무언가가 지금 그에게 의미를 주지 못하는 모양이었다. 그러나 동시에 흐릿한 막이 덮인 듯한 눈동자 안쪽으로 놀랄 만큼 명석한 빛이 도사리고 있는 것이 느껴졌다. 의미 있는 무언가를 위해 그 빛을 소중하게 보관하고 있는 듯했다. 그런 인상이었다.

아마다가 내게 말했다. "내가 무슨 말을 해도 아마 이해 못하실 거야. 그래도 다 알아듣는다 생각하고 하고 싶은 얘기를 자연스럽게 하라고 의사가 그러더라고. 뭘 알아듣고 뭘 못 알아듣는지는 아무도 모르니까. 그래서 그냥 아무렇지 않게 이야기하곤 해. 뭐, 나도 그러는 게 편하고. 너도 한번 말을 해봐. 평소에 하듯이 자연스럽게."

"안녕하세요, 처음 뵙겠습니다." 나는 인사를 하고 이름을 밝혔다. "지금 오다와라 산머리의 댁에 신세지고 있습니다."

아마다 도모히코는 내 얼굴을 보는 눈치였지만 여전히 표정 변화는 없었다. 아마다가 나를 향해 '아무 얘기나 좋으니 더 해보라'는 신호를 보냈다.

나는 말했다. "저는 유화를 그립니다. 오랫동안 초상화를 전문으로 그렸는데, 지금은 그 일을 그만두고 그리고 싶은 걸 그리고 있어요. 그래도 이따금 의뢰가 들어와서 초상화를 그리기도 합니다. 아마 저는 사람 얼굴을 그리는 데 흥미를 느끼나봅니다. 마사히코와는 미대 시절부터 알고 지냈습니다."

아마다 도모히코는 계속 내 쪽을 보고 있었다. 그 눈에는 여전히 엷은 막 같은 것이 씌어 있었다. 그것은 생과 사 사이를 천천히 가로막아가는 얇은 레이스 커튼처럼 보였다. 커튼이 몇 겹씩 겹쳐지고, 점점 그 너머가 보이지 않게 되다가, 마지막에는 무겁고 두툼한 장막이 내려오는 것이리라.

"아주 근사한 집이더군요." 나는 말했다. "작업이 잘됩니다. 언짢아하지 않으셨으면 좋겠는데, 레코드도 제 맘대로 꺼내 듣고 있어요. 마사히코가 그래도 된다고 해서요. 멋진 컬렉션입니다. 오페라를 자주 들어요. 그리고 얼마 전 처음으로 천장 위 다락방에 올라가봤습니다."

그 말을 꺼낸 순간 그의 눈이 처음으로 반짝인 듯했다. 아주 희미한 광채였고, 어지간히 주시하지 않으면 아무도 알아차리지 못했을 것이다. 그러나 나는 주의깊게 그의 눈을 직시하고 있었기에 그 광채를 놓치지 않았다. 짐작건대 '천장 위 다락방'이라는 말이 그의 기억 어딘가를 자극한 것이다.

"천장 위에는 보아하니 수리부엉이 한 마리가 살고 있는 것 같습니다." 나는 말을 이었다. "한밤중에 가끔 뭔가 드나드는 것처럼 바스락거리는 소리가 나서, 쥐가 있나 싶어 낮에 올라가 살펴봤거든요. 그랬더니 수리부엉이 한 마리가 들보에 앉아 쉬고 있었어요. 아름다운 새였습니다. 통풍구 철망이 찢어진 데로 드나든 것 같아요. 천장 위는 수리부엉이가 낮 동안 휴식을 취하기에 맞춤한 장소였던 모양입니다."

그 눈은 아직 분명하게 나를 바라보고 있었다. 마치 그 이상의 정보를 기다리는 것처럼.

"수리부엉이는 집에 해를 끼치지 않아." 아마다가 한마디 거들었다. "수리부엉이가 집에 둥지를 트는 건 길조라는 말도 있고."

"수리부엉이도 신기했지만, 천장 위는 상당히 흥미로운 곳이더군요." 내가 덧붙였다.

아마다 도모히코는 침대에 똑바로 누운 채 미동도 하지 않고 나를 바라보았다. 호흡이 다시 얕아진 것 같았다. 눈동자에는 여전히 흐릿한 막이 씌어 있지만 그 너머 깊숙이 도사린 비밀스러운 빛은 아까보다 한결 선명해진 듯 보였다.

천장 위 이야기를 더 하고 싶었지만 아들 마사히코가 함께 있는데 그곳에서 어떤 물건을 발견했다는 말은 꺼낼 수 없었다. 마사히코는 당연히 그게 뭔지 알고 싶어할 것이다. 나와 아마다 도모히코는 화제를 허공에 띄운 채로, 서로의 얼굴을 탐색하듯이 가만히 바라보았다.

나는 조심스럽게 표현을 골랐다. "천장 위는 수리부엉이뿐 아니라 그림에도 딱 좋은 장소일 겁니다. 요컨대 그림을 보관하기에 적절하다는 말이죠. 특히 재료 특성상 변질되기 쉬운 일본화에 잘 맞을 거예요. 지하실과 달리 습기도 없고, 통풍도 잘되고, 또 창문이 없으니 햇빛을 신경쓸 필요도 없고요. 물론 비바람이 들이칠 위험이 있으니 장기간 보관하려면 단단히 포장해둬야겠지만요."

"그러고 보니 나는 지금까지 한 번도 천장 위로 올라가본 적이 없네." 아마다가 말했다. "먼지가 많은 곳은 영 싫어서 말이야."

나는 아마다 도모히코의 얼굴에서 눈을 떼지 않았다. 아마다 도모히코도 내 얼굴에서 시선을 돌리지 않았다. 그가 머릿속에서 생각의 길을 더듬어가는 것이 느껴졌다. 수리부엉이, 천장 위, 그림 보관…… 기억에 남아 있는 몇몇 단어의 의미를 하나로 연결하려는 것이다. 지금의 그에게 간단한 일은 아니다. 전혀 간단하지 않다. 눈을 가리고 미로에서 빠져나오는 것과 비슷한 작업일 것이다. 그러나 그는 그것들을 연결하는 일이 자신에게 매우 중요하다고 느끼고 있다. 매우 강렬하게 느낀다. 나는 그의 고독하고 절실한 작업을 조용히 지켜보았다.

잡목림 속 사당과 그 뒤편의 기묘한 구덩이 이야기도 해볼까 싶었다. 어떤 경위로 구덩이가 열렸는지. 어떤 모양의 구덩이였는지. 하지만 생각을 바꾸어 그만두었다. 한 번에 너무 많은 것을 꺼내지 않는 편이 좋다. 그에게 남아 있는 의식은 한 가지를 처리하는 것만으로 상당한 부하가 걸릴 터였다. 그 미미한 능력을 지탱하는 것은 언제 끊어질지 모르는 한 가닥 실뿐이다.

"물 더 드려요?" 마사히코가 물병을 들고 아버지에게 물었다. 그러나 아버지는 그 질문에 아무런 반응도 하지 않았다. 아들의 말이 전혀 귀에 들어오지 않는 것 같았다. 마사히코는 좀더 가까이 가서 같은 질문을 했지만 역시 반응이 없자 더는 묻지 않았다. 아버지 눈에 이제 아들의 모습은 들어오지 않는 것이다.

"아버지가 네게 무척 흥미가 생기셨나봐." 마사히코가 감탄한 듯이 말했다. "아까부터 계속 널 열심히 보시네. 누군가에게, 아니, 뭔가에 이렇게 관심을 나타내는 건 정말 오랜만에 봐."

나는 잠자코 아마다 도모히코의 눈을 바라보았다.

"희한해. 내가 무슨 말을 해도 거의 돌아보지도 않았는데, 아까부터 네 얼굴에서 눈을 떼지 않으시잖아."

마사히코의 말투에 가벼운 선망이 섞여 있음을 알아채지 않을 수 없었다. 그는 아버지가 봐주기를 바라는 것이다. 아마 어릴 때부터 쭉 바라왔던 일이리라.

"나한테서 물감 냄새가 나는지도 몰라." 내가 말했다. "그 냄새가 어떤 기억을 자극했는지도 모르고."

"하긴 그럴지도 모르겠네. 그러고 보니 나는 진짜 물감을 써본 지 무척 오래됐거든."

그의 목소리에는 더이상 어두운 울림이 없었다. 여느 때처럼 구김 없는 아마다 마사히코로 돌아왔다. 그때 테이블 위에 놓아둔 마사히코의 작은 휴대전화가 규칙적으로 진동음을 내기 시작했다.

마사히코가 퍼뜩 고개를 들었다. "이런, 휴대전화를 꺼놓는 걸 깜빡했어. 병실에서는 휴대전화를 못 쓰게 돼 있거든. 밖에 나가서 받고 올게. 잠깐 자리 비워도 괜찮겠지?"

"물론이야."

마사히코는 휴대전화를 집어들고 상대방 이름을 확인한 다음 문으로 향했다. 그리고 내게 말했다. "통화가 좀 길어질지도 몰라. 그동안 아버지랑 아무 얘기나 하고 있어."

마사히코는 휴대전화에 대고 작은 목소리로 뭐라고 말하면서 방에서 나가 조용히 문을 닫았다.

방에는 이제 나와 아마다 도모히코 둘만 남았다. 아마다 도모히코는 아직도 나를 가만히 바라보고 있었다. 나를 이해하려 노력하는 듯했다. 숨쉬기가 조금 답답해져서 나는 자리에서 일어나 침대 발치를 돌아서 남동향 창가로 갔다. 그리고 커다란 유리창에 얼굴을 대고 바깥에 펼쳐진 태평양을 바라보았다. 수평선

이 하늘에 바짝 다가가 있었다. 나는 그 똑바른 선을 끝에서 끝까지 눈으로 좇았다. 그토록 길고 아름다운 직선은 어떤 자를 써도 인간의 손으로는 그을 수 없다. 그리고 그 선 아래에는 무수한 생명이 약동하고 있을 터였다. 이 세계는 무수한 생명과, 그리고 그것과 같은 수의 죽음으로 가득하다.

문득 기척을 느끼고 뒤를 돌아보았다. 그리고 방안에 아마다 도모히코와 나 둘만 있는 것이 아님을 깨달았다.

"맞아. 제군들은 이 방에 단둘이 있는 것이 아니야." 기사단장이 말했다.

50

그것은 희생과 시련을 요구한다

"맞아. 제군들은 이 방에 단둘이 있는 것이 아니야." 기사단장이 말했다.

기사단장은 방금 전까지 아마다 마사히코가 앉아 있던 가죽의자에 앉아 있었다. 여느 때와 같은 복장, 여느 때와 같은 머리 모양, 여느 때와 같은 검, 여느 때와 같은 키였다. 나는 아무 말 없이 그의 모습을 가만히 바라보았다.

"제군의 친구는 당분간 돌아오지 않을 걸세." 기사단장이 오른손 검지를 허공으로 뻗으며 말했다. "통화가 길어질 모양이야. 그러니 제군은 안심하고 아마다 도모히코 씨와 마음껏 이야기를 하게나. 이것저것 궁금한 것이 많지 않나? 대답이 얼마나 돌아올지는 의문이지만."

"당신이 마사히코를 밖으로 유인했나요?"

"설마, 설마." 기사단장이 말했다. "제군은 나를 과대평가한다니까. 나는 그만한 힘이 없어. 제군이나 나와 달리 회사 다니는 사람들은 항상 바쁘거든. 딱하게도 주말이고 뭐고 없어."

"여기까지 쭉 같이 오셨어요? 그러니까, 차도 같이 타고요?"

기사단장이 고개를 가로저었다. "아니, 같이 타진 않았어. 오다와라에서 여기까지는 먼 거리잖나. 난 바로 멀미가 오는 체질이라서 말일세."

"어쨌든 여기까지 오셨잖아요? 초대받은 것도 아닌데."

"그래, 엄밀히 말해 초대받진 않았지. 하지만 나를 찾는 자가 있으니까 여기 온 거야. 그것이 초대받는 것과 무슨 차이인지는 꽤나 미묘하지만 그건 제쳐두고, 어쨌든 나를 찾은 자는 아마다 도모히코 씨일세. 그리고 나는 제군에게 도움을 주고 싶어서 온 거야."

"도움을 준다고요?"

"그렇고말고. 나는 제군에게 빚을 좀 졌지 않나. 제군들이 나를 지하에서 꺼내줬어. 그래서 나는 이데아로서 다시금 이 세상에 삼가 나올 수 있었지. 지난번에 제군이 말했던 것처럼 말일세. 언젠가 그 보답을 할 생각이었다네. 이데아도 의리와 인정은 챙길 줄 알거든."

의리와 인정?

"음, 됐어. 뭐 그 비슷한 거야." 기사단장이 내 마음을 읽은 것처럼 말했다. "어쨌거나 제군은 아키가와 마리에의 행방을 밝혀내 이쪽 세계로 데려오기를 진심으로 원하고 있어. 그 사실은 틀림없겠지?"

나는 고개를 끄덕였다. 그 사실은 틀림없다.

"그애가 어디 있는지 아세요?"

"알기야 알지. 방금 만나고 온 참이야."

"만나고 왔다고요?"

"잠깐 이야기도 했지."

"그럼 어디 있는지 알려주세요."

"알고는 있지만, 내 입으로는 알려줄 수 없네."

"알려줄 수 없다고요?"

"알려줄 자격이 없다. 그 말일세."

"그래도 당신은 방금, 제게 도움을 주고 싶어서 여기 왔다고 하셨잖아요."

"물론 그렇게 말했지."

"그런데 아키가와 마리에가 어디 있는지는 알려줄 수 없다, 그 말인가요?"

기사단장은 고개를 가로저었다. "그걸 알려주는 건 내가 할 일이 아닐세. 안됐네만."

"그럼 누가 할 일이죠?"

기사단장이 오른손 검지로 나를 똑바로 가리켰다. "제군 자신이야. 제군이 제군에게 알려주는 걸세. 그것 말고 제군이 아키가와 마리에의 행방을 알 길은 없네."

"제가 저 자신한테 알려준다고요?" 내가 말했다. "하지만 저는 그애가 어디 있는지 전혀 모른단 말입니다."

기사단장이 한숨을 쉬었다. "제군은 알고 있대도. 다만 자신이 안다는 사실을 알지 못할 뿐이야."

"다람쥐 쳇바퀴 도는 소리 같은데요."

"다람쥐 쳇바퀴 돌기는 아니야. 머잖아 제군도 알게 될 걸세. 여기 말고 다른 장소에서."

이번에는 내가 한숨을 쉴 차례였다.

"한 가지만 알려주세요. 아키가와 마리에는 누군가에게 유괴당했나요? 아니면 스스로 어딘가에 갔다가 길을 잃은 건가요?"

"그건 제군이 그녀를 찾아내 이 세계로 데려오면 알게 될 일이네."

"그애는 위험한 상태입니까?"

기사단장은 고개를 가로저었다. "뭐가 위기고 뭐가 위기가 아닌지 판단하는 건 사람이 할 일이지 이데아의 역할이 아니네. 어쨌거나 그 소녀를 다시 데려오고 싶다면 서둘러 길을 떠나는 편이 좋을 걸세."

서둘러 길을 떠난다? 대체 무슨 길을? 나는 한동안 기사단장의 얼굴을 바라보았다. 모든 것이 수수께끼처럼 들린다. 만일 거기에 해답이 있다면 말이지만.

"그래서 당신은 지금 여기서, 뭘 어떻게 도와주겠다는 거죠?"

기사단장이 말했다. "나는 제군이 제군 자신을 만날 수 있는 곳으로 지금 제군을 보내줄 수 있네. 하지만 간단한 일은 아니야. 적잖은 희생과 가혹한 시련이 따르거든. 구체적으로 말해 희생하는 건 이데아고 시련을 겪는 건 제군일세. 그래도 괜찮겠나?"

그가 하려는 말이 뭔지 나는 짐작도 되지 않았다.

"그래서, 제가 해야 할 일이 구체적으로 대체 뭔가요?"

"간단해. 나를 죽이면 되네." 기사단장이 말했다.

51
때는 지금이다

"간단해. 나를 죽이면 되네." 기사단장이 말했다.

"당신을 죽인다?" 내가 말했다.

"그 〈기사단장 죽이기〉 그림처럼, 제군이 나를 죽이는 거야."

"제가 칼로 당신을 찔러 죽인다, 그 말인가요?"

"그 말일세. 마침 나는 칼을 차고 있잖나. 지난번에 말했듯이 베이면 틀림없이 피가 나는 진짜 칼이지. 크기는 작지만 어차피 나도 크지 않으니 충분할 걸세."

나는 침대 발치에서 기사단장을 똑바로 바라보았다. 무슨 말이라도 하려 했지만 아무것도 떠오르지 않았다. 그저 우두커니 서 있을 따름이었다. 아마다 도모히코도 침대에 누운 채 꿈쩍하지 않고 기사단장 쪽으로 얼굴을 향하고 있었다. 하지만 그의 눈에 기사단장의 모습이 비치는지 아닌지까지는 알 수 없었다. 기사단장은 제 모습을 보여줄 상대를 선택할 수 있다.

나는 가까스로 입을 열어 질문했다. "그러니까, 제가 그 칼로 당신을 찔러 죽이면 아키가와 마리에가 어디 있는지 알 수 있단 말입니까?"

"아니, 정확히 말하면 그건 아니네. 제군이 여기서 나를 죽인다. 나를 말살한다. 그로 인해 일어나는 일련의 리액션이 결과적으로 제군을 그 소녀에게 이끌어준다는 말이지."

나는 그 말이 무슨 뜻인지 이해하려 애썼다.

"잘은 모르겠지만, 그렇게 생각처럼 순조롭게 연쇄반응이 일어날까요? 제가 당신을 죽여도 뒷일이 예상대로 흘러가지 않을지 모릅니다. 그러면 당신의 죽음이 무의미해져요."

기사단장이 한쪽 눈썹을 쑥 치키고 내 얼굴을 보았다. 그 표정은 영락없이 영화 〈포인트 블랭크〉의 리 마빈 같았다. 무척 쿨하다. 설마 기사단장이 〈포인트 블랭크〉를 봤을 것 같진 않지만.

그가 말했다. "일리 있는 말일세. 현실적으로는 그렇게 순조롭게 연쇄반응이 일어나리라고 장담하기 힘들지 모르네. 내 말은 어디까지나 예측이고 추론에 지나지 않을지도 모르지. 그럴지 모른다고밖에 말할 수 없는 것이 너무 많은지도 모르고. 하지만 하나 확실한 건, 이것 말고 다른 방법은 전혀 없다는 걸세. 이것저것 따지고 들 처지가 아니야."

"만약 당신을 죽였다. 그러면 내가 보는 당신이 죽은 겁니까? 당신이 내 앞에서 영원히 소멸해버린다는 뜻인가요?"

"그렇지. 제군이 보는 '나'라는 이데아가 숨을 거두는 거야. 이데아에게는 무수無數분의 1의 죽음이지. 그래도 하나의 독립된 죽음이라는 사실은 변치 않네만."

"하나의 이데아를 죽임으로써, 세계가 변해버리지는 않나요?"

"그야 변하고말고." 기사단장은 말했다. 그리고 또 한번 리 마빈처럼 한쪽 눈썹을 치켰다. "그도 그렇지 않나? 하나의 이데아를 말살했는데 아무 변화도 일어나지 않는다면, 그런 세계가 대체 얼마나 의미 있을라고? 그런 이데아는 또 얼마나 의미 있을라고?"

"그로 인해 세계가 어떤 변화를 겪게 되겠지만, 그래도 저는 당신을 죽여야 한다. 그게 당신 생각이군요."

"제군은 나를 그 구덩이에서 꺼냈네. 그리고 지금, 제군은 나를 죽여야 해. 안 그러면 고리가 닫히지 않거든. 열린 고리는 어딘가에서 닫혀야 하는 법이네. 다른 선택지는 없네."

나는 침대에 누운 아마다 도모히코를 바라보았다. 그의 시선은 의자에 앉은 기사단장 쪽을 똑바로 향하고 있는 듯했다.

"아마다 씨는 거기 있는 당신의 모습이 보이나요?"

"음, 조금씩 보일 걸세." 기사단장은 말했다. "우리 목소리도 조금씩 귀에 닿을 거야. 그리고 잠시 후면 무슨 말인지도 이해하게 될 거고. 마지막으로 남은 체력과 지력을 열심히 끌어모아서 말일세."

"그는 그 〈기사단장 죽이기〉라는 그림에서 뭘 그리려 했던 걸까요?"

"그건 내가 아니라 본인에게 직접 물어보면 될 일이야." 기사단장은 말했다. "마침 작가가 눈앞에 있잖나."

나는 조금 전까지 앉아 있던 의자로 갔다. 그리고 침대에 누운 노인과 얼굴을 마주하듯이 자리잡고 말을 꺼냈다.

"아마다 씨, 저는 천장 위에서 당신이 감춰두었던 그림을 발견했습니다. 아마 감춰두셨던 거겠죠. 단단히 포장돼 있었던 걸 보면, 당신은 그 그림을 아무에게도 보여주고 싶지 않았던 모양입니다. 그런데 제가 그 그림을 풀어보고 말았어요. 언짢으실지 모르지만, 호기심을 억누를 수 없었습니다. 그리고 〈기사단장 죽이기〉가 얼마나 훌륭한 그림인지 확인하고 나자 눈을 뗄 수 없었습니다. 정말로 훌륭한 그림입니다. 당신의 대표작 중 하나로 꼽혔을 작품이죠. 그리고 그 그림의 존재는 아직 저밖에 모릅니다. 마사히코에게도 보여주지 않았어요. 저 외에는 아키가와 마리에라는 열세 살 여자아이가 그 그림을 봤습니다. 그리고 그 아이는 어제부터 행방이 묘연하고요."

그때 기사단장이 손을 들어 나를 제지했다. "이쯤에서 잠깐 쉬는 게 좋아. 지금 그의 두뇌는 한꺼번에 너무 많은 정보를 받아들이지 못하거든."

나는 입을 다물고 잠시 아마다 도모히코의 상태를 살폈다. 내 이야기가 그의 의식에 얼마나 침투했는지는 판단할 수 없었다. 그의 얼굴에는 여전히 아무런 표정도 없었다. 그러나 눈 안쪽을 들여다보면 아까와 같은 광원이 보였다. 깊은 샘물 바닥에 떨어진, 작고 날카로운 칼날 같은 광채다.

나는 천천히 마디를 끊어가며 이야기를 이었다. "문제는 아마다 씨가 왜 그 그림을 그렸는가 하는 점입니다. 그 그림은 지금껏 당신이 그려온 일련의 일본화와는 소재와 구도, 화풍이 크게 다릅니다. 그리고 그 그림에는 어떤 깊고 개인적인 메시지가 담긴 것으로 보입니다. 그 그림은 대체 무슨 의미인가요? 누가 누구를 죽이는 거죠? 기사단장은 대체 누구입니까? 살인자 돈 조반니는 누구입니까? 그리고 왼쪽 구석에, 땅속에서 수염투성이의 길쭉한 얼굴만 내민 기묘한 남자는 대체 누구입니까?"

기사단장이 다시 손을 들어 제지했다. 나는 입을 다물었다.

"질문은 그쯤 해두게." 그는 말했다. "그 질문이 이 사람의 의식에 배어들려면 꽤 시간이 걸릴 테니까."

"질문에 대답은 해줄까요? 그럴 힘이 아직 남아 있을까요?"

기사단장은 고개를 저었다. "아니, 대답은 아마 듣지 못할 걸세. 이 사람에게는 이미 그만한 여력이 없어."

"그럼 왜 그런 질문을 시키셨어요?"

"제군이 한 건 질문이 아니야. 제군은 그저 그에게 알려준 걸세. 제군이 〈기사단장 죽이기〉라는 그림을 천장 위에서 발견해 그 존재를 드러냈다는 사실을. 그게 1단계야. 거기서부터 시작해야 하지."

"2단계는 뭐죠?"

"당연히 제군이 나를 죽이는 일이야. 그게 2단계일세."

"3단계도 있나요?"

"물론 있을 테지."

"그게 대체 뭡니까?"

"제군은 아직도 모르겠나?"

"모르겠습니다."

기사단장은 말했다. "우리는 그 그림에 담긴 우의의 핵심을 이곳에서 재현해 '긴 얼굴'을 끌어낼 걸세. 여기, 바로 이 방으로 말이지. 그럼으로써 제군은 아키가와 마리에를 되찾는 걸세."

나는 잠시 할말을 잃었다. 내가 대체 어떤 세계에 발을 들여놓았는지 이제는 짐작도 할 수 없었다.

"물론 간단한 일은 아니지." 기사단장이 위엄 있는 목소리로 말했다. "하지만 해야 하는 일일세. 그러기 위해 나는 단연코 죽어야 하네."

아마다 도모히코의 의식에 내가 일러준 정보가 가닿기를 기다렸다. 그러려면 시간이 걸렸다. 그사이 내게는 풀어야 할 몇 가지 의문이 있었다.

"아마다 도모히코는 왜 그 사건에 대해서 전쟁이 끝나고도 오랜 세월 침묵을 지킨 거죠? 더는 그의 발언을 저지할 게 없었는데도요."

기사단장이 말했다. "그의 연인은 나치의 손에 무참히 살해됐네. 오랫동안 고문당하며 서서히 죽어갔지. 다른 동료도 모두 말살됐어. 그들의 시도는 완전히 무위로 끝난 걸세. 오직 아마다 도모히코만 정치적 배려에 의해 가까스로 살아남았고. 그 일은 그의 마음에 깊은 상처를 남겼네. 그 역시 체포되어 두 달간 게슈타포에 구류된 채 지독한 고문을 받았어. 고문은 죽지 않을 만큼만, 또한 몸에 흔적이 남지 않게끔 주의깊게, 그러면서도 철저히 폭력적으로 가해졌지. 신경이 망가져버릴 정도로 사디스틱한 고문이었어. 그리고 그 결과, 실제로 그의 안에서 뭔가가 죽어버렸을 테지. 그뒤로 그는 사건에 대해 일절 발설하지 말라는 조건으로 일본에 강제송환됐네."

"그리고 그에 앞서 아마다 도모히코의 동생이, 아마도 전쟁 트라우마로 젊은 나이에 스스로 목숨을 끊었다. 난징 공략전을 치르고 귀국해 제대한 뒤에 곧바로. 그렇죠?"

"그렇다네. 아마다 도모히코는 역사의 격렬한 소용돌이 속에서 더없이 소중한 사람들을 연이어 잃고 말았네. 또한 본인도 마음의 상처를 입었지. 그 과정에서 그가 품게 된 분노와 슬픔은 매우 뿌리깊은 것이었을 테지. 아무리 발버둥쳐도 세계의 거대한 흐름에 역행하기는 불가능하다는 무력감, 절망감. 그리고 또 자기 혼자 살아남았다는 정신적인 빚도 있었어. 그래서 제 입을 막는 것이 이제 없는데도 빈에서 겪은 일에 대해 계속 함구한 걸세. 아니, 차마 말할 수가 없었던 거지."

나는 아마다 도모히코의 얼굴을 보았다. 그 얼굴에는 아직 아무런 표정도 없었다. 우리 대화가 그의 귀에 가닿기는 하는지도 확인할 수 없었다.

내가 말했다. "그리고 아마다 씨는 어느 시점에—그게 언제인지는 모르겠지만—〈기사단장 죽이기〉라는 작품을 그렸다. 입으로는 말할 수 없던 것을 화폭에 우의로 표현했다. 그것이 그가 할 수 있는 전부였다. 아주 훌륭하고 힘있는 작품이죠."

"그리고 자신이 현실에서는 해내지 못했던 일을 그림 속에서 형태를 바꾸어, 즉 위장해서 실현했네. 실제로 일어나지는 않았지만 일어나야 했던 사건으로."

"하지만 그는 결국 완성된 그림을 세상에 공개하지 않고 단단히 포장해 천장 위에 숨겼습니다." 나는 말했다. "형태를 크게 바꾼 우의화일지언정 그에게는 여전히 너무나 생생한 사건이었으니까. 맞나요?"

"그런 셈이네. 그 그림은 살아 있는 그의 혼에서 순수하게 추출된 것이었네. 그리고 어느 날 제군이 그 그림을 발견한 거지."

"요컨대 제가 그 작품을 백일하에 드러낸 것이 모든 일의 시작
이었던 겁니까? 그게 고리를 열었다는 건가요?"

기사단장은 잠자코 두 손바닥을 펼쳐 들어올렸다.

아마다 도모히코의 얼굴이 눈에 띄게 상기되기 시작한 것은
잠시 뒤였다. 나와 기사단장은 그의 표정 변화를 주의깊게 지켜
보았다. 얼굴에 혈색이 돌아옴과 동시에 안구 깊숙이 도사리고
있던 작고 신비로운 빛이 조금씩 표면으로 떠올랐다. 깊은 바닷
속에서 오랫동안 작업하던 잠수부가 수압에 맞춰 몸을 가다듬으
며 천천히 수면으로 떠오르는 것처럼. 그리고 눈동자에 씌어 있
던 흐릿한 베일이 점차 엷어지더니 마침내 두 눈이 활짝 열렸다.
내 앞에 있는 이는 더이상 죽음을 목전에 둔, 쇠약하고 야윈 노
인이 아니었다. 그 눈에는 한순간이라도 더 이 세계에 머무르려
는 의지가 넘쳤다.

"그는 남은 힘을 끌어모으고 있네." 기사단장이 내게 말했다.
"조금이라도 의식을 되찾으려 애쓰는 중이야. 그러나 의식이 돌
아오면 육체적 고통도 함께 돌아오지. 그의 몸은 육체의 고통을
지우기 위한 특수한 물질을 분비하고 있었네. 그런 작용이 있어
야 사람은 아주 큰 고통 없이 조용히 숨을 거둘 수 있거든. 그러
나 의식이 돌아오면 고통도 뒤따라. 그런데도 그는 의식을 되찾

으려고 필사적으로 노력하고 있다네. 설령 육체의 격렬한 고통을 떠안는 한이 있더라도 지금 여기서 꼭 해야 할 일이 있으니까."

기사단장의 말을 증명하듯이 아마다 도모히코의 얼굴에 서서히 고통스러운 기색이 번져갔다. 노쇠가 제 몸을 범하고 좀먹어 육체가 곧 기능을 정지하려 한다는 것을 새삼 느끼고 있는 것이다. 그것은 어떻게 해도 회피할 수 없다. 그의 생명 시스템은 조만간 종말을 맞을 것이다. 그런 모습은 지켜보기에도 애처로웠다. 괜한 짓은 그만두고 의식이 혼미한 채로 고통 없이 편안하게 숨을 거두도록 해줘야 하는지도 모른다.

"이건 아마다 도모히코 본인의 선택일세." 기사단장이 내 마음을 읽은 것처럼 말했다. "안됐지만 불가피한 일이라네."

"마사히코가 돌아오지는 않을까요?" 내가 물었다.

기사단장은 작게 고개를 가로저었다. "당분간은 못 올 걸세. 중요한 업무 전화가 왔거든. 이야기가 상당히 길어질 거야."

아마다 도모히코의 두 눈이 어느새 크게 떠졌다. 주름투성이 눈구멍 속으로 꺼져들어간 듯 보이던 눈이 마치 창문에서 몸을 내민 사람처럼 앞으로 나왔다. 호흡은 한결 거칠고 깊어졌다. 숨결이 쉭쉭대며 목을 드나드는 소리가 들릴 정도였다. 시선은 흔들림 없이 곧바로 기사단장을 향했다. 틀림없다. 그에게는 기사단장의 모습이 보이는 것이다. 그리고 그 얼굴에 떠오른 것은 분명 경악의 표정이었다. 그는 이 광경을 보면서도 아직 믿지 못하고 있다. 자신이 그린 상상 속 인물이 실제로 눈앞에 나타났다는 사실이 쉽사리 이해되지 않는 걸까.

"아니, 그건 아니야." 기사단장이 내 마음을 읽고 말했다. "아마다 도모히코가 지금 보고 있는 것은 제군이 보는 내 모습과는 또다른 모습이라네."

"제가 보는 당신의 모습과 다른 모습을 보고 있다고요?"

"나는 이데아야. 경우에 따라, 보는 사람에 따라 그때그때 모습이 바뀌지."

"아마다 씨의 눈에 당신은 어떻게 비치죠?"

"그야 나도 모르지. 나는 말하자면 사람의 마음을 비추는 거울일 뿐이니까."

"그래도 제 앞에 나타날 때는 의도적으로 이 모습을 선택하셨잖아요. 기사단장의 모습 말입니다. 아닌가요?"

"정확히 말해 내가 그 모습을 선택했다고 할 수는 없네. 원인과 결과가 복잡하게 얽혀 있지. 내가 기사단장의 모습을 택함으로써 일련의 사태가 움직이기 시작했지만, 동시에 내가 기사단장의 모습을 택한 것은 일련의 사태로 인한 필연적인 귀결이기도 하다네. 제군이 살고 있는 세계의 시간성에 맞춰 이야기하려면 상당히 어려워지는데, 한마디로 요약하자면, 그건 미리 결정되어 있었던 일이야."

"이데아가 마음을 반영하는 거울이라면, 아마다 씨는 자신이 보고 싶은 것을 보고 있는 건가요?"

"보지 않으면 안 되는 것을 보는 거지." 기사단장이 바꿔 말했다. "어쩌면 그는 그 모습에 살을 에는 듯한 고통을 느낄지 몰라. 그래도 봐야 하는 거야. 인생의 끝자락에서."

나는 다시 한번 아마다 도모히코의 얼굴로 눈길을 돌렸다. 그리고 경악에 뒤섞여 떠오른 격렬한 혐오의 감정을 알아차렸다. 또한 견디기 힘들 만큼의 고통도. 그것은 의식과 함께 돌아온 육체의 고통만이 아니다. 짐작건대, 그 자신의 깊은 정신적 고뇌였다.

기사단장이 말했다. "그는 나의 이 모습을 확인하기 위해 마지막 힘을 쥐어짜 의식을 되찾은 걸세. 격렬한 고통도 아랑곳없이. 다시 한번 이십대 청년으로 돌아가려는 거야."

아마다 도모히코의 얼굴은 이제 붉게 달아올라 있었다. 뜨거운 혈류가 돌아왔다. 얇고 메마른 입술이 파들파들 떨리고, 숨결은 격한 헐떡거림으로 변했다. 길고 주름진 손가락이 필사적으로 시트를 움켜쥐려 했다.

"자, 나를 단호하게 죽이게나. 그의 의식이 흐트러짐 없이 집중하고 있을 때." 기사단장이 말했다. "서두르는 게 좋아. 저 상태는 그리 오래가지 않을 테니까."

기사단장은 허리에 차고 있던 칼을 칼집에서 스르르 꺼냈다. 길이가 20센티미터쯤 되는 그 칼은 매우 날카로워 보였다. 짧기는 하지만 의심의 여지 없이 사람의 목숨을 빼앗는 무기다.

"자, 이걸로 나를 찌르는 거야." 기사단장이 말했다. "그 〈기사단장 죽이기〉와 똑같은 장면을 여기 재현하는 걸세. 서두르래도. 우물쭈물할 여유가 없네."

나는 마음을 정하지 못한 채 기사단장과 아마다 도모히코의 얼굴을 번갈아 바라보았다. 내가 아는 것이라고는 아마다 도모히코가 무언가를 매우 절실히 원한다는 사실, 그리고 기사단장의 결의가 매우 굳건하다는 사실뿐이었다. 그 둘 사이에서 나만 마음을 정하지 못하고 있다.

내 귀는 수리부엉이의 날갯소리를 듣고, 한밤중의 방울소리를 들었다.

모든 것이 어딘가에서 연결되어 있다.

"암, 모든 것은 어딘가에서 연결되어 있지." 기사단장이 내 마음을 읽고 말했다. "제군은 그 연결고리에서 도망칠 수 없어. 자, 단호히 나를 죽이는 거야. 양심의 가책을 느낄 필요는 없네. 아마다 도모히코가 원하는 일이야. 제군이 그래줌으로써 아마다 도모히코는 구원받을 수 있네. 그에게 일어나야 했던 일을 지금 여기서 일어나게 하는 거야. 때는 지금이야. 제군만이 그의 인생을 마지막으로 구제해줄 수 있네."

나는 자리에서 일어나 기사단장이 앉은 의자 쪽으로 다가갔다. 그리고 그가 뽑은 칼을 건네받았다. 무엇이 올바르고 무엇이 올바르지 않은지는 이미 판단할 수 없었다. 공간과 시간이 결여된 세계에서는 전후나 상하의 감각마저 존재하지 않는다. 그곳에서는 나라는 인간이 이미 내가 아니게 돼버린 듯한 느낌이 들었다. 나와 나 자신이 괴리되어 있는 것이다.

막상 쥐어보니 그 칼자루는 내 손에 너무 작았다. 작은 사람의 손에 맞게 만들어진 미니어처 칼이다. 아무리 칼날이 날카로워도 이렇게 짧은 칼자루를 쥐고 기사단장을 찌르는 건 거의 불가능했다. 그 사실에 나는 약간 안도했다.

"이 칼은 제게 너무 작습니다. 다루기 힘들어요." 내가 기사단장에게 말했다.

"그런가?" 기사단장이 작게 한숨을 뱉었다. "할 수 없군. 완벽한 재현은 못 되겠지만, 다른 걸 쓰도록 하자고."

"다른 거요?"

기사단장이 방 한구석의 작은 서랍장을 가리켰다. "거기 맨 위 서랍을 열어봐."

나는 서랍장으로 가서 맨 위 서랍을 열었다.

"그 안에 회 뜨는 데 쓰는 식칼이 한 자루 있을 걸세." 기사단장이 말했다.

서랍에는 단정하게 갠 수건 몇 장이 들어 있고, 그 위에 정말로 식칼이 놓여 있었다. 아마다 마사히코가 도미를 조리하려고 우리집에 가져왔던 칼이었다. 길이 20센티미터 정도의 다부진 칼날은 공을 들여 날카롭게 갈려 있다. 마사히코는 옛날부터 도구 관리에 까다로운 편이었다. 손질이 잘되어 있는 것도 당연하다.

"자. 그걸로 과감하게 나를 찌르는 거야." 기사단장이 말했다. "장검이든 식칼이든 상관없어. 그 〈기사단장 죽이기〉의 장면을 여기서 재현하자고. 서둘러야 하네. 시간이 별로 없대도."

손에 쥐어보니 식칼은 돌로 만든 것처럼 묵직했다. 창문으로 흘러드는 밝은 햇빛에 칼날이 희고 차갑게 빛났다. 아마다 마사히코가 가져왔던 식칼은 우리집 부엌에서 사라진 뒤로 이 방 서랍 안에서 내가 오기를 기다린 것이다. 그리고 마사히코는 (결과적으로) 아버지를 위해 이 칼날을 갈아둔 셈이다. 아무래도 나는 이 운명에서 벗어날 수 없는 모양이다.

나는 아직 결심을 굳히지 못한 채 기사단장이 앉은 의자 뒤로 돌아가서 식칼을 오른손에 단단히 고쳐 쥐었다. 아마다 도모히코는 침대에서 두 눈을 부릅뜨고 이쪽을 바라보았다. 바야흐로 역사적인 대사건을 눈앞에 둔 사람처럼. 입이 벌어져 안쪽의 누렇게 변색한 치아와 희끄무레한 혓바닥이 보였다. 무슨 말을 하려는 듯 혀가 느리게 움직였다. 그러나 이 세계가 그 말을 들을 일은 없을 것이다.

"제군은 결코 폭력적인 인간이 아니네." 기사단장이 나를 설득하듯이 말했다. "그건 나도 잘 알지. 제군의 인품은 사람을 찔러 죽이는 것과 거리가 멀어. 하지만 사람은 중요한 것을 구하기 위해, 혹은 대의를 위해 내키지 않는 일을 해야 할 때가 있는 법일세. 지금이 바로 그때야. 자, 나를 죽이게나. 보다시피 나는 몸집도 작고 저항도 하지 않네. 그냥 이데아야. 그 칼끝으로 심장을 꿰뚫으면 그만일세. 간단한 일이라니까."

기사단장은 작은 손가락으로 제 심장이 있는 곳을 가리켰다. 심장 얘기가 나오자 누이동생의 심장을 떠올리지 않을 수 없었다. 동생이 대학병원에서 심장 수술을 받았을 때를 나는 또렷이 기억한다. 그것이 얼마나 어렵고 힘든 수술이었는지. 문제가 있는 심장 하나를 살려내기란 지극히 어려운 일이다. 한둘이 아닌 전문의와 다량의 혈액이 필요하다. 그러나 그것을 파괴하기란 간단한 일이다.

기사단장이 말했다. "허어, 그런 생각을 한들 별수없대도. 아키가와 마리에를 되찾으려면 제군은 이 일을 해야만 해. 설령 하고 싶지 않다고 해도. 내 말 믿게나. 마음을 버리고, 의식의 창을 닫는 거야. 그러나 눈을 감아서는 안 돼. 똑똑히 지켜봐야지."

나는 기사단장의 등뒤에서 식칼을 높이 쳐들었다. 그러나 도저히 내리꽂을 수가 없었다. 아무리 이데아에게는 무수분의 1인 죽음에 지나지 않을지라도, 내가 눈앞에 있는 한 생명을 말살한다는 사실은 달라지지 않는다. 이것은 난징에서 젊은 장교가 아마다 쓰구히코에게 명한 살인행위와 같지 않은가?

"같지 않아." 기사단장이 말했다. "지금은 내가 요구하고 있지 않나. 나 자신의 죽음을 내가 원하는 거라고. 이건 재생을 위한 죽음일세. 자, 마음을 정하고 고리를 닫는 거야."

나는 눈을 감고 미야기 현 러브호텔에서 여자의 목을 졸랐던 때를 떠올렸다. 물론 그것은 그저 시늉이었다. 여자의 요구에 따라, 죽지 않을 만큼 부드럽게 그 목을 졸랐다. 그러나 결국 여자가 원하는 만큼 오래 그 행위를 지속하지는 못했다. 만약 그 이상 이어갔더라면 정말로 여자를 죽였을지도 모른다. 그 러브호텔 침대에서 나는 지금껏 느낀 적 없던 깊은 분노의 감정을 순간 내 안에서 발견했다. 그것은 피가 통하는 진흙처럼 내 가슴속에서 크고 시커먼 소용돌이를 일으키며, 실제 죽음에 바짝 다가가고 있었다.

네가 어디서 뭘 했는지 나는 다 알고 있다고 그 남자는 말했다.

"자, 그 칼을 내리꽂는 거야." 기사단장이 말했다. "제군은 할수 있어. 제군이 죽이는 건 내가 아니야. 제군은 지금 여기서 사악한 아버지를 죽이는 거야. 사악한 아버지를 죽이고, 그 피로 대지를 적시는 거다."

사악한 아버지?

내게 사악한 아버지란 대체 무엇일까?

"제군에게 사악한 아버지가 누구냐고?" 기사단장이 내 마음을 읽고 말했다. "조금 전에 그 남자를 봤을 텐데. 아닌가?"

나를 더이상 그리지 말라고, 그 남자는 말했다. 그리고 어두운 거울 속에서 나를 향해 똑바로 삿대질을 했다. 그 손끝이 칼날처럼 날카롭게 내 가슴을 찔렀다.

그 고통과 함께 나는 반사적으로 마음을 닫았다. 그리고 눈을 부릅뜨고, 모든 잡념을 떨쳐버리고, (예의 〈기사단장 죽이기〉의 돈 조반니가 그랬던 것처럼) 모든 감정을 마음속에 눌러 감추고 표정을 완전히 지우고서 단번에 칼을 내리꽂았다. 날카로운 칼끝이 기사단장이 가리키는 조그마한 심장을 똑바로 꿰뚫었다. 살아 있는 육체의 탄력이 오롯이 느껴졌다. 기사단장은 조금도 저항하지 않았다. 작은 양손가락이 허공에서 바르작거릴 뿐, 그 외에는 어떤 움직임도 보이지 않았다. 하지만 그가 깃든 육체는 모든 근육에서 힘을 쥐어짜며 눈앞에 닥친 죽음에서 벗어나려 애썼다. 기사단장은 이데아지만 그 육체는 이데아가 아니다. 그것은 어디까지나 이데아가 차용한 육체이고, 그 육체는 순순히 죽음을 수용할 생각이 없었다. 육체에는 육체의 논리가 있다. 나는 그 저항을 힘껏 내리누르며 상대의 숨통을 완전히 끊어야 한다. 기사단장은 '나를 죽이라'고 했다. 하지만 실제로 내가 죽이는 것은 다른 누군가의 육체였다.

전부 내던지고 이대로 이 방에서 도망치고 싶었다. 그러나 기사단장의 말이 아직 귓전에 맴돌았다. "아키가와 마리에를 되찾으려면 제군은 이 일을 해야만 해. 설령 하고 싶지 않다고 해도."

나는 칼끝을 기사단장의 심장에 더욱 깊이 찔러넣었다. 어정쩡하게 그만둘 수는 없다. 칼끝이 그의 가녀린 몸을 꿰뚫고 등 뒤로 나왔다. 그가 입은 흰옷이 새빨갛게 물들었다. 칼자루를 쥔 나의 두 손도 선혈로 물들었다. 그러나 〈기사단장 죽이기〉에서처럼 피가 세차게 솟구치진 않았다. 이건 환영이야, 나는 그렇게 생각하려 애썼다. 내가 죽이는 건 그저 환영일 뿐이다, 이건 어디까지나 상징적인 행위다.

그러나 그것이 단순한 환영이 아니라는 것을 나는 알고 있었다. 그것은 어쩌면 상징적인 행위인지도 모른다. 하지만 내가 죽이는 상대는 결코 환영 따위가 아니었다. 내가 죽이는 건 틀림없이 살아 있는 하나의 육체였다. 아마다 도모히코의 붓끝에서 태어난, 키 60센티미터에 불과한 가상의 작은 육체였지만 생명력은 예상외로 강했다. 내가 틀어쥔 칼끝은 그의 살갗을 찢고 들어가, 몇 개의 늑골을 부러뜨리고, 작은 심장을 꿰뚫고 의자 등받이까지 가닿았다. 그것이 환영일 리는 없다.

아마다 도모히코는 한층 크게 눈을 부릅뜨고 그 광경을 직시했다. 내가 기사단장을 찔러 죽이는 광경을. 아니, 그렇지 않다. 그의 눈이 보기에 지금 여기서 내 손에 죽어가는 상대는 기사단장이 아니다. 그가 보는 사람은 과연 누구일까? 빈에서 암살을 계획했던 나치 고관일까. 난징 성내에서 동생에게 일본도를 건

네며 중국인 포로 세 명의 목을 베게 한 젊은 소위일까. 그도 아니면 그들 모두를 탄생시킨, 보다 근원적이고 보다 사악한 무언가일까. 물론 나는 알 수 없다. 그의 얼굴에서 감정이라 할 만한 것을 읽어내기란 불가능했다. 그사이 아마다 도모히코의 입은 내내 벌어져 있었다. 입술은 움직이지 않았다. 다만 꼬부라진 혀만이 무슨 말인가를 하려고 헛된 노력을 이어갈 뿐이었다.

어느새 기사단장의 목과 팔에서 스르르 힘이 빠졌다. 온몸이 급속도로 생기를 잃고, 줄이 끊어진 꼭두각시 인형처럼 허물어져내리려 했다. 그래도 나는 그의 심장 깊이 박아넣은 칼을 빼지 않았다. 방안의 모든 것이 움직임을 멈춘 채 그 구도를 유지했다. 그 상태가 한참 이어졌다.

가장 먼저 움직임을 보인 것은 아마다 도모히코였다. 기사단장이 의식을 잃고 축 늘어진 지 얼마 지나지 않아, 그 노인도 정신을 집중할 힘을 전부 소진한 듯했다. 마치 '봐야 할 것은 다 보았다'고 말하듯이 한 번 크게 숨을 뱉고 눈을 감았다. 쇠살문을 내리는 것처럼 천천히, 묵직하게. 아직 벌어진 입에서도 꼬인 혀는 이제 보이지 않았다. 누런 이가 빈집 울타리처럼 불규칙하게 늘어서 있을 뿐이다. 얼굴에서도 고뇌의 표정이 사라졌다. 격렬한 고통이 잦아든 것이다. 대신 평화롭고 차분한 표정이 떠올랐다. 그는 혼수라는 평온한 세계로, 의식도 없고 고통도 없는 세계로 무사히 돌아간 모양이었다. 잘된 일이라고 나는 생각했다.

그제야 나는 손의 힘을 빼고 기사단장의 몸에서 칼을 뽑아냈다. 상처 부위에서 피가 거세게 뿜어져나왔다. 〈기사단장 죽이기〉에 그려진 광경과 똑같이. 칼을 뽑자 버팀목을 잃은 기사단장은 의자에 힘없이 쓰러졌다. 눈을 크게 부릅떴고, 입은 고통으로 심하게 일그러졌다. 양손의 작은 열 손가락은 허공으로 내뻗은 채였다. 그의 생명이 완전히 소멸하고 피가 발밑에 검붉은 웅덩이를 이루었다. 작은 몸에 비해 놀랄 만큼 많은 양의 피였다.

그렇게 기사단장은—기사단장의 모습을 한 이데아는—끝내 숨을 거두었다. 아마다 도모히코는 깊은 혼수상태로 돌아갔다. 의식을 지니고 지금 이 방에 남아 있는 존재는 피로 물든 아마다 마사히코의 식칼을 오른손에 틀어쥐고 기사단장 옆에 우두커니 서 있는 나뿐이었다. 내 귀에 닿는 것은 스스로의 거칠고 가쁜 숨소리뿐이어야 했다. 그런데 그렇지 않았다. 내 귀는 또다른 불온한 움직임을 포착했다. 그것은 소리와 기척 사이에 있는 무언가였다. 귀를 기울이게나, 기사단장이 말했다. 나는 그 말대로 귀를 기울였다.

무언가가 이 방안에 있다. 무언가가 움직이고 있다. 나는 피로 물든 날카로운 흉기를 손에 쥔 채 그 자세 그대로 눈만 움직여 소리나는 쪽을 보았다. 그리고 방 한구석에 있는 것의 정체를 확인했다.

긴 얼굴이었다.

나는 기사단장을 죽임으로써, 긴 얼굴을 이 세계로 끌어낸 것이다.

52

오렌지색 고깔모자를 쓴 남자

그곳에 나타난 광경은 아마다 도모히코가 〈기사단장 죽이기〉의 왼쪽 아래 그린 것과 똑같았다. 한구석에 뚫린 구멍에서 '긴 얼굴'이 네모난 뚜껑을 한 손으로 밀어올리고 고개를 내민 채 방 안의 모습을 은밀히 살피고 있다. 길게 자란 머리가 엉클어졌고 얼굴은 온통 검은 수염으로 뒤덮였다. 휘어진 가지처럼 길고 가느다란 얼굴. 주걱턱에 눈이 유난히 크고 둥글다. 코는 납작하고 낮다. 그리고 유독 입술만 과일처럼 선명한 빛깔을 띠고 있다. 몸은 크지 않다. 전체적으로 균형 있게 사이즈를 줄인 것처럼 보인다. 기사단장이 보통 크기 인간을 고스란히 '입체 축소 복사'한 듯이 보이는 것과 마찬가지다.

그는 〈기사단장 죽이기〉에서와 달리 경악한 표정을 짓고서 이미 주검이 된 기사단장의 모습을 멍하니 바라보고 있었다. 제 눈으로 본 것이 믿기지 않는다는 양 입을 살짝 벌린 채. 그가 언제부터 그러고 있었는지는 모른다. 나는 아마다 도모히코의 기색을 살피며 기사단장의 숨통을 끊는 데 집중하느라 방 한구석에 있는 그의 존재를 전혀 알아채지 못했다. 하지만 그 기묘한 남자는 처음부터 끝까지 사건을 낱낱이 목격한 것이 분명했다. 다름 아닌 아마다 도모히코의 〈기사단장 죽이기〉에 그렇게 묘사되어 있으니까.

긴 얼굴은 미동도 하지 않고 '화면' 한구석에서 같은 자세를 유지하고 있었다. 마치 그 구도에 완전히 고정된 것처럼. 나는 시험 삼아 몸을 살짝 움직여보았다. 그러나 내가 움직여도 긴 얼굴은 아무 반응이 없었다. 한 손으로 네모난 뚜껑을 들어올린 채 눈을 부릅뜨고, 아마다 도모히코가 그린 것과 똑같은 자세로 기사단장을 응시할 뿐이다. 눈 한 번 깜박이지 않았다.

나는 온몸에 들어갔던 힘을 조금씩 빼고, 고정된 구도에서 빠져나가듯이 그 자리를 벗어나 살며시 긴 얼굴에게 접근했다. 피에 물든 칼을 한 손에 들고, 고양이처럼 발소리를 죽여서, 지극히 조심스럽게. 긴 얼굴을 이대로 지하로 돌려보낼 수는 없다. 기사단장은 아키가와 마리에를 구출하기 위해 스스로 목숨을 버리면서까지 〈기사단장 죽이기〉를 재현했고, 긴 얼굴을 땅속에서 끌어냈다. 그가 치른 희생을 헛되이 할 수는 없다.

하지만 이 인물을 어떻게 다루어야 아키가와 마리에에 대한 정보를 얻을 수 있을지는 막막할 따름이었다. 긴 얼굴의 존재와 아키가와 마리에의 실종이 어떻게 연결되는지, 긴 얼굴이 대체 누구인지, 무엇인지, 나는 아직 아무것도 모른다. 긴 얼굴에 대해 기사단장이 알려준 정보는 정보라기보다 오히려 수수께끼 문답에 가까웠다. 그러나 뭐가 어찌됐건 일단은 긴 얼굴을 붙잡아두어야 한다. 나머지는 그뒤에 생각할 일이다.

긴 얼굴이 들어올린 네모난 뚜껑은 한 변이 60센티미터 정도였다. 방바닥과 같은 연녹색 리놀륨 재질이다. 닫아버리면 바닥과 전혀 구분이 가지 않을 것이다. 아니, 아예 뚜껑 자체가 사라져버리리라.

내가 다가가도 긴 얼굴은 꼼짝하지 않았다. 말 그대로 그 자리에 굳어버린 것 같았다. 길을 건너다 자동차 헤드라이트 불빛에 얼어붙은 길고양이처럼. 아니면 그 그림의 구도를 조금이라도 오래 고정적으로 유지하는 것이 여기서 긴 얼굴에게 부여된 사명인지도 모른다. 어쨌든 그가 일시적으로 부동상태에 빠져 있던 것은 내게 행운이었다. 아니라면 내가 다가오는 것을 보고 신변의 위험을 감지해 재빨리 땅속으로 도망쳐버렸을 테니까. 그리고 저 뚜껑은 아마 한번 닫히고 나면 두 번 다시 바깥쪽으로 열리지 않으리라.

나는 긴 얼굴의 등뒤로 조용히 돌아가, 식칼을 옆에 내려놓고,

재빨리 두 손을 뻗어 그의 옷깃을 붙들었다. 긴 얼굴은 짙고 칙칙한 색깔에 비교적 몸에 붙는 옷을 입고 있었다. 꼭 작업복처럼 생긴 허름한 옷이었다. 기사단장이 걸치고 있던 고급스러운 옷과는 소재가 명백히 다르다. 촉감이 거칠거칠하고 만듦새도 소박하며, 여기저기 기움질이 되어 있었다.

내가 옷깃을 잡아채자 그때까지 뻣뻣하게 굳어 있던 긴 얼굴은 퍼뜩 정신을 차리고서 서둘러 내 손을 뿌리치고 구멍 속으로 도망치려 했다. 그러나 나는 옷깃을 단단히 붙들고 놓아주지 않았다. 무슨 일이 있어도 이자를 놓쳐서는 안 된다. 나는 온 힘을 다해 긴 얼굴의 몸뚱이를 지상으로 끌어올렸다. 긴 얼굴은 필사적으로 저항했다. 두 손으로 구멍 가장자리를 붙들고 몸으로 버티며 끌려나오지 않으려 애썼다. 예상외로 힘이 셌다. 급기야 내 손을 물어뜯으려 들었다. 나는 하는 수 없이 그의 길쭉한 머리를 구멍 모서리에 세게 내리쳤다. 이어서 반동을 이용해 한번 더. 두번째 쳤을 때 긴 얼굴은 의식을 잃고 축 늘어졌다. 그리하여 가까스로 그를 구멍에서 빛 속으로 끌어낼 수 있었다.

긴 얼굴의 키는 기사단장보다 조금 컸다. 70에서 80센티미터쯤일까. 몸에 걸친 것은 농부가 농사일을 할 때나 하인이 빗자루 들고 마당을 쓸 때 입을 법한 지극히 실용적인 복장이었다. 뻣뻣한 윗도리에 품이 넉넉한 바지. 거친 새끼줄 같은 끈으로 허리를 묶었다. 신발은 신지 않았다. 평소에도 맨발로 생활하는지 발바닥이 딱딱하고 두툼하며 거무스름하게 때가 끼어 있었다. 긴 머리는 한동안 감거나 빗질한 적이 없는 것 같았다. 검은 수염이 얼굴을 반쯤 뒤덮었다. 수염에 덮이지 않은 부분은 창백한 것이 한눈에도 건강이 좋지 않아 보였다. 온몸 어디 하나 그다지 청결해 보이지 않지만 신기하게도 체취는 없었다.

외관으로 보아 내가 추측할 수 있는 사실은 기사단장이 당시 귀족계급에 속한 자라면 이 남자는 천한 서민이리라는 것 정도였다. 아스카 시대 서민은 이런 차림이었을 것이다. 아니, 어쩌면 '아스카 시대 서민은 이런 차림이었을 것'이라고 아마다 도모히코가 상상한 모습일 뿐인지도 모른다. 그런 고증이야 아무래도 상관없다. 지금 여기서 내가 해야 할 일은 이 기묘하게 생긴 남자에게서 아키가와 마리에를 찾는 데 도움이 될 만한 정보를 얻어내는 것이다.

나는 긴 얼굴을 엎어놓고, 근처에 걸려 있던 목욕가운의 허리끈을 풀어 그의 양손을 등뒤로 단단히 묶었다. 그러고는 늘어진 몸뚱이를 방 한가운데로 끌고 갔다. 체중도 키에 걸맞게 그다지 많이 나가지 않았다. 중형견 정도의 무게일까. 커튼 끈을 풀어서 그의 한쪽 다리를 침대 다리에 묶었다. 이제 의식을 되찾아도 구멍으로 도망치기란 불가능하다.

의식을 잃고 손발이 묶인 채 바닥에 쓰러져 오후의 밝은 햇살을 온몸으로 받고 있는 긴 얼굴은 초라하고 불쌍해 보였다. 컴컴한 구멍에서 고개만 내밀고 눈을 번득이며 이쪽을 관찰할 때 풍기던, 등골이 오싹해질 만큼 으스스한 분위기는 이제 조금도 찾아볼 수 없었다. 가까이서 찬찬히 들여다보니 악의나 불길한 의지를 품은 것 같지는 않았다. 머리도 그리 좋아 보이지 않는다. 그의 외모에서는 어딘가 우직한 충성심이 엿보였다. 겁도 많은 것 같다. 스스로 무언가를 입안하거나 판단하는 것이 아니라, 위에서 지시받은 일을 순순히 수행하는 유형이다.

아마다 도모히코는 여전히 침대에 똑바로 누워 조용히 눈을 감고 있다. 미동도 없다. 살았는지 죽었는지 얼핏 봐서는 판단이 되지 않았다. 나는 그의 입가로 귀를 가져갔다. 바로 몇 센티미터 앞까지. 귀를 기울이자 아주 희미하게나마 먼 바닷소리 같은 숨소리가 들렸다. 아직 세상을 뜨지는 않았다. 그는 깊은 혼수의 바닥에 가만히 누워 있을 뿐이다. 그 사실을 확인하고 조금 안도했다. 마사히코가 자리를 비운 사이 그의 아버지가 숨을 거두는 상황만은 피하고 싶었기 때문이다. 아마다 도모히코는 제자리에 누워서 조금 전과 판이하게 평온한 표정을, 흡족하다고 표현해도 좋을 만한 표정을 짓고 있었다. 눈앞에서 내가 기사단장을(혹은 그가 생각하기에 죽어 마땅한 누군가를) 찔러 죽이는 광경을 보고 마침내 오랜 숙원을 이루었는지도 모른다.

기사단장은 여전히 같은 자세로 가죽의자에 쓰러져 있었다. 두 눈은 부릅뜨고 있다. 살짝 벌어진 입속으로 동그랗게 말린 작은 혀가 보였다. 심장에서는 여전히 피가 쏟아졌지만 기세는 약간 수그러들었다. 오른손을 잡아보니 힘없이 흐느적거렸다. 아직 온기가 조금 남아 있지만 피부의 감촉은 벌써 부자연스러워지기 시작했다. 생명이 죽음을 향해 착실히 나아갈 때 빚어내는 부자연스러움이다. 그 몸을 가지런히 정돈해 꼭 맞는 크기의 관에 넣어주고 싶다는 생각이 들었다. 어린이용 작은 관에. 그리고 사당 뒤편 구덩이에 가만히 눕혀주고 싶었다. 다시는 아무도 그를 성가시게 하지 못하도록. 그러나 내가 지금 할 수 있는 일은 그저 가만히 눈을 감겨주는 것 정도였다.

나는 의자에 앉아 바닥에 뻗어 있는 긴 얼굴이 의식을 되찾기를 기다렸다. 창밖에서는 광대한 태평양이 햇빛에 아름답게 빛났다. 어선 몇 척이 조업을 계속하고 있었다. 은색 비행기 한 대가 미끈한 기체를 반짝이며 천천히 남쪽 하늘로 날아갔다. 꼬리에 기다란 안테나가 달린 4발 프로펠러기—아쓰기 기지에서 날아오른 해상 자위대의 대잠초계기다. 토요일 오후지만 사람들은 각자 일상의 직무를 묵묵히 수행하고 있다. 그리고 나는 볕이 잘 드는 고급 노인 요양 시설의 한 방에서 기사단장을 식칼로 찔러 죽이고, 지하에서 얼굴을 내민 '긴 얼굴'을 포박하고, 실종된 아름다운 열세 살 소녀의 행방을 찾고 있다. 사람들이 하는 일은 제각각이다.

긴 얼굴은 쉽사리 눈을 뜨지 않았다. 나는 손목시계를 몇 번이나 확인했다.

지금 갑자기 아마다 마사히코가 돌아와 이 광경을 보면 뭐라고 할까? 기사단장은 칼에 찔려 목숨을 잃은 채 피 웅덩이에 쓰러져 있고, 손발이 묶인 긴 얼굴이 바닥에 나동그라져 있다. 둘다 1미터가 채 안 되는 키에 기묘한 고대 의상을 걸쳤다. 그리고 깊은 혼수상태에 빠진 아마다 도모히코는 입가에 희미하게 만족스러운 웃음(비슷한 것)을 띠고 있다. 방 한구석에는 시커멓고 네모난 구멍이 뚫려 있다. 이런 상황이 벌어진 경위를 마사히코에게 대체 어떻게 설명해야 할까?

물론 마사히코는 방으로 돌아오지 않았다. 기사단장의 말대로 그에게는 중요한 업무상의 용건이 있다. 따라서 누군가와 휴대전화로 긴 통화를 해야 한다. 처음부터 그렇게 정해져 있었던 것이다. 그러니 도중에 나를 방해할 사람은 없다. 나는 의자에 앉아 긴 얼굴의 상태를 살폈다. 구멍 모서리에 머리를 부딪혀서 일시적으로 뇌진탕을 일으켰을 뿐이다. 의식이 돌아오는 데 그리 오랜 시간이 걸리지는 않을 터였다. 나중에 이마에 제법 큰 혹이 나겠지만 다른 이상은 없을 것이다.

이윽고 긴 얼굴이 의식을 되찾았다. 바닥에서 꿈지럭거리며 몸을 비틀더니 뜻 모를 소리를 몇 마디 내뱉었다. 그러고는 천천히 눈을 가늘게 떴다. 어린아이가 무서운 것을 볼 때처럼—보고 싶지 않지만 보지 않을 수 없는 것을 보듯이.

나는 곧장 의자에서 일어나 그의 옆에 꿇어앉았다.

"시간이 없어." 나는 그를 내려다보며 말했다. "아키가와 마리에가 어디 있는지 알려줘. 그러면 바로 끈을 풀고 저기로 돌려보내줄게."

나는 방 한구석에 뻥 뚫린 구멍을 가리켰다. 네모난 뚜껑은 아직 열려 있다. 상대가 내 말을 알아듣는지는 알 수 없다. 어쨌든 말이 통한다 생각하고 시험해보는 수밖에 없었다.

긴 얼굴은 아무 말도 하지 않고 고개만 몇 번 세차게 내저었다. 아무것도 모른다는 것 같기도 하고, 내 말을 못 알아듣겠다는 것 같기도 했다.

"알려주지 않으면 너를 죽일 수밖에 없어." 나는 말했다. "내가 기사단장을 찔러 죽이는 건 봤지? 한 사람을 죽이건 두 사람을 죽이건 별다를 바 없어."

그리고 아직 피가 엉겨붙어 있는 칼날을 긴 얼굴의 지저분한 목에 바짝 들이댔다. 문득 바다 위에 있는 어부들과 비행사들을 떠올렸다. 우리는 각자의 직무를 수행할 따름이다. 그리고 이것이 내가 해야 하는 일이다. 물론 정말로 죽일 생각은 없었지만 예리한 칼날은 가짜가 아니었다. 긴 얼굴이 공포에 질려 바들바들 몸을 떨었다.

"잠깐만요." 긴 얼굴이 쉰 목소리로 말했다. "잠깐만 기다려주세요."

어조는 좀 기묘하지만 말은 통하는 모양이었다. 나는 그의 목에서 칼을 아주 조금만 거두고 말했다.

"아키가와 마리에가 어디 있었는지 알아?"

"아뇨, 저는 그 사람이 누군지도 전혀 모릅니다. 참말이에요."

나는 긴 얼굴의 눈을 가만히 들여다보았다. 크고, 표정을 읽기 쉬운 눈이다. 거짓말은 아닌 것 같았다.

"그럼 여기서 대체 뭘 하고 있던 거야?" 내가 물었다.

"무슨 일이 일어나는지 지켜보고 기록하는 것이 제 직무예요. 그래서 저기서 지켜봤습니다. 참말이에요."

"지켜보는 이유는?"

"그러라는 명령을 받았을 뿐이지, 다른 건 모릅니다."

"넌 대체 정체가 뭐지? 역시 이데아의 일종인가?"

"아뇨, 저희는 이데아가 아닙니다. 그냥 메타포예요."

"메타포?"

"그렇습니다. 단지 조신한 은유라고요. 사물과 사물을 이어주는 존재일 뿐이죠. 그러니까 좀 봐주십시오."

머릿속이 혼란스러워졌다. "만일 네가 메타포라면 즉흥적으로 은유를 하나 대봐. 그럴 수 있을 거 아냐." 내가 말했다.

"저는 보잘것없는 하급 메타포입니다. 상급의 은유 같은 건 불가능해요."

"상급이 아니어도 되니까 해봐."

긴 얼굴은 오랫동안 생각에 잠겼다. 그러고는 말했다. "그는 유달리 눈에 띄는 남자였다. 통근 인파 속에서 오렌지색 고깔모자를 쓴 남자처럼."

확실히 절묘하다고는 할 수 없다. 애초에 은유조차 못 된다.

"그건 은유가 아니라 직유야." 내가 지적했다.

"죄송합니다. 다시 할게요." 긴 얼굴의 이마에 땀이 맺혔다. "그는 흡사 통근 인파 속에서 오렌지색 고깔모자를 쓰고 다니듯이 살았다."

"그러면 문장 뜻이 통하지 않잖아. 게다가 은유로서도 아직 부족하고. 네가 메타포라니 도무지 믿을 수 없군. 죽이는 수밖에 없겠어."

긴 얼굴의 입술이 공포로 파들파들 떨렸다. 그럴싸한 수염과 달리 간은 별로 크지 않은 모양이다.

"죄송합니다. 전 아직 수습생 신분이에요. 센스 있는 비유는 생각이 안 납니다. 용서해주세요. 하지만 한 점의 거짓 없이, 저는 메타포가 맞습니다."

"네게 일을 지시하는 상사가 있나?"

"상사 같은 건 없습니다. 있을지도 모르지만 아직 본 적은 없어요. 저는 그저 현상과 표현의 관련성이 시키는 대로 움직일 따름입니다. 파도에 떠다니는 무능한 해파리 같은 존재라고요. 그러니까 죽이지 마십쇼. 좀 봐주세요."

"봐줄 수도 있지만," 나는 그의 목에 칼을 댄 채 말했다. "대신 네가 온 곳으로 나를 안내해주겠나?"

"아뇨, 그것만은 안 됩니다." 긴 얼굴이 지금까지와 다르게 딱 잘라 말했다. "여기까지 제가 거쳐온 길은 '메타포 통로'입니다. 그 길은 사람마다 각기 달라요. 똑같은 통로는 하나도 없습니다. 그러니까 당신에게 길안내를 해드리는 건 불가능합니다."

"요컨대 나는 혼자 그 통로로 들어가야 한다. 그리고 나만의 길을 찾아야 한다. 그 말인가?"

긴 얼굴이 세차게 고개를 가로저었다. "당신이 메타포 통로로 들어가는 건 너무 위험합니다. 살아 있는 인간이 그곳에 들어갔다가 한 치라도 길을 잘못 들면 터무니없는 곳에 다다른다고요. 게다가 이중 메타포가 길목 곳곳에 도사리고 있고요."

"이중 메타포?"

긴 얼굴이 몸을 부르르 떨었다. "이중 메타포는 깊은 어둠 속에 도사린, 말도 못하게 고약하고 위험한 존재입니다."

"상관없어." 나는 말했다. "어차피 이미 터무니없는 데로 흘러 들어왔으니까. 여기서 터무니없는 일이 얼마간 늘어나건 줄어들건 알 바 아니야. 나는 기사단장을 내 손으로 죽여버렸어. 그의 죽음을 헛되이 할 수는 없어."

"별수없군요. 그럼 한 가지 충고를 해드릴게요."

"뭐지?"

"뭐라도 빛을 낼 만한 것을 가져가시는 게 좋아요. 제법 어두운 곳이 있으니까요. 그리고 어딘가에서 반드시 강을 맞닥뜨릴 겁니다. 메타포이긴 해도 강물은 진짜예요. 차갑고 세차고 깊은 강이죠. 배가 없으면 그 강을 건널 수 없어요. 배는 선착장에 있고요."

내가 물었다. "선착장에서 강을 건넌 뒤에는 어떻게 되지?"

긴 얼굴이 눈을 날카롭게 번득였다. "강을 건넌 뒤에 나오는 것도 어디까지나 관련성에 따라 움직이는 세계입니다. 당신이 당신 눈으로 직접 확인하는 수밖에 없어요."

나는 아마다 도모히코가 누워 있는 침대 머리맡으로 갔다. 예상한 대로 회중전등이 있었다. 이런 시설은 재해시에 대비해 각 방에 반드시 회중전등을 갖춰둔다. 스위치를 눌러보니 제대로 켜지고 전지도 남아 있는 것 같았다. 나는 그 회중전등을 챙겨들고 의자 등받이에 걸쳐둔 가죽점퍼를 입었다. 그리고 방 한구석에 뚫린 구멍으로 향했다.

"부탁인데요." 긴 얼굴이 애원하듯이 말했다. "이 끈 좀 풀어주시면 안 되겠습니까? 이대로 버려두고 가시면 제 입장이 정말 곤란해진다고요."

"네가 진짜 메타포라면 그쯤은 간단히 빠져나올 수 있잖아. 말하자면 개념이나 관념의 일종이니까 말이야. 공간 이동 정도는 가능할 텐데."

"아뇨. 저를 과대평가하시는 말씀입니다. 제게는 그렇게 훌륭한 힘이 없어요. 개념이나 관념으로 불리는 건 저보다 더 상급 메타포예요."

"오렌지색 고깔모자를 쓴 것 같은?"

긴 얼굴이 슬픈 표정을 지었다. "놀리지 마세요. 저라고 상처받지 않는 건 아니라고요."

잠깐 고민하다가 결국 긴 얼굴의 손발을 묶은 끈을 풀어주기로 했다. 꽤 단단히 묶은 탓에 푸는 데도 시간이 걸렸다. 이야기하는 것으로 봐서는 그리 나쁜 남자 같지 않았다. 아키가와 마리에가 어디 있는지는 몰랐지만 몇 가지 정보를 기꺼이 알려주지 않았는가. 손발을 자유롭게 해주어도 나를 방해하거나 해치지는 않을 것이다. 게다가 이대로 묶어놓고 갈 수도 없는 노릇이다. 누가 이 모습을 보기라도 했다가는 이야기가 한층 성가셔진다. 그는 바닥에 주저앉아 끈자국이 남은 손목을 조그만 손으로 쓱쓱 문질렀다. 그러고는 이마로 손을 가져갔다. 혹이 부풀기 시작한 모양이었다.

"고맙습니다. 이제 원래 세계로 돌아갈 수 있겠어요."

"먼저 가도 돼." 나는 방 한구석의 구멍을 가리키며 말했다. "먼저 원래 세계로 돌아가. 나는 뒤에 갈 테니까."

"그럼 사양 않고 먼저 실례하겠습니다. 대신 마지막에 꼭 뚜껑을 닫아주세요. 안 그러면 누가 발을 헛디뎌서 떨어질지도 몰라요. 혹은 흥미를 품고 안으로 들어올 수도 있고요. 그러면 제 책임이 되거든요."

"알았어. 마지막에 꼭 뚜껑을 닫도록 하지."

긴 얼굴은 종종걸음으로 구멍으로 가서 안으로 발을 집어넣었다. 그리고 얼굴 위쪽만 밖으로 내놓았다. 커다란 눈이 두리번거리며 으스스하게 번득였다. 〈기사단장 죽이기〉 속의 긴 얼굴처럼.

"그럼 조심하세요." 긴 얼굴이 내게 말했다. "그 아무개 씨도 찾으시면 좋겠네요. 고미치 씨라고 하셨던가요?"

"고미치가 아니야." 나는 말했다. 한기가 등줄기를 훑고 지나갔다. 목 안쪽이 바짝 타들어가는 느낌이 들었다. 순간적으로 목소리가 잘 나오지 않았다. "고미치가 아니라 아키가와 마리에야. 너, 고미치에 대해 뭔가 알고 있나?"

"아뇨, 저는 아무것도 모릅니다." 긴 얼굴이 당황해서 말했다. "방금 저의 변변치 않은 비유적 머리에 그 이름이 떠올랐을 뿐이에요. 그냥 실수한 겁니다. 봐주세요."

그리고 긴 얼굴은 구멍 속으로 쑥 사라졌다. 마치 바람에 날려 흩어지는 연기처럼.

나는 플라스틱 회중전등을 들고 한동안 제자리에 우두커니 서 있었다. 고미치? 왜 여기서 동생의 이름이 나온단 말인가. 고미도 이 일련의 사건에 관련되어 있는 걸까. 그러나 깊이 생각할 여유는 없었다. 나는 구멍 속으로 발을 집어넣고 회중전등을 켰다. 발밑은 어둡고 완만한 내리막길이 이어지는 듯 보였다. 기묘하다면 기묘한 이야기다. 이 방은 건물 3층에 있으니 아래는 당연히 2층이어야 하니까. 그러나 회중전등으로는 통로 끝까지 비출 수 없었다. 구멍으로 몸을 집어넣고 손을 뻗어 네모난 뚜껑을 꼭 맞춰 닫았다. 주위가 완전히 컴컴해졌다.

사방이 칠흑 같은 암흑 속에서는 스스로의 오감조차 잘 파악되지 않았다. 마치 육체의 정보와 의식의 정보의 연결이 끊긴 것처럼. 그것은 매우 기묘한 기분이었다. 내가 더이상 나 자신이 아니게 된 기분이다. 그러나 앞으로 나아가야 한다.

나를 죽이고 아키가와 마리에를 되찾는 걸세.

기사단장은 그렇게 말했다. 그가 희생을 치르고, 내가 시련을 겪는다. 어찌됐건 전진하는 수밖에 없다. 회중전등 불빛 하나에 의지해, 나는 '메타포 통로'의 어둠 속으로 발길을 옮겼다.

53

불쏘시개였는지도 모른다

나를 감싼 것은 농밀하고 빈틈없는, 마치 하나의 의지를 지닌
듯한 어둠이었다. 빛 한줄기 들지 않고 한 점의 광원도 보이지
않았다. 빛이 전혀 닿지 않는 심해를 걷는 느낌이다. 노란 회중
전등 불빛만이 나와 세계를 가까스로 이어주었다. 통로는 완만
한 내리막길이었다. 암반을 동그랗게 뚫은 것처럼 온전한 원형
이고, 지면은 단단하고 거의 평탄했다. 천장이 낮아서 머리를 부
딪히지 않으려면 몸을 구부린 채로 걸어야 했다. 지하의 공기는
차갑고 쌀쌀했지만 냄새는 나지 않았다. 모든 것이 기묘할 정도
로 냄새가 없다. 여기서는 공기조차 지상과는 성질이 다른지도
모른다.

회중전등 전지가 얼마나 버틸지는 물론 짐작할 수 없었다. 지

금은 흔들림 없이 안정된 빛을 내뿜고 있지만 혹시나 도중에 전지가 닳으면(당연히 언젠가는 닳을 것이다) 나는 빈틈 하나 없는 어둠 속에 홀로 남게 된다. 그리고 긴 얼굴의 말을 믿는다면, 이 어둠 속 어딘가에는 위험하기 짝이 없는 '이중 메타포'라는 것이 도사리고 있다.

회중전등을 쥔 손바닥에 긴장으로 땀이 뱄다. 심장이 딱딱하고 둔탁한 소리를 냈다. 그 소리는 정글 안쪽에서 들려오는 불온한 북소리를 연상시켰다. "뭐라도 빛을 낼 만한 것을 가져가시는 게 좋아요. 제법 어두운 곳이 있으니까요"라고 긴 얼굴은 내게 충고했다. 그렇다면 이 지하통로 전체가 완전한 암흑은 아니라는 뜻이다. 나는 주위가 좀더 밝아지기를 바랐다. 또 천장도 좀더 높아지기를 바랐다. 어둡고 좁은 장소는 언제나 내 신경을 압박한다. 긴 시간 그 상태가 이어지면 호흡이 점점 곤란해진다.

최대한 좁음과 어둠을 의식하지 않으려 애썼다. 그러려면 뭔가 다른 생각을 해야 했다. 나는 치즈 토스트를 떠올렸다. 왜 하필 치즈 토스트인지는 나도 알 수 없었다. 어쨌든 머릿속에 문득 치즈 토스트가 떠올랐다. 무늬 없는 흰색 접시에 놓인 네모난 치즈 토스트. 노릇노릇 잘 구워졌고, 위에 올린 치즈도 먹기 좋게 녹았다. 막 손으로 집으려는 참이다. 옆에는 김이 나는 블랙커피가 있다. 달도 별도 없는 한밤중처럼 새카만 블랙커피다. 나는 아침 식탁에 올라온 그것들을 그리운 마음으로 떠올렸다. 활짝 열린 창, 창밖으로 보이는 커다란 버드나무, 그 유연한 나뭇가지에 곡예사처럼 위태롭게 올라앉은 새들의 경쾌한 울음소리. 그것들 모두 지금의 나와는 헤아릴 수 없이 먼 곳에 있었다.

이어서 가극 〈장미의 기사〉도 떠올렸다. 커피를 마시고 갓 구운 치즈 토스트를 먹으면서 그 음악을 들으려고 한다. 영국 데카사의 새카만 레코드판. 나는 그 묵직한 비닐판을 턴테이블에 올리고 카트리지 바늘을 천천히 내린다. 게오르그 숄티가 지휘하는 빈 필하모닉 오케스트라. 유려하고 치밀한 그 소리. "나는 한 자루의 빗자루도 음악으로 그려낼 수 있다"고 전성기의 리하르트 슈트라우스는 호언했다. 아니, 빗자루가 아니었던가? 아니었는지도 모른다. 박쥐우산이었는지도 모르고 불쏘시개였는지도 모른다. 뭐가 됐든 상관없다. 그러나 대체 무슨 수를 쓰면 한 자루의 빗자루를 음악으로 그려낼 수 있을까? 예를 들어 따끈한 치즈 토스트를, 각질투성이 발뒤꿈치를, 직유와 은유의 차이를, 그는 정말 음악으로 극명히 묘사할 수 있었을까?

리하르트 슈트라우스는 2차세계대전이 일어나기 전 빈에서 (안슐루스 이전이었는지 이후였는지는 모르겠다) 빈 필하모닉을 지휘했다. 그날의 연주곡목은 베토벤의 교향곡이었다. 조용하고 단정하고 결심이 굳건한 7번 교향곡. 그 작품은 명랑하고 개방적인 언니(6번)와 수줍음 많은 아름다운 동생(8번) 사이에 낀 모양새로 태어났다. 젊은 날의 아마다 도모히코가 그 객석에 있었다.

옆에는 아름다운 여인이 있다. 그는 아마도 사랑을 하고 있다.

나는 빈의 거리 풍경을 떠올렸다. 비엔나왈츠, 달콤한 자허토르테, 건물 지붕에 휘날리는 적과 흑의 하켄크로이츠.

어둠 속에서 생각은 의미가 결여된 방향으로 제한 없이 뻗어나갔다. 혹은 방향성이 없는 방향으로, 라고 해야 할까. 그러나 마음대로 뻗어나가는 그것을 제어하기는 불가능했다. 내 생각은 이미 내 손을 벗어나버렸다. 빈틈없는 어둠 속에서 자기 생각을 장악하기란 간단한 일이 아니다. 생각은 수수께끼의 나무가 되어 어둠 속으로 자유롭게 가지를 뻗어나간다(은유다). 어쨌거나 나는 자아를 유지하기 위해 연달아 무언가를 생각할 필요가 있었다. 뭐가 됐든 상관없는 무언가를. 그러지 않으면 긴장한 나머지 과호흡을 일으킬 것이다.

온갖 두서없는 생각을 해가면서 한줄기로 뻗은 비탈길을 하염없이 내려갔다. 모퉁이도 없고 샛길도 없는, 순수한 직선의 통로였다. 아무리 걸어도 천장의 높이나 어둠의 농담, 공기의 질감, 경사의 각도는 전혀 변화를 보이지 않았다. 시간감각은 벌써 거의 사라져버렸지만 이렇게 오래 내리막길을 걸어왔으니 꽤나 지하 깊은 곳까지 와 있을 터였다. 그러나 이 깊이도 어차피 가상의 것이다. 애당초 건물 3층에서 그대로 지하로 내려왔을 턱이 없지 않은가. 어둠 역시 가상에 불과할 터였다. 여기 있는 모든 것이 관념 혹은 비유일 뿐이라고 생각하려 애썼다. 하지만 아무리 그래도 나를 빈틈없이 감싼 어둠은 어디까지나 실제의 어둠이었고, 나를 압박하는 깊이 역시 어디까지나 실제의 깊이였다.

계속 구부정한 자세로 걷느라 목과 허리가 고통을 호소하기 시작할 즈음, 드디어 앞쪽에 흐릿한 빛이 보였다. 완만한 굽이를 몇 차례 돌 때마다 주위가 조금씩 밝아졌다. 이윽고 주위 풍경을 어느 정도 분간할 수 있게 되었다. 마치 새벽하늘이 조금씩 밝아오는 것처럼. 나는 전지를 절약할 생각으로 회중전등 스위치를 껐다.

얼마간 밝아지기는 했지만 여전히 주위에선 냄새도 소리도 나지 않았다. 마침내 어둡고 좁은 통로가 끝나고 나는 예상치도 못했던 탁 트인 공간으로 나왔다. 위를 올려다보았으나 하늘은 없었다. 높이 유백색 천장 같은 것이 보였지만 정확히는 알 수 없다. 주위에는 어슴푸레한 빛이 흘러다녔다. 마치 수많은 반딧불이가 모여 세계를 밝히고 있는 것처럼 불가사의한 빛이다. 이제 암흑에서 벗어났고 몸을 구부리지 않아도 된다는 사실만으로도 한숨 돌릴 수 있었다.

통로를 벗어나자 발밑은 울퉁불퉁한 암반이었다. 길이라고 할 만한 것은 없고 암반에 덮인 황야만이 눈앞에 끝없이 펼쳐져 있었다. 기나긴 하강이 끝나고 지면은 완만한 오르막으로 바뀌었다. 나는 발밑을 조심하면서 어디로 향하는지도 모르는 채 그저 앞으로 나아갔다. 손목시계를 확인했지만 그 바늘은 이미 아무런 의미도 없었다. 나는 그 사실을 곧바로 이해할 수 있었다. 내가 지닌 다른 물건들 역시 이곳에서는 실질적으로 어떤 의미도 없었다. 열쇠고리, 지갑, 운전면허증, 동전 몇 개, 손수건. 소지품이라고 해봐야 기껏 그 정도였다. 하지만 그중에 지금 내게 도움이 될 만한 것은 하나도 없었다.

나아갈수록 비탈의 경사가 급해져 결국 양손 양발을 다 써서 말 그대로 언덕을 기어올라가는 모양새가 되었다. 정상에 오르면 주위를 전체적으로 조망할 수 있을지도 모른다. 그래서 숨을 헐떡거리면서도 쉬지 않고 경사면을 올라갔다. 귀에는 여전히 아무 소리도 들리지 않았다. 내 귀에 들어오는 것은 내 손발이 내는 소리뿐이었다. 게다가 그 소리조차 어딘지 모르게 모조품 같고 진짜처럼 느껴지지 않았다. 사방을 둘러봐도 나무 한 그루 풀 한 포기 없고, 새 한 마리 날지 않는다. 바람 한 자락 없다. 움직이는 것이라고는 오직 나뿐이다. 흡사 시간이 멈춘 것처럼 만물이 정지한 채 침묵하고 있다.

드디어 언덕 정상에 오르자 예상대로 일대가 훤히 내려다보였다. 그러나 온통 희끄무레한 안개 같은 것이 끼어 있어서 기대만큼 멀리까지 보이지는 않았다. 내가 알게 된 것은 적어도 눈길 닿는 한에서는 생명의 흔적을 전혀 찾아볼 수 없는 불모의 땅이라는 사실 정도였다. 울퉁불퉁한 바위투성이 황야가 사방에 펼쳐져 있다. 하늘은 여전히 보이지 않는다. 유백색 천장(혹은 천장처럼 보이는 것)이 덮여 있을 뿐이다. 우주선이 고장나서 아무도 없는 미지의 행성에 혼자 착륙한 우주비행사가 된 기분이었다. 그나마 희미한 빛이 있고, 들이마실 공기가 있는 것만으로 감사해야 하리라.

가만히 귀기울여보니 미미한 소리가 들려오는 듯했다. 처음에는 그저 착각이거나 내 안에서 생겨난 귀울림인가 했지만 시간이 조금 지나자 그것이 자연현상으로 인한 지속적인 현실의 소리임을 깨달았다. 아무래도 물소리 같았다. 어쩌면 긴 얼굴이 말한 강인지도 모른다. 나는 흐릿한 빛 속에서 물소리가 나는 쪽을 향해 조심조심 험한 경사면을 내려갔다.

물소리에 귀기울이는 사이 목이 몹시 마르다는 사실을 깨달았다. 그러고 보니 상당히 오래 걷기만 하고 수분을 전혀 보충하지 않았다. 그동안은 긴장한 탓인지 물을 마시고 싶다는 생각도 들지 않았는데 물소리를 듣고 나니 갑자기 갈증이 못 견디게 심해졌다. 그렇지만 과연 저 강물은—만약 소리나는 곳이 정말로 강이라면 말이지만—인간이 마셔도 되는 물일까? 탁한 진흙탕일지 모르고, 위험한 물질이나 병원균이 들어 있는 물인지도 모른다. 혹은 손으로 뜰 수 없는, 그저 메타포로서의 물에 불과할지도 모른다. 어쨌거나 직접 가서 확인하는 수밖에 없다.

걸음을 옮길수록 물소리가 점차 크고 뚜렷해졌다. 바위땅을 누비며 제법 세차게 흐르는 강 같았다. 그러나 아직은 그 광경이 보이지 않는다. 소리나는 쪽을 향해 어림짐작으로 나아가는 사이 땅 양쪽이 점점 높아지며 바위벽을 이루었다. 높이가 10미터는 넘을 듯했다. 험준한 벽 사이에 낀 모양새로 통로가 하나 나 있었다. 길은 여기저기 뱀처럼 구부러지고 휘어져 앞쪽을 내다볼 수 없었다. 인위적으로 뚫은 길은 아니다. 아마 자연이 만들어낸 길일 것이다. 강은 그 너머에서 흐르는 것 같았다.

나는 절벽 사잇길을 쉬지 않고 나아갔다. 주위에는 여전히 나무 한 그루, 풀 한 포기 자라지 않았다. 생명을 지닌 것은 어디에도 보이지 않는다. 눈에 들어오는 것이라고는 오로지 침묵하는 바위뿐이다. 윤기가 없는 단색의 세계였다. 마치 화가가 도중에 흥미를 잃고 채색 단계에서 방치한 풍경화 같다. 내 발소리도 거의 무음에 가까웠다. 주위 바위가 소리라는 소리는 모조리 빨아들이는 것 같았다.

길은 대체로 평탄하다가 점점 완만한 오르막으로 바뀌었다. 한참 만에 바위땅을 다 올라가자 뾰족한 바위들이 이어진 산등성이가 펼쳐졌다. 몸을 내밀어보니 드디어 강의 풍경이 눈에 들어왔다. 물소리가 한층 선명하게 들렸다.

그다지 큰 강은 아니었다. 폭은 대략 5,6미터쯤일까. 그러나 물살은 상당히 빨라 보였다. 수심은 짐작할 수 없다. 군데군데 불규칙한 잔물결이 이는 것으로 보아 바닥이 고르지 않은 듯했다. 강물은 바위투성이 대지를 똑바로 가로지르며 흘러갔다. 나는 산등성이를 넘고 경사 급한 바위땅을 내려가서 강으로 다가갔다.

오른쪽에서 왼쪽으로 기세 좋게 흐르는 강물을 눈앞에 두니 마음이 얼마간 차분해졌다. 대량의 물이 분명 실제로 이동하고 있었다. 지형을 따라 어딘가에서 흘러와 어딘가로 향하고 있다. 달리 움직이는 것이라고는 없는 이 세계에서, 바람 한 자락 불지 않는 세계에서, 강물만이 움직이고 있다. 일대에 또렷한 물소리를 울리면서. 그렇다. 이곳은 움직임이 완전히 결여된 세계가 아니었다. 그 사실에 나는 조금이나마 안도했다.

강가에 이르러 우선 웅크리고 앉아 손으로 물을 떠보았다. 기분좋을 만큼 차가운 물이었다. 마치 눈 녹은 물을 모아놓은 것처럼. 최소한 눈으로 보기에는 맑고 깨끗하고 위생적이었다. 물론 눈으로만 봐서는 안전한지 알 수 없다. 눈에 보이지 않는 치명적인 물질이 섞여 있을지도 모른다. 몸에 해로운 세균이 들어 있을지도 모른다.

나는 손에 뜬 물의 냄새를 맡아보았다. 냄새는 없었다(만일 내가 후각을 잃은 게 아니라면 말이지만). 이어서 입속에 머금어보았다. 맛이 나지 않았다(만일 내가 미각을 잃은 게 아니라면 말이지만). 과감히 목 안으로 삼켰다. 설령 어떤 결과가 나올지 모른다 해도 마시지 않고 버티기에는 갈증이 너무 심했다. 직접 마셔봐도 맛과 냄새는 전혀 없었다. 그러나 현실이건 가상이건, 그

물은 다행히 내 목을 충분히 적셔주었다.

몇 번이나 손으로 물을 떠서 정신없이 마셨다. 아마 생각보다 훨씬 목이 말랐던 모양이다. 냄새도 맛도 없는 물로 목을 축이는 것은 몹시 기묘한 느낌이었다. 우리는 목이 마를 때 찬물을 꿀꺽 꿀꺽 마시면 아주 맛있다고 느낀다. 온몸이 탐욕스럽게 그 맛을 흡수한다. 온몸의 세포가 기뻐하고 온몸의 근육이 원기를 되찾는다. 그런데 이 강물에는 그런 감각을 불러오는 요소가 전혀 없었다. 단순히 물리적으로 갈증이 가라앉고 해소될 뿐이었다.

어쨌거나 양껏 물을 마신 덕에 갈증이 가라앉자 일어나서 새삼 주위를 둘러보았다. 긴 얼굴이 알려준 바에 따르면 이 강가 어딘가에 선착장이 있을 것이다. 그곳에 가면 배가 강 건너편으로 나를 데려다줄 것이다. 그리고 건너편에 다다르면 (아마도) 아키가와 마리에의 행방에 대한 정보를 얻을 수 있을 것이다. 하지만 아무리 둘러봐도 배 같은 건 눈에 띄지 않았다. 그래도 어떻게든 찾아야 한다. 맨몸으로 이 강을 건너는 건 너무 위험하다. "차갑고 세차고 깊은 강이죠. 배가 없으면 그 강을 건널 수 없어요"라고 긴 얼굴은 말했다. 그러나 대체 어디로 가야 배를 찾을 수 있단 말인가? 상류일까, 하류일까? 어느 쪽이든 선택해야 했다.

그때 문득 멘시키의 이름이 '와타루渉'라는 사실이 떠올랐다. "강을 건너다, 할 때의 와타루입니다"라고 그는 자기 이름을 설명했다. "어째서 이런 이름을 갖게 되었는지는 모릅니다"라고. 그리고 이런 말도 했다. "참고로 저는 왼손잡이입니다. 오른쪽 왼쪽 아무데로나 가라면 저는 늘 왼쪽을 선택합니다. 그게 습관이죠." 그것은 앞뒤 맥락 없이 불쑥 튀어나온 말이었다. 왜 갑자기 그런 소리를 하는지 그때 나는 잘 이해할 수 없었다. 그래서 더욱 또렷하게 기억에 남은 것이리라.

별다른 뜻 없이 한 말인지도 모른다. 그저 지나가는 얘기였는지도 모른다. 그러나 이곳은 (긴 얼굴의 말에 따르면) 현상과 표현의 관련성으로 이루어진 땅이다. 나는 여기 나타나는 갖가지 함축과 갖가지 우연을 직시하고 진지하게 검토해야 한다. 결국 강물을 바라보고 섰을 때 왼쪽 방향으로 나아가기로 정했다. 색이 없는 멘시키 씨의 무의식적 교시에 따라, 냄새도 맛도 없는 물이 흐르는 강줄기를 따라 내려간다―그것은 뭔가를 암시하는지도 모른다. 혹은 아무것도 암시하지 않는지 모른다.

강줄기를 따라 걸으면서 이 물속에 과연 서식하는 생명체가 있을까 생각했다. 아마 아무것도 살지 않을 것이다. 물론 확증은 없다. 그러나 그 강물에서는 생명의 기척이 전혀 느껴지지 않았다. 애당초 맛도 냄새도 없는 물속에 대체 어떤 생물이 서식할 수 있을까. 이 강은 '나는 강물이며, 쉼없이 흐른다'는 한 가지 사실에만 너무 많은 의식을 집중한 듯 보였다. 그것은 확실히 강의 형상을 하고 있지만 강이라는 상태 이상의 것은 못 되었다. 수면에 작은 나뭇가지 하나, 풀잎 한 장 떠 있지 않았다. 그저 대량의 물이 순수하게 지표를 이동할 뿐이다.

주위에는 여전히 아득한 안개 같은 것이 가득 끼어 있었다. 감촉이 부드러운 안개다. 마치 하얀 레이스 커튼을 헤치듯이 그 종잡을 수 없는 풀솜 같은 안개 속을 나아갔다. 조금 지나자 위장에서 아까 마신 강물의 존재가 느껴졌다. 딱히 불쾌하거나 불길한 느낌은 아니지만 그렇다고 편안하고 달가운 느낌도 아니었다. 어느 쪽이라고 할 수 없이 중립적이며, 실체를 파악하기 힘든 느낌이다. 그리고 그 물을 몸안에 받아들임으로써 나 자신이 이전과 다른 조성을 지닌 존재가 돼버린 듯 자못 기묘한 감각이 들었다. 혹시 강물을 마심으로써 내 몸이 이 땅에 맞는 체질로 바뀐 것은 아닐까?

그러나 이상하게도 이 상황에서 위기감이 들지는 않았다. 별탈 없을 거라고 낙관적으로 생각했다. 낙관해도 될 만한 구체적인 근거는 없다. 하지만 지금까지는 그럭저럭 순조롭게 진행된 듯했다. 좁고 컴컴한 통로를 무사히 통과했다. 지도도 나침반도 없이 바위투성이 황야를 가로질러 이 강을 찾아냈다. 그 강물로 목을 축였다. 어둠 속에 도사리고 있다는 위험한 이중 메타포를 맞닥뜨리지도 않았다. 그저 운이 좋았는지도 모른다. 아니면 처음부터 이렇게 되게끔 정해져 있었는지도 모른다. 어쨌거나 이대로 쭉 나아가면 앞으로도 큰 문제는 없을 것이다. 나는 그렇게 생각했다. 적어도 그렇게 생각하려고 노력했다.

이윽고 안개 너머에서 어슴푸레한 형체가 떠올랐다. 자연의 것은 아니다. 직선으로 된 인공적인 무언가다. 가까이 다가갈수록 그것이 선착장처럼 생겼다는 사실을 알 수 있었다. 수면을 향해 작은 나무 돌제突堤가 설치되어 있다. 역시 왼쪽으로 오길 잘했다고 나는 생각했다. 아니면 이 관련성의 세계에서는 모든 것이 내가 취하는 행동에 따라 새로 만들어지는지도 모른다. 아무래도 멘시키가 준 무의식의 암시가 나를 이곳까지 무사히 데려온 듯했다.

흐릿한 안개 너머로, 선착장에 한 남자가 서 있는 것이 보였다. 키가 큰 남자다. 아담한 기사단장과 긴 얼굴을 만나고 와서인지 그 남자는 마치 거인처럼 보였다. 그는 돌제 끄트머리에 달린 어두운 색채의 기계장치(비슷한 것)에 기대서 있었다. 깊은 생각에 잠긴 듯 그곳에 서서 꼼짝도 하지 않았다. 발밑에서는 세찬 물살이 거품을 일으키며 넘실거렸다. 그는 내가 이곳에서 처음 마주치는 인간이었다. 혹은 인간의 모습을 한 무언가였다. 나는 천천히 조심스럽게 그에게 다가갔다.

"안녕하세요." 남자의 모습이 뚜렷이 보일 만큼 가까워졌을 때 과감하게 말을 걸었다. 안개의 베일 너머로. 그러나 대답은 들리지 않았다. 남자는 제자리에서 자세만 아주 살짝 바꾸었을 뿐이다. 안개 속에서 어두운 실루엣이 희미하게 흔들렸다. 내 목소리가 잘 들리지 않은 걸까. 물소리에 지워져버렸는지도 모른다. 아니면 이 땅의 공기에서는 소리가 잘 퍼지지 않는지도 모른다.

"안녕하세요." 나는 더 가까이 다가가 다시 한번 말했다. 아까보다 목소리를 조금 높여서. 역시 묵묵부답이었다. 들리는 것은 쉼없는 물소리뿐이다. 혹시 말이 통하지 않는 걸까.

"잘 들리네. 뜻도 통하고." 남자가 내 마음을 읽은 것처럼 말했다. 장신에 걸맞게 깊고 낮은 목소리였다. 억양이 없고, 아무런 감정도 읽어낼 수 없었다. 강물에서 그 어떤 냄새나 맛도 느껴지지 않았던 것처럼.

54

영원은 아주 긴 시간이지

내 앞에 서 있는 장신의 남자는 얼굴이 없었다. 물론 머리가 없다는 말은 아니다. 그의 목 위에는 평범하게 머리가 있다. 하지만 얼굴이 없었다. 얼굴이 있어야 할 자리에는 그저 공백뿐이었다. 흐릿한 유백색 안개 같은 공백이다. 그의 목소리는 그 공백에서 흘러나왔다. 마치 깊은 동굴 안쪽에서 바람소리가 들려오듯이.

남자는 짙은색 레인코트 같은 것을 입고 있었다. 거의 발목까지 오는 긴 코트다. 그 밑으로 장화 앞코가 보였다. 코트 단추는 목 아래까지 전부 잠겨 있다. 곧 닥칠 폭풍우에 대비한 듯한 복장이다.

나는 아무 말 없이 그 자리에 우두커니 서 있었다. 입에서 말이 나오지 않았다. 조금 떨어져서 보니 흰색 스바루 포레스터를 타고 있던 남자 같기도 했고, 한밤의 작업실을 찾아온 아마다 도모히코 같기도 했다. 〈기사단장 죽이기〉에서 장검을 뽑아 기사단장을 찔러 죽이는 젊은 남자 같기도 했다. 셋 다 키가 크다. 하지만 가까이 다가가서 보니 그 셋 중 누구도 아니라는 사실을 알 수 있었다. 그는 그저 '얼굴 없는 남자'였다. 챙 넓은 검은색 모자를 푹 눌러썼고, 그 챙이 유백색 공백을 절반쯤 가리고 있었다.

"잘 들리네. 뜻도 통하고." 남자가 되풀이했다. 물론 입술은 움직이지 않는다. 입술이 없으니까.

"여기가 강 선착장인가요?" 내가 물었다.

"그래." 얼굴 없는 남자가 말했다. "여기가 선착장이네. 사람들은 여기서만 강을 건널 수 있지."

"저는 강 건너편으로 가야 합니다."

"안 그런 사람은 없어."

"여기 오는 사람이 많나요?"

남자는 그 질문에 대답하지 않았다. 내 질문은 공백으로 빨려 들어갔다. 끝없는 침묵이 이어졌다.

"강 건너편에는 뭐가 있죠?" 내가 물었다. 희끄무레한 강안개 탓에 건너편이 보이지 않았다.

얼굴 없는 남자가 공백 속에서 가만히 내 얼굴을 바라보았다. 그러고는 말했다. "강 건너편에 무엇이 있을까, 그건 사람들이 그곳에서 뭘 구하느냐에 따라 달라지지."

"저는 아키가와 마리에라는 여자아이의 행방을 찾고 있습니다."

"그게 강 건너편에서 자네가 구하는 것이군."

"그게 강 건너편에서 제가 구하는 겁니다. 그것 때문에 여기까지 왔어요."

"이곳으로 들어오는 입구는 어떻게 찾았지?"

"이즈 고원에 있는 노인 요양 시설에서 기사단장 모습을 한 이데아를 칼로 찔러 죽였습니다. 합의하에 죽인 거예요. 그렇게 긴 얼굴을 불러내 지하로 통하는 구덩이를 열었죠."

얼굴 없는 남자는 한동안 아무 말 없이 공백뿐인 얼굴로 나를 똑바로 바라보았다. 그가 내 말을 알아들었는지는 판단할 수 없었다.

"피가 흘렀나?"

"아주 많이요." 내가 대답했다.

"진짜 피였겠지."

"그렇게 보였습니다."

"손을 한번 보게."

나는 두 손을 내려다보았다. 핏자국은 이미 사라지고 없었다. 좀전에 강물을 떠마시며 씻겨나갔는지도 모른다. 상당한 양의 피가 묻어 있었을 테지만.

"됐네. 여기 있는 배로 자네를 강 건너편까지 데려다주지." 얼굴 없는 남자가 말했다. "하지만 조건이 하나 있어."

나는 그가 그 조건을 말해주기를 기다렸다.

"자네는 내게 마땅한 대가를 치러야 해. 그게 규칙이니까."

"그 대가를 치르지 않으면 강 건너편으로 갈 수 없다는 말인가
요?"

"그래. 강 이편에 영원히 머무는 수밖에 없어. 이 강은 차갑고
세차고 깊네. 그리고 영원은 아주 긴 시간이지. 말장난하는 게
아니야."

"그렇지만 전 지금 당신에게 드릴 만한 물건이 없는걸요."

남자가 나지막이 말했다. "주머니에 든 걸 전부 꺼내보게."

나는 점퍼와 바지 주머니에 든 물건을 모조리 꺼냈다. 지갑에
는 이만 엔이 조금 안 되는 현금, 신용카드와 은행 현금카드 한
장씩, 운전면허증, 주유소 쿠폰이 들어 있었다. 열쇠고리에는 열
쇠 세 개가 달려 있다. 그밖에는 연한 크림색 손수건과 싸구려
볼펜 한 자루. 그리고 동전 대여섯 개. 그뿐이다. 더하자면 회중
전등 정도다.

얼굴 없는 남자가 고개를 가로저었다. "안됐지만 그중에 뱃삯
으로 쳐줄 만한 건 없군. 이곳에서 금전은 아무 의미도 지니지
않아. 또 가진 건 없나?"

그밖에 내가 가진 물건은 없었다. 왼손에 싸구려 손목시계를
차고 있지만 시간 역시 이곳에서는 아무 가치도 지니지 않는다.

"종이가 있으면 초상화를 그려드릴 수 있습니다. 이것들 말고 제가 가진 것이라면 그림을 그리는 재능 정도니까요."

얼굴 없는 남자가 웃었다. 아마도 웃음이었을 것이다. 공백 깊숙한 곳에서 밝은 메아리 같은 것이 희미하게 들렸다.

"애초에 나는 얼굴이 없네. 얼굴 없는 자의 초상화를 어떻게 그리겠다는 건가? 어떻게 무無를 그릴 수 있지?"

"저는 프로입니다." 나는 말했다. "얼굴이 없어도 초상화를 그릴 수 있어요."

얼굴 없는 남자의 초상화를 정말로 그릴 수 있을지, 실은 전혀 자신이 없었다. 그래도 제안해볼 가치는 있을 것이다.

"어떤 초상화가 완성될지 나도 대단히 흥미롭군." 얼굴 없는 남자가 말했다. "유감스럽지만 이곳에는 종이라는 게 없네."

발밑을 내려다보았다. 땅에 막대기로 그릴 수 있을지 모른다. 그러나 발밑은 온통 단단한 바위였다. 나는 고개를 가로저었다.

"정말로 그게 자네가 가진 전부인가?"

나는 다시 한번 모든 주머니를 꼼꼼히 뒤져보았다. 가죽점퍼 주머니에는 아무것도 없었다. 텅 비었다. 그런데 바지 주머니 안쪽에서 아주 작은 물건이 만져졌다. 플라스틱 펭귄 장식품. 멘시키가 구덩이 바닥에서 발견해 내게 건네준 것이다. 가는 줄이 달려 있다. 아키가와 마리에가 휴대전화에 부적처럼 달고 다니던 물건이다. 그리고 어찌된 영문인지 이것이 구덩이 바닥에 떨어져 있었다.

"손안의 물건을 보여주게." 얼굴 없는 남자가 말했다.

나는 손바닥을 펼쳐 펭귄 장식품을 보여주었다.

얼굴 없는 남자가 공백의 눈으로 가만히 그것을 응시했다.

"이거면 되네." 그가 말했다. "이걸 뱃삯으로 하지."

이것을 남자에게 건네도 될지 판단이 서지 않았다. 무엇보다 이 건 아키가와 마리에가 소중히 가지고 다니던 부적이다. 내 것이 아니다. 그런데 멋대로 다른 사람에게 내주어도 될까? 그 탓에 아키가와 마리에의 신변에 무슨 나쁜 일이 일어나지는 않을까?

그러나 선택의 여지가 없었다. 이것을 얼굴 없는 남자에게 내 주지 않으면 강을 건널 수 없고, 강 건너편에 다다르지 못하면 아키가와 마리에의 행방을 알아낼 수 없다. 그러면 기사단장의 죽음도 헛되이 만드는 셈이다.

"이걸 뱃삯으로 드리겠습니다." 나는 과감하게 말했다. "저를 강 건너편까지 데려다주세요."

얼굴 없는 남자가 고개를 끄덕였다. 그리고 말했다. "언젠가 자네에게 내 초상화를 부탁할지도 몰라. 그렇게 되면 그때 이 펭 귄 인형을 돌려주지."

남자가 앞장서서 나무 돌제 끄트머리에 매인 작은 배에 올라 탔다. 납작한 과자상자처럼 각이 진 배였다. 튼튼해 보이는 두꺼운 목재로 만들어졌고 길쭉한 모양이지만 전체 길이는 2미터 정도밖에 되지 않는다. 한 번에 그리 많은 사람을 태우는 일도 없을 것이다. 바닥 한복판에 굵은 기둥이 서 있고, 꼭대기에 직경 10센티미터 정도의 탄탄한 쇠고리가 달렸다. 그리고 그 고리를 굵은 밧줄이 통과했다. 강가 이편에서 건너편까지 거의 팽팽하게 가로지르는 밧줄이다. 보아하니 빠른 물살에 떠내려가지 않도록 그 밧줄에 의지해 강을 오가는 듯했다. 배는 아주 낡아 보였다. 추진기 같은 건 달려 있지 않고 노도 없다. 그냥 물위에 떠 있는 나무상자다.

　나는 남자 뒤를 따라 배에 올라탔다. 그리고 바닥을 가로지르는 평평한 판자에 걸터앉았다. 얼굴 없는 남자는 배 한복판의 굵은 기둥에 기대서서 무언가를 기다리듯이 묵묵히 눈을 감고 있었다. 나 역시 아무 말도 하지 않았다. 얼마간 침묵의 시간이 흐르고, 이윽고 결심한 것처럼 배가 천천히 나아가기 시작했다. 배가 무슨 동력으로 움직이는지는 알 수 없지만 어쨌거나 우리는 무음 속에서 느릿하게 강 건너편을 향해 나아갔다. 엔진음도, 그 외 어떤 유의 기계음도 들리지 않았다. 내 귀에 와닿는 것은 쉴새없이 배 옆구리를 때리는 물소리뿐이었다. 배는 사람의 걸음과 비슷한 속도로 나아갔다. 물살에 수시로 흔들리고 기우뚱거렸지만 쇠고리를 통과하는 튼튼한 밧줄 덕에 떠내려갈 위험은 없었다. 남자의 말대로 배를 타지 않고 이 강을 건너기는 거의 불가능할 것이다. 얼굴 없는 남자는 배가 크게 흔들려도 아무 일 없다는 양 평온하게 기둥에 기대 있었다.

"건너편에 다다르면 아키가와 마리에가 어디 있는지 알 수 있을까요?" 강 한가운데까지 왔을 때 내가 물었다.

얼굴 없는 남자가 말했다. "내 역할은 자네를 강 건너편에 데려다주는 것이네. 무와 유의 틈새를 빠져나가게 해주는 것이지. 뒷일은 내 소관이 아니야."

이윽고 쿵 소리와 함께 배가 건너편 돌제에 가볍게 부딪히며 정지했다. 배가 멈춘 뒤에도 얼굴 없는 남자는 한동안 같은 자세를 지켰다. 굵은 기둥에 기댄 채 머릿속으로 무언가를 확인하는 것 같았다. 그런 뒤 크게 공백의 숨을 내뱉고 배에서 내려 돌제로 올라섰다. 나도 뒤따라 내렸다. 돌제도, 그 끝에 달린 윈치 같은 기계장치도 출발한 곳과 완전히 똑같았다. 왕복해서 제자리로 돌아온 게 아닌가 싶을 정도였다. 하지만 그렇지 않다는 것은 돌제를 벗어나 땅에 발을 딛는 순간 곧바로 알 수 있었다. 그곳은 확실히 강 건너편이었다. 울퉁불퉁한 바위땅이 아니라 평범한 흙바닥이다.

"여기서부터는 자네 혼자 가야 하네." 얼굴 없는 남자가 내게 고했다.

"방향도 길도 모르는데요?"

"그런 건 필요하지 않아." 남자가 유백색 허무 속에서 나지막이 말했다. "이미 강물을 마셨지 않나. 자네가 행동하면 그에 맞게 연관성이 생겨나지. 여기는 그런 장소야."

그 말만 남기고 얼굴 없는 남자는 챙 넓은 검은 모자를 고쳐 쓰고서 몸을 돌려 배로 돌아갔다. 그가 올라타자 배는 이쪽으로 건너올 때와 마찬가지로 밧줄을 따라 소리 없이 건너편으로 돌아갔다. 마치 잘 길들인 짐승처럼. 그리고 배와 얼굴 없는 남자는 한 덩어리가 되어 안개 속으로 사라졌다.

나는 돌제를 뒤로하고 일단 하류 쪽으로 향했다. 강에서 멀리 떨어지지 않는 편이 좋을 것 같았다. 목이 마를 때 또 강물을 마실 수도 있을 테니. 잠시 걷다가 돌아보니 돌제는 벌써 하얀 안개 너머로 숨어버렸다. 마치 그런 것은 처음부터 존재하지 않았다는 듯이.

하류로 나아갈수록 강폭이 넓어지고 물살도 눈에 띄게 잔잔해졌다. 거품도 일지 않고 물소리도 거의 들리지 않았다. 굳이 저렇게 힘든 곳을 건널 것 없이 물살이 이 정도쯤 되는 곳에 선착장을 만들면 되지 않나 하는 생각이 들었다. 강폭은 더 넓지만 훨씬 수월하게 건널 수 있을 터였다. 그러나 이 세계에는 아마 이 세계 나름의 원리가 있고 생각이 있으리라. 혹은 오히려 물살이 느린 장소에 더 많은 위험이 도사리고 있는지도 모른다.

혹시나 싶어 바지 주머니에 손을 넣어보았다. 그러나 역시 펭

권 장식품은 없었다. 그 부적을 잃어버려(아마 영원히 잃었다고 봐야 하리라) 불안하지 않은 것은 아니었다. 어쩌면 나는 잘못된 선택을 했는지도 모른다. 그러나 그것을 그 남자에게 내주는 것 말고 달리 어떤 선택의 여지가 있었단 말인가. 아키가와 마리에가 그 부적에서 멀리 떨어져도 무사하다면 좋을 텐데, 하고 나는 바랐다. 바라는 것 말고 지금 내가 할 수 있는 일은 아무것도 없었다.

아마다 도모히코의 침대 머리맡에서 빌려온 회중전등을 한 손에 들고, 강을 따라 조심스레 걸음을 옮겼다. 회중전등은 아직 켜지 않았다. 주위가 썩 밝진 않았지만 회중전등이 필요할 정도는 아니었다. 발밑은 잘 보이고 앞쪽도 4,5미터 정도는 무난하게 내다볼 수 있었다. 왼쪽으로 강물이 느리고 조용하게 흘러갔다. 강 건너편은 여전히 가끔가다 어슴푸레하게만 보였다.

걸음을 옮길수록 점점 내 앞으로 길 같은 것이 만들어졌다. 확실한 길은 아니지만 분명 길의 기능을 수행하는 것 같았다. 전에도 사람들이 이곳을 지나갔다는 막연한 기미가 느껴졌다. 그리고 그 길은 조금씩 강에서 멀어지는 듯했다. 나는 도중에 멈춰서서 망설였다. 이대로 강의 흐름을 따라 하류 쪽으로 나아가야 할까? 아니면 이 길 비슷한 것을 따라가 강에서 벗어나야 할까?

잠시 생각한 뒤 강을 벗어나 길을 따라가는 쪽을 선택했다. 그 길이 나를 어딘가로 데려가줄 것 같아서였다. 자네가 행동하면 그에 맞게 연관성이 생겨나지. 얼굴 없는 뱃사공은 그렇게 말했다. 이 길도 그가 말한 연관성 중 하나인지 모른다. 나는 그 자연스러운 암시(비슷한 것)를 따르기로 했다.

강에서 멀어질수록 조금씩 오르막이 되었다. 어느새 더는 물소리가 들리지 않았다. 나는 거의 직선에 가까운 완만한 오르막 길을 일정한 보폭으로 걸었다. 안개가 걷혔지만 빛은 어디까지나 어슴푸레 흐리고 단조로웠다. 앞쪽 멀리까지 보이지는 않았다. 그런 빛 속을 규칙적으로 호흡하며, 발밑을 조심하면서 나아갔다.

얼마나 걸었을까? 시간감각은 이미 한참 전에 사라졌다. 방향감각도 사라졌다. 걸으면서 줄곧 생각에 잠겨 있던 탓도 있다. 내게는 생각하지 않으면 안 될 일이 많았다. 그러나 막상 떠올리면 토막토막 끊기기만 했다. 어느 한 가지를 생각하려 하면 곧바로 또다른 생각이 머릿속에 떠올랐다. 새로운 생각은 큰 물고기가 작은 물고기를 삼키듯이 방금 전 생각을 덥석 삼켜버렸다. 그리하여 생각은 점점 원래 방향을 벗어났다. 결국에는 내가 지금 대체 무슨 생각을 하는지, 무슨 생각을 하려 했는지도 알 수 없어지고 말았다.

그렇게 의식이 흐트러진 탓에 주의력이 산만해져서, 하마터면 그것에 말 그대로 정면충돌할 뻔했다. 마침 발에 뭐가 걸려 넘어질 뻔한 바람에 가까스로 자세를 바로잡을 수 있었다. 발을 멈추고, 숙이고 있던 고개를 들었다. 주위 공기가 급격히 변하는 기척이 피부로 느껴졌다. 퍼뜩 정신을 차리고 보니 검고 거대한 덩어리 같은 것이 바로 코앞에 높다랗게 솟구쳐 있었다. 나는 말을 잃고 숨을 삼켰다. 순간적으로 영문을 알 수 없었다. 이게 뭐지? 그것이 숲이라는 걸 깨닫기까지는 제법 시간이 걸렸다. 지금까지 풀 한 포기 나뭇잎 한 장 보이지 않았던 땅에 엄청난 규모의 숲이 불쑥 나타난 것이다. 놀라지 않을 도리가 없다.

그것은 틀림없이 숲이었다. 수목이 빽빽하고 무성하게 뒤엉켜 안쪽이 몹시 울창한 숲이다. 아니, 숲이라기보다 '수해樹海'라는 표현이 더 가까울지도 모른다. 그 앞에서 한동안 귀기울였지만 아무 소리도 들리지 않았다. 바람이 가지를 흔드는 소리도 없고 새소리도 들리지 않는다. 그 어떤 소리도 내 귀에 와닿지 않았다. 완벽한 무음이다.

그 숲속에 발을 들이는 데 나는 본능적인 두려움을 느꼈다. 수목이 너무 빽빽했고, 어둠은 끝없이 깊어 보였다. 어느 정도 규모인지도 모르고, 어디까지 길이 이어지는지도 모른다. 어쩌면 미로처럼 여기저기로 갈라져 있을지도 모른다. 혹시 길을 잃기라도 하면 빠져나오기가 무척 힘들 것이다. 그러나 큰맘 먹고 안으로 들어가는 것 말고는 선택지가 없었다. 내가 걸어온 길은 숲속으로 똑바로 빨려들어갔고(마치 철도 선로가 터널 속으로 이어지는 것처럼), 여기까지 와서 다시 강으로 되돌아갈 수는 없었다. 더욱이 되돌아간다 한들 그곳에 아직 강이 있으리라는 보장도 없다. 어쨌거나 나는 이 길을 따라가기로 작정하고 여기까지 왔다. 뭐가 나오든 계속 나아가는 수밖에 없다.

나는 마음을 정하고 어두운 숲속으로 발을 들였다. 지금이 새벽인지, 한낮인지, 해질녘인지, 빛의 농담으로 판단하기는 불가능했다. 알 수 있는 건 이 황혼 같은 어슴푸레함이 아무리 시간이 흘러도 변화를 보이지 않는다는 사실이었다. 어쩌면 이 세계에는 원래부터 시간이 존재하지 않는지도 모른다. 그리고 날이 밝는 일도 저무는 일도 없이, 이 정도의 빛이 영원히 계속되는지도 모른다.

숲속은 확실히 어두웠다. 머리 위를 겹겹의 나뭇가지가 온통 뒤덮고 있었다. 그러나 회중전등은 켜지 않았다. 눈이 차츰 어둠에 익숙해지면서 발밑을 어느 정도 확인할 수 있었고, 전지를 쓸데없이 소모하고 싶지 않았기 때문이다. 되도록 아무 생각도 하지 않으려 애쓰면서 어두운 숲속의 길을 내처 걸었다. 무슨 생각이든 시작하면 그 생각이 나를 한결 더 어두운 장소로 데려갈 것 같아서였다. 완만한 오르막이 쭉 이어졌다. 걸으면서 들리는 것이라곤 내 발소리뿐이었지만, 그 발소리조차 도중에 어디로 빠져나가기라도 하듯 몹시 작았다. 목이 또 말라오지 않으면 좋겠다고 나는 생각했다. 이미 강에서 상당히 멀어졌을 터이다. 목이 말라도 물을 마시러 되돌아갈 수는 없다.

얼마나 걸었을까. 숲은 끝없이 깊었고, 아무리 걸어도 풍경이 바뀌지 않았다. 빛의 농담도 변하지 않았다. 내 발소리 말고는 어떤 소리도 들려오지 않았다. 공기는 여전히 맛도 냄새도 없었다. 울창한 수목이 오솔길 양옆으로 벽을 이루고, 그외 눈에 들어오는 건 아무것도 없었다. 이 숲에는 생물이 살지 않는 걸까? 아마 그럴 것이다. 사방을 둘러봐도 새도 없고 벌레도 없다.

그런데도 시종 무언가에 관찰당하는 듯한, 불쾌할 만큼 생생한 느낌이 들었다. 어둠 속에서, 두툼한 수목의 벽 사이로 몇 쌍의 눈이 내 움직임을 지켜보고 감시하는 것 같았다. 그 날카로운 시선이 렌즈를 거쳐 집약되는 광선처럼 내 피부를 자극하는 것을 느낄 수 있었다. 그들은 내가 여기서 무엇을 하는지 지켜보고 있다. 이곳은 그들의 영토이고 나는 고독한 침입자였다. 물론 그 눈들을 실제로 본 것은 아니다. 단순한 착각인지도 모른다. 공포와 의심은 어둠 속에서 얼마든지 가상의 눈을 만들어낼 수 있다.

반면 아키가와 마리에는 골짜기 맞은편에서 망원경으로 자신을 지켜보는 멘시키의 시선을 고스란히 느낄 수 있었다. 누군가가 일상적으로 자신을 관찰한다는 사실을 알아차렸던 것이다. 그리고 그녀의 감각은 정확했다. 그 시선은 결코 가상의 것이 아니었다.

그래도 나는 내게 쏟아지는 시선들을 어디까지나 가상이라고, 실제로는 존재하지 않는다고 생각하기로 했다. 눈 같은 것은 없다. 전부 내 공포심이 만들어낸 착각일 뿐이다. 그렇게 생각할 필요가 있었다. 어쨌거나 나는 이 거대한 숲을(얼마나 거대한지는 모르지만) 끝까지 걸어서 빠져나가야 한다. 최대한 제정신을 유지한 채로.

다행히 갈림길은 한 번도 나오지 않았다. 어디로 나아갈지 고민할 일도, 출구 모를 미로를 헤맬 일도 없었다. 사나운 가시덤불이 앞길을 방해하지도 않았다. 그저 똑바른 오솔길을 앞으로 앞으로 나아가기만 하면 되었다.

얼마나 걸었을까. 짐작건대 아주 긴 시간이었다(이곳에서는 시간이 아무 의미도 없을지언정). 그런데도 피로는 거의 느껴지지 않았다. 피로를 느끼기에는 신경이 너무 흥분하고 긴장한 탓이리라. 그래도 어쩔 수 없이 두 다리가 무거워지기 시작할 즈음 멀리 앞쪽에 조그만 광원이 보였다. 반딧불이 빛처럼 노랗고 작은 점이다. 그러나 반딧불이는 아니다. 그 점은 단 하나였고, 흔들리지도 깜빡이지도 않았다. 한자리에 고정된 인공적인 빛 같았다. 그리고 앞으로 나아갈수록 조금씩이나마 빛이 커지고 밝아졌다. 틀림없다. 나는 무언가에 조금씩 다가가고 있다.

그것이 선한 것인지 악한 것인지는 알 수 없었다. 나를 도와줄 빛일까, 아니면 해칠 빛일까. 어느 쪽이건 내게는 선택지가 없다. 선한 것이건 악한 것이건 빛의 정체를 내 눈으로 직접 확인하는 수밖에 없다. 그러기 싫다면 처음부터 이런 곳에 오지 말았어야 했다. 나는 그 광원을 향해 한 발 한 발 나아갔다.

이윽고 갑자기 숲이 끝났다. 양쪽에 늘어선 수목의 벽이 소멸하고, 정신을 차려보니 어느새 탁 트인 광장 같은 곳으로 나와 있었다. 드디어 숲을 빠져나온 것이다. 광장은 바닥이 고르고 아름다운 반원형이었다. 그리고 마침내 머리 위로 하늘이 보였다. 황혼과 닮은 빛이 다시 내 주위를 밝혔다. 광장 앞쪽은 깎아지른 듯 험준한 절벽이고, 그 한복판에 동굴이 입을 벌리고 있었다. 아까부터 보인 노란빛은 그 동굴의 어둠 속에서 흘러나오는 것이었다.

등뒤는 울창한 수해, 눈앞은 가파른 절벽(기어오르기는 도저히 불가능해 보인다)이 가로막았고, 그 절벽에 동굴 입구가 나 있다. 다시 한번 하늘을 올려다보고 주위를 둘러보았다. 달리 길 같은 것은 없다. 동굴 속으로 발을 내딛는 것 말고 내가 할 수 있는 일은 없었다. 들어가기 전에 몇 번 심호흡을 하고 최대한 의식을 가다듬었다. 내 행동에 맞게 연관성이 생겨난다. 얼굴 없는 남자는 그렇게 말했다. 나는 무와 유의 틈새를 빠져나가는 중이다. 그의 말을 그대로 믿고 과감하게 몸을 맡기는 수밖에 없다.

나는 조심스럽게 동굴 속으로 발을 들였다. 그리고 한 가지 사실을 깨달았다. 전에도 이 동굴에 와본 적이 있다. 동굴의 형상이 눈에 익었다. 공기도 낯설지 않다. 문득 기억이 되살아났다. 후지산의 풍혈이다. 어린 시절, 여름방학에 젊은 외삼촌을 따라

동생 고미치와 함께 찾았던 동굴이다. 고미는 동굴 속 작은 구멍
에 혼자 들어가서는 한참이나 나오지 않았다. 그동안 나는 그애
가 이대로 사라져버릴지도 모른다는 불안에 떨었다. 땅속 어둠
의 미궁 속으로 영원히 빨려들어간 것이 아닐까 하고.

영원은 아주 긴 시간이지, 얼굴 없는 남자는 그렇게 말했다.

나는 노란빛이 흘러나오는 곳을 향해 서서히 동굴 속을 나아
갔다. 되도록 발소리를 죽여서, 고조되는 심장박동을 억누르며.
암벽 모퉁이를 돌자 광원의 정체를 확인할 수 있었다. 그것은 오
래된 칸델라르였다. 옛날 광부들이 탄광에서 쓰던 것과 같은, 검
은색 철테를 두른 고풍스러운 칸델라르. 안에서는 커다란 양초
가 타고 있다. 그것은 암벽에 박힌 굵은 못에 걸려 있었다.

'칸델라르', 그 말도 귀에 익었다. 아마다 도모히코가 가담했
을 것으로 짐작되는 빈의 반나치 학생 지하조직의 이름이 '칸델
라'였다. 여러 가지가 조금씩 연결되고 있다.

칸델라르 아래에는 한 여자가 서 있었다. 바로 알아차리지 못
한 것은 그녀의 몸이 매우 작았기 때문이다. 키는 어림잡아 60센
티미터 정도밖에 되지 않는다. 새까만 머리를 위로 말끔하게 묶
었고, 고대의 흰옷을 걸쳤다. 한눈에도 고급스러운 차림이었다.
그녀 역시 〈기사단장 죽이기〉에서 빠져나온 인물이었다. 손으로
입을 틀어막고 겁에 질린 눈으로 기사단장이 죽어가는 현장을 목
격하고 있던 젊고 아름다운 여인. 모차르트의 가극 〈돈 조반니〉

의 역할로 말하자면 돈나 안나. 돈 조반니에게 살해당한 기사단장의 딸이다.

칸델라르 불빛을 받은 그녀의 검은 그림자가 등뒤 암벽에서 선명하고 커다랗게 흔들렸다.

"기다리고 있었습니다." 작은 돈나 안나가 내게 말했다.

55

그것은 명백히 원리에 어긋난 일이다

"기다리고 있었습니다." 돈나 안나가 내게 말했다. 몸집은 작지만 또렷하고 경쾌한 목소리였다.

그때 나는 이미 무엇을 봐도 거의 놀라지 않을 상태였다. 그녀가 그곳에서 나를 기다린 것이 오히려 당연한 결과로 느껴지기까지 했다. 아름다운 여자였다. 자연스러운 기품이 있고 목소리에서는 의연함이 읽혔다. 키가 60센티미터 정도밖에 되지 않지만 그녀에게는 남자의 마음을 끌어당기는 특별한 무언가가 있는 것 같았다.

"여기서부터는 제가 안내하겠습니다." 그녀가 말했다. "그 칸델라르를 내려주시겠어요?"

나는 그녀의 말에 따라 벽에 걸린 칸델라르를 집어들었다. 누

가 그랬는지 몰라도 그녀의 손이 닿지 않을 만큼 높은 곳에 걸려
있었던 것이다. 못에 걸거나 손에 들고 이동할 수 있도록 위쪽에
둥근 쇠고리가 달려 있었다.

"제가 오기를 기다렸다고요?" 내가 물었다.

"그렇습니다." 그녀가 말했다. "여기서 오랫동안 기다리고 있
었어요."

그녀 역시 메타포의 일종일까? 그러나 대놓고 물어보기는 왠
지 꺼려졌다.

"당신은 이 땅에 살고 계신가요?"

"이 땅?" 그녀가 의아한 표정으로 되물었다. "아뇨, 저는 여기
서 당신을 기다렸을 뿐입니다. 이 땅이라는 게 무슨 말씀이신지
잘 모르겠군요."

나는 그 이상 질문하기를 단념했다. 그녀는 돈나 안나이고, 여
기서 나를 기다리고 있었다.

그녀는 기사단장이 입었던 것과 비슷한 재질의 흰옷을 입고
있었다. 아마 비단일 것이다. 천을 여러 겹 겹친 윗옷에 품이 넉
넉한 바지. 몸매가 드러나진 않지만 호리호리한 체형인 것 같았
다. 작은 발에는 검은색 가죽신을 신고 있다.

"자, 가실까요." 돈나 안나가 말했다. "시간 여유가 없습니다.
길이 갈수록 좁아질 겁니다. 제 뒤를 따라오세요. 그 칸델라르를
들고."

나는 칸델라르를 그녀의 머리 위로 내밀어 주위를 비추면서 따라갔다. 돈나 안나는 익숙한 듯 잰걸음으로 동굴 안쪽을 향해 나아갔다. 걸음을 옮길 때마다 초의 불꽃이 흔들리며 바위벽의 자잘한 음영이 살아 있는 모자이크처럼 너울거렸다.

　"이곳은 제가 예전에 갔던 후지산의 풍혈처럼 보이네요." 내가 말했다. "실제로도 그런가요?"

　"이곳에 있는 것은 모두 그렇게 보이는 것들입니다." 돈나 안나는 뒤돌아보지 않고 눈앞의 어둠을 향해 이야기하듯 말했다.

　"실제가 아니라는 건가요?"

　"실제가 어떤 것인지는 아무도 모릅니다." 그녀는 단호히 말했다. "눈에 보이는 것은 모두 결국은 연관성의 산물이지요. 여기 있는 빛은 그림자의 비유이고, 여기 있는 그림자는 빛의 비유입니다. 아시겠지만."

　무슨 뜻인지 정확히 이해할 수는 없었지만 그 이상의 질문은 삼갔다. 이야기가 상징적인 철학 논의로 넘어가버린다.

　안으로 갈수록 동굴이 점점 좁아졌다. 천장도 낮아져서 몸을 조금 구부리고 걸어야 했다. 그 후지산의 풍혈과 마찬가지로. 이윽고 돈나 안나가 걸음을 멈추었다. 그리고 뒤돌아서 작고 검은 눈으로 내 얼굴을 똑바로 올려다보았다.

　"제가 앞장서서 안내해드릴 수 있는 건 여기까지입니다. 여기부터는 당신이 앞서가야 합니다. 도중까지는 제가 뒤따라갈 겁

니다. 하지만 그것도 어느 지점까지만입니다. 그뒤에는 혼자 가
시게 됩니다."

여기서 더 나아간다고? 나는 그 말에 고개를 갸웃했다. 그도
그럴 것이 아무리 봐도 동굴은 여기서 끝났기 때문이다. 앞쪽은
컴컴한 바위벽에 가로막혀 있을 뿐이다. 바위벽 주변을 칸델라
르로 비추어보았다. 역시 이곳이 동굴의 막다른 끝이었다.

"여기부터는 아무데도 갈 수 없을 것 같은데요." 내가 말했다.

"잘 보세요. 왼쪽 구석에 횡혈 입구가 있을 겁니다." 돈나 안
나가 말했다.

다시 한번 동굴 왼쪽 구석에 칸델라르를 비추어보았다. 몸을
가까이 내밀고 유심히 살피니 커다란 바위 뒤에 숨어 있는 그늘
진 구멍이 보였다. 바위와 벽 사이에 몸을 집어넣고 구멍을 관찰
해보았다. 확실히 횡혈 입구 같았다. 후지산의 풍혈에서 고미가
들어갔던 곳과 비슷하지만 그보다는 조금 크다. 내 기억에 따르
면 그때 어린 동생이 내려갔던 횡혈은 이보다 더 좁았다.

나는 몸을 돌려 돈나 안나를 바라보았다.

"그곳으로 들어가셔야 합니다." 키 60센티미터 정도의 아름다
운 여자가 말했다.

나는 할말을 찾으며 돈나 안나의 아름다운 얼굴을 바라보았
다. 칸델라르의 노란빛에 길게 늘어진 그녀의 그림자가 벽 위에
서 어른거렸다.

그녀가 말했다. "당신이 옛날부터 좁고 어두운 장소에 강한 공포를 느낀다는 사실은 알고 있습니다. 그런 곳에 들어가면 정상적인 호흡이 힘들어진다. 그렇지요? 그래도 당신은 이 안으로 들어가야 합니다. 그러지 않으면 당신이 원하는 것을 손에 넣을 수 없습니다."

"이 횡혈은 어디로 통하는 거죠?"

"그건 저도 모릅니다. 가는 곳은 당신 자신이, 당신의 의사가 결정해나갈 겁니다."

"하지만 제 의사에는 공포도 포함되어 있습니다." 내가 말했다. "그게 걱정됩니다. 그 공포가 일을 틀어지게 해 잘못된 방향으로 나아가버릴지도 모르니까요."

"재차 말씀드립니다만, 길을 결정하는 것은 당신 자신입니다. 그리고 무엇보다 당신은 이미 갈 길을 선택했습니다. 큰 희생을 치르고 이 세계로 들어와 배를 타고 그 강을 건넜지요. 되돌아갈 수는 없습니다."

나는 다시 한번 횡혈 입구로 눈길을 던졌다. 지금 당장 저 좁은 어둠 속으로 들어가야 한다고 생각하니 몸이 움츠러들었다. 하지만 내가 해야만 하는 일이다. 그녀 말대로 이제 와서 되돌아갈 수는 없다. 나는 칸델라르를 바닥에 내려놓고 주머니에서 회중전등을 꺼냈다. 칸델라르를 들고 좁은 횡혈 속으로 들어갈 수는 없을 테니까.

"스스로를 믿으세요." 돈나 안나가 작지만 또렷한 목소리로 말했다. "당신은 그 강물을 마셨지요?"

"네. 목이 말라 참을 수가 없어서요."

"그러면 됐습니다." 돈나 안나가 말했다. "그 강은 무와 유의 틈새를 흐릅니다. 그리고 훌륭한 메타포는 모든 현상에 감춰진 가능성의 물줄기를 드러낼 수 있습니다. 훌륭한 시인이 하나의 광경 속에 또다른 새로운 광경을 선명하게 드러내는 것과 마찬가지로요. 당연한 말이지만, 최고의 메타포는 곧 최고의 시가 되죠. 당신은 그 또다른 새로운 광경에서 눈을 돌리시면 안 됩니다."

아마다 도모히코가 그린 〈기사단장 죽이기〉도 '또다른 하나의 광경'이었는지 모른다는 생각이 들었다. 아마 그 그림은 훌륭한 시인의 어휘가 그렇듯 최고의 메타포가 되어 이 세계에 또다른 새로운 현실을 만들어냈던 것이리라.

회중전등을 켜서 불빛을 점검했다. 이상 없었다. 당분간은 전지가 버텨줄 것 같았다. 가죽점퍼는 벗어두고 가기로 했다. 그렇게 불편한 옷을 입고 좁은 구멍 속으로 들어갈 수는 없다. 얇은 스웨터와 청바지 차림이었지만 동굴 안은 특별히 춥지도 덥지도 않았다.

이윽고 나는 마음을 정하고, 네 발로 기다시피 몸을 구부려 구멍 속에 상반신을 집어넣었다. 구멍 안쪽은 바위였지만 오랜 세월 동안 물에 씻긴 것처럼 표면이 반질거렸다. 모난 부분은 거의 없다. 덕분에 협소한 공간인데도 앞으로 나아가기가 생각만큼 어렵지는 않았다. 바위에 손을 대보니 제법 차갑고 미미한 습기를 머금은 듯 느껴졌다. 나는 회중전등으로 앞을 비추면서 벌레가 기어가듯 천천히 앞으로 나아갔다. 한때 수로였던 곳일지도 모르겠다고 추측했다.

굴은 높이가 60센티미터에서 70센티미터에, 폭은 1미터가 조금 못 되었다. 기어가는 수밖에 없다. 자연이 만든 그 컴컴한 파이프는 조금 좁아지거나 넓어지거나 하면서 한도 끝도 없이―라고 나는 생각했다―이어졌다. 이따금 옆으로 꺾어지고, 오르막이나 내리막이 되기도 했다. 다행히 경사는 심하지 않았다. 그러나 이 굴이 정말로 한때 지하 수로였던 곳이라면 불시에 대량의 물이 흘러들어올 가능성도 없지는 않다. 문득 그런 생각이 머릿속을 스쳤다. 이 좁은 암흑 속에서 익사할지도 모른다고 생각하니 두려움에 손발이 굳어버렸다.

나는 왔던 길을 되돌아가려 했다. 그러나 좁은 굴속에서는 이미 몸을 틀기가 불가능했다. 나도 모르는 사이 통로가 점점 좁아진 것 같았다. 지금까지 지나온 만큼 뒷걸음질로 기어나가기도 불가능하리라. 공포가 온몸을 휘감았다. 나는 말 그대로 제자리에 못박히고 말았다. 앞으로 나아갈 수도, 뒤로 돌아갈 수도 없다. 온몸의 세포가 신선한 공기를 희구하며 격렬하게 헐떡거렸다. 나는 철저하게 고독하고 무력하고 모든 빛으로부터 버림받은 상태였다.

"멈추지 말아요. 그대로 전진하세요." 돈나 안나가 단호한 목소리로 말했다. 환청을 듣는 건지 그녀가 정말로 내 뒤에서 말하는 건지 판단할 수 없었다.

"몸이 움직이지 않아요." 나는 뒤에 있을 그녀를 향해 가까스로 목소리를 쥐어짰다. "숨을 쉴 수가 없어요."

"마음을 다잡으세요." 돈나 안나가 말했다. "마음이 멋대로 움직이게 돼서는 안 돼요. 마음을 놓쳐버리면 이중 메타포의 먹이가 됩니다."

"이중 메타포가 대체 뭐죠?" 내가 물었다.

"당신은 이미 알고 계실 겁니다."

"제가 그걸 알고 있다고요?"

"그것은 당신 안에 있으니까요." 돈나 안나가 말했다. "당신 안에서, 당신이 하는 올바른 생각을 붙들어 하나하나 먹어치우는 것, 그렇게 몸집을 불려나가는 것. 그것이 이중 메타포입니다. 그것은 옛날부터 쭉 당신 안의 깊은 어둠에 살고 있었어요."

흰색 스바루 포레스터의 남자다, 나는 직관적으로 깨달았다. 원하는 바는 아니었지만 그렇게 생각하지 않을 수 없었다. 그 남자가 나를 이끌어 여자의 목을 조르게 한 것이다. 그리하여 내 마음속 어두운 심연을 엿보게 했다. 그리고 내가 가는 곳마다 나타나 내게 그 어둠의 존재를 상기시켰다. 아마 그것이 진실이리라.

네가 어디서 뭘 했는지 나는 다 알고 있어, 그는 내게 그렇게 고했다. 당연히 그는 모든 것을 알고 있다. 그는 내 안에 존재하니까.

내 마음은 어두운 혼란 속을 헤맸다. 눈을 감고, 그 마음을 한곳에 잡아두려고 애썼다. 이를 악물었다. 그러나 어떻게 해야 마음을 한곳에 잡아둘 수 있단 말인가? 애당초 마음이란 어디에 있는가? 나는 몸속을 순서대로 떠올려보았다. 그러나 마음은 어디서도 보이지 않았다. 내 마음은 대체 어디에 있지?

"마음은 기억 속에 있어. 이미지를 먹으며 살아가는 거야." 여자 목소리가 말했다. 하지만 돈나 안나의 목소리는 아니다. 고미의 목소리였다. 열두 살에 죽은 동생의 목소리다.

"기억 속을 찾아봐." 그리운 그 목소리가 말했다. "구체적인 무언가를 찾아봐. 손으로 만질 수 있는 것을."

"고미?" 내가 말했다.

대답은 없었다.

"고미, 어디 있어?" 내가 말했다.

여전히 대답은 없었다.

나는 어둠 속에서 기억을 더듬었다. 낡고 커다란 차루에 손을 넣어 뒤지는 것처럼. 그러나 기억은 텅 비어버린 것만 같았다. 기억이라는 게 무엇이었는지조차 떠오르지 않았다.

"빛을 지우고 바람소리에 귀를 기울여." 고미가 말했다.

회중전등을 끄고 그애 말대로 바람소리에 귀를 기울였다. 그러나 아무 소리도 들리지 않았다. 가까스로 들리는 것도 내 심장박동뿐이다. 심장은 강풍에 흔들리는 빈지문처럼 어수선한 소리를 냈다.

"바람소리에 귀를 기울여." 고미가 되풀이했다.

숨을 죽이고 정신을 집중해 다시 한번 귀를 기울였다. 그러자 이번에는 심장박동 소리를 덮듯이 다가오는 가냘픈 공기의 울림이 들렸다. 그 울림은 높아졌다가 낮아졌다가 했다. 어디 멀리서 바람이 부는 것 같았다. 얼굴에도 아주 희미하게나마 공기의 흐름이 느껴졌다. 앞쪽에서 공기가 흘러들어오는 것 같았다. 그리고 그 공기는 냄새를 머금고 있었다. 분명하다, 축축한 흙냄새다. 그것은 내가 이 메타포의 땅에 발을 들여놓은 뒤로 처음 맡아보는 냄새다운 냄새였다. 이 횡혈은 어딘가로 통하는 것이다. 냄새가 존재하는 어딘가. 다시 말해 현실세계에.

"자, 앞으로 나아가세요." 이번에는 돈나 안나가 말했다. "남은 시간이 그리 많지 않아요."

나는 회중전등을 꺼둔 채 어둠 속을 기어갔다. 앞으로 나아가며 어딘가에서 흘러들어오는 진짜 공기를 조금이라도 가슴속으로 들이마시려 했다.

"고미?" 다시 한번 불러보았다.

역시 대답은 없었다.

나는 열심히 기억의 자루를 뒤졌다. 그 무렵 고미와 나는 고양이를 키웠다. 영리한 검은색 수고양이였다. 이름은 '고야스'(왜 그런 이름을 붙였는지는 기억나지 않는다). 길에 버려진 새끼 고양이를 동생이 하굣길에 주워와서 키우게 되었다. 하지만 고양이는 어느 날 갑자기 사라져버렸다. 우리는 날마다 집 근처 온갖 곳을 찾아 헤맸다. 얼마나 많은 사람에게 '고야스'의 사진을 보여주고 다녔는지 모른다. 그러나 끝내 찾지 못했다.

그 검은 고양이를 생각하며 좁은 굴속을 기어갔다. 나는 동생과 함께 검은 고양이를 찾아 이 굴속을 나아가는 것이다. 그렇게 생각하려고 했다. 앞에 펼쳐진 어둠 속에서 잃어버린 검은 고양이를 찾아내려고 했다. 그 울음소리를 들으려고 했다. 검은 고양이는 매우 구체적인 것이자 손으로 만질 수 있는 것이었다. 나는 그 고양이의 털 감촉과, 온기와, 말랑한 발바닥과, 가르랑대며 목을 울리는 소리를 생생하게 떠올릴 수 있었다.

"그래, 그렇게 하는 거야." 고미가 말했다. "그렇게 계속 기억을 떠올려."

네가 어디서 뭘 했는지 나는 다 알고 있어, 흰색 스바루 포레스터의 남자가 불쑥 말했다. 그는 검은색 가죽점퍼를 입고 요넥스 로고가 들어간 골프모자를 썼다. 목소리는 바닷바람을 맞아 쉬었다. 그 목소리에 허를 찔려 겁이 더럭 났다.

나는 안간힘을 다해 검은 고양이 생각을 이어가려 했다. 바람에 묻어온 희미한 흙냄새를 폐 깊숙이 들이마시려 애썼다. 그 냄새는 왠지 낯설지 않았다. 바로 얼마 전 어딘가에서 맡아본 냄새다. 하지만 그게 어디였는지는 도무지 생각나지 않았다. 대체 어디서 그 냄새를 맡았을까? 기억을 떠올리려고 부질없이 애쓰는 사이 기억이 다시 희미해지기 시작했다.

이걸로 목을 졸라줘, 여자가 말했다. 벌어진 입술 사이로 복숭앗빛 혓바닥이 어른거렸다. 베개 밑에 목욕가운 끈이 준비되어 있었다. 여자의 검은 음모가 비에 젖은 풀처럼 축축했다.

"뭐라도 그리운 걸 마음속에 떠올려봐." 고미가 절박한 목소리로 말했다. "어서, 서둘러."

나는 다시 한번 검은 고양이를 떠올리려 했다. 하지만 더이상 '고야스'의 모습을 떠올릴 수 없었다. 어떻게 해도 그 모습이 머릿속에 그려지지 않는다. 잠시 다른 생각을 하는 사이 고양이의 이미지가 어둠의 힘에 잡아먹혔는지도 모른다. 서둘러 다른 무언가를 떠올려야 한다. 어둠 속에서 굴이 점점 좁혀드는 듯 불길한 기운이 느껴졌다. 이 구멍은 살아 움직이는지도 모른다. 남은 시간이 많지 않다고 돈나 안나는 말했다. 겨드랑이에서 식은땀이 났다.

"어서, 뭔가 떠올려봐." 고미가 등뒤에서 말했다. "손으로 만질 수 있는 걸. 곧장 그림으로 그릴 수 있는 걸."

나는 물에 빠진 사람이 구명대를 붙드는 심정으로 푸조 205를 떠올렸다. 내가 핸들을 잡고 도호쿠에서 홋카이도까지 여행했던 작고 낡은 프랑스 차를. 매우 오래된 일처럼 느껴졌지만 그 무뚝뚝한 4기통 엔진음은 아직 귀에 선명하게 남아 있다. 기어를 2단에서 3단으로 올릴 때 딸까닥하고 손에 걸리는 감촉도 잊을 수 없다. 한 달 반 남짓, 그 차는 내 짝이자 유일한 친구였다. 지금은 벌써 고철덩어리가 되었을 테지만.

그래도 굴은 분명히 좁아지고 있는 듯했다. 기어가는데도 머리가 천장에 부딪힐 정도였다. 나는 회중전등을 켜려고 했다.

"불은 켜지 마세요." 돈나 안나가 말했다.

"하지만 빛이 없으면 앞이 안 보이는걸요."

"보면 안 됩니다." 그녀가 말했다. "눈으로 보면 안 돼요."

"굴이 점점 좁아져요. 이대로 가면 몸이 끼어서 옴짝달싹 못하게 될 거예요."

대답은 없었다.

"더이상 나아갈 수 없어요." 내가 말했다. "어떻게 하죠?"

역시 대답이 없었다.

이제는 돈나 안나의 목소리도 고미의 목소리도 들리지 않았다. 그녀들은 사라져버린 모양이었다. 그곳에는 그저 깊은 침묵뿐이었다.

굴이 점점 좁아지고 앞으로 나아가기가 갈수록 힘들어졌다. 공황이 나를 덮쳤다. 팔다리가 마비된 것처럼 굳어버리고 숨쉬기가 힘들어졌다. 너는 작은 관에 갇혔어, 귓전에 어떤 목소리가 속삭였다. 너는 앞으로도 뒤로도 가지 못하고 영원히 여기 묻히게 될 거야. 누구의 손도 닿지 않는 이 어둡고 좁은 장소에, 모든 이에게 버림받은 채.

그때 뒤에서 무언가가 다가오는 기척이 났다. 납작한 무언가가 암흑 속을 기어 내 쪽으로 다가왔다. 돈나 안나도 아니고 고미도 아니다. 사람이 아닌 어떤 것이다. 나는 그것이 내는 어지러운 발소리를 듣고 불규칙한 숨소리를 느낄 수 있었다. 그것은 내 바로 뒤까지 와서 멈추었다. 얼마간 침묵이 흘렀다. 그것은 숨을 죽이고 상황을 살피는 듯했다. 이윽고 차갑고 미끈거리는 것이 맨발목에 닿았다. 긴 촉수 같은 것이었다. 뭐라 형용할 수 없는 공포가 등줄기를 훑고 올라왔다.

이것이 이중 메타포인가? 내 안의 어둠에 살고 있다는 그것?

네가 어디서 뭘 했는지 나는 다 알고 있어.

더는 아무것도 떠올릴 수 없었다. 검은 고양이도, 푸조 205도, 기사단장도, 모두 사라지고 말았다. 내 기억은 다시금 송두리째 공백이 되어버렸다.

나는 아무 생각도 못하고 오로지 그 촉수에서 도망치기 위해 몸을 억지로 앞으로 밀어냈다. 굴이 더 좁아져서 이제는 거의 움직일 수가 없었다. 나는 내 몸보다 명백히 좁은 공간에 몸을 밀어넣으려 했다. 하지만 그것이 가능할 리 없다. 생각할 것도 없이 그것은 명백히 원리에 어긋난 일이다. 물리적으로 있을 수 없는 일이다.

그래도 나는 몸을 비틀어 안으로 욱여넣었다. 돈나 안나의 말대로 나는 이미 길을 선택했고, 다른 길을 선택하기란 이제 불가능하다. 기사단장은 그것 때문에 죽어야 했다. 내가 이 손으로 그를 찔러 죽였다. 그의 작은 몸을 피 웅덩이에 잠기게 했다. 그 죽음을 무익하게 만들어서는 안 된다. 그리고 등뒤에서는 차가운 촉수를 지닌 무언가가 나를 제 수중에 넣으려 한다.

기력을 쥐어짜내 앞으로 기어갔다. 스웨터가 바위벽에 걸려 여기저기 쓸리고 찢기는 것 같았다. 나는 몸의 관절에 힘을 빼고, 마치 포박 상태에서 벗어나려는 광대처럼 좁은 굴속을 억지로 뚫고 나갔다. 그래봐야 애벌레처럼 느렸다. 내 몸은 지독히 좁아진 굴속, 거대한 바이스에 끼어 있었다. 온몸의 뼈마디와 근육이 격렬하게 비명을 질렀다. 뿐만 아니라 정체불명의 차가운 촉수가 종아리를 향해 스멀스멀 기어올라왔다. 머잖아 그것은 칠흑의 어둠 속에서 꼼짝 못하는 내 몸 전체를 차지할 것이다. 분명하다. 나를 내가 아닌 다른 것으로 만들어버릴 것이다.

나는 이성 따위 전부 내던지고, 혼신의 힘을 다해 내 몸보다 작은 공간으로 나아갔다. 온몸이 고통스러운 비명을 내질렀다. 그러나 무슨 일이 있어도 앞으로 나아가야 한다. 설령 온몸의 관절이 마디마디 분해되더라도. 아무리 큰 고통이 따른다 해도. 어차피 여기 있는 모든 것은 연관성의 산물이지 않은가. 절대적인 것은 하나도 없다. 고통도 무언가의 메타포다. 이 촉수도 무언가의 메타포. 모든 것이 상대적이다. 빛은 그림자고, 그림자는 빛이다. 그렇게 믿는 수밖에 없다. 그렇지 않은가?

좁은 굴은 느닷없이 끝났다. 마치 배수관을 틀어막고 있던 풀 무더기가 센 물살에 밀려나가듯 몸이 허공으로 내던져졌다. 그리고 앞뒤 생각할 겨를도 없이 완전한 무방비 상태로 추락했다. 적어도 2미터 높이는 되었을 것이다. 다행히 아래는 단단한 바위 땅이 아니라 비교적 부드러운 흙바닥이었다. 나는 머리가 땅에 부딪히지 않도록 온몸에 힘을 주고 최대한 목을 움츠려 어깨부터 떨어졌다. 유도의 낙법 비슷하게, 거의 반사적으로 취한 자세였다. 어깨와 허리를 제법 세게 부딪혔지만 아픔은 거의 느껴지지 않았다.

주위는 어둠에 감싸여 있었다. 회중전등은 보이지 않았다. 떨어지면서 놓쳐버린 모양이었다. 나는 네 발로 기는 자세로 엎드려 어둠 속에서 꼼짝하지 않았다. 아무것도 보이지 않는다. 아무 생각도 할 수 없다. 그나마 느낄 수 있는 것은 서서히 확실해지는 온몸 마디마디의 통증이었다. 굴을 빠져나오느라 시달린 뼈와 근육이 일제히 고통을 호소했다.

그렇다. 나는 어찌어찌 그 좁은 횡혈을 빠져나온 것이다. 겨우 그 사실을 실감했다. 발목에는 아직 <u>으스스</u>한 촉수의 감촉이 생생히 남아 있었다. 그게 무엇이었든 간에, 이렇게 도망칠 수 있었던 것에 나는 진심으로 감사했다.

그런데 지금 여기는 어디일까?

바람은 없다. 하지만 냄새는 맡을 수 있었다. 횡혈 속으로 불어든 바람에 실려온 희미한 그 냄새가 지금은 내 주위를 온통 감싸고 있다. 그러나 무슨 냄새인지는 아직 떠오르지 않았다. 어쨌거나 지독히 조용한 장소다. 아무 소리도 들리지 않는다.

일단 회중전등부터 찾아야 한다. 나는 조심스럽게 손을 뻗어 가까운 땅 위를 더듬었다. 네 발로 기는 자세로 엎드려 조금씩 반경을 넓혀가면서. 흙은 희미한 습기를 머금고 있었다. 칠흑 같은 어둠 속에서 뭔가 징그러운 것이라도 손에 닿을까봐 불안했지만 작은 돌멩이 하나 떨어져 있지 않았다. 그저 평탄한—마치 누가 반반히 골라놓은 것처럼 매끈한—지면뿐이다.

회중전등은 내가 떨어진 자리에서 1미터쯤 되는 곳에 있었다. 주위를 더듬던 손이 마침내 그것을 찾아냈다. 그 플라스틱 회중전등을 다시 손에 넣은 것은 아마도 그때까지 인생에서 일어난 가장 경사스러운 일 중 하나일 것이다.

회중전등을 켜기 전에 눈을 감고 몇 번 심호흡을 했다. 복잡하게 엉킨 매듭을 시간을 들여 풀어내는 것처럼. 그러는 사이 겨우 호흡이 안정되었다. 심장박동이 거의 정상으로 돌아오고, 근육도 원래 감각을 되찾았다. 나는 한번 더 크게 숨을 들이쉬었다가 천천히 내뱉고 회중전등을 켰다. 노란빛이 순식간에 어둠을 꿰뚫었다. 그러나 주위 광경을 바로 확인할 수는 없었다. 짙은 어둠에 익숙해진 눈에 빛이 직접 와닿자 심한 두통이 엄습했기 때문이다.

한 손으로 눈을 가리고, 조금씩 실눈을 뜨며 손가락 사이로 주위를 살폈다. 아무래도 그곳은 원형의 공간 같았다. 그리 넓지는 않고, 사방이 벽으로 막혀 있다. 인공적인 돌벽이다. 머리 위를 회중전등으로 비춰보았다. 천장이 있었다. 아니, 천장이 아니다. 천개 같은 것이다. 빛은 어디서도 흘러들지 않는다.

이윽고 후려치는 듯한 직감이 찾아왔다. 이곳은 잡목림 속, 사당 뒤편의 그 구덩이다. 나는 돈나 안나가 기다리던 동굴의 횡혈을 빠져나와 그 석실 바닥에 떨어진 것이다. 현실세계의 진짜 구덩이에. 경위는 알 수 없다. 어쨌든 그리되었다. 말하자면 출발점으로 돌아온 셈이다. 그런데 왜 빛이 한줄기도 들지 않는 걸까? 이 구덩이는 두꺼운 나무판자 몇 장으로 막혀 있다. 판자와 판자 사이에는 미세한 틈이 있고, 그곳으로 미약하게나마 빛이 들어오기 마련이다. 그런데 이 완전한 어둠은 뭐란 말인가?

나는 막막해졌다.

어쨌든 지금 여기가 사당 뒤편 구덩이라는 사실에는 의심의 여지가 없는 듯했다. 내가 맡고 있는 것도 틀림없이 그 구덩이의 냄새였다. 왜 지금까지 알아채지 못했을까? 회중전등 불빛으로 주위를 천천히 신중하게 비춰보았다. 벽에 기대 있어야 할 철사 다리가 보이지 않았다. 누가 또 끌어올려 어딘가로 치워버린 모양이었다. 그렇다면 이 구덩이에 갇힌 내가 빠져나갈 방법은 없는 셈이다.

그리고 신기하게도—아마 신기하다고 해야 하리라—아무리 찾아도 돌벽에는 횡혈이라 할 만한 것이 뚫려 있지 않았다. 나는 좁은 횡혈을 빠져나와 이 구덩이 바닥으로 떨어졌다. 마치 공중에서 낳아 떨어뜨린 아기처럼. 그런데 그 횡혈 입구가 어디에도 보이지 않는 것이다. 그것은 나를 바깥으로 뱉어내자마자 입을 다물어버린 것 같았다.

회중전등 불빛이 이윽고 지면에 놓인 어떤 것을 비추었다. 눈에 익은 물건이다. 기사단장이 이 구덩이 속에서 울렸던 오래된 방울이었다. 나는 한밤에 그 소리를 듣고 잡목림에 이 구덩이가 있다는 사실을 알았다. 방울소리가 모든 것의 시작이었다. 집으로 가져와 작업실 선반 위에 놓아두었지만 방울은 어느새 사라져버렸다. 나는 방울을 집어들고 회중전등으로 비춰보았다. 낡은 나무 손잡이가 달려 있다. 틀림없다. 분명히 그 방울이다.

영문을 알 수 없어 방울을 한참 찬찬히 들여다보았다. 누군가가 이 구덩이에 방울을 돌려놓은 걸까. 아니, 방울이 제 힘으로 돌아왔는지도 모른다. 방울은 장소에 공유되는 거라고 기사단장이 말했다. 장소에 공유된다—대체 무슨 뜻일까? 그러나 무언가의 원리를 따지고 들기에 내 머리는 너무 지쳐 있었다. 그리고 주위에는 내가 기댈 만한 논리의 기둥이 하나도 보이지 않았다.

나는 바닥에 주저앉아 돌벽에 등을 기댄 채 회중전등을 껐다. 앞으로 어떻게 해야 할지, 어떻게 해야 이 구덩이에서 나갈 수 있을지부터 생각해야 한다. 생각하는 데 불빛은 필요 없다. 회중전등의 전지를 되도록 아껴둘 필요가 있었다.

자, 이제 어떻게 해야 할까?

56

메워야 할 공백이 몇 가지 있는 것 같습니다

영문을 알 수 없는 일이 한두 가지가 아니었다. 그러나 그때 내 머릿속을 가장 괴롭힌 의문은 어째서 이 구덩이에 한줄기 빛도 들지 않는가 하는 점이었다. 분명 누군가가 구덩이 입구를 완전히 막아버린 것이다. 그러나 대체 누가, 무슨 목적으로 그랬단 말인가?

그 누군가가(누가 됐건) 원래 있던 돌무덤처럼 덮개 위에 커다란 누름돌을 쌓아올려서 구덩이를 봉인해버리지 않았기를 나는 기도했다. 혹시 그랬다면 내가 이 암흑에서 빠져나갈 가능성은 제로가 된다.

문득 생각나서 회중전등을 켜고 손목시계를 확인했다. 시곗바늘은 네시 삼십이분을 가리켰다. 초침은 정확히 시계 방향으로 나아가고 있다. 시간은 확실히 흐르는 모양이다. 적어도 이곳은 시간이라는 것이 존재하고, 일정한 방향으로 규칙적으로 흘러가는 세계다.

그러나 애당초 시간이란 무엇인가? 나는 스스로에게 물었다. 우리는 편의를 위해 시곗바늘로 시간의 경과를 잰다. 하지만 그게 과연 적절한 일일까? 시간이란 정말 그렇게 규칙적으로, 일정한 방향으로 흐르는 것일까? 우리는 그에 대해 뭔가 큰 착각을 하고 있는 게 아닐까?

나는 회중전등을 끄고, 다시 찾아온 완전한 어둠 속에서 길게 한숨을 내쉬었다. 더는 시간에 대해 생각하지 말자. 공간에 대해 생각하지도 말자. 그런 생각을 해봤자 아무것도 나오지 않는다. 쓸데없이 신경만 소모할 뿐이다. 뭔가 더 구체적인 것, 눈에 보이고 손으로 만질 수 있는 것을 생각해야 한다.

그래서 나는 유즈를 생각했다. 그렇다, 그녀 역시 눈에 보이고 손으로 만질 수 있는 존재다(만약 그럴 기회가 주어진다면 말이지만). 그리고 그녀는 지금 임신중이다. 내년 1월에 아이가—내가 아닌 다른 누군가를 아버지로 둔 아이가—태어난다. 멀리 떨어진 곳에서 나와 관계없는 일이 착착 진전되고 있다. 나와 이어지지 않은 새 생명 하나가 이 세계에 등장하려 한다. 그리고 그에 대해 그녀는 내게 아무 요구도 하지 않는다. 그런데 왜 상대 남자와는 결혼하지 않겠다는 걸까? 이유를 알 수 없었다. 만약 싱글맘이 될 생각이라면 지금 일하는 건축사무소에서는 퇴직할 수밖에 없다. 작은 개인사무소이니 출산하는 직원에게 긴 휴가를 내줄 만한 여유는 없을 것이다.

그러나 아무리 생각해도 납득이 가는 대답을 끌어낼 수 없었다. 어둠 속에서 막막함만 커져갈 뿐이었다. 어둠은 나의 무력감을 한층 증폭시켰다.

이 구덩이에서 무사히 빠져나간다면 이것저것 따지지 말고 유즈부터 만나러 가자. 그녀가 다른 남자와 사귀고 갑자기 나를 떠남으로써 나는 물론 마음의 상처를 받았고, 나름대로의 분노도 느꼈다(그것이 분노라는 사실을 스스로 인정하기까지 제법 시간이 걸렸지만). 그래도 언제까지고 이런 기분을 안은 채 살아갈 수는 없다. 한번 유즈를 만나서 얼굴을 맞대고 이야기를 해보자. 그리고 그녀가 지금 무슨 생각을 하는지, 무엇을 원하는지 본인에게 확인하는 것이다. 너무 늦기 전에…… 나는 그렇게 마음먹었다. 마음먹고 나니 얼마간 기분이 나아졌다. 만약 그녀가 나와 친구로 지내고 싶다면 그래도 좋다. 그것도 아주 불가능한 일은 아닐지 모른다. 지상으로 나가기만 한다면, 어떤 논리라도 찾아낼 수 있을지 모른다.

그런 다음 나는 잠에 빠졌다. 횡혈에 들어가면서 가죽점퍼를 벗어둔 탓에(내 가죽점퍼는 과연 앞으로 어디서 어떤 운명을 맞을까?) 점점 한기가 들었다. 반팔 티셔츠 위에 얇은 스웨터를 입

은 게 전부이고, 그나마도 스웨터는 좁은 굴을 기어서 빠져나오
느라 보기 딱할 만큼 너덜너덜해졌다. 그리고 나는 메타포의 세
계에서 현실세계로 돌아왔다. 다시 말해 정상적인 시간과 기온
의 세계로 복귀한 것이다. 그래도 추위보다 졸음이 더 앞섰다.
바닥에 주저앉아 단단한 돌벽에 등을 기댄 채로 나도 모르게 잠
에 빠졌다. 꿈도 없고 꾸밈도 없는 지극히 순수한 잠이었다. 아
일랜드 앞바다 깊숙이 가라앉은 스페인의 황금처럼, 누구의 손
도 닿지 않는 고독한 잠이었다.

눈을 떴을 때는 여전히 어둠 속이었다. 손가락을 눈앞에 가져
와도 보이지 않을 만큼 짙은 암흑이다. 그 탓에 잠과 각성의 경
계가 제대로 분간되지 않았다. 어디까지가 잠의 세계이고 어디
부터가 각성의 세계인지, 내가 지금 둘 중 어느 쪽에 있는지, 혹
은 어느 쪽에도 없는 건지 판단이 서지 않았다. 나는 기억의 자
루를 어딘가에서 끌고 와 금화를 헤아리듯이 몇 가지를 순서대
로 떠올렸다. 어릴 때 키운 검은 고양이를 떠올리고, 푸조 205를
떠올리고, 멘시키의 하얀 저택을 떠올리고, 〈장미의 기사〉 레코
드판을 떠올리고, 펭귄 장식품을 떠올렸다. 모든 것을 하나하나
명료하게 떠올릴 수 있었다. 괜찮다, 내 마음은 아직 이중 메타
포에게 먹히지 않았다. 그저 사방이 깊은 어둠이라 잠과 각성을
구별하기 힘들 뿐이다.

회중전등을 켜서 한 손으로 불빛을 덮고 손가락 사이로 흘러나오는 빛에 손목시계 문자반을 비춰보았다. 바늘은 한시 십팔 분을 가리켰다. 마지막으로 봤을 때는 네시 삼십이분이었다. 그렇다면 나는 여기서, 이렇게 불편한 자세로 장장 아홉 시간이나 잠들어 있었다는 말인가? 생각하기 힘든 일이다. 만약 그랬다면 훨씬 몸이 뻐근할 터이다. 오히려 내가 모르는 사이 시간이 세 시간쯤 거꾸로 돌아갔다는 것이 더 그럴듯하지 않을까. 물론 확실한 것은 알 수 없다. 농밀한 암흑 속에 계속 있었던 탓에 시간감각이 완전히 뒤틀려버렸는지도 모른다.

어쨌거나 추위는 한결 심해졌다. 그리고 요의를 느꼈다. 참기 힘들 만큼 강한 요의다. 하는 수 없이 구덩이 한쪽으로 가서 바닥에 소변을 보았다. 긴 방뇨였지만 물기는 곧바로 땅바닥에 흡수되었다. 희미한 암모니아 냄새가 났지만 그것도 곧 사라졌다. 요의가 해소되자 이어서 공복감이 그 자리를 메웠다. 내 몸은 천천히, 그러나 착실히 현실세계에 적응해가는 것 같았다. 그 메타포의 세계에서 마신 강물의 효능이 몸에서 방출되는 중인지도 모른다.

한시바삐 여기서 나가야 한다. 나는 새삼 통감했다. 그러지 않으면 머지않아 이 구덩이 속에서 굶어죽고 말 것이다. 수분과 영양이 공급되지 못하면 인간은 생명을 유지할 수 없다. 이 현실세계에서 가장 기본적인 규칙 중 하나다. 여기는 물도 없고 먹을 것도 없다. 있는 것이라고는 공기뿐이다(덮개가 꼭 닫혔어도 어디선가 희미하게 공기가 들고 나는 감촉이 있었다). 공기나 사랑이나 이상은 매우 중요하지만, 그것만으로는 살 수 없다.

나는 몸을 일으키고, 미끄러운 돌벽을 어떻게 기어오를 방법이 없을지 이리저리 시도해보았다. 예상대로 완전히 헛수고였다. 벽의 높이는 3미터가 채 되지 않지만 아무런 요철도 없고 수직으로 치솟은 벽을 기어오르기란 무슨 특수한 능력이 없는 한 불가능에 가깝다. 게다가 가령 올라간다 해도 구덩이 위에는 덮개가 있다. 덮개를 밀어올리려면 튼튼한 손잡이나 발판 역할을 해줄 것이 필요하다.

나는 단념하고 다시 바닥에 주저앉았다. 이제 내가 할 수 있는 일은 하나뿐이다. 방울을 울리는 것이다. 기사단장이 그랬던 것처럼. 그러나 기사단장과 나 사이에는 한 가지 큰 차이점이 있다. 기사단장은 이데아이고, 나는 살아 있는 인간이라는 사실이다. 이데아는 아무것도 먹지 않아도 공복을 느끼지 않지만 나는 느낀다. 이데아는 굶어죽지 않지만 나는 아주 쉽게 굶어죽을 수 있다. 기사단장은 백 년이 흐르도록 꾸준히 방울을 울릴 수 있지만(그에게는 시간이라는 개념이 없다), 내가 물도 먹을 것도 없이 방울을 울릴 수 있는 기간은 기껏해야 사나흘이리라. 그뒤에는 이 가벼운 방울을 들어올릴 기력조차 없을 것이다.

그래도 나는 어둠 속에서 방울을 흔들기 시작했다. 그외에 할 수 있는 일이 아무것도 없었으니까. 물론 마구 소리를 질러 도움을 청할 수도 있다. 그러나 구덩이 바깥은 인적 없는 잡목림이다. 아마다가의 사유지이므로 어지간한 이유가 없는 한 여기까지 들어올 사람이 없다. 더욱이 지금 이 구덩이 입구는 무언가로 완전히 밀폐되어 있다. 아무리 크게 외쳐도 내 목소리는 누구의 귀에도 가닿지 않으리라. 목이 쉬고 갈증만 더할 뿐이다. 그럴 바에야 차라리 방울을 울리는 편이 낫다.

또 한 가지, 이 방울의 소리는 아무래도 예사롭지 않은 듯하다. 필시 특수한 기능을 지닌 방울이다. 물리적으로는 결코 큰 소리라고 할 수 없다. 그러나 나는 한참 떨어진 내 방 침대에서, 한밤중에 이 방울소리를 또렷이 들었다. 그리고 방울이 울리는 동안에는 가을벌레들의 요란한 울음소리도 거짓말처럼 뚝 그쳤다. 마치 엄명이라도 떨어진 것처럼.

그래서 나는 돌벽에 기댄 채 연신 방울을 울렸다. 손목을 가볍게 좌우로 흔들며, 최대한 마음을 비우고 방울을 울렸다. 한동안 방울을 울리고, 잠시 쉬고, 그러다 다시 울렸다. 기사단장이 한때 그랬던 것처럼. 마음을 비우기는 그다지 어렵지 않았다. 방울소리에 귀를 기울이자니 지극히 자연스럽게, 딱히 무슨 생각을 할 필요가 없다는 마음이 솟았다. 빛 속에서 울리는 방울소리와 암흑 속에서 울리는 방울소리는 전혀 다르게 들렸다. 아마 실제로도 전혀 다를 것이다. 그리고 방울을 흔드는 동안에는 출구 없는 깊은 어둠 속에 홀로 갇혀 있다는 사실에 아무런 공포도 불안도 들지 않았다. 추위와 배고픔마저 잊을 수 있을 것 같았다. 이치를 따지고 찾아낼 필요성도 거의 느끼지 않았다. 말할 필요도 없이, 그것은 내게 대단히 감사한 일이었다.

방울을 울리다가 피곤해지면 돌벽에 기대어 얕은잠이 들었다. 눈을 뜰 때마다 회중전등을 켜고 시계를 보았다. 그리고 매번 시곗바늘이 가리키는 시각이 엉터리임을 확인했다. 물론 시계가 아니라 내가 엉터리인지도 모른다. 아마 그럴 것이다. 그래도 어차피 상관없었다. 나는 어둠 속에서 무념무상으로 손목을 움직이며 방울을 울리고, 피곤해지면 깊은 잠에 빠졌다가, 눈을 뜨면 다시 방울을 울렸다. 그러기를 끝없이 되풀이했다. 되풀이하는 사이 의식은 점점 희미해져갔다.

구덩이 속에는 아무런 소리도 닿지 않았다. 새소리도 바람소리도 일절 들리지 않았다. 왜일까? 왜 아무 소리도 들리지 않을까? 이곳은 현실세계일 텐데. 나는 배고픔을 느끼고 요의가 생기는 현실세계로 돌아왔는데. 그리고 현실세계는 훨씬 다채로운 소리로 넘쳐야 할 텐데.

시간이 얼마나 흘렀을까. 가늠도 되지 않는다. 이제는 시계를 확인하는 것도 그만두었다. 시간과 나는 도무지 서로의 접점을 찾아내지 못하는 듯했다. 날짜와 요일은 그보다 훨씬 이해를 넘어선 영역이었다. 이곳에는 낮도 없거니와 밤도 없는 까닭이다. 그렇게 어둠 속에 있는 동안 나는 내 육체가 어디 있는지도 이해할 수 없게 되었다. 시간뿐 아니라 나 자신과의 접점조차 찾지 못하게 된 것 같았다. 그 사실이 무슨 의미인지 나는 이해할 수 없었다. 아니, 이해하려는 마음마저 사라졌다. 그저 하릴없이 방울만 울렸다. 손목의 감각이 거의 사라질 정도로.

영원과도 같던 시간이 경과한 후(혹은 해안의 파도처럼 무수히 몰려왔다 밀려나기를 거듭한 후), 그리고 배고픔을 견디기 힘들어졌을 무렵, 머리 위에서 어떤 소리가 들려왔다. 누군가가 세계의 귀퉁이를 들어올려 벗겨내려는 듯한 소리였다. 내 귀에 그것은 도무지 현실의 소리 같지 않았다. 세계의 귀퉁이를 벗기는 건 누구도 할 수 없는 일이니까. 만약 정말로 세계를 한 겹 벗겨낸다면 그 밑에서는 대체 뭐가 나올까? 새로운 세계가 도래할까, 아니면 그저 끝도 없는 무無가 밀려올 따름일까? 그러나 어찌되건 사실 별 상관 없었다. 어차피 크게 다르진 않을 테니까.

나는 어둠 속에서 조용히 눈을 감고 세계가 벗겨지기를 기다렸다. 그러나 세계는 좀처럼 벗겨지지 않고, 머리 위에서 나는 소리만 갈수록 커졌다. 그것은 아무래도 현실의 소리인 모양이었다. 현실의 물체가 무슨 작용을 받아 물리적으로 내는 소음이다. 과감하게 눈을 뜨고 머리 위를 올려다보았다. 그리고 회중전등으로 천장을 비추었다. 무슨 일이 벌어지는지 모르겠지만 누가 구덩이 위에서 큰 소리를 내고 있는 것 같았다. 촤악촤악, 귀에 거슬리는 정체 모를 소리를.

그것이 내게 해를 끼칠 소리인지 혹은 나를 위한 소리인지는 판단할 수 없었다. 어쨌거나 나는 구덩이 바닥에 주저앉은 채 방울을 울리면서 경과를 지켜보는 수밖에 없었다. 이윽고 덮개 역할을 하는 두꺼운 나무판자 틈새로 빛 한줄기가 길고 얇은 종이처럼 구덩이 속으로 비쳐들었다. 기요틴의 넓고 예리한 칼날이 거대한 젤리를 자르는 것처럼, 빛은 암흑을 세로로 가르며 순식간에 구덩이 바닥까지 와닿았다. 칼날 끝이 정확히 내 발목 위에 꽂혔다. 나는 방울을 바닥에 내려놓고 눈이 상하지 않도록 양손으로 얼굴을 가렸다.

구덩이를 가로막고 있던 판자 한 장이 들리고 보다 많은 햇빛이 바닥으로 쏟아졌다. 두 눈을 감고 손바닥으로 얼굴을 완전히 가려도 눈앞의 암흑이 하얗게 밝아오는 것이 느껴졌다. 뒤이어 머리 위로 새로운 공기가 천천히 내려왔다. 차갑고 신선한 공기였다. 공기에서는 초겨울 냄새가 났다. 그리운 냄새다. 어릴 적, 겨울 들어 처음으로 머플러를 두르고 집을 나선 아침의 느낌이 뇌리에 되살아났다. 보드라운 모직의 감촉.

누군가가 구덩이 위에서 내 이름을 불렀다. 아마 내 이름인 것 같았다. 내게 이름이 있었다는 사실을 그제야 떠올렸다. 생각해보니 나는 꽤 오랫동안 이름이 아무 의미도 지니지 않는 세계에 머물러 있었다.

그 누군가의 목소리가 멘시키 와타루의 것임을 생각해내기까지 시간이 좀더 걸렸다. 나는 그 목소리에 화답하듯이 크게 소리를 질렀다. 그러나 말이 되어 나오지는 않았다. 내가 아직 살아 있음을 알리기 위해 의미 없는 고함을 한 번 내질렀을 뿐이다. 내 목소리가 이곳 공기를 정상적으로 진동시킬 수 있을지 별로 자신이 없었지만, 다행히 목소리는 내 귀에 똑똑히 와닿았다. 가상의 동물이 내지르는 기묘하고 거친 외침처럼.

"괜찮습니까?" 멘시키가 나를 향해 외쳤다.

"멘시키 씨?" 내가 물었다.

"그래요, 멘시키입니다." 멘시키가 말했다. "다친 데는 없습니까?"

"다친 데는 없는 것 같아요." 내가 말했다. 목소리가 가까스로 차분함을 되찾았다. "아마도요"라고 덧붙였다.

"언제부터 거기 계셨던 겁니까?"

"모르겠어요. 정신이 들고 보니 여기였습니다."

"사다리를 내리면 위로 올라오실 수 있겠습니까?"

"할 수 있을 거예요." 내가 말했다. 아마도.

"잠깐 기다리세요. 지금 사다리를 내리겠습니다."

그가 어딘가에서 사다리를 가져오는 사이 나는 눈을 조금씩 햇빛에 적응시켰다. 아직 눈을 완전히 뜨기는 힘들었지만 양손으로 얼굴을 가릴 필요는 없어졌다. 다행히 햇빛은 그다지 강하지 않았다. 낮이긴 한데 아마 날이 흐린 모양이다. 아니면 해질 녘이 가까웠는지도 모른다. 이윽고 철사다리가 내려오는 소리가 들렸다.

"좀 시간을 주세요." 내가 말했다. "눈이 아직 빛에 적응하지 못해서 상할 것 같아요."

"물론입니다. 천천히 하십시오." 멘시키가 말했다.

"그런데 이 안이 왜 그렇게 어두웠을까요? 빛 한줄기 흘러들어오지 않던데요."

"제가 이틀 전 덮개 위에 비닐시트를 씌웠습니다. 누가 덮개를 들어냈던 흔적이 있기에, 집에서 두꺼운 비닐시트를 가져와 씌우고 땅에 못을 박고 끈으로 묶어서 간단히 열 수 없도록 해뒀어요. 아이들이 놀다가 떨어지기라도 하면 큰일이니까요. 물론 그전에 구덩이 속에 아무도 없다는 걸 확인했습니다. 분명히 아무도 없었어요."

그랬군, 나는 납득했다. 덮개 위에 멘시키가 비닐시트를 씌웠다. 그래서 구덩이 속이 그토록 완전한 암흑이었던 것이다. 이야기의 앞뒤는 맞는다.

"그뒤로 시트를 걷어낸 흔적은 안 보입니다. 제가 씌워둔 상태 그대로입니다. 그렇다면 당신은 대체 어떻게 거기 들어간 거죠? 영문을 모르겠군요." 멘시키가 말했다.

"저도 영문을 모르겠어요." 나는 말했다. "정신이 들어보니 여기였습니다."

그 이상은 설명할 수 없었다. 하긴 설명할 생각도 없다.

"제가 내려갈까요?" 멘시키가 말했다.

"아뇨, 위에 계세요. 제가 올라가겠습니다."

이윽고 어렴풋이 눈을 뜰 수 있었다. 눈 안쪽에서 아직 몇몇 수수께끼의 도형이 소용돌이쳤지만 의식의 움직임에 문제는 없는 것 같았다. 사다리 위치를 확인하고 첫째 단에 올라서려는데 다리에 힘이 잘 들어가지 않았다. 내 다리가 아닌 느낌이었다. 시간을 들여 신중하게 발판을 확인해가며 한 단 한 단 올라갔다. 지면에 가까워질수록 공기가 점점 신선해졌다. 이제는 새들이 시저귀는 소리도 들렸다.

지면에 손이 닿자 멘시키가 내 손목을 붙잡고 위로 끌어당겼다. 예상외로 강한 힘이었다. 안심하고 몸을 맡길 수 있는 힘이다. 나는 그 힘에 진심으로 감사했다. 그리고 그대로 쓰러지듯이 땅바닥에 드러누웠다. 머리 위로 어렴풋하게 하늘이 보였다. 예상했던 대로 잿빛 구름이 가득 끼어 있었다. 시간까지는 알 수 없다. 작고 단단한 빗방울이 뺨과 이마를 때리는 것이 느껴졌다. 나는 그 불규칙한 감촉을 한껏 만끽했다. 왜 지금까지는 몰랐을까, 빗방울의 감촉이 이토록 환희롭다는 것을. 이토록 생명력 넘친다는 것을. 설령 초겨울의 차가운 비라 할지라도.

"배가 너무 고픕니다. 목도 마르고요. 그리고 너무 추워요. 몸이 얼어붙은 것처럼." 나는 말했다. 그게 내가 말할 수 있는 전부였다. 이가 딱딱 맞부딪치는 소리가 났다.

그는 내 어깨를 감싸고 잡목림 속 길을 천천히 나아갔다. 나는 보폭을 잘 맞출 수가 없어서 멘시키에게 끌려가다시피 했다. 멘시키의 근력은 보기보다 훨씬 강했다. 분명 집에 있는 운동기구로 매일 단련하는 덕분이리라.

"집 열쇠는 갖고 계십니까?" 멘시키가 물었다.

"현관 오른쪽에 화분이 있어요. 그 밑에 열쇠가 있을 겁니다. 아마도." 아마도라고밖에 말할 수 없다. 이 세계에는 확신을 갖고 단언할 수 있는 것이 하나도 없다. 나는 아직 한기에 시달리고 있었다. 턱이 덜덜 떨려서 나도 내 말을 제대로 알아들을 수 없었다.

"마리에는 오후에 무사히 집으로 돌아온 모양입니다." 멘시키가 말했다. "정말 다행이죠. 저도 안심했습니다. 한 시간쯤 전에 아키가와 쇼코 씨에게서 연락이 왔습니다. 댁에 몇 번이나 전화를 드렸는데 아무도 받지 않는다고요. 걱정되어 여기까지 와봤는데, 잡목림 안쪽에서 그 방울소리가 희미하게 들리더군요. 그래서 혹시나 싶어 시트를 걷어낸 겁니다."

우리는 잡목림을 거쳐 탁 트인 공간으로 나왔다. 멘시키의 은색 재규어가 여느 때처럼 집 앞에 조용히 서 있었다. 여전히 얼룩 한 점 없다.

"저 차는 왜 항상 저렇게 아름다운 거죠?" 내가 멘시키에게 물었다. 이런 상황에 적절한 질문은 아닐지도 모르지만 전부터 물어보고 싶었던 것이었다.

"글쎄요, 왜일까요." 멘시키가 그다지 흥미 없다는 투로 말했다. "그냥 할 일이 없을 때면 직접 세차하는 게 습관입니다. 구석구석 깨끗하게요. 그리고 한 달에 한 번 전문업자가 와서 왁스칠을 해줍니다. 물론 쓰지 않을 때는 비바람을 피해 차고에 넣어두고요. 그것뿐입니다만."

그것뿐이라, 나는 생각했다. 그 말을 들으면 반년 동안 비바람을 맞고 서 있는 내 코롤라 왜건은 어깨가 축 처질 것이다. 까딱하면 기절할지도 모른다.

멘시키가 화분 밑에서 열쇠를 꺼내 현관문을 열었다.

"그런데, 오늘이 무슨 요일인가요?" 내가 물었다.

"오늘? 오늘은 화요일입니다."

"화요일요? 확실한가요?"

멘시키가 확인차 기억을 더듬었다. "어제가 월요일, 재활용 쓰레기를 내놓는 날이었으니까. 오늘은 분명히 화요일입니다."

내가 아마다 도모히코를 찾아간 것은 토요일이었다. 그로부터 사흘이 지난 셈이다. 그것이 삼 주였대도, 삼 개월이었대도, 설령 삼 년이었대도 결코 이상할 것 없었다. 어쨌거나 실제로 흐른 시간은 사흘이다. 나는 그 사실을 머릿속에 새겼다. 그러고는 손바닥으로 턱을 문질러보았다. 그러나 사흘분의 수염이 자라난 흔적은 없었다. 턱은 기묘할 정도로 매끈했다. 어째서일까?

멘시키는 일단 나를 욕실로 데려갔다. 뜨거운 물로 샤워를 시키고 옷을 갈아입혔다. 입고 있던 옷은 온통 흙이 묻고 너덜너덜해져 있었다. 나는 그것들을 한데 모아 쓰레기통에 버렸다. 몸 여기저기 빨갛게 긁힌 자국이 있었지만 상처는 눈에 띄지 않았다. 적어도 피는 나지 않는다.

그런 뒤 그는 나를 부엌으로 데려가 식탁에 앉히고 천천히 조금씩 물부터 마시게 했다. 나는 시간을 들여 미네랄워터 큰 통 하나를 다 비웠다. 내가 물을 마시는 사이 그는 냉장고에 있던 사과를 꺼내 깎았다. 칼을 다루는 손놀림이 빠르고 능숙했다. 나는 감탄하는 심정으로 그 과정을 멍하니 바라보았다. 껍질을 깎아 접시에 놓은 사과는 더없이 기품 있고 아름다워 보였다.

나는 사과를 서너 쪽 먹었다. 사과가 이렇게 맛있는 과일이었나 감동할 정도였다. 태초에 사과라는 과일을 생각해낸 창조주에게 나는 진심으로 감사했다. 사과를 다 먹자 그가 어딘가에서 크래커 상자를 찾아와서 먹었다. 조금 눅눅하지만 그것 역시 세상에서 가장 맛있는 크래커였다. 그사이 그는 물을 끓여 꿀을 넣고 홍차를 만들어주었다. 나는 그것을 몇 잔이나 마셨다. 홍차와 꿀이 몸 깊숙한 곳을 덥혀주었다.

냉장고 안에는 식재료가 별로 없었다. 그래도 달걀은 많이 남아 있었다.

"오믈렛을 드시겠습니까?" 멘시키가 물었다.

"가능하다면요." 내가 말했다. 뭐가 됐든 뱃속을 좀 채우고 싶었다.

멘시키는 냉장고에서 달걀을 네 개 꺼내더니 볼에 깨 넣고 젓가락으로 재빨리 휘저은 뒤 우유와 소금과 후추를 넣었다. 그리고 다시 젓가락으로 잘 저었다. 익숙한 손놀림이었다. 가스불을 켜서 작은 프라이팬을 가열하고 버터를 살짝 둘렀다. 그리고 서랍에서 뒤집개를 찾아내 능숙하게 오믈렛을 만들었다.

예상한 대로 멘시키의 오믈렛 요리법은 완벽했다. 그대로 찍어서 텔레비전 요리 프로그램에 내놔도 좋을 정도다. 그 모습을 시청한 전국의 주부들은 분명 한숨을 내쉬리라. 그는 오믈렛 요리법에 관해서는, 혹은 오믈렛 요리법에 관해서도라고 해야겠지만, 실로 스마트하고 빈틈없고 효율적이며 섬세했다. 나는 그저 감탄하는 심정으로 그 광경을 지켜보았다. 이윽고 오믈렛이 접시에 담기고 케첩과 함께 내 앞에 놓였다.

나도 모르게 스케치하고 싶은 마음이 들 정도로 아름다운 오믈렛이었다. 그러나 망설임 없이 나이프를 들고 갈라서 재빨리 입으로 가져갔다. 아름다울 뿐만 아니라 맛도 매우 훌륭한 오믈렛이었다.

"완벽한 오믈렛이네요." 내가 말했다.

멘시키가 웃었다. "꼭 그렇지도 않습니다. 전에는 더 잘 만든 적도 있어요."

그건 도대체 어떤 오믈렛이었을까? 근사한 날개를 달고 도쿄에서 오사카까지 두 시간 만에 날아갈 수 있는 오믈렛인지도 모른다.

내가 오믈렛을 먹어치우자 그는 접시를 정리했다. 공복이 얼마간 해소된 것 같았다. 멘시키가 식탁 맞은편에 앉았다.

"이야기를 좀 해도 괜찮으시겠습니까?" 그가 내게 물었다.

"물론이죠." 내가 말했다.

"피곤하지 않으십니까?"

"피곤한 것 같기도 합니다. 그래도 할 얘기가 많으니까요."

멘시키가 고개를 끄덕였다. "요 며칠간 일어난 일 중, 메워야 할 공백이 몇 가지 있는 것 같습니다."

만약 메울 수 있는 공백이라면, 이라고 나는 생각했다.

"실은 일요일에도 댁을 찾아왔습니다." 멘시키가 말했다. "아무리 전화해도 받지 않으시기에 좀 걱정돼서 살펴보러 왔죠. 오후 한시쯤이었습니다."

내가 고개를 끄덕였다. 그때 나는 어딘가 다른 장소에 있었다.

멘시키가 말했다. "초인종을 누르니 아마다 도모히코 씨의 아드님이 나오더군요. 마사히코 씨라고요?"

"그렇습니다. 아마다 마사히코, 제 오랜 친구예요. 이 집 주인이고 열쇠를 갖고 있으니 제가 없어도 들어올 수 있죠."

"그분은 뭐라고 할까…… 당신을 몹시 걱정하고 있었습니다. 토요일 오후 그분 아버지, 그러니까 아마다 도모히코 씨가 계신 시설에 같이 방문했는데, 당신이 아버지 방에서 갑자기 사라졌다고 하더군요."

나는 아무 말 없이 고개만 끄덕였다.

"마사히코 씨가 업무상 통화로 자리를 비운 사이 당신이 돌연 모습을 감췄다고요. 시설은 이즈 고원의 산 위에 있고 가장 가까운 역까지도 걸어가기에는 상당히 먼 거리입니다. 그렇지만 택시를 부른 것 같지도 않고, 당신이 나가는 모습을 안내 데스크 직원도, 경비원도 보지 못했습니다. 그뒤에 댁에 전화를 해보았지만 아무도 받지 않았고요. 그래서 마사히코 씨도 걱정되어 여기까지 일부러 찾아왔던 모양입니다. 당신의 안위를 진지하게 염려하더군요. 무슨 나쁜 일이 생긴 건 아닐까 하고요."

나는 한숨을 쉬었다. "마사히코에게는 제가 잘 설명하겠습니다. 안 그래도 아버님 때문에 힘든데 괜한 걱정을 끼쳤네요. 그래서, 아마다 도모히코 씨의 용태는 어떻다던가요?"

"얼마 전부터 거의 혼수상태에 빠진 모양입니다. 의식을 차리지 못하신다고 했어요. 아드님은 시설 근처에 숙소를 잡고 대기하신다더군요. 도쿄로 돌아가는 길에 여기 잠깐 들렀던 거고요."

"전화해보는 게 좋겠네요." 나는 고개를 가로젓고 말했다.

"그렇겠죠." 멘시키가 식탁에 양손을 올려놓고 말했다. "그러나 마사히코 씨에게 연락할 거라면 요 사흘간 당신이 어디서 뭘 했는지, 그럭저럭 앞뒤가 맞는 설명이 필요할 겁니다. 시설에서 어떻게 모습을 감추었는지에 대해서도요. 문득 정신이 들고 보니 여기 와 있더라는 말로는 어느 누구도 납득하지 못할 겁니다."

"그렇겠죠." 내가 말했다. "그럼 멘시키 씨 당신은 어떻습니까? 제 이야기를 납득하시나요?"

멘시키는 살짝 얼굴을 찡그리고 한동안 생각에 잠겼다. 그러고는 입을 열었다. "저는 옛날부터 논리적인 사고방식을 고수해온 사람입니다. 그렇게 훈련받았지요. 그러나 솔직히 말씀드려, 저 사당 뒤편 구덩이에 대해서는 어째서인지 그다지 로지컬해질 수가 없습니다. 그 구덩이에서는 어떤 일이 일어나도 이상하지 않다는 생각을 떨칠 수 없어요. 특히 구덩이 속에서 혼자 한 시간을 보낸 후에는 한층 그런 기분이 강해졌습니다. 그건 평범한 구덩이가 아닙니다. 그러나 그 구덩이를 겪어본 적 없는 사람은 절대 그런 감각을 이해해줄 수 없겠지요."

나는 잠자코 있었다. 적절하게 꺼낼 말이 떠오르지 않았다.

"역시 하나도 기억이 안 난다고 밀고 나가는 수밖에 없지 않을까요." 멘시키가 말했다. "어디까지 믿어줄지 모르지만, 그것 말고는 방법이 없겠습니다."

나는 고개를 끄덕였다. 아마 그것 말고는 방법이 없을 것이다.

멘시키가 말했다. "우리 인생에는 잘 설명할 수 없는 일이 많
고, 또 설명해서는 안 되는 일도 많습니다. 특히 설명함으로써
그 안의 가장 중요한 것을 잃어버리는 경우에는요."

"당신도 그런 경험이 있군요?"

"물론 있습니다." 멘시키가 말하고는 작게 미소지었다. "몇 번
이나요."

나는 남은 홍차를 마셨다.

내가 물었다. "그래서, 아키가와 마리에는 다치거나 하진 않았
나요?"

"흙투성이에다 가벼운 상처도 있지만 대단한 부상은 아닌 모
양입니다. 찰과상 정도라고 해요. 당신과 마찬가지로."

나와 마찬가지로? "그애는 며칠 동안 어디서 뭘 한 걸까요?"

멘시키가 난감한 표정을 지었다. "그런 사정에 대해서는 아무
것도 모릅니다. 조금 전 마리에가 집에 돌아왔다. 흙투성이에다
가벼운 상처가 있다. 그 정도밖에 들은 게 없어요. 쇼코 씨도 아직
머릿속이 혼란스러워 전화로 자세히 설명할 계제가 아닌 모양입
니다. 이래저래 좀더 진정되면 당신이 쇼코 씨에게 직접 물어보
는 게 좋을 겁니다. 아니면, 혹시 가능하다면 마리에 본인에게."

나는 고개를 끄덕였다. "그렇군요. 그러겠습니다."

"슬슬 주무시는 편이 좋지 않을까요."

멘시키의 말을 듣고서야 비로소 몹시 졸리다는 사실을 깨달았다. 구덩이 속에서 그렇게 깊고 곤하게 잠들었는데도(잠들었던게 맞으리라) 참을 수 없이 졸렸다.

"그래요. 좀 자는 게 좋겠습니다." 나는 식탁 위에 포개진 멘시키의 단정한 두 손등을 멍하니 바라보며 말했다.

"푹 쉬십시오. 그게 제일입니다. 제가 또 해드릴 일은 없습니까?"

나는 고개를 저었다. "지금은 아무것도 없는 것 같아요. 고맙습니다."

"그럼 저는 이만 가보겠습니다. 혹시 무슨 일 있으면 사양 말고 연락주십시오. 아마 계속 집에 있을 테니까요." 멘시키는 그렇게 말하고 천천히 일어났다. "그래도 마리에가 돌아와서 다행입니다. 당신을 구해낸 것도 다행이고요. 실은 저도 요즘 들어 별로 잠을 자지 못했습니다. 그러니 집에 가서 좀 잘까 합니다."

그리고 그는 돌아갔다. 차문이 여느 때처럼 확고하게 닫히는 소리가 들렸다. 묵직한 엔진음이 울렸다. 그 소리가 멀어져 완전히 사라지는 것을 확인한 후 옷을 벗고 침대로 들어갔다. 머리를 베개에 얹고, 아주 잠깐 오래된 방울을 떠올리자(그러고 보니 방울과 회중전등을 구덩이 바닥에 놔두고 왔다) 깊은 잠이 찾아왔다.

57
내가 언젠가는 해야 할 일

 잠에서 깨니 두시 십오분이었다. 나는 깊은 어둠 속에 있었다. 순간 아직 구덩이 속인 듯한 착각에 사로잡혔지만 곧 그렇지 않음을 깨달았다. 구덩이 밑바닥의 완전한 어둠과 지상의 밤의 어둠은 질감이 다르다. 지상에서는 아무리 짙은 어둠도 빛의 기척을 조금은 머금고 있다. 모든 빛이 차단된 암흑과는 다르다. 지금은 새벽 두시 십오분이고, 마침 태양이 지구 반대편에 있다. 그뿐이다.

 머리맡의 불을 켜고 침대를 나와 부엌에서 찬물을 몇 잔 마셨다. 주위는 조용했다. 너무 심할 정도로 조용했다. 귀를 기울였지만 아무 소리도 들리지 않았다. 바람도 없다. 이제 겨울이니 벌레도 울지 않는다. 밤새도 울지 않는다. 방울소리도 들리지 않는다. 그러고 보니 처음 그 방울소리를 들었던 것도 이 시각이었다. 예사롭지 않은 일이 일어나기 쉬운 시각이다.

다시 잠이 올 것 같진 않았다. 졸린 기운이 싹 가셨다. 잠옷 위에 스웨터를 입고 작업실로 갔다. 집에 돌아온 뒤 아직 한 번도 작업실에 들어가보지 않았다. 거기 있을 몇 점의 그림이 어떻게 되었는지 궁금했다. 특히 〈기사단장 죽이기〉가. 멘시키의 말로는 내가 없는 사이 아마다 마사히코가 집에 왔다고 했다. 혹시 그가 작업실에 들어가서 그림을 봤을지도 모른다. 당연히 그것이 아버지의 작품임을 한눈에 알아보았을 것이다. 그래도 그 그림에는 천이 씌워져 있었다. 왠지 신경이 쓰여 그림을 벽에서 떼어내고, 혹시 몰라 흰 무명천을 덮어두었던 것이다. 만약 마사히코가 그 천을 걷어내지만 않았다면 그림은 보지 못했을 터였다.

작업실에 들어가 벽을 더듬어 불을 켰다. 작업실도 역시 쥐죽은듯 조용했다. 물론 아무도 없었다. 기사단장도 없고, 아마다 도모히코도 없다. 그 방에 있는 것은 나 하나뿐이다.

〈기사단장 죽이기〉는 천에 덮인 채 바닥에 놓여 있었다. 누가 손댄 흔적은 보이지 않았다. 물론 확증은 없다. 그래도 누가 건드린 기척 같은 것은 느껴지지 않았다. 천을 걷어내자 그 아래 〈기사단장 죽이기〉가 있었다. 마지막으로 봤을 때와 달라진 점은 없다. 그림에는 기사단장이 있었다. 그를 찌르는 돈 조반니가 있었다. 곁에서 숨을 죽인 심부름꾼 레포렐로가 있었다. 놀라움에 손으로 입을 가린 아름다운 돈나 안나가 있었다. 그리고 왼쪽 아래, 땅에 뚫린 네모난 구멍에서 고개를 내민 불길한 '긴 얼굴'이 있었다.

실은 가슴속 한구석에 남모를 의구심이 있었다. 내가 취한 일련의 행위에 의해 혹시 그림 속 몇 가지 요소가 바뀌지는 않았을까. 이를테면 '긴 얼굴'이 고개를 내민 구멍의 뚜껑이 닫히고, 긴 얼굴도 그림에서 사라지지는 않았을까. 이를테면 기사단장이 장검이 아니라 식칼로 공격당하고 있지는 않을까. 그러나 구석구석 아무리 뜯어봐도 달라진 곳은 눈에 띄지 않았다. 긴 얼굴은 여전히 구멍 뚜껑을 들어올리고 기묘한 얼굴을 지상에 내밀고 있었다. 커다란 눈동자를 번득이며 눈앞의 광경을 바라본다. 기사단장은 날카로운 장검에 심장을 꿰뚫려 선혈을 내뿜고 있다. 처음 그대로 완벽한 구도의 회화작품이었다. 나는 한동안 그림을 감상하다가 다시 흰 천을 덮었다.

이어서 내가 작업중인 두 폭의 유화로 눈을 돌렸다. 둘 다 이젤에 나란히 세워져 있다. 하나는 가로로 긴 〈잡목림 속의 구덩이〉이고, 또하나는 세로로 긴 〈아키가와 마리에의 초상〉이다. 두 그림을 번갈아 주의깊게 비교했다. 둘 다 마지막으로 보았을 때와 똑같다. 달라진 점은 전혀 없다. 한쪽은 완성되었고 다른 한쪽은 마지막 손질을 기다리고 있었다.

끝으로 뒤집은 채 벽에 세워둔 〈흰색 스바루 포레스터의 남자〉를 앞으로 돌려놓고, 바닥에 앉아 새삼스레 바라보았다. 몇몇 색깔의 물감덩어리 속에서 '흰색 스바루 포레스터의 남자'가 이쪽을 가만히 보고 있다. 구체적인 모습은 없지만 그가 그곳에 도사리고 있다는 것을 나는 확실히 알아보았다. 그는 팔레트 나이프로 두껍게 바른 물감 너머에서 밤새처럼 날카로운 눈으로 나를 똑바로 응시했다. 그 얼굴은 지극히 무표정했다. 그리고 남자는 그림이 완성되는 것을—자기 모습이 명확히 드러나는 것을—거부하고 있다. 그는 어둠에서 끌려나와 밝은 곳에 서기를 원치 않는다.

그래도 나는 언젠가 그의 모습을 이 캔버스에 똑똑히 그려낼 것이다. 남자를 어둠에서 끌어낼 것이다. 상대가 아무리 거세게 저항한다 해도. 지금 당장은 힘들지도 모른다. 그러나 내가 언젠가는 완수해야 할 일이다.

다시 〈아키가와 마리에의 초상〉을 바라보았다. 그 그림은 이제 직접 모델을 세울 필요가 없는 단계까지 와 있었다. 나머지 일련의 기술적인 마무리만 하면 그림은 완성의 영역에 도달한다. 어쩌면 그 그림은 지금껏 그린 것 중 스스로 가장 인정할 만한 작품이 될지도 모른다. 적어도 아키가와 마리에라는 아름다운 열세 살 소녀의 모습이 생생하고 선명하게 담길 것이다. 내게는 그런 자신감이 있었다. 그러나 이 그림이 완성될 일은 없다. 그녀의 무언가를 지키기 위해 이 그림은 미완성으로 남겨둬야 한다. 나는 알 수 있었다.

　되도록 빨리 정리해야 하는 일이 몇 가지 있었다. 하나는 아키가와 쇼코에게 전화해 마리에가 집에 돌아온 경위를 전해듣는 것. 또하나는 유즈에게 전화해, 한번 만나서 천천히 이야기를 나누고 싶다고 말하는 것이다. 그래야겠다고 그 컴컴한 구덩이 속에서 결심한 바다. 그럴 때가 왔다. 물론 아마다 마사히코에게도 이야기를 해야 한다. 내가 어떻게 이즈 고원의 시설에서 갑자기 자취를 감췄고, 사흘 동안 행방불명이 되었는지 설명해야 한다 (어떤 설명이 될지, 과연 설명이 될 수는 있을지 짐작도 되지 않지만).

　당연한 소리지만 그렇다고 날이 새기 전에 그들에게 전화할 수는 없다. 적당한 시간이 될 때까지 좀더 기다려야 한다. 그 시간은 아마도—시간이 정상적으로 흐르고 있다면—곧 찾아올 터였다. 나는 냄비에 우유를 데워 마시고 비스킷을 먹으면서 창밖을 내다보았다. 창밖에는 어둠이 펼쳐져 있었다. 별도 보이지 않는 암흑이었다. 날이 밝으려면 아직 시간이 남았다. 일 년 중 밤이 가장 긴 계절이다.

　당장 뭘 해야 할지 도무지 알 수 없었다. 제일 좋은 것은 다시 침대에 들어 잠을 청하는 것이겠지만 이미 졸음기가 달아나버렸다. 책을 읽을 기분도, 일할 기분도 아니었다. 할 일이 하나도 생각나지 않아서 일단 목욕을 하기로 했다. 욕조에 더운물을 받는 동안 소파에 누워 멍하니 천장을 올려다보았다.

왜 나는 그 땅속 세계를 통과해야만 했을까? 그 세계에 들어가기 위해 내 손으로 기사단장을 찔러 죽여야 했다. 그는 희생양이 되어 목숨을 버렸고, 나는 어둠의 세계에서 몇 가지 시련을 겪었다. 그것에는 물론 이유가 있어야 한다. 그 땅속 세계에는 뚜렷한 위험이 있었고, 확실한 공포가 있었다. 어떤 기이한 일이 일어나도 이상하지 않은 세계였다. 그리고 그 세계를 어찌어찌 빠져나옴으로써, 그 프로세스를 통과함으로써, 나는 아키가와 마리에를 어딘가에서 해방시키는 데 성공한 듯했다. 적어도 아키가와 마리에는 무사히 집에 돌아왔다. 기사단장이 예언한 대로. 그러나 내가 땅속 세계에서 겪은 일과 아키가와 마리에의 귀환 사이의 구체적인 병행관계는 아직 알아내지 못했다.

그 강물에 어떤 중요한 의미가 있었는지도 모른다. 그 강물을 마심으로써 내 몸속에 어떤 변질이 일어났는지도 모른다. 논리적으로 설명할 수는 없지만, 내 몸은 자연스레 그렇게 실감했다. 그 변질을 받아들임으로써 나는 물리적으로는 도저히 빠져나올 수 없을 좁은 횡혈을 통과해 반대편으로 나온 것이다. 그리고 뿌리깊은 폐소공포증을 극복할 수 있도록 돈나 안나와 고미가 나를 안내하고 격려해주었다. 아니, 돈나 안나와 고미는 하나였는지도 모른다. 돈나 안나가 고미이고, 고미가 돈나 안나인지도 모른다. 그녀들이 나를 어둠의 힘으로부터 지켜주고, 동시에 아키가와 마리에도 지켜주었는지 모른다.

그나저나 아키가와 마리에는 도대체 어디에 유폐되어 있었을까? 정말로 어딘가에 유폐되었던 게 맞을까? 내가 뱃사공인 '얼굴 없는 남자'에게 펭귄 부적을 건네준 것이(불가피한 일이었지만) 그녀의 신변에 좋지 않은 영향을 주었을까? 아니면 거꾸로 그 장식품이 어떤 식으로든 아키가와 마리에를 지키는 데 보탬이 된 걸까?

의문점은 늘어가기만 했다.

드디어 본인이 나타났으니 아키가와 마리에의 입으로 많건 적건 전후 사정이 밝혀질지도 모른다. 내 입장에서는 기다리는 수밖에 없다. 아니, 결국에는 시간이 흘러도 아무 사실도 판명되지 않을지 모른다. 아키가와 마리에는 자신에게 일어난 일들을 전혀 기억하지 못할지도 모른다. 혹은 기억하지만 일절 발설하지 않기로 마음먹었을지도 모른다(내가 그런 것처럼).

어쨌거나 나는 이 현실세계에서 다시 한번 아키가와 마리에를 만나, 단둘이 차분하게 이야기를 나눌 필요가 있었다. 요 며칠간 각자에게 일어난 사건에 대해 정보를 교환할 필요가 있었다. 만약 그럴 수 있다면.

그러나 이곳은 정말로 현실세계일까?

나는 내 주위에 펼쳐진 세계를 새삼 둘러보았다. 풍경은 눈에

458

익었다. 창으로 흘러드는 바람에서는 여느 때와 같은 냄새가 났고, 주위에서는 익숙한 소리가 들렸다.

그렇지만 언뜻 현실세계로 보일 뿐 실은 아닐지도 모른다. 이것이 현실세계라고 나 혼자 믿고 있을 뿐인지도 모른다. 나는 이즈 고원에 뚫린 구멍이로 들어가, 땅속 세계를 통과해서, 사흘 뒤 잘못된 출구를 통해 오다와라 근교의 산머리로 나왔는지도 모른다. 내가 돌아온 세계가 내가 떠났던 세계와 같다는 보장은 어디에도 없다.

소파에서 일어나 옷을 벗고 목욕을 했다. 다시 한번 몸을 구석구석 비누로 깨끗하게 씻었다. 공들여 머리를 감았다. 이를 닦고, 면봉으로 귀 청소를 하고, 손톱을 깎았다. 면도도 했다(수염이 많이 자라지는 않았지만). 속옷을 또 새것으로 갈아입었다. 다림질한 지 얼마 되지 않은 흰색 면셔츠와 주름이 빳빳하게 잡힌 카키색 치노바지를 입었다. 나는 조금이라도 예의바르게 현실세계와 마주하려고 노력했다. 그래도 날은 아직 밝지 않았다. 창밖이 컴컴했다. 이대로 영원히 아침이 오지 않는 건 아닐까 싶을 정도였다.

하지만 얼마 안 가 아침은 왔다. 커피를 새로 내리고, 토스트를 구워 버터를 발라 먹었다. 냉장고에는 먹을 것이 거의 없었다. 달걀 두 개, 오래된 우유, 약간의 채소가 남았을 뿐이다. 오늘 안에 장을 보러 가야겠다고 나는 생각했다.

부엌에서 커피잔과 접시를 헹구다가, 그러고 보니 연상의 유부녀 여자친구와 꽤 오랫동안 만나지 못했다는 사실을 깨달았다. 얼굴을 본 지 얼마나 됐을까? 일기를 보지 않는 한 정확한 날짜는 알 수 없다. 그래도 상당히 긴 기간이다. 주위에서 연이어 온갖 사건―예상치 못하고 예사롭지 않은 몇 가지 사건―이 터진 탓에 그녀에게서 한동안 연락이 없다는 사실을 눈치채지 못했다.

왜일까? 지금까지는 적어도 일주일에 두 번은 전화가 왔는데. "어떻게 지내? 잘 있었어?" 하고. 그러나 내 쪽에서 그녀에게 연락할 방법은 없었다. 그녀는 휴대전화 번호를 알려주지 않았고, 나는 이메일을 쓰지 않는다. 그러니 혹시 만나고 싶어도 그녀의 전화를 기다리는 수밖에 없다.

그런데 아침 아홉시가 넘어, 마침 멍하니 여자친구 생각에 빠져 있을 때 그녀에게서 전화가 왔다.

"꼭 해야 할 얘기가 있어서." 그녀는 인사를 생략하고 말했다.

"응, 말해." 내가 말했다.

나는 수화기를 들고 부엌 싱크대에 기대 있었다. 하늘을 뒤덮은 두꺼운 구름이 조금씩 갈라지면서 초겨울의 해가 머뭇머뭇 얼굴을 내미는 참이었다. 날씨가 슬슬 좋아질 모양이다. 그러나 아무래도 그녀의 이야기는 그리 좋은 소식이 아닌 듯했다.

"이제 당신과 만나지 않는 게 좋을 것 같아." 그녀가 말했다. "유감이지만."

그녀가 정말로 유감이라고 생각하는지는 목소리만으로 판단할 수 없었다. 그녀의 목소리에는 명백히 억양이 부족했다.

"몇 가지 이유가 있어."

"몇 가지 이유." 나는 그녀의 말을 그대로 되풀이했다.

"첫째, 남편이 나를 조금씩 의심하기 시작했어. 무슨 낌새를 챈 모양이야."

"낌새." 나는 그녀의 말을 되풀이했다.

"이런 상황에서 여자는 나름의 낌새 같은 걸 풍기기 마련이야. 화장이나 옷차림에 전보다 신경쓴다거나, 향수를 바꾼다거나, 열심히 다이어트를 한다거나. 그런 티가 나지 않게 조심한다고는 했는데, 그래도."

"뭔지 알겠어."

"어차피 이런 일을 영원히 계속할 수도 없는 노릇이고."

"이런 일." 나는 그녀의 말을 되풀이했다.

"다시 말해, 앞날이 없는 일. 해결이 안 나는 일."

하긴 맞는 말이었다. 우리 관계는 어디로 보나 '앞날이 없는 일'이자 '해결이 안 나는 일'이었다. 그리고 이대로 계속하기에는 리스크가 너무 크다. 나야 특별히 잃을 것이 없지만 그녀에게는 화목한 가정이 있고, 사립 여학교에 다니는 십대 딸이 둘 있다.

"또 하나." 그녀가 말을 이었다. "딸아이한테 문제가 생겼어. 큰애한테."

큰딸. 내 기억이 틀리지 않다면 성적도 좋고 부모 말을 잘 듣는, 지금껏 문제를 일으킨 적이 거의 없는 얌전한 소녀 얘기다.

"문제가 생겼다고?"

"아침에 일어나도 침대에서 나오질 않아."

"침대에서 나오지 않는다?"

"저기, 내 말 좀 앵무새처럼 되풀이하지 말아줄래?"

"미안해." 나는 사과했다. "그런데 무슨 소리야? 침대에서 나오지 않는다니?"

"말 그대로야. 이 주쯤 전부터 침대 밖으로 전혀 나오질 않아. 학교도 안 가고. 잠옷 차림으로 하루종일 침대에 있어. 누가 뭐라고 말해도 대꾸가 없어. 식사를 침대로 가져다줘도 거의 입에 대지 않아."

"상담사 같은 사람은 만나봤어?"

"물론이야." 그녀는 말했다. "학교 상담사한테 가봤어. 그래도 아무 도움이 안 됐지."

나는 잠시 생각해보았다. 그러나 내가 할 수 있는 말은 아무것도 없었다. 애초에 그 아이를 만나본 적도 없다.

"그래서, 이제 당신과 만날 수 없을 것 같아." 그녀가 말했다.

"집에서 큰딸을 보살펴야 하니까?"

"그 이유도 있어. 하지만 그게 다는 아니야."

그 이상 아무 말도 없었지만 나는 그녀의 속내를 대강 짐작할 수 있었다. 두렵기도 하고, 엄마로서 자신의 행위에 책임을 느끼는 것이리라.

"무척 유감이야." 내가 말했다.

"유감이라고 느끼는 마음은 당신보다 내가 훨씬 클 거야."

그럴지도 모른다고 나는 생각했다.

"마지막으로 하고 싶은 말이 하나 있어." 그녀가 말했다. 그리고 깊고 짧게 숨을 뱉었다.

"뭔데?"

"당신은 좋은 화가가 될 수 있을 거야. 그러니까, 지금보다 훨씬 좋은 화가."

"고마워." 나는 말했다. "굉장히 힘이 돼."

"안녕."

"잘 지내." 내가 말했다.

전화를 끊고 거실 소파에 누워 천장을 올려다보면서 그녀를 생각했다. 그러고 보니 그렇게 자주 만나면서도 그녀의 초상화를 그릴 생각은 해보지 않았다. 왠지 그럴 기분이 들지 않았던 것이다. 대신 스케치는 몇 장 그렸다. 작은 스케치북에 2B 연필로, 손을 떼지 않고 거의 단숨에. 대부분은 나신으로 외설적인 자세를 취한 모습이었다. 다리를 활짝 벌리고 성기를 드러낸 모습도 있었다. 성교하는 장면을 그린 것도 있다. 간단한 선화였지만 하나같이 제법 리얼했다. 그리고 지극히 음란했다. 그녀는 그런 그림을 아주 좋아했다.

"당신은 이런 그림을 정말 잘 그린다니까. 힘도 안 들이고 쓱쓱 그리는데 엄청 야해."

"그냥 심심풀이야." 나는 말했다.

그 그림들은 모조리 폐기했다. 누가 발견할지도 모르고, 그런 걸 보관해둘 수도 없는 노릇이니까. 그래도 한 장쯤은 남겨뒀어야 했는지 모른다. 그녀가 정말로 존재했다는 사실을 나 자신에게 증명하기 위해.

나는 소파에서 천천히 일어났다. 이제 막 하루가 시작된 참이다. 그리고 이제부터 대화를 나눠야 할 상대가 몇 있었다.

58

화성의 아름다운 운하 이야기를 듣는 기분이다

아키가와 쇼코에게 전화를 걸었다. 시각은 오전 아홉시 반이 넘었다. 세상 사람 대부분이 나날의 활동을 시작했을 시간이다. 하지만 아무도 전화를 받지 않았다. 신호가 몇 번 가다가 자동응답기 메시지로 바뀌었다. 지금은 전화를 받을 수 없습니다. 용건이 있는 분은 신호음이 울린 후에 메시지를…… 나는 메시지를 남기지 않았다. 그녀는 조카의 갑작스러운 실종과 귀환에 관련된 여러 가지 일을 처리하느라 바쁜지도 모른다. 시간을 두고 몇 번 더 전화를 걸어봤지만 수화기를 드는 사람은 없었다.

그다음에 유즈에게 전화할까 했지만 근무시간에 직장으로 전화를 걸고 싶진 않아서 그만두었다. 역시 점심시간까지 기다리는 게 좋겠다. 잘하면 짧게 이야기를 나눌 수도 있을지 모른다.

길게 이야기할 용건은 아니다. 조만간 한번 만나고 싶은데 만나주겠는가. 구체적으로 할말이라고는 그것뿐이다. 답은 예스나 노 둘 중 하나다. 예스라면 일시와 장소를 정한다. 노라면 거기서 이야기가 끝난다.

이어서—마음이 무거웠지만—아마다 마사히코에게 전화를 걸었다. 마사히코는 바로 전화를 받았다. 내 목소리를 듣자 수화기에 대고 땅이 꺼져라 한숨을 쉬었다. "그래서, 지금은 집이야?"

응, 하고 내가 대답했다.

"조금 이따 다시 걸어도 될까?"

그러라고 하고 끊자 십오 분 후에 전화가 걸려왔다. 건물 옥상 같은 데서 휴대전화로 거는 모양이었다.

"대체 지금까지 어디 있었어?" 그는 평소답지 않게 딱딱한 목소리로 말했다. "아버지 방에서 말도 없이 갑자기 사라져서는, 어디 갔는지 감감무소식이고. 그래서 오다와라의 집까지 찾아갔었다고."

"미안하게 됐어." 내가 말했다.

"언제 돌아왔어?"

"어제저녁."

"토요일 오후부터 화요일 저녁까지, 도대체 어디를 그렇게 돌아다닌 거야?"

"실은 그사이 어디서 뭘 했는지 전혀 기억이 없어." 나는 거짓

말을 했다.

"아무것도 기억 안 나는데, 문득 정신을 차려보니 집에 와 있더라, 그 말이야?"

"그런 셈이야."

"잘 이해가 안 되는데, 지금 진지하게 하는 말이지?"

"달리 설명할 방법이 없어."

"내 귀에는 영 거짓말처럼 들리는데."

"영화나 소설에는 흔히 나오는 얘기잖아."

"이봐, 나는 텔레비전에서 영화나 드라마를 보다가도 기억상실증 얘기가 나오면 바로 꺼버리는 사람이라고. 너무 안일한 소재니까."

"기억상실이란 소재는 히치콕도 썼어."

"〈스펠바운드〉 말이군. 그건 히치콕 작품 중에서는 이류야." 마사히코가 말했다. "그래서, 정말은 어떻게 됐던 거야?"

"지금은 나도 무슨 일이었는지 잘 모르겠어. 여러 가지 조각을 짜맞추기가 힘들어. 좀더 시간이 흐르면 기억이 차츰 돌아올지도 모르지. 그땐 제대로 설명할 수 있을 거야. 하지만 지금은 아니야. 미안하지만 좀더 기다려줘."

마사히코는 잠시 생각에 잠겼다가 체념한 듯이 말했다. "알았어. 일단 기억상실로 해두자. 그래도 마약이나 알코올이나 정신질환이나, 질 나쁜 여자에게 걸렸다거나 외계인에 납치됐다는 그런 얘기는 아니겠지?"

"그건 아니야. 법률이나 사회윤리에 반하는 일도 없고."

"사회윤리 같은 건 나도 상관없어." 마사히코가 말했다. "그래도 하나만 알려주면 안 될까?"

"뭘?"

"토요일 오후에 그 이즈 고원의 시설에서 어떻게 빠져나간 거야? 거긴 출입 통제가 아주 엄격한 곳이야. 입주자 중 유명인도 제법 있으니까 개인정보 유출에 엄청 신경쓴다고. 출입구에는 안내 데스크가 있고, 경비회사 직원이 이십사 시간 지켜보고, 감시카메라도 달려 있어. 그런데 너는 훤한 대낮에 아무한테도 목격되지 않고, 감시카메라에도 전혀 잡히지 않고 홀연히 사라졌어. 대체 어떻게?"

"샛길이 하나 있어." 내가 말했다.

"샛길?"

"사람들 눈을 피해서 나갈 수 있는 통로야."

"하지만 그런 게 있다는 걸 네가 어떻게 알았지? 처음 가본 데잖아?"

"네 아버님이 알려주셨어. 암시해주셨다고 해야 하나. 어디까지나 간접적으로 그랬다는 말이지만."

"아버지가?" 마사히코가 말했다. "도통 무슨 소리인지 모르겠네. 지금 아버지 머리는 삶은 콜리플라워나 다름없다고."

468

"그것도 뭐라고 설명할 수 없는 일 중 하나야."

"할 수 없군." 마사히코가 한숨을 내뱉고 말했다. "상대가 보통 사람 같으면 지금 놀리는 거냐고 화를 내겠지만 뭐, 네가 그러면 그런가보다 해야지. 어차피 평생 유화나 그리며 살, 특이하고 돼먹지 못한 인간이잖아."

"고마워." 나는 감사를 표했다. "그나저나 아버님 상태는 어떠셔?"

"토요일에 통화를 끝내고 방에 돌아갔더니 너는 온데간데없이 사라졌지. 아버지는 혼수상태에서 깨어날 기색이 없지, 호흡은 완전히 약해졌지, 나도 완전 공황에 빠졌었어. 대체 이게 무슨 일인가 싶어서. 네가 무슨 짓을 저질렀을 리는 없지만, 설령 그런 오해를 받더라도 별수없는 상황이었다고."

"미안하게 생각해." 나는 말했다. 그건 진심이었다. 동시에, 기사단장의 시체나 바닥에 흥건하던 피 웅덩이가 남아 있진 않았다는 사실에 적잖이 안도했다.

"당연히 미안해야지. 그래서 근처 펜션에 방을 잡고 죽 자리를 지켰는데, 호흡도 안정되고 어찌어찌 소강상태에 들어간 것 같아서 그 다음날 오후에 도쿄로 돌아왔어. 일도 밀렸고 해서. 주말에는 다시 가봐야겠지만."

"너도 힘들겠다."

"할 수 없지. 전에도 말했지만 사람 하나가 죽어간다는 건 대대적인 작업이니까. 뭐니뭐니해도 제일 힘든 건 본인이니, 불평할 수는 없어."

"나도 도울 수 있는 일이 있으면 좋겠는데." 내가 말했다.

"도와줄 일은 이제 없어." 마사히코가 말했다. "괜히 성가신 일이나 보태주지 않으면 고마운 거지…… 아, 그건 그렇고 도쿄로 돌아오는 길에 네 걱정이 돼서 그 집에 들렀을 때, 예의 멘시키 씨라는 사람이 찾아왔어. 근사한 은색 재규어를 모는 핸섬한 백발 신사."

"응, 멘시키 씨는 만나봤어. 네가 집에 있어서 마주쳤다고 그 사람도 얘기하더군."

"현관에서 잠깐 이야기한 게 다지만, 상당히 흥미로운 사람 같더라."

"굉장히 흥미로운 사람이야." 내가 조심스럽게 정정했다.

"뭐하는 사람이야?"

"아무것도 안 해. 돈이 넘쳐나서 굳이 일할 필요가 없나봐. 인터넷으로 주식이나 외환 거래를 한다는데, 그것도 어디까지나 취미라고 할까, 실익 추구를 겸한 심심풀이 같은 거래."

"멋진 이야기네." 마사히코가 감탄한 투로 말했다. "뭐랄까, 화성의 아름다운 운하 이야기를 듣는 기분이야. 그곳에선 화성인들이 황금 노를 저어 길쭉하고 뱃머리가 뾰족한 조각배를 부리지. 귓구멍으로 꿀 담배를 피우면서. 듣기만 해도 마음이 따뜻해지는 이야기야. ……참, 내가 지난번에 놓고 온 식칼은 찾았어?"

"미안하지만 못 찾았어." 내가 말했다. "어디 가버렸는지 모르겠어. 새걸로 하나 사줄게."

"아니, 그건 마음쓰지 마. 너처럼 어디 갔다가 기억상실이라도 걸렸나보지. 가만 놔두면 돌아오지 않을까."

"아마도." 나는 말했다. 그 식칼은 아마다 도모히코의 방에 남아 있지 않았던 모양이다. 기사단장의 시체나 피 웅덩이와 마찬가지로 어딘가로 사라져버렸다. 마사히코의 말마따나 가만 놔두면 이곳으로 돌아올지 모른다.

이야기는 그렇게 끝났다. 조만간 만나자는 말을 남기고 우리는 전화를 끊었다.

그뒤에 먼지투성이 코롤라 왜건을 몰고 산 아래 쇼핑센터로 갔다. 마트에서 동네 주부들 사이에 섞여 장을 보았다. 오전의 주부들 얼굴은 썩 즐거워 보이지 않았다. 그녀들의 생활에는 그다지 스릴 있는 일이 일어나지 않는 것이리라. 메타포의 나라에서 배를 타고 강을 건너는 일은 없겠지.

고기와 생선과 채소, 우유와 두부, 눈에 들어오는 것을 전부 카트에 던져넣고 줄을 서서 계산을 했다. 장바구니를 가져왔으니 비닐봉지는 필요 없다고 말하고 5엔을 할인받았다. 이어서 저렴한 주류판매점에 들러 삿포로 캔맥주 스물네 개들이 한 상자를 샀다. 집으로 돌아와 사온 것들을 정리해 냉장고에 넣었다. 냉동할 것들은 랩을 씌워 냉동했다. 맥주는 여섯 캔만 냉장고에 넣었다. 커다란 냄비에 물을 끓여서 샐러드에 넣을 아스파라거스와 브로콜리를 데쳤다. 달걀도 몇 개 삶았다. 부지런히 움직이다 보니 그럭저럭 시간을 때울 수 있었다. 시간이 좀 남아서 멘시키를 본받아 세차라도 할까 했지만, 어차피 또 지저분해질 거라고 생각하니 바로 의욕이 사라졌다. 그럴 바에야 부엌에서 채소를 데치는 편이 더 유익하다.

열두시가 조금 넘어 유즈가 일하는 건축사무소에 전화를 걸었다. 사실 그녀와는 며칠 더 시간을 두고 기분이 정리된 뒤 이야기하고 싶었지만, 그 컴컴한 구덩이 밑바닥에서 결심한 것을 하루라도 빨리 전달하고 싶었다. 그러지 않으면 뭔가가 내 마음을 바꿔버릴지도 모른다. 그래도 당장 유즈와 대화한다고 생각하니 수화기가 몹시 무겁게 느껴졌다. 밝은 목소리의 젊은 여자가 전화를 받았다. 내 이름을 밝히고 유즈와 통화하고 싶다고 말했다.

"남편분 되시나요?" 여자가 상냥하게 물었다.

나는 그렇다고 대답했다. 정확히 말하면 이제 남편이라고는 할 수 없지만, 그런 사정을 일일이 전화로 설명할 수는 없는 노릇이다.

"잠시 기다려주세요." 여자가 말했다.

472

꽤 오래 기다려야 했다. 딱히 다른 할 일이 있는 것도 아니어서 잠자코 부엌 싱크대에 기대 수화기를 귀에 대고서 유즈가 받기를 기다렸다. 커다란 까마귀 한 마리가 창문 바로 앞을 가로질렀다. 반질반질하고 새카만 날개가 햇빛에 번쩍였다.

"여보세요." 유즈가 말했다.

우리는 간단한 인사를 주고받았다. 아주 최근에 이혼한 부부가 어떤 인사를 나누고 어느 정도 거리를 두고 대화하면 좋은지 잘 가늠되지 않았다. 그래서 일단 최대한 간단하고 흔한 인사만 했다. 잘 지내? 잘 지내. 당신은? 우리가 입에 올린 짧은 말은 한여름 소나기처럼, 메마른 현실의 지면에 순식간에 스며들었다.

"당신을 한번 만나서 얼굴 보고 이런저런 이야기를 하고 싶은데." 나는 큰맘 먹고 말을 꺼냈다.

"이런저런 이야기라면 어떤?" 유즈가 물었다. 그런 질문이 돌아오리라고는 예상하지 못해서(왜 예상하지 못했을까?) 순간 말문이 막혔다. 이런저런 이야기라는 게 대체 무슨 이야기를 말하는 걸까?

"아직 구체적인 내용까지는 생각해보지 않았어." 나는 조금 머뭇거리며 말했다.

"그래도 이런저런 이야기를 하고 싶다는 거지?"

"그래. 생각해보니 아무것도 제대로 이야기 못해보고 이렇게 돼버렸으니까."

그녀는 한동안 생각했다. 그러고는 말했다. "저기, 사실은 나임신했어. 만나는 건 괜찮은데 벌써 배가 꽤 불렀으니까, 보고 놀라지 마."

"알아. 마사히코한테서 들었어. 당신이 나한테 그렇게 전해달라고 했다면서."

"그랬어." 그녀가 말했다.

"배가 어느 정도인지는 잘 모르지만, 귀찮지 않으면 한번 만나 줬으면 해."

"잠깐 기다릴래?" 그녀가 말했다.

나는 기다렸다. 그녀는 수첩을 꺼내 넘겨보며 일정을 확인하는 것 같았다. 그사이 나는 고고스가 어떤 곡을 불렀는지 생각해 내려 애썼다. 아마다 마사히코가 주장하는 만큼 훌륭한 밴드라고는 생각되지 않았지만, 어쩌면 그가 옳고 내 가치관이 비뚤어졌는지도 모른다.

"다음주 월요일 저녁이면 시간이 있어." 유즈가 말했다.

머릿속으로 계산해보았다. 오늘은 수요일이다. 월요일은 수요일의 닷새 뒤다. 멘시키가 재활용쓰레기를 내놓는 날이다. 그림교실 수업이 없는 날이다. 일일이 수첩을 넘겨볼 것도 없이, 그날 나는 아무 일정이 없다. 그나저나 멘시키는 쓰레기를 버릴 때 어떤 옷을 입고 나갈까?

"나도 월요일 저녁이면 괜찮아." 내가 말했다. "장소나 시간은 상관없어. 정해주면 그리 나갈게."

그녀는 신주쿠교엔마에 역 근처에 있는 커피숍 이름을 댔다. 추억이 있는 이름이었다. 그녀의 직장과 가까운 곳이라 우리가 아직 부부였던 시절 몇 번 약속장소로 삼은 적이 있었다. 퇴근 후 둘이 어디서 외식하기로 한 그런 날에. 거기서 멀지 않은 곳에 작은 오이스터 바가 있어서 비교적 싼값에 신선한 굴을 먹을 수 있었다. 그녀는 차가운 샤블리를 마시며 자잘한 생굴에 호스래디시를 잔뜩 뿌려 먹는 것을 좋아했다. 오이스터 바는 아직 그 자리에 있을까?

"여섯시쯤 거기서 만나도 괜찮을까?"

괜찮다고 나는 말했다.

"아마 늦지 않게 갈 수 있을 거야."

"늦어도 상관없어. 기다릴게."

그럼 그날 봐. 그녀가 말했다. 그리고 전화가 끊어졌다.

나는 손에 든 수화기를 가만히 내려다보았다. 나는 유즈를 만나려고 한다. 머지않아 다른 남자의 아이를 낳을, 헤어진 아내를. 약속장소와 시간도 정해졌다. 문제는 아무것도 없다. 그러나 이게 옳은 일인지 쉽사리 자신할 수 없었다. 수화기는 여전히 몹시 무겁게 느껴졌다. 마치 석기시대에 만들어진 물건처럼.

그러나 완전히 올바른 일이나 완전히 올바르지 않은 일이 과연 이 세계에 존재할까? 우리가 사는 이 세계에서는 비가 내릴 확률이 30퍼센트일 때도 있고 70퍼센트일 때도 있다. 아마 진실도 마찬가지일 것이다. 30퍼센트 진실일 때도 있고, 70퍼센트 진실일 때도 있다. 그렇게 보면 까마귀는 편하다. 까마귀에게 비는 내리거나 내리지 않거나 둘 중 하나다. 퍼센티지 같은 것은 그들 머릿속을 스치지 않는다.

유즈와 통화한 뒤로 한동안 아무것도 손에 잡히지 않았다. 한시간 정도 식탁에 앉아 시곗바늘을 멍하니 쳐다보며 흘려보냈다. 다음주 월요일에 나는 유즈를 만난다. 그리고 '이런저런 이야기'를 할 것이다. 우리가 얼굴을 보는 것은 3월 이후로 처음이다. 그날은 비가 소리 없이 내리는, 차가운 3월의 일요일 오후였다. 지금 그녀는 임신 칠 개월이다. 그것은 커다란 변화다. 한편 나는 여전히 그냥 나다. 며칠 전 메타포 세계의 물을 마시고 무와 유를 가르는 강을 건넜지만, 그러면서 내 안의 무언가가 변했는지, 혹은 아무것도 변하지 않았는지는 나도 알 수 없다.

수화기를 들어 다시 한번 아키가와 쇼코의 집에 걸어보았다. 이번에도 받지 않았다. 신호가 자동응답기 메시지로 바뀔 뿐이다. 나는 체념하고 거실 소파에 앉았다. 전화 몇 통을 걸고 나니 더는 할 일이 없었다. 오랜만에 작업실에서 그림을 그리고 싶기도 했지만 뭘 그리면 좋을지 떠오르지 않았다.

나는 브루스 스프링스틴의 〈더 리버〉를 턴테이블에 올렸다. 소파에 누워 눈을 감고 음악에 귀기울였다. 첫 장 A면을 다 듣고 판을 뒤집어 B면을 들었다. 브루스 스프링스틴의 〈더 리버〉는 그런 식으로 들어야 하는 음반이라고 새삼 생각했다. A면의 〈인디펜던스 데이〉가 끝나면 양손으로 레코드판을 뒤집어 B면 첫머리에 조심스레 바늘을 내려놓는다. 그러면 〈헝그리 하트〉가 흘러나온다. 이런 식으로 듣지 못한다면 〈더 리버〉라는 앨범의 가치를 대체 어디서 찾을 수 있을까? 지극히 개인적인 의견을 말하자면, 이건 CD로 연속해서 들을 앨범이 아니다. 〈러버 솔〉도 〈펫사운즈〉도 마찬가지다. 훌륭한 음악을 듣는 데는 그에 마땅한 양식이 있다. 마땅한 자세가 있다.

어쨌거나 그 앨범에서 E 스트리트 밴드의 연주는 거의 완벽했다. 밴드가 가수를 고무하고, 가수는 밴드에게 영감을 준다. 나는 한동안 현실의 이런저런 성가신 일들을 잊고 음악의 세부 하나하나에 귀를 기울였다.

첫 장을 다 듣고 바늘을 들어올렸을 때 멘시키에게도 전화해두는 게 좋지 않을까 하는 생각이 들었다. 어제 구덩이에서 구출된 뒤로 이야기를 나누지 않았다. 그러나 이상하게 내키지 않았다. 멘시키를 상대로 나는 이따금 그런 기분이 들곤 했다. 대체로 흥미로운 인물이지만 가끔은 그와 만나거나 이야기하는 것이 지독히 저어될 때가 있다. 그 격차가 상당히 크다. 이유는 알 수 없지만. 어쨌든 지금은 그의 목소리를 듣고 싶은 기분이 아니었다.

결국 멘시키에게는 전화를 걸지 않았다. 나중에 하자. 하루가 이제 막 시작되었을 뿐이다. 그러나 〈더 리버〉의 둘째 장을 턴테이블에 올리고 소파에 누워 〈캐딜락 랜치〉를 듣고 있을 때('우리 모두 언젠가 캐딜락 랜치에서 만나리') 전화벨이 울렸다. 나는 레코드판에서 바늘을 올리고 식당으로 가서 수화기를 들었다. 아마 멘시키일 거라고 예상했다. 그러나 전화를 걸어온 이는 아키가와 쇼코였다.

"혹시 오늘 아침에 몇 번 전화를 주셨던가요?" 그녀가 먼저 물었다.

몇 번 전화를 걸었다고 나는 말했다. "어제 멘시키 씨한테서 마리에가 돌아왔다는 얘기를 듣고 궁금해서요."

"네, 마리에는 무사히 집에 돌아왔습니다. 어제 오후에요. 소식을 전하려고 댁에 몇 번 전화드렸는데 안 계신 것 같았어요. 그래서 멘시키 씨에게 연락드렸죠. 어디 외출하셨었나봐요?"

"네, 불가피한 용무가 생겨서 좀 멀리 다녀왔습니다. 어제저녁에 돌아온 참이에요. 전화를 드리고 싶었지만 전화가 없는 곳이었고, 전 휴대전화도 없어서요." 내가 말했다. 아주 거짓말은 아니다.

"마리에는 어제 오후 혼자 흙투성이가 돼서 집으로 돌아왔습니다. 그래도 다행히 크게 다치거나 한 곳은 없어요."

"그동안 대체 어디에 있었답니까?"

"그건 아직 몰라요." 그녀는 소리를 낮춰 말했다. 마치 누가 도청이라도 할까봐 두려워하는 것처럼. "무슨 일이 있었는지 말해주질 않아요. 실종신고를 했으니 경찰에서도 집으로 찾아와서 그애한테 이것저것 질문했는데, 아무 대답도 안 하더군요. 입을 꾹 다물고만 있어요. 결국 경찰도 포기하고, 시간이 좀 지나고 진정되면 다시 이야기를 들어보자고 했어요. 일단 돌아왔으니 신변의 안전은 확보된 셈이니까요. 어쨌든 제 말에도 아버지 말에도 전혀 대꾸하지 않아요. 아시다시피 고집이 센 아이거든요."

"흙투성이로 돌아왔다고 하셨죠?"

"네, 온몸이 흙투성이였어요. 입고 있던 교복도 여기저기 쓸리고 찢어지고, 손발에 가벼운 찰과상도 있었어요. 병원에 갈 정도는 아니었지만요."

나와 똑같다, 고 생각했다. 흙투성이에 옷 여기저기가 찢어졌다. 혹시 마리에도 내가 통과한 그런 좁은 횡혈을 빠져나와 이 세계로 돌아온 걸까?

"그리고 한마디도 말을 하지 않는다고요?" 내가 물었다.

"네, 집에 돌아온 뒤로 도통 입을 열지 않아요. 말은커녕 아예 목소리도 내지 않아요. 꼭 누구한테 혓바닥을 뺏기기라도 한 것처럼요."

"무슨 심한 충격을 받아서 말을 못하게 되었다거나, 실어증에 걸렸다거나, 그런 건가요?"

"아뇨, 그래 보이지는 않아요. 그보다는 스스로 작정하고 침묵을 지키는 것 같아요. 예전에도 그런 적이 몇 번 있었거든요. 굉장히 화가 나거나 했을 때요. 일단 마음먹으면 무슨 일이 있어도 태도를 안 바꾸는 아이예요."

"범죄일 가능성은 없는 거죠?" 내가 물었다. "이를테면 유괴를 당했다거나, 감금을 당했다거나."

"그것도 잘 모릅니다. 어쨌든 본인이 일절 입을 안 여니까요. 조금 진정되면 경찰에 정식으로 진술하기로 했어요." 아키가와 쇼코가 말했다. "그래서, 면목없지만 선생님께 한 가지 부탁이 있습니다."

"무슨 일이죠?"

"혹시 괜찮으면 마리에를 만나 이야기 좀 해주시지 않겠어요? 단둘이서요. 제가 보기에 그애가 선생님에게는 어느 정도 마음을 여는 것 같아요. 그러니까 상대가 선생님이면 뭔가 사정을 털어놓을지도 모르겠다 싶어서요."

나는 수화기를 오른손에 쥔 채 그 말을 생각해보았다. 아키가와 마리에와 단둘이, 어디까지 어떤 식으로 이야기를 하면 좋을지 전혀 떠오르지 않았다. 나는 나 자신의 수수께끼를 갖고 있고 그녀는 그녀 자신의 수수께끼를 갖고 있(을 것이)다. 하나의 수수께끼와 또하나의 수수께끼를 포갠다 한들 무슨 대답이 나오긴 할까? 그러나 물론 그녀를 만나지 않을 수는 없다. 이야기해야 할 것들이 있었다.

"좋습니다. 만나서 이야기해보죠." 내가 말했다. "제가 어디로 가면 되나요?"

"아뇨, 여느 때처럼 저희가 댁으로 가겠습니다. 그편이 좋을 것 같아요. 물론 선생님이 괜찮으시다면요."

"괜찮습니다." 내가 말했다. "저는 특별히 일정이 없습니다. 언제든 편할 때 오세요."

"지금 가도 괜찮을까요? 실은 오늘 학교를 쉬게 했거든요. 마리에가 안 가겠다고 하면 어쩔 수 없지만."

"마리에에게 아무 말 안 해도 된다고, 내가 하고 싶은 이야기가 좀 있어서 그런다고 전해주십시오." 내가 말했다.

"알겠습니다. 정확히 그렇게 전할게요. 여러모로 폐를 끼치게 됐습니다." 아름다운 고모가 그렇게 말했다. 그리고 조용히 전화를 끊었다.

이십 분 뒤 다시 전화벨이 울렸다. 아키가와 쇼코였다.

"오늘 오후 세시쯤 댁으로 찾아뵙겠습니다." 그녀가 말했다. "마리에도 그러겠다고 했어요. 고개를 살짝 한 번 끄덕인 게 다였지만요."

세시에 기다리고 있겠다고 나는 말했다.

"감사합니다." 그녀가 말했다. "대체 무슨 일인지, 앞으로 어떻게 해야 할지 몰라서 발만 동동 구르고 있었어요."

그건 나도 마찬가지라고 말하고 싶었지만 그러지 않았다. 그녀가 원하는 대답은 그런 게 아닐 터였다.

"제가 할 수 있는 일은 다 해보겠습니다. 잘될지 어떨지 자신은 없지만요." 내가 말했다. 그리고 전화를 끊었다.

수화기를 내려놓고 주위를 가만히 둘러보았다. 기사단장이 어딘가에 앉아 있지 않을까 해서. 그러나 그는 어디에도 보이지 않았다. 나는 기사단장이 그리웠다. 그의 모습과, 그 기묘한 말투가. 그러나 이제 두 번 다시 볼 수 없으리라. 내가 내 손으로 그 작은 심장을 꿰뚫어 살해했다. 아마다 마사히코가 가져왔던 날카로운 식칼로. 아키가와 마리에를 어딘가에서 구출하기 위해. 그 장소가 어디였는지 나는 알아내야 한다.

59
죽음이 두 사람을 갈라놓을 때까지는

아키가와 마리에가 오기 전에 나는 완성을 목전에 둔 그녀의 초상화를 다시 살펴보았다. 이것이 완성되면 어떤 그림일지 선명히 떠올릴 수 있었다. 그러나 이 그림이 완성될 일은 없다. 아쉽지만 어쩔 수 없다. 왜 이 초상화를 완성해서는 안 되는지 나도 아직 정확하게 설명할 수는 없었다. 물론 논리적인 근거 같은 것도 없다. 그저 그래야 한다고 느낄 뿐이다. 이유는 차차 알게 될 것이다. 어찌됐건 나는 커다란 위험을 내포한 것을 상대하고 있다. 아무리 조심해도 지나치지 않다.

그뒤에 테라스로 나가 접의자에 앉아서 맞은편에 있는 멘시키의 하얀 저택을 멍하니 바라보았다. 색을 면한 백발의 핸섬한 멘시키 씨. "현관에서 잠깐 이야기한 게 다지만, 상당히 흥미로운

사람 같더라." 마사히코는 말했다. 그때 나는 "굉장히 흥미로운
사람이야"라고 조심스럽게 정정했다. 굉장히 굉장히 굉장히 흥
미로운 사람이야, 나는 지금 다시 고쳐 말했다.

　세시가 조금 못 되어 눈에 익은 파란색 도요타 프리우스가 비
탈길을 올라와 여느 때와 같은 자리에 멈췄다. 엔진음이 멎고 운
전석 문이 열리더니 아키가와 쇼코가 내렸다. 두 무릎을 붙인 채
우아하게 몸을 돌려서. 그리고 조금 시간을 두고 조수석에서 아
키가와 마리에가 내렸다. 몹시 귀찮다는 듯 느린 동작이었다. 아
침까지 하늘을 덮고 있던 구름이 흩어지고 맑고 푸른 초겨울 하
늘이 펼쳐져 있었다. 산 쪽에서 한기를 머금은 바람이 불어와 두
여자의 부드러운 머리카락을 흐트러뜨렸다. 아키가와 마리에는
이마로 흘러내린 앞머리를 성가시다는 듯이 걷어냈다.
　마리에는 평소와 다르게 스커트 차림이었다. 무릎까지 오는
남색 모직 스커트에 어두운 파란색 타이츠를 신었다. 흰색 블라
우스 위에 브이넥 캐시미어 스웨터를 입었다. 스웨터는 짙은 포
도색이다. 신발은 진갈색 로퍼. 그렇게 입으니 교양 있는 가정에
서 귀하게 자란, 지극히 평범하고 건전하고 아름다운 소녀처럼
보였다. 특이한 구석은 느껴지지 않는다. 다만 가슴은 여전히 납
작했다.
　아키가와 쇼코는 오늘 몸에 붙는 연회색 바지를 입었다. 굽이

낮고 잘 닦인 검은색 구두를 신고, 긴 흰색 카디건을 걸쳤다. 허리 부분에 벨트가 달려 있다. 가슴의 윤곽이 카디건 위로도 또렷하게 드러났다. 손에는 검은색 에나멜 클러치백 같은 것을 들었다. 여자들은 늘 손에 뭔가를 들고 있다. 안에 뭐가 들었는지는 짐작도 가지 않지만. 마리에는 아무것도 들지 않았다. 여느 때처럼 양손을 찔러넣을 주머니가 없어서 손이 좀 어색해 보였다.

젊은 고모와 어린 조카, 나이와 성숙함의 정도는 다르지만 둘다 아름다운 여성이었다. 나는 창문 커튼 사이로 그녀들의 모습을 관찰했다. 둘이 나란히 서자 세계가 조금 밝아진 느낌이 들었다. 크리스마스와 새해가 항상 연이어 찾아오듯이.

초인종이 울려서 문을 열었다. 아키가와 쇼코가 내게 깍듯이 인사했다. 나는 두 사람을 안으로 들였다. 마리에는 입을 꾹 다문 채 한마디도 하지 않았다. 누가 윗입술과 아랫입술을 단단하게 꿰매버린 것처럼. 의지가 강한 소녀다. 한번 마음을 정하면 물러서지 않는다.

나는 언제나처럼 둘을 거실로 안내했다. 이번 일로 여러모로 폐를 끼치게 되어서, 하며 긴 인사말을 꺼내려는 아키가와 쇼코를 내가 제지했다. 사교적인 대화를 나눌 만한 여유는 없다.

"괜찮으면 잠시 마리에와 단둘이 있게 해주시겠습니까?" 나는 단도직입적으로 말했다. "그게 좋을 것 같습니다. 두 시간쯤 뒤에 데리러 와주세요. 괜찮을까요?"

"네, 물론이죠." 젊은 고모는 약간 당황한 듯이 말했다. "마리에만 괜찮다면 저는 상관없어요."

마리에가 고개를 살짝 끄덕였다. 괜찮다는 뜻이다.

아키가와 쇼코가 조그마한 은색 손목시계를 들여다보았다.

"다섯시쯤 다시 오겠습니다. 그동안 집에서 기다릴 테니 혹시 무슨 일이 있으면 전화해주세요."

무슨 일이 있으면 전화하겠다고 나는 말했다.

아키가와 쇼코는 뭔가 마음에 걸리는 것처럼 검은색 에나멜 클러치백을 든 채 잠시 가만히 서 있었다. 그러고는 마음을 바꾼 듯이 숨을 한 번 내쉬고, 생긋 웃어 보이고는 현관으로 향했다. 시동이 걸리고(소리는 잘 들리지 않았지만 아마도) 프리우스는 비탈길 쪽으로 사라졌다. 집안에는 마리에와 나, 둘만 남았다.

소녀는 소파에 앉아 입을 꾹 다물고 제 무릎을 내려다보고 있었다. 타이츠에 감싸인 두 무릎이 단정하게 모여 있다. 주름이 잡힌 흰색 블라우스는 깔끔하게 다림질되어 있었다.

깊은 침묵이 한동안 이어졌다. 이윽고 내가 입을 열었다. "음, 너는 아무 말도 할 필요 없어. 말하기 싫으면 그냥 가만있어도 돼. 그러니까 그렇게 긴장할 것 없어. 이야기는 내가 할 테니 너는 듣기만 해줘. 알겠니?"

마리에가 고개를 들고 나를 바라보았다. 그러나 말은 없었다. 고개를 끄덕이지도 가로젓지도 않았다. 그저 가만히 나를 볼 따름이다. 얼굴에는 어떤 감정도 떠올라 있지 않다. 그 얼굴을 보고 있자니 크고 새하얀 겨울달을 보는 기분이 들었다. 아마 자기 마음을 일시적으로 그 달처럼 만들고 있는 것이리라. 하늘에 뜬 단단한 바윗덩어리처럼.

"우선 네가 도와줬으면 하는 일이 있어." 내가 말했다. "작업실로 좀 와줄래?"

내가 일어나서 작업실로 향하자 소녀도 잠시 후 소파에서 일어나 뒤따라왔다. 작업실은 싸늘했다. 나는 일단 석유스토브를 켰다. 창문의 커튼을 걷자 산 위로 쏟아지는 밝은 오후 햇살이 보였다. 이젤에는 그리다 만 그녀의 초상화가 놓여 있었다. 거의 완성에 가까운 그림이다. 마리에는 그쪽을 흘금 보더니 봐서는 안 되는 것이라는 듯 바로 시선을 돌렸다.

나는 바닥에 웅크리고 앉아 아마다 도모히코의 〈기사단장 죽이기〉에 덮인 천을 걷어내고 그림을 벽에 걸었다. 그러고는 정면에 놓인 스툴에 아키가와 마리에를 앉혀 그 그림을 보여주었다.

"전에도 이 그림 본 적 있지?"

마리에가 작게 고개를 끄덕였다.

"이 그림의 제목은 '기사단장 죽이기'라고 해. 그림을 싸둔 포장지에 그런 메모가 있었어. 아마다 도모히코 씨의 작품인데, 언제 그렸는지는 모르지만 완성도가 아주 높아. 구도가 훌륭하고 기법도 완벽해. 특히 인물 하나하나의 묘사가 리얼하고 강한 설득력을 지녔어."

나는 그쯤에서 잠깐 뜸을 두었다. 내 말이 마리에의 의식에 스며들기를 기다렸다. 그런 뒤에 말을 이었다.

"그런데 이 그림은 지금까지 계속 이 집 천장 위에 감춰져 있었어. 사람들이 보지 못하도록 종이로 싸여서, 아마도 꽤 오랜 세월 먼지를 뒤집어쓰고 있었어. 그런데 내가 우연히 발견해 가지고 내려왔지. 작가 말고 이 그림을 본 사람은 아마 나와 너뿐일 거야. 네 고모도 첫날 이 그림을 봤을 테지만 어째서인지 전혀 관심을 두지 않았던 것 같아. 아마다 도모히코가 왜 이 그림을 천장 위에 숨겼는지는 몰라. 이렇게 훌륭한 그림인데, 그의 작품 중에서도 걸작에 드는 그림인데, 어째서 그렇게 다른 이의 눈을 피해서 보관했을까?"

마리에는 말없이 스툴에 앉아 〈기사단장 죽이기〉를 진지한 눈길로 바라보았다.

내가 말했다. "그리고 내가 이 그림을 발견한 뒤 그게 무슨 신호탄이라도 되는 것처럼 차례로 여러 가지 일이 일어났어. 여러 가지 기이한 일이. 우선 멘시키 씨라는 사람이 내게 적극적으로 접근해왔어. 골짜기 맞은편에 사는 멘시키 씨 말이야. 그 사람 집에 가본 적 있지?"

마리에가 작게 고개를 끄덕였다.

"그리고 잡목림 뒤편에 있는 그 기이한 구덩이를 파헤치게 됐어. 한밤중에 방울소리가 들려서 따라가보니 그곳에 닿았어. 돌무덤 아래서 들리는 것 같았지. 그 돌을 손으로 들어내기는 도저히 불가능했어. 너무 크고 무거웠으니까. 그래서 멘시키 씨가 업자를 부르고 중기를 동원해 돌을 치웠어. 멘시키 씨가 왜 그렇게 번거로운 일을 나서서 해주었는지는 그때도 잘 몰랐고 지금도 모르겠어. 어쨌든 멘시키 씨는 적지 않은 수고와 비용을 들여 돌무덤을 걷어냈어. 그러자 그 구덩이가 나타났지. 직경 2미터 정도 되는 구덩이. 돌벽을 쌓아서 매우 치밀하게 만든 둥근 석실이지. 누가 무슨 목적으로 그런 걸 만들었는지는 수수께끼야. 물론 지금은 너도 그 구덩이를 알아. 그렇지?"

마리에가 고개를 끄덕였다.

"그 구덩이에서 나온 게 기사단장이었어. 그림 속의 이 사람."

나는 그림 앞으로 가서 거기 그려진 기사단장을 가리켰다. 마리에는 그 모습을 가만히 바라보았다. 표정 변화는 없었다.

"이것과 완전히 똑같은 얼굴에 똑같은 옷을 입었어. 하지만 키는 60센티미터밖에 되지 않아. 아주 작지. 말투도 좀 기묘해. 그리고 그의 모습은 나 말고 다른 사람 눈에는 보이지 않는 것 같았어. 그는 자신이 이데아라고 했어. 그리고 그 구덩이 속에 갇혀 있었다고 했지. 다시 말해 나와 멘시키 씨가 그를 구덩이에서 풀어준 거야. 이데아가 뭔지 알고 있니?"

그녀가 고개를 가로저었다.

"이데아란 요컨대 관념을 뜻해. 하지만 모든 관념이 이데아는 아니야. 이를테면 사랑 자체는 이데아가 아닐 수도 있어. 하지만 사랑을 성립시키는 건 틀림없이 이데아지. 이데아 없이 사랑은 존재할 수 없어. 사실 이런 이야기를 시작하면 한도 끝도 없어. 그리고 솔직히 말해 나도 정확한 정의 같은 건 몰라. 어쨌거나 이데아는 관념이고, 관념에는 형태가 없지. 그저 추상적인 거야. 그런 상태로는 사람 눈에 보이지 않으니까, 그 이데아는 그림 속 기사단장의 모습을 취해서, 말하자면 모습을 빌려서 내 앞에 나타난 거야. 여기까지는 알겠니?"

"대충 알겠어요." 마리에가 처음으로 입을 열었다. "이 사람을 만난 적 있으니까요."

"만난 적이 있다고?" 나는 놀라서 마리에의 얼굴을 똑바로 보았다. 잠시 말문이 막혔다. 그뒤에야 기사단장이 이즈 고원의 요양 시설에서 했던 말이 퍼뜩 떠올랐다. 방금 만나고 온 참이야, 라고 그는 말했다. 잠깐 이야기도 했지, 라고도.

"너는 기사단장을 만나본 거지?"

마리에가 고개를 끄덕였다.

"언제, 어디서?"

"멘시키 씨 집에서요." 그녀가 말했다.

"그 사람이 네게 무슨 말을 했지?"

마리에는 다시 입을 일자로 다물었다. 지금은 그 이상 말하고 싶지 않다는 의사표시 같았다. 그래서 나도 그녀에게서 무슨 이야기를 끌어내기를 단념했다.

"그밖에도 이 그림 속의 여러 인물이 나타났어." 내가 말했다. "화면 왼쪽 아래, 수염이 덥수룩하고 괴이하게 생긴 남자 보이지? 여기."

나는 말하면서 긴 얼굴을 가리켰다.

"난 이 사람을 임시로 '긴 얼굴'이라고 부르는데, 어쨌든 정상으로 보이진 않지. 역시 키가 70센티미터 정도로 작았어. 그도 그림에서 빠져나온 듯한 모습으로 내 앞에 나타나, 그림에서처럼 뚜껑을 들어올리고 구멍을 열어 나를 지하세계로 데려갔어. 말이 그렇지 실은 내가 좀 거칠게 굴면서 반강제로 안내하게 만들었지만."

마리에는 긴 얼굴을 한참 바라보았다. 여전히 입은 열지 않았다.

나는 말을 이었다. "나는 어두운 지하세계를 걸어나가며 언덕을 넘고, 물살이 빠른 강을 건너고, 그곳에서 젊고 아름다운 여인을 만났어. 이 사람. 모차르트 가극 〈돈 조반니〉의 역할에 빗대서 돈나 안나라고 불러. 역시 몸집은 작아. 그녀는 나를 동굴 속의 횡혈로 안내했어. 그리고 내가 그곳을 빠져나갈 수 있도록 죽은 내 동생과 함께 격려하고 도와주었어. 만일 그들이 없었으면 나는 굴을 빠져나오지 못하고 그대로 지하세계에 갇혀버렸을지도 몰라. 어쩌면(물론 추측일 뿐이지만) 돈나 안나는 아마다 도모히코 씨가 젊은 시절 빈에 유학 가서 만난 연인이었는지도 몰라. 그녀는 칠십 년 전쯤 정치범으로 처형됐어."

마리에가 그림 속 돈나 안나를 바라보았다. 그 눈빛은 여전히 새하얀 겨울달처럼 무표정했다.

어쩌면 돈나 안나는 말벌에 쏘여 죽은 아키가와 마리에의 어머니인지도 모른다. 그녀가 마리에를 지키려 했던 것인지도 모른다. 돈나 안나는 여러 가지를 동시에 표상하는 존재인지도 모른다. 물론 그런 말은 꺼내지 않았다.

"그리고 여기, 또다른 남자가 있어." 내가 말했다. 그리고 바닥에 뒤집어둔 그림을 앞으로 돌려 벽에 기대 세웠다. 미완성 초상화 〈흰색 스바루 포레스터의 남자〉다. 얼핏 보면 그저 캔버스에 세 가지 색 물감을 마구 칠한 것 같다. 그러나 두꺼운 물감 너머에는 흰색 스바루 포레스터의 남자가 있다. 내게는 그 모습이 보인다. 하지만 다른 사람 눈에는 보이지 않는다.

"이 그림도 전에 봤지?"

아키가와 마리에는 아무 말 없이 고개만 끄덕였다.

"너는 이 그림이 이미 완성됐고, 이대로 충분하다고 말했어."

마리에가 한번 더 고개를 끄덕였다.

"여기 그린 것, 혹은 앞으로 그려져야 할 것은 '흰색 스바루 포레스터의 남자'라는 인물이야. 나는 이 남자를 미야기 현의 작은 해안 마을에서 봤어. 전부 두 차례. 수수께끼 같고 의미심장한 만남이었어. 그가 어떤 사람인지 나는 몰라. 이름도 모르고. 그런데 어느 순간, 이 남자의 초상화를 그려야 한다는 생각이 들었어. 몹시 강렬하게 말이야. 그래서 그의 모습을 떠올리며 그리기 시작했는데 도저히 완성할 수가 없었어. 결국 이렇게 물감만 칠해둔 상태야."

마리에의 입술은 여전히 일자로 다물어져 있었다.

이어서 마리에가 고개를 가로저었다.

"그 사람은 역시 무서워요." 마리에가 말했다.

"그 사람?" 내가 말했다. 그리고 그녀의 시선을 따라갔다. 마리에는 내가 그린 〈흰색 스바루 포레스터의 남자〉를 바라보고 있었다.

"이 그림? 흰색 스바루 포레스터의 남자 말이니?"

마리에가 고개를 끄덕였다. 무섭다고 하면서도 그 그림에서 시선을 떼지 못하는 것 같았다.

"네게는 이 남자의 모습이 보이는구나?"

마리에가 고개를 끄덕였다. "물감덩어리 안쪽으로 그 사람이 보여요. 거기 서서 나를 보고 있어요. 검은색 모자를 쓰고."

나는 그림을 들어올려 다시 뒤집어놓았다.

"네게는 이 그림 속 흰색 스바루 포레스터의 남자가 보이는구나. 보통 사람에게는 보이지 않을 모습이." 내가 말했다. "그렇지만 이 이상은 보지 않는 게 좋아. 아마 너는 아직 볼 필요가 없는 것일 테니까."

마리에가 알겠다는 듯 고개를 끄덕였다.

"'흰색 스바루 포레스터의 남자'가 정말로 이 세계에 존재하는지 어떤지도 잘 모르겠어. 어쩌면 누군가가, 무언가가 이 남자의 모습을 잠깐 빌린 건지도 모르지. 이데아가 기사단장의 모습을 빌려 나타난 것처럼. 혹은 내가 그것에 나 자신을 투영했을 뿐인지도 몰라. 그렇지만 진짜 어둠 속에서 만난 그건 단순한 투영이 아니었어. 확실한 감촉이 있는, 살아 움직이는 무언가였어. 그 땅의 사람들은 그걸 '이중 메타포'라고 불러. 나는 언젠가 이 그림을 완성시키고 싶어. 하지만 아직은 너무 일러. 너무 위험해. 이 세계에는 섣불리 밝은 곳으로 끌어내서는 안 되는 것들이 있어. 그렇지만 어쩌면 나는……"

마리에는 아무 말 없이 내 얼굴을 가만히 바라보았다. 나는 뭐라고 말을 잇기가 힘들었다.

"……어쨌든 나는 여러 사람의 도움을 받아서 그 지하세계를 가로지르고, 좁고 캄캄한 굴을 빠져나와 겨우 이 현실세계로 돌아왔어. 그리고 거의 동시에, 그에 따라서, 너도 어디선가 풀려나 돌아왔어. 그게 단순한 우연이라고는 생각하지 않아. 너는 금요일부터 약 나흘 동안 어딘가로 사라졌지. 나는 토요일부터 사흘 동안 사라졌고. 그리고 둘 다 화요일에 돌아왔어. 이 두 사건은 어디선가 분명 이어져 있을 거야. 그리고 기사단장이 이른바 그 이음매 같은 역할을 했어. 하지만 그는 이미 이 세계에 없어. 할 일을 마치고 어딘가로 가버렸어. 이제 너와 나, 둘이서 이 고리를 닫는 수밖에 없어. 내가 하는 말을 믿어주겠니?"

마리에가 고개를 끄덕였다.

"이게 오늘 내가 하고 싶었던 말이야. 그러려고 너와 단둘만 있게 해달라고 했어."

마리에는 내 얼굴을 가만히 쳐다보았다. 나는 말했다.

"사실을 말해봐야 아무도 이해해주지 않을 거라 생각했어. 다들 내 머리가 이상해졌다고 생각하겠지. 어쨌거나 논리가 통하지 않는, 현실과 동떨어진 이야기니까. 그래도 너라면 분명히 받아들여줄 거라고 생각했어. 더욱이 누군가에게 이 이야기를 하려면 우선 이 〈기사단장 죽이기〉라는 그림부터 보여줘야 해. 안 그러면 이야기가 성립하지 않으니까. 그렇지만 나는 너 말고 다른 누구에게도 이 그림을 보여주고 싶지 않았어."

마리에는 말없이 내 얼굴을 보았다. 눈동자에 조금씩 생명의 빛이 돌아오는 듯 보였다.

"이건 아마다 도모히코 씨가 심혈을 기울여 그린 그림이야. 여기에는 그의 깊은 생각이 여럿 담겨 있어. 그는 직접 피를 흘리고 살을 깎다시피 하며 이 그림을 그렸어. 아마 평생 한 번밖에 그리지 못하는 종류의 그림이지. 이건 그가 스스로를 위해, 또한 이미 이 세상에 없는 사람들을 위해 그린 그림이자, 말하자면 진혼을 위한 그림이야. 그동안 흘려온 수많은 피를 정화하기 위한 작품이지."

"진혼?"

"혼을 달래 진정시키고 상처를 치유하기 위한 작품. 그래서 세간의 시시한 비평이나 찬사, 혹은 금전적인 보수는 그에게 전혀 의미가 없었어. 오히려 있어서는 안 될 것이었지. 이 그림이 그려지고 이 세상 어딘가에 존재하는 것만으로 그는 충분했던 거야. 설령 종이에 싸인 채 천장 위에 숨겨져 누구의 눈에도 띄지 않는다 해도. 그리고 나는 그의 그런 마음을 존중해주고 싶어."

한동안 깊은 침묵이 이어졌다.

"너는 옛날부터 곧잘 이쪽으로 놀러왔어. 비밀통로를 거쳐서. 그렇지?"

아키가와 마리에가 고개를 끄덕였다.

"그때 아마다 도모히코 씨는 만나봤니?"

"본 적은 있어요. 하지만 만나서 이야기를 나눈 적은 없어요. 멀찍이 숨어서 보기만 했죠. 그 할아버지가 그림 그리는 모습을. 나는 남의 땅에 멋대로 침입한 거였으니까요."

나는 고개를 끄덕였다. 그 광경이 생생하게 떠올랐다. 마리에가 나무 뒤에 몸을 숨긴 채 몰래 작업실을 들여다본다. 아마다 도모히코가 스툴에 앉아 의식을 집중해 붓을 움직이고 있다. 누군가가 자신을 지켜볼지도 모른다는 생각은 결코 그의 머릿속을 스치지 않는다.

"내가 도와줄 일이 있다고, 아까 선생님이 그랬죠?" 아키가와 마리에가 말했다.

"그랬지. 맞아. 네가 도와주었으면 하는 일이 하나 있어." 내가 말했다. "이 두 그림을 잘 포장해서 아무도 볼 수 없도록 천장위에 감춰두고 싶어. 〈기사단장 죽이기〉와 〈흰색 스바루 포레스터의 남자〉를. 우리에겐 이제 이 그림들이 필요 없을 것 같으니까. 가능하다면 네가 그 작업을 도와주었으면 해."

마리에가 잠자코 고개를 끄덕였다. 사실 나는 그 작업을 혼자하고 싶지 않았다. 도와줄 사람만이 아니라 목격자와 입회인이 필요했다. 비밀을 나눠 가질, 입이 무거운 누군가가.

부엌에서 종이끈과 커터를 가져왔다. 그리고 마리에와 함께 〈기사단장 죽이기〉를 단단히 포장했다. 원래 있던 갈색 전통지로 정성껏 싸서 종이끈으로 묶고, 그 위에 흰 천을 씌우고 다시 끈으로 묶었다. 쉽게 풀어볼 수 없도록 엄중히. 〈흰색 스바루 포레스터의 남자〉는 아직 물감이 다 마르지 않아서 간단하게만 포장했다. 그리고 그것들을 들고 손님방 붙박이장으로 들어갔다. 나는 접사다리를 올라가 천장에 달린 문을 열고(생각해보니 그것은 긴 얼굴이 고개를 내밀었던 네모난 뚜껑과 비슷했다) 위로 올라갔다. 천장 위는 싸늘했지만 그 냉기가 오히려 기분좋게 느꺼졌다. 마리에가 밑에서 그림을 올려주었다. 우선 〈기사단장 죽이기〉를, 이어서 〈흰색 스바루 포레스터의 남자〉를 받아들었다. 그리고 둘을 벽에 나란히 세웠다.

그 순간 나는 퍼뜩 알아차렸다. 이곳에는 나 혼자가 아니라는 것을. 분명 누군가의 기척이 있었다. 나도 모르게 숨을 멈추었다. 누군가가 여기 있다. 그러나 그건 수리부엉이였다. 처음 여기 올라왔을 때 봤던 그 수리부엉이일 것이다. 밤새는 전과 같은 들보 위에서, 전과 같이 가만히 휴식을 취하고 있었다. 내가 다가가도 특별히 신경쓰지 않는 기색이었다. 그것도 전과 똑같다.

"마리에, 이리 올라와봐." 나는 밑에 있는 마리에에게 나지막이 말했다. "멋진 걸 보여줄게. 소리나지 않게 살짝 올라와."

그녀는 무슨 일인지 궁금한 표정으로 접사다리를 올라 네모난 입구를 통해서 천장 위로 올라왔다. 나는 두 손으로 그녀를 끌어올려주었다. 바닥에 뽀얗게 먼지가 쌓여 있어서 새 모직 스커트가 더러워질 텐데도 그녀는 아랑곳하지 않았다. 나는 자리에 앉아 수리부엉이가 앉은 들보를 손가락으로 가리켰다. 마리에는 내 옆에 무릎을 꿇고 앉아서 무언가에 사로잡힌 것처럼 그 광경을 바라보았다. 새는 매우 아름다웠다. 마치 날개 달린 고양이 같다.

"이 수리부엉이는 예전부터 여기 살고 있어." 나는 작은 목소리로 그녀에게 말했다. "밤에는 숲에 나가 사냥하고, 아침이면 이곳으로 돌아와 쉬지. 저곳으로 드나들어."

나는 철망이 찢어진 통풍구를 가리켰다. 마리에가 고개를 끄덕였다. 그녀의 얇고 조용한 숨결이 귓가에 닿았다.

우리는 아무 말도 하지 않고 가만히 수리부엉이를 바라보았다. 수리부엉이는 우리를 딱히 신경쓰지 않고, 제자리에서 조용히 사려 깊게 쉬고 있었다. 우리는 암묵적으로 이 집을 나눠 쓰고 있는 것이다. 낮에 움직이는 존재와 밤에 움직이는 존재로서, 이곳에 있는 의식의 영역을 절반씩 나눠 쓰고 있다.

마리에의 작은 손이 내 손을 잡았다. 그리고 머리를 내 어깨에 기대었다. 나는 그녀의 손을 맞잡고 살짝 힘을 주었다. 나와 동생 고미도 이렇게 함께 오랜 시간을 보냈다. 우리는 사이좋은 남매였다. 언제든 자연스레 마음을 주고받을 수 있었다. 죽음이 두 사람을 갈라놓을 때까지는.

마리에의 몸에서 긴장이 빠져나가는 것이 느껴졌다. 그녀 안에 딱딱하게 굳어 있던 것이 조금씩 풀리기 시작했다. 나는 어깨에 기댄 그녀의 머리를 쓰다듬었다. 곧고 부드러운 머리카락이었다. 손이 뺨에 닿았을 때 그녀가 눈물을 흘리고 있음을 알았다. 마치 심장에서 흘러나오는 피처럼 따뜻한 눈물이었다. 나는 한동안 그대로 그녀를 안고 있었다. 이 소녀는 눈물을 흘려야 했던 것이다. 그러나 좀처럼 울 수가 없었다. 아마도 꽤 오래전부터. 나와 수리부엉이는 그런 그녀의 모습을 말없이 지켜보았다.

철망이 찢어진 통풍구로 오후 햇살이 비스듬히 비쳐들었다. 우리 주위에는 침묵과 뽀얀 먼지뿐이었다. 먼 고대에서 보내온 듯한 침묵과 먼지다. 바람소리도 들리지 않는다. 그리고 수리부엉이는 들보 위에서 말없이 숲의 예지를 지키고 있었다. 그 예지 또한 먼 고대에서부터 이어져온 것이었다.

아키가와 마리에는 오랫동안 소리 없이 울었다. 울음이 그치지 않는다는 것을 가늘게 떨리는 몸으로 알 수 있었다. 나는 그녀의 머리를 연신 부드럽게 쓰다듬었다. 시간의 강물을 거슬러 오르는 것처럼.

60

만일 그 사람의 팔이 상당히 길다면

"난 멘시키 씨 집에 있었어요. 나흘 내내." 아키가와 마리에가 말했다. 한동안 눈물을 흘리고 나니 드디어 말문이 트인 듯했다.

나와 그녀는 작업실에 있었다. 마리에는 스커트 아래로 드러난 무릎을 단정히 모으고 작업용 둥근 스툴에 앉아 있었다. 나는 창턱에 기대서 있었다. 그녀의 다리는 매우 아름다웠다. 두꺼운 타이츠를 신었어도 잘 알 수 있었다. 좀더 성숙해지면 분명 많은 남자들의 시선을 끌 것이다. 그때쯤이면 가슴도 어느 정도 봉긋해져 있으리라. 그러나 지금 그녀는 아직 인생의 입구에서 망설이는 불안정한 한 소녀일 뿐이다.

"멘시키 씨 집에 있었다고?" 내가 물었다. "이해가 잘 안 되는데. 좀더 자세히 설명해주겠니?"

"내가 멘시키 씨 집에 간 건 그 사람을 좀더 잘 알아야 했기 때문이에요. 무엇보다 그 사람이 왜 매일 밤 우리집을 망원경으로 엿보는지 이유를 알고 싶었어요. 그 사람은 오로지 그 목적만으로 그렇게 큰 집까지 샀을 거예요. 골짜기 맞은편의 우리집을 보기 위해서. 그런데 왜 그래야 했는지 도저히 이해할 수 없었어요. 너무 평범하지 않은 일이잖아요. 무슨 깊은 사정이 있을 거라고 생각했어요."

"그래서 멘시키 씨 집을 찾아간 거야?"

마리에는 고개를 가로저었다. "찾아간 게 아니에요. 숨어들었어요. 몰래. 그러다가 나오지 못하게 됐고요."

"숨어들었다?"

"네, 도둑처럼. 처음부터 그러려던 건 아니었지만."

금요일 오전 수업이 끝나고 그녀는 뒷문으로 학교를 빠져나왔다. 아침부터 연락도 없이 결석하면 곧장 집으로 연락이 간다. 그러나 점심시간이 지나고 몰래 빠져나와 오후 수업을 빼먹으면 집으로 연락이 가진 않는다. 이유는 모르지만 어쨌든 그랬다. 지금껏 이런 적은 한 번도 없으니 나중에 선생님에게 혼나더라도 적당히 둘러댈 수 있을 것이다. 버스를 타고 집 근처로 돌아왔지만 귀가하는 대신 반대쪽 산을 올라 멘시키의 집 앞까지 갔다.

처음부터 그 집에 숨어들 작정은 아니었다. 그런 생각은 아예 머릿속을 스치지도 않았다. 그렇다고 초인종을 눌러 정식으로 대화를 요청할 생각도 없었다. 아무런 계획이 없었다. 그저 철가루가 강력한 자석에 달라붙듯이 그 하얀 저택에 이끌린 것이다. 담 밖에서 쳐다본다 한들 멘시키에 대한 수수께끼가 풀릴 리 없다. 그 정도는 알았다. 그런데도 호기심을 억누를 수 없었다. 다리가 멋대로 움직여 그쪽으로 향했다.

저택까지는 상당히 긴 비탈길을 올라가야 했다. 중간에 뒤돌아보니 산과 산 사이로 눈부시게 반짝이는 바다가 있었다. 저택은 높은 담으로 둘러싸여 있고, 튼튼한 전동식 대문 양쪽에 방범용 감시카메라가 달려 있었다. 경비회사 스티커가 문기둥에 붙어 있다. 쉽사리 접근하긴 힘들다. 그녀는 대문 근처 덤불에 몸을 숨기고 한동안 동정을 살폈다. 하지만 저택 안이든 밖이든 움직임이라고는 없었다. 사람이 드나들지도 않고, 안에서 무슨 소리가 들려오지도 않았다.

삼십 분쯤 하릴없이 시간을 죽이다가 그만 포기하고 돌아가려 할 즈음 밴 한 대가 천천히 비탈길을 올라왔다. 택배회사의 소형 밴이었다. 대문 앞에 멈춰 선 밴의 문이 열리더니 유니폼 차림의 젊은 남자가 클립보드를 들고 내렸다. 남자는 대문으로 다가가 문기둥에 달린 벨을 눌렀다. 그리고 인터폰으로 누군가와 짧게 몇 마디를 주고받았다. 잠시 후 커다란 나무 대문이 천천히 안쪽으로 열렸고, 남자는 서둘러 밴에 올라타고 차를 몰아 안으로 들어갔다.

이것저것 따질 겨를이 없었다. 차가 안에 들어서자 그녀는 덤불에서 뛰쳐나와 막 닫히려는 대문 안으로 전력질주했다. 아슬아슬한 타이밍이었지만 대문이 닫히기 직전에 무사히 들어갈 수 있었다. 감시카메라에 잡혔는지도 모른다. 그래도 당장 누구에게 들킨 것은 아니다. 그보다 개가 무서웠다. 담 안쪽에 개를 풀어 키우는지도 모른다. 뛰어들 때는 그런 생각을 하지도 않았다. 대문이 닫힌 뒤에야 퍼뜩 떠오른 것이다. 이렇게 큰 집이면 정원에 도베르만이나 셰퍼드를 풀어 키운다 해도 이상할 것 없다. 혹시 대형견이 있다면 몹시 곤란해진다. 그녀는 개를 무서워했다. 그러나 다행히 개는 나타나지 않았다. 개 짖는 소리도 들리지 않았다. 전에 이 집에 왔을 때도 개 이야기는 없었던 것 같다.

그녀는 담 안쪽 나무 뒤에 숨어 주위를 관찰했다. 목구멍 안이 꺼끌꺼끌했다. 나는 도둑처럼 이 집에 숨어들었다. 주거침입─명백히 법을 어기는 짓이다. 감시카메라 영상이 확고한 증거가 되리라.

자신의 행동이 과연 적절했는지 지금 와서는 확신할 수 없었다. 택배회사 밴이 안으로 들어가는 것을 보고 거의 반사적으로 뛰어들었을 뿐이다. 그것이 어떤 결과를 불러올지 일일이 생각할 겨를도 없었다. 이런 기회는 다시 오지 않는다, 들어가려면 지금뿐이다, 그렇게 생각하고 순간적으로 저지른 행동이었다. 논리적으로 생각하기 전에 몸이 먼저 움직였다. 그러나 왠지 후

회뫼지는 않았다.

나무 뒤에 숨어 있자니 좀전에 본 택배회사 밴이 비탈진 진입로를 올라왔다. 대문이 다시 한번 천천히 열리고 밴이 밖으로 나갔다. 나가려면 지금뿐이다. 대문이 완전히 닫히기 전에 뛰어나가는 것이다. 그러면 원래의 안전한 세계로 돌아갈 수 있다. 범죄자가 될 일도 없다. 그러나 그녀는 그러지 않았다. 그저 나무 뒤에 몸을 숨긴 채 대문이 천천히 닫히는 모습을 바라볼 뿐이었다. 가만히 입술을 깨물고서.

그뒤로 십 분을 기다렸다. 손목에 찬 소형 카시오 지샥 시계로 정확히 십 분을 잰 다음 나무 뒤에서 나왔다. 카메라에 잡히지 않도록 최대한 자세를 낮추고, 현관으로 이어지는 완만한 비탈길을 재빨리 내려갔다. 두시 반이었다.

멘시키에게 들키면 어떡하지? 그녀는 생각해보았다. 그러나 설령 들켜도 대충 둘러대고 빠져나올 수 있으리라는 자신이 있었다. 멘시키는 그녀에게 어떤 깊은 관심(혹은 그 비슷한 것)을 품고 있는 것 같았다. 혼자 놀러왔는데 마침 문이 열려서 그냥 들어와버렸다. 꼭 게임하는 기분으로. 천진난만한 얼굴로 그렇게 말하면 멘시키는 분명 믿어줄 것이다. 그 사람은 무언가를 믿고 싶어하니까, 아마 내 말이라면 그대로 믿어줄 것이다. 그녀가 판단하기 어려운 것은 그 '깊은 관심'이 어떤 성질의 것인가—그것이 자신에게 좋은 것인가 나쁜 것인가—라는 문제였다.

커브를 돌아 진입로를 내려가자 저택 현관이 나왔다. 문 옆에 초인종이 달려 있다. 물론 그것을 누를 수는 없다. 그녀는 현관 앞의 원형 주차장 가장자리를 커다랗게 빙 돌아서, 군데군데 나무나 화단 등에 몸을 숨겨가며 건물의 콘크리트 벽면을 따라 시계 방향으로 나아갔다. 현관 옆에 자동차 두 대가 들어가는 차고가 있었다. 차고의 셔터는 닫혀 있다. 좀더 나아가자 집에서 약간 떨어진 곳에 코티지 같은 멋진 건물이 있었다. 손님용 별채처럼 보였다. 맞은편은 테니스코트였다. 테니스코트가 있는 집은 처음 본다. 멘시키는 여기서 과연 누구와 테니스를 칠까? 그러나 그 테니스코트는 오랫동안 사용하지 않은 것 같았다. 네트도 쳐져 있지 않고, 붉은 흙바닥에는 낙엽이 뒹굴고, 하얀 선도 거의 색이 바랬다.

산 쪽으로 난 작은 창문에는 죄다 블라인드가 내려와 있었다. 그러니 창문으로 집안을 엿보기는 불가능했다. 안에서는 여전히 아무 소리도 나지 않았다. 개 짖는 소리도 들리지 않았다. 이따금 높은 나뭇가지에서 지저귀는 새소리가 들릴 뿐이다. 좀더 나아가자 집 뒤쪽에 또다른 차고가 있었다. 역시 두 대가 들어가는 차고다. 나중에 증축한 것 같았다. 차를 보관하는 공간이 많은 집이다.

집 뒤는 산의 경사면을 이용한 넓은 일본식 정원이었다. 계단을 만들고, 커다란 정원석을 군데군데 배치하고, 그 사이를 누비

506

듯 산책로가 이어졌다. 아름답게 다듬은 철쭉 덤불, 머리 위로는 색이 밝은 소나무가 가지를 뻗었다. 그 너머에 정자 같은 곳이 있었다. 리클라이닝 소파가 놓여 있어서 책을 읽으며 휴식을 취할 수 있을 듯했다. 커피테이블도 보인다. 여기저기 등롱과 정원등이 서 있었다.

이윽고 마리에는 저택을 한 바퀴 돌아 골짜기 쪽으로 나왔다. 그쪽에는 넓은 테라스가 있었다. 지난번 방문 때도 와본 곳이다. 멘시키는 이곳에서 우리집을 관찰하는 거라고, 그녀는 테라스에 선 순간 알아차렸다. 그 기척이 또렷하게 느껴졌다.

마리에는 두 눈을 크게 뜨고 자기 집 쪽을 바라보았다. 골짜기 너머 바로 정면이었다. 허공으로 손을 뻗으면(그리고 만일 그 사람의 팔이 상당히 길다면) 닿지 않을까 싶은 거리에. 여기서 그녀의 집은 완전히 무방비로 보였다. 그 집이 지어질 당시 골짜기 너머에 다른 집은 한 채도 없었다. 건축 규제가 완화되어 이쪽에 주택이 조성되기 시작한 것은 비교적 최근이다(그래도 십 년은 넘은 일이지만). 그래서 그녀가 사는 집에는 골짜기 맞은편의 시선을 차단하기 위한 장치 같은 것이 전혀 없었다. 활짝 열린 상태나 다름없다. 고성능 망원경이나 쌍안경을 쓰면 집안까지 들여다보일 것이다. 마음만 먹으면 그녀의 방도 창문을 통해 제법 확실히 보일 터였다. 물론 그녀는 조심성 많은 소녀였다. 옷을 갈아입을 때는 반드시 창문의 커튼을 쳤다. 하지만 어쩌다 깜빡하는 때도 전혀 없다고는 할 수 없다. 멘시키는 지금까지 대체 어떤 것을 봐왔을까?

사면에 난 계단을 따라 서재가 있는 아래층으로 가보았지만 역시 모든 창문이 블라인드로 막혀 있었다. 안을 들여다볼 수 없다. 그녀는 한 층 더 내려갔다. 그 층에는 주로 유틸리티 룸이 모여 있었다. 세탁실과 다림질하는 공간, 입주 도우미의 방이 있고. 반대쪽은 제법 넓은 트레이닝 룸이었다. 웨이트트레이닝을 위한 기구가 대여섯 대 놓여 있다. 트레이닝 룸은 테니스코트와 달리 꽤 자주 이용하는 모양이었다. 기구들을 깨끗이 닦고 기름을 먹여 관리하는 듯 보였다. 복싱용 대형 샌드백도 달려 있다. 보아하니 그 층은 다른 층보다 경계가 덜한 듯했다. 커튼을 치지 않은 창문이 많아서 밖에서 안을 고스란히 들여다볼 수 있었다. 그래도 문과 유리창이 모두 안쪽에서 잠겨 있어 들어가는 것은 불가능했다. 문에도 역시 경비회사 스티커가 붙어 있었다. 도둑의 침입을 막기 위한 것이다. 억지로 문을 열면 경비회사에 경보가 울리도록 되어 있다.

매우 큰 저택이었다. 이렇게 넓은 공간에 오직 한 사람만 살고 있다니 좀처럼 믿기지 않았다. 분명 고독한 생활이리라. 매우 튼튼한 콘크리트 가옥이 온갖 장치로 엄중히 차단되어 있다. 대형 견만 없다 뿐이지(집주인이 개를 별로 좋아하지 않는지도 모른다) 침입을 막기 위한 모든 방범 수단을 동원한 집이다.

그건 그렇고, 이제 어떻게 해야 할까? 아무 생각도 떠오르지 않았다. 집안으로 들어가기는 불가능하고, 그렇다고 담 밖으로 나갈 수도 없다. 멘시키는 지금 틀림없이 집안에 있을 것이다. 직접 스위치를 눌러 문을 열고, 택배로 온 물건을 받았을 테니까. 그 말고 이 집에 사는 사람은 없다. 일주일에 한 번 청소업체가 오는 것을 제외하면 원칙적으로 집안에 다른 사람을 들이지 않는다. 지난번에 왔을 때 멘시키는 그렇게 말했다.

안으로 들어갈 수단이 없다면 바깥 어딘가에 몸을 숨길 장소를 찾아야 했다. 괜히 주위를 어슬렁거리다가는 언제 들킬지 모른다. 여기저기 찾아다니는 사이 정원 뒤쪽 구석에 자재를 넣어두는 조그만 창고 같은 것을 발견했다. 문은 잠겨 있지 않았다. 안에는 정원 관리에 필요한 각종 도구와 호스 따위가 보관되어 있고 비료 포대가 쌓여 있었다. 그녀는 일단 안으로 들어가 비료 포대 위에 앉았다. 물론 쾌적한 장소라고 하기는 힘들다. 그래도 여기 있으면 적어도 감시카메라에 잡힐 염려는 없다. 여기까지 상황을 살피러 올 사람도 없을 것이다. 조만간 분명 무슨 움직임이 있겠지. 그때까지 기다리는 수밖에 없다.

옴짝달싹 못하는 상황에서도 그녀는 오히려 몸속에서 활발한 고양감 같은 것을 느꼈다. 그날 아침 샤워를 하고 맨몸으로 거울 앞에 섰을 때 가슴이 아주 살짝 커진 듯한 느낌이 들었다. 그 일도 이 고양감에 조금 기여했는지 모른다. 물론 착각일 수도 있다. 그러면 좋겠다는 소망이 만들어낸 착각일지도. 그러나 여러 각도에서 제법 객관적으로 관찰하고 손으로 만져본 결과 지금까지 없던 보드라운 곡선이 생겨난 듯 느껴졌다. 젖꼭지는 아직 작지만(올리브 씨를 연상시키는 고모의 그것과는 비교도 되지 않는다) 어떤 발아의 징조 같은 것이 감돌았다.

그녀는 가슴에 생겨난 작은 변화를 생각하며 자재 창고에서 시간을 죽였다. 나날이 봉긋해지는 가슴을 머릿속으로 그려보았다. 가슴이 풍만한 생활이란 어떤 느낌일까? 고모가 하는 것 같은, 제대로 된 진짜 브래지어를 착용한 자기 모습을 상상했다. 물론 아직 먼일일 것이다. 생리도 올봄에 막 시작한 참이니까.

목이 조금 마른 듯했지만 당분간은 버틸 수 있을 것 같았다. 그녀는 도톰한 손목시계를 확인했다. 지샥은 세시 오분을 조금 넘긴 시각을 가리켰다. 오늘은 금요일이고 그림교실이 있지만 어차피 처음부터 가지 않을 작정이었다. 화구 가방도 가져오지 않았다. 그래도 저녁식사 전까지 들어가지 않으면 고모가 걱정할 것이다. 그럴듯한 변명을 생각해둬야 한다.

깜박 잠든 모양이었다. 이런 곳, 이런 상황에서 잠깐이라도 잠들 수 있다는 사실이 믿기지 않았다. 그러나 정말로 저도 모르게 잠들어버린 것 같았다. 짧은 잠이었다. 십 분에서 십오 분 정도. 더 짧았는지도 모른다. 그래도 제법 깊은 잠이었다. 퍼뜩 눈을 뜨니 의식이 분단되었다. 여기가 어디고 뭘 하던 참인지 순간적으로 알 수 없었다. 무슨 두서없는 꿈을 꾼 것 같았다. 풍만한 가슴과 밀크 초콜릿이 엮인 꿈이었다. 입속에 침이 고여 있었다. 그리고 곧 떠올렸다. 나는 멘시키의 집에 숨어들어와, 정원의 자재 창고에 몸을 감추고 있는 거라고.

잠이 깬 것은 어떤 소리 때문이었다. 연속적인 기계음. 더 정확히 말하면 차고 문이 열리는 소리였다. 현관 옆 차고의 셔터가 덜컹거리며 올라가는 것이다. 멘시키가 차를 몰고 외출하려는 건지도 모른다. 그녀는 곧장 자재 창고를 나와서 발소리를 죽이고 건물 앞쪽으로 향했다. 셔터가 다 올라가고 기계음이 멈추었다. 뒤따라 시동이 걸리고 은색 재규어의 노즈가 천천히 모습을 드러냈다. 운전석에는 멘시키가 앉아 있었다. 내려간 창문 너머 새하얀 머리칼이 오후 햇빛에 반짝였다. 마리에는 나무 뒤에 숨어 그 모습을 관찰했다.

만일 멘시키가 오른쪽으로 고개를 돌렸다면 나무 뒤에 숨은 마리에의 모습이 살짝 보였을지도 모른다. 그 나무는 몸을 온전히 감추기에는 너무 작았으니까. 그러나 멘시키는 계속 정면을 보고 있었다. 핸들을 잡고 뭔가 심각하게 생각하는 기색이었다. 재규어는 그대로 앞으로 나아가더니 진입로 커브를 돌아 시야에서 사라졌다. 차고의 철제 셔터가 자동으로 천천히 내려오기 시작했다. 그녀는 나무 뒤에서 뛰쳐나와 거의 닫혀가는 셔터 아래로 재빨리 몸을 밀어넣었다. 영화 〈레이더스〉에서 인디애나 존스가 그랬던 것처럼. 역시 반사적으로 취한 행동이었다. 차고까지만 들어가면 분명 집안에 들어갈 수 있으리라고 순간적인 판단을 내린 것이다. 차고의 센서가 뭔가를 감지하고 멈칫했지만, 곧 셔터가 다시 내려와 완전히 닫혔다.

차고 안에는 차가 한 대 더 있었다. 베이지색 덮개가 달린 스마트한 남색 스포츠카. 지난번에 고모가 넋을 잃고 바라보던 차다. 마리에는 자동차에 관심이 없어서 그때는 거의 눈길을 주지 않았다. 노즈가 매우 길고, 역시 재규어 마크가 있었다. 그것이 고가의 물건이라는 것은 자동차에 대한 지식이 없는 마리에도 쉽게 상상할 수 있었다. 아마 구하기 힘든 물건이기도 할 것이다.

차고 안쪽에 집안으로 통하는 문이 있었다. 머뭇거리며 손잡이를 돌려보니 잠겨 있지 않았다. 그녀는 안도의 숨을 쉬었다. 적어도 낮시간에 차고에서 집으로 통하는 문까지 잠그는 사람은 잘 없지만, 멘시키는 조심성 많고 신중한 사람이니 그녀도 큰 기대는 하지 않았다. 아마 어지간히 중요한 생각에 잠겨 있었나보다. 행운이라고 해야 할 것이다.

문을 열고 집안으로 들어갔다. 신발을 어떻게 하나 잠깐 고민하다가 손에 들고 가기로 했다. 여기다 벗어둘 수는 없다. 집안은 쥐죽은듯 조용했다. 모든 것이 숨을 죽이고 있는 것처럼. 멘시키가 나간 이상 지금 이 집안에는 아무도 없다고 그녀는 확신

512

했다. 지금 이 저택에는 나뿐이다. 당분간은 어디를 가건 무엇을 하건 내 자유다.

지난번 방문 때 멘시키가 집안을 간단히 안내해주었다. 그녀는 그때를 또렷이 기억하고 있었다. 집안의 위치관계가 대강 머릿속에 들어 있다. 일단 1층의 대부분을 차지하는 커다란 거실로 향했다. 그곳에서 널찍한 테라스로 나갈 수 있다. 테라스에는 대형 슬라이드식 유리문이 있었다. 열어도 괜찮을지 잠시 고민했다. 멘시키가 외출하면서 경보장치를 켜두었을지도 모른다. 만약 그렇다면 유리문을 여는 순간 바로 비상벨이 울릴 것이다. 그리고 경비회사 시스템이 번쩍거리겠지. 경비회사에서 우선 이쪽으로 전화해 상황을 확인할 테고, 그때 패스워드를 알려줘야 한다. 마리에는 검은색 슬립온을 손에 든 채 생각에 잠겼다.

결국 마리에는 멘시키가 아마 경보장치를 켜두지 않았으리라는 결론에 다다랐다. 차고로 나가는 문도 잠그지 않을 정도니 멀리 외출하지는 않았을 터였다. 아마 근처에 뭔가 사러 간 것이리라. 마리에는 과감하게 잠금장치를 풀고 유리문을 밀어 열었다. 그대로 잠시 기다렸지만 벨은 울리지 않았고, 경비회사에서 전화가 오지도 않았다. 그녀는 가슴을 쓸어내리고(경비회사 차가 출동해버리면 장난이었다는 말로 넘어갈 수 없다) 테라스로 나갔다. 신발을 바닥에 내려놓고 플라스틱 케이스에 든 대형 망원경을 꺼냈다. 손에 들기에는 너무 커서 테라스 난간을 받침대 삼아 걸쳐봤지만 잘되지 않았다. 주위를 둘러보니 망원경 전용 받침대 같은 것이 벽에 세워져 있었다. 카메라 삼각대처럼 생겼고, 색깔은 망원경처럼 어두운 올리브그린이다. 거기에 망원경을 나사로 고정해 사용하는 모양이었다. 그녀는 받침대에 망원경을 고정하고, 옆에 있던 낮은 철제 스툴에 앉아 렌즈에 눈을 댔다. 그러자 쉽사리 시야가 확보되었다. 맞은편에서는 이쪽 모습이 보이지 않게 되어 있다. 아마 멘시키는 늘 이런 식으로 골짜기 맞은편을 보고 있는 것이리라.

집 내부가 놀랍도록 자세하게 보였다. 렌즈 너머로는 모든 광경이 실제보다 한결 밝고 선명하게 비쳤다. 망원경에 그런 특수한 광학적 기능이 있는 것이다. 골짜기 쪽을 바라보는 몇몇 방은 커튼이 걷혀 있어서 작은 것까지도 손에 잡힐 듯 잘 보였다. 테이블 위에 놓인 꽃병이며 잡지까지 고스란히 확인할 수 있다. 지금 집에는 고모가 있을 테지만 그녀의 모습은 어디에도 보이지 않았다.

멀리서 자기 집 내부를 세세히 살피고 있자니 기분이 꽤 이상했다. 마치 자신이 이미 죽어서(어찌된 일인지 몰라도 정신이 들어보니 사자의 대열에 합류해서) 한때 살던 집을 저세상에서 바라보는 기분이었다. 내가 오랫동안 속했던 장소이지만 이제 그곳에 나의 자리는 없다. 구석구석 친숙한 장소인데도 돌아갈 가능성을 잃어버린 것이다. 그렇듯 기묘한 괴리감이 느껴졌다.

그리고 그녀는 자기 방을 관찰했다. 창문은 이쪽을 보고 있지만 커튼이 쳐져 있다. 조금의 빈틈도 없이. 눈에 익은 무늬의 오렌지색 커튼이다. 오랫동안 햇빛을 받아 색이 꽤 바랬다. 커튼 너머는 보이지 않았다. 그러나 밤이 되어 불을 켜면 안에 있는 사람의 그림자가 흐릿하게 비칠지도 모른다. 어느 정도 보이는지는 직접 밤에 여기로 와서 망원경을 들여다보기 전에는 알 수 없다. 마리에는 망원경을 천천히 옆으로 돌렸다. 저 집 어딘가에 고모가 있을 것이다. 하지만 그녀의 모습은 보이지 않았다. 안쪽 부엌에서 저녁 준비를 하는지도 모른다. 아니면 방에서 쉬고 있는지도. 어쨌거나 여기서는 보이지 않는 위치다.

저 집으로 당장 돌아가고 싶다고 그녀는 생각했다. 난데없이 그런 기분이 거세게 솟구쳤다. 집으로 돌아가서, 익숙한 식탁 의자에 앉아, 늘 쓰던 찻잔으로 뜨거운 홍차를 마시고 싶다. 그리고 부엌에서 식사 준비를 하는 고모의 모습을 멍하니 바라보고 싶다. 그럴 수 있다면 얼마나 근사할까. 그녀는 생각했다. 자신이 언젠가 그 집을 그리워하리라고는 그전까지 한순간도 생각해본 적 없었다. 늘 그 집이 휑하고 보기 싫다고 생각했다. 그런 집에 사는 게 너무도 싫었다. 빨리 어른이 되어 집을 나가서, 자기 취향에 맞는 곳에서 혼자 살고 싶었다. 그러나 지금, 골짜기 맞은편에서 선명한 망원경 렌즈를 통해 집안을 바라보며 그녀는 어떻게 해서든 그곳으로 돌아가고 싶었다. 그곳은 누가 뭐라 해도 내 장소니까. 그리고 내가 보호받고 있는 장소니까.

그때 귓전에 가볍게 윙윙대는 소리가 들려 그녀는 망원경에서 눈을 뗐다. 공중을 날아다니는 검은 것이 눈에 들어왔다. 벌이다. 크고 몸통이 긴, 아마도 말벌이다. 그녀의 어머니를 죽인, 공격적이고 매우 날카로운 침을 가진 벌. 마리에는 황급히 집안으로 들어가 유리문을 잠갔다. 말벌은 그뒤로도 한참 그녀를 견제하듯이 유리문 바깥을 선회했다. 몇 번 유리로 돌진해 부딪히기까지 했다. 그러다가 결국 체념했는지 어딘가로 날아가버렸다. 마리에는 그제야 가만히 가슴을 쓸어내렸다. 아직 호흡이 거칠고 가슴이 두근거렸다. 말벌은 그녀가 세상에서 가장 무서워하는 것 중 하나였다. 아버지는 말벌이 얼마나 무서운지 몇 번이나 이야기해주었다. 도감에서 거듭 그 모습을 확인했다. 그리고 어느새 엄마처럼 언젠가 말벌에 쏘여 죽을지도 모른다는 공포를 품게 되었다. 엄마에게 벌독 알레르기를 물려받았을지도 모른다. 언젠가 죽음을 피할 수는 없겠지만 그것은 훨씬 나중이어야 했다. 풍만한 가슴과 또렷한 젖꼭지를 가지는 것이 어떤 기분인지, 한 번이라도 좋으니 맛보고 싶었다. 그러기도 전에 벌에 쏘여 죽어버리면 너무 비참하지 않나.

아무래도 한동안 밖에 나가지 않는 편이 좋겠다고 마리에는 생각했다. 그 흉악한 말벌은 틀림없이 아직 근처를 날아다니고 있을 것이다. 마치 그녀를 개인적인 표적으로 삼은 듯 보였다.

그리하여 밖에 나가기를 단념하고 집안을 좀더 자세히 살펴보기로 했다.

우선 넓은 거실을 한 바퀴 돌면서 점검했다. 지난번 봤을 때와 특별히 달라진 점은 없었다. 커다란 스타인웨이 그랜드피아노. 그 위에 악보 몇 장이 놓여 있다. 바흐의 인벤션, 모차르트의 소나타, 쇼팽의 소품 등이다. 기술적으로 아주 어려운 곡은 아닌 듯하지만 그만큼 치는 것도 대단한 축에 든다. 그 정도는 마리에도 알 수 있었다. 예전에 피아노를 배운 적이 있었다(실력이 썩 늘지는 않았다. 음악보다 그림에 더 끌렸으니까).

상판이 대리석으로 된 커피테이블 위에는 책 몇 권이 쌓여 있었다. 읽다 만 책인지 책갈피가 끼워져 있다. 철학책 한 권, 역사책 한 권, 그리고 소설 두 권(그중 한 권은 영어책이었다). 제목도 본 적 없고 저자 이름도 들어본 적 없는 책들이다. 몇 장 넘겨봤지만 흥미가 가는 내용은 아니었다. 이 집의 주인은 난해한 책을 읽고 고전음악을 즐겨 듣는다. 그리고 틈틈이 고성능 망원경으로 골짜기 맞은편 그녀의 집을 몰래 엿본다.

그는 단순한 변태일까? 아니면 어떤 그럴 만한 이유나 목적 같은 것이 있을까? 고모에게 관심이 있는 걸까? 아니면 나에게? 그도 아니면 양쪽 다(그런 일이 있을 수 있을까)?

이어서 한 층 아래 방들을 살펴보기로 했다. 계단을 내려가 우선 서재로 향했다. 서재에는 그의 초상화가 걸려 있다. 마리에는 방 한복판에 서서 잠시 그림을 바라보았다. 지난번에도 보았던 그림이다(그 그림을 보려고 초대받았던 것이니까). 그러나 새삼 바라보고 있자니 마치 실제로 멘시키가 그 방에 있는 듯한 기분이 들어서 그만두었다. 되도록 그쪽을 보지 않으려 애쓰면서 책상 위 물건들을 하나하나 점검했다. 애플사의 고성능 데스크톱이 있었지만 전원을 켜보지는 않았다. 엄중한 보안이 걸려 있을 게 뻔했기 때문이다. 자신이 풀 수 있을 리 없다. 책상 위에는 물건이 그리 많지 않았다. 일력 형식의 스케줄표가 있었지만 거의 아무것도 적혀 있지 않았다. 이해 못할 기호나 숫자를 군데군데 적어놓았을 뿐이다. 아마 자세한 일정은 컴퓨터에 입력해 몇 가지 기기에 공유하고 있으리라. 물론 하나같이 보안이 걸려 있을 것이다. 멘시키 씨는 대단히 조심성이 많은 인물이다. 간단히 흔적을 남기지 않는다.

그밖에는 어느 서재의 책상 위에서나 볼 수 있을 법한 극히 평범한 문구류가 전부였다. 연필은 길이가 가지런했고 아름답고 뾰족하게 깎여 있다. 클립은 크기별로 섬세하게 분류되어 있다. 순백의 메모지는 무언가가 적히기를 얌전히 기다리고 있다. 탁상 디지털시계는 부지런히 시각을 표시하고 있다. 모든 것이 무섭도록 반듯하게 정돈되어 있다. '혹시 잘 만들어진 인조인간이 아니라면', 마리에는 마음속으로 생각했다. '멘시키 씨라는 사람에게는 틀림없이 뭔가 이상한 구석이 있어.'

책상 서랍은 물론 전부 잠겨 있었다. 당연하다. 그가 책상 서랍을 잠그지 않을 리 없다. 그밖에 서재에서 특별히 볼만한 것은 없었다. 책이 가득 꽂힌 책장도, CD장도, 한눈에도 고급스러워 보이는 최신 오디오 장비도, 거의 그녀의 주의를 끌지 못했다. 그것들은 그저 취향을 드러낼 뿐이다. 멘시키라는 인간을 이해하는 데는 도움이 되지 않는다. 그가 (아마도) 안고 있을 비밀과 연결되지 않는다.

마리에는 서재를 나와 어슴푸레하고 긴 복도를 걸어가며 다른 몇 개의 방문도 열어보았다. 잠긴 곳은 없었다. 지난번 왔을 때는 보지 못했던 방들이다. 고모와 함께 구경한 곳은 1층 거실, 그 아래층의 서재와 식당과 부엌뿐이었다(1층의 손님용 화장실을 쓰기도 했다). 마리에는 그 미지의 방문을 하나하나 열었다. 첫 번째 방은 멘시키의 침실이었다. 이른바 안방으로 무척 넓다. 드레스 룸과 욕실도 딸려 있다. 큼직한 더블베드가 깔끔하게 세팅되어 있다. 위에는 퀼트 커버가 덮여 있다. 입주 도우미가 없다고 하니 멘시키가 정돈했는지도 모른다. 혹 그렇다 해도 특별히 놀랄 일은 아니었다. 베갯머리에는 짙은 밤색의 무지 잠옷이 단정하게 개어져 있었다. 침실 벽에는 작은 판화가 몇 점 걸려 있다. 같은 작가의 작품 같았다. 침대 머리맡에도 읽다 만 책이 놓여 있었다. 여기저기서 부지런히 책을 읽는 사람이다. 골짜기 쪽으로 난 창문은 그리 크지 않고 블라인드가 내려와 있다.

드레스 룸을 열자 넓은 공간에 빈틈없이 옷이 걸려 있었다. 정장은 별로 없고 재킷과 블레이저코트가 대부분이다. 넥타이도 그리 많지 않다. 포멀한 복장을 갖출 일이 잘 없는 모양이다. 셔츠는 전부 세탁소에서 막 찾아온 듯 비닐커버가 씌워져 있었다. 가죽구두와 스니커 여러 켤레가 선반에 늘어서 있다. 조금 떨어진 곳에는 두께가 다양한 코트류가 걸려 있었다. 고상한 취향의 옷이 세심하게 분류되어 잘 관리되고 있다. 이대로 패션 잡지에 실어도 될 것 같다. 옷의 양은 너무 많지도 적지도 않다. 모든 것에 적당한 절도가 있다.

서랍장에는 양말과 손수건, 속옷, 러닝셔츠가 들어 있었다. 모두 주름 하나 없이 깔끔하게 개어서 정돈되어 있다. 청바지와 폴로셔츠, 스웨트셔츠 등을 모아둔 서랍도 있었다. 커다란 스웨터 전용 서랍장도 있다. 다양한 색깔의 아름다운 스웨터가 모여 있다. 전부 무늬 없는 스웨터다. 그러나 어느 서랍에서도 멘시키의 비밀을 풀어줄 만한 것은 눈에 띄지 않았다. 모든 것이 더할 나위 없이 청결하고, 철저하게 기능적으로 분류되어 있다. 바닥에 먼지 한 톨 없고 벽에 걸린 액자는 똑바로 귀를 맞추고 있다.

마리에가 멘시키에 대해 딱 한 가지, 명확히 이해할 수 있는 사실이 있었다. '이 사람과는 도저히 같이 못 살 것 같다'는 것이었다. 살아 있는 보통의 인간에게는 거의 불가능한 일이다. 고모도 정리 정돈을 꽤 즐기는 사람이지만 이렇게까지 완벽하게는 못한다.

다음 방은 손님방 같았다. 침구가 세팅된 더블베드가 하나 놓여 있다. 창가에는 책상과 사무용 의자가 있다. 작은 텔레비전도 있다. 그러나 아무리 봐도 그 방에 실제로 누가 머물렀던 흔적이나 기척은 없었다. 그 방은 말하자면 영원히 버려진 방처럼 보였다. 아마 멘시키 씨는 손님을 그다지 환영하지 않는 사람인 듯하다. 그저 비상시에 대비해(어떤 비상시일지는 잘 상상이 안 되지만) 손님방을 하나 마련해두었을 뿐이다.

그 옆방은 거의 창고처럼 쓰는 듯했다. 가구는 하나도 없고 초록색 카펫이 깔린 바닥에 종이상자가 열 개쯤 쌓여 있다. 묵직해 보이는 것이 아마 서류가 들어 있는 것 같다. 겉면에는 볼펜으로 기호 같은 것을 메모해둔 라벨이 붙어 있었다. 상자는 하나같이 테이프로 밀봉되어 있다. 아마 업무상의 서류일 거라고 마리에는 상상했다. 저 상자들 안에 중대한 비밀이 들어 있는지도 모른다. 하지만 그건 그녀와 상관없는, 사업상의 비밀일 것이다.

잠긴 방은 없었다. 방마다 창문은 전부 계곡 쪽으로 나 있고 블라인드가 내려와 있다. 그곳에서 환한 햇빛이나 훌륭한 전망을 원하는 사람은 지금으로서는 아무도 없는 모양이다. 방들은 어두컴컴했고 방치된 냄새가 났다.

네번째 방이 가장 마리에의 흥미를 끌었다. 방 자체는 특별할 것이 없었다. 역시 가구는 거의 없다. 식탁 의자 하나, 특징 없는 작은 원목테이블 하나가 놓여 있을 뿐이다. 벽에도 그림 하나 걸려 있지 않다. 매우 휑한 방이다. 장식적인 것이라고는 하나도 없다. 평소에는 쓰지 않는 방 같았다. 그런데 혹시나 해서 붙박이장을 열어보니 여자 옷이 걸려 있었다. 그렇게 많지는 않지만, 보통 성인 여자가 며칠 머무르기에 충분한 의복이 종류별로 갖춰져 있었다. 아마 정기적으로 이 집에 와서 자고 가는 여자가 있고, 그 사람의 옷이 상비되어 있는 것이리라고 마리에는 상상했다. 그녀는 무심결에 얼굴을 찡그렸다. 멘시키에게 그런 여자가 있다는 걸 고모는 알까?

하지만 그 생각이 틀렸다는 것을 곧바로 알아차렸다. 행거에 걸린 옷이 하나같이 옛날 디자인이었기 때문이다. 원피스도, 스커트도, 블라우스도, 전부 유명 브랜드에 패셔너블하고 몹시 고급스러워 보였지만, 지금 시대에는 입는 사람이 거의 없는 옷들이었다. 마리에는 결코 패션에 밝은 편이 아니었지만 그 정도는 알았다. 짐작건대 자신이 태어나기도 전에 유행했던 스타일이다. 그리고 어느 옷에나 방충제 냄새가 배어 있었다. 오랫동안 여기 걸려 있기만 한 듯했다. 그래도 보관을 잘한 덕에 벌레먹은 흔적은 없었다. 계절이 바뀔 때마다 습기 관리를 적절히 해주었는지 변색도 되지 않았다. 드레스 사이즈는 5호. 키는 아마 155센티미터 안팎일 것이다. 스커트 사이즈로 보아 꽤 날씬한 체형인 듯하다. 신발 사이즈는 230밀리미터.

몇 단짜리 서랍장에는 속옷과 양말과 나이트웨어가 들어 있었다. 먼지가 앉지 않도록 하나하나 비닐백에 보관해놓았다. 그녀는 비닐백에서 속옷을 몇 장 꺼내보았다. 브래지어 사이즈는 65C였다. 마리에는 컵을 보면서 여자의 가슴 모양을 상상해보았다. 고모보다는 약간 작은 정도 같았다(물론 젖꼭지 모양까지는 알수 없지만). 속옷들은 하나같이 고상하고 우아했다. 혹은 약간의 섹시함을 가미했거나. 경제적으로 여유가 있는 성인 여자가 호의를 가진 남자와 살을 맞대는 상황을 염두에 두고 전문점에서 구입할 법한 고급 속옷이었다. 실크와 레이스, 미지근한 물에 손세탁해야 하는 섬세한 소재다. 정원 잔디를 깎을 때 입을 만한 것들은 아니다. 그리고 역시 방충제 냄새가 짙게 배어 있었다. 그녀는 속옷을 잘 개어 원래대로 비닐백에 넣고 서랍을 닫았다.

이 옷들은 멘시키와 옛날에—아마도 십오 년에서 이십 년 전에—밀접하게 교제했던 여자가 입었던 의복일 것이다. 그것이 소녀가 다다른 결론이었다. 그리고 어떤 사정 때문에, 5호 사이즈 옷을 입고, 230밀리미터 신발을 신고, 65C 브래지어를 입던 여자는 이렇게 고상한 옷들을 고스란히 남겨두고 떠났다. 그리고 다시는 돌아오지 않았다. 그런데 왜 이렇게 훌륭한 옷들을 두고 갔을까? 혹 무슨 사정이 있어서 헤어졌다면 보통은 전부 챙겨갈 텐데. 물론 마리에는 이유를 알 수 없었다. 어쨌거나 멘시키씨는 여기 남은 얼마 안 되는 옷들을 아주 소중하게 보관하고 있다. 라인강의 난쟁이들이 전설의 황금을 더없이 소중히 지키는 것처럼. 그리고 그는 때때로 이 방에 들어와 옷들을 찬찬히 바라보거나 손에 쥐어보리라. 계절마다 방충제를 새로 갈아주면서(그가 그런 작업을 다른 사람에게 맡길 리는 없다).

그 여자는 지금 어디서 뭘 하고 있을까? 다른 누구의 아내가 되었을지도 모른다. 아니면 병을 얻거나 사고를 당해 세상을 떠났는지도 모른다. 그래도 그는 아직 그녀의 흔적을 좇고 있는 것이다(물론 마리에는 그 여자가 자신의 어머니라는 사실을 몰랐고, 나도 그 사실을 알려주어야 할 이유를 찾지 못했다. 그 이야기를 해줄 자격이 있는 건 멘시키뿐일 것이다).

마리에는 생각에 잠겼다. 이 사실로 자신이 멘시키 씨에게 좀더 호감을 품어야 하는지―한 여자를 이토록 오랜 세월 동안 마음 깊이 담아온 것에 대해―, 아니면 오싹함을 느껴야 하는지―이토록 소중하고 완벽하게 그 여자의 옷가지를 보관해온 것에 대해.

거기까지 생각했을 때 갑자기 차고 셔터 올라가는 소리가 들렸다. 멘시키가 돌아온 것이다. 옷에 정신이 팔려 있느라 문이 열리고 차가 들어오는 소리도 듣지 못했다. 빨리 여기서 도망쳐야 한다. 어딘가 안전한 곳에 몸을 숨겨야 한다. 하지만 그 순간 퍼뜩 한 가지 사실이 떠올랐다. 무섭도록 중대한 사실이. 그리고 온몸이 공황 상태에 빠졌다.

테라스에 신발을 두고 왔다. 망원경도 케이스에서 꺼내 전용 받침대에 설치해둔 상태다. 말벌을 보고 혼비백산하는 바람에 전부 그대로 팽개치고 집안으로 들어온 것이다. 모든 것이 그대로 남아 있다. 만약 멘시키가 테라스에 나가 그 광경을 본다면(늦건 빠르건 보게 될 것이다) 자신이 집을 비운 사이 누군가가 침입했음을 곧바로 알아챌 터였다. 사이즈로 보아 검은색 슬립온의 주인이 소녀라는 것은 한눈에 알 수 있다. 멘시키는 두뇌 회전이 빠른 사람이다. 그게 누구 것인지 알아채는 데 그리 오랜 시간이 걸리지 않으리라. 아마 그는 집안을 구석구석 뒤질 것이다. 그리고 숨어 있는 나를 간단히 찾아낼 것이 분명하다.

지금 당장 테라스로 달려가 신발을 챙기고 망원경을 제자리에 돌려놓을 시간은 없다. 그랬다가는 도중에 멘시키와 마주칠 것이다. 어떻게 해야 할지 알 수 없었다. 숨이 막히고, 심장박동이 빨라지고, 손발이 잘 움직이지 않았다.

자동차 엔진음이 멈추고 셔터가 내려가는 소리가 들렸다. 곧 멘시키가 집안으로 들어올 것이다. 어떻게 해야 하지? 대체 어떻게 하면⋯⋯ 머릿속이 새하얘졌다. 그녀는 바닥에 주저앉아 눈을 감고 양손으로 얼굴을 감쌌다.

"거기 가만있으면 돼." 누군가가 말했다.

순간 환청인가 했다. 그러나 아니었다. 큰맘 먹고 눈을 떠보니 앞에 키가 60센티미터쯤 되는 노인이 보였다. 낮은 서랍장 위에 오도카니 올라앉아 있다. 희끗한 머리를 하나로 묶고, 고풍스러운 흰옷을 입고, 허리에 작은 검을 찼다. 당연히 처음에는 환각이라고 생각했다. 너무 당황하는 바람에 헛것을 보는 거라고.

"아니, 난 환각 같은 게 아닐세." 남자가 작지만 또렷한 목소리로 말했다. "내 이름은 기사단장이야. 내가 제군을 도와주지."

61

용감하고 총명한 아이가 되어야 한다

"나는 환각이 아니야." 기사단장이 되풀이했다. "내가 실재하는지 어떤지는 다소 의견이 나뉘는 부분이지만 어쨌든 환각은 아닐세. 그리고 나는 제군을 도와주려고 여기 온 거야. 보아하니 제군은 도움이 필요한 것 같은데?"

'제군'이란 아무래도 나를 가리키는 모양이라고 머리에는 추측했다. 그래서 고개를 끄덕였다. 말투는 좀 기묘하지만 틀린 말은 아니다. 나는 분명 도움이 필요하다.

"이제 와서 테라스에 나가 신발을 가져온다는 건 안 될 말이지." 기사단장은 말했다. "망원경도 포기하자고. 그렇지만 걱정할 필요는 없네. 내가 전력을 다해 멘시키 군이 테라스로 나가는 걸 막을 테니까. 적어도 당분간은 말이야. 하지만 해가 져버리면 그것도 힘들어. 그는 어둠이 깔리면 테라스로 나가 골짜기 맞은편에 있는 제군의 집을 망원경으로 지켜볼 걸세. 그게 나날의 습관이거든. 그때까지 문제를 해결해야 하네. 내가 하는 말을 이해하려나?"

마리에는 그저 고개만 끄덕였다. 대충 이해는 되었다.

"제군은 당분간 이 붙박이장 안에 숨어 있는 걸세." 기사단장이 말했다. "숨죽이고 몸을 감추고 있는 거야. 그것밖에 길이 없네. 적당한 때가 되면 알려줄 테니, 그때까지 여기서 움직이면 안 되네. 설사 무슨 일이 있어도 소리를 내서는 안 돼. 알아들었는가?"

마리에가 다시 한번 고개를 끄덕였다. 지금 꿈을 꾸는 걸까? 아니면 이 사람은 요정이나 뭐 그런 걸까?

"나는 꿈도 아니고 요정도 아닐세." 기사단장이 그녀의 마음을 읽고 말했다. "나는 이데아라는 것으로 본래는 형태가 없어. 하지만 그래서는 제군의 눈에도 보이지 않고 이래저래 불편한 점이 많으니, 보다시피 일단 기사단장의 모습을 취하고 있다네."

이데아, 기사단장…… 마리에는 입 밖에 내지 않고 머릿속에서 그 말을 되뇌었다. 이 사람은 내 생각을 읽을 수 있다. 그러고는 퍼뜩 떠올렸다. 이 사람은 아마다 도모히코의 집에서 본, 가로로 긴 일본화에 그려져 있던 인물이다. 그 그림에서 빠져나온 게 분명하다. 그래서 몸도 이렇게 작은 것이다.

528

기사단장이 말했다. "맞아. 나는 그 그림 속 인물의 모습을 빌렸지. 기사단장—그게 무슨 뜻인지는 나도 잘 몰라. 어쨌거나 지금 나는 그걸세. 제군은 여기서 가만히 기다리고 있어. 때가 되면 데리러 오지. 무서워할 건 없네. 여기 있는 옷이 제군을 지켜줄 테니까."

옷이 지켜준다고? 말뜻을 잘 이해할 수 없었다. 그러나 그 의문에 대한 대답은 돌아오지 않았다. 다음 순간 기사단장은 그녀 앞에서 모습을 감추었다. 수증기가 허공으로 빨려들어가듯이.

마리에는 붙박이장 안에서 숨을 죽였다. 기사단장의 말대로 최대한 움직이지 않고 소리도 내지 않았다. 외출에서 돌아온 멘시키가 집안으로 들어왔다. 장을 보고 왔는지 품에 안은 종이봉투 몇 개가 바스락거리는 소리가 들렸다. 실내화를 신은 그의 부드러운 발소리가 그녀가 숨은 방 앞까지 천천히 다가왔다 멀어지자 숨이 막힐 것 같았다.

붙박이장 문은 베니션블라인드라서 아래쪽을 향해 비스듬히 벌어진 틈새로 희미한 빛이 들어왔다. 그렇게 밝은 빛은 아니다. 석양이 가까워올수록 방은 더 어두워질 것이다. 블라인드 틈새로 보이는 것은 카펫이 깔린 바닥뿐이었다. 붙박이장 안은 좁고, 방충제 냄새가 코를 찔렀다. 그리고 사방이 벽이라 아무데도 도망칠 곳이 없었다. 도망칠 곳이 없다는 사실이 소녀는 무엇보다 두려웠다.

　때가 되면 데리러 오겠다고 기사단장은 말했다. 그 말을 믿고 기다리는 수밖에 없었다. 그는 또 "옷이 제군을 지켜줄 테니까"라고도 했다. 아마 여기 있는 옷을 말하는 듯했다. 누군지도 모르는 여자가, 아마도 내가 태어나기 전에 입었을 오래된 옷. 그것이 어떻게 나를 지켜준다는 걸까? 그녀는 손을 뻗어 눈앞에 있는 꽃무늬 원피스의 소매를 건드렸다. 보드라운 분홍색 옷감이 다정하게 와닿았다. 잠시 손에 쥐어보았다. 옷을 만지고 있으니 왠지 모르게 마음이 조금 편해지는 것 같았다.

　마음만 먹으면 이 원피스를 직접 입어볼 수도 있겠다고 마리에는 생각했다. 이 여자와 나의 키 차이는 크지 않은 것 같다. 5호 사이즈는 내가 입어도 이상하지 않다. 물론 가슴이 납작하니까 그쪽은 좀 손봐야 할 것이다. 그래도 마음만 먹으면, 혹은 무슨 사정이 생겨 그렇게 해야 한다면 나는 여기 있는 옷으로 갈아입을 수도 있다. 그렇게 생각하니 괜히 가슴이 설렜다.

　시간이 흘렀다. 방의 어둠이 점점 짙어졌다. 석양이 시시각각 다가오고 있다. 그녀는 손목시계를 확인했다. 어두워서 숫자가 잘 보이지 않았다. 문자반에 불이 들어오도록 버튼을 눌렀다. 네시 반이 가까웠다. 이미 해가 넘어가고 있을 것이다. 날마다 해가 짧아지는 계절이다. 어둠이 깔리면 멘시키는 테라스로 나간다. 그러면 집에 누가 침입했음을 바로 알아챌 것이다. 그런 일이 벌어지기 전에 테라스로 나가 신발과 망원경을 처리해야 한다.

마리에는 두근거리는 심정으로 기사단장이 데리러 오기를 기다렸다. 하지만 기사단장은 좀처럼 나타나지 않았다. 일이 잘 풀리지 않는지도 모른다. 멘시키가 기사단장에게 작은 틈 하나 보이지 않는지도 모른다. 더욱이 기사단장이라는 인물이―혹은 '이데아'라는 것이―어느 정도 실제적인 힘을 지니고 있는지, 그를 어디까지 믿어도 될지 통 짐작이 가지 않았다. 그러나 지금은 기사단장을 믿는 것 말고 다른 방법이 없다. 마리에는 붙박이장 바닥에 웅크리고 앉아 두 손으로 무릎을 감싸고, 문틈으로 카펫이 깔린 바닥을 내다보았다. 이따금 손을 뻗어 원피스 소매를 가만히 쥐어보았다. 그것이 그녀의 소중한 생명줄인 것처럼.

방안이 제법 어두워졌을 무렵 복도에서 다시 발소리가 들렸다. 아까처럼 느리고 부드러운 발소리다. 발소리는 그녀가 숨어 있는 방 앞까지 와서 뚝 멈추었다. 마치 무슨 냄새라도 맡은 것처럼. 조금 뜸을 두었다가 문이 열리는 소리가 들렸다. 이 방의 문이다. 틀림없다. 심장이 얼어붙어서 그대로 멈춰버릴 것 같았다. 그리고 그 누군가(아마도 멘시키일 것이다. 그 말고는 이 집안에는 아무도 없을 테니)가 들어와서, 손을 등뒤로 돌려 문을 닫았다. 찰카닥 소리가 났다. 방안에 그 남자가 있다. 틀림없다. 그 사람도 그녀처럼 숨을 죽이고, 귀를 쫑긋 세우고, 기척을 찾고 있다. 그녀는 알 수 있었다. 남자는 불을 켜지 않았다. 어두컴컴한 방안에서 눈을 부릅뜨고 있다. 왜 불을 켜지 않을까? 보통은 방에 들어오면 불부터 켤 텐데. 이유를 알 수 없었다.

마리에는 붙박이장 문틈으로 바닥을 노려보았다. 누가 이쪽으로 다가오면 발끝이 보일 터였다. 아직 아무것도 보이지 않는다. 그러나 방안에서는 인기척이 확연하게 느껴졌다. 남자의 기척이다. 그리고 그 남자는—아마도 멘시키는(멘시키 말고 누가 지금 이 저택 안에 있겠는가)—어둠 속에서 붙박이장 쪽을 가만히 바라보는 것 같았다. 무언가를 느낀 것이다. 붙박이장 안에서 무언가 여느 때와 다른 상황이 벌어지고 있다는 것을. 다음 순간 그가 할 일은 붙박이장 문을 여는 것이다. 그것 말고는 있을 수 없다. 이 문에는 물론 잠금장치가 없으니 간단한 일이다. 손을 뻗어 손잡이를 앞으로 잡아당기면 그만이다.

그의 발소리가 다가왔다. 격렬한 공포가 마리에의 온몸을 덮쳤다. 겨드랑이에서 식은땀이 흘렀다. 처음부터 이런 데 오는 것이 아니었다. 나는 내 집에 얌전히 있어야 했다. 맞은편 산머리에 있는, 그리운 내 집에. 이곳에는 무언가 무서운 것이 있다. 내가 무심결에 접근해서는 안 되는 상대다. 이곳에는 무언가의 의식이 움직이고 있다. 아마 말벌도 그 의식의 일부이리라. 그리고 그 무언가가 지금 내게 그 손을 뻗고 있다. 블라인드 틈새로 발끝이 보였다. 갈색 가죽 슬리퍼 같은 것을 신은 발이다. 그것 말고는 너무 어두워서 아무것도 보이지 않는다.

마리에는 본능적으로 손을 뻗어 눈앞에 걸린 원피스 소매를 꼭 움켜쥐었다. 5호 사이즈 꽃무늬 원피스. 그리고 마음속으로 빌었다. 저를 도와주세요, 제발 저를 지켜주세요.

남자는 붙박이장의 쌍바라지문 앞에 한참을 가만히 서 있었다. 아무 소리도 내지 않았다. 숨소리조차 들리지 않는다. 남자는 석상처럼 미동도 없이 서서 동정을 살피고 있었다. 무거운 침묵과, 점점 깊어가는 어둠과 함께. 바닥에 웅크린 마리에의 몸이 가늘게 떨렸다. 이가 맞부딪쳐서 작게 달달 소리를 냈다. 그녀는 눈을 감고 귀를 틀어막고 싶었다. 생각을 통째로 들어내 어디다 팽개쳐버리고 싶었다. 하지만 그러지 않았다. 그래서는 안 된다고 직감했다. 아무리 무서워도 공포가 나를 지배하도록 해서는 안 된다. 무감각해져서는 안 된다. 생각을 잃어버려서는 안 된다. 그래서 그녀는 눈을 크게 뜨고 귀를 기울인 채 그 발끝을 노려보면서, 보드라운 분홍색 원피스를 필사적으로 움켜쥐었다.

옷이 나를 지켜주는 거야, 그녀는 굳게 믿었다. 여기 있는 옷들이 내 편이다. 5호, 230밀리미터, 65C 사이즈의 옷들 한 세트가 나를 온전히 감싸 내 존재를 투명하게 만들어주는 것이다. 나는 여기 없다. 나는 여기 없다.

시간이 얼마나 흘렀는지 모른다. 그곳에서 시간은 균일하지도 않고 순서대로 흘러가지도 않았다. 그래도 어느 정도는 경과한 것 같았다. 어느 순간 남자가 손을 뻗어 붙박이장 문을 열려고 했다. 마리에는 그 확실한 기척을 느꼈다. 그녀는 각오했다. 곧이어 문이 열리고 남자가 내 모습을 볼 것이다. 그리고 나는 남자의 모습을 볼 것이다. 그뒤에 무슨 일이 일어날지는 알 수 없다. 짐작도 가지 않는다. 이 남자는 멘시키가 아닐지도 모른다. 그런 생각이 순간 머릿속을 스쳤다. 그럼 누구란 말인가?

그러나 남자는 결국 문을 열지 않았다. 잠깐 주저하다가 손을 거두어 그대로 붙박이장 앞을 떠났다. 왜 마지막 순간 생각을 바꾸었는지는 알 수 없었다. 아마 무언가가 그의 행동을 제지한 것이리라. 남자는 이어서 방문을 열고 복도로 나가 다시 문을 닫았다. 방안에는 아무도 남지 않았다. 틀림없다. 트릭 같은 것이 아니다. 이 방에는 이제 나뿐이다. 그녀는 확신했다. 가까스로 눈을 감고, 온몸에 쌓여 있던 팽팽한 공기를 크게 토해냈다.

심장이 아직 빠르게 뛰었다. 가슴이 두방망이질한다—소설이라면 그렇게 표현하리라. 두방망이질이 실제로 어떤 것인지는 몰라도. 정말이지 아슬아슬했다. 그러나 무언가가 마지막 순간 나를 지켜주었다. 그렇긴 해도 이 장소는 너무 위험하다. 그 누군가는 이 방에서 내 기척을 느꼈다. 틀림없이. 언제까지나 여기 숨어 있을 수는 없다. 이번에는 별 탈 없이 넘어갔지만, 앞으로도 행운이 따르리라는 보장은 없다.

그녀는 다시 기다렸다. 방안이 시시각각 어두워졌다. 그래도 그녀는 그 자리에서 꼼짝 않고 기다렸다. 침묵 속에서 불안과 공포를 견뎠다. 기사단장은 절대 나를 잊어버리지 않을 것이다. 마리에는 그의 말을 믿었다. 아니, 그 기묘한 말투의 작은 사람을 믿는 것 말고 그녀에게 다른 선택지는 없었다.

정신을 차려보니 눈앞에 기사단장이 있었다.

"제군은 여기서 나가는 거다." 기사단장이 속삭이듯이 말했다. "지금이 바로 그때야. 자, 일어나게나."

마리에는 당황했다. 바닥에 주저앉은 몸을 일으키기가 힘들었다. 막상 붙박이장에서 나가려니 새로운 공포가 또다시 엄습했다. 바깥세계에는 더 무서운 것이 기다리고 있을지 모른다.

"멘시키 군이 지금 샤워를 하거든." 기사단장이 말했다. "척 보면 알 수 있듯이 그는 청결한 걸 좋아하지. 욕실에서 보내는 시간이 무척 길어. 물론 그렇다고 영원히 나오지 않는 건 아니야. 기회는 지금뿐이네. 자, 서두르래도."

마리에는 힘을 쥐어짜내 가까스로 몸을 일으켰다. 그리고 붙박이장 문을 바깥으로 밀었다. 방안은 어둡고 텅 비어 있었다. 그녀는 나가기 전에 뒤돌아 안에 걸린 옷들을 다시 한번 바라보았다. 숨을 크게 들이마시며 방충제 냄새를 맡았다. 이 옷들을 보는 건 지금이 마지막일지 모른다. 왠지 몰라도 그 옷들이 아주 그립고 친근하게 느껴졌다.

"자, 서둘러." 기사단장이 말했다. "시간 여유가 없네. 복도로 나가서 왼쪽으로 가게나."

마리에는 숄더백을 메고 문을 열고 복도로 나와 왼쪽으로 향했다. 거실로 올라가서 넓은 공간을 가로질러 테라스 쪽 유리문을 열었다. 아직 근처에 말벌이 있지는 않을까. 주위가 완전히 어두워졌으니 이미 오늘의 활동을 멈추었는지도 모른다. 아니, 어쩌면 어둠에도 끄떡 않는 벌인지 모른다. 하지만 그런 생각에 잠겨 있을 여유가 없었다. 그녀는 테라스로 나가 받침대 나사를 돌려서 망원경을 떼어내 플라스틱 케이스에 넣었다. 받침대는 접어 원래대로 벽에 세웠다. 긴장한 탓에 손가락이 잘 움직이지 않아 생각보다 오래 걸렸다. 그뒤 바닥에 놓여 있던 검은색 슬립온을 집어들었다. 기사단장은 스툴에 앉아 그 모습을 지켜보았다. 말벌은 어디에도 없었다. 그 사실에 마리에는 안도했다.

"옳거니, 다 됐네." 기사단장이 고개를 끄덕이고 말했다. "유리문을 닫고 안으로 들어가게. 그리고 복도로 가서 계단을 두 층 내려가는 거야."

계단을 두 층 내려간다? 그러면 이 저택 안쪽으로 더 깊이 들어가는 셈이다. 나는 여기서 도망쳐야 하는 게 아니었던가?

"지금 여기서 빠져나가는 건 불가능하네." 기사단장이 그녀의 마음을 읽고 고개를 저으면서 말했다. "출구는 굳게 닫혀버렸어. 제군은 한동안 집안에 몸을 숨기는 수밖에 없지. 지금은 내 말을 따르는 게 좋아."

기사단장의 말을 믿는 수밖에 없었다. 마리에는 거실을 빠져나와 발소리를 죽이고 계단을 두 층 내려갔다.

내려간 곳은 입주 도우미 방이 있는 지하 2층이었다. 바로 옆에 세탁실이 있고 그 옆은 저장고였다. 맨 끝에는 운동기구가 늘어선 트레이닝 룸이 있었다. 기사단장이 도우미 방을 가리켰다.

"제군은 당분간 저기 숨어 있어야 해." 기사단장이 말했다. "멘시키 군이 그 방에 들어가는 일은 거의 없네. 하루에 한 번쯤 빨래나 운동을 하러 내려오긴 하지만 도우미 방까지 일일이 들여다보지는 않아. 그러니 거기 얌전히 있으면 눈에 띌 일은 없다고 할 수 있지. 안에는 화장실도 있고 냉장고도 있어. 지진에 대비해서 생수와 식품을 저장고에 넉넉히 비축해놓았고. 그러니까 굶을 염려는 없네. 여기라면 제군도 비교적 안심하고 며칠을 보낼 수 있을 거야."

며칠을 보낸다? 마리에는 슬립온을 든 채 놀라서 (그래도 입밖에 내지는 않고) 물었다. 며칠을 보낸다고요? 그러니까, 내가 며칠이나 여기 있어야 한다는 거예요?

"안됐지만 제군이 곧바로 여기서 나가는 건 불가능해." 기사단장은 작은 머리를 흔들면서 말했다. "여긴 경계가 삼엄한 곳이야. 여러 의미로 감시가 철저하지. 그것만은 나도 어쩔 수 없어. 유감스럽지만 이데아의 능력에도 한계가 있어서 말일세."

"얼마나 길어질까요?" 마리에가 작게 소리내어 물었다. "빨리 집으로 돌아가야 해요. 안 그러면 고모가 걱정할 거예요. 행방불명이라고 경찰에 신고할지도 몰라요. 그러면 일이 엄청 성가셔질 테고요."

기사단장은 고개를 가로저었다. "유감이지만 내가 어떻게 해줄 수 없어. 여기서 가만히 기다리는 수밖에."

"멘시키 씨는 위험한 사람인가요?"

"그건 설명하기 어려운 문제야." 기사단장은 말했다. 그리고 자못 심각한 표정을 지었다. "멘시키 군 자신은 별로 사악한 인간이 아니야. 오히려 다른 이들보다 능력이 뛰어나고 성실한 사람이라고 할 수 있지. 고결한 구석마저 엿보이곤 해. 하지만 동시에 그의 마음속에는 특별한 공간 같은 것이 있고, 그래서 결과적으로 평범하지 않은 것, 위험한 것을 불러들일 가능성이 있네. 그게 문제지."

무슨 뜻으로 하는 말인지 마리에는 통 이해할 수 없었다. 평범하지 않은 것?

그녀가 물었다. "아까 붙박이장 앞에 서 있던 사람은 멘시키 씨였어요?"

"멘시키 군인 동시에, 멘시키 군이 아닌 어떤 것이야."

"멘시키 씨는 그 사실을 아나요?"

"아마도." 기사단장은 말했다. "아마 본인도 느끼겠지. 하지만 그 자신도 어떻게 할 수 없는 부분이야."

위험하고 평범하지 않은 것? 어쩌면 테라스에서 보았던 말벌도 그것의 한 형태인지 모른다.

"옳거니. 그러니 말벌만은 모쪼록 조심하는 게 좋네. 매우 치명적인 생물이니까." 기사단장이 그녀의 마음을 읽고 말했다.

"치명적?"

"죽음을 불러올 수도 있다는 뜻일세." 기사단장이 설명했다. "제군은 지금 여기서 가만있는 수밖에 없어. 섣불리 밖으로 나갔다가는 일이 성가셔지네."

'치명적', 마리에는 속으로 되뇌었다. 그 말이 몹시 불길한 울림을 남겼다.

마리에는 도우미 방의 문을 열고 안으로 들어갔다. 멘시키의 침실 드레스 룸보다 약간 넓은 정도였다. 간이 부엌이 있어 냉장고와 인덕션레인지, 작은 전자레인지, 수도와 싱크대가 있었다. 작은 욕실과 침대도 있다. 매트리스만 덜렁 놓여 있지만 수납장 안에 담요와 이불과 베개가 있다. 간단한 식사를 할 수 있는 작은 식탁과 의자도 있다. 의자는 하나뿐이다. 작은 창문 하나가 골짜기 쪽으로 나 있었다. 커튼 사이로 골짜기가 내다보였다.

"아무에게도 들키기 싫으면 여기서 얌전히, 되도록 소리내지 말고 있어야 하네." 기사단장은 말했다. "알아들었는가?"

마리에가 고개를 끄덕였다.

"제군은 용감한 아이야." 기사단장은 말했다. "얼마간 무모한

구석이 있지만 어쨌든 용기가 있어. 그건 기본적으로 좋은 일이지. 하지만 여기 있는 동안은 그야말로 조심 또 조심하라고. 모쪼록 방심하지 말게. 여기는 여느 평범한 장소가 아니니까. 성가신 것이 배회하는 곳이야."

"배회?"

"어슬렁거린다는 뜻이네."

마리에가 고개를 끄덕였다. 이곳이 '여느 평범한 장소'와 어떻게 다른지, 대체 어떤 성가신 것이 배회하는지 더 알고 싶었지만 뭐라고 질문할 수가 없었다. 모르는 것이 너무 많아서 어디서부터 손대야 할지 알 수 없다.

"난 이제 여기 못 올지도 모르네." 기사단장이 비밀을 고백하듯이 말했다. "이제부터 가봐야 할 곳도 있고 다른 할 일도 있거든. 무척 중요한 용건이야. 그러니까 대단히 미안하지만 더이상은 제군을 도와줄 수 없겠어. 나머지는 제군이 어떻게든 스스로의 힘으로 헤쳐나가는 수밖에."

"그렇지만, 제 힘만으로 어떻게 여기서 빠져나갈 수 있죠?"

기사단장은 실눈을 뜨고 마리에를 보았다. "귀를 잘 기울이고, 눈을 크게 뜨고, 마음을 날카롭게 벼려두는 걸세. 그것밖에 길이 없어. 그리고 때가 오면 제군도 알 것이야. 오, 지금이 바로 그때구나, 라고. 제군은 용감하고 총명한 아이야. 주의를 게을리하지만 않으면 충분히 알 수 있어."

마리에는 고개를 끄덕였다. 나는 용감하고 총명한 아이여야
한다.

"잘 지내게나." 기사단장은 격려하는 투로 말했다. 그리고 문
득 생각난 듯 덧붙였다. "걱정할 것 없네. 제군의 가슴은 머지않
아 더 커질 테니까."

"65C 정도까지요?"

기사단장은 곤란한 얼굴로 고개를 갸웃했다. "흠, 아무리 그래
도 나는 일개 이데아일세. 여자 속옷 사이즈에 대한 지식까지는
없어. 아무튼 지금보다 훨씬 커지리라는 건 분명하네. 걱정할 것
없네. 시간이 전부 해결해줄 테니. 형태를 지닌 것들에게 시간이
란 위대한 존재지. 시간은 한없이 존재하진 않지만, 존재하는 동
안은 상당한 효력을 발휘하거든. 그러니까 기대하고 있으라고."

"고마워요." 마리에가 말했다. 그것은 분명 밝은 뉴스라 할 만
했다. 그리고 지금 그녀에게는 그렇게 용기를 줄 것이 하나라도
더 필요했다.

그런 뒤 기사단장은 홀연히 사라졌다. 역시 수증기가 허공으
로 빨려들어가듯이. 기사단장이 눈앞에서 사라지자 주위의 침묵
이 한결 무거워졌다. 기사단장을 다시는 볼 수 없을지도 모른다
고 생각하니 쓸쓸해졌다. 이제 의지할 사람이 없는 것이다. 마리
에는 아무것도 깔리지 않은 매트리스에 드러누워 천장을 올려다
보았다. 흰색 석고보드로 마감한 낮은 천장이다. 한복판에 형광

등이 달려 있다. 물론 켜지는 않았다. 불빛을 내보낼 수는 없다.

이곳에 얼마나 더 있어야 할까? 슬슬 저녁식사 시간이 다가온다. 일곱시 반까지 집에 들어가지 않으면 고모는 그림교실에 전화를 걸 것이다. 그리고 내가 오늘 결석했다는 사실을 알게 되겠지. 그렇게 생각하니 가슴이 아팠다. 나한테 대체 무슨 일이 일어났을까 싶어 고모는 분명 크게 걱정할 것이다. 어떻게든 고모에게 무사하다는 사실을 알려야 한다. 그때 윗옷 주머니에 휴대전화가 들어 있다는 사실을 깨달았다. 전원은 꺼둔 상태다.

마리에는 주머니에서 휴대전화를 꺼내 전원을 켰다. 화면에 '배터리가 부족합니다'라는 표시가 떴다. 배터리 아이콘이 싹 비어 있었다. 이내 화면이 꺼져버렸다. 벌써 오랫동안 충전하는 걸 잊고 지냈으니(보통 때는 휴대전화를 거의 쓰지 않았고, 그 기계에 특별한 호감이나 관심도 없었다) 배터리가 닳은 건 별로 이상한 일이 아니고, 불만을 토로할 수도 없었다.

그녀는 깊은 한숨을 내뱉었다. 적어도 충전 정도는 가끔 해둘걸. 무슨 일이 생길지 모르는데. 그러나 이제 와서 후회해봐야 별수없다. 그녀는 숨을 거둔 휴대전화를 다시 블레이저코트 주머니에 집어넣었다. 그러다가 퍼뜩 뭔가를 깨닫고 다시 꺼냈다. 휴대전화에 달고 다니던 펭귄 장식품이 보이지 않았다. 도넛가게 포인트를 모아서 받은 사은품으로, 항상 부적처럼 달고 다니던 것이다. 아마 줄이 끊어져 떨어진 모양이다. 그런데 대체 어디서? 짚이는 데가 없었다. 주머니에서 거의 꺼내지도 않았는데.

그 작은 부적을 잃어버렸다는 사실이 불안감을 몰고 왔다. 그러나 잠시 생각해보고 마음을 고쳐먹었다. 펭귄 부적은 나도 모르는 사이 어디서 잃어버렸는지 모른다. 대신 붙박이장 안의 옷들이 새로운 부적이 되어 나를 도와주었다. 게다가 기묘한 말투의 작은 기사단장이 나를 여기까지 이끌어주었다. 나는 분명 아직 무언가의 보호를 받고 있다. 그 부적이 없어졌다고 걱정하지는 말자.

그것 말고 갖고 있던 것은 지갑, 손수건, 동전 주머니, 집 열쇠, 반쯤 남은 쿨민트 껌 정도였다. 숄더백에는 필기구와 공책과 교과서 몇 권이 들어 있다. 쓸모 있을 만한 물건은 아무것도 보이지 않는다.

마리에는 살며시 방을 나와 저장고를 살펴보았다. 기사단장의 말대로 지진에 대비한 비상식량이 가득 채워져 있었다. 이곳 오다와라 산간지방은 지반이 비교적 튼튼해 지진 피해가 그다지 크지 않을 것이다. 1923년 간토 대지진 때도 오다와라 시내는 큰 피해를 입었지만 이 일대는 비교적 경미한 정도에 그쳤다(그녀는 초등학교 시절 여름방학 과제로 간토 대지진 당시 오다와라 부근의 피해 상황을 조사했던 적이 있다). 다만 지진 직후에는 식자재와 물을 구하기가 어렵다. 특히 이런 산 위에서는. 그래서 멘시키는 재해에 대비해 그 두 가지를 빈틈없이 비축해둔 것이다. 참으로 조심성 많은 사람이다.

그녀는 저장고에서 생수 두 병과 크래커 한 팩, 초콜릿 하나를 꺼내 방으로 돌아왔다. 그 정도는 없어져도 알아차리지 못할 것이다. 아무리 면밀한 멘시키라도 생수병 개수까지 세어둘 리는 없다. 생수를 가져온 것은 되도록 수도를 틀고 싶지 않아서이기도 했다. 수도에서 어떤 소리가 날지 모른다. 되도록 소리내지 말고 있으라고 기사단장은 말했다. 주의해야 한다.

방에 들어온 마리에는 안쪽에서 문을 잠갔다. 물론 그래봐야 멘시키는 이 방 열쇠를 가지고 있을 것이다. 그래도 조금쯤은 시간을 벌 수 있을지 모른다. 적어도 잠깐의 위안이 된다.

식욕이 없었지만 맛을 볼 겸 크래커 몇 개를 먹고 물을 마셨다. 지극히 평범한 크래커에 지극히 평범한 물이었다. 혹시나 싶어 제조일을 확인했지만 양쪽 다 유통기한이 넉넉했다. 괜찮아, 내가 여기서 굶을 일은 없어.

밖은 이제 완전히 어두워졌다. 마리에는 창문 커튼을 조금 걷고 골짜기 맞은편을 바라보았다. 그곳에는 자기 집이 있었다. 망원경이 없어서 집안까지는 들여다볼 수 없지만 몇몇 방에 불이 켜진 것이 보였다. 열심히 주시하면 사람 그림자도 보일 것 같았다. 저 집에는 고모가 있고, 귀가할 시간이 지났는데도 내가 오지 않아 안절부절못하고 있을 터였다. 어디 전화를 걸 만한 곳이 없을까? 집안 어딘가에 분명히 유선전화기가 놓여 있을 것이다. "난 무사하니까 걱정 안 해도 돼." 짧게 말하고 끊어버리면 된다. 그러면 멘시키 씨가 알아챌 일도 없다. 하지만 방안에서도, 근처 어디서도 전화기는 보이지 않았다.

밤사이 어둠에 섞여 이곳을 빠져나갈 수는 없을까? 어디선가 사다리를 찾아내 담을 넘어 밖으로 나가는 거다. 정원의 자재 창고에서 접이식 사다리를 본 것 같기도 했다. 그러나 곧 기사단장이 한 말을 떠올렸다. 여긴 경계가 삼엄한 곳이야. 여러 의미로 감시가 철저하지. 그리고 '경계가 삼엄하다'는 말은 경비회사 시스템만 가리키는 것은 아닐 터였다.

기사단장의 말을 믿어야겠지. 마리에는 그렇게 생각했다. 이곳은 평범한 장소가 아니다. 여러 가지가 배회하는 장소다. 조심해야 한다. 인내심을 한껏 발휘해야 한다. 경솔하게 일을 저지르지 않는 것이 좋다. 기사단장의 말대로 당분간 여기서 얌전히 상황을 지켜보기로 하자. 그리고 기회가 오기를 기다리는 거다.

때가 오면 제군도 알 것이야. 지금이 바로 그때구나, 라고. 제군은 용감하고 총명한 아이야. 충분히 알 수 있어.

그래, 나는 용감하고 총명한 아이가 되어야 한다. 말짱하게 살아남아서 이 가슴이 좀더 커지는 것을 지켜봐야지.

그녀는 매트리스에 누운 채 생각했다. 주위가 점점 어두워졌다. 바야흐로 한층 깊은 어둠이 찾아들고 있었다.

62

그것은 깊은 미로 같은 느낌을 풍긴다

시간은 그녀의 뜻과 상관없이 제 원리에 따라 흘러갔다. 그녀는 그 작은 방의 매트리스에 누워 시간이 완만한 걸음으로 눈앞을 행진해 지나가는 모습을 지켜볼 따름이었다. 달리 할 일도 없었으니까. 읽을 책이라도 있으면 좋을 텐데, 그녀는 생각했다. 그러나 손 닿는 곳에는 책이 없었고 설령 있다 해도 불을 켤 수 없다. 그저 어둠 속에 가만히 누워 있는 수밖에 없다. 저장고에서 회중전등과 전지를 찾아오긴 했지만 되도록 켜지 않았다.

이윽고 밤이 깊어오자 잠이 들었다. 낯선 장소에서 잠들기가 불안해 가능하면 계속 깨어 있고 싶었지만 어느 시점을 넘기자 졸음을 참을 수 없었다. 더이상 눈을 뜨고 있기 힘들었다. 아무것도 깔지 않은 매트리스에서 자려니 너무 추워 수납장에서 담요와 이불을 꺼내 롤케이크처럼 몸에 돌돌 감고 눈을 붙였다. 난방기구가 없고, 히터를 켤 수도 없다(여기서 시간 경과에 대해 주를 달겠다. 아마 마리에가 잠든 사이 멘시키는 집을 나와 우리집으로 왔을 것이다. 그리고 하룻밤 묵고 이튿날 아침에 돌아갔다. 따라서 멘시키는 그날 밤 집에 없었다. 집은 비어 있었던 셈이다. 그러나 마리에는 그 사실을 몰랐다).

밤에 한 번 깨어 화장실에 갔지만 물은 내리지 않았다. 낮이면 모를까 고요한 한밤중에 변기 물을 내리면 멘시키 귀에 들릴 가능성이 크다. 멘시키는 두말할 것 없이 주의깊고 면밀한 인간이다. 작은 변화도 금방 알아챌 것이다. 그런 위험을 무릅쓸 수는 없었다.

손목시계의 바늘은 오전 두시 직전을 가리키고 있었다. 토요일 새벽 두시다. 금요일은 이미 지나버렸다. 창문 커튼 사이로 골짜기 맞은편 자기 집을 바라보니 응접실에 아직 불이 환했다. 한밤중이 되어도 내가 들어오지 않아서 다들—이라고 해봐야 밤에는 아빠와 고모밖에 없을 테지만—잠을 이루지 못하는 것이리라. 자기 잘못이라는 생각이 들었다. 아빠에게 미안한 마음까지 들었다(그건 극히 드문 일이었다). 이렇게 무모한 짓을 저지르는 게 아니었다. 처음부터 그럴 생각은 없었지만, 그때그때 떠오르는 대로 행동하다보니 이런 결과가 되고 말았다.

그러나 아무리 후회하고 자책한들 골짜기 위를 날아서 집으로 돌아갈 수는 없다. 그녀의 몸은 까마귀와 다르다. 하늘을 날 재주는 없다. 또한 기사단장처럼 자유롭게 사라졌다 다른 곳에서 나타나는 것도 불가능하다. 그녀는 아직 발육중인 육체에 갇힌, 시간과 공간으로 행동의 자유가 엄격히 제한되는 하찮은 존재일 뿐이다. 가슴도 거의 부풀지 않았다. 꼭 실패한 팬케이크처럼.

어둠 속에 혼자 있자니 아키가와 마리에는 두려웠다. 그리고 자신의 무력함을 절감하지 않을 수 없었다. 기사단장이 옆에 있으면 좋을 텐데, 그녀는 생각했다. 그에게 물어보고 싶은 것이 많았다. 대답을 해줄지는 모르지만 적어도 누군가와 이야기할 수는 있다. 그의 말투는 현대 일본어라기에는 상당히 기묘했지만 뜻을 알아듣는 데 지장은 없다. 그러나 기사단장은 다시는 나타나지 않을지도 모른다. "이제부터 가봐야 할 곳도 있고 다른 할 일도 있거든." 기사단장은 말했다. 마리에는 그 사실이 쓸쓸했다.

창밖에서 오묘한 밤새 울음소리가 들렸다. 아마 올빼미나 수리부엉이일 것이다. 그들은 어두운 숲속에 몸을 숨기고 지혜를 짜내고 있다. 나도 그에 질세라 지혜를 짜내야 한다. 총명하고 용감한 아이가 되어야 한다. 그러나 다시 졸음이 몰려와 더이상 눈을 뜨고 있기도 힘들었다. 그녀는 담요와 이불을 말고 침대에 누워 눈을 감았다. 꿈도 없는 깊은 잠이었다. 눈을 떴을 때는 어렴풋이 날이 밝고 있었다. 시곗바늘은 여섯시 반을 지나고 있었다.

세계는 토요일 아침을 맞은 것이다.

마리에는 토요일 하루를 그 도우미 방에서 조용히 보냈다. 아침 대신 또 크래커와 초콜릿을 조금 먹고 생수를 마셨다. 방을 나가 몰래 트레이닝 룸으로 가서 잔뜩 쌓여 있는 일본어판 『내셔널 지오그래픽』 과월호 몇 권을 재빨리 챙겨와(멘시키가 실내 자전거를 타거나 스테퍼를 밟으면서 읽는 듯 군데군데 땀자국이 있었다) 몇 번씩 되풀이해 읽었다. 잡지에는 시베리아늑대의 생태, 차고 기우는 달의 신비, 이누이트의 생활상, 해마다 면적이 줄어드는 아마존 열대우림 등에 대한 기사가 실려 있었다. 평소 같으면 읽을 일이 거의 없는 기사들이지만 달리 읽을거리가 없어서 달달 외울 정도로 숙독했다. 사진도 구멍이 뚫릴 만큼 자세히 뜯어보았다.

잡지를 읽다가 지치면 이따금 드러누워 토막잠을 잤다. 그리고 창문 커튼 사이로 골짜기 맞은편의 자기 집을 바라보았다. 여기 그 망원경이 있으면 좋을 텐데, 그녀는 생각했다. 집안을 더 자세히 관찰하고 사람들이 움직이는 모습을 볼 수 있으면 좋겠다고. 그리고 오렌지색 커튼이 달린 자기 방으로 돌아가고 싶었다. 욕조에 뜨거운 물을 받아 구석구석 깨끗하게 씻고, 새옷으로 갈아입고, 키우는 고양이와 함께 따뜻한 침대 안으로 파고들고 싶었다.

오전 아홉시가 지나서 누가 천천히 계단을 내려오는 소리가 들렸다. 실내화를 신은 남자의 발소리다. 멘시키 같았다. 걸음걸이가 독특하다. 열쇠구멍으로 밖을 내다보고 싶었지만 문에는 열쇠구멍이 없었다. 그녀는 몸에 힘을 주고 방 한구석에 웅크리고 앉았다. 만약 이 문이 열리면 도망칠 곳이 없다. 멘시키가 이 방을 들여다보지는 않을 거라고 기사단장은 말했다. 그의 말을 믿는 수밖에 없다. 그러나 무슨 일이 일어날지는 아무도 모른다. 이 세상에 100퍼센트 확실한 일 같은 건 하나도 없으니까. 그녀는 기척을 죽이고, 붙박이장에 있던 옷들을 떠올리며, 아무 일도 일어나지 않기를 마음속으로 빌었다. 목이 바짝 말랐다.

멘시키는 세탁물을 들고 내려온 것 같았다. 아마 매일 아침 이 시간에 세탁기를 돌리는 모양이다. 그는 세탁기에 옷가지를 넣고, 세제를 넣고, 다이얼을 돌려 모드를 설정하고, 시작 버튼을 눌렀다. 익숙한 손놀림이다. 마리에는 그 일련의 소리에 귀를 기울였다. 놀랄 만큼 또렷이 들렸다. 이윽고 세탁기의 드럼이 천천히 돌아가기 시작했다. 작업을 마치자 그는 트레이닝 룸으로 가서 기구를 사용해 운동을 시작했다. 세탁기를 돌리는 사이 운동하는 것이 그의 아침 일과인 듯했다. 운동중에는 클래식을 들었다. 천장에 달린 스피커에서 바로크음악이 흘러나왔다. 바흐나 헨델, 비발디, 뭐 그런 음악이다. 마리에는 클래식을 그리 잘 아는 편이 아니었다. 바흐와 헨델과 비발디를 구별하지는 못한다.

그녀는 세탁기의 기계음과 운동기구가 규칙적으로 움직이는 소리, 바흐 아니면 헨델 아니면 비발디의 음악에 귀기울이며 한 시간 남짓을 보냈다. 불안하기 이를 데 없는 한 시간이었다. 잡지 더미에서 『내셔널 지오그래픽』이 몇 권 사라지고 저장고에서 생수와 크래커와 초콜릿이 조금씩 줄어들었다는 사실을 멘시키가 알아채지는 않을 것이다. 전체 양에 비하면 매우 작은 변화니까. 하지만 무슨 일이 일어날지는 아무도 모른다. 방심할 수 없다. 주의를 게을리해서는 안 된다.

이윽고 세탁기가 큰 신호음을 내며 정지했다. 멘시키가 느릿느릿 다가와 세탁물을 꺼내더니 건조기에 옮겨넣고 전원을 켰다. 건조기의 드럼이 소리내며 회전을 시작했다. 그것을 확인한 뒤 멘시키는 천천히 계단을 올라갔다. 아침 운동 시간이 끝난 모양이다. 이제 또 한참 샤워를 할 것이다.

마리에는 눈을 감고 크게 안도의 숨을 쉬었다. 아마 멘시키는 한 시간쯤 뒤에 다시 내려올 것이다. 건조된 세탁물을 가지러. 그래도 가장 큰 위기는 넘겼다. 막연히 그렇게 느꼈다. 그는 내가 이 방에 숨어 있다는 것을 알아채지 못했다. 내 기척을 느끼지 못했다. 그 사실에 그녀는 안도했다.

그럼 그때 붙박이장 문 앞에 서 있던 건 누구였을까? 그건 멘시키 군인 동시에 멘시키 군이 아닌 어떤 것이야, 라고 기사단장은 말했다. 그게 대체 무슨 뜻일까? 그가 말하려는 바를 잘 이해할 수 없었다. 나한테는 너무 어려운 이야기다. 어쨌든 그 누군가는 붙박이장 안에 그녀가 있다는 사실을(혹은 누군가가 있다는 사실을) 틀림없이 알고 있었다. 적어도 그 기척을 역력하게 느꼈다. 그러나 그 누군가는 어떤 이유로 붙박이장 문을 열지 못했다. 대체 무슨 이유였을까? 정말로 그 안에 걸려 있던 아름다운 옛날 옷들이 나를 지켜준 걸까?

좀더 자세히 기사단장의 설명을 듣고 싶었다. 하지만 기사단장은 어딘가로 가버렸다. 내게 설명해줄 상대는 이제 어디에도 없다.

그날 토요일 하루, 멘시키는 종일 집밖으로 한 발짝도 나가지 않은 듯했다. 그녀가 듣기로는 차고 문이 열리는 소리도 자동차 시동이 걸리는 소리도 나지 않았다. 그는 계단을 내려와서 건조된 세탁물을 챙겨들고 다시 천천히 계단을 올라갔다. 그게 다였다. 산꼭대기의 도로 끄트머리에 서 있는 그 집에는 아무도 찾아오지 않았다. 택배도 속달우편서류도 오지 않았다. 초인종은 내내 침묵했다. 전화벨이 두 번 울렸다. 멀리서 희미하게 들려오는 소리를 그녀는 들을 수 있었다. 첫번째 전화벨은 두 번, 두번째 전화벨은 세 번 울리고 수화기가 들리면서 멈추었다(즉 집안 어딘가에 멘시키가 있다는 뜻이다). 시내 쓰레기차가 〈애니 로리〉 멜로디를 울리면서 비탈길을 느릿하게 올라왔다가 느릿하게 내려갔다(토요일은 일반 쓰레기를 내놓는 날이다). 그외에는 어떤 소리도 들리지 않았다. 집은 대체로 쥐죽은듯이 조용했다.

토요일 점심때가 지나고, 오후가 넘어가고, 석양이 가까워졌다(여기서 다시 시간 경과에 대해 주를 단다. 마리에가 그 작은 방에서 숨죽이고 있는 사이 나는 이즈 고원의 요양 시설에서 기사단장을 죽이고, 땅속에서 얼굴을 내민 '긴 얼굴'을 붙들어 지하세계로 내려갔다). 그래도 그녀는 그 집을 빠져나갈 타이밍을 잡지 못했다. 여기서 빠져나가려면 참을성 있게 '그때'를 기다려야 한다고 기사단장은 말했다. "때가 오면 제군도 알 것이야. 오, 지금이 바로 그때구나, 라고."

하지만 그때는 좀처럼 찾아오지 않았다. 그리고 마리에는 기다리는 데 점점 지쳐갔다. 얌전히 무언가를 기다리는 일은 그녀의 성격에 잘 맞지 않았다. 언제까지 이런 곳에서 숨죽이고 기다려야 하는 걸까?

해질녘에 멘시키가 피아노 연습을 시작했다. 거실 창문을 열어놓았는지 그녀가 숨어 있는 곳까지 소리가 들렸다. 모차르트의 소나타 같았다. 장조 소나타. 피아노 위에 놓여 있던 그 악보가 기억났다. 그는 느릿한 악장을 한차례 연주한 후, 몇 군데를 반복해서 연습했다. 스스로 만족할 때까지 운지법을 조정했다. 손가락이 뜻대로 움직이지 않아 소리가 부분적으로 고르지 못한 것이 귀에 거슬리는 모양이었다. 모차르트의 소나타는 일반적으로 그리 어려운 축에 들지 않지만, 만족할 만한 연주를 하려

들면 때때로 깊은 미로 같은 느낌을 풍긴다. 그리고 멘시키는 그런 미로에 제 발로 들어가기를 꺼리지 않는 인간이었다. 마리에는 그가 그 미로에서 참을성 있게 돌아다니는 발소리에 귀를 기울였다. 연습은 한 시간쯤 이어졌다. 그런 다음 그랜드피아노 뚜껑을 탕하고 닫는 소리가 들렸다. 그녀는 그 소리에서 짜증 섞인 감정을 읽을 수 있었다. 물론 그렇게 강한 짜증은 아니다. 적당하고 품위 있는 짜증이다. 멘시키 씨는 설령 넓은 저택에 혼자 있을 때도(혼자라고 믿고 있을 때도) 자제심을 잃지 않는 사람인 것이다.

남은 하루는 전날과 똑같이 반복되었다. 해가 지고 어둠이 깔리자 까마귀들이 울면서 산속 둥지로 돌아갔다. 골짜기 맞은편의 집 몇 채에 하나둘 불이 켜졌다. 아키가와가의 불빛은 자정이 지나고도 꺼지지 않았다. 그 불빛에서 사람들이 자신을 염려하는 기척이 느껴졌다. 적어도 마리에는 그렇게 느꼈다. 저곳에서 속을 끓이고 있을 사람들에게 아무것도 해줄 수 없다는 사실이 괴로웠다.

그와 대조적으로 역시 골짜기 맞은편에 있는 아마다 도모히코의 집(즉 내가 사는 집이다)에는 불빛이 전혀 보이지 않았다. 마치 아무도 살지 않는 집 같았다. 해가 진 뒤에도 불빛 하나 없다. 집안에 사람이 있는 기척이 전혀 느껴지지 않는다. 이상하다 싶어 마리에는 고개를 갸웃했다. 선생님은 어디 간 걸까? 내가 집에서 사라졌다는 건 알고 있을까?

한밤의 어느 시각을 넘기자 마리에는 또 심한 졸음을 느꼈다. 강력한 수마가 그녀를 덮쳤다. 교복 블레이저를 입은 채 담요와 이불을 말고 추위에 떨면서 잠들었다. 고양이가 있으면 조금 따뜻해질 텐데, 하고 잠들기 전에 문득 생각했다. 그녀가 집에서 키우는 암고양이는 왠지 몰라도 거의 울지 않았다. 목에서 가르랑대는 소리만 낼 뿐이다. 그러니 충분히 함께 몸을 숨길 수 있을 것이다. 물론 이곳에는 고양이가 없다. 그녀는 완벽하게 혼자였다. 컴컴하고 작은 방에 갇혀 어디로도 도망치지 못한다.

이윽고 일요일 새벽이 밝았다. 마리에가 눈을 떴을 때 방안은 아직 어두컴컴했다. 손목시계 바늘은 여섯시 전을 가리켰다. 해가 점점 짧아지는 것 같았다. 바깥에는 비가 왔다. 소리 없이 내리는 겨울비다. 나뭇가지에 맺힌 물방울이 떨어지는 소리를 듣고서야 비가 내린다는 걸 알아챌 정도였다. 방안의 공기는 차갑고 눅눅했다. 스웨터가 있으면 좋겠다고 마리에는 생각했다. 모직 블레이저 안에 입은 옷은 얇은 니트 조끼와 면 블라우스뿐이었다. 블라우스 밑에는 반팔 티셔츠. 따스한 한낮에 어울리는 복장이다. 모직 스웨터가 한 장 있으면 고마울 텐데.

그 방 붙박이장에 있던 스웨터를 떠올렸다. 따뜻해 보이는 아이보리색 캐시미어 스웨터였다. 위로 올라가서 가져오고 싶었다. 블레이저 안에 껴입으면 한결 포근하리라. 하지만 여기서 내가 위층으로 올라가는 일은 너무 위험했다. 특히 그 방은. 그러니까 지금 입은 옷으로 버티는 수밖에 없다. 물론 견딜 수 없을 정도는 아니다. 이누이트의 거주지처럼 추위가 혹독한 지방도 아니니까. 이곳은 오다와라 근교이고, 아직 12월 초순이다.

그러나 겨울비 내리는 아침은 으슬으슬하게 추웠다. 뼛속까지 냉기가 스미는 것 같았다. 그녀는 눈을 감고 하와이를 떠올렸다. 어릴 적 고모와 고모의 학창 시절 친구들과 함께 하와이에 놀러 간 적이 있었다. 와이키키 해변에서 작은 보트를 빌려 바다에 나가고, 피곤해지면 백사장에 누워 일광욕을 했다. 무척 따뜻하고, 모든 것이 평화롭고 쾌적했다. 저 위에서 야자나무 이파리가 무역풍에 우줄거렸다. 하얀 구름이 먼바다로 흘러갔다. 그 광경을 바라보며 차가운 레모네이드를 마셨다. 너무 차가워서 관자놀이가 욱신거렸다. 그녀는 그 기억을 자잘한 하나하나까지 구체적으로 떠올렸다. 언젠가 다시 그런 곳에 갈 수 있을까? 만약 갈 수 있다면 그 대신 뭐든 내놓을 수 있다고 생각했다.

아홉시가 지나자 다시 실내화 소리가 들리고 멘시키가 내려왔다. 세탁기가 돌아가고, 클래식이 흐르고(이번에는 브람스의 교향곡 같았다), 운동기구가 한 시간쯤 삐걱거렸다. 똑같은 반복이다. 음악만 바뀌었을 뿐 나머지는 한 치도 다르지 않다. 이 집의 주인은 의심의 여지 없이 정해진 습관에 따라 움직이는 사람이다. 세탁물이 세탁기에서 건조기로 옮겨지고 한 시간 뒤 가져 갔다. 그뒤로 멘시키 씨가 아래층에 내려오는 일은 없었다. 그는 도우미 방에는 일말의 관심도 없는 것 같았다(여기서 다시 주를 달자면, 멘시키는 그날 오후 우리집을 방문해 마침 상황을 살피러 와 있었던 아마다 마사히코와 짧은 대화를 나누었다. 그러나 웬일인지 이 때도 마리에는 그의 외출을 알아차리지 못한 모양이다).

그가 습관에 따라 규칙적으로 행동하는 건 마리에에게 매우 고마운 일이었다. 그녀도 그 습관에 맞춰 마음의 준비를 하고 행 동을 계획할 수 있기 때문이다. 예상치 못한 일이 속속 터진다면 정신적으로 견디지 못할 것이다. 그녀는 멘시키의 생활패턴을 기억하고 그것에 자신을 맞춰나갔다. 그는 외출하는 일이 거의 없다(적어도 그녀가 아는 한 아무데도 가지 않았다). 서재에서 일하고, 직접 빨래를 하고, 직접 요리를 하고, 해질녘이 되면 거 실의 스타인웨이 피아노에 앉아 연습을 한다. 가끔 전화가 오지 만 그것도 많지 않다. 기껏해야 하루에 몇 통 정도. 아무래도 통 화를 별로 좋아하지 않는 모양이다. 아마 업무상 필요한 연락에 는―그게 얼마나 되는지는 모르겠지만―서재의 컴퓨터를 활용 하는 것이리라.

멘시키는 보통은 직접 청소를 하지만 일주일에 한 번 전문업 체의 서비스를 받는다. 지난번 이 집에 왔을 때 본인이 그런 이 야기를 한 기억이 있었다. 청소는 결코 싫어하지 않습니다, 요리처럼 기분전환에 좋은 방법이니까요, 라고 멘시키 씨는 말했다. 그러나 혼자서 이 넓은 집을 청소하기란 현실적으로 불가능에 가깝다. 따라서 어쩔 수 없이 프로의 힘을 빌린다. 그리고 그날은 반나절쯤 집을 비운다는 이야기였다. 그게 무슨 요일일까? 그날이 되면 나는 무사히 이 집을 빠져나갈 수 있을지도 모른다. 여러 사람이 청소도구를 챙겨 차를 타고 올 테고, 그 과정에서 대문이 몇 번 열리고 닫힐 것이다. 그리고 멘시키는 한동안 외출해 집에 없다. 저택을 빠져나가기는 결코 어렵지 않을 것이다. 바꿔 말해, 그때 말고는 내가 이곳을 탈출할 기회가 없을지도 모른다.

하지만 청소업체가 방문할 낌새는 없었다. 일요일과 마찬가지로 월요일도 아무 일 없이 지나갔다. 멘시키가 연주하는 모차르트는 날마다 조금씩 정확해지고 한결 정돈된 곡이 되어갔다. 주의깊고 참을성 많은 사람이다. 일단 목표를 설정하면 그것을 향해 꾸준히 전진한다. 감탄하지 않을 수 없다. 그러나 설령 틀린곳 하나 없이 매끄럽게 모차르트를 소화한다 한들, 그 연주의 음악적인 즐거움은 어느 정도나 될까? 위층에서 들려오는 음악소리에 귀기울이며 마리에는 의문이 들었다.

그녀는 크래커와 초콜릿과 생수로 버텼다. 견과류가 들어간 에너지 바도 먹었다. 참치 통조림도 조금 먹어보았다. 칫솔은 도저히 찾을 수 없어서 손가락으로 닦고 생수로 헹구었다. 트레이닝 룸에 쌓여 있는 일본어판 『내셔널 지오그래픽』을 하나하나 읽어나갔다. 벵골 지방의 식인 호랑이, 마다가스카르의 희귀한 원숭이들, 그랜드캐니언의 지형 변천, 시베리아의 천연가스 채굴 상황, 남극 펭귄의 평균수명, 아프가니스탄 고지 유목민의 생활, 뉴기니 오지의 젊은이들이 거쳐야 하는 엄격한 통과의례 등 많은 지식을 얻었다. 에이즈와 에볼라 바이러스에 대한 기본 지식도 얻게 되었다. 이렇듯 자연에 관련한 잡다한 지식은 언젠가 도움이 될지도 모른다. 혹은 전혀 도움이 되지 않을지도 모른다. 어차피 이것 말고는 구할 수 있는 책도 없었다. 그녀는 일본어판 『내셔널 지오그래픽』 과월호를 연신 탐독했다.

이따금 티셔츠 밑으로 손을 넣어 가슴이 얼마나 부풀었는지 확인했다. 가슴은 좀처럼 커지지 않았다. 오히려 전보다 더 작아진 느낌마저 들었다. 이어서 생리 생각이 났다. 계산해보니 다음 생리까지 열흘 정도가 남았다. 이곳에는 생리용품이 없으므로(지진을 대비한 물품 중에 두루마리 휴지는 있었지만 생리대나 탐폰은 보이지 않았다. 아마 여자의 존재는 이 집 주인의 고려 범위에 들어가지 않은 것이리라), 만약 숨어 있는 사이 생리가 시작되면 적잖이 곤란해질 것이다. 아마도 그전에는 여기서 빠져나갈 수 있지 않을까. 아마도. 열흘이나 이런 곳에 머물 수는 없다.

화요일 아침 열시가 못 되어 드디어 청소업체 차가 들어왔다. 짐칸에서 청소도구를 내리는 여자들의 떠들썩한 목소리가 정원 쪽에서 들려왔다. 그날 아침 멘시키는 세탁기도 돌리지 않고 운동도 하지 않았다. 한 번도 아래층으로 내려오지 않았다. 그래서 혹시나 하고 기대했는데(멘시키가 일상의 습관을 바꾸는 데는 그만큼 명확한 이유가 있을 터였다) 역시 예상대로였다. 청소업체의 대형 밴이 들어오는 것과 때를 같이해 멘시키는 재규어를 타고 어딘가로 외출한 듯했다.

그녀는 서둘러 방안을 정리하고, 빈 페트병과 크래커 포장지 등을 모아 쓰레기봉투에 넣어서 눈에 잘 띄는 곳에 내놓았다. 아마 청소업체 사람이 치워줄 것이다. 담요와 이불은 원래대로 잘 개어 수납장에 넣었다. 누가 며칠 동안 생활한 흔적을 완전히 지웠다. 매우 주의깊게. 그러고는 숄더백을 메고 발소리 죽여 계단을 올라갔다. 청소업체 사람들의 눈에 띄지 않도록 타이밍을 노려 복도를 빠져나왔다. 그 방을 떠올리자 가슴이 두근거렸다. 동시에 그 붙박이장 안에 있는 옷들이 그리워졌다. 그 옷들을 다시 한번 찬찬히 바라보고 싶었다. 손으로 만져보고 싶었다. 하지만 그럴 여유는 없다. 서둘러야 한다.

사람들 눈을 피해 조심스레 현관을 나서서, 비탈길 커브를 돌아 달려올라갔다. 예상대로 대문은 활짝 열려 있었다. 작업하는 사람들이 드나들 때마다 일일이 여닫을 필요가 없도록 열어둔 것이다. 그녀는 아무렇지 않은 얼굴로 밖으로 나왔다.

정말로 이렇게 간단하고 선선히 여기서 나가버려도 될까, 그녀는 대문을 벗어나면서 문득 생각했다. 여기에는 좀더 무겁고 혹독한 난관이 있어야 하지 않을까? 이를테면 『내셔널 지오그래픽』에 실려 있던, 뉴기니 부족의 젊은이들이 혹독한 아픔과 함께 거쳐야 하는 통과의례 같은 것? 하나의 상징으로 그런 게 필요하지는 않을까? 그래도 그런 생각은 아주 잠깐 뇌리를 스쳤을 뿐이다. 드디어 빠져나왔다는 해방감이 압도적으로 컸다.

하늘은 찌뿌듯하고 낮게 깔린 두툼한 구름이 당장이라도 찬비를 뿌릴 것 같았다. 그러나 그녀는 하늘을 우러러보며 몇 번이나 크게 심호흡을 하고 지극히 행복한 기분을 느꼈다. 와이키키 해변에서 바람에 흔들리는 야자나무 이파리를 올려다볼 때처럼. 나는 자유다. 내 발로 어디든 갈 수 있다. 더는 어둠 속에 웅크리고 떨 필요가 없다. 살아 있다는 사실만으로도 너무나 기쁘고 감사했다. 겨우 나흘 만이지만 오랜만에 접한 바깥세계는 싱싱하고 선명했다. 초목 하나하나에 생기와 활력이 넘쳐 보였다. 바람 냄새에 가슴이 설렜다.

그러나 이런 데서 계속 우물쭈물할 수는 없다. 멘시키가 혹시 잊어버린 것이 떠올라 돌아올지도 모른다. 어서 이곳을 벗어나야 한다. 사람들이 이상하게 보지 않도록 구겨진 교복을 최대한 반듯하게 펴고(며칠이나 교복을 입은 채 이불을 말고 잠든 탓이다), 머리를 정돈하고, 아무 일도 없었다는 듯 시치미뗀 얼굴로 재빨리 산을 내려갔다.

산을 내려온 마리에는 골짜기의 도로를 건너 다시 맞은편 산을 올라갔다. 하지만 자기 집으로 가지 않고 우선 우리집을 찾아왔다. 한 가지 계획이 있어서였다. 그러나 집에는 아무도 없었다. 아무리 초인종을 눌러도 답이 없었다.

마리에는 단념하고 잡목림으로 들어가 사당 뒤 구덩이로 가보았다. 구덩이에는 파란색 비닐시트가 덮여 있었다. 전에는 못 보던 광경이었다. 비닐시트는 땅에 박힌 못 몇 개에 끈으로 단단히 고정되어 있었다. 위에는 누름돌이 놓여 있다. 쉽사리 안을 들여다볼 수 없다. 내가 모르는 사이 누군가가—누구인지는 모르지만—구덩이를 막아버린 것이다. 아마 뚫린 채로 두면 위험하다고 생각한 것이리라. 그녀는 구덩이 앞에 서서 잠시 귀기울였다. 안에서는 아무 소리도 들리지 않았다(주: 방울소리가 들리지 않은 것으로 보아 이때는 내가 구덩이로 돌아오기 전이었던 모양이다. 혹은 마침 잠들어 있었는지도 모른다).

차가운 빗방울이 뚝뚝 떨어지기 시작했다. 집에 돌아가야 한다고 그녀는 생각했다. 가족들이 걱정할 것이다. 하지만 집에 돌아가면 나흘 동안 어디 있었는지 사람들에게 설명해야 한다. 멘시키 씨 집에 몰래 들어가 숨어 있었다고 정직하게 털어놓을 수는 없다. 그런 말을 하면 일이 커진다. 이미 경찰에 실종신고가 들어갔을 터였다. 멘시키 씨 집에 불법으로 침입한 사실을 경찰이 알게 되면 분명 어떤 식으로든 처벌이 내려질 것이다.

그래서 그녀는 실수로 구덩이에 떨어져 나흘간 나오지 못하고 있었다는 변명을 생각해냈다. 그런데 선생님이―다시 말해 내가―우연히 발견하고 구해주었다. 그런 시나리오를 준비하고, 내가 협조해 말을 맞춰주기를 기대했던 것이다. 그러나 나는 그때 집에 없었고 구덩이는 비닐시트로 덮여 쉽사리 드나들 수 없는 상태였다. 따라서 그녀의 시나리오는 실현 불가능한 것이 되어버렸다(만일 시나리오대로 흘러갔다면 나는 중기까지 동원해 그 구덩이를 파헤친 이유를 경찰에 설명해야 했을 테고, 그건 또 그것대로 상당히 성가신 사태를 불러왔으리라).

그다음 떠오르는 방법이라곤 기억상실인 척하는 것 정도였다. 다른 방법은 생각나지 않았다. 나흘 동안 무슨 일이 일어났는지 전혀 모르겠다. 하나도 기억나지 않는다. 정신이 들고 보니 혼자 뒷산에 있었다. 그렇게 주장하는 것이다. 기억상실 소재를 다룬 드라마를 전에 텔레비전에서 본 적 있었다. 사람들이 그 변명을 순순히 믿어줄지는 알 수 없다. 가족이든 경찰이든 미주알고주알 사정을 캐물을 것이다. 정신과의사에게 데려갈지 모른다. 그래도 기억이 없다고 우기는 수밖에 없다. 머리를 헝클어뜨리고, 팔다리에 흙을 묻히고, 여기저기 긁힌 상처를 내고, 영락없이 산속을 헤매다닌 것처럼 보이도록 꾸미는 거다. 열심히 연기해서 넘어가는 수밖에 없다.

그리고 그녀는 그대로 실행했다. 빈말로도 훌륭한 연기였다고 할 수는 없지만, 다른 선택지가 없었다.

그것이 아키가와 마리에가 내게 털어놓은 이야기였다. 말을 마쳤을 때 마침 아키가와 쇼코가 돌아왔다. 그녀가 모는 도요타 프리우스가 집 앞에 멈추는 소리가 들렸다.

"실제로 너한테 일어났던 일에 대해선 입을 다무는 게 좋겠다. 나 말고 아무에게도 말하지 마. 너와 나만의 비밀로 해두자." 나는 마리에에게 말했다.

"물론이에요." 마리에가 말했다. "절대 아무에게도 말 안 해요. 말해도 믿어주지 않을 거고."

"나는 믿어."

"그래서, 고리는 닫혔어요?"

"모르겠어." 내가 말했다. "아마 완전히 닫히지는 않았을 거야. 그래도 나머지는 어떻게든 되겠지. 정말로 위험한 부분은 지나갔다고 봐."

"치명적인 부분은."

내가 고개를 끄덕였다. "그래, 치명적인 부분은."

마리에는 십 초쯤 내 얼굴을 가만히 바라보았다. 그리고 조그만 목소리로 말했다. "기사단장은 정말로 있어요."

"그래, 기사단장은 정말로 있어." 내가 말했다. 그리고 나는 그 기사단장을 내 손으로 찔러 죽였다. 정말로. 물론 그런 말은 할 수 없다.

마리에는 고개를 한 번 끄덕였다. 그녀는 아마 언제까지나 비밀을 지키리라. 이 이야기는 그녀와 나만의 중요한 비밀이 될 것이다.

마리에를 무언가로부터 지켜준 붙박이장의 옷이 세상을 떠난 그녀의 어머니가 결혼 전에 입던 것이라는 사실을, 마음 같아서는 알려주고 싶었다. 그러나 나는 마리에에게 그것을 알려줄 수 없었다. 내게는 그럴 권리가 없다. 기사단장에게도 그럴 권리는 없었을 것이다. 그 권리가 있는 사람은 짐작건대 이 세상에 멘시키 한 사람뿐이다. 그러나 멘시키가 그 권리를 행사하는 일은 없으리라.

우리는 저마다 드러낼 수 없는 비밀을 안고 살아가고 있다.

63

그래도 당신이 생각하는 그런 건 아니야

    나와 아키가와 마리에는 비밀을 공유했다. 이 세상에서 아마 우리 두 사람만 알고 있을 중요한 비밀이었다. 나는 지하세계에서 겪은 일을 그녀에게 있는 그대로 모두 말해주었고, 그녀는 멘시키의 저택에서 겪은 일을 있는 그대로 모두 말해주었다. 〈기사단장 죽이기〉와 〈흰색 스바루 포레스터의 남자〉라는 그림 두 점이 단단히 포장되어 아마다 도모히코의 집 천장 위에 숨겨졌다는 사실 또한 이 세상에서 단 두 사람, 우리만 알고 있다. 물론 수리부엉이도 알고 있지만, 수리부엉이는 말을 하지 않는다. 침묵 속에서 비밀을 차곡차곡 쌓아갈 뿐이다.

    마리에는 가끔 우리집에 놀러왔다(고모에게 말하지 않고 비밀 통로를 지나 은밀하게). 우리는 이마를 맞대고 앉아 동시에 진행된 두 가지 체험담에서 공통점을 찾아내기 위해 시간순으로 구석구석 샅샅이 검토했다.

마리에가 실종되었던 나흘간과 내가 '좀 멀리 다녀온' 사흘간이 시기상으로 겹치는 까닭에 아키가와 쇼코가 의심하지는 않을까 걱정했지만, 그녀는 전혀 그런 생각을 하지 못한 모양이었다. 물론 경찰도 그 사실에 주목하지 않았다. 그들은 '비밀통로'의 존재를 몰랐고, 내가 사는 집은 어디까지나 '산등성이 건너편'이었다. 나는 '이웃 사람'에 포함되지 않았으며, 따라서 경찰의 탐문 대상에도 오르지 않았다. 아키가와 쇼코는 마리에가 내 그림 모델을 서주었다는 사실을 경찰에 말하지 않은 듯했다. 아마 꼭 필요한 정보라고 생각하지 않았으리라. 만약 경찰이 마리에의 행방불명 시기와 내가 종적을 감춘 시기를 겹쳐보았더라면 내 입장이 다소 미묘해졌을지도 모른다.

나는 끝내 아키가와 마리에의 초상화를 완성하지 않았다. 거의 완성 직전이고 마무리만 남은 상태였지만, 그 그림을 완성했을 때 어떤 사태가 벌어질지 염려되었다. 그림이 완성되면 멘시키는 무슨 수를 써서라도 자기 손에 넣으려 할 것이 틀림없다. 뭐라고 돌려 말하건 뻔히 예측할 수 있었다. 그리고 나는 아키가와 마리에의 초상화를 멘시키의 손에 넘겨주고 싶지 않았다. 그 그림을 그의 '신전'에 들여보낼 수는 없다. 그곳에는 위험한 것이 포함되어 있을지도 모른다. 그러므로 결국 미완성으로 남기기로 한 것이다. 하지만 마리에는 그 그림을 무척 마음에 들어했고("이 그림에는 지금의 내 생각이 아주 잘 드러나 있다"고 했다), 괜찮다면 자기가 가지고 싶다고 말했다. 나는 완성되지 않은 초상화를 기꺼이 그녀에게 주었다(약속했던 석 장의 데생과 함께). 미완성이라서 오히려 더 좋다고 그녀는 말했다.

"그림이 미완성이면 나 자신도 언제까지나 미완성 상태인 것 같으니까 멋지잖아요." 마리에는 말했다.

"완성된 인생을 사는 사람은 어디에도 없어. 모든 사람은 언제까지나 미완성이야."

"멘시키 씨도 그래요?" 마리에가 물었다. "그 사람은 굉장히 완성된 것처럼 보이는데."

"멘시키 씨도 아마 미완성일 거야." 내가 말했다.

멘시키는 결코 완성된 인간이 아니다. 그것이 내 생각이었다. 그렇기에 밤마다 아키가와 마리에의 모습을 찾아 고성능 망원경으로 골짜기 맞은편을 바라보는 것이다. 그러지 않을 수가 없다. 그는 비밀을 지님으로써 이 세상에서 자기 존재의 균형을 교묘히 컨트롤한다. 그에게 비밀은 서커스의 외줄타기 곡예사가 들고 있는 장대 같은 것이다.

물론 마리에는 멘시키가 망원경으로 자기 집을 관찰한다는 사실을 안다. 그러나 (나 말고) 다른 누구에게도 그 사실을 밝히지 않았다. 고모에게도 말하지 않았다. 왜 그가 그런 짓을 하는지, 이유도 아직 명확히 알지 못했다. 하지만 이상하게도 그 이유를 캐내고 싶다는 생각은 하지 않았다. 그녀는 그저 자기 방 창문의 커튼을 절대 걷지 않을 뿐이었다. 색이 바랜 오렌지색 커튼은 언제나 굳게 닫혀 있었다. 그리고 밤에 옷을 갈아입을 때는 늘 불을 끄려고 주의했다. 대신 집안의 다른 부분은 멘시키가 일상적으로 엿본다 한들 별로 개의치 않았다. 오히려 누군가에게 관찰당한다는 사실을 의식하고 즐기기까지 했다. 어쩌면 마리에에게는 그 사실을 자기만 안다는 점이 의미 있었는지도 모른다.

마리에의 얘기에 따르면 아키가와 쇼코는 멘시키와 교제를 계속하는 모양이었다. 그녀는 일주일에 한두 번 차를 몰고 멘시키의 집으로 갔다. 그리고 그때마다 그와 성적 관계를 가지는 듯했다(마리에는 이 대목을 에둘러 표현했다). 어디 가는지 말하진 않았지만 마리에는 고모의 행선지를 알고 있었다. 집에 돌아온 젊은 고모의 얼굴은 평소보다 발그레했다. 그렇다 해도—멘시키 안에 어떤 특수한 공간이 존재한다 해도—아키가와 쇼코와 멘시키의 만남을 마리에가 저지할 수단은 없었다. 두 사람이 원하는 길로 가도록 내버려두는 수밖에 없다. 마리에의 바람은 둘의 관계가 가급적 자신을 끌어들이지 않고 나아가는 것이었다. 그리고 자신은 그 소용돌이에서 멀리 떨어져 독립된 위치를 지키는 것이었다.

하지만 그러기는 어려우리란 것이 내 생각이었다. 늦건 이르건, 많건 적건, 마리에는 스스로도 알지 못하는 사이 그 소용돌이에 휘말려들 것이다. 먼 가장자리에서 시작해 끝내 한복판까지. 멘시키는 마리에의 존재를 염두에 두고 아키가와 쇼코와의 관계를 이어나가고 있다. 처음부터 계획했건 아니건 그럴 수밖에 없다. 그게 멘시키라는 사람이다. 그리고 그럴 생각이 아니었다 해도, 결과적으로 두 사람을 만나게 한 것은 나였다. 그와 아키가와 쇼코는 이 집에서 처음 얼굴을 마주했다. 멘시키가 원한 바대로. 그리고 멘시키는 원하는 것을 손에 넣는 데 매우 능숙한 사람이다.

멘시키가 붙박이장에 있는 5호 사이즈 옷과 신발들을 앞으로 어떻게 할 작정인지는 모른다. 하지만 마리에는 그 옛 연인의 옷들이 아마 영원히 그곳에—혹은 다른 어딘가에—소중히 은닉되어 보관되리라고 추측했다. 아키가와 쇼코와의 관계가 앞으로 어떻게 발전하건 멘시키는 그 옷들을 버리거나 태우지 못할 것이다. 그 옷들은 이미 그의 정신의 일부가 되어버렸으니까. 그의 '신전'에서 영원히 받들어져야 하는 것이다.

나는 오다와라 역 근처의 그림교실을 그만두었다. 운영자에게는 "죄송하지만 슬슬 창작활동에 집중하고 싶습니다"라고 설명했다. 그는 그 설명을 납득해주었다. "선생님은 평판이 무척 좋으셨는데 말입니다"라고 그는 말했다. 완전히 빈말은 아닌 것 같왔다. 나는 정중하게 감사인사를 했다. 연말까지만 나가기로 하고, 그사이 그는 나를 대신할 새로운 강사를 찾아냈다. 육십대 중반의 전직 고등학교 미술교사였다. 코끼리 같은 눈에 성격이 좋아 보이는 여자였다.

이따금 멘시키에게서 전화가 왔다. 대개는 특별한 용건 없이 가벼운 잡담만 나누었다. 그는 매번 사당 뒤의 구덩이에 변화가 없는지 물었고, 나는 매번 이렇다 할 변화는 없다고 대답했다. 실제로 구덩이 주변에 바뀐 점은 없었다. 파란색 비닐시트로 완전히 덮여 있는 상태 그대로다. 산책중 가끔 가서 살펴보았지만 누가 시트를 벗긴 흔적은 없었다. 누름돌도 항상 제자리였다. 그리고 그 구덩이와 관련해 기이하거나 수상쩍은 일은 두 번 다시 일어나지 않았다. 한밤중에 방울소리도 들리지 않았고, 기사단장도(그밖의 어떤 것도) 나타나지 않았다. 구덩이는 그저 잡목림 속에 가만히 존재할 따름이었다. 캐터필러에 무참히 쓰러졌던 참억새도 차츰 원래 기운을 되찾으며 구덩이 주변을 덤불로 가려나갔다.

멘시키는 내가 행방불명된 내내 그 구덩이 속에 있었다고 생각했다. 어떻게 들어갔는지는 그도 설명하지 못했다. 그러나 나는 틀림없이 구덩이 속에 있었고, 그 사실을 부정할 수는 없었다. 따라서 그는 나의 실종과 아키가와 마리에의 실종을 관련짓지도 않았다. 그가 생각하기에 두 사건은 어디까지나 우연의 일치였다.

집안에 누가 나흘 동안 몰래 숨어 있었다는 것을 멘시키가 어떤 식으로든 알아차리진 않았는지 나는 신중하게 떠보았다. 그러나 그런 기색은 조금도 없었다. 설마 그런 일이 있었으리라고는 상상도 못하는 눈치였다. 그러니 '열어서는 안 되는 방'의 붙박이장 앞에 서 있던 것은 멘시키가 아니었을 것이다. 그럼 대체 누구였을까?

종종 전화는 했지만 멘시키가 집으로 훌쩍 찾아오는 일은 이제 없었다. 아키가와 쇼코를 손에 넣었으니 나와 개인적인 관계를 맺을 필요성을 느끼지 않게 되었는지도 모른다. 혹은 나라는 인간에 대한 호기심이 사라져버렸는지도 모른다. 그 둘 다인지도 모른다. 나야 어느 쪽이건 상관없었다(재규어 V8 엔진의 배기음을 더이상 들을 수 없다는 것이 가끔 아쉽긴 했지만).

그래도 이따금 전화를 걸어오는 것으로 보건대(전화가 오는 시각은 대개 저녁 여덟시쯤이었다), 멘시키는 아직 나와의 어떤 연결고리를 유지하고 싶은 듯했다. 어쩌면 아키가와 마리가 그의 친딸일지도 모른다는 비밀을 털어놓은 것이 마음에 걸리는지도 모른다. 그러나 내가 그 이야기를 누군가에게—아키가와 쇼코나 마리에게—흘리지는 않을까 걱정해서는 아니었을 것이다. 그는 내가 입이 무거운 사람임을 알고 있었다. 그 정도 통

572

찰력은 있다. 하지만 상대가 누구건 그렇게 무겁고 개인적인 비밀을 남에게 털어놓는 것은 대단히 멘시키답지 않은 행동이었다. 아무리 그처럼 의지가 강한 인간일지라도 혼자서 비밀을 안고 사는 일에 가끔은 지쳐버리는지도 모른다. 아니면 그때 그는 그 정도로 절실하게 내 협조를 원했던 것일지도 모른다. 그리고 나는 비교적 무해한 사람으로 보였으리라.

그가 처음부터 나를 의도적으로 이용했건 아니건, 어쨌든 나는 멘시키에게 감사하는 마음을 잃어서는 안 되었다. 누가 뭐라건 나를 구덩이에서 꺼내준 이는 멘시키였으니까. 만약 그가 와주지 않았더라면, 그리고 사다리를 내려 지상으로 이끌어주지 않았더라면, 나는 그 어두운 구덩이 속에서 하릴없이 말라비틀어졌을지도 모른다. 우리는 어찌 보면 나란히 도움을 주고받은 셈이었고, 그로써 서로 빚을 갚았다고도 할 수 있었다.

〈아키가와 마리에의 초상〉을 미완성 상태로 마리에에게 주었다고 알리자 멘시키는 말없이 고개만 끄덕였다. 원래 그림을 의뢰한 사람은 멘시키였지만 그에게는 이제 큰 필요가 없는 것 같았다. 혹은 미완성품은 의미가 없다고 생각했는지 모른다. 그도 아니면 무슨 다른 생각이 있는지도 몰랐다.

그 이야기를 하고 며칠 후, 〈잡목림 속의 구덩이〉를 간단히 표구해서 멘시키에게 증정했다. 나는 그림을 코롤라 트렁크에 싣고 그의 집으로 가져갔다(멘시키를 직접 만난 것은 그때가 마지막이 되었다).

"이건 제 목숨을 구해주신 데 대한 답례입니다. 괜찮으면 받아주세요." 내가 말했다.

그는 그 그림이 매우 마음에 든 눈치였다(내가 생각해도 완성도는 결코 나쁘지 않았다). 꼭 사례를 하고 싶다고 했지만 나는 단호히 거절했다. 그에게서 이미 과분한 보수를 받았고, 그 이상 뭔가를 받을 생각은 없었다. 멘시키와 나 사이에 더는 빚을 만들고 싶지 않았다. 우리는 이제 좁은 골짜기 너머에 사는 이웃일 뿐이었고, 가능하면 계속 그 관계에 머물고 싶었다.

내가 구덩이에서 구출된 그주 토요일 아마다 도모히코가 숨을 거두었다. 목요일부터 사흘간 혼수상태가 이어진 끝에 심장이 움직임을 멈추었다. 기관차가 종착역에 도착하면서 서서히 속도를 줄이듯이, 지극히 조용하고 자연스럽게. 마사히코는 내내 그 옆에서 임종을 지켰다. 아버지가 세상을 떠나자 내게 전화를 걸었다.

"아주 편하게 가셨어." 그는 말했다. "나도 죽을 때는 그렇게 조용히 죽고 싶을 정도로. 입가에 미소 같은 것까지 띠고서."

"미소?" 내가 되물었다.

"정확히 말하면 미소는 아닐지도 몰라. 어쨌든 그 비슷한 거였어. 나한테는 그렇게 보였어."

나는 표현을 골라서 말했다. "돌아가신 건 물론 유감이지만, 편안히 숨을 거두셨다니 다행이라고 해야겠다."

"그주 중반까지는 의식이 조금 있었는데 딱히 남길 말은 없으신 모양이더라. 나이도 아흔을 넘겼고 평생 당신 좋을 대로 사셨으니 아마 여한도 없었을 테지." 마사히코가 말했다.

아니다. 그에게는 여한이 있었다. 몹시 무거운 무언가를 가슴속에 품고 있었다. 구체적으로 어떤 것인지는 본인밖에 모른다. 그리고 이제는 영원히 아무도 모르게 되었다.

마사히코가 말했다. "당분간 좀 바빠질 것 같아. 아버지는 나름 유명인이었고, 돌아가신 뒤에 이런저런 할 일이 생기니까. 상속자인 내가 뒤처리를 해야지. 좀 정리되거든 다시 느긋하게 얘기하자."

나는 아버지의 부고를 전해줘서 고맙다고 인사하고 전화를 끊었다.

아마다 도모히코의 죽음은 집안에 한층 깊은 침묵을 가져온 듯했다. 그도 당연하다. 뭐니뭐니해도 이 집은 아마다 도모히코가 오랜 세월을 보낸 공간이니까. 나는 그 침묵과 더불어 며칠을 보냈다. 농밀하지만 불쾌하지는 않은 침묵이었다. 어디로도 이어지지 않는, 말하자면 순수한 고요였다. 이것으로 일련의 사건은 종결된 것이리라. 그런 감촉이 느껴졌다. 여기 깔린 것은 큰

일이 어느 정도 수습된 뒤 찾아오는 종류의 정적이었다.

아마다 도모히코가 세상을 떠나고 이 주쯤 지난 어느 날 밤, 아키가와 마리에가 조심성 많은 고양이처럼 남몰래 찾아와 잠시 대화를 나누고 돌아갔다. 그렇게 긴 시간은 아니었다. 가족의 감시가 엄격해져서 예전처럼 자유롭게 집을 빠져나오기 힘들었다.

"가슴이 점점 커지는 것 같아요." 그녀는 말했다. "그래서 며칠 전에 고모랑 브래지어를 사러 갔어요. 초보용 브래지어란 게 있어요. 선생님은 알아요?"

나는 모른다고 말했다. 그녀의 가슴을 보았지만 초록색 셰틀랜드 스웨터 위로는 이렇다 할 굴곡이 없었다.

"아직 잘 모르겠는데." 내가 말했다.

"얇은 패드만 들어가서 그래요. 갑자기 확 커지면 뭘 집어넣었다는 걸 다들 알아버리잖아요. 그래서 제일 얇은 패드부터 시작해 조금씩 키워나가는 거예요. 꽤 섬세하죠."

나흘간의 행적에 대해 여자 경찰은 상당히 세세한 부분까지 캐물었다. 대체로 친절했지만 몇 번 따끔하게 위협하기도 했다. 어쨌거나 마리에는 산속에서 헤맨 것 말고는 아무 기억이 없다, 도중에 길을 잃어서 머릿속이 하얘졌다는 말로만 밀고 나갔다. 가방에 늘 초콜릿 바와 생수병을 넣어다닌 덕에 그걸로 버틴 것 같다고도. 그외에 불필요한 말은 일절 꺼내지 않았다. 내화 금고처럼 굳게 입을 다물었다. 원래부터 그런 쪽에는 자신이 있었다.

몸값을 노린 유괴사건이 아니라는 결론이 나오자, 다음에는 경찰이 지정한 병원에 가서 다친 곳은 없는지 검사를 받아야 했다. 그들이 알고 싶어한 것은 요컨대 그녀가 성적 폭행을 당하지는 않았는가 하는 점이었다. 그런 흔적도 없음이 밝혀지자 경찰은 직업적 흥미를 잃은 눈치였다. 십대 초반 여자아이가 며칠 집에 들어가지 않고 바깥을 어슬렁거렸을 뿐이다. 딱히 일도 아니다.

그녀는 그때 입고 있던 옷을 모조리 처분했다. 남색 블레이저도, 체크무늬 스커트도, 흰색 블라우스도, 니트 조끼도, 슬립온도. 그리고 교복을 새로 한 벌 맞추었다. 기분을 일신하기 위해서였다. 그러고는 아무 일 없었다는 양 전과 똑같은 생활을 이어갔다. 다만 그림교실은 그만두었다(어차피 어린이반 수업을 들을 나이도 아니었다). 내가 그린 초상화(미완성품)는 자기 방에 걸었다.

마리에가 앞으로 어떤 사람으로 자랄지 나는 상상이 잘 되지 않았다. 이 나잇대의 여자아이는 외모도 마음도 순식간에 바뀌어버린다. 몇 년 지난 뒤 만나면 알아보지 못할지도 모른다. 그러므로 나는 열세 살 마리에의 초상을 하나의 형태로 남길 수 있었던 것을(설령 미완성에 그쳤다 해도) 기쁘게 생각했다. 이 현실세계에 불변의 형태로 영속하는 것은 어디에도 없으니까.

예전에 일했던 도쿄의 에이전시 담당자에게 전화를 걸어 초상

화 일을 다시 시작하고 싶다고 말했다. 그는 내 말에 기뻐해주었
다. 그들은 언제나 실력이 보장되는 화가가 필요하기 때문이다.

"그런데 이제 상업용 초상화는 그리지 않겠다고 하셨잖아
요?" 그가 말했다.

"생각을 조금 바꿨어요." 내가 말했다. 어떤 식으로 바꿨는지
는 설명하지 않았다. 그쪽도 굳이 묻지 않았다.

앞으로 당분간은 아무 생각 없이 자동으로 손을 움직이고 싶
었다. 그러면서 평범한 '상업용' 초상화를 차례차례 양산하고 싶
었다. 그 작업은 내게 경제적인 안정도 가져다줄 터였다. 그런
생활을 언제까지 계속할 수 있을지는 나도 모른다. 앞날은 예측
할 수 없다. 그러나 지금 내가 하고 싶은 일은 그것이었다. 머리
를 비우고 손에 익은 기술을 구사하며 불필요한 요소는 일절 내
안에 끌어들이지 않는 것. 이데아니 메타포니 하는 것들과 엮이
지 않는 것. 골짜기 맞은편에 사는, 수수께끼에 싸인 유복한 인
물의 복잡한 개인사에 말려들지 않는 것. 숨겨진 명화를 백일하
에 드러낸 결과 좁고 어두운 지하세계의 동굴로 끌려들어가지
않는 것. 그런 것이 현재 내가 무엇보다 바라는 바였다.

나는 유즈를 만났다. 그녀의 회사 근처에 있는 커피숍에서 커
피와 페리에를 마시며 이야기를 나누었다. 아직 내가 상상한 것
만큼 배가 불러오지는 않았다.

"그 사람과 결혼할 생각은 없어?" 나는 먼저 그렇게 물었다.

그녀는 고개를 가로저었다. "지금으로서는 생각이 없어."

"왜?"

"그냥 그러지 않는 게 좋겠다고 느낄 뿐이야."

"그래도 아이는 낳을 생각이고?"

그녀는 작고 짧게 고개를 끄덕였다. "물론이야. 이젠 돌이킬 수 없어."

"지금 그 사람이랑 같이 살아?"

"같이 살지는 않아. 당신이 나간 뒤로 죽 혼자 살고 있어."

"왜?"

"첫째, 나는 아직 당신과 이혼하지 않았으니까."

"하지만 난 지난번 받은 이혼서류에 서명하고 도장도 찍었어. 당연히 이혼수속이 끝난 줄 알았는데."

유즈는 잠시 생각에 잠겨 침묵했다가 입을 열었다. "실은 아직 이혼서류를 제출하지 않았어. 왠지 그럴 기분이 들지 않아서 그냥 놔뒀어. 그러니까 법률적으로 나와 당신은 아무 일 없이 계속 부부인 상태야. 그리고 이혼을 하건 안 하건, 태어날 아이는 법적으로 당신 아이인 셈이야. 물론 이 일에 대해 당신이 책임질 건 하나도 없지만."

도무지 영문을 알 수 없는 이야기였다. "하지만, 당신이 곧 낳을 아이는 그 남자의 아이잖아. 생물학적으로 말하면."

유즈는 입을 다물고 가만히 내 얼굴을 바라보았다. 그리고 말했다. "이야기가 그렇게 간단하지 않아."

"어떤 부분이?"

"뭐라고 해야 할까, 그 사람이 이 아이 아버지라는 확신이 영 들지 않거든."

이번에는 내가 그녀의 얼굴을 물끄러미 바라볼 차례였다. "누구 아이를 임신했는지, 그걸 모르겠다는 뜻이야?"

그녀가 고개를 끄덕였다. 그걸 모르겠다는 뜻이다.

"그래도 당신이 생각하는 그런 건 아니야. 나는 이 남자 저 남자와 자고 다니진 않아. 한 시기에 한 사람하고만 섹스해. 그래서 당신과도 언젠가부터 자지 않게 되었고. 맞지?"

내가 고개를 끄덕였다.

"미안하게 생각했지만."

나는 다시 한번 고개를 끄덕였다.

유즈가 말했다. "그리고 나는 그 사람과 만날 때도 피임에 신경썼어. 아이를 가질 생각이 없었으니까. 당신도 알겠지만, 나는 그런 쪽에 굉장히 신중한 성격이야. 그런데 임신 사실을 알게 된 거야."

"아무리 조심해도 실패할 때가 있겠지."

그녀가 고개를 가로저었다. "만약 그랬다면 여자들은 대개 알 수 있어. 직감 같은 게 있으니까. 남자들은 잘 모를 테지만."

물론 나도 잘 모른다.

"어쨌거나, 당신은 그 아이를 낳을 생각이네." 내가 말했다.

유즈가 고개를 끄덕였다.

"당신은 예전부터 아이를 원하지 않았어. 적어도 우리 사이에 서는."

그녀가 말했다. "응, 나는 예전부터 아이를 원하지 않았어. 우리 사이에서도, 다른 누구와의 사이에서도."

"그런데 지금은 아버지가 누구인지 확신할 수 없는 아이를 제 뜻으로 이 세상에 내보내려 하잖아. 혹시 마음만 먹었다면 더 일찍 중절할 수도 있었는데."

"물론 그런 생각도 했고, 고민했어."

"그런데 그러지 않았다."

"요즘 들어 드는 생각인데," 유즈가 말했다. "나는 물론 내 인생을 살고 있지만, 그 안에서 일어나는 거의 모든 일은 나와 상관없는 데서 멋대로 결정되고 진행되는 건지도 모르겠다 싶어. 다시 말해 나는 언뜻 자유의지를 지니고 살아가는 것 같지만, 정말로 중요한 일은 무엇 하나 직접 선택하지 못하는지도 몰라. 임신해버린 것도 그런 현상 중 하나가 아닐까 싶어."

나는 잠자코 그녀의 말을 들었다.

"이런 얘기는 흔한 운명론처럼 들릴 수도 있지만, 정말로 그렇게 느껴어. 매우 직접적으로, 피부에 와닿도록. 그러고는 생각했어. 이렇게 된 이상 무슨 일이 생기든 나 혼자 아이를 낳아서 길러보자. 그리고 앞으로 내게 무슨 일이 생기는지 확인해보자. 그러는 게 아주 중요한 일처럼 느껴졌어."

"한 가지 물어보고 싶은데." 나는 큰맘 먹고 말했다.

"뭔데?"

"간단한 질문이니까 예스나 노로만 대답하면 돼. 나도 그 이상은 묻지 않을 테니까."

"응. 물어봐."

"다시 당신에게 돌아가도 괜찮을까?"

그녀가 미간을 살짝 찌푸렸다. 그리고 한동안 내 얼굴을 가만히 바라보았다. "그러니까, 나와 다시 부부로 살고 싶다는 소리야?"

"혹시 가능하다면."

"좋아." 유즈는 나지막한 목소리로, 별로 망설이지도 않고 말했다. "당신은 아직 내 남편이고, 당신 방은 당신이 나갔을 때 그대로야. 돌아오고 싶다면 언제든 돌아올 수 있어."

"사귀던 사람과는 아직 만나?" 내가 물었다.

유즈가 조용히 고개를 가로저었다. "아니, 끝냈어."

"왜?"

"일단, 태어날 아이의 친권을 그 사람에게 주고 싶지 않았어."

나는 가만있었다.

"그렇게 말하니까 제법 충격받은 것 같았어. 뭐, 당연하겠지만." 그녀는 말했다. 그리고 양손으로 뺨을 몇 번 문질렀다.

"나라면 괜찮다는 뜻이야?"

그녀는 양손을 테이블에 올려놓고 다시 한번 내 얼굴을 물끄러미 바라보더니 말했다.

"당신 좀 변했나? 표정이나 그런 거."

"표정은 잘 모르겠지만, 몇 가지 배운 게 있긴 해."

"나도 몇 가지 배운 것 같아."

나는 잔을 들어 남은 커피를 마셨다. 그러고는 말했다.

"아버지가 돌아가셔서 마사히코도 여러모로 바쁜 것 같고, 정리될 때까지 시간이 좀 걸릴 거야. 그래도 그게 일단락되면, 아마 해를 넘기겠지만, 짐을 정리해서 그 집을 나와 히로오의 아파트로 돌아갈 수 있을 것 같아. 그래도 상관없겠어?"

그녀는 아주 오랫동안 내 얼굴을 바라보았다. 한동안 멀어져 있던 그리운 풍경을 오랜만에 바라보는 것처럼. 그러고는 손을 뻗어 테이블에 놓인 내 손에 살짝 얹었다.

"가능하다면 다시 한번 당신과 새로 시작하고 싶어." 유즈가 말했다. "실은 계속 그 생각을 해왔어."

"나도 계속 그 생각을 했어." 내가 말했다.

"그래서 잘될지 어떨지는 잘 모르겠지만."

"나도 잘 몰라. 그래도 해볼 가치는 있어."

"나는 곧 아버지가 확실하지 않은 아이를 낳아 키우게 될 거야. 그래도 상관없어?"

"나는 상관없어." 내가 말했다. "그리고 이런 말을 하면 제정신이 아니라고 할지도 모르지만, 어쩌면 나는 당신이 낳을 아이의 잠재적인 아버지인지도 몰라. 그런 생각이 들어. 멀리 떨어진 곳에서 내 생각이 당신을 임신시켰는지도 몰라. 일종의 관념으로, 특별한 통로를 거쳐서."

"일종의 관념으로?"

"다시 말해, 일종의 가설로."

유즈는 한동안 내 말을 생각했다. 그러고는 말했다. "만약 그렇다면 제법 근사한 가설일 거야."

"이 세계에 확실한 건 아무것도 없는지 몰라." 내가 말했다. "하지만 적어도 무언가를 믿을 수는 있어."

그녀가 미소지었다. 그날 대화는 그렇게 끝났다. 그녀는 지하철을 타고 돌아갔고, 나는 먼지투성이 코롤라 왜건을 몰아 산머리의 집으로 돌아왔다.

64

은총의 한 형태로

아내에게 돌아와서 생활을 함께하게 되고 몇 년이 지난 3월 11일, 동일본 일대에 큰 지진이 났다. 나는 텔레비전 앞에 앉아 이와테 현에서 미야기 현까지 이어진 해안 마을들이 차례로 파멸해가는 모습을 목격했다. 그곳은 내가 한때 낡은 푸조 205를 몰고 정처 없이 떠돌던 지역이었다. 그리고 그중 한 마을은 예의 '흰색 스바루 포레스터의 남자'를 만난 곳일 터였다. 그러나 내가 텔레비전 화면에서 본 것은 거대한 괴물 같은 쓰나미에 집어삼켜져 그야말로 산산조각나 해체돼버린 마을들의 잔해였다. 내가 스쳐갔던 그 마을과 연결되는 것은 하나도 발견할 수 없었다. 마을 이름조차 기억하지 못했으므로 그곳이 지진으로 어떤 피해를 입고 어떻게 바뀌었는지도 확인할 도리가 없었다.

아무것도 하지 못하고 할말도 잃은 채 며칠씩 텔레비전 화면
만 바라보았다. 텔레비전 앞을 떠날 수 없었다. 그 화면 속에서
내 기억과 이어지는 광경을 하나라도 발견하고 싶었다. 그러지
않으면 내 안에 있는 어떤 중요한 축적물이 어딘지 모를 곳으로
멀리 떠내려가 그대로 소멸해버릴 것 같아서였다. 당장 차를 몰
고 그곳으로 가보고 싶었다. 그리고 무엇이 남아 있는지 내 눈으
로 확인하고 싶었다. 물론 현실적으로는 꿈도 못 꿀 일이다. 간
선도로가 엉망으로 끊어지고 도시와 마을은 고립되었다. 전기,
가스, 수도 등의 라이프라인이 송두리째 파괴되고 유실되었다.
그리고 남쪽 후쿠시마 현에서는(숨을 거둔 푸조를 남겨두고 온
근방이다) 바닷가의 원자력발전소 몇 곳이 멜트다운 상태에 빠
졌다. 도저히 내가 접근할 수 있을 만한 상태가 아니었다.

그 지역을 돌아다니던 시기에 나는 결코 행복하지 않았다. 지
극히 고독하고, 서글프고, 답답한 심경을 안고 있었다. 여러 의
미에서 스스로를 상실해버렸다. 그런데도 나는 여행을 이어가며
수많은 낯선 이들 틈에 섞여, 그들의 일상 속 여러 장면을 통과
했다. 그것은 그때 내가 생각하던 것보다 훨씬 중요한 의미를 지
닌 일인지도 모른다. 나는 그 과정에서—대부분 무의식적으로—
몇 가지를 버리고, 몇 가지를 건졌다. 그 장소들을 지나온 나는
그전과 조금이나마 다른 인간이 되었다.

오다와라의 집 천장 위에 숨겨둔 〈흰색 스바루 포레스터의 남

자)를 떠올렸다. 그 남자는—살아 있는 인간이건 무엇이건—여전히 그 마을에 살고 있었을까? 나와 기이한 하룻밤을 보냈던 야윈 여자는 아직 그 마을에 있었을까? 그들은 지진과 쓰나미를 무사히 피해서 살아남았을까? 그 마을에 있던 러브호텔이나 패밀리레스토랑은 어떻게 되었을까?

저녁 다섯시가 되면 보육원으로 아이를 데리러 갔다. 그것이 내 일과였다(아내는 건축사무소에 복귀했다). 집에서 보육원까지는 어른 걸음으로 십 분 정도 걸렸다. 나는 딸아이의 손을 잡고 천천히 걸어서 집으로 돌아왔다. 비가 오지 않으면 도중에 작은 공원에 들러 벤치에 앉아서 산책 나온 동네 개들을 구경했다. 딸아이는 작은 개를 키우고 싶어했지만 내가 사는 아파트는 애완동물 사육이 금지였다. 그래서 공원에서 개들을 바라보는 것으로 참아야 했다. 가끔 작고 얌전한 개가 있으면 허락을 구하고 쓰다듬어보기도 했다.

딸아이의 이름은 '무로室'다. 유즈가 지은 이름이다. 그녀는 출산 예정일을 조금 앞두고 꿈속에서 그 이름을 보았다. 그녀는 널찍한 일본식 방에 혼자 있었다. 넓고 아름다운 정원이 바라다보이는 방이었다. 방안에 고풍스러운 책상이 있고, 그 위에 흰 종이 한 장이 놓여 있었다. 종이에는 검은 붓글씨로 '실室'이라는 한 글자가 크고 뚜렷하게 쓰여 있었다. 누가 썼는지 몰라도 무척 훌륭한 필체였다. 그런 꿈이었다. 잠에서 깨고도 그녀는 그 광경을 똑똑히 기억할 수 있었다. 그것을 아이의 이름으로 삼아야 한다고 그녀는 주장했다. 물론 나도 이의는 없었다. 누가 뭐라건 그녀가 낳을 아이다. 그 글자를 쓴 사람은 어쩌면 아마다 도모히코였는지도 모른다. 문득 그런 생각이 들었다. 그러나 생각만 했을 뿐이다. 어차피 꿈속의 광경에 지나지 않으니까.

태어난 아이가 여자아이라는 사실을 나는 기쁘게 생각했다. 동생 고미와 함께 어린 시절을 보낸 까닭인지 주위에 어린 여자아이가 있으면 왠지 모르게 마음이 차분해졌다. 그것은 내게 지극히 자연스러운 일이었다. 그 아이가 고민의 여지 없이 확실한 이름을 갖고 세상에 태어난 것도 나로서는 기뻐할 일이었다. 이름은 뭐니뭐니해도 중요한 것이니까.

무로는 집에 돌아오면 나와 함께 텔레비전 뉴스를 보았다. 나는 쓰나미가 밀어닥치는 광경은 되도록 딸에게 보여주지 않으려 했다. 어린아이에게는 너무 자극적이어서다. 쓰나미 영상이 나오면 곧바로 손을 뻗어 딸의 두 눈을 가렸다.

"왜?" 무로가 물었다.

"너는 안 보는 게 좋아. 아직 너무 일러."

"그치만 진짜잖아."

"그래. 멀리서 정말로 일어나는 일이야. 하지만 정말로 일어나는 일을 네가 전부 봐야 하는 건 아니야."

무로는 한동안 혼자서 내 말을 생각했다. 물론 그 뜻을 이해하지는 못했다. 그애는 쓰나미나 지진 같은 재해도 이해하지 못했고, 죽음의 의미도 이해하지 못했다. 어쨌거나 나는 딸이 쓰나미 영상을 보지 않도록 매번 두 눈을 손으로 가려주었다. 뭔가를 이해하는 것과 뭔가를 보는 것은 별개의 얘기다.

한번은 텔레비전 화면 한구석에 '흰색 스바루 포레스터의 남자'가 언뜻 보였다. 혹은 보인 듯한 기분이 들었다. 쓰나미로 내륙까지 떠밀려와 언덕 위에 올라앉은 대형 어선을 카메라가 비추었는데, 그 옆에 그 남자가 서 있었던 것이다. 더는 제구실을 할 수 없게 된 코끼리와 코끼리 조련사 같은 모습이었다. 그러나 바로 다른 화면으로 넘어가는 바람에 그것이 정말로 '흰색 스바루 포레스터의 남자'였는지는 확신할 수 없었다. 하지만 검은색 가죽점퍼를 입고 요넥스 로고가 들어간 검은색 모자를 쓴 그 키 큰 남자는, 내 눈에 '흰색 스바루 포레스터의 남자'로밖에 보이지 않았다.

남자의 모습은 다시 화면에 잡히지 않았다. 내가 그를 목격한 것은 아주 짧은 순간이었다. 카메라는 곧 다른 앵글로 바뀌었다.

지진 뉴스를 보는 한편으로, 나는 생계를 위해 매일같이 '상업용' 초상화를 그렸다. 아무 생각도 하지 않고 캔버스 위에서 거의 자동으로 손을 움직였다. 그것이 내가 원하던 생활이었다. 또한 사람들이 내게 원하는 일이었다. 그리고 그 일은 내게 확실한 수입을 가져다주었다. 그 또한 내게 필요한 것이었다. 내게는 부양할 가족이 있으니까.

    도호쿠 지방 지진으로부터 두 달 후, 내가 한때 살았던 오다와라의 집이 화재로 무너졌다. 아마다 도모히코가 반생을 보낸 산머리의 집이다. 마사히코가 전화로 그 소식을 전해주었다. 내가 나온 뒤 오랫동안 비어 있던 터라 안 그래도 관리문제로 고민했는데 결국 불안이 적중한 꼴이었다. 5월 연휴가 끝나는 새벽에 불이 났다는 신고를 받고 소방차가 출동했지만 낡은 목조건물은 이미 전소되다시피 한 후였다(좁고 구불구불한 급경사 길이라 대형 소방차가 들어오기도 무척 힘들었다). 다행히 전날 밤부터 비가 내려 인근 산림으로는 번지지 않았다. 소방서에서 조사했지만 명확한 화재 원인은 끝내 드러나지 않았다. 누전 때문인지도 모르고, 어쩌면 방화인지도 몰랐다.

    그 소식을 듣고 가장 먼저 머릿속을 스친 것은 〈기사단장 죽이기〉였다. 아마 그 그림도 집과 더불어 소실되었으리라. 내가 그린 〈흰색 스바루 포레스터의 남자〉도. 대량의 레코드 컬렉션도. 천장 위의 그 수리부엉이는 무사히 탈출했을까?

    〈기사단장 죽이기〉는 의심의 여지 없이 아마다 도모히코가 남긴 최고의 걸작 중 하나였고, 그것이 화재로 사라진 일은 일본 미술계의 뼈아픈 손실일 터였다. 그 그림을 본 사람은 극소수에 불과하다(일단 나와 아키가와 마리에. 아키가와 쇼코도 스치듯 보았다. 그리고 작가인 아마다 도모히코. 그밖에는 아마 한 사람도 없지 않을까). 그렇게 귀중한 미발표작이 화재로 불타 이 세상에서 영원히 사라져버렸다. 나는 그 사실에 일말의 책임을 느끼지 않을 수 없었다. 그것은 '아마다 도모히코의 숨겨진 걸작'으로 세상에 널리 공개되었어야 했던 게 아닐까? 하지만 그러는 대신 나는 그 그림을 다시 단단히 포장해 천장 위에 되돌려놓았다. 그리고 그 훌륭한 그림은 짐작건대 잿더미가 되고 말았다(나는 그림의 등장인물 한 사람 한 사람을 스케치북에 자세히 스케치해두었는데, 〈기사단장 죽이기〉라는 작품과 관련해 이제 남은 것이라곤 그것뿐이다). 그렇게 생각하니 변변찮으나마 같은 화가인 입장에서 가슴이 아팠다. 그토록 훌륭한 작품이었는데, 나는 생각했다. 내 행동은 어쩌면 예술을 배신한 짓이었는지도 모른다.

하지만 한편으로는 그것이 소실되어야 했던 작품인지도 모른다는 생각이 들었다. 내가 보기에 그 그림에는 아마다 도모히코의 혼이 너무 강하고 너무 깊이 배어 있었다. 물론 훌륭한 그림이지만 동시에 무언가를 불러내는 힘을 지닌 그림이었다. '위험한 힘'이라 해도 좋을 것이다. 실제로 나는 그 그림을 발견함으로써 하나의 고리를 열어버렸다. 그런 존재를 밝은 곳으로 끌어내 대중의 눈에 드러내는 일은 적절치 못할지도 모른다. 적어도 작가인 아마다 도모히코는 그렇게 생각하지 않았을까? 그래서 그 그림을 발표하지 않고 천장 위에 보관했던 것이 아닐까? 만약 그렇다면 나는 아마다 도모히코의 의사를 존중한 셈이다. 어쨌거나 그림은 불길 속에 사라졌고, 누구도 시간을 되돌릴 수 없다.

〈흰색 스바루 포레스터의 남자〉가 소실된 사실은 딱히 아쉽지 않았다. 나는 언젠가 다시 한번 그 초상화에 도전할 것이다. 그러기 위해서는 나 자신을 보다 확고한 인간으로, 보다 큰 화가로 만들어야 한다. 다시 한번 '내 그림을 그리고 싶다'는 기분이 들었을 때 나는 전혀 다른 방식과 전혀 다른 각도로 '흰색 스바루 포레스터의 남자'의 초상을 그리게 될 것이다. 그 그림은 어쩌면 나의 〈기사단장 죽이기〉가 될지도 모른다. 만약 그런 일이 실현된다면, 나는 아마다 도모히코에게서 귀중한 유산을 물려받았다고 할 수 있으리라.

화재가 일어나고 얼마 지나지 않아 아키가와 마리에의 전화가 와서, 우리는 불타버린 집에 대해 삼십 분쯤 이야기를 나누었다. 그녀는 그 작고 오래된 집을 진심으로 아꼈던 것이다. 혹은 그 집이 포함된 풍경을, 그리고 그 풍경이 자신의 생활에 뿌리내리고 있던 나날을. 거기에는 살아생전 아마다 도모히코의 모습도 포함되어 있었다. 그녀가 본 화가는 늘 혼자 집안에 틀어박혀 그림작업에 집중했다. 창문 너머로 그 모습이 보였다. 그런 풍경을 영원히 잃어버렸다는 사실을 마리에는 진심으로 슬퍼하는 듯했다. 그리고 그녀가 느끼는 슬픔을 나도 공유할 수 있었다. 그 집은─살았던 기간은 팔 개월이 못 되지만─내게도 매우 깊은 의미가 있었으니까.

통화를 끝내기 전에, 마리에는 가슴이 제법 커졌다고 알려주었다. 그때 벌써 고등학교 2학년쯤이었을 것이다. 나는 오다와라의 집에서 나온 뒤로 그녀를 한 번도 만난 적이 없었다. 가끔가다 통화하는 정도였다. 그 집에 다시 가보고 싶은 마음이 들지 않았고, 특별히 가야 할 용건도 없었다. 먼저 전화를 거는 것은 항상 그녀 쪽이었다.

"아직 볼륨은 모자라지만, 그래도 나름 커졌어요." 마리에는 살짝 비밀을 털어놓듯이 말했다. 그녀의 가슴 이야기라는 것을 이해하기까지 조금 시간이 걸렸다.

"기사단장이 예언한 대로예요." 그녀가 말했다.

잘됐다고 나는 말했다. 남자친구는 생겼는지 물어볼까 하다가 그만두었다.

고모 아키가와 쇼코는 지금도 멘시키 씨와 교제중이다. 언젠가 마리에에게 그와 사귄다는 사실을 털어놓았다. 두 사람이 무척 친밀한 관계가 되었다고. 그리고 어쩌면 조만간 결혼할지 모른다고도 말했다.

"만약 그렇게 되면, 마리에도 우리랑 같이 살래?" 고모는 그녀에게 물었다.

마리에는 그 말을 못 들은 척 넘겼다. 곧잘 그러듯이.

"그래서, 너는 멘시키 씨와 함께 살 생각이 있는 거니?" 나는 조금 신경이 쓰여 마리에에게 물어보았다.

"없는 것 같아요." 그녀가 말했다. 그러고는 덧붙였다. "그런데 잘 모르겠어요."

잘 모른다?

"너는 멘시키 씨 집에 별로 좋지 않은 추억이 있는 줄 알았는데." 나는 조금 당황해서 물었다.

"그래도 그건 내가 아직 어릴 때 일이고, 왠지 아주 옛날 일처럼 느껴져요. 누가 뭐래도 아빠랑 단둘이 살고 싶진 않고."

옛날 일?

내게 그것은 마치 어제 일처럼 생생했다. 그렇게 말해보았지만 마리에는 딱히 별말을 하지 않았다. 어쩌면 그녀는 그 저택에서 일어났던 일련의 기묘한 사건을 완전히 잊어버리고 싶은지도 모른다. 혹은 실제로 이미 잊어버렸는지도 모른다. 그도 아니면 나이를 먹으면서 조금씩 멘시키라는 인간에게 적잖은 흥미가 생겼는지도 모른다. 그의 안에 있는 특별한 어떤 것을, 같은 피에 흐르는 무언가를 느끼게 되었는지도 모른다.

"멘시키 씨 집의, 그 붙박이장에 있던 옷이 어떻게 되었는지

594

너무 궁금해요." 마리에가 말했다.

"그 방에 끌리는 거구나?"

"나를 지켜준 옷이니까요." 그녀가 말했다. "그렇지만 아직 잘 몰라요. 대학에 가면 아예 집에서 나와 혼자 살지도 모르고."

그게 좋을 수도 있겠다고 나는 말했다.

"그래서, 사당 뒤에 있는 구덩이는 어떻게 됐지?" 내가 물었다.

"그대로예요." 마리에가 말했다. "화재 뒤에도 여전히 파란색 비닐시트로 덮여 있어요. 곧 낙엽이 쌓이면 거기 그런 구덩이가 있는 줄 아무도 모르게 될지도 몰라요."

구덩이 바닥에는 아직 그 오래된 방울이 놓여 있을 것이다. 아마다 도모히코의 방에서 가져온 플라스틱 회중전등과 함께.

"기사단장은 이제 보이지 않고?" 내가 물었다.

"그뒤로 한 번도 못 봤어요. 기사단장이 정말로 있었는지도, 지금은 왠지 잘 믿어지지 않아요."

"기사단장은 정말로 있었어." 내가 말했다. "믿는 게 좋아."

그래도 마리에는 그런 것들 전부를 조금씩 잊어갈지 모른다. 십대 후반을 맞은 그녀의 인생은 급속도로 복잡해지고 바빠질 것이다. 이데아니 메타포니 하는 영문 모를 것들을 상대할 여유가 없을지도 모른다.

가끔 그 펭귄 장식품은 어떻게 되었을까 생각하곤 한다. 뱃사공이던 얼굴 없는 남자에게 뱃삯 대신 건네주었던 것이다. 물살 빠른 강을 건너기 위해서는 어쩔 수 없는 일이었다. 나는 그 작은 펭귄이 지금도 어디선가—아마도 무와 유 사이를 오가면서—그녀를 지켜주기를 바랄 따름이다.

무로가 누구 아이인지 나는 아직 모른다. 정식으로 DNA 검사를 해보면 될 일이지만 그런 검사 결과를 알고 싶진 않았다. 언젠가 무슨 일이 생겨서 사실을 알게 될지도 모른다. 그애의 아버지가 누구인지 판명되는 날이 올지도 모른다. 그러나 그런 '사실'이 대체 얼마나 의미가 있을까? 무로는 법적으로 틀림없는 내 아이였고, 나는 그 어린 딸을 깊이 사랑했다. 그리고 그애와 함께하는 시간을 소중히 여겼다. 그애의 생물학적 아버지가 누구건, 혹은 누가 아니건, 아무래도 나는 상관없었다. 그것은 아주 사소한 일이다. 그로 인해 무언가가 변하지는 않는다.

나는 도호쿠의 도시를 혼자 돌아다니던 때, 꿈을 통해 잠든 유즈와 몸을 섞었다. 나는 그녀의 꿈속에 숨어들었고 그 결과 그녀는 수태해 아홉 달 하고도 며칠이 지나 아이를 낳았다—나는 (어디까지나 남몰래 개인적으로 그렇다는 것이지만) 그렇게 생각하기를 즐겼다. 그 아이의 아버지는 이데아로서의 나, 혹은 메타포로서의 나다. 기사단장이 나를 찾아온 것처럼, 돈나 안나가 어둠 속에서 나를 이끌어준 것처럼, 나는 또다른 세계에서 유즈를 수태시켰다.

그래도 나는 멘시키처럼 되지 않는다. 그는 아키가와 마리에가 자기 아이일 수도 있고 아닐 수도 있다는 가능성의 밸런스 위에 자신의 인생을 구축하고 있다. 두 가지 가능성을 저울에 달고, 끝나지 않는 미묘한 진동 속에서 스스로의 존재 의미를 찾아내려 한다. 그러나 나는 그렇게 귀찮은(적어도 자연스럽다고는 하기 힘든) 작업에 도전할 필요가 없다. 나에게는 믿는 힘이 있기 때문이다. 비록 좁고 어두운 장소에 갇힌다 해도, 황량한 황야에 버려진다 해도, 어딘가에 나를 이끌어줄 무언가가 존재한다고 순순히 믿을 수 있기 때문이다. 그것이 내가 오다와라 근교의 산머리 집에 살면서 몇 가지 예사롭지 않은 체험을 통해 배운점이었다.

〈기사단장 죽이기〉는 새벽의 화재로 영원히 소실되어버렸지만, 그 훌륭한 예술작품은 내 마음속에 지금도 실재한다. 나는 기사단장과 돈나 안나와 긴 얼굴의 모습을 눈앞에 선명히 떠올릴 수 있다. 손을 뻗으면 만질 수 있을 것처럼 구체적이고도 생생하게. 그들을 생각하면 드넓은 저수지 수면에 떨어지는 빗줄기를 바라볼 때처럼 기분이 지극히 고요해진다. 내 마음속에서 그 비가 그치는 일은 없다.

나는 아마 그들과 함께 앞으로의 인생을 살아가리라. 그리고 무로는, 내 어린 딸은, 그들이 내게 준 선물이다. 은총의 한 형태로. 그런 생각을 지울 수가 없다.

"기사단장은 정말로 있었어." 나는 옆에서 곤히 잠든 무로를 향해 말했다. "너는 그걸 믿는 게 좋아."

지은이 **무라카미 하루키**
1979년 『바람의 노래를 들어라』로 군조신인문학상을 수상하며 데뷔했고, 1982년 『양을 쫓는 모험』으로 노마문예신인상을, 1985년 『세계의 끝과 하드보일드 원더랜드』로 다니자키 준이치로 상을 수상했다. 『노르웨이의 숲』 『1Q84』 『여자 없는 남자들』 외 수많은 소설과 에세이로 전 세계 독자들의 사랑을 받고 있다.

옮긴이 **홍은주**
이화여자대학교 불어교육학과와 같은 대학원 불어불문학과를 졸업했다. 2000년부터 일본에 거주하며 프랑스어와 일본어 번역가로 활동하고 있다. 옮긴 책으로 『고로지 할아버지의 뒷마무리』 『마사&겐』 『실화를 바탕으로』 『미크로코스모스』 『녹턴』 등이 있다.

문학동네 세계문학
기사단장 죽이기 2—전이하는 메타포

1판 1쇄 2017년 7월 12일 | 1판 5쇄 2017년 8월 8일

지은이 무라카미 하루키 | 옮긴이 홍은주 | 펴낸이 염현숙
책임편집 양수현 | 편집 황문정 박아름 오동규 강태형 | 독자모니터 양은희 이희연
디자인 윤종윤 유현아 | 저작권 한문숙 김지영 | 홍보 김희숙 김상만 이천희
마케팅 정민호 우영희 정진아 나해진 박보람 김은지 김혜연 강하린
제작 강신은 김동욱 임현식 | 제작처 영신사

펴낸곳 (주)문학동네
출판등록 1993년 10월 22일 제406-2003-000045호
주소 10881 경기도 파주시 회동길 210
전자우편 editor@munhak.com | 대표전화 031) 955-8888 | 팩스 031) 955-8855
문의전화 031) 955-8858(마케팅) 031) 955-2684(편집)
문학동네카페 http://cafe.naver.com/mhdn

ISBN 978-89-546-4613-0 04830
         978-89-546-4611-6 (세트)

www.munhak.com